教育部哲学社会科学研究重大课题攻关项目"中国当代文学批评史"阶段成果

上卷

刘云虹 何宁 吴俊 主编

南京大学
"文学跨学科国际合作研究"
论文集

南京大学出版社

主编的话

　　《文学跨学科国际合作研究论文集》是南京大学"文学跨学科研究平台建设"项目的阶段性重要成果。为助推南京大学"双一流"建设，早日实现"第一个南大"的建设愿景，南京大学于 2018 年初正式启动了"国际战略合作伙伴发展计划"，由国际处领导、规划和组织，进一步鼓励院系与世界一流高校、地区性重要大学开展全方位、多层次的深入合作。在这一发展计划框架下，"文学跨学科研究平台建设"项目应运而生，它充分利用南京大学在中国语言文学和外国语言文学等学科上的优势，与世界人文艺术领域具有显著国际影响的顶尖大学开展交流合作，建立融科学研究、人才培养、文化传播为一体的多学科国际合作平台，旨在积极响应国家文化建设、文化传播与文化软实力提升的战略需求，同时有效推动南京大学的"双一流"建设。

　　基于这一背景，本论文集充分体现出南京大学"国际战略合作伙伴发展计划"之"文学跨学科研究平台建设"项目的两个主要特征：一是以文学为中心的多学科研究；二是以南京大学为核心的多校国际合作。

　　从学科交融的角度来看，文学跨学科研究是一个既古老又新颖的话题，所谓"文史不分家"便是我国古代朴素的文学跨学科研究意识的体现。在新的历史时期，文学研究的观念、路径与方法发生了重大变化，日益凸显出鲜明的跨学科特征与深刻的跨学科诉求。南京大学具有前瞻性地把握了交叉融合这一学科发展趋势，在平台建设、团队建设、国际合作等方面为学科交融积极拓展重要路径。正是依托南京大学先进的学科建设理念，"文学跨学科研究平台建设"项目以文学为核心，聚焦中国文学、外国文学、翻译学与艺术学之间的内在联系，推进人文研究共同体建立。这既是对学科建设需求的呼应，也是对世界人文传统的回归，体现出当今世界人文学术发展的主流态势。自 2018 年以来，本项目汇聚多学科力量，不断拓展文学研究路径、创新合作模式，围绕文学跨学科研究的基本路径与方法、文学文本的多元阐释、语言文学的跨域传播以及中外文学艺术交流等主题,推动中外学界展开了卓有成效的对话和充分深入的交流,共同探索文学跨学科研究的多元可能。

从国际合作的角度来看,"文学跨学科研究平台建设"项目充分利用南京大学与国外一流高校良好的合作基础,与法国索邦大学、艾克斯一马赛大学、巴黎大学,英国牛津大学,美国哥伦比亚大学,日本东京大学、早稻田大学等国际顶尖大学深入合作,进一步整合南京大学海外合作资源,建立以南京大学为核心的国际合作平台。同时,结合南京大学海外人文资深教授计划等,邀请著名的中国文学研究专家、文学批评家、日本汉学界最重要的学者之一藤井省三教授,法国著名汉学家、公认的中国当代文学最重要的法译者之一杜特莱教授,法国荣誉国民教育部汉语总督学、著名汉语教育家白乐桑教授以及法国著名比较文学专家贝尔纳·弗朗哥教授等多位国际顶尖学者加盟本项目。在项目建设进程中,南京大学主办或与合作高校联合主办了多场具有重大国际影响力的学术会议、高峰学术论坛,如 2018 年 10 月在法国艾克斯一马赛大学举办的"中法文学艺术交流三百年"学术论坛、2018 年 12 月在南京大学举办的"新时期以来文学跨学科研究"高峰论坛、2019 年 5 月在南京大学举办的"文以载道:语言文学的跨域传播"国际工作坊、2019 年 10 月在法国艾克斯一马赛大学举办的"1919—2019:百年中国文学"国际研讨会等,并邀请多位国际知名学者来南京大学开设文学跨学科研究领域的专题讲座,如法国国立东方语言文化学院白乐桑教授的讲座"对外汉语教学中的文化教学:缺陷和问题"、"汉字作为教学单位及其多维度性质",日本早稻田大学千野拓政教授的讲座"青年文化的跨境与青少年的心理——动漫、轻小说、cosplay 以及村上春树",中国作家协会副主席、中国现代文学馆馆长李敬泽教授的"述而曰道德仁艺 春秋宜青鸟会饮"文学分享会以及法国索邦大学贝尔纳·弗朗哥教授的"法国文学与比较文学"系列讲座等。

本论文集的作者来自国内外著名高校与学术团体的中国文学、外国文学、比较文学、翻译学、汉学等不同领域,他们当中有学者、教育家,也有作家、评论家。将他们的声音汇聚在一起,有助于从不同的学科背景与关注视野出发,对世界文学视域下的中国文学经验传播与世界文学共同体建构、文学的民族性与世界性、中外文学文化的互动关系以及文学译介与传播等重要议题展开探讨,进一步拓展文学跨文科研究的可能路径。文学是丰富、多元、动态发展的,南京大学"文学跨学科研究平台建设"项目将坚持跨学科国际合作,充分关注文学发生、发展、生成、译介与影响的全过程,力求在全球化语境下对文学进行更为深入的探索。

目　录

上　编

中　编

下 编

上编

《黍离》
——它的作者，这伟大的正典诗人

李敬泽

> 彼黍离离，彼稷之苗。行迈靡靡，中心摇摇。知我者，谓我心忧，不知我者，谓我何求。悠悠苍天，此何人哉？
>
> 彼黍离离，彼稷之穗。行迈靡靡，中心如醉。知我者，谓我心忧，不知我者，谓我何求。悠悠苍天，此何人哉？
>
> 彼黍离离，彼稷之实。行迈靡靡，中心如噎。知我者，谓我心忧，不知我者，谓我何求。悠悠苍天，此何人哉？
>
> ——《诗经·王风·黍离》

一

汉语绝顶之诗中，必有《黍离》。

《黍离》为《诗经·王风》首篇。公元前770年，天塌西北，中国史上有大事，最是仓皇辞庙日，周平王在犬戎的碾压下放弃宗周丰镐，放弃关中山河，将王室迁往东都成周——当时的洛邑、如今的洛阳。西周倾覆，从此东周，但这不是新生，这是一个伟大王朝在落日残照中苟活，周朝不再是君临天下的政治实体，大雅不作，颂歌不起。在《诗经》中，成周王城一带流传的诗，列为《王风》。

在汉初毛亨、毛苌所传的《诗序》中，《黍离》被安放于这场大难后的寂静之中："黍离，闵宗周也。周大夫行役至于宗周，过故宗庙宫室，尽为禾黍。闵周室之颠覆，彷徨不忍去而作是诗也。"

——宏伟的丰镐二京沦为废墟，那殿堂那宗庙已成无边无际的庄稼地，这时，一位周大夫回到这里，在如今西安的丰镐路上徘徊彷徨，百感交集，于是而作《黍离》。

照此说来,这首诗距今两千七百多年。《毛诗》成书于西汉初年,以元光五年(公元前130年)河间献王向汉武帝进献《毛诗》计算,上距周室东迁已经六百四十年,这大约相当于在今天回望明洪武十三年。但是,对东周的人来说、对西汉的人来说,西周倾覆带来的震动和绝望是后世的人们不可想象的。当《毛诗》讲述这个故事时,它是把《黍离》放到了华夏文明的一个绝对时刻——类似于告别少年时代,类似失乐园;这首诗由此成为汉语的、中国人的本原之诗,它是诗的诗,是关于世界之本质、关于人之命运的启示。

在《毛诗》的故事中,时间、地点、人物,都具有启示性的含混和确定:那就是周大夫,别问他是谁;那就是宗周,别问为何不是别处;那就是平王之时,别问到底是何年何月。无须问,必须信。

而这个故事在这首诗中其实找不到任何内证。《黍离》支持《毛诗》的故事,它也可以支持任一故事。这伟大的诗,它有一种静默的内在性,任由来自外部、来自四面八方的风在其中回荡,它是荒野中、山顶上一樽浑圆的空瓮。

二

　　滚滚长江东逝水,浪花淘尽英雄。是非成败转头空。青山依旧在,几度夕阳红。

　　白发渔樵江渚上,笑看秋月春风。一壶浊酒喜相逢。古今多少事,尽付笑谈中。

——明嘉靖年间杨升庵的一首《临江仙》,后来被清初毛宗岗父子编入《三国演义》作为卷首词。此为渔樵史观,既庙堂又江湖,《三国》是以江湖说庙堂,杨升庵是以庙堂而窜放于江湖。长江青山夕阳,秋月春风白发,笑看人间兴废、世事沉浮,这是见多了、看开了、豁达了。一切尽在这一壶中,无边的天地无限的时间,且放在此时此刻、眼前当下。

这壶浊酒很多人喝过。升庵之前,还有王安石《金陵怀古》:

　　霸祖孤身取二江,子孙多以百城降。豪华尽出成功后,逸乐安知与祸双。东府旧基留佛刹,后庭余唱落船窗。黍离麦秀从来事,且置兴亡近酒缸。

——喝下去的酒、仰天的笑，其实都有一个根，都是因为想不开、放不下，因为失去、痛惜、悔恨和悲怆，这文明的、历史的、人世的悲情在汉语中追根溯源，发端于一个词："黍离麦秀"。

"黍离麦秀从来事"，那是北宋年间，华夏文明已屡经大难，仆而复起，数度濒死而重生。王安石身后仅仅四十一年，又有靖康之变，锦绣繁华扫地以尽。王安石、杨升庵，以及无数中国人心里，已住着饱经沧桑的渔夫樵子。

"黍离"是这一首《黍离》，"麦秀"是另一首《麦秀》。

三

麦秀油油兮，黍禾渐渐，彼狡童兮，不与我好兮！

——《麦秀》同样需要一个故事。司马迁在《史记·宋微子世家》中讲述了这个故事。

周武王伐纣，殷商覆亡，"箕子朝周，过故殷虚，感宫室毁坏，生禾黍，箕子伤之，欲哭则不可，欲泣为其近妇人，乃作《麦秀之诗》以歌咏之。……所谓狡童者，纣也。殷民闻之，皆为流涕"。

箕子者，纣亲戚也，应是纣王的叔父。孔子说："殷有三仁焉。"纣王暴虐无道，箕子、微子、比干三位仁人劝谏，人家不听，比干一颗赤心被剖出来，纣王要看看仁人之心是否真的七窍玲珑。然后，微子出逃，箕子披发佯狂，装了疯，又被抓回来囚禁为奴。

公元前 1046 年，牧野一战，纣王登台自焚，天命归于周。箕子被征服者解放——解而放之。两年后，公元前 1044 年，另据《竹书纪年》记载，他确实前往陕西朝见武王，途中想必经过已成废墟的安阳故都。

而在陕西，箕子的朝觐成为王朝盛事。作为地位最为尊崇的前朝遗老，箕子的顺服大有利于抚驭商民；更重要的是，箕子就是殷商文化的"道成肉身"——极少数王族和贵族组成的巫祝集团垄断着人神之间的通道，箕子是大巫，祭祀、占卜、文字、乐舞，皆封藏在大巫们七窍玲珑的心里，由此，他们控制着文化与真理，具有无可争议的权威——纣王与"三仁"的冲突，或许也是王权与巫权的斗争。现在，箕子朝周，这是周王朝的又一次胜利，伟大的武王将为华夏文明开出新天新地，此时，他等待着殷商之心的归服，并准备谦恭地向被征服者请教。

很多年后,周原上发掘出一片卜骨,所刻的卜辞是:"唯衣(殷)鸡(箕)子来降,其执暨厥史在旃,尔(乃)卜曰:南宫辞其作(酢)?"

据张光直、徐中舒解读,卜辞的意思是,箕子要来举行降神仪式,他和随从被安排在"旃"这个地方,现在,所卜的是:由南宫辞负责接待行不行、好不好?

——如此细节都要占一卦,可见小巫见大巫,激动得事事放心不下。

中国史上一次重要的对话开始了。武王下问,箕子纵论,王廷史官郑重记录,这就是《尚书》中的《洪范》。箕子高傲,在征服者面前保持着尊严,他阐述了治理人间的规范彝伦,但对事关王朝合法性的"天命"避而不谈。至于那一场想必盛大庄严的降神,《洪范》中只字未提。

武王显然领会了箕子之心,此人终不会做周之臣民,于是封箕子于朝鲜。那极东极北之地是彼时世界的极边,本不属周之天下,所谓"封",是客气而决绝的姿态:既如此,请走吧。

箕子真的走了,走向东北亚的茫茫荒野。在那里,他成为朝鲜半岛的文化始祖,对他的认同和离弃在漫长的朝鲜史中纠结至今。

从箕子朝周的那一年起,近一千年里,《诗经》中无《麦秀》,先秦典籍中从不曾提到《麦秀》,然后,到了汉初,诗有了,故事也有了。

但和《黍离》一样,并没有任何文本内部的证据支持这个故事。

麦苗青青,黍子生长,那狡童啊,他不与我好啊!

这首诗指向一个人,我们不知他是谁,只知他被唤作"狡童"。《诗经》里提到"狡童"的诗共有两首。一首是《郑风·狡童》:

> 彼狡童兮,不与我言兮。维子之故,使我不能餐兮。
>
> 彼狡童兮,不与我食兮。维子之故,使我不能息兮。

——现代汉语读者也能一眼看得出来,这就是嗔且怨着的相思病。此处的"狡童",如同死鬼、冤家,又爱又恨,一边掐着骂着一边想着疼着。那该死的冤家啊,害得我啥也吃不下瘦成柳条儿啦。

另一首是《郑风·山有扶苏》:"不见子都,乃见狂且。""不见子充,乃见狡童。"子都、子充皆是如玉的良人,相对而言,狂且、狡童大概是坏家伙、臭小子之类,但也未必就是真碰见了流氓。

不少现代论者据此与司马迁争辩:这《麦秀》明明是一首情诗,明明是一个女子——一个古代劳动妇女,站在田里,思来想去,直起腰来,越想越气:彼狡童兮,不与我好兮。那挨千刀的,他不和我好兮!

如此光天化日的事,为什么司马迁偏看不出来?为什么要编故事硬派到箕子头上?纣王在位三十年,死的时候估计都五十多岁了,怎么也算不上"狡童",再说那纣王和你是好不好的事吗?

但这些现代论者也是知其一忘其二,"狡童"可以是打情骂俏,也未必不可以是以上责下,箕子身为纣王的长辈、国之元老,怎么就不能骂一声"彼狡童兮"?

看看这麦子,看看这谷子,那不成器的败家孽障小兔崽子啊,你怎么就不听我的话,怎么就不学好呢!

——箕子应已是六七十岁的老人,他扶杖走过殷墟,那是安阳大地,那时应是初夏,他所熟悉的宫殿陵墓已不见踪迹,得再等三千年才会被考古学家挖出来。而此时,仅仅两年,遍野的庄稼覆盖了一切,"大邑商"似乎从未有过。他站在这里,想起那神一般聪明、神一般狂妄的纣王,想起此去西行,他要向征服者、向那些西鄙的野人屈膝,要在他们面前举行庄严的仪式,让祖宗神灵见证这深重的耻辱,箕子不禁浩叹:"彼狡童兮,不与我好兮!"

其时,殷人掩面流涕。我确信,这首歌一直流传于殷商故地,司马迁行过万里路,当他说殷人为之流涕时,他或许在殷商故地亲耳听到了这首歌,眼见着泪水在殷人脸上流过了千年。

我为什么不信司马迁呢?

四

一个人,经历巨灾大难,面对废墟,面对白茫茫大地、绿油油大地,面对万物生长,似乎什么都不曾发生,似乎人类的一切发明、一切雄心和荣耀皆为泡影。"瞻旷野之萧条兮,息余驾乎城隅。……叹黍离之愍周兮,悲麦秀于殷墟。"(晋向秀《思旧赋》)"黍离麦秀"一词在中国史上默然长流。

《晋书·谯纵传》提到西晋八王之乱:"生灵涂炭,神器流离,邦国轸麦秀之哀,宫庙兴黍离之痛。"

《梁书·武帝纪》描述侯景之乱后的景象:"天灾人火,屡焚宫掖,官府台寺,尺椽无遗,悲甚黍离,痛兼麦秀。"

公元534年,北魏瓦解,东魏、西魏分立,东魏迁都邺城,故都洛阳沦为战场。

十三年后,杨衒之在追忆、回望中写成《洛阳伽蓝记》,沉痛低回,如鬼夜泣:

> 余因行役,重览洛阳。城郭崩毁,宫室倾覆,寺观灰烬,庙塔丘墟。墙被
> 蒿艾,巷罗荆棘,野兽穴于荒阶,山鸟巢于庭树。游儿牧竖,踯躅于九逵;农
> 夫耕老,艺黍于双阙。麦秀之感,非独殷墟;黍离之悲,信哉周室。

然后还有,安史之乱、五代十国之乱、靖康之变、南宋沉沦、甲申之变……

史书一卷卷翻过去,一卷读罢头飞雪,每一次开始皆终结于废墟、大地,然后,在大地上重新开始。旧世界崩塌,新世界展开,那旧世界的遗民,他们幸存、苟活,沉溺于记忆。

黍离麦秀,这是华夏文明最低沉的声部,是深渊里的回响,铭记着这古老文明一次次的至暗时刻。悲怆、苍凉、沉郁、隐忍,它执着于失去的一切、令人追怀追悔的一切。

大地给出了一次次的否定,人类的壮举和欲望和虚荣必要经受这样的否定。但黍离麦秀并不是否定,大地的意志、大地之法就是抹去一切,但是大地上还有这个人在,这孤单的人,他独立于此,他以记忆和悲叹对抗着大地,他是悔恨的,他承担着人的虚妄和荒恶,但是,当他千回百转、一往情深地回望时,当他穿过禾黍、穿过荒野辨认着文明的微光时,这就意味着一切还没有过去,失去的还没有绝对失去。

1912 年,三十五岁的王国维出版《人间词话》,这册薄薄的小书引尼采、叔本华而别开现代感性的天地。新文化阵营锐气方张,一片欢呼鼓噪,苍老的传统词坛沉默着,侧目而视。据说,直到 20 世纪 80 年代,师承常州词派的一位老先生在复旦讲课,才终于摆出对《人间词话》的批评,其中第四条:(甲)只取明白如话,不取惨淡经营;(乙)只取放笔直干,不取曲折回环;(丙)于爱国词,只取抗金恢复,不取黍离麦秀。

——不得不感慨风气之转移竟有如此"曲折回环"。在 21 世纪的人看来,王国维正是缠绵悱恻的宗主,比如多少人爱着纳兰性德,其实是起于《人间词话》的揄扬加持;岂不知在古典词学的正脉看来,这位纳兰公子只识弯弓射雕、"放笔直干"。

年轻的王国维血气方刚,于南宋词、于爱国词,只取壮怀激烈的辛弃疾,不取黍离麦秀、低回婉转的吴梦窗。然而,观堂先生五十岁自沉昆明湖时,他的背影

是近于辛弃疾，还是更像"黍离麦秀"之荒野上的孤独一人？

<h1 style="text-align:center">五</h1>

读《诗经》，直接面对文本是可能的吗？自胡适起，现代学人都在探索一种内部的、文本的、直接的解释路径。排除汉儒以降的阐释传统，与古人素面相对，我们相信，这是可能的，经过层层剥离，我们可以接触到那一株鲜花、那本真的声音，这是使经典获得现代生命的唯一之途。

我也曾经这么以为。但是，《黍离》《麦秀》使我意识到这条路径的限度乃至谬误。以《麦秀》而言，如果剥离司马迁的故事，回到文本，回到被封闭在文本中的字句和意象，它的确可以轻易地解为一首情诗，但这让它活了吗？还是它在那一瞬间枯萎了？王力、余冠英诸先生，都把《黍离》解为无名流浪者之歌，这同样是把它从故事中、从历史中、从古典阐释传统中剥离出去。那么，还剩下什么呢？鱼之于水是可离的吗？土之于花是可以剥落的吗？如果，我们拒绝一首经典之诗在漫长阐释和体验过程中形成的繁复语境，鱼和花还在吗？让一代一代人为之流涕为之太息的那灵氛那光芒还在吗？《黍离》这样的诗不是一杯水，是在时间和历史中激荡无数人心魂的长河，现在，将长河回收为一杯水是有意义的吗？

我们是多么傲慢啊，对于起于文明上游的诗，以现代的名义，我们宣布，我们有更高的权威，《毛诗》的阐释、汉儒的故事不过是考古学意义上的"扰乱层"，我们必须用铲子把它剥去。

于是，经典被还原为"物"，是从古墓里挖掘出来的"物"，我们还洗去它的锈迹，让它光亮如新。"层累"的古史观是古史辨学派的基本方法，故事越来越复杂、越来越精彩是古典历史撰述的常态，他们反过来呈露这层层累积的叙述，以求历史的还原。但是，就《诗经》而言，层累本身就内在于诗，对诗的吟咏、阅读、阐释和征用在声音发出的那一刻就已经开始，我们其实已无法越过这一切去寻求唯一之真。《毛诗》的故事无法证实也无法证伪，它是专断的，毫不掩饰它的教化目的。但这其实并不重要，这也不是汉儒的发明，早在春秋时代，《诗》就已经不仅是诗，同时也是知识、教化、交往，承担着复杂的文化功能，在这里没有什么现代的艺术自律性可言，《诗》之为"经"正在于它被理解为这个文明最具根性的声音，从根本上启示和指引着我们的心灵生活、世俗生活。

所以，读《黍离》、读《诗经》，不是自背离《毛诗》开始，而是自遵从《毛诗》

开始。

我相信,在某一年、某一天,一位周王室的大夫在废弃的丰镐吟出《黍离》。这首诗和《麦秀》,分别铭刻着华夏文明早期两个伟大王朝覆亡的经验。孔颖达《毛诗正义》把两者明确地联系起来:"过殷墟而伤纣,明此亦伤幽王。"——我们甚至可以推想,这位周大夫应和后来的司马迁一样,听过麦秀之歌,目睹殷人之泪。

当然,这里存在一个问题:平王东迁,犬戎横行,陕西大乱,这位来自洛阳的周大夫,为何来到丰镐、何以来到丰镐?

我们对此永远不能确知了。在这段时间里,孤悬天水的秦国依然保持着对周王室的忠诚,为了酬答秦襄公在周室东迁时的护驾之功,平王把西周故地封赠于秦。房子已经被人占了,平王把房契送给了秦人,这不是应许,而仅仅是安慰,秦必须独自在犬戎的世界里图存、搏斗。这蕞尔小邦,历经襄公、文公、宪公、武公四世,终于打下了一片河山,完成了对渭河平原西周核心地带的控制。而收复丰镐,应在宪公初年、公元前714年前后,此时上距西周倾覆已经五十多年。在此期间,东周王室想必与秦国保持着联系,一位大夫,奉使赴秦,从洛阳到宝鸡,不管是哪一年,来去之间,都经过了丰镐。

这个人,无名无姓。我们知道的仅仅是,他是"我",他在诗中自指为"我"。《毛诗》之高明在于,它拒绝像同时代的《韩诗》一样强行赋予此人具体的名字和命运,它有意保持他的无名,《黍离》之"我"由此直接指向了未来岁月中无数个"我"。

六

"彼黍离离,彼稷其苗。"问题是:何为黍,何为稷?

此事自古便是难题。《论语·微子》里,子路问路,被人奚落:四体不勤,五谷不分。这也不知说的是孔子还是子路。孔夫子带领大家读《诗》,一个目的就是多识草木之名,足证他老人家对植物、农作物颇有求知热情,饶是如此,还不免"五谷不分"之讥。可想而知,孔夫子以下,两千多年,历代儒生,分辨黍稷何其难也。

黍相对明白,从汉至清,大家基本赞成它就是一种谷物、一种黏米,现在称黍子或黍米或黄米。许慎《说文解字》解道:"黍,禾属而黏者,以大暑而种故谓之黍。""禾属而黏"不错,但接着一句"以大暑而种"就暴露了他可能没种过黍。黍子应是农历四月间播种,五月已嫌晚,到了大暑节气恐怕种不成了。朱熹《诗集传》是《诗经》权威读本,关于黍是这么说的:"谷名,苗似芦,高丈余,穗黑色,实圆重。"——朱熹所在的宋代,一丈合现在三米多,快两层楼了,他就不怕诗人淹没在高不见人的庄稼地里?南方不种黍,朱熹生于福建,毕生不曾履北土,真没见过黍子。所谓道听途说,我猜他主要是受了"苗似芦"的说法影响,似不似呢?黍穗确实似芦,或许朱夫子由此望了望窗前芦苇,顺便把芦苇的高度一并送给了黍。

总之,何为黍大致清楚,也是因为黍这个说法从上古一直用到今天,现在的山西还是称黍为黍子、黍米,名实不相离,搞错不容易。而"稷",先秦常用,汉以后日常语言中已不常用,这个词所指的庄稼不知不觉中丢了,"稷"成了飘零于典籍中的一个空词。然后,儒生们钩沉训诂,纷纷填空。朱熹在《诗集传》里总结出一种主流意见:"稷,亦谷也。一名穄,似黍而小,或曰粟也。"也就是说,这个"稷"就是北方通称的谷子,就是洛阳含嘉仓里堆积如山的"粟",脱壳下了锅就是小米。但朱熹横生枝节加了一句"一名穄",于是围绕"穄"字纷争再起,有人论证出"穄"其实就是黍。——但你总不能说黍是黍、稷也是黍吧?

本来,我打定主意听李时珍的,老中医分得清五谷,话也说得明白:"黍与稷一类二种也。黏者为黍,不黏者为稷,稷可做饭,黍可酿酒。"简单说,黍是黄米,黏的;稷不黏,是小米。但是,清代乾嘉年间出了一位程瑶田,穷毕生之力写一部《九谷考》,梳理了两千年来关于稷的种种纷争:"由唐以前则以粟为稷,由唐以后,或以黍多黏者为稷,或以黍之不黏者为稷。"然后,截断众流,宣布都错了,所谓稷,高粱也。这下莫言高兴了,原来《黍离》中已有一片高密东北乡无边无际的红高粱。

程瑶田的结论得到段玉裁、王念孙两位经学大家首肯,认为是"拨云雾而睹青天",一时成为定论。但此论进入现代又被农业史家们发一声喊,彻底推倒。他们断定,高粱是外来作物,魏晋才传入中国,所以稷不可能是高粱。但没过多少年,考古学家说话了,农业史家们翻了车:陕西、山西等地的考古发掘中陆续发现碳化高粱,铁证如山,高粱四五千年前就有。

那么,稷就是高粱了?却也未必。四五千年前有,只能证明高粱是高粱,不能证明高粱是稷。先秦文献中通常黍稷并提,稷为"五谷之长",这个"长"怎么解释?程瑶田憋了半天,最后说因为高粱在五谷中最高。照此说来,难道县长市长是因为个子最高才当的县长市长？五谷之长必定意味着该作物在先民生活中具有首要地位，并蕴含着由此而来的文化观念，周之先祖为后稷，家国社稷，社为土神，稷为谷神，此"稷"至关紧要。《诗经》中，十九处提到黍，十八处提到稷，黍稷是被提到最多的谷物。高粱固然古已有之，但它的重要性绝不至此，它并非北方人民的主食，更不是支撑国家运转的基本资源，具有如此地位的，只有粟—谷子—小米。

所以，黍与稷，还是黄米与小米、黍子与谷子。

由此，也就解决了下一个问题，何为"离离"？历代注家大致分为两派：一派是，离离，成行成列之意，所谓历历在目；另一派，是朱熹《诗集传》："离离，垂貌。"

你站在黍子地里，放眼望去，除非还是青苗，否则定无阅兵般的行列感，你看到的是密集、繁茂、低垂。古人常取"离离"蔫头耷脑之意表黯然、忧伤、悲戚之情，如《荀子·非十二子》"劳苦事业之中则儢儢然、离离然"，《楚辞·九叹·思古》"曾哀凄唏，心离离兮"。

于是，我们看到，《黍离》的作者，他行走在奇异的情境里，那黍一直是"离离"的，被沉甸甸的黍穗所累，繁茂下垂；而那稷却一直在生长，彼稷之苗、彼稷之穗、彼稷之实，季节在嬗递，谷子在生长成熟，问题是：为什么黍一直"离离"，再无变化？

黍和稷、黍子和谷子的生长期大体一致，《小雅·出车》中说"黍稷方华"，都是春播秋熟，绝没有黍都熟了谷子还长个不休的道理。此事难倒了历代注家评家，众说纷纭。古人和今人一样，认定诗必须合乎常理不合就生气的占绝大多数，不通处强为之通，难免说出很多昏话。以我所见，只有元代刘玉汝的说法得诗人之心："然诗之兴也，有随所见相因而及，不必同时所真见者，如此诗因苗以及穗，因穗以及实，因苗以兴心摇，因穗以兴心醉，因实以兴心噎，由浅而深，循次而进，又或因见实而追言苗穗，皆不必同时所真见。"（《诗缵绪》卷五）

——"不必同时所真见"，正是此理。《黍离》的作者，这伟大的诗人，他具有令人惊叹的原创力，他用词语为世界重新安排秩序，让黍永恒低垂，让稷依着心的节律生长。

七

"彼黍离离"，低垂、密集，繁茂缭乱令人抑郁，那不是向上的蓬蓬勃勃，而是凝滞、哀凄,世界承受着沉重、向下的大力。

但是请注意那个"彼"——那是远望、综览的姿势,是在心里陟彼高冈,飞在天上,放眼一望无际。

在《毛诗》中,这空间的"彼"被赋予了历史的、时间的深度:"彼,彼宗庙宫室。"作者所望的是"彼黍",同时也是"彼黍"之下被毁弃、被覆盖的宗周。

然后,全诗三章,再一次又一次的"彼黍离离",似乎作者没有动,似乎他被固定在这巨大凝重的时空中,一切都是死寂的静止的,茂盛而荒凉。

但是,在这凝重的向下的、被反复强调的寂静中,在这寂静所证明的遗忘中,一个动的、活的意象进入:"彼稷"——那谷子啊,它在生长,从苗,到穗,到实……

黍不动,黍是世界之总体,而接着的"彼稷",却是从整体中抽离出来,去辨析、指认个别和具体,那是苗、那是穗、那是成熟饱满的谷……

这是时间的流动,也是空间的行进,这个作者在大地上走着,岁月不止,车轮不息……

回到《毛诗》的故事,也许这位周大夫真的来来回回从春天走到了秋天,东周时代的旅行本就如此漫长。

但在这诗里,行走只是行走,与使命无关。"迈",远行也,《毛诗》郑笺云:"如行而无所至也。""行迈",就如同《古诗十九首》的"行行重行行"。"行迈靡靡","行迈靡靡","行迈靡靡",停不下来,他茫然地走着,已经忘了目的或者本就没有目的,他就这样,不知为何、不知所至地走在大地上。

这无休无止的路,单调、重复,但"我"的心在动,"中心摇摇","中心如醉","中心如噎"。心摇摇而无所定,心如醉而缭乱,最后,谷子熟了,河水海水漫上来,此心如噎几乎窒息……

"知我者谓我心忧,不知我者谓我何求!"此时,这首诗里不仅有"我",还有了"他","他"是知我者和不知我者,是抽象的、普遍的,"他"并非指向哪一个人,"他"是世上的他人他者。"他"进入"我"的世界,但与此同时,"他"又被"我"搁置——"知我者谓我心忧,不知我者谓我何求!"一遍、两遍、三遍,重复这两个句子,你就知道,它的重心落在后边:知我者谓我心忧——假如知我,会知我心忧,但不知我者,必会说我在求什么图什么多愁善感什么? 而此时此刻,在这死寂的世界上,既无知我者也无不知我者,心动为忧,我只知我的心在动,摇摇、如醉、如噎,我无法测度、无法表达、无法澄清在我心中翻腾着的这一切——

直到此时,这个人、这个"我"是沉默的,他封闭于内心,然后忽然发出了声音："悠悠苍天，此何人哉。"

悠悠苍天，此何人哉。

悠悠苍天，此何人哉。

随着摇摇、如醉、如噎，这一声声的"天问"或"呼天"也许是节节高亢上去，也许是渐渐低落了，低到含糊不可闻的自语。

此时，只有"我"在，只有悠悠苍天在。

八

阐释起于结尾。如何理解《黍离》，取决于如何理解它的"天问"或"呼天"。

在《毛诗》的故事里，这个人，望着这故都，眼看着昔日的宫殿和宗庙已成田畴，无限凄凉，万般忧愤：悠悠苍天，此何人哉！

后世的儒生们替他回答：当然是周幽王。宠溺褒姒的幽王、废嫡立庶的幽王、烽火戏诸侯的幽王，这无道之君、亡国之君，就是他！

然后，他们沉吟赞叹：如此的感慨沉痛，仰天太息，却不肯直斥君上，憋得要死，也只是"此何人哉"！这是怎样的温柔敦厚、怎样的中和之美、怎样的思无邪而厚人伦啊。

《毛诗》将《黍离》置于宏伟背景和浩大命运之中，却给出了一个不相配的就事论事的结论。作为末代之君，幽王的责任不言自明，同时代的其他诗篇中对此有过直截了当的指斥，《大雅·正月》曰"赫赫宗周，褒姒灭之"，话说得一点也不中和。此时这位周大夫以如此汹涌而压抑的情感，俯对地而仰对天，难道只是为了发表已成公论的对幽王的怨怼和谴责？

汉儒也许是受到了《麦秀》的解释路径的影响。毛氏和司马迁很可能分享共同的知识来源，《麦秀》指斥纣王，《黍离》之问也就顺理成章地落实为幽王，当然这无疑符合《毛诗》的政教旨趣。但作为诗人，箕子远不能与《黍离》的作者相比，箕子之叹是叙事性的，是人对人的悔恨，《麦秀》起于麦黍，但其实并无天地，在箕子之上、纣王之上、殷商兴亡之上，那更为浩大的力量，并未进入箕子的意识。而《黍离》的作者，这伟大的诗人，他蹢躅于大地，他经历着世界的沉沦，无情的、冷漠的沉沦，似乎一切都不曾存在，只有他，行于天地间，那不在的一切的重量充塞于胸臆，这时，他会仅仅想到幽王？渺尔幽王，又何以担得起如此浩大之重？

在古文中，"人"同于"仁"，所以是——

悠悠苍天,此何仁哉。

天地不仁,以万物为刍狗。老子必定读过《黍离》,老子的声音是《黍离》的回响。

九

此时的人们很难理解《黍离》作者的悲怆,很难体会那种本体性的创伤。西周的倾覆只是课本上的一段,历史沿着流畅的年表走到了今天,此事并没有妨碍我们成为今天的我们。但是,在当时,在公元前770年,一切远不是理所当然,对于当时的人来说,此事就是天塌地陷。更重要的是,他们还不像后世的人们那样饱经沧桑,他们涉世未深,从未有过这样的经验,塌陷和终结猝不及防地降临,在那个时刻,二百七十六年中凝聚起来的西周天下忽然发现,他们认为永恒的、完美的、坚固的事物竟然如此轻易地烟消云散。

这种震惊和伤痛难以言喻。后世的人们知道,这是黍离之悲、麦秀之痛,甚至会说"黍离麦秀寻常事"。但彼时彼地,正当华夏文明的少年,天下皆少年,他们无法理解、无法命名横逆而来的一切。在当时人的眼里,西周无疑是最完美的文明,是他们能够想象的人类共同生活的典范极则。伟大的文王、武王和周公在商朝狞厉残暴的神权统治的废墟上建立了上应天命的人的王国、礼乐的王国,以此在东亚大地上广大区域、众多部族中凝聚起文化和政治的认同,未来世世代代的中国人所珍视的一系列基本价值起于西周,我们对生活、对共同体、对天下秩序的基本理念来自西周。而如此完美的西周转瞬间就被一群野蛮人践踏毁坏、席卷而去!是的,平王东迁,周王还在,天子还在,但是,都知道不一样了,东周不是西周,那个秩序井然的天下已经一去不返,这是永恒王国的崩塌、永恒秩序的失落。

此何人哉!此何仁哉!

西周就这么亡了。赫赫宗周,它的光被吹灭,这光曾普照广土众民。当时和后来的人们力图作出理解,按照他们所熟悉的西周观念,王朝的兴衰出于天命,那么,这天命就是取决于那无道的幽王、那妖邪的褒姒?他们是天命之因还是天命之果?如果有天命,而且天命至善无私,那么那野蛮的犬戎又是由何而来?

悠悠苍天,此何仁哉!

天意高难问。但中心如噎,站在地上的人不能不问。——"彼狡童兮,不与我好兮!”这悲叹的是人的错误,已铸成、可悔恨,它牢牢地停留在事件本身,因此也就宣告了事件的终结。但是,悠悠苍天,此何仁哉,这超越了事件,这是对天意、对人世之根基的追问和浩叹。

这是何等的不解不甘！正是在如此的声音中,西周的倾覆带来了当时的人们绝未想到的后果:它永不终结。它升华为精神,它成为被天地之无常所损毁的理想。不解和不甘有多么深广,复归的追求就有多么执着。在紧接而来的春秋时代、在前仆后继的漫长历史中,在孔子心中、在无数中国人心中,西周不是作为败亡的教训而存在,而是失落于过去、高悬于前方的黄金时代,是永恒复返的家园。直至今日,当我们描述我们的社会理想时,使用的依然是源于西周的词语:“小康”—“大同”。

在《黍离》中,华夏文明第一次在超越的层面上把灾难、毁灭收入意识和情感。西周的猝然终结为青春期的华夏注入了前所未有的经验和信念,这是失家园、失乐园,是从理想王国中被集体放逐、集体流浪,华夏世界在无尽的伤痛中深刻地意识到天道无常,意识到最美和最好的事物是多么脆弱。在两千年后的那部《红楼梦》里,白茫茫一片大地真干净,这是人生的感喟,更是对文明与历史的感喟,一切终将消逝,正如冬天来临。但唯其如此,这伟大的文明,它随时准备着经历严冬。《黍离》这苍茫的咏叹标记出对此身与世界更为复杂、更为成熟强韧的意识,我们悲叹天道无常、人事虚妄,这悲叹是记忆,是回望,亦是向着黄金时代复归的不屈信念。

在此时,《黍离》的作者行走着,“行迈靡靡”、“行迈靡靡”、“行迈靡靡”,他不知道,他会走很远很远,走进一代一代人的身体和心,摇摇、如醉、如噎……

十

那一年在陕西关中大地上走过的那位诗人,《黍离》的作者,他的年纪是多大呢？他必定经历了幽王统治时期的混乱动荡,他至少已经四十多岁,甚至五十岁、六十岁了。五十而知天命,以那时的平均寿命,他是一位老人,他的声音已近苍茫暮年——

支离东北风尘迹,漂泊西南天地间。
三峡楼台淹日月,五溪衣服共云山。

羯胡事主终无赖，词客哀时且未还。

庾信平生最萧瑟，暮年诗赋动江关。

（杜甫《咏怀古迹五首之一》）

一千五百多年后，公元 766 年，杜甫困顿于夔州，他同样经历着文明之浩劫，一切都在衰败沉沦。支离漂泊于东南西北、行迈靡靡于江畔山间的杜甫，平生萧瑟如庾信，亦如《黍离》的作者——杜甫或许不曾想过他走进了《黍离》作者所在的暮色苍茫的原野，他根本不必想，《黍离》的作者在山巅绝顶上等待着来者，正如庾信和杜甫是同一人，杜甫也必定是写出《黍离》的那个人。

此前九年，杜甫四十六岁，逃出叛军盘踞的长安，奔赴肃宗行在。当年闰八月，他回家探亲，路经玉华宫，昔为贞观胜境，如今已成废墟："忧来藉草坐，浩歌泪盈把。冉冉征途间，谁是长年者。"——这无数人行迈靡靡的冉冉征途啊，有谁是那个一路走来的"长年者"？ 当然，没有谁。凯恩斯说："从长远看，我们都已经死去。"人只能活在当下，经济政策应以当下的利害为权衡。这当然不能安慰杜甫，凯恩斯和杜甫说的是一件事，但意思南辕北辙。"谁是长年者"？ 人如此有限，真的能够有限地度过此生又是多么幸运。"愿为五陵轻薄儿，生于贞观开元时。斗鸡走犬过一世，天地兴亡两不知。"（王安石《凤凰山》）而现在，这有限的人竟然活了这么长，把沧海走成桑田，把宫观走成了丘墟，以有限的此生经受历史与自然的茫无际涯，此时此刻，这热泪这浩歌这孤独藉草而坐，是根本的意义危机、人之为人的危机，正如赫拉克利特所言："我们走下又不走下同一条河，我们存在又不存在。"如果万物周流、无物常驻，那么，此何人哉、此何人哉，此时此刻的"我"有何意义？ 对此问题，古希腊人的答案是逻各斯，而在中国，在《黍离》的作者这里、在杜甫这里，却另有一条艰险的路。

暮年诗赋动江关，第二年，公元 767 年，杜甫五十六岁，九九重阳之日，赋诗《登高》：

风急天高猿啸哀，渚清沙白鸟飞回。

无边落木萧萧下，不尽长江滚滚来。

万里悲秋常作客，百年多病独登台。

艰难苦恨繁霜鬓，潦倒新停浊酒杯。

登上巅峰，与《黍离》劈面相认。天之高、地之大，无边落木，不尽长江，纵目望去，空阔、刚健、明澈、奔腾，然后，他的声音自高处、自天地间渐渐收回，收回到此身此心，万里悲秋、百年多病，最后，停在了满头白发、一杯浊酒。

何其雄浑高迈。但为什么，他的声音低下去、低下去，低到连一杯浊酒其实也是没有。

不可按诗句的时间顺序理解这首诗，《登高》是反时间的，是永恒是没有时间，悲秋、多病、艰难、潦倒，与动荡不息的天地并在，至高与至低并在。这是一个本体性的局面，是一个人在终点、在暮年，以水落石出的卑弱、以人的有限独对无限的悠悠苍天。

无穷无尽的回响中，《黍离》是本原。儒生们力图将它锚定在特定的历史事件之中，但它是不尽长江，当陈子昂登幽州台，《黍离》的声音在他心中回荡："前不见古人，后不见来者，念天地之悠悠，独怆然而泣下。"而当杜甫独自登高，《黍离》的作者就在他的身上，这诗必起于"彼"而结于"此"，必对于天而立于人。

"悠悠苍天，此何人哉"，于是有第三解。"此"可以是幽王可以是天，但也是诗人自我。悠悠苍天啊，这里站着的，只有我，这个历尽沧桑的我，这个心忧天下的我，这个老不死的依然站在这儿忍看这一切的我，这活在记忆之中，活在自己的内部，活在文明的浩劫、万民的苦难中，活在这生机勃勃、无知无识的大地之上的我，前不见古人后不见来者，站在此生尽头，苍老、孤弱而瘦硬。

只有这个"此"，才和浩浩荡荡反复展开的那个"彼"势均力敌、遥相呼应，彼是无情的天地，然后，天地间有这一个有心有情的"此"。"此何人哉"，在现代印刷文本中通常被标记成问号或叹号，这是现代强加之物，按照各自的意图实施对音调、语意的引导和封闭。"此何人哉"后边原本没有标点，"哉"本身就是在标记语气就是百感交集，就同时是问号叹号省略号破折号："此何人哉?!……——"这是质问是自问是悲叹是呼告是省思是激昂是低回，是对着悠悠苍天回望此身此心……

《黍离》的作者，他发明了、打开了、指引了华夏精神中最具根性的自我的内面：这里有一个"我"，有此生此世，是有限的、相对的；这个"我"终要面对的是那"不仁"的天地，是天地对人的绝对否定。对此，希伯来文明诉诸超验的上帝，而在公元前8世纪，《黍离》的作者，他在荒野上得自自我的觉悟是，天何言哉，天不会回答你不会拯救你，这里只有"我"，只有这个孑然孤弱之人，这才是静默的悠悠苍天下一个最终的肯定。对《黍离》的作者来说，他必须由此开始踏上"人"与

"仁"的"冉冉征途"。

然后,有孔子,有杜甫,有中国人……

——我把这叫作暮年风格。这是中国诗学的巅峰。华夏文明在《黍离》的作者行经丰镐之野时独对天地,在灾难和丧乱中准备着少年、中年和暮年,准备着历尽沧桑、向死而生,准备迎接和创造自己的历史。

<h1 style="text-align:center">十一</h1>

他说:"知我者谓我心忧,不知我者谓我何求。"

两千五百年后,宝钗过生日,贾母做东,请了一班昆弋小戏。戏唱完了,见唱戏的孩子中一个小旦生得可爱,便有人说:这孩子像一个人呢。像谁?却又都含笑不说,偏是那湘云嘴快,宝玉连忙使眼色也没拦得住:像林妹妹!

就这么一件细事,黛玉不高兴了,湘云也不高兴了。宝二爷两边赔罪,反挨了两顿抢白。无事忙先生想想无趣,心灰意冷,忽记起前日所见庄子《南华经》上有"巧者劳而智者忧,无能者无所求,饱食而遨游,泛若不系之舟",遂写下一偈:

> 你证我证,心证意证。
> 是无有证,斯可云证。
> 无可云证,是立足境。

这偈后来又被黛玉湘云等一通嘲笑,黛玉提笔续了一句:"无立足境,是方干净。"

此时是《红楼梦》第二十二回,宝钗十五岁,宝玉十四岁,黛玉十三岁,离真干净的白茫茫大地、离黍离麦秀还远,正是良辰美景、姹紫嫣红开遍的春日。

"巧者劳智者忧,无能者无所求"——我母亲平日顺口溜一般挂在嘴边,少年时我一度以为此话的作者就是我妈,后来读了书,才知语出《红楼》,而《红楼》又来自《庄子·列御寇》。在庄子看来,劳与忧,皆为人生烦恼,烦恼之起,盖源于巧、智。巧或智必有所求,必要炫巧逞智,不被人叹羡的巧算什么巧,不表达不践行的智算什么智,于是巧者劳智者忧,人生烦恼几时休。对此,庄子和老子开出了药方:绝圣弃智,去巧智,蔽聪明,此身作"不系之舟",随波逐流,应物无着,俗语所谓不占地方,宝玉参禅、黛玉续偈,最后一境便是无立足境,"无立足境,是方干净"。如此则吃饱了晃荡烦恼全消——至于活着还有什么意思那另说。

然后，由庄子、老子溯流而上，我们又看到了《黍离》的作者。

从"知我者谓我心忧，不知我者谓我何求"，到"巧者劳智者忧，无能者无所求"，"忧"与"求"并举，"何求"与"无所求"相对，清晰地标记出由《黍离》时代到庄子之世，华夏世界的人们省思人生的基本进路。《诗经》三百零五篇，不计通假字，用到"忧"字的三十五篇，分布于十五国风、大雅小雅，只有颂无"忧"。"乐"是个人的，也是公共的，所谓"钟鼓乐之"（《国风·周南·关雎》）；"忧"却只是个人的，是内在的体验，《说文解字》说，忧者心动也，心动不动当然只有自知，所谓"我心忧伤"（《大雅·正月》《大雅·小弁》《大雅·小宛》），这忧伤必是人的自我倾诉。"一人向隅，满座为之不欢"，说的就是在群我之间，乐与忧的张力关系，乐可共享，忧必独弹。

三十五篇忧之诗，大致可分两类，一类三十四篇，皆为可知之"忧"，抒情主体自我倾诉、自我澄清，他和我们得以感知他的忧因何而起，动心之风由何而来。也就是说，这三十四种忧都可以在具体的、个别的经验和事件中得到解释与安放。

但是，还有另一类。此类只有一篇，就是《黍离》。《黍离》之忧，不知从何来，不知向何处去。当然，《毛诗》讲了故事、做了解释，但如前所述，这个故事是从外部赋予的，我信《毛诗》，但它的故事除不尽《黍离》，依然存有一个深奥的余数。前人读《黍离》，言其"专以描摹虚神见长"（方玉润《诗经原始》），说它"感慨无端，不露正意"（贺贻孙《诗触》），所谓"虚神""无端"，指的正是这个说不清道不明的余数。这个作者，他如此强烈地感知着他的心忧，但他不愿，甚至拒绝对这心忧作出澄清，"知我者谓我心忧"，知道我的人自会知道，但他在大地上踟蹰，肯定不是在寻找知我者，有没有知我者他甚至并不在意，因为他马上以拒绝的语气说出了下一句"不知我者谓我何求"，然后，在这不知我，或者知我不知我随他去的世上，才接着有了再下一句："悠悠苍天，此何人哉。"

现在，重读一遍宝玉的偈语："你证我证，心证意证"，此为知我者；"是无有证，斯可云证"，定要人"知"，已是执迷；"无可云证，是立足境"，人生立足之境，就是无知我亦无不知我。至此，《黍离》的作者与宝玉、与庄子可谓同道，然后，最后一句，"无立足境，是方干净"，不系之舟，放下巧智忧劳，得自在随性，但《黍离》的作者，他在此处与老庄决然分道，在华夏精神的这个根本分野之处，他不是选择放下，而是怀此深忧，独自对天。

《黍离》之忧超越有限的生命和生活。这不是缘起缘灭之忧，是忧之本体。乐无本体，必是即时的、当下的；而本体之忧所对的是天地的否定，是广大的、恒常的，超出此身此生此世。说到底，我们都是要死的，唯其如此，人之为人，人从草木中、从自然的无情节律中自我超拔救度的奋斗正在于"生年不满百，长怀千岁忧"（《古诗十九首》），在于"心事浩茫连广宇"（鲁迅），在于将自己与广大的人世、文明的命运、永恒的价值联系起来的责任和承担。

如此之忧，摇摇、如醉、如噎，具有如此的深度和强度，它在根本上是孤独的，它面对自然和苍天，但它不能在自然和苍天那里得到任何支持与确认，它甚至难以在世俗生活和日常经验中得到响应。《古诗十九首》中，"生年不满百，常怀千岁忧"，下一句就是"昼短苦夜长，何不秉烛游"，这也正是"不知我者谓我何求"。从"已矣哉，国无人莫我知兮"（屈原《离骚》），到"忧来无方，人莫之知"（曹丕《善哉行》），这个诗人、这个忧者注定无依无靠。这不仅是外在的孤独，这本就是一种孤独的道德体验，一种必须自我确证的存在。由此，我们或许可以更深地理解那被无数人说了无数遍的话："先天下之忧而忧"，他必须、只能先于天下。"无立足境，是方干净"，而《黍离》的作者选择的不是无，是在无和否定中坚忍地确证有。

三千年前，这个走过大野的人，他走在孔子前边，是原初的儒者，他赋予这个文明一种根本精神，他不避、不惧无立足境，他就是要在无立足境中、在天地间立足。

悠悠苍天，此何人哉。

这个人不知道自己的声音意味着什么。他其实对在那一刻蓦然敞开的这个"人"也满怀疑虑和困惑。他就这样站在山巅绝顶，由山巅而下，无数诗人在无数条分岔小径上接近他，或者以逃离的方式向他致敬。

他是中国史上最伟大的诗人之一，以一首诗而成永恒正典。

（作者单位：中国作家协会）

西学相遇中的章太炎"引申"概念新解：与其文论、语言思想的关联[①]

林少阳

引子："文"的思想家和革命家章太炎

本文将探讨章炳麟（1869—1936，字枚叔，号太炎）的小学"引申"概念与其"文"的思想和"语言文字之学"的思想之间的关系，以展示章太炎在时代转折点上其所思所虑所著所论的思想史、学术史意义以及与西学的关联。

章太炎为清朝朴学与现代科学思想结合的先驱者。清朝朴学，也称清朝考据学，涉及两大类研究方法：一类是文献学及其方法，包括目录、版本、校勘、注疏等及其相关方法；一类是"小学"三门的文字、音韵、训诂及其相关方法。清代汉学是从语言和文献中求经史之归依的汉学在清代的发展形态。清代汉学或考据学的称谓多指从语言角度综合经学、小学、狭义的史学、礼制之学、诸子学的学问体系，后来都有与宋学（朱子学或理学）和阳明学的称谓相对之意。考据学的语言的方法论主要在于文字的形体、训诂、音韵之学，即所谓"小学"，章太炎后来将之改称为"语言文字之学"[②]，应该留意的是，这里的语言包含了口语。章氏于此领域斐然有成，被目为大家。日本汉学家、故高田淳教授因之誉其为"集中国学术思想于一身的思想家"[③]。在强调文以小学为始基上，章太炎与同时代刘师培

---

① 文中的日文论著概以『 』（单行本），「 」（单篇论文）为书名号，以与汉语书区别。

② 章太炎：《论语言文字之学》，《国粹学报》二十二·十三，1906 年（扬州：广陵书社民国分类复刻本第六卷，2006 年，第 2501—2512 页）。

③ 高田淳：『辛亥革命と章太炎の斉物哲学』，东京：研文社，1984 年，第 385 页。

等相类①。

本文包含如下的内容。首先，将从概观章太炎小学的主张入手，阐述他的小学何以与其"文"论相关。这样的论述方法虽略嫌迂回，却是理解其独特的批评理论和语言思想的必要途径。其次，在此基础上，本文将重点讨论章太炎的"引申"（引伸）概念的内涵，探讨章太炎透过日本明治宗教学学者姊崎正治（1873—1949），与德国学者、牛津大学比较语言学、比较宗教学开创人马克斯·穆勒（Friedrich Max Müller，1823—1900）相关理论的关联。所谓"引申"，原本属朴学中文字训诂方面就字、词之衍生、流通、使用情况的研究概念。本文将阐明章太炎思想中如何将传统的小学概念作为基础，对语言文字之学的理论予以重构。章太炎的这一重构，一定程度上也契合同时代马克斯·穆勒的比较语言学理论（comparative philology，或可翻译为比较古典语文学）。再次，章太炎对"文"的思考与时代的关系，也将是本文关注的一个方面。面对忘却现实、萎靡不振的"文"，章太炎所重构的"文"之理论，目的之一，也是以改变现实为鹄的——具体而言是改变知识分子与语言、语言与现实的关系。而他对"文"以及与之相关的"修辞"概念的解释，亦与如何面对"西洋"这一新的普遍性课题相关涉。最后，在以上讨论的基础上，本文还将关注章太炎与对压抑历史性和现实性之"美"的意识形态批判之间的关联，以彰显其重要的思想史意义。

第一节　章太炎的"文"与小学

广义的"文"与狭义的"文"：与小学的关联

小学为文学的始基，此一立场乃章太炎文论所频繁论及的一个方面。因此，要弄清楚他对"文"的解释，需以其小学的观点和相关语言思想为切入点。

章太炎将"文"分为广义的"文"与狭义的"文"。首先，就广义的"文"而言，他视一切文字皆为"文"。而这一"文"的法式则是"文学"。正如《文学总略》开篇所言："文学者，以有文字著于竹帛，故谓之文。论其法式，谓之文学。"（《文学总

①　刘师培在《中国文学教科书》（1904）《序例》中说："作文之道，解字为基。"刘师培《刘申叔遗书》下卷所收，南京：江苏古籍出版社，1997年，第2117页。刘师培的《中国文学教科书》其内容本身某种意义上说也是"小学史"。亦见王风《世运推移与文章兴替：中国近代文学论集》，北京：北京大学出版社，2015年，第61—78页。

略》章,章太炎撰《国故论衡》)关于"文"的类似定义亦见于南朝刘勰(465—520,字彦和)的《文心雕龙》,章氏有言:"《文心雕龙》于凡有字者、皆谓之文。(中略)此彦和之见高出他人者也。"①关于这一点,其弟子朱希祖(1879—1944)1919 年 1 月于论文《文学论》中曾说过:"章先生之论文学,大氐宗法刘氏。刘氏之论文体,靡所不包,凡有文字著于竹帛者,皆论之矣。"②朱希祖作此论时,尚拳拳服膺于其师章太炎广义的"文学"观,但不久连他也转向了狭义的"文学"概念,这是后话③。

其次,就狭义的层面而言,章太炎依许慎(?—121)《说文解字》说,将"文"与"字"二分。"文"指根据"依类象形"的原则创造出来的汉字。他援引许慎《说文解字》云:

> 仓颉之初作书,盖依类象形,故谓之文。其后形声相益,即谓之字。文者,物象之本;字者,言孳乳而寖多也。④

顾炎武(1613—1682)也曾指出:"春秋以上言文不言字,如《左传》'于文止戈为武',(中略)以文为字乃始于《史记》。"⑤为了有所区分,笔者将语言文字学意义上的"文"称为"狭义的'文'"。许慎狭义的"文"大致如下:第一阶段的"文",指传说中汉字造字者仓颉从鸟兽足迹中获得启发,"依类象形"而作文。这一阶段的"文"其后通过"形声相益"亦即形音结合而构成新字。前一阶段的"文"为"物象之本",因"本"的繁殖(孳乳)而逐渐增多(寖多)的"子",便是字("字"本来有"生育"之意,故"字乳"即为"孳乳",意即滋生、繁殖之意。此处的"孳乳"指的是由初文渐次产生的合体字)。章太炎认为"字"的变化有两种:一种是"变易","音

---

① 章太炎《讲授〈文心雕龙〉记录稿两种》(朱希祖等整理,1908 年 3 月至 4 月)、黄霖编著《文心雕龙汇评》(上海:上海古籍出版社,2005 年,第 168 页)。章太炎本文实为钱玄同整理(蒙北京师范大学说文研究者董婧宸老师赐教)。

② 《文学论》,见周文玖选编《朱希祖文存》,上海:上海古籍出版社,2006 年,第 48 页。

③ 见朱希祖《中国文学史要略》,见林传甲、朱希祖、吴梅《早期北大文学史讲义三种》,陈平原辑,北京:北京大学出版社,2005 年,第 241 页。亦请参照陈平原《序》。

④ 许慎:《说文解字》第十五,北京:中华书局,2001 年,第 314 页。但许慎原话并无"文者,物象之本"的表述,本文引用的段玉裁注[《说文解字注》,《说文解字四种》(中华书局 1936 年版《四部备要》复刻版),北京:中华书局,1998 年,第 54 页]。句读为引用者所加。

⑤ 顾炎武著,黄汝成集释《日知录集释》(中卷),栾保群、吕宗力校点,上海:上海古籍出版社,2006 年,第 1200 页。

义相雠,谓之变易"①("均"为"韵"之本字,音 yùn),即指音义相同或相近但字形有异的文字;另一种则是"孳乳","义自音衍,谓之孳乳",即有字形不变者,亦有字形变化者,但转为异音异义,也就是派生字(也有不变音的字例)。两者最大的区别是"孳乳"中包含作为字义的比喻性运动的**引申**,而"变易"则未必②。这样看来,章太炎对"字"的定义,看似不出许慎之见,但他对"孳乳"的界定比许慎要窄。

下面的讨论将涉及章太炎的一系列小学概念,因此先就许慎的汉字造字法"六书"做简要介绍。

众所周知,许慎的《说文解字》是一本从汉字部首进行分类,并就其本义进行解释的最早的字书。他提出说明形音义来由的六种原理,即所谓的"六书",也即指事、象形、形声、会意、转注、假借。六书的说法亦见于许慎以前,但首次用于文字学的可能还是许慎③。

六书之第一书为象形,"画成其物,随体诘诎,日月是也";第二书为指事,"视而可识,察而可见,上下是也"④;三为形声,"以事为名,取譬相成,江河是也";四为会意,"比类合谊,以见指撝,武信是也"[谊,通义;撝(huī),通挥];五为转注,六为假借。所谓转注,许慎的定义是"建类一首,同意相受,考老是也",《说文》解释"老":"考也。七十曰老,从人、毛、匕,言须发变白也。"解释"考"则为:"老也。从老省,丂声"⑤。最后是假借,如"令""长"二字一样,假借则是"本无其字,依声托事"。以上合称六书。

但是,许慎并未标明上述字例外的字何者为转注、何者为假借,因此后人颇感困惑。按许慎的定义,"指事"与"象形"是在狭义"文"的层面上,而"形声"与"会意"则是狭义的"字"。清代以来的研究者都认为,转注与假借严格来说都是

---

① 《文始》,《章太炎全集》(第七卷),上海:上海人民出版社,2018 年,第 160 页。此处亦蒙董婧宸老师赐教。

② 陆宗达:《训诂简论》(1980),香港:中华书局,2002 年,第 104 页。吴泽顺:《汉语音转研究》,长沙:岳麓书社,2006 年,第 63 页。亦请参考祝鸿熹《章黄关于汉字"变易""孳乳"的论述》,见其著《祝鸿熹论集》,北京:中华书局,2003 年,第 110 页。

③ 《周礼·保氏》中提及"六书",但没有具体所指(福田襄之介《中国字书史の研究》,东京:明治书院,1979 年,第 284 页)。

④ 大徐本《说文解字》、小徐本《说文解字系传》此条均作"察而可见",但因为"六书"其他的定义都是押韵的,"见"字失韵。一般会根据清人段玉裁、桂馥等人意见,据颜师古《汉书注》将"指事"的定义,校改为"视而可识,察而见意"(识、意入声职部押韵)。此处亦蒙北京师范大学说文学研究者董婧宸老师赐教。

⑤ 前引许慎《说文解字》,第 173 页。

因文字的使用而导致的字的增殖,属于因使用而产生的孳乳①。关于转注的解释,清朝曹仁虎(1731—1787)的《转注古义考》曾指出,迄至清朝转注说有二十五家之多。其后更有新说叠现②。正因自古以来关于转注和假借的众说纷纭,两者的关系也就变得复杂。

许慎分文字为以下三种:一是狭义的"文";二是狭义的"字";三是由狭义的"文"与"字"之运用所产生的造字法,亦即转注与假借。与此相应,章太炎在《文学总略》(1910)中,对"文"有如下定义:

> 凡云文者,包络一切著于竹帛者而为言,故有成句读文,有不成句读文,兼此二事,通谓之文。(《文学总略》章,章太炎撰《国故论衡》)

章太炎在此将着于竹简和丝布上的"文字"称为"文"。竹简和丝布是造纸术出现之前的书写材料,因此章氏的"文"在此应理解为一切书写语言。有文法组织的,曰"句读文"(句读:jùdòu);只有单词只义的,曰"不成句读文"③。虽然章氏此说与许慎的"著于竹帛谓之书"有异曲同工之处④,但此处的"文"显然比许慎限指六书中之"象形""指事"的狭义之"文"涵义更为广泛。

章太炎进而讨论广义的"文":"夫命其形质曰文,状其华美曰彣,指其起止曰章,道其素绚曰彰,凡彣者必皆成文,凡成文者不皆彣,是故推论文学,以文字为准,不以彣彰为准。"(推:què)(《文学总略》章,章太炎撰《国故论衡》)在此,他将"文"、"彣"、"章"、"彰"分而论之。"文"的华美为"彣",有着一定篇幅起止的则为"章",而"章"之素绚始为"彰"。段玉裁解释说:"迨画者,文之本义。彣彰者,彣之本义,义不同也。"⑤郭绍虞也在其与王文生主编的《中国历代文论选》中释之

---

① 比如戴震《答江慎修先生论小学书》[《声韵考》(卷四),《戴震全书》(第三卷),合肥:黄山书社,1994年,第333页];段玉裁(前引段玉裁《说文解字注》卷十五上,第542页)。关于假借,见章太炎《文始·文始叙例》(1910)[《章太炎全集》(第四卷),第178页]。

② 如日本白川静、河野六郎、藤堂明保诸说。详见大岛正二《中国语言学史》,东京:汲古书院,1997年,第84页。

③ 参考郭绍虞主编《中国历代文论选》(第4卷),上海:上海古籍出版社,2001年,第317页注。

④ 前引许慎《说文解字》,第314页。

⑤ 段玉裁解释说:"'迨画'者,这迨之画也。《考工记》曰:'青与赤谓之文',迨画之一端也。迨画者,文之本义。彣彰者,彣之本义,义不同也。黄帝之史仓颉,见鸟兽蹄迒之迹,知分理之可相别异也。初造书契,依类象形,故谓之文。"段玉裁:《说文解字注》,前引《说文解字四种》,第307页。

曰："文与彣训义不同，文是大名，彣是小名。举大可以包括小，举小不可代表大。"①也就是说，"文"是总括性的表述。"彣"只是"文"的一部分，"文"未必是"彣"。这等于在为"彣"划定疆界，与视"彣"为"文"之标准，亦即以文采之美为"文"之标准，自然南辕北辙。

另外，此处"夫命其形质曰文"一语可被视为对"形""质"之间均衡性、不可二分性的强调。下文亦将论及，所谓"形""质"之不可分，实即汉字圈批评中"文""质"不可二分关系的另一种表述。

以"小学"为始基的"文学"概念与对阮元一派的 "文"的概念的批判

如前所述，章太炎认为"文学"是讨论文字"法式"之"学"，而举凡"著于竹帛"者皆可谓"文"。此定义可视为章氏在回应世纪之交翻译引入的现代"文学"概念。同属汉字圈的日本积极引进包含这一概念在内的西洋学术体系，而中国国内则围绕"何谓文学？"的问题争论不休，两种截然不同的接受态度，却透露出同样的时代焦灼感。收于《訄书》（1900 年初版、1904 年重订版）的论文《正名杂义》之原题是《文学说略》（1902）②。显然章太炎认为对 literature 这一外来概念的讨论与"正名"之名实一致的讨论应被置于同一层面③。"正名"在他看来即是"正字"④。他基本上将文字与"文学"等量齐观，但是，关于"文学"的议论，包含着将"文学"用于审察语言尤其是书写形式的一面⑤。

章太炎之论"文"，其中一个原因，也是为了批判清儒阮元（1764—1849）一派之"文"论。阮元继承萧统（昭明太子，501—531）《文选》"序"以来之文学观，是清

---

① 参考郭绍虞主编《中国历代文论选》（第 4 卷），上海：上海古籍出版社，2001 年，第 312 页注。

② 章太炎著，徐复注《訄书详注》，上海：上海古籍出版社，2000 年，第 381—382 页。本书所引《訄书》据此版本。

③ 小林武〈章太炎について——方法としての語言〉，强调为原作者。收于小林武《中国近代思想研究》，京都：朋友书店，2019 年，第 265—302 页。

④ 这方面请参考陆胤《"尔雅以观于古"——东西知识网络中的章炳麟〈文学说例〉》，《文汇报》2018 年 1 月 5 日。

⑤ 木山英雄「「文学復古」と「文学革命」」，『中国社会と文化』第 12 号，1997 年 6 月。汉译见木山英雄著，赵京华编译《文学复古与文学革命》，北京：北京大学出版社，2004 年。笔者对章太炎文学观考察，多蒙木山英雄先生教示，他从语言论视角和尽量摆脱现代以来的概念约束去接近章太炎文学思想的作法，对笔者颇有启发。

文骈俪体至上的"文选派"代表人物①。此派认为惟骈文为"文"之正统,将"文""笔"相对,则"文"优于"笔"。章太炎不认为"文""笔"有高下之别,并认为此说与刘勰无关,予以力诋。事实上,章氏一直引刘勰为"文"之同道:"彦和以史传列诸文,是也。昭明以为非文,误矣。"②东汉只视诗赋为"文",将奏札之类的政府公文视为"笔",六朝也是以有韵为"文"、无韵为"笔"③。章氏对此批判说:"前之昭明,后之阮氏,持论偏颇,诚不足辩。最后一说,以学说、文辞对立,其规摹虽少广,然其失也,只以彣彰为文,遂忘文字。故学说不彣者,乃悍然摈于文辞之外。"(《文学总略》章,章太炎《国故论衡》)此处的"只以彣彰为文,遂忘文字",应予以重视。所谓"彣彰"指的是注重辞藻华丽的、偏于形式美的文体。章氏认为与"彣彰"无涉的"文字"、"学说"(学术文章)也是"文学",这与萧统、阮元一派显然有别。

尽管章太炎的讨论与其小学理论密切相关,他与其他小学家之论"文"之经由与所得之结论也未必尽同。章氏的文论,是立足于"文""质"不可二分的批评传统的,或者说,是立足于"修辞"与"立诚"不得分论的"修辞立其诚"之文学观和语言思想观中的。具体而言,章太炎对本字的强调,关乎其力主避免过度"引申"(比喻的生产),亦即避免过度华饰的主张,根本上也关乎其文学语言思想核心中的"修辞立其诚"观点④。此外,他借"文"之概念所力诋的,是将"美"特权化、绝对化的美学主义(也即章氏所言之"表象主义"),因为后者往往会压抑"文"的历史性、伦理性和批判性。这些将在下面进一步论述。

第二节 章太炎小学理论与汉字比喻概念的引申

章太炎的假借解释:引申概念的另类表述

章太炎何以如此强调小学为文学始基? 要弄清这个问题及其相关的语言思

---

① 阮元的"文"论见于其《文言说》(《揅经室集》卷二),《文韵说》(《揅经室续集》卷三)等(前者收于《揅经室集》上卷,后者为下卷所收,邓经元点校,北京:中华书局,2006年)。

② 前引章太炎《讲授〈文心雕龙〉记录稿两种》(朱希祖等整理,1906年),见黄霖编《文心雕龙汇评》,第175页。

③ 章太炎《讲授〈文心雕龙〉记录稿两种》(朱希祖等整理,1906年),见黄霖编《文心雕龙汇评》,第167页。

④ 吴文英:《论章太炎的文学思想》(1940),见章念驰编《章太炎生平与学术》,北京:生活·读书·新知三联书店,1988年。

想，不可避免地要理解他对小学的基本主张。

章太炎在《国故论衡》(1910)中，提倡从音韵角度出发的小学方法论："古字或以音通借，随世相沿，今之声韵，渐多讹变，由是董理小学，以韵学为候人。譬犹旌旃辨色，钲铙习声，耳目之治，未有不相资者焉。"［旌(jīng)、旃(zhān)：两种旗帜；钲(zhēng)、铙(náo)：两种古代军中之乐器]（《小学略说》章，章太炎《国故论衡》)。章太炎在指出以往小学史研究的问题时说："凡治小学，非专辨章形体，要于推寻故言，得其经脉，不明音韵，不知一字数义所由生。"（《小学略说》章，章太炎《国故论衡》)。由此可见，小学方法无非是要探讨音韵与文字衍生的关系，这属于由顾炎武承前启后的音学流派。这一学术谱系以音韵考据文字，并据此重释经书。章太炎这样谈到他的小学方法论与前人的关系：

> 余治小学，不欲为王菉友辈，滞于形体，将流为字学举隅之陋也。顾、江、戴、段、王、孔音韵之学，好之甚深，终以戴、孔为主。明本字，辨双声，则取诸钱晓徵。既通其理，亦犹所歉然。在东闲暇，尝取二徐原本，读十馀过。乃知戴、段而言转注，犹有泛滥，颣专取同训，不顾声音之异。于是类其音训，凡说解大同，而又同韵或双声得转者，则归之于转注。段借亦非同音通用，正小徐所谓引伸之义也。（中略）盖义相引伸者，由其近似之声，转，成一语；转，造一字。此语言文字自然之则也。[1]

在回顾自己小学研究的学术渊源时，章太炎将自己定位于以顾炎武、清儒江永(1681—1762)、戴震及其弟子段玉裁、王念孙(1744—1832)及孔广森(1751—1786)、钱大昕(晓徵，1728—1804)等以音学入手的考据学谱系[2]。这个谱系的源头是顾炎武。正如清儒陈澧(1801—1882)所指出，顾炎武对清朝考据学影响巨大："国朝诸儒小学，度越千古。其始由于顾亭林作《音学五书》。亭林之意，惟欲今人识古音，乃古音明而古意往往因之而明，此亭林始愿不及者也。"[3]

---

① 《太炎先生自述学术次第》(民国二年)，见章太炎《太炎先生自定年谱》，香港：龙门书店，1965 年，第 58 页。为了更便于阅读和理解，将原文的传统句读改为现代的标点符号，原有标点符号也略作调整。

② 对段玉裁为中心的说文学体系，赖惟勤监修·说文会编『説文入門：段玉裁の『説文解字注』を読むために』(东京：大修馆，1996 年)述之甚详。

③ 陈澧：《东塾读书记》，香港：三联书店，1998 年，第 231 页。

　　章太炎的小学理论,继承了清代段玉裁的古韵十七部、孔广森《诗声类》中的阴阳对转以及之后戴震《转语》等强调声纽转化的古音理论。章氏在追述古韵研究源流时,尤重孔广森。章太炎《国故论衡·小学略说》:“定韵莫察乎孔(广森),审纽莫辩乎钱(大昕)。”①章太炎于《文始·叙例》中亦言:“声有阴阳,命曰对转,发自曲阜孔君。”②同时,章太炎继承了南唐小学大家徐锴(楚金,920—974)对引申(引伸)说,尤其是段玉裁的引申说的重视。如前所述,引申(引伸)的概念乃“引而伸之”(《易·系辞上》)。以今日的语言去描述的话,它指的是因文字或部首比喻性意义的运动而发生的文字转义、派生运动。在段玉裁和后来包括章太炎在内的部分小学家的解释中,引申(引伸)概念并非仅仅是用字法,它同时也是文字的孳乳(繁殖)法。这一点留待后面论述。

　　章太炎所批判的王箓友(1784—1845)即王筠,乃清代文字学家,精通《说文》之学。在章氏看来,仅“滞于形体”的小学研究为人所诟病,不仅见于王箓友的《说文》诸说,亦见于王荆舒(王安石,1021—1086)《字说》、王夫之(船山)《说文广义》和王闿运(1832—1916)《尔雅集解》中:“此三王者,异世同术,后虽愈前,乃其刻削文字,不求声音,譬瘖聋者之视书,其揆一也。”(刻削:分割,揆:揆法,法度)(《小学略说》章,章太炎《国故论衡》)。章氏认为,即便三王中后来者超越前人,但在停留于文字之形体而不谙文字音韵方面,三者如出一辙。

　　要之,章太炎的小学理论,首先继承了清代段玉裁的古韵十七部、孔广森《诗声类》中提出的阴阳对转,以及戴震的古音系统:戴震音学中展示声母(声纽)转化的声转理论和说明韵母(韵部)叠韵相转、对转的韵转理论。同时章太炎也承袭了王念孙等前人的成果,阐明了文字随音韵而变化、转化、孳乳的规律。其次,继承了南唐小学大家徐锴对引申(引伸)说的重视。

　　从具体的方法上说,章太炎将四百三十七个字定为初文(亦即独体字),然后再拟定其他的准独体字(“半文”),两者相加为五百一十个“文”。他将其中四百五十七个字的“初文”定为“语根”[《文始》(1910)③],也即以声托字时的“声首”

---

①　章太炎:《国故论衡》(校定本),《章太炎全集》(第五卷),第165页。
②　章太炎:《文始》,《章太炎全集》(第四卷),第178页。此处梳理,亦蒙董婧宸老师赐教。
③　章太炎:《文始》,《章太炎全集》(第七卷),第160页。

(《语言缘起说》同上)①。他将同一语根的派生字(即章氏之所谓之孳乳字)集中于该语根，以声音(即声母或声纽)为纲，再将韵部的转化现象归为九卷②。但是，就《文始》的排列而言，准确地说，是先以韵部为第一个标准，然后是声纽为第二标准。《文始》的分卷是第一层次的，也就是韵部的九类二十三部(分为九卷)；声纽是第二层次的，也就是在各自卷下，再按照声纽分类(韵部相同的初文，按照声纽的部位再排列)③。

也就是说，以声音(即声母或声纽)为中心，将韵部(韵母)转化的现象进行分类，循语根分析派生词(同源字)。这等于循音入手，研究形、音、义三者相互运动的历史。章太炎将文字转化的规律归结为一个圆图，谓之"成均图"("均"为"韵"之本字，故音为yùn)(论文《成均图》收于1910年5月出版的《国故论衡》小学篇。但图本身及其解说也收于同年出版的《文始》④)。在该图中他将韵分为二十三部(部，即组)，并将之分为阴声韵(以元音结尾者)、阳声韵(韵母以 m、n 结尾者)、入声韵(p、t、k 结尾者)。附带

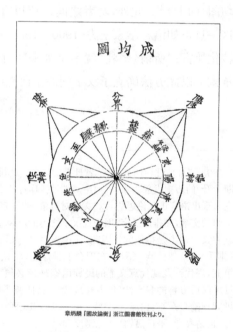

章炳麟「圓故論衡」浙江圖書館校刊より。

指出，韵母以 m 结尾的阳声韵以及所有的入声韵在北方方言中基本已脱失，现只存于闽语(含广义的闽南语，即包括潮州话、雷州半岛话、海南话等)、粤语、客家语等南方方言中(入声今日亦存于日语、朝鲜语等使用中古汉字音的汉字圈外语中，在日文中称为促音)。因此，这些保留中古音韵较多的方言相对而言去上古音稍近，间中尚存古音古训，是古汉语重要的化石，这也是章太炎重视方言，反

---

① 沈兼士曾指出："语根者，最初表示概念之音，为语言学形式之基础。换言之，语根系构成语词之要素，语词系由语根渐次分化而成者。"[《右文说在训诂学上之沿革及其推阐》(1933)，《沈兼士学术论文集》，北京：中华书局，2004年，第168页]。

② 前引陆宗达《训诂简论》(1980)，第104页。

③ 此处受教于小学研究者董婧宸老师。

④ 章太炎：《文始》，《章太炎全集》(第七卷)，第160页。

对排他性白话文运动的重要学术原因①。

　　章太炎的《成均图》归类字训字音、勾画声韵转化规律,其意图不仅在于解释形、义,更从与形、义密不可分的音(在成均图中则是韵)转化的角度,去考察字的变迁规律。例如,"乘"与"载"意义相近(同训),据章太炎的成均图则可解释为"乘"(上古音[djiəŋ])②属二十三部之一的阳声的"蒸"部(上古韵[əŋ]),它音转为属阴声的"之"部(上古韵[ə]),结果产生了"载"(上古音[dzə]或[tsə]③)(《成均图》同上)④。此外,两者之间之所以有音的运动,也因为两者意义上的关联。这一点正如语言学家王力(1900—1986)就章太炎《成均图》的转注解释中的声音转化所言:"所谓'孳乳'就不是乱来的,而是转而不出其类的或邻韵相转的。"⑤章太炎以此方法确立了汉字同源字研究(汉字字族研究)这一崭新的领域⑥。

---

　　① "排他性白话文"为笔者杜撰的概念。其排他性如下。第一,在历史观上立足于线性的(不断上升)的历史发展想象,因而绝对性地排斥过往之传统,视传统为落后的代名词。第二,在语言上它表现出语言进化论思想,以"文明对野蛮"的语言观,认为罗马字母、拉丁字母之类的表音文字为文明的文字,而排斥汉字,因为视汉字之类的以表意为主的书写体系为野蛮、落后的文字。第三,民族主义原理上是排他的。因此,在民族主义与语言相合的语言民族主义意识形态在理念上区别(排斥)其他民族。第四,在理念上排斥古文,认为古文以及所承载的文明不利于中国现代化。第五,现代性及现代意义上的民族国家理论必须建构在均质性上。因此排他性白话文在理念上排斥汉语方言的多元性(地方性),等。见拙著『「修辞」という思想:章太炎と漢字圏の言語論の批評理論』,东京:白泽社,2009 年,第 15—16 页。与近现代白话文研究相关的晚近出版的重要研究,也请参考:平田昌司《文化制度和汉语史》(北京:北京大学出版社,2016 年),陈建华《紫罗兰的魅影:周瘦鹃与上海文学文化,1911—1949》(上海:上海文艺出版社,2019 年);王东杰《声人心通:国语运动与现代中国》(北京师范大学出版社,2019 年);Yurou Zhong. *Chinese Grammatology*:*Script Revolution and Literary Modernity. 1916 - 1958*(New York:Columbia University Press,2019)。

　　② 李珍华、周长楫编撰《汉字古今音表》,北京:中华书局,1998 年,第 395 页。

　　③ 李珍华、周长楫编撰《汉字古今音表》,北京:中华书局,1998 年,第 158 页。

　　④ 传统小学讲上古(周秦)音韵时只讲系系,不讲音值,没有具体音标。本书上古拟音,据高本汉(Bernhard Karlgren)《中国音韵学研究》(*Études sur la phonologie chinose*,赵元任、罗常培、李方桂译,北京:商务印书馆,2003 年);以及《王力所定先秦的声母》、《王力所列先秦三十三声母例字表》、《王力所列先秦二十九韵部例字表》(曹述敬主编《音韵学辞典》,长沙:湖南出版社,1991 年,所收)。除必要之处,未必一一具体标示。

　　⑤ 前引王力《中国语言学史》,第 138 页。

　　⑥ 日本的文字学家白川静(1910—2006)在其著作中总结了章太炎包含《成均图》在内的汉字同源字研究对中日汉字研究学家的巨大影响。见白川静『文字講話』Ⅳ,东京:平凡社,2005 年,第 213—222 页。

章太炎的假借解释:引伸概念的另类表述

在上述引用中,章太炎说明了自己对六书中转注说的解释的形成过程。可以看出,他的转注说得益于清代史家、考据学家钱大昕(钱晓徵)的"辩双声"和戴、段二氏的转注说。不过,他对此二说亦有不满之处,认为钱氏的"亦犹所歉然",戴段师徒的则不够周密、完备("犹有泛滥")。

所谓双声,指二字汉字熟语其各字字头声母相同(如流离一词)。至于迭韵,则指韵部相同(如经营、混沌等词)。准此,则前举之"老"(古音[ləu])、"考"(古音[k′əu])为迭韵,"孟"、"勉"为双声。如后所述,章太炎批判性地发展了前人的方法论,通过将字音和字训归类,将同韵或双声相转归为转注的典型。

值得进一步关注的,是章太炎所说的"叚借亦非同音通用,正小徐所谓**引伸**之义也"。"小徐"指的是《说文解字》研究史上不可忽视的南唐《说文》学大家徐锴。章太炎继承了他的见解,将假借解释为**引申**[1],又在不同的层面上拓展了"**引申**"说。如后所述,他这一新解与其"文"、"修辞"密切相关。就**引申**与假借的关系而言,如上面的"令"本为"号令"之意,将发号令之行为或行为者的"长"**引申**为"令",也就不必另造新字了。"长"原本为儿童成长后身体变长,由此年长者也**引申**为"长"。将此义转深一层,为官者居百姓之上,也可曰"长"[2]。

孙雍长指出,清朝考据学就六书的假借问题分为对立的两派:一派是许慎、徐锴的拥趸,认为假借含有字义的**引申**;另一派则只视同音异义的假借字为假借。[3] 江声(1721—1799)、戴震、段玉裁、王菉友、王念孙及其子王引之(1766—1834)等都属于前者[4]。段玉裁更发展了其师戴震的**引申**说,成为频繁论及**引申**的第一人(据周祖谟指出,段玉裁的《说文解字注》中曾有七百八十处论及**引申**[5])。而王引之本是章太炎业师俞樾(1821—1907)之师,章氏认同许慎、徐锴之说,认为假借与**引申**相关,一定程度上也可能与此师承有关系(不过章太炎与俞樾的关系究竟有多深,这是一个有待证实的问题,断不可简单以师徒关系做还原式的同一性推论)。至于仅以同音异义的假借字为假借的一派,则通常以朱骏

---

① 《论文字的通借》,章太炎《章太炎的白话文》,第62页。
② 《中国文化的根源和近代学术的发达》,章太炎《章太炎的白话文》,第11页。
③ 孙雍长:《训诂原理》,北京:语文出版社,1997年,第356页。
④ 刘又辛:《论假借》,《罗常培纪念论文集》,北京:商务印书馆,1984年,第86页。
⑤ 周祖谟:《论段注说文解字》,见其著《问学集》(下卷),北京:中华书局,2004年,第867页。

声(1788—1858)为其代表。其《说文通训定声》便偏重于汉字的**引申**义①。但必须注意的是,朱骏声反倒认为引申即等于六书中的转注。也因此,朱骏声将"令""长"视为转注之例,一反许慎的假借之例。

"转注"解释:与戴震、段玉裁之异同

下面就章太炎的"转注"及其与假借的关系,以及他的**引申**概念作一简单介绍。

引申概念在章氏的语言思想中占有非常重要的位置。先来看章太炎与段玉裁对转注解释的异同。1907 年在东京的一次演讲中,章氏这样比喻转注:

> 这一瓶水,辗转注向那一瓶去,水是一样,瓶是两个。把这个意思来比喻,话是一样,声音是两种,所以叫做转注。比如有一个老字,换了一块地方,声音有点儿不同,又造个考字。②

相应的,段玉裁受其师戴震的启发,曰:"转注犹言互训也。注者灌也,数字展转,互相为训,如诸水相为灌注,交轮互受。"③亦即以相互灌注的比喻性解释,说明转注就是字与字间的互训。段玉裁根据《尔雅》将"初、哉、首、基、肇、祖、元、胎、俶(chù)、落、权舆(引申自草木萌芽)"等字训为"始",即为其所解释的转注。不过,他所言之"转注"(或互训),有部首相同者(同部),亦有部首相异者(异部,即如上例所示),此即宽松意义上的同义词"互训"④。

章太炎转注解释中的"注水"比喻,表面上似乎与段玉裁的"诸水相为灌注"说如出一辙,但章太炎并不认同段玉裁对字与字间"转注＝互训"的解释。章太炎的转注观既关乎意义的运动,也涉及字与声音之间的"转注"。段玉裁将许慎

---

① 朱骏声:《说文通训定声》,北京:中华书局,1984 年。这一点,请参考濮之珍《中国语言学史》,上海:上海古籍出版社,2002 年,第 444—445 页。濮之珍则批判朱骏声的转注与假借过于模糊。

② 《中国文化的根源和近代学术的发达》,前引章太炎《章太炎的白话文》,第 11 页。

③ 段玉裁《说文解字注》卷十五上,前引《说文解字四种》(中华书局 1936 年版《四部备要》复刻版)第 542 页。戴震指出:"转相为注,互相为训。"前引戴震《答江慎修先生论小学书》,《声韵考》卷四,前引《戴震全书》(第三卷),第 333 页。

④ 段玉裁《说文解字注》卷十五《叙注》上,第 542 页。

"建类一首"中的"首"解释为五百四十部首①。他解释说："建类一首谓分立其义之类而一其首。"也就是说，将意义相同的意符集中为一，再通过划分字义的种类，将其部首归拢为一②。所谓"五百四十部"，表示汉字的"旁"之最基本的意象分类为五百四十部，然后进一步将之与"釒""木"等"偏"组合成字。段玉裁解释许慎的"同意相受"说："同意相受谓无虑诸字意指略同，义可互受相灌注而归于一首。"③这里的观点也就是前引戴、段所主张的转注就是复数的近义字互训的观点。事实上段玉裁的这一解释很大程度上承袭了戴震对"同意相受"的解释，他继承了戴氏释六书中的转注为"互训"的观点。

章太炎赞成"同意相受"的段注，但对段注所解释的"建类一首"却持不同见解。他认为："类谓声类，郑君《周礼序》曰：就其原文字之声类。"（郑君指汉之郑玄），与此相应，他解释"首"为"首者，今所谓语基"④。"语基"这一术语比较生僻，在章太炎的著作中也似乎甚少出现。日本著名的语言学家河野六郎（1912—1998）认为，章氏所言之"语基"指的就是先自初文，后作用于声音、声义相雠的"语根"（关于"语根"，见章太炎〈转注假借说〉《国故论衡》）⑤。也就是前述依声托字的"声首"。

虽然章太炎间接师承段注，但并未囿于前人之见，而将"建类一首"中的"类"解为"声类"，将"一首"中的"首"释为"声首"。章太炎与段玉裁的不同，也可见于段玉裁序王念孙《广雅疏证》时所说的"义属于形，是为转注"⑥。也正因如此，张其昀曾指出章太炎的"转注"为"声首转注"⑦，这一说法强调了章太炎转注说的明显的音学性质。但也要注意，章太炎的转注同时也是高度重视字义运动和渗透的。

在上述语境中章太炎说："元和朱骏声病之，乃以引伸之义为转注，则六书之

---

① 周祖谟批判段注此说，认为若只有同部内部为转注，异部之互训则不应言之为转注。周祖谟《论段注说文解字》，前引周祖谟《问学集》（下卷），第 872 页。
② 段玉裁《说文解字注》卷十五上，前引《说文解字四种》，第 542 页。
③ 段玉裁《说文解字注》卷十五上，前引《说文解字四种》，第 542 页。
④ 《转注假借说》，章太炎《国故论衡》（校定本），《章太炎全集》（第五卷），第 206 页。
⑤ 推测章太炎的"语基"为"词干"、"语根"的，有河野六郎〈転注考〉《河野六郎著作集·3·文字论·雑纂》，东京：平凡社，1980 年，第 132 页）。
⑥ 段玉裁《〈广雅疏证〉·序》，见王念孙《广雅疏证》，北京：中华书局，1983 年，第 1 页。
⑦ 张其昀：《〈说文学〉源考略》，贵阳：贵州人民出版社，1998 年，第 414 页。

经界慢。引伸之义,正许君所谓假借。"(慢:通"漫")①他在批判段注的转注说这一文脉中肯定朱骏声对引申概念的重视。同时章太炎进一步以"**引申**=假借"的等式消解了朱骏声的转注。在高度重视引申这一点上,其实戴、段、朱、章都相去不远。

字层面上的比喻理论概念的引申

上面介绍了章太炎的转注解释,与此相关联的是他对假借的解释。试看章就转注与假借关系所做的解释:

> 以文字代语言,各循其声,方语有殊,名义一也,其音或双声相转,叠韵相迤,则为更制一字,此所谓转注也。孳乳日繁,即又为之节制,故有意相**引申**,音相切合者,义虽少变,则不为更制一字,此所谓假借也。②

首先,转注指的是前人根据既有文字与口语的发音将两者结合起来而制造新字(如前面章太炎所解释的根据"老"而制造新字"考","考老同在幽类,其义相互收容,声音小变"③。上古韵母"幽"为 [iəu]或[iɤ]),或是以既有的字相替代使用④。也就是说,在汉字漫长的应用历史中,方言的声音参与了汉字的增殖过程。章太炎的小学研究强调顾炎武为代表的音韵研究传统的重要性,尤其是作为音韵化石的方言研究的重要性,其原因大概也正在此。当然,转注的原因固然关乎方言之间的差别,但更关乎古今音韵上的差别。尽管如此,细观转注所导致的新字产生的过程,意义的运动仍不可忽视。

其次,章太炎受南唐徐锴的启发,强调"假借等于引申",以是否造新字区分转注与假借("更制一字,此所谓转注也")。徐锴说,"假借则一字数用","转注则一义数文",对比清晰⑤。他以字例说明转注:"寿、耆、耋亦老,故以老字注之。受意于老,转相传注,故谓之转注。"[耆(qí):六十岁以上人;耋(dié):七八十岁

---

① 《转注假借说》,章太炎《国故论衡》,前引《章太炎全集》(第五卷),第210页。
② 《转注假借说》,章太炎《国故论衡》,前引《章太炎全集》(第五卷),第206页。
③ 《转注假借说》,章太炎《国故论衡》,前引《章太炎全集》(第五卷),第207页。
④ 关于方言与文字变迁的关系,请参考刘师培《章太炎〈新方言〉后序一》,章太炎《新方言》(1909),前引《章太炎全集》(第七卷),第133页。
⑤ 徐锴《说文系传》(第一卷),第3页。前引《说文解字四种》所收。

的老者；耄(mào)：八九十岁老人)]①

下面就章太炎小学理论中转注与假借的关系做一整理。首先，所谓转注，也是引申的结果。所以，先有基于引申的假借，而转注即是其归结。于是因转注之归结而产生的新造字就蕴含着下一个引申的可能②。这一点，正如章太炎于《文始》(1910)中所言，假借乃"一字**引伸**之义"③。进而如章太炎上面的引用中所言："盖义相**引申**者。由其近似之声。转，成一语。转，造一字。"(《太炎先生自述学术次第》)指的是由于意义引申、语音变化，转而成为新的词(语)，转而造了新的字。其次，关于转注的过程，义转为互训，音转为互注。

声音转而注之的特征在双声迭韵上表现得尤为明显。章太炎列举了下面的字例。

> 生又孳乳为性、姓。《荀子·正名》曰："生之所以然谓之性。"性复孳乳为情，《荀子·正名》曰："性之好恶喜怒哀乐谓之情。"情丽于性而为别，故取性之声而成语。④

结果，由"生"这一本字孳乳了"性"([sien⑤，上古音，下同)—"姓"(音同前)—"情"([dzien])这一新的同源字("情"字中"青"旁上部本为"生"[ʃəŋ]⑥)。从音韵角度看，根据章太炎的《成均图》，这些字全部都是"青"部韵(古音[eŋ]，青的古音为[tshieŋ]⑦)字，即是韵同韵近之字相重迭的同源字(同族汉字)。要而言之，这里起主要作用的是以"生"为主的字义的运动与音韵上的"青"部韵的运动。也就是说，无论如何循声而变，字义的运动还是蕴含其中的。

与此相对，所谓假借是以不改变字为前提的意义的"挪用"，即使多少有声音

---

① 前引徐锴《说文系传》(第三十九卷)，第201页。前引《说文解字四种》所收。也请参照阿辻哲次『漢字学——『説文解字』の世界』(日本神奈川：东海大学出版会，1985年，第122—127页)的解说。

② 汪启明：《章太炎的转注假借理论和他的字源学》，见其著《汉小学文献语言研究丛稿》，成都：巴蜀书社，2003年，第137、145、151页。

③ 章太炎指出："徐楚金始言**引申**之义，寻《说文》以令长为假借，则假借即**引申**之义。若本有其字，以声近通用者，是乃借声，非六书之假借。"章太炎《文始》，《章太炎全集》(第四卷)，第178页。

④ 《文始》，《章太炎全集》(第四卷)，第306页。

⑤ 李珍华、周长楫编撰《汉字古今音表》，北京：中华书局，1998年，第375页。

⑥ 李珍华、周长楫编撰《汉字古今音表》，北京：中华书局，1998年，第354页。

⑦ 李珍华、周长楫编撰《汉字古今音表》，北京：中华书局，1998年，第365页。

的变化也不会产生新字。"令"、"长"即为一例。但转注却同时又是形声文字的一个变化形。即在既有的音符、意符上加上新的意符而产生新字(形声字)。例如"支"—"枝"(此为"变易",章太炎曰"在支则变易为枝"①)、"支"—"胑"(此为孳乳。胑,肢也。章太炎《文始》曰:"枝孳乳为胑,体四胑也。"②即有引申义)。由是观之,转注中也有以形声字原理产生新字的时候。与此相对,假借却不见此例。

如是,正如章太炎在其《小学答问》(1911)中表明其目,在于将诸家未明之文字"自一义**引申**,累十名而同条贯"之规律,故阐"从一声而变"之声转的奥妙,以明"本字借字流变之迹",究"声义相禅别为数文"的原理③。正如上述,章太炎的目的在于究明他所定义的包含所有书写体的"文"的意义("凡云文者,包络一切著于竹帛者而为言")。也就是说,这是一个由字而文的回溯式工作。重视音韵必然意味着重视方言,因为方言保存了大量的古韵,藉此可以明确方言如何参与了部分文字的孳乳变迁④,进而有利于解读古典文献。这一方法论视野也表明了形音义的汉字三要素不可切而论之的特性。正如王力所指出的那样:"章氏这种做法,令人看见了词汇不是一盘散沙,词与词之间往往有某种联系,词汇是也有条理的。"⑤

从语言视角的批评理论角度看,章太炎对转注的研究,尤其是对作为"引申"同义词的假借的研究,也是对文字比喻性运动的研究。下面将会谈到,章太炎正是在高度扩展前人的引申概念的前提下,构筑其语言思想,并从此入手去界定"文"。

---

① 《文始》,《章太炎全集》(第四卷),第 260 页。
② 《文始》,《章太炎全集》(第四卷),第 260 页。此亦蒙董婧宸老师赐教。
③ 《小学答问》,《章太炎全集》(第七卷),第 415—416 页。
④ 章太炎对方言的重视不仅与其小学有关,也与其革命思想直接有关。关于这一点,请参考拙著《鼎革以文:清季革命与章太炎"复古"的新文化运动》(上海:上海人民出版社,2018 年)第一编第一章"章太炎与南方话语——章太炎影响下的清季革命青年",尤其是第 120—132 页。
⑤ 语言学家王力虽然批判章太炎盲从许慎《说文》,排斥金文、甲骨文,因而如清儒那样"借声近义通的原则来助成武断",但却高度评价了章氏的方法论对同源字研究的划时代意义(王力《中国语言学史》,上海:复旦大学出版社,2006 年,第 138、141 页)。汪启明也指出:"孳乳以字根为起点,以假借为条件,以转注为归宿,以同源字族共有的中心意义为核心,形成具有亲属关系的同源字群。"(汪启明《章太炎的转注假借理论和他的字源学》,前引汪启明《汉小学文献语言研究丛稿》,第 135 页)另外,也有论者指出,章太炎之后,以王力为代表的日中同源字研究中的音学方法论虽然对章氏有一定的修正,但方法论框架仍然基本上蹈袭了章氏(前引汪启明《汉小学文献语言研究丛稿》第 156 页、前引吴泽顺《汉语音转研究》第 46—47 页,等)。

"文"与章太炎的语言信息论

章太炎在解释"文"及与其相关的"修辞"概念的语境中，如是论及各种形态的语言信息符号的差别：

> 言语仅成线耳，喻若空中鸟迹，甫见而形已逝。故一事一义得相联贯者，言语司之。乃夫万类坌集，棼不可理，言语之用，有所不周，于是委之文字。文字之用，足于成面，故表谱图画之术兴焉。凡排比铺张，不可口说者，文字司之。及夫立体建形，向背同见，文字之用，又有不周，于是委之仪象。仪象之用，足以成体，故铸铜雕木之术兴焉。①

章太炎在此借用线、面、体这些几何学术语，力图说明声音（"言语"）、书写（"文字"）及非语言视觉信息之"仪象"之间的符号特殊性。他更将三者串行化，以"仪象"为尊，文字次之，言语最末。

若从符号学角度做进一步解读，则：首先，口说的"言语"基于一义性（"一事一义得相联贯者"），难以表达"万类坌集，棼不可理"之复杂的意义［"坌集"，坌（bèn），乃并集；"棼"（fén），通纷②］。但书面文字却可达致这一目的。其次，语言的声音信号具有高度的单一线性特点（unilinear charater），而书面文字虽然基本上也循线性展开，但在其维度（dimensionality）上却是多元的③。且文字与"仪象"的时间线性在可视性、可保存性这一点上获得了空间化的可能。"文字之用，足于成面"，正可以从这一角度理解。反之，"言语仅成线耳，喻若空中鸟迹，甫见而形已逝"，则说明其单一线性、短暂持续性、不可视性、不可保存性、接受者的不可选择性等特点。"仪象"、书写（"文字"）、声音（"言语"）这一由高至低的序列，恰与章太炎心目中汉字的视觉性特质相关。依此解释，章太炎似乎依然是将文字置于尊位，只不过借用了"立体建形"的"仪象"这一视觉艺术与汉字在空间性上的类似，将之作为其叙述上的参照罢了。

清季"文学"、"哲学"等新概念随西方学术体系骎骎而至，排他性白话文之议

---

① 《文学总略》，章太炎《国故论衡》，《章太炎全集》（第五卷），第 225 页。
② 参考前引郭绍虞主编《中国历代文论选》（第 4 卷），第 321 页注。
③ Winfried Nöth. *Handbook of Semiotics*. Bloomington：Indiana University Press，1995，p.260.

此起彼伏。章氏此时频繁谈"文"、谈书写语言,与此前所未有之新冲击不无关联。其关于文言之别的叙述,亦应置于此语境中理解。同属汉字圈成员之日本实施言文一致,章太炎颇不以为然。他暗地里批评以梁启超为代表的"新民派",也因他们取法东瀛的言文一致。但五四运动之为新民派的承续,也是其所代表的大势之明证。处身于时代变迁之中的章太炎,正以"众人皆醉我独醒"的桀骜之姿,以其所有的理论表述与时代大潮倾力相抗。

第三节 "引申"与"表象":透过明治日本与马克斯·穆勒的古典语文学的关联

章太炎小学引申论与马克思·穆勒、姉崎正治

章氏对"引申"概念的阐发,就整个小学史而言之所以如此特别,是因为他从根本上就认为"盖学问以语言为本质"①。换言之,他是从哲学的角度去看待语言,又以语言为根本去看待整个学术,甚至文化。这一想法,其实又与他透过明治日本所接触到的古典语文学家(philologist)马克思·穆勒(Friedirich Max Müller)的语言理论、宗教学理论的影响有关。章太炎接受穆勒的渠道除了日文翻译的穆勒著作外,还有明治日本的一个穆勒的阐释者,东京大学比较宗教学讲座的创立者之一的姉崎正治(1873—1949)。穆勒对明治日本影响甚大②,而姉崎正治正是深刻接受其影响的其中一位学者。章太炎在《訄书》(重订本,1904)及其修订本《检论》(1914)中有《正名杂义》一文,他于其中有言:

> 姉崎正治曰:表象主义,亦一病质。凡有生者,其所以生之机能,即病态所从起。故人世之有精神见象、社会见象也,必与病质偕存。马科斯牟拉以神话为言语之瘿疣,是则然矣。抑言语者,本不能与外物混合,则表象固不

① 章太炎:《致国粹学报社书》(1909 年 11 月 2 日),见汤志钧编《章太炎政论选集》(上册),北京:中华书局,1977 年,第 497 页。

② 这方面,请参考拙论《明治日本美术史的起点与欧洲印度学的关系:冈仓天心美术史与明治印度学及东洋史学的关系》,《东北亚外语研究》(特集:日本美术史与近代中国),2016 年第 2 号(总 13 号),大连外国语大学,第 26—39 页。该文谈及穆勒的佛教学(印度学)对明治日本美术史学的直接影响、对日本东洋史学(以中国史为主的东亚史研究)的间接影响。

得已。若言雨降(案:降,下也。本谓人自陵阜而下)、风吹(案:吹,嘘也。本谓人口出气急),皆略以人事表象。繇是进而为抽象思想之言,则其特征愈著。若言思想之深远,度量之宽宏,深者所以度水,远者所以记里,宽宏者所以形状空中之器,莫非有形者也,而精神见象以此为表矣。(中略)要之,生人思想必不能腾跃于表象主义之外。有表象主义,即有病质冯之。其推假借**引伸**之原,精矣。(《訄书》重订本)①

章太炎所引,乃出自姊崎正治的《宗教学概论》[东京专门学校出版部,1900(明治三十三年)]一书。原文如下:

人に生活ある以上は、其生活をなさしむる所以の生活機能は即病態を起す所以なれども、人生は、此が為に迷妄とならず、又総ての人が尽く病人なるにあらず。且此の如き表象主義なる病質は、独り宗教に止まらず、人間の精神現象、社会現象には其生命と共に病的素質の存するを必とせり。マクスミュラーは神話を以て言語の疾病腫物となしぬ然ども神話が言語の疾病なるが如き観あるは语言其物の特質にして、言語は決して其物と吻合し得る者にあらず、必や之を表象せざるべからず。雨降るといへば、其中には幾分が雨を人格的に表象するの跡あるを免れず、「風が吹く」「水が流る」も皆然り。且此より進みて抽象思想の言語に至れば、此の特徴は一層顕著にして、「大なる思想」「長き思案」「度量の弘き」といふが如きは、精神現象を有形的に表象したる者なり。(中略)兎に角人間の思想は総て此の如き表象主義を離るゝを得ず、表象主義ある以上は病的素質あるなり。②

试直译如下:

人既有生活,构成其生活之原由,亦即引发病态之原由。然人生不以此为迷妄,所有人亦非尽为病人。且表象主义之病质,不独于宗教,人之精神

---

① 《章太炎全集·3·检论》〈订文二十五附录:正名杂义〉,上海:上海人民出版社,1984年,第213—214页。在改写本的《检论》部分删去了姊崎正治的名字,代之"有人言"。
② 『姊崎正治著作集·6·宗教学概论』,东京:国书刊行会,1982年,第318、457—458页。

现象、社会现象亦必与其生命病质偕存。马科斯牟拉以神话为语言之疾病肿物,然神话为语言之病。有此类观点,乃语言本身之特质,语言决不能与其物泯合,必以语言而表象之。若言雨降,则其中难免有几分赋人格予雨,必表而象之。"风吹"、"水流"皆然。且若由此而至抽象思想之语言,此一特征尤为显著。"思想博大"、"深谋远虑"、"宽宏大量"之类,莫非以有形表精神现象者。(中略)要之,生人之思想,必不能离此类表象主义;既有表象主义,即有病质凭之。

由上述对照来看,太炎可谓是相当忠实地翻译、引用了姊崎正治的观点。关于章太炎其时与西学的关联,钱基博亦在其《现代中国文学史》(1933)中指出,在东京为中国留日学者讲学时,章太炎"多涉猎西籍,以新知附益旧学,日益闳肆"[①]。

从上面的引用中可以知道,姊崎正治显然给了章太炎许多启示(日本学者小林武就此有过详细的研究,在此不赘[②])。姊崎正治的宗教学,除源于康德、谢林、叔本华等哲学外,其实也是祖述"马科斯牟拉"(马克斯·穆勒,Friedrich Max Müller,1823—1900)的宗教学和比较语言学。特别应予以指出的是,姊崎正治的理论体系之一大特点便是从语言角度审视宗教问题。他另有《语言学角度的宗教学》一书(东京专门学校出版部,1898)可为证。由此不难推测,姊崎的宗教学及其语言学视角也应是章氏之关心所在,也与章太炎对佛学的关心不无关系。马克斯·穆勒对明治日本佛学研究中的古典语文学(philology)方法论有着相当的影响。受教于比较宗教学、比较语言学代表人物马克斯·穆勒的净土真宗学问僧南条文雄(1849—1927)于1885年在东京大学开办梵文学讲座,该讲座次年更名为博言科(philology 的汉字译名)。马克斯·穆勒另一日本弟子高楠顺次郎(1866—1945)也在明治日本东京大学佛学群体中举足轻重。正如日本佛学研究者下田正弘教授所指出,日本积极向英德法派遣佛学留学生是在南条文雄1884年回国之后,也因此"日本的佛学研究水平短短数年即达致批判欧洲

① 钱基博:《现代中国文学史》,上海:上海书店出版社,2004年,第61页。

② 小林武:『章太炎と明治思潮:もう一つの近代』,第70—88页。见前引汉译《章太炎与明治思潮》,白雨田译,上海:上海人民出版社,2018年。在小林武影响下,中国学者彭春凌也将此研究推前了一步。彭春凌:《章太炎对姊崎正治宗教学思想的扬弃》,《历史研究》2012年第4期[收入其著作《儒学转型与文化新命:以康有为、章太炎为中心(1898—1927)》,北京:北京大学出版社,2014年,第178—202页]。

佛学的程度"①。而后以梵文、巴利文研究和整理佛学原典蔚然成风。而章太炎的佛学与明治日本东京大学佛学群体有着很大的关联。语言问题或"文"的问题，本来便是文的思想家章太炎思考的原点之一。穆勒对章太炎的影响，也是与章太炎自身融合西学去承接、光大清朝乾隆嘉庆考据之实事求是之风有关。

言姉崎正治祖述马克斯·穆勒，是因为前者基本上延伸了马克斯·穆勒的神话学、比较古典语文学（comparative philology）的一些观点。姉崎正治本来便是穆勒在日本的翻译者和介绍者。穆勒认为原始人类缺乏抽象观念，因此只能使用诗一样的语言去比喻性表述，但是，这些表述自然现象的诗性语言后来成为叙述化语言，这便是后来的神话。因此，穆勒认为神话产生于"语言之病"。穆勒在其论文《神话哲学》（1871）中说："如果我们从语言中识别思想（thought）的外形或表述，神话也就不可避免地自然而然地内在地需要语言。其实这不过是语言投射在思想的黑影（dark shadow），而且这一黑影是绝不可能消失，直至语言与思想对等为止——但这是不可能的。"②这一"黑影"也正是穆勒所说的"语言的疾病"。穆勒认为神话的问题根本上又是语言的问题。神话假如是古人对世界的把握的话，实际上又是通过语言去把握的。神话对世界的认识之"病"，便也是"语言的疾病"。穆勒认为"神话只是方言，只是语言的一个古老的形式而已"③。穆勒认为，古代因为缺乏表达观念，尤其缺乏表达抽象观念的名词，只能借助比喻性的表述。比如，穆勒在《比较神话学》（1856）一书中说："语言被称为诗的化石（fossil poetry）。但正如艺术家不知道他正在处理的黏土中有着有机体生命的残存物一样，我们也不会感觉到我们叫'父亲'时我们是在叫他'保护者'……一样。"④又比如，穆勒举例说，假如没有足够的观念名词的话，古人利用已经有的观念，大概会将海称为"盐水"，会将雨称为"天水"（water of heaven），

---

① 下田正弘「近代仏教学の展開とアジア認識」、岸本美緒（責任編集）『岩波講座「帝國」日本の学知・3・東洋学の磁場』，东京：岩波书店，2006 年，第 204—205 页。

② Friedrich Max Müller, "The Philosophy of Mythology" （1871）, in Friedrich Max Müller. *Selected Essays on Language, Mythology and Religion*. Vol. 1, London: Langmans, Greeen, & Co., 1881, p.590.

③ Friedrich Max Müller, *The Comparative Mythology*, in Max Müller. *Selected Essays on Language, Mythology and Religion*. Vol. 1, p.451.

④ Friedrich Max Müller, *The Comparative Mythology*, in Max Müller. *Selected Essays on Language, Mythology and Religion*. Vol. 1, pp.356-357.

会将河流称为"大地的女儿们"(daughters of the earth)之类①。又比如说,希腊神话中的达佛涅(Daphne)指的是居于山林水泽的仙女,为逃避太阳神阿波罗(Apollo)的爱而化为月桂树。穆勒认为"达佛涅(Daphne)"的词源是梵文的阿哈娜(Ahanâ),原本是"黎明"、"拂晓"(dawn)之意。但是,在希腊神话中它却变成"女神达佛涅"、"月桂树(laurel-tree)"这一观念②。"太阳"在印度最古的宗教及文学文献《吠陀》中也本是"奔跑者(runner)"、"飞快竞赛者(the quick racer)",甚至单纯是"马"之意③。穆勒所代表的比较语言学认为希腊语、拉丁语、梵语这些古典语言以及现代欧洲语言之间有着亲缘关系,甚至有着共同的起源,现代欧洲语言为印欧祖语所派生。穆勒正是循此思路,朔词源于梵文。上面穆勒展示了古代的诗性具象(因太阳黎明慢慢消隐这一具象)而变成观念("女神达佛涅","月桂树")的例子。穆勒所说的"诗的化石"正是语言的比喻性,只不过是后来"死去的隐喻"而已。穆勒并且认为,最早的比喻性,因为其比喻性本身的运动、衍生,词语慢慢得到扩张,就构成有着共同词源的词群④。这正是他的比较神话学、比较古典语文学的着眼之所在之一,也是其比较神话学、比较古典语文学不可二分的原因之一。

穆勒与章太炎的关系,与明治日本学术的直接关联,与晚清民初中国学术的直接、间接(透过明治日本)的关联,都是学术史的重要问题,在此无法展开,有待今后进一步处理。在此想指出的是,首先,上面穆勒的比喻与词义扩张的关联、语言与神话的关系,与经过章太炎扩张、重构的"引申"概念之间,多少有着相通之处。章太炎的"引申"概念也正是在这一与西学相遇中直接、间接地借鉴了穆勒这一西学资源,可谓虽古尤新。其次,章太炎对"文始"(词源学)的探求,是通过意义与音韵的相互运动关系去进行的,这一相互运动正是"引申"的问题,章太炎由此建构起其词源学研究的体系。章太炎的方法论比穆勒的方法论应该更科学,这方面章太炎拜乾隆嘉庆学术成果所赐。但是,章太炎与穆勒两者对词源存在的信念,以及相关的语言比喻性运动的研究,却是有相通之处的。此外,传统

---

① Friedrich Max Müller, *The Comparative Mythology*, in Max Müller. *Selected Essays on Language*, *Mythology and Religion*. Vol. 1, p.352.

② Friedrich Max Müller, *The Comparative Mythology*, in Max Müller. *Selected Essays on Language*, *Mythology and Religion*. Vol. 1, p.399.

③ Friedrich Max Müller, *The Comparative Mythology*, in Max Müller. *Selected Essays on Language*, *Mythology and Religion*. Vol. 1, p.438.

④ 穆勒对词源学的强调,见 Friedrich Max Müller, *The Comparative Mythology*, in Max Müller. *Selected Essays on Language*, *Mythology and Religion*. Vol. 1, pp.450－451.

的小学在章太炎的发扬光大下，也同时已经成为语言哲学了。这与穆勒比较神话学、比较古典语文学中的理论阐发，也是有着一定关系的。

但是，另一方面，笔者也应该警惕影响研究中常见的一个方法论上的弊端：将设定受影响者的 B 同一性地还原至预设的影响源的 A。至少可以在此指出的是，尽管章太炎受了穆勒的一定启发，但是，整体来说两者的差异还是巨大的。仅仅指出一点是，章太炎的词源研究毕竟是乾隆、嘉庆实事求是学风的一大发展，同时是在清代学术史的脉络之中的。

下面着重讨论章氏对姉崎观点的解读与其原旨相异之处。首先，姉崎正治所使用的"病质"一词，指的是宗教发展中的"变态"或"病态"问题。他认为引致"病质"产生的原因一为社会，一为个人；前者为外部刺激，后者为一内在的"性质"。而所谓"表象"指的是人不可避免地要藉仪式、神话、祈祷等方法去追求绝对，并视有限的现象（自然之现象、祈祷中的语言本身）为绝对神格的表象①。他指出，"此一性质发之偏固，始难免诸病态"②。在此姉崎不仅言及崇拜方法的表象性，实际上更触及了宗教与语言本质上的关系。他进而指出，"表象主义"病质并非宗教专属之物，而是人类行为之通病。

然而，章太炎的解读却有意无意偏离了姉崎从语言角度透视宗教的原旨，而转向语言研究本身，并通过语言旁及语言与社会、语言与表象的关系问题。最明显的是他将姉崎的"表象"转换成小学中的**"引申"**概念。下面将会谈及，此时的**"引申"**概念已不仅仅是普通意义上的小学概念，而是一个被拓展、被广义化的语言思想概念。也正因为如此，章氏的小学才得以成为"文"之始基。透过广义化的引申概念所展开的文之理论，最能见融小学家、文学家、思想家三者于一身的章太炎之本色。

若欲进一步讨论章太炎的文之理论与其小学理论的关联，可先自其文本标题"正名杂义"说起。这一标题本出自小学，如郑玄注《论语·子路》云"正名，谓正书字也。古者曰名，今世曰字"③，因此"正名杂义"的标题显然在小学家

---

① 前引『姉崎正治著作集·6·宗教学概论』，第 456 页。

② 前引『姉崎正治著作集·6·宗教学概论』，第 318、457 页。

③ 《论语集说·卷四》，《汉文大系·一·大学说·中庸说·论语集说·孟子定本》（富山房明治四十三年版，台北：新文丰出版公司复刻版，1977 年，第 50 页）。另一方面，章太炎在解释许慎"孳乳浸多谓之字"时，曾提及郑玄注《礼记》时所说的"古曰名，今曰字"未必贴切，因为"名"与"字"是周代早有的说法，是同一事物的不同称谓而已。《小学略说》，章太炎《国故论衡》，前引《章太炎全集》（第五卷），2018 年，第 164 页。

正名的问题意识之内。但是,章太炎借用姊崎正治的翻译词"表象主义"(symbolism)①,说的却是汉字小学理论,似给人以新瓶陈酒之感。然而,事实上并非如此。因为据徐复注,太炎此文原本是以"文学说略"为名,刊载于光绪二十八年《新民丛刊》的第五、九、十五号上。章太炎云:"予作'正名略例',则'文学略例'为改定之作。"②他在开篇解释该文意图,曰:"今取文字声音,明其略例,与夫修辞之术宜审正者,集为《杂义》。"③

引申概念新解与语言思想的重构

从上面的引用中不难发现,章氏所言之"引申"其实是一个重构的概念。他先是强调徐锴的"假借"与汉代许慎的"引申"实为一物,继而打通姊崎的"表象"概念与这两个概念之间的关联,从而进一步将"表象"与"假借""引申"概念等同起来。换言之,章氏巧妙地用小学的"假借引申"概念置换了"表象"说的内核,并在此基础上建构他的语言思想。章太炎这一做法绝非断章取义,而是植根于其语言思想的。

章太炎所引姊崎的话,可作如下解读。首先,我们所身处的语言世界充满了隐喻。如"雨降"之"降"乃是以人之自高坡而下而引申喻之,而"风吹"之"吹",则是以人之呼气引申相喻。

如前所述,章太炎本来便重视**引申**概念。他曾举字例如下:

> 如立"爲"字以为根:爲者母猴也,猴喜模效人举止,故**引伸**为作爲,其字则变作偽。凡作偽者异自然,故**引伸**为诈偽;凡诈偽者异真实,故**引伸**为讹误,其字则变作譌。④

在此他展示了"爲—作爲—偽—诈偽—譌误—譌"这一**引申**的过程。这一推演过程后来在罗振玉(1866—1940)的甲骨文研究成果中被证明有误。据罗振玉

---

① 前引『姊崎正治著作集・6・宗教学概论』,第 383 页。

② 章太炎著,徐复注《訄书详注》,上海:上海古籍出版社,2000 年,第 381—382 页。

③ 《章太炎全集・3・检论》《卷五・正名杂义》,上海:上海人民出版社,1984 年,第 490 页。

④ 〈语言缘起说〉,章太炎《国故论衡》,前引《章太炎全集》(第五卷),2018 年,第 204 页。

的研究，"爲"并非"母猴"（即猕猴），而是甲骨文的"役象以助劳"的意思①。这一瑕疵乃是因为章太炎否定殷代甲骨文的存在，而未能以甲骨文成果来补充、修正汉代许慎的《说文解字》。不过章太炎此处之误也只是本字之误，即使采用罗振玉甲骨文本字的研究成果，仍与其**引申**说不相凿枘。

（甲骨文"象"字）　　　　（甲骨文"爲"字）

上述文字本为比喻，只不过年长月久，大家习以为常，不再将之认知为比喻而已（成为日常语言），亦即成为保罗·利科尔（Paul Ricoeur）所言之"死去的隐喻"②。理论上说，一个比喻的产生往往也就是它进入死亡进程的开始，因为其中即蕴含了这一比喻的去/非比喻化的必然性，它会很快在成为日常语言的过程中慢慢死去，最后不被感觉为比喻。所以，比喻必须时刻处身于新鲜的语言运动性关系中才得以成立。就某一文字的比喻之忘却或比喻之自我抹消过程而言，这一比喻性或**引申**性的修辞往往容易被误认为是所谓的本字，而这一误解正源于对历史上曾经存在的语言运动轨迹的忘却。

其次，从章太炎的引用中可以看出，以植根于类似性的修辞性、比喻性的语言去接触世界、认识世界，是必然的。因为词与物永远不可能混合。我们透过语言去接触事物，但语言表象不可与其所表现的事物等同，因而语言也不是事物的代表。进而言之，我们的"世界"也只是一个以引申为代表的比喻性体系所构筑的"世界"，故章氏援引姊崎氏所言："生人之思想，必不能腾跃于表象主义之外"。

关于章氏的引申，已故的训诂学家齐佩瑢亦曾解释说："引申义，因了语言孳分和修辞的关系，每个字义在文句中所表的意常是由本义引申，或由于类似，或由于意近，也就是语义范围扩张。引申之后虽与原本大同小异，但仍不能离开本义的，所以引申义可由本义及文法修辞上看得出来。"③亦即是说，引申涉及修辞，具体而言涉及语言的修辞性、比喻性问题。以西方的比喻理论观之，基于类似性的以一物喻另一物，即上述所言之"类似""义近"者，则为隐喻（metaphor），

---

① 罗振玉：《殷虚书契考释》，东方学会，1927 年（台北：艺文印书馆复刻版，复刻年不详），第 176 页。关于此问题，也请参考山田胜美「章太炎：人と学問」（『漢文教室』杂志，东京：大修馆，1974 年）。

② 利科尔：《活的隐喻》（*LA MÉTAPHORE VIVE*），汪堂家译，上海：上海译文出版社，2004 年。

③ 齐佩瑢：《训诂学概论》（国立华北编译馆 1943 年初版），北京：中华书局，2004 年，第 105—106 页。

如"满头白霜"是也。若如此,引申首先是文学的问题,而且也因为哲学、史学皆涉及语言的修辞性,引申也是与整个语言表达中修辞性、比喻性相关的重要问题。

这样章太炎将姊崎正治的"表象"概念与小学术语相嫁接,以阐述自己的语言思想。章太炎指出了"表象主义日益浸淫"的问题,其表现之一是"文字亦曰孳乳,则渐离表象之义而为正文"①。这一过程正相当于作为引申结果的比喻由生而死的过程。假如语言无非是死去的引申或比喻的集合体的话,比喻的逐渐死亡的过程,也正是文字孳乳,亦即文字的滋生增益后"渐离表象之义而为正文"的过程。章太炎列举的例子有能、豪、群、朋等字。它们开始都是"表以猛兽羊雀",久之则"能"字孳乳为新字"態","豪"字有了"勢","群"字有了"窘","朋"字有了"佣"②。下面将会谈到,章氏如何进一步在"文"的问题设定中重构**引申**。

由引申概念至作为批评概念的"文""修辞"解释

章太炎重视**引申**概念,由语言思想视点观之,则意味着他对字义比喻的运动性质及其扩张性、自立性的重视。如下所述,章太炎将文字学过度的孳乳以及文质关系这一传统批评理论中的"文饰主义"问题视为"表象之病"。但太炎并非简单否定孳乳或表象本身,因为如他本人引姊崎正治所言,从根本上否定"表象"是不可能的("生人之思想,必不能腾跃于表象主义之外")。他批判的是过度的表象,亦即"表象之病"。这一"表象之病"表现为"文辞愈工者,病亦愈剧"或"文益离质,则表象益多,而病亦益笃"③。由是章太炎将姊崎的"表象"概念与自己作为小学概念的"引申"导入"文""质"关系的问题系中。正因为文质不可分而论之,故章太炎将"离质"视为"表象主义",并将之作为文饰主义予以痛诋。也就是说,章氏以为,"离质"益盛,则"表象主义"愈炽。

"表象之病"更具体的表征,则在于"赋颂之文,声对之体,或反以代表为工,质言为拙,是则以病质为美疢"④[疢(chèn):疾病]。在此,"美"与"疢"并列,显见章太炎对文饰主义,及排除了批判性、历史性的美学主义的警惕。更具体地说,这是对以阮元为代表的清朝文选派的骈文至上主义的批判,是对其工于形式、过求华辞倾向的批判(章太炎明显也批判了对阮元观点推崇之至的刘师培)。

---

① 前引章太炎著,徐复注《訄书详注》〈订文二十五附录:正名杂义〉,第396页。
② 前引章太炎著,徐复注《訄书详注》〈订文二十五附录:正名杂义〉,第396页。
③ 章太炎《訄书》〈订文二十五附录:正名杂义〉,第398页。
④ 章太炎《訄书》〈订文二十五附录:正名杂义〉,第396页。

这一批判自然源于章太炎文质不可分的语言思想，在于他反对以"质言"为拙，以"代表"为工的语言观（"代表"即"表象"或文饰）。

这多少也回答了"修辞之术"与"审正"之间、文学与综核名理之间何以构成因果关系的问题。这等于是在叩问章太炎狭义的文学与小学之间的关系。若再进一步整理的话，至少我们可以从小学的角度列举如下的理由：为避"特为之名"，以免"言冗"，此为一；"古义中有精妙详审，而今弗用，举而措之"，此为二①。关于后者，章太炎曾经说：

> 余少已好文辞。本治小学，故慕退之造词之则，为文奥衍不驯。非为慕古，亦使雅言故训，复用于常文耳。②

章太炎与韩愈（退之）的关系将会在下章论及。章太炎重视小学，正是因为"雅言故训"于今天的"文"的可能性。章氏将"雅言故训""复用于常文"，是因为"雅言故训"展示了过分孳乳所导致的表象病笃之前的名实关系。也就是说，章太炎注意到作为主体与语言媒质的"名"（文字）之间的关系、"实"[指涉对象（referent）]与"名"之间的关系、意义与"名"之间的关系，并将这些问题置于语言媒质的文字层面上进行思考。

章太炎论"文"的特点之一，正是依据小学的**引申**理论，去讨论"文"的问题。以往的小学家谈引申，多以字为单位，在字的"本义/引申义"之二元论框架中进行考察。针对此问题，清朝考据学大家王念孙、王引之父子进行了新的尝试，王氏父子试图跳出"本义/引申义"的二元构造，而从意味浸透这一多元的运动性关系中去观察引申③。而章太炎则更为大胆，他将"引申"扩展至"文"这一汉字圈思想史、批评史的语境中进行讨论，这在引申解释史上可谓独辟蹊径。经他重构

① 《正名杂义》，《章太炎全集·3·检论》，第497页。
② 〈太炎先生自定年谱〉，章太炎《太炎先生自定年谱》，第59页。
③ 例如，周祖谟曾在其论文《论段注说文解字》中指出段玉裁过于拘泥于字的本义[前引周祖谟《问学集》（下卷），第877—882页]。许嘉璐也指出，以往的"引申"研究过于注重个别字意义**引申**的原因和轨迹，而所谓的字义**引申**，本来并非单个字意义上的，字义的**引申**、扩散势必关乎其他字义的引申、扩散。因此，有必要从字与字间意义运动的视点考察引申（许嘉璐论文《论同步引申》，见其著《语言文字学论文集》，北京：商务印书馆，2005年）。此外，出于类似的观点，也有论者主张不以"本义/引申义"的二元论去考察引申，而应该以字义浸透的视点去看引申（前引孙雍长《训诂原理》，第327—330页）。孙雍长认为字义浸透与字义引申有重合之处，也有区别。上述说法很有道理。以别的角度而言，这正是语义扩张运动视点中的引申。

的广义的**引申**概念,具备充分的潜能足以打破囿于单字内部结构的封闭性、静态性,从文字的比喻性运动,进而深入至文字比喻性与文字使用者的意识、伦理性之间的关系,最后达至对整个语言表象之普遍性质的探究。换言之,他所重构的小学理论已经完全超出了传统小学家的范围,而是一个有着语言的方法论视角的理论家或者与有着语言的方法论视角的哲学家之所为。

在章太炎重构的引申理论中,字源学所揭示的文字的运动过程,也表现为文字被修辞性统治、影响的过程。从这个意义上说,引申正是文字学中表述比喻性运动的一个术语。如前所述,文字因引申运动而扩张,同时文字的产生、演变过程也是修辞性不断扩张、继而死去的生生不息的过程。文字运动总是处在语言高度运动的错综复杂的网格状关系中,它由众多历史上的阅读心理所构成。因此,某种意义上说,章太炎广义的**引申**理论又属于读者接受理论(或文字信息接收理论)的一部分。甚至可以夸张地说,文字孳乳,也证明了文字信息接收者(读者)意识的"跋扈"。但无论如何,这一跋扈又无法摆脱形音义密不可分的汉字的语言媒质性,二者处于某种张力关系之中。在这一点上引申理论虽然与西方的读者接受理论有重叠,但它却不具备后者的现象学背景,亦即与现象学被无限扩大的主观无关。于是,一个被大大拓展了的广义"**引申**"概念,就这样成为章太炎以小学论"文"的一个概念装置——注意,此一"文"断非今日作为 literature 译词的"文",它包含了今日的"文学"、"史学"、"哲学"、"语言学"等。

第四节 "修辞立其诚"中语言与伦理的关系

章太炎对"修辞立其诚"的解释:伦理与形式的关系

如前所述,阮元、刘师培上承梁之萧统(昭明太子)观点,认为骈文方为文。对此类文章观,章太炎持批判态度。不仅如此,章太炎对与骈文派对立的清文主流的古文派(桐城派)也予以力诉。这易予人以太炎轻视文学之审美特性、轻视音律之感。事实上这些都属误解,因为章太炎的文章通常高度注重音律,其文学观也并未简单否定骈体文。章太炎自矜其《訄书》"文实闳雅",与"流俗"有异[①]。这也可证明他对审美性的重视。章太炎对骈体文的态度还可见于其《菿汉微言》

---

① 《与邓实书》,见《太炎文录初编·文录卷二》,《章太炎全集》(第四卷),第 169—170 页。

（1915）：

> 今人为俪语者，以汪容甫为善，然犹未窥晋人之美。彼其修辞安雅，则异于唐；持论精审，则异于汉。①

章太炎重汪中（容甫，1745—1794?），可见他并非反俪语，更非反雅辞，然而他始终觉得晋文更"美"。文章议论须"精审"的说法，则表明章氏以学论文的立场。同时，他对"美"及"修辞"须"安雅"的主张，只是针对骈文至上主义或排斥了现实性或批判性的美学主义的骈文而发。章氏主张"修辞安雅"，而并非盲目摈斥工辞，这与其对"表象之病"的批判相通。

章太炎并非否定骈文（俪语）本身，他的判断标准并不在于是否为"骈体文"，而在于"修辞"是否"立诚"。他对骈体文的批判严格说是为了批判阮元、刘师培认为只有骈文方为"文"的观点，这一点正与章太炎对表象之病的批判相通，因为骈文至上的观点蕴含着美学主义的可能。章氏论"文"，既论"修辞"，即是否具备"辞"这一媒介物的语言信息传递性，亦论及"修辞"是否与"诚"相连，二者不可二分。简言之，"修辞立其诚"正是章氏文论之重要原则。

章氏对"修辞立其诚"的解释，可以被视为在"文质不可分"的关系中，是对"文"与"质"之间相互限定关系的另一种表述。重视"辞"的态度与他重视音律等语言信息传递力相关。与之相应，他认为"诚"应该是以"情"为基础的"诚"。这样的界定，使"诚"成为一个与身体性相关的概念，同时也体现了章氏思想核心中强调语言之伦理性与批判性的一面。

章太炎"修辞立其诚"解释中的"情"不仅涉及内容和主题，更涉及形式。关于这一点他说：

> 要之，本情性，限辞语，则诗盛；远性情，憙杂书，则诗衰。（《辨诗》，章太炎《国故论衡》）

在此，"本情性"与"远情性"、"限辞语"与"憙杂书"、"辞语"与"杂书"形成三组相比照的概念。"限"字尤须注意。所谓"限"，应指本于"性情"而又对"辞语"

---

① 章太炎：《菿汉微言》（章氏丛书），浙江图书馆，1919 年。

有所"限"的作品。章太炎认为这才是"诗盛"的原因。"杂书",一可解读为语言信息传递方式之凝练性、效率性的反面,二可解读为书写行为(修辞)与伦理性(立诚)不可分论的反面。因而此说的立论前提是章太炎所主张的伦理的文学形式论,亦即"修辞立诚"。

也就是说,章太炎所力诋的"表象之病",恰为"修辞"而"不诚"之果。而他理想中的既简洁又不失闳雅的文体,亦惟有立足于"修辞立其诚"之为文的根本原则。闳与雅、质与文、诚与辞等概念组之间构成了某种张力(tension),断不可切而论之。简洁涉及"质""朴"的层面,而闳雅则涉及文字媒体的传递性以及与此相关的形式要素(可诵性即属此列)。简洁与闳雅之间,构成了不可切而论之的关系。就小学的角度看,简洁的理念又与小学之名实相合的主张相切。准此,于章太炎而言,文体之由简至繁,与文字之由假借的"本字"或转注的"语基"而过度孳乳,两者之间似构成了一种相对相似之关系。"繁"与"杂"相关相连,与"繁"构成互文关系的"杂",恰是与"修辞立诚"无涉的表象主义。如前所述,与"繁杂"相对应,"杂书"亦有两层意涵:一为语言信息传递方式之凝练性、效率性的反面;二为书写行为(修辞)与伦理性(立诚)不可分论的反面,即将两者彻底切分。"杂"也包括浮华的文体,因此关键在于"诚"。这里特别要警惕以简单的"形式"与"内容"的二元论框架来拘限章氏的论述。因为二元论无非是二者择一,最后难免将其中一项中心化,以某种新的二元对立架构作结。而章氏的"修辞"与"诚",实际上两个概念范畴间相互交叠、相互关涉。修辞的"修"在身体性这一点上超越了单纯的"形式"。而"诚"在作为伦理性概念的同时,也对文体有所限定。

作为"文""质"关系另类表述的"修辞立其诚":"文"的批判性

章太炎强调"修辞"与"立诚"之不可二分,相应地他也强调文与质二者必须保持均衡。他把过度的文饰主义归咎于书写层面上的过度引申,并将之与"修辞立其诚"对立起来。换言之,引申、文质关系中的"文"、"修辞"与"立诚"关系中的"辞",三者属同一层面。由是,引申也就自然而然地被引入"质""诚"的规范之内了。

前文论及章太炎援引刘勰的观点,认为一切着于竹帛者皆为"文"。准此,"学"(学术性文章)自然也就是"文"的一种了。既然为"文",语言信息传达性与伦理性的均衡,及两者之间之不可二分等特质,也就必不可少。何况这更是可否免于"表象"之"病质"的重要问题。章太炎感叹说:"知学贵其朴,非贵其华也。

然夫文质相变，有时而更。当清之世，学苦其质，不苦其文矣！"①所谓"朴（樸）"，指的是质朴无华。"质"也有类似的含义。所以，此处所言之"朴"与"质"、"华"与"文"含义相类（此"文"即偏于文饰的"文"）。亦即是说，"华"与"朴"是"文""质"关系的另一表述，亦是一对相互不可二分的概念。但是，"文""质"关系随时代社会变迁而变化，或偏于"文"（"饰"），或偏于"质"。若偏于"文"，则其至有可能因过度推崇美学主义而排斥了"质"本身。虽然当时清文主流之古文派的桐城派与阮元所代表的骈体文至上主义的文选派之间具体主张有异，但于章太炎而言，两者其实都属于偏于华词丽句的"文"。章氏以为，在清末这一危机四伏的时代，面对"文"势衰颓的现状，必须更进一步高扬"质"的价值。由是观之，将章氏之语言文学主张简单斥为复古主义者之见，委实过于片面。

相对而言，学术文章在"朴""华"的关系中偏于前者。但章氏却以为，在清朝腐败的政治现实中，与浮华的文（离质之文）相比，时代更需要文质不二分的、有着高度语言信息传递力的文，亦即质朴之文。因为它更具有伦理性和现实性。章太炎呼唤的"文"是批判性的"文"——毋宁说，批判性的"文"，正是章太炎的目的所在。而既然有"修辞立其诚"，则"文"的问题也就是一个高度伦理性的问题了。因此，批判性的"文"恰恰也是一种伦理的实践。

关于"质""朴"与"诚"的联系。章太炎在其《检论》〈卷四·案唐〉中说：

> 凡论学术，当辩其诚伪而已。《世说》虽玄虚，犹近形名；其言间杂调戏，要之中"诚"之所发舒。②

章太炎此处强调辩"诚伪"（真伪）为一切学术之本，并举南朝刘义庆（403—444）的《世说新语》为例。本书以记录汉末三国魏晋时代的文人、士大夫的逸话和清谈为主。所谓"间杂调戏"，正是因为该书多载文人放荡不羁之言行。这与魏晋反儒教的玄学风气有关，但章太炎却认为这正是"诚"之所在，也即与近人所言之批判精神相关。

"形名"原为"刑名"，为法家韩非子（？—前233）提出的概念。它指实际内容（罪之实）、定罪（罪之名）之间的关系，即语言评价与官吏实际的关系问题，后

---

① 章太炎《检论》〈卷四·案唐〉，前引《章太炎全集》（第三卷），第452页。
② 章太炎《检论》〈卷四·案唐〉，前引《章太炎全集》（第三卷），第450页。

来转为实际与语言化之间的关系。在魏晋"正始玄风"所代表的玄学士风中,知识分子喜论言意、言理、形名之类的关系。章太炎认为《世说新语》虽多涉"玄虚",却因立足于"诚"而"犹近形名",即因具有语言表象的纯朴而即物。章太炎所说的"调戏"是"诚"或"质朴"的另一种表现,也即中国"文"的传统中"讽"与"狂"相合的精神,又近于今人现代主义小说、魔幻现实主义小说中的荒诞、幽默所具有的表现力和批判性。这和章太炎寄托于"文"的批判精神是一致的。

在此他认为学术的目的在于"辩其诚伪",显然此一"诚"与上述的"朴"意义相同。他以王勃(647?—676?)为源大贬唐文时说,"夫不务质诚,而徒彰其气泽"①。此处"质"与"诚"并褒,"气"与"泽"同恶,正因为后者与"华"、"饰"等章氏所警惕的概念相关,有悖于他"盖博而有约,文不奄质"②的文章理想。他对某些唐文尤其宋文的批判当否另当别论,其讨论在其框架内部去理解。

章太炎之"诚"与"情"相关论还有下文为证:

> 仆闻之:修辞立其诚也,自诸辞赋以外,华而近组则灭质,辩而妄断则失情。远于立诚之齐者,斯皆下情所欲弃捐,固不在奇耦数。③

"组"为"华侈"之意④,属"文(彩)""文饰"层面的用语。此处的"固不在奇耦数"暗指阮元、刘师培以骈文为正宗的、讲究形式的文论。在此,章太炎尤其强调"诚"与"情"之间的关联。他批评汉代扬雄说:"若夫《太玄》《法言》,可谓追逐章相,不见内心者也。"⑤"章相"者,华也,饰也。"不见内心",则可易言为"寡情"、"乏诚"(这一"诚"与"修辞立其诚"的"诚"与"情"的关系,容后文再议)。循此,文质关系中的"文"与"质",或华朴关系中的"华"与"朴",恰好同"修辞立其诚"中的"修辞"与"诚"对应。由此可知章氏所言之"修辞立其诚"的"修辞"与"诚",也是互相不可二分而论的。

---

① 章太炎《检论》〈卷四·案唐〉,前引《章太炎全集》(第三卷),第452页。
② 《与邓实书》,《太炎文录初编》,前引《章太炎全集》(第四卷),第70页。
③ 《与人论文书》(1910年),《太炎文录初编》,前引《章太炎全集》(第四卷),第167页。
④ 见王先谦(1842—1917)将《荀子》〈乐论〉〈其服组〉句中的"组"训为"华侈"的注释。王先谦《荀子集解》,北京:中华书局,1954年。
⑤ 章太炎《检论》〈卷四·案唐〉,前引《章太炎全集》(第三卷),第451页。

第五节　结语:表象之病与美的意识形态

章太炎的"文""修辞"解释与历史性的关系

章太炎以史观文,则认为美文有抑史存伪之虞;以小学为文之始基,则认为美文有华枝丽叶之"表象之病"。就此,胡适曾在《五十年来中国之文学》中指出,章太炎之意是防止"'美文'可不注重内容"①。于章太炎而言,近人所言之文学与史,在"立诚",亦即追求书写本身之名实相符性、书写实践的伦理性以及与之相连的批判性这一点上,是完全相通的。因此,章氏认同南朝刘勰、清代章学诚将"史"之类的文体视为"文"重要的组成部分,且他也盛赞章学诚"六经皆史"的说法②。钱穆也有过类似中肯的评价:"仅谓六经皆史,说经所以存古,非所以适今。过崇前圣,推为万能,则适为桎梏。(中略)今论太炎学之精神,其在史学乎。"③显然他与章学诚都认同文史通义的看法。准此,则狭义的文学也无非是另类的"史"了。

另外,美的问题与历史性相关,因而过度的美也就压抑了现实性以及与之相表里的历史性。章太炎之文史不可二分的观点,也可见于其"凡论学术,当辨其诚伪而已"之类的表述,因为"诚伪"的问题也正是历史的伦理性问题。因此,以文害质,为太炎构筑的"文"的思想所不能容。这不独指近人之所谓"文学"。即使学术,依然可能有文饰之病,并因之而脱离"修辞立诚"这一为"文"之根本原则。而修辞与立诚的关系,正与"文"与"质"的关系相对。

"修辞"中的"辞"须具备高度的语言信息传递力,必须是意义衍生主体的他者可以参与的语言媒质。假如修辞的根本在于"诚"亦即"情"的身体性要素的话,修辞本身也就必定与"诚"相关,亦即置身于语言的伦理性、批判性不可分的关系中。如何于与现实无涉的语言浮藻中,挽救"文"的精神血脉,这正是文的革命者章太炎所背负的历史使命。

---

①　胡适:《五十年来中国之文学》,见欧阳哲生编《胡适文集》(第三卷),北京:北京大学出版社,1998年,第229页。
②　章太炎:《经的大意》,前引章太炎《章太炎的白话文》,第31页。
③　钱穆:《余杭章氏别记》,见章念驰编《章太炎生平与学术》,北京:生活·读书·新知三联书店,1988年,第25页。

"修辞立其诚"的"诚"同时也是一个与简洁相关的文学形式概念。简洁即强调物性、真实性,因此"诚"也具有形式论(formalism)规定的意味,却又与形式论通常无法处理历史问题大相径庭①。章太炎的这些主张并非只针对狭义上的"文学",而是针对所有作为书写媒体的"文"。要而言之,章太炎眼中的"修辞立其诚",正是对书写行为、作为这一行为之结果的文字以及"诚"三者之间的关系的阐述。

章太炎持论独到之处,在于他重视并拓展了徐锴的**引申**概念,并将之与姊崎正治的表象概念融为一体,再通过这一融合将小学的**引申**发展为语言表达之普遍问题,最后将之带进"文"以及"文"之"修辞"的语境中。章太炎用"假借"或"**引申**"概念置换了"表象"概念,继而进一步对"**引申**"概念进行重构。对此目的而言,姊崎正治的"表象"概念是富启发性的。但经章氏重释的"表象",已与姊崎氏的"表象"有别,它只是重构的"**引申**"而已。比如说,姊崎正治认为宗教乃至人事本质皆为表象,而太炎更进一步,指出表象源于"假借**引申**",继而将"表象主义"溯源至语言意义的修辞性、比喻性运动,并将"表象主义之病"归咎于过度**引申**。换言之,他此处所谈的,是表象或**引申**的歧义性。在**引申**或比喻中,这一歧义性一方面令语言的意义体系变得不固定,具有一种运动能力;另一方面,假如符号、符号用户、符号指涉对象三者之间缺少适度的均衡,便会导致无责任的过度的隐喻中心主义。这一过度的隐喻中心主义在文字中的表现便是文字过度孳乳,最终导致书写行为中的文字符号使用者对文字符号本身的伦理责任及伦理意识的淡薄。这便是章太炎借姊崎正治的表象概念所力诋的"表象之病"。在论争的语境中,章太炎对表象之病的批判,是针对刘师培等源自阮元的、以有韵方为文的骈文至上主义而发。因为在章太炎看来,只视骈文为"文",难免有唯美之嫌。而过度推崇"美"则可能将为"文"所不可或缺的身体性、伦理性、历史性、批判性等要素排除在外。所谓"排除",亦即是说,正如美学主义或隐喻中心主义这些称

---

① 比如俄罗斯理论家巴赫金(Mikhail Bakhtin)在构筑自己的思想时,其不可或缺的、有意批判的对话对象,是正统马克思主义者,以及与正统的马克思主义者针锋相对的形式主义者。左翼阵营批判形式主义者无视社会、政治的要素,巴赫金也赞成这一点,但在"内容、素材和形式的问题"上,他着重指出的是形式主义者的方法论实践背后的"哲学的贫困"。此外,形式主义者所依据的,是重视体系的无时间性的索绪尔。亦即是谓:形式主义者很难处理历史的问题。这也是巴赫金所致力批判的。Katerina Clark and Michael Holquist. *Mikhail Bakhtin*. Cambridge, Mass.: Belknap Press of Harvard University Press, 1984.本文据日译:川端香男里、铃木晶译,东京:せりか书房,1990 年,第 240—241、280 页。

谓中的"主义"或"中心"的意思一样，使"美"成为一种意识形态。

对"美"的意识形态的批判：保罗·德曼的理论之相通之处

抛开理论框架、历史语境的不同，太炎关于"美"的见解，在欧美现代思想中也有不约而同者，比如保罗·德曼（Paul de Man，1919—1983）的理论。作为法国哲学家德里达（Jacques Derrida，1930—2004）的解构主义思想在英语圈的积极响应者，德曼也对作为意识形态的"美"充满警惕。他曾举"基础"（ground，Grund）一词为例，说明康德的哲学著作如何为文学修辞性、比喻性运动所充斥[①]。Grund 原为建筑术语，后因其比喻性的运动转而成为广义的抽象词汇。德曼在此想阐明的，是语言中无所不在的修辞性（retoricality）或比喻性。他进而指出，既然修辞性不仅是美学的，同时也是认识论的，那么将文学划归审美范畴，而将哲学划归认识论范畴的二分法，显然不能成立。因为显而易见，哲学也和文学一样是比喻性（figuration）的产物[②]。事实上，马克斯·穆勒的语言理论与德曼的理论之间虽然框架迥异，但是也有相当的相通之处。囿于篇幅、主旨等原因，这一问题留待今后处理。

德曼的思考受惠于尼采颇多。他曾在另一篇论文中指出，尼采的思想史意义无非在于他揭示了一切语言表达中的比喻性（figurality），从而摘除了"哲学"被过于特权化、神秘化的面具[③]。德曼甚至大胆声称："观诸文学语言的修辞性质、认识性（cognitive）机能，它们并非在主体之内，而是在语言之中。"[④]而章太炎则认为，**引申**植根于字层面的比喻性，并且这一比喻性在语言表现中无处不在，因此可被视为一切语言表达的普遍问题。这是中西两位理论家暗合之处。

此外，章太炎对表象主义或文饰主义的批判，也与保罗·德曼关于美的范畴化或意识形态化的议论相通。在其《美的意识形态》（或译为《美学意识形态》）一

---

① Paul de Man's, "The Epistemology of Metaphor" in Paul de Man. *Aesthetic Ideology*. Minneapolis：University of Minneapolis Press，1996，p.49［汉译《隐喻认识论》（李自修、王京娥译），见保罗·德曼《解构之途》，李自修等译，北京：中国社会科学出版社，1998 年］。

② Paul de Man's, "The Epistemology of Metaphor" in Paul de Man. *Aesthetic Ideology*. p.50.

③ Paul de Man's, "Rhetoric of Tropes (Nietzsche)" in Paul de Man. *Allegories of Reading：Figural Language in Rousseau，Nietzsche，Rilke，and Proust*. Yale University Press，1979［汉译《论尼采的转义修辞学》（李自修、王斌译），见保罗·德曼《解构之途》］。

④ Paul de Man, *Blindness and Insight*. Minneapolis：University of Minnesota Press，1983，p.137.

书中,德曼通过批判地解读康德《判断力批判》和黑格尔《美学》等著作,叩问了固定不变的、作为一个哲学性(普遍性)范畴的"美",并力证"美"如何通过范畴化而被意识形态化,最后成为超越性价值。德曼将"意识形态"定义为"指示〈指涉〉作用"与"现象性"的混同,亦即"语言的现实"与"自然的现实"的混同(the confusion of linguistic with natural reality, of reference with phenomenalism)①。借用德曼式的说法,即本应是不固定的、事件性的美,因范畴化而成为一个静止的固定的存在②。因此,德曼明言:"文学与肯定美学范畴无关,但却与令其无效化相联。"③

保罗·德曼所定义的"美的意识形态"指的是被特权化的修辞性与词义、美与事物的混同或前者对后者的遮蔽。假若可作此解,那么其观点与章太炎所关注的文质相分离、修辞与立诚相切割等问题,也颇有相通之处。就本书的语境而言,"美"的意识形态化也就成了排除历史性、批判性的装置,也就成为去质除朴、趋美尚华之"文"了。这应该就是章太炎的文的思想的关键所在。

* 后记:本文乃是根据日文拙著『「修辞」という思想:章炳麟と漢字圏の言語論の批評理論』(东京:白泽社,2009 年)的其中一章翻译、大幅改写、发展。译稿承蒙原北京大学和北京语言大学教授张猛先生赐教,也曾蒙北京师范大学说文学研究者孟琢老师、董婧宸老师赐教。素未谋面的董老师更详细指出不备之处(详见本文注释)。此外,也感谢 2006 年至 2008 年在东京大学本人研究室举办的小学读书会,分别由来自浙江师范大学的访问学者吴泽顺教授与陈年福教授主讲,前后合共五十次,令非专业的笔者受益匪浅。在此一并致谢。作者文责自负。

(作者单位:日本东京大学)

---

① Paul de Man, *Resistance to Theory*. Minneapolis: University of Minneapolis Press, 1986, p.11.

② See Andrzej Warminski, "Introduction: Allegories of Reference" in Paul de Man, *Aesthetic Ideology*, pp.3-9.亦可参该书节译《黑格尔〈美学〉中的符号与象征》(王江、陈元宝译),见保罗·德曼《解构之途》,李自修等译,北京:中国社会科学出版社,1998 年,第 243—262 页。

③ Paul de Man, *Resistance to Theory*, p.10.

书面语的挑战

——现代文学在中国和日本的起源

千野拓政

说"诞生"，当然意味着，以前不存在的新东西的发生。它的以前和以后应该有变化。那么，现代文学诞生的时候究竟有什么变化？关于现代文学和古代文学的分别，日本有一种很简单的说法，是根据中学语文科古文和现代文的区别，以江户时代以前的作品为古代文学，以明治时代以后的作品才算现代文学。但一想就明白，这种说法有很大的矛盾。明治维新一成功，文学就变成现代文学吗？绝对不会。

中国文学也一样，一般认为"五四文学革命"是现代文学和古典文学的界限。不过，"五四"本身不会是关键的问题。清朝垮台民国建立，五四运动一兴起，中国的文学就变成现代文学吗？绝对不会。那么，中国现代文学诞生时发生的关键性的变化是什么？

一、揭开序幕的现代文学

我们一般认为鲁迅是揭开中国现代文学的序幕的作家。这样的说法直到现在还没丧失说服力。鲁迅发表《狂人日记》的时候，当时的读者觉得非常新颖，感到文学的革新是事实。比如，有一个青年——后来成为有名的文学家——宋云彬曾经写过：

> 当《狂人日记》初在《新青年》发表的时候本来不知道文学是什么东西的我，读了就觉得异常兴奋，见到朋友，便对他们说："中国文学要划一个新时代了。你看过《狂人日记》没有？"在街上走时，便想对过路的人发表我的意见……
>
> （《鲁迅先生往哪里躲》，《鲁迅在广东》，北新书局，1927 年）

　　这种文学的革新——换句话说,现代文学的诞生——不只是在中国,而且是世界上所有的地域或社会发生的变化。一般来说,这种革新需要经过一段过程,至少不能以一个作家代表这个变化。在日本,现代文学形成时期的代表性作家当中有二叶亭四迷,他的长篇《浮云》被称为揭开日本现代文学的序幕的作品。其实,这部小说带有不少古代小说文本的因素。比方说,分章回,类似相声的模仿口述的文体,插入叙事者对读者呼喊的句子(相当于明清小说的"看官"等词句)。实际上,日本的现代文学,包括二叶亭四迷在内,经过不少作家不短时间的努力才能诞生的。中国也一样,现代文学经过一段时间的尝试才能诞生。但惊人的是鲁迅的第一本小说集《呐喊》已经充分地表现出文学的现代性。对这一点可以说,鲁迅在他一个人的身上实现了文学的革新,他的小说带有强烈的实验性和先锋性。

　　那么,鲁迅的革新、鲁迅作品的新颖到底在哪里? 直到现在,不少学者谈到过这个问题。有人说鲁迅革新的核心在于思想革命,也有人说核心在于语言的创新。当中,直接跟鲁迅学过的日本学者增田涉的如下论述可以说是一种典型的说法:

> 　　作为"文学革命"的作品首先创作的是白话诗。胡适等人在《新青年》上发表新诗,但都不出乎"尝试"之域。直到 1918 年 5 月鲁迅的《狂人日记》登载于《新青年》,"文学革命"才能迈出光荣的第一步。它的表现形式是白话,支持其思想的是以批判儒教的人权侵害为主的人道主义。
>
> 　　(「文学革命について〈关于文学革命〉」,《中国文学史研究》,岩波书店,1967 年)

　　但是我怀疑,白话写作和人道主义是否真正的"革命"之所在。就白话写作来说,当时用白话写的作品已经不少,比如你看《礼拜六》等小说杂志,不难找到不少类似的白话小说,可是我们并不认为它们是"新颖"的现代文学。

　　人道主义也一样。鲁迅提出的"吃人"无疑是很重要的问题,不过,当时在中国不是鲁迅一个人写尖锐的社会批评,而是也有不少比鲁迅更尖锐的言论。加上,鲁迅的《狂人日记》写的只不过是一个"狂人"的独白,这样的言说为何能够使读者激动?

　　进一步说,现代文学形成的时候,在中国发生白话文学革命,在日本发生言文一致。然而西方没有发生这种语言表现上的变化。(从拉丁文到欧洲各国语言是从一种语言到另一种语言的变化。中国和日本的变化是一种语言里面的变化,性质不一样。)那么,中国的"文学革命"和日本的"言文一致"对现代文学的形成究竟发生何等作用?包括小说、现代诗的现代文学和现代以前的故事、诗歌究竟有什么不同?

为了更深地切入如上问题,我们应该参照福柯(Michel Foucault)所说的"19世纪的切断"。他说,19世纪初在西方文化上发生了一大决定性的变化。后来,日本在19世纪末,中国在20世纪初,接受这个在西方发生的变化。当然这个变化是文化整体的变化,当中存在着各个领域各种各样的变化。其实,我认为,对文学来说,读者从作品感受到的"真实感"的变化是最重要的,而且是决定性的变化。

二、从"说话场"到"真实感"

总的来说,在叙事模式上,现代以前的文学作品(=故事和诗歌)有一个特点,就是"说话场(narrative field)"的存在。也就是说,关于故事:叙述者在场讲故事,听众也在场听讲故事。原初的模式是民间故事,像奶奶给孙子孙女讲故事。这种叙事模式后来发展为说书。关于诗歌:本来是有人在场朗诵或歌唱,听众也在场跟着他/她一起唱。换句话说,在古代阅读故事的基本模式是"朗读",欣赏诗歌的基本模式是"歌唱"。

重要的是当时文学作品的文本也保存这种模式。民间故事的文本有特点。有发端句(=开场白)和结束句。比如在中国故事经常从"很久很久以前"一句开始。在日本也有"昔あったずな(很久以前有这样的故事)"等类似的开场白,以及"これでどっとはらい。(故事就讲到这儿)"等结束语。西方也有"once upon a time"等发端句。

古代白话小说的文本也保存"话说""且说"等开场白和"且听下回分解"等结束语,"看官"等插句,以及"眉批"等批评和注释。这都是让读者感到当场听讲故事的气氛的工具。("眉批"是谁的声音到底不清楚,有可能是叙述者本人的注释以外的另一种声音,也可能是第三者插入的声音。其实至少对读者来说,可以把它看作,类似在这儿有人拍案赞叹,在那儿有人站起来谩骂,或在旁边有人咬耳朵评判的论述。)日本也差不多。民间故事后来发展为"说话文学"(所谓"物

语"),其文本也保存如上叙事结构。比方说,平安时代的《伊势物语》每篇由类似"むかしをとこありけり(以前有这样的男人)"一句开始,也就是相当于开场白。这样的叙事结构一直继续到江户时代的"物语文学"。比方说,泷泽马琴的小说《南总里见八犬传》分章回,而且每回由"安西三郎は(却说安西三郎大夫景连)"(第三回)等叙述开始,"くだくだしければよくも記さず、又後々の卷にていはなん(说起来很长在此不说,在以后的章回慢慢分解)"(第五回)等叙述结束。所以,我们可以说,读者好像在能够联想当场听讲故事的状态之下,阅读古代故事的文本。诗歌也一样。读者在能够联想当场歌唱或朗诵诗歌的状态之下,阅读古代诗歌的文本。

如上小说的文本模式在中国到晚清民初一直坚持。比如,梁启超《新中国未来记》有楔子,分章回。第一回的开头是"话表孔子降生二千五百一十三年",结尾是"诸君欲知孔老先生所讲如何。请看下回分解"。中间有"看官。这位孔老先生在中国讲中国史。",还加注释、眉批。日本也一样。平安时代的"物语"、江户时代的"读本"都继承民间故事和说书的叙事模式。明治时代的《雪中梅》《经国美谈》《佳人之奇遇》等政治小说都分章回,保存白话小说的叙事模式。不止如此,文学史上称为第一部现代小说的二叶亭四迷《浮云》第一编也继承白话小说的叙事模式。比如,它的开头如下:

第一回 举止奇怪的人

寒风凛冽的旧历十月只有最后两天了。就在二十八日下午三点钟的光景,从神田的城门,络绎不绝地涌出来一股散乱蠕动的人群,他们虽然都很留心自己的仪容,可是,如果你仔细地对他们观察一番,真是形形色色各有不同。先从胡须来说,就有短胡、连鬓胡、络腮胡,既有昂然翘起的拿破仑胡,也有像哈巴狗须子似的俾斯麦胡,此外还有往下垂着的八字胡、狸鼠胡以及一些稀稀落落的胡子,真是各式各样,浓淡不一。除了胡须以外,就是服饰上的一些区别了。有些人穿着白木屋百货店做的黑色西服,配上一双法国式的皮鞋,据说这样打扮的人差不多都是些酒色之徒。次一等的穿着,虽然并不十分合体,却是些用英国斜纹呢做的西服,登着一双硬帮帮的皮鞋,再配上长得拖地的方格西服裤。这些穿戴一眼望去虽然马上可以知道都是从旧货摊上买来的东西,但是穿着这样衣着的人却都得意洋洋,流露出一副"我既有胡子,又有衣服,还有什么可求的呢?"的神气,端着十足的架子,恰似被火烘弯了的枯枝一般挺着胸膛往回家的路上走。嗬,这有多么令人羡慕啊!跟在这些人后面陆陆续续走出来的,大半都是头发斑白、弯腰驼背的人,在软弱无力的腰上,冷冷清清搭拉着空饭盒,脚步蹒跚地走回家去。尽管已经老朽了,却难得他们能胜任自己的职务!他们都是职位低微的人,可以穿日本服上班,这种打扮的人,的确令人同情!

……

"什么,别胡说霸道!"

说完,高个子的人脸上闪出一种跟他那幅面孔不相称的微笑,只说了声"再见",两个人就分手了。高个子的人独自朝着小川町走去。他脸上的微笑逐渐消失,脚步也随着越来越沉重,最后竟低垂着头,像爬虫蠕动一般,无精打采地往前走着。当他走了三百米远的时候,就突然站住,望了望四周,突然往后退了两三步,拐进了一条横街,走进了从拐角数第三家的一个有格子门的二层楼的房子里。让我们也跟进去看看吧。

首先这个文本分章回,并且加线的部分显然是叙事者说的,相当于说书人的声音。《浮云》的文体完全摆脱这种叙事模式是九年以后写的第三篇以后。

不过,到了现代,随着读书行为发生变化,这样的阅读模式也开始变化。读者开始一个人默读作品。日本的文学家伊藤整曾经对如上现代阅读的特点这样说过:

> 作者在密室里写作品,读者在密室里欣赏它。……在这样的条件之下,读者开始倾听别人秘密的心腹话,并开始窥视别人秘密的行为和思维。它有时是有罪的人类向上帝诉说的苦闷的声音,有时是满足情欲或好奇心的内心独白。
>
> (《小説の方法(小说的方法)》修订版,新潮社,1959 年)

也就是说,现代的读者希望窥视作品里的人物的内心,并希望把它跟自己的内心连接起来。可是,如果作品里的人物跟读者完全不相关,作品仍然只不过是一个关于别人的假设的故事,无法产生跟自己的内心世界有关的感觉。所以文学作品发明如下叙事特点。

　　　　现实存在的个人是极偶然的存在,不能承担人类一般。所以创造虚构
　　的人使他承担人类一般。只是因为不能由一个人代表所有的人,所以布置
　　几个主角,由他们的葛藤、配合来代表人类一般。

　　　　　　　　(杉山康彦《ことばの芸術(语言的艺术)》,大修馆书店,1976 年)

　　这个"虚构的人"就是"典型"。因为他/她是"典型",文学作品里的人物可以
代表读者的部分心理。叙事上发生这样的变化以后,读者开始对文学期待,通过
文学作品能够接触到某种人的,或社会的、历史的"真实"。换句话说,到了现代
以后,文学变为通过这样的叙事模式让读者感受到某种"真实感"的东西[①]。也
可以说,从此以后文学带有某种神圣的使命。

　　当然,古代文学作品并不是没有"真实感"。只是古代文学的"真实感"和现
代文学的"真实感"不一样。奥尔巴赫(Erich Auerbach)在《模仿(mimesis):现
实在西方文学中的再现》里说:"不管感到中世纪的现实主义和现代的现实主义
多么不一样,在把握现实的基本态度上两者没有区别。……不过……在古典古
代末期或中世纪的基督教作品上所能看到的现实感,跟现代的现实主义作品的
现实感完全不同。……就中世纪的现实感而说,所有的现象算是上帝的意
志……在中世纪的文学作品,人间发生的所有的现象同时表示上帝的意志,并且
预告或反复它。"奥尔巴赫把这种叙事模式叫作"比喻形象(figural)"。

　　如上的"真实"在古代中国和古代日本的文学作品也存在。在中国,是"文以
载道"的"道",或是"诗言志"的"志"。(当时的"志"并不完全是个人的感情或意
志,代表某种规范的感情和意志。)在日本,是短歌的"筑波之道"、"敷岛之道"
的"道"。

三、从"唱歌"到"诗歌"——从"说话场"到"真实感"其二

　　这种变化,现代诗的形成过程也存在。一个代表性的例子是诗歌文本从不
分行到分行的变化。古代诗歌的文本几乎不分行。因为古代诗歌基本上是歌唱
的东西,有格律节奏是固定的,所以没必要分行写。但是到了现代,读者开始默

---

　　① 请注意,这里所说的"真实"不是客观的真实,而是主观上的真实。自己以为,能接触到"真
实"就行。所以我把它称作"真实感"。

读以后,作者为了表达内在的节奏需要另外想方法。其中一个方法是分行。此时此刻,诗歌从歌唱的东西变为默读而从中感到某种真、善、美的东西。

比方说,在中国,胡适写第一篇现代诗《朋友》的时候,每句分行并每行高低一格:

> 两个黄蝴蝶双双飞上天
> 不知为什么一个忽飞还
> 剩下那一个孤单怪可怜
> 也无心上天天上太孤单

胡适在这首诗的前面加注说:"此诗天怜为韵、还单为韵,故用西诗写法,高低一格以别之。"意思就是一面采用五言诗的体裁和押韵,保留古诗的格律,但为了表示它是新诗,分行并高低一格。

日本的诗歌也一样。古代短歌的文本基本上不分行(因为有格律,字数是固定的)。但到了现代,开始时分行,并有加空格、标点等变化。有名的歌人释迢空写过如下短歌:

> 葛の花　踏みしだかれて、色あたらし。この山道を行きし人あり
> (有一朵葛花　被踩得乱七八糟,但颜色鲜艳。有人路过此山径)
> [折口信夫,连作〈島山(岛山)〉,收录于歌集《うみやまのあひだ(山海之间)》,《折口信夫全集》(第21卷),中公文库,1975年,第12页]

而且他在短歌集后记里这样说明:

> 私の歌を見ていただいて、第一にかはった感じのしようと思ふのは、句読法の上にあるだらう。私の友だちはみな、つまらない努力だ。そんなにして、やっと訣る様な歌なら、技巧が不完全なのだと言ふ。……私が、歌にきれ目を入れる事は、そんな事の為ばかりではない。……一層内在して居る拍子を示すのに、出来るだけ骨を折る事が、なぜ問題にもならないのであらう。……「わかれば、句読はいらない」などと考へてゐるの

は、国語表示法は素より、自己表現の為に悲しまねばならぬ。

　　（你一看我的短歌，第一个觉得新奇的，可能是标点符号。我的朋友都说：这是毫无价值的努力，只有这样才能理解的短歌技巧不完全。……可我给短歌加标点，不只是为了这个。……为何谁都不考虑，为了表示越来越内在化的格律尽力。……类似"只要看得懂就不要标点符号"这样的想法，不但是在国语写法上，而且也在自己表现上实在可叹。）

也就是说，现代诗的格律是内在的，没有古代诗那样定型的格律，所以该用标点符号表示其节奏。后来，他还用分行、高低几格的写法。而这不外是为了追求诗歌的艺术性的结果。

くりやべの夜ふけ	深夜的厨房
あかあか　火をつけて、	红彤彤　烧个火，
鳥を煮　魚を焼き、	煮着鸡　烤着鱼，
ひとり　楽しき	独自　快乐
	《冬立つ厨（冬天的厨房）》

从如上日中现代诗形成的时候发生的变化，我们能看到以"唱歌"为基础的古代诗歌变成"默读"的现代诗的过程，以及当中存在的追求诗歌的艺术性的渴望。

四、鲁迅《狂人日记》叙事结构的现代性 1
——与周瘦鹃《断肠日记》相比

那么，现代小说开始的时候有什么变化？如果可以说鲁迅的《狂人日记》揭开中国现代文学，它的"新颖"到底在哪里？换句话说，《狂人日记》为什么可以说是中国现代文学的第一篇作品？它和"真实感"的变化有什么关系？下面就如上的角度分析鲁迅《狂人日记》的现代文学因素。

鲁迅《狂人日记》的文本具有一种"框架故事（frame story）"式的双层结构。也就是说，由两个部分构成。一个是"余"所叙述的序文，另一个是"我（＝狂人）"

所叙述的日记(＝独白)。

其中"序文"是完美无缺的文言,可以说是不夹杂叙述者的感想,恬淡地给读者介绍拿到日记的过程的"报告"或"记录"。跟它相反,日记(＝独白)全篇用白话,能够使读者感到它是狂人直接的声音。就是首先在"序"里叙述者"余"给读者介绍日记的存在和拿到日记的经过,然后在"日记"里介绍狂人的独白。当中没有什么逻辑上的矛盾。读者能把"日记"看作一个表示狂人内心的临床的例子(图1)。

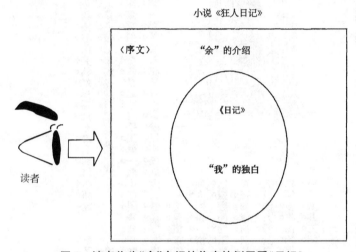

图1　读者作为"余"介绍的临床的例子看《日记》

带有如上文本结构的《狂人日记》,和周瘦鹃《断肠日记》(《礼拜六》第52册,1915年5月)相比,作品表示的"真实感"非常显眼。

《断肠日记》也是介绍日记的小说。先通过叙述者(周瘦鹃)介绍拿到一本少女的日记的经过,然后收录日记原文。除了全文用文言书写以外,文本结构跟《狂人日记》非常相似。

不过,两个作品有决定性的差别。《断肠日记》的叙事有矛盾。"序文"里介绍的拿到日记的经过如下:半夜里,有一个少女由于恋爱的烦恼在阳台上叹息,不由得把自己的日记掉下去(图2)。第二天早晨,卖菜的把它捡起来,然后卖给偶然遇到的一个文人。这个文人原来是周瘦鹃的朋友。他把这本日记送给周瘦鹃,并推荐公开发表它。周瘦鹃答应他的要求,写这篇小说发表日记。

问题在于阳台上的描写。这个部分用紧贴场面的视角叙事,写得非常写实。

图 2　少女在阳台上掉下日记本。《断肠日记》(《礼拜六》第 52 期、1915 年 5 月)

当中还有母亲劝少女早点进屋的插句,如下:"夜深矣。奈何犹凭栏痴立。风露中人。汝何能堪。脱再病又将急煞阿母矣。"但是,叙述者周瘦鹃和给他提供日记的文人怎么能知道这个少女的叹息和她母亲说的话。他们绝对不会知道这个场面的存在。读者觉察到这个事实的时候,可以认为——这个序文和日记都不是事实,只是一个假设的故事。此时,作品的"真实感"瞬间即逝。跟它相比,鲁迅的《狂人日记》的叙事一点都没有矛盾,让读者感受到的"真实感"强烈得多。

五、鲁迅《狂人日记》叙事结构的现代性 2
——"序文"和"日记"剖析

另外,《狂人日记》"序文"的文体也加强作品的"真实感"。

周作人曾经写过,鲁迅《狂人日记》序文的文体借用当时报刊逸闻记事的文体,是类似"以供博物家研究"的叙述。其实,当时的记事模仿的是"笔记小说"的文体,也就是继承"史传"的文体。

举一个例子,"史传"和"笔记小说"的开头如下:

> 荆轲,卫人也。(《史记·荆轲列传》)——史传
>
> 陶安公,六安锻冶师也。(《搜神记·陶安公》)——笔记小说
>
> 任氏,女妖也。(唐代传奇《任氏传》)——笔记小说

都先介绍主人公是某地某人。一看就明白,"笔记小说"的叙述模仿"史传",强调叙述的故事是真实发生的事实。《狂人日记》序文开头的叙事"某君昆仲,今隐其名皆余昔日在中学时良友",显然借用"笔记小说"和"史传"的叙事模式,强调叙事的真实性。

更重要的是"日记"部分的叙事模式。它由两种叙事构成:一种是狂人对外界景物的感受。比如,开头的叙述"今天晚上很好的月光。我不见他已是三十年;今天见了,精神分外爽快。才知道以前的三十多年,全是发昏"等等。另一种是狂人的自问自答、主张等"内心独白"。比如说是接着上文的叙述,如下:"然而须十分小心。不然那赵家的狗,何以看我两眼呢?我怕得有理。"

这个"对外的感受"和"内心独白"轮流出现,逐节高潮,渐渐地激烈下去。比如,在第三节出现"吃人"的妄想,他在历史书上看到"满本都写"的"吃人"两个字。以后这个妄想发展到"大哥要吃我"(第四节),"为了吃我,大哥跟大家联络"(第七节)的地步。读这样的描写,读者感到什么?越读越奇异的"对外的感受"肯定让读者感到叙述者(狂人)的异常。那么"内心独白"呢?狂人主张,他自己是正常,周围的人是异常,是"吃人"的人。不过,他的主张越激烈,读者越相信狂人的异常和周围的人的正常。

在读者的心里酝酿的这种印象,在第十节到了顶点。狂人对哥哥诉说:"他们要吃我,你一个人,原也无法可想;然而又何必去入伙。……"然后,对在周围看他的一伙人大声喊:"你们可以改了,从真心改起! 要晓得将来容不得吃人的人,活在世上。"读到这里,读者毫无疑问确信狂人的异常和周围的人的正常。此时此刻读者站在周围的人一边。

可是到了第十二节,如上的印象戏剧性地颠覆。狂人的独白变成如下:

> 四千年来时时吃人的地方今天才明白,我也在其中混了多年;大哥正管着家务,妹子恰恰死了,他未必不和在饭菜里,暗暗给我门吃。
>
> 我未必无意之中,不吃了我妹子的几片肉,现在也轮到我自己……。

这以前,读者看了强辩自己是正常的"狂人",而确信他的异常以及周围的人和自己的正常。可是,现在"狂人"开始反省,自己所在的地方可能是异常,并说,他自己可能是跟周围的人同样的"吃人"的人。也就是说,"狂人"开始怀疑自己的所在和自己的正常。这样的"狂人",至少可以说,已经不是沉湎在疯狂的世界而不能自觉的人,而是所谓觉醒的人。

狂人的这个变化有可能使读者在心里发生一些疑问。"狂人"到底异常与否? 周围的人指责他又疯狂又不觉醒,可是跟怀疑自己的"狂人"相比,他们一点也不反省自己而安居现状。不觉醒的到底是"狂人",还是周围的人?"包括他自己在内,所有的人吃过人",这个"狂人"的怀疑是否看穿我们的社会? 进一步说,"吃人"的到底是谁? 是"狂人",还是周围的人,包不包括自己(读者)在内?

这样的疑问一旦在心里发生,分隔"狂人"(=异常)和周围的人(=正常)的界线就不能存在了。一切都属于混沌,读者也会走进怀疑自己是否"吃过人"的境界。这时,读者已经不会是旁观者,不能像隔岸观火那样地看待"狂人"。

当然,不是所有的读者会这样反应。不过,不能否定对读者这样解读的线路已经打开了。此时,"狂人"的世界观,或者到底谁"吃人"的疑问,在读者的心里可能成为自己的或者相关自己的问题。

加上,序文里写到那个生病的弟弟(=狂人)"已早癒,赴某地候补",这个叙述也加强如上解读的可能性。为什么呢?"狂人"不是去了异常的精神世界不还,而是已经回到正常的生活。这意味着,"狂人"的精神世界与其说是他一个人的特殊的世界,不如说是在所有正常人的心里存在的另一个世界。正像弗洛伊德所说的表达"潜在意识"的"梦"那样,包括自己在内,所有的人都有可能进入这个世界。觉察到这一点,作品末尾的"狂人"的独白"救救孩子",可能使读者感到一种强烈的"真实感",换句话说,感到这不是别人的事而是自己内心的事。

六、鲁迅《狂人日记》叙事结构的现代性3
——与果戈理《狂人日记》相比

跟果戈理的《狂人日记》相比,如上鲁迅《狂人日记》的叙事模式显然带有更强的"真实感"。我们在此简单地比较两个作品的叙事结构,并分析它的效果。果戈理《狂人日记》开头的一段如下:

> 十月三日
> 今天发生了一件异乎寻常的事情。我早上起身很迟,玛佛拉把擦干净的长筒靴给我送来的时候,我问她:几点啦。听她回答说早已过了十点,我赶快穿上衣服。说实在的,我心里真不想到司里去,因为我早知道,我们的科长会怎样不高兴地绷着脸。很长一个时期以来,他就常对我说:"老弟,你脑子里怎么老是这样连七八糟的? 你有时候像着了魔似的跑来跑去,常常把事情搅得一团糟,甚至请撒旦来也理不清。官衔你用了小写字母写,既不注明日期,又不编号。"该死的长脚鹭鸶! 他准是忌妒我坐在司长的书斋里,给大人阁下削鹅毛笔。(后略)⋯⋯
> [张草纫译《文学作品选读 外国短篇小说选》(下册),上海文艺出版社, 1978 年]

跟鲁迅的《狂人日记》不同,果戈理的文本只收录狂人的日记(=独白),没写出经过何等过程在此给读者介绍日记。其实跟鲁迅的《狂人日记》一样,一开始就能看到叙述者(=狂人)有点异常,而且这个气氛相当浓厚。以后他的异常随着日记的进展越来越高潮,最后一段达到如下地步:

> 三百四十九,二月,年三十四日
> 不,我再也没有力量忍受下了。天哪! 他们是怎样对待我的啊! 他们往我头上浇冷水! 他们不管我,不看我,也不听我的话。我做了什么得罪他

们的事情？他们干吗要折磨我呀？他们要从我这个可怜虫那里取得些什么呢？我能给他们什么呢？我什么也没有啊。我已经精疲力竭了，我再也忍受不了他们的这些折磨，我的头在发烧，一切东西在我眼面前打转。救救我吧！……(中略)……妈妈呀，救救你可怜的孩子吧！把泪珠儿滴在他有病的头上吧！看一看，他们在怎样折磨他啊！把你可怜的孤儿搂在怀里吧！这个世界上没有他立足的地方！他遭受着迫害！——妈妈呀！可怜可怜你的患病的孩子吧……你们可知道，阿尔及利亚总督的鼻子下面生了特脓包？

(同上)

在此连日期都写得乱，文章也越来越离谱。作为狂人写的日记，果戈理的《狂人日记》的描述可能比鲁迅的《狂人日记》更写实。对这一点来说，果戈理的《狂人日记》无疑是带有现代文学因素的作品。可是，写得如何写实，通过果戈理《狂人日记》的叙述读者感受到的只不过是类似"假如狂人写日记会是这个样子"的"真实感"。换句话说，在读者来说，日记里所写的不是自己的事情而是别人的事情。连接读者的内心和狂人的精神世界的线路很难打开。在这一点跟鲁迅的《狂人日记》有所不同。所以果戈理的《狂人日记》与其说是现实的作品，不如说是诙谐的作品。

总的来说，通过如上所提到的各种叙事模式，鲁迅的《狂人日记》促使读者感到强烈的"真实感"，以及作品里的世界跟自己沟通的感觉。对这一点来说，它不愧是中国现代文学的第一篇小说。

七、鲁迅《故乡》的叙事结构与现代文学

除了《狂人日记》以外，其他的鲁迅小说也有强烈的实验性，并通过这些特点揭开现代文学的大幕。如果可以说《狂人日记》是第三人称小说(叙述者讲别人的故事的小说)代表性的例子，那么《故乡》是第一人称小说(叙事者讲自己的故事的小说)代表性的例子。

短篇小说《故乡》1921年5月在《新青年》第9卷第1号上发表以后，一直受到很高的评价。比如，早在《小说月报》第12卷8号(1921年8月)上沈雁冰(＝茅盾)写过"过去的三个月中的创作我最佩服的是鲁迅的《故乡》"，并对作品的思想深度给予很高的评价。他说：

> 我觉得这篇《故乡》的中心思想是悲哀那个人与人之间的不了解。造成这不了解的原因是历史遗传的阶级观念。……著者的本意却是在表示出"人生来是一气的,后来却隔离了"这一个根本观念。……这是作者对于"现在"的失望,但……作者对于将来却不曾绝望……

之后,这篇小说被称作鲁迅的代表作之一,一直以来收录于很多语文教科书。跟中国一样,日本也对这个作品的评价很高。1972 年以后几乎所有的中学语文教科书都收录这篇小说。对这一点来看,《故乡》可能是鲁迅作品当中,读者最多的作品之一。

众所周知,《故乡》是离开故乡二十年的主人公回乡的故事。他发现故乡的变化,而感到失望。但这篇小说并不是当时唯一的描写这种怀念性心理的作品。比如,鲁迅自己翻译的俄国作家契里珂夫的短篇小说《省会》(推测为 1921 年翻译)也是离开故乡多年的主人公回乡的故事。他同样发现往年的东西一个也没留下,而尝到丧失感。曾经有学者说过,鲁迅创造性地模仿契里珂夫的小说写《故乡》。但我不同意这个看法,只是觉得这两篇作品故事情节很相似。说实在的,《故乡》的读后感跟《省会》大不一样,从《省会》感受到的只不过是怀念往年的心情,感不到茅盾从《故乡》所感到的深刻的思想。那么,《故乡》如何实现如上思想深度呢?

《故乡》的故事,从主人公回乡的船上开始。

> 我冒了严寒,回到相隔二千余里,别了二十余年的故乡去。
> 时候既然是深冬;渐近故乡时,天气又阴晦了,冷风吹进船舱中,呜呜的响,从缝隙向外一望,仓黄的天底下,远近横着几个萧索的荒村,没有一些活气。我的心禁不住悲凉起来了。

问题在于"我"在哪里对谁讲这些话。在船上吗? 那么,他对谁说? 小说里好像没有存在听他说这些话的人。另外还有别的可能性。叙述者在别的地方(比如书房)回忆回老家的过程而讲。到底决定不了他在哪儿讲,其实对读者的感受来说,读者们可能觉得叙述者"我"好像对他们(＝读者)讲这些话。这个效果最明显的是如下一段:

这时候,我的脑里忽然闪出一幅神异的图画来:深蓝的天空中挂着一轮金黄的圆月,下面是海边的沙地,都种着一望无际的碧绿的西瓜,其间有一个十一二岁的少年,项带银圈,手捏一柄钢叉,像一匹猹尽力的刺去,那猹却一身一扭,反从他的胯下逃走了。

这少年是闰土。我认识他时,也不过十多岁,离现在有三十年了。……

是众所周知的介绍闰土的部分。当中"这少年是闰土"一句是对谁说的?这也不清楚。但对读者的感受来说这一句显然是"我"向读者介绍闰土。说实在的,《故乡》的叙事当中经常出现"我"对读者说的句子。这意味着,对读者来说,《故乡》一篇是通过"我"和读者的对话进行叙事。

契里珂夫的小说《省会》也从回故乡的船上开始讲故事,开头的部分如下:

我所坐的那汽船,使我胸中起了剧烈的搏动,驶近我年青时候曾经住过的,一个小小的省会的埠头去了。又温和又幽静,而且悲凉的夏晚,笼罩了懒懒的摇荡着的伏尔加的川水,和沿岸的群山,和远远的隔岸的森林的葱茏的景色。

用第一人称、对故乡的伤感都跟《故乡》很相似,只是它的叙事完全属于叙述者的独白,没有发生叙述者"我"和读者的对话。所以读者感受到的也只不过是"我"对故乡的怀念和它丧失原貌的伤感。

在《故乡》,主人公到了故乡以后,同样发现所有的东西都变化,故乡跟童年完全不一样。小时候的好朋友闰土也变了,已经不能打交道,使主人公感到一大冲击。这个过程通过紧贴主人公的视角叙述,读者能够跟主人公一起体验他在故乡碰上的事情和他的悲凉。加上,除了如上故乡的记载以外,还插入主人公对童年的美丽场景和跟闰土一起度过的幸福生活的回忆。这场面也用紧贴少年主人公的视角描写,读者能够跟主人公(=少年)一起体会主人公童年时代的甜蜜心情。主人公在故乡看到的变化和回忆出的童年的情景——这两个东西的强烈的反差构成主人公的丧失感。这样的叙述算是非常写实。换句话说,"我"强调的是过去和现在的对比。当中过去是美好的,现在是惨淡的。要注意的是这个现场感和对比通过叙述者"我"与读者的对话叙述。

其实,这篇小说的重点在后面。万一叙事到此为止,小说仍然停留于怀念的地步,跟契里珂夫的《省会》差不多。读者感到的仅仅是对那回不到的童年的怀念。其实因为出现主人公的侄儿宏儿和闰土的孩子水生交流,小说开始表现出别的面貌。如果可以说"我"和闰土的关系表示过去的美好和现在的惨淡的反差,宏儿和水生的交流表示的是现在和未来的对比。

他们俩的友情跟小时候的主人公和闰土一样美好,可以说是主人公和闰土的美好的回忆的反复。不过,如能这样看,读者不难预测到,将来等待宏儿和水生又"隔阂"的悲剧。也就是说,主人公和闰土的命运的反复。这个预测会使读者的心里产生一种感受:"这个命运好像永远摆脱不了。"

只是因为他们的命运属于未来,绝望还没有变成现实。所以小说结尾的一句:"我想:希望是本无所谓有,无所谓无的。这正如地上的路:其实地上本没有路,走的人多了,也便成了路。"还保存说服力,给读者留下深刻的印象。有些读者可能感到在这里写到我们的世界的某种真实,而激动。可是,如上一句只不过是主人公的感想。它怎么能给读者带来这样的"真实感"呢?问题还是在于"我"在哪里对谁说这句话。如果在船上说,听他说话的人是谁?好像不存在。那么这句也有另一个可能性。叙述者在别的地方回顾而说。虽然他在哪儿讲不清楚,但是至少可以说,对读者的感受来说"我"好像对读者说的。

在此我们能理解。《故乡》从开头的叙述"我冒了严寒,回到相隔二千余里,别了二十余年的故乡去"开始,时时出现和读者的对话,通过这种叙事结构读者能够跟"我"一起回故乡感到对故乡的怀念,面对和闰土的关系的变化感到绝望,并看到宏儿和水生的交流感到对未来的一线希望,换句话说得到某种现场感。通过这样的叙事方法,《故乡》能够超过《省会》那样的主人公怀念性的回忆,在读者的心里产生如下信心:作品里的世界能代表现实,并能在这里接触到主人公内心世界,而且它是跟自己沟通的。当然不是所有的读者如此阅读文本。但至少可以说鲁迅的文本打开了能这样阅读文本的路。如果读者这样阅读,鲁迅让读者感到某种"真实感"的战略是成功的。

八、日本文学文本的现代化

现代文学诞生的时候同样的变化在日本也发生了。那么日本文学如何实现现代文学的"真实感"? 下面的文章是二叶亭四迷翻译的『あひびき』(原著是屠尔格涅夫的《初恋》)初版(1888 年)和第二版(1896 年)的开头。

秋九月といふころ、一日自分が去る欅の林の中に座してゐたことが
有ッた。今朝から小雨が降りそそぎ、その晴れ間にはおりおり生ま煖か
な日かげも射して、まことに気まぐれな空ら合ひ。……(初版)

(好像是秋天中旬的时候,一天我坐在某一个榉树森林里。今天一早就
下小雨,中间暂晴的时候偶尔射下温暖的阳光,真是变化无常的天气。……)

秋は九月中旬の事で、一日自分がさる欅林の中に坐ってゐたことが
有った。朝から小雨が降って、その晴れ間にはをりをり生暖かな日景も
射すといふ気紛れな空合ひである。……(第二版)

(那是九月中旬的事。一天我坐在某一个榉树森林里。从早就下小雨,
当中暂晴时偶尔射下阳光,天气实在变化无常。……)

初版当中的"今朝から"(今天一早),明明是叙述者自己的声音,留下说书的
感觉。九年以后的第二版改译为"朝から"(从早),变成客观的叙述,实现现在的
小说的叙述。最后一个句子的句末初版为"空ら合ひ"不是终止形。话没说完就
停止的感觉,是保留说书的说法。第二版把它改译为终止形"空合ひである",成
为现在的小说的叙述。总的来说,初版的文体比较近于说书,读者自然而然认为
它是说书人讲的(假设的)故事。跟它相反,第二版的文体比较近于现在的小说,
读者能够作为真实的事件体验小说里的世界。在此能看到当时的日本作家渐渐
地获得现代小说的文体的过程。

九、语言表现上的四个变化

如前所述,现代文学形成的时候,在中国发生以"从文言到白话"为口号的文
学革命,在日本展开以"言文一致"为口号的文艺革新运动。但是在欧洲没有类
似的变化。(从拉丁语到各国的语言的迁移是另一回事。它是从一个语言到另
一个语言的变化,在日本和中国发生的是一个语言里面的有关"书面语"和"口头
语"的变化。)那么,为什么日本和中国有这样的变化呢?总的来说,为了实现如
上现代文学特有的"真实感",中国和日本的文学事先需要解决语言表现上的问
题。其革新主要分为四点。

第一，需要创造新的人称代词。

中文和日文的人称代词跟西方的语言不一样。比如，英语里面，第一人称"I"、第二人称"you"、第三人称"he""she"是固定的，谁都可以用。皇帝、农民都可以说"I"，农民对皇帝说"you"也没问题，不在场的人都能称呼"he"或者"she"。跟它相反，中文和日文的人称代词明示着发话人的身份，以及他/她和对方的关系。比如，在中文，说"朕"是皇帝，说"俺"是农民，说"阿拉"是上海人。在日语，说"ぼく"是小伙子，说"わし"是老大爷，说"うち"是大阪的女孩子。第二人称有"きみ""あなた"等称呼，对父母绝对不能用。用这样的人称代词书写，叙述者的存在很容易浮现出来，读者也很容易感觉到叙述者(＝讲故事的人)的存在。结果，作品很容易变成类似说书的东西。(二叶亭四迷《浮云》开头的叙事是典型的例子。)也就是说，读者只能把作品看作有人讲的假设的"故事"，从作品感到"真实感"相当困难。为了避开这样的结果，现代文学需要创造透明的人称代词(换句话说，不让读者感到叙述者的存在的人称代词)。鲁迅曾经对刘半农创造人称代词"她"给以很高的评价，理由在这儿。日语也由同样的理由创造"わたし""あなた""彼""彼女"等新的人称代词。(其实，这些人称代词直到现在还没达到全面的透明化。比如，在日语说"彼""彼女"有时候意味着"男朋友""女朋友"，也就是表示和自己的关系。)

如上变化在第三人称小说(叙述者讲别人的故事)上很明显，读者在现代文学的文本上几乎感受不到叙述者的存在，换句话说叙述者被透明化。第一人称小说本来显出叙述者，但也需要用《故乡》等方法避开陷为说书的文体。

第二，带有"从现在"、"从这儿"的视角的描写。

所有的文言都是一种记录，跟"现在"、"这儿"有一定的距离。比如，在多数古代的文学作品，作品里发生的事件和叙述者所在的地点、时点，跟"现在"和"这儿"的距离不明显。现代文学的叙事为了让读者感受到"真实感"，应该有现场感，也就是说要带有"从现在"、"从这儿"的视角。为了实现这样的叙事，非采用白话文不可。

举一个例子。下面是小仲马《茶花女》开头部分的一段，现代汉语即白话版。

那是 1847 年 3 月 12 日，我在拉菲特街看到一大幅黄颜色的广告，上面是拍卖家具和珍奇古玩的消息，是在物主去世之后举办的拍卖会。广告没有提及那位逝者的姓名，仅仅说明拍卖会将于 16 日中午到下午 5 时，在昂坦街九号举行。

广告还注明,在 13 日和 14 日两天,感兴趣者可以去参观那套住房和家具。

我一向喜爱古玩,这次机会我决不会错过,即使不买什么,至少也要去开开眼。

次日,我就前往昂坦街九号。

时间还早,不过那套房间里已经有人参观了,甚至还有几位女士:她们虽然身穿丝绒衣裙,披着开司米披肩,乘坐的豪华大轿车就在门外等候,可是对展现在眼前的豪华陈设,她们看着也不免惊诧,甚至感叹不已。

（李玉民译,北京理工大学出版社,百度阅读电子版,下线由引用者所加）

1899 年林纾翻译的《茶花女》开头部分如下,即文言版。

余当一千八百四十三年三月十三日,在拉菲德,见黄榜署拍卖日期,为屋主人身故,身后无人,故货其器物。榜中亦不署主人为谁,准以十六日十二点至五点止,在恩谈街第九号屋中拍卖。又预计十三,十四两日,可以先往第九号屋中,省识其当意者。余素好事,意殊不在购物,惟必欲一观之。越明日,与至恩谈街,为时尚早,士女杂沓,车马已纷集其门。众人周阅之下,即羡精致咸有骇叹之状。

（林纾译《巴黎茶花女遗事》,中国近代文学大系,翻译文学集一,下线由引用者所加）

两者显然有差别。先看白话版的第二段"时间还早,不过那套房间里已经有人参观了,甚至还有几位女士:她们虽然身穿丝绒衣裙,披着开司米披肩,乘坐的豪华大轿车就在门外等候"。我们阅读这一段时,没有前面的日期和时间的说明,也能了解到这是现场观察的描述。

但是看文言版的同一个部分"为时尚早,士女杂沓,车马已纷集其门。众人周阅之下,即羡精致咸有骇叹之状",文章虽然有现实感,可是如果没有前一段的时间说明,我们看不出是今天的事情还是以前的事情,决定不了时点。虽然文言的文章也能带有现实感,但它是记录上能看到的现实感。换句话说,它只不过是类似什么时候、在哪儿真实发生过这样的事情的现实感,而不是现在在场经历这个事情的现场感。

跟它相比,白话版显然带有"从现在"、"从这儿"的视角。所以为了实现带有现场感的叙事,要用白话。其实只是排除文言用白话也不够。再举一个例子。下面的一段文章是斯托夫人《汤姆叔叔的小屋》的开头。

> 二月的某一天,天气依然比较寒冷。黄昏时分,在 P 城一间布置典雅兼作餐厅的接待室里,两位绅士相对而坐,喝着酒。他们没有要仆人在旁边侍候。他们紧挨着坐着,好像在商量什么很重要的事情。

下面是同一部小说的开头,1903 年《启蒙画报》上登载的《黑奴传》。

> 话说美国砑脱沟的地方,向来有贩卖黑奴的风俗,伶俐的价值贵,蠢笨的价值就贱。在买奴的眼里,看着这黑奴,就如同货物一样并没拿人理相待。那黑奴的苦楚,可一言说不尽了。我如今把这段事演说出来,请大家听听。
>
> 我就从有两个人饮酒说起。这两个人的性情,可是不同,相貌也不一样。……

后一段文章用白话叙事,但显然不是小说的文体,也不算是今天的翻译,带有浓厚的说书氛围。胡适用文言写了《文学改良刍议》以后,不到一年用白话写《建设的文学革命论》。这意味着,对当时的文人用白话写文章并不难。问题就在于用白话但怎样避开陷入说书般的叙事。

第三,需要创造标点符号。——其中最重要的是引用号的创造。

不管白话还是文言,古代的文本没有标点符号。所以,在读者来看,作品里的人物的会话基本上都是叙述者的说明,或叙述者代替作品里的人说的话。

比如,《史记·荆轲列传》有这样的记载。"荆轲尝游过榆次。与盖聂论剑。盖聂怒而目之。荆轲出。人或言复召荆卿。盖聂曰:曩者吾与论剑。有不称者。吾目之。试往。是宜去。不敢留。(引用者划线)"对这个记载,日本有名的古典文学研究家田中谦二曾经说过"表示自负的口吻,非常写实",给以很高的评价。我也同意。只是觉得,一般的中国人绝对不会这样说("试往。是宜去。不敢留。")。应该用类似如下说法:"你去看一看,他肯定不在,不敢留在这儿。"这意味着,上述《史记》的记载不是盖聂真实的会话,而是叙述者的说明。如果可以说写实,它的写实性不在于会话本身的真实性,而在于会话内容的写实性。至少对读者来说,它不是会话现场的声音,而是会话的记录。

白话小说也一样。总的来说,白话小说的会话不外是说书人模仿作品里的人物说的话,而不是作品里的人物真实说的话。至少,读者很容易感觉到它不是作品里的人物现场的声音,而是说书人代替作品里的人物说的声音。

为了避开陷入如上缺乏现场感的文言记录性的叙述和白话说书般的叙述,并让文章带有"真实感",现代文学采用标点符号。其中最重要的是引用号。引用号能够把一般的文章和会话分开,给读者保证"这个符号里面的句子是作品里的人物真实说的话"。有了引用号以后,读者才能够相信引用号里面的表现是作品里的人物真实的声音。这样,标点符号支援现代文学实现带有"真实感"的叙述。

第四,需要创造能够表现内面心理活动的手法和词汇。

如伊藤整所说,为了实现文学作品的"真实感",让读者感到能窥视到作品里的人物的内心就成为非常重要的因素之一。其实,古代的白话小说几乎没有精神内面的描写。因为所有的叙事是说书人(=叙事者)讲的东西,所以作品里的人物的心理也是由叙事者说明。读者觉察到如此叙事结构上的特点,就无法得到能窥视作品里的人物的感觉。上述透明的人称代词的创造,从这儿、从现在的描述,以及引用号的发明,也都算是为了让读者感到,能听到作品里的人物现场所发的真实声音的尝试。

在古代承担描述内面心理的是诗和文的叙述。为了实现精神内面的描写,现代文学除了上述三种手法以外,该创造能够描述心理活动的新的词汇,或者把诗文的词汇引进白话文,让它们承担描写现代人的精神内面。胡适固执着用白话写诗的理由在这儿。

十、"现代文学"的普遍化与转折

带有如上"真实感"的现代文学,随着 18 世纪末到 19 世纪初西方社会的变化,渐渐地普遍化。第一个变化是市民阶级兴起以来的公共空间(public sphere)的发生。比如,在英国,不少绅士在酒馆(public house)或咖啡馆谈论,他们的谈论形成对当时的英国社会相当有影响的舆论。在法国,不少文化人聚在贵族的沙龙(salon)谈论,这圈子里的谈论也形成对当时法国社会相当有影响的舆论。这就是哈巴马斯所说的"公共空间"。这种空间成立以后,教育的方式发生很大的变化。以前的教育,除了教圣经(在东亚教儒教经典)以外,几乎都是很实用的职业教育,比如木匠的弟子学木工、渔民的孩子学捞鱼、农民的孩子学耕田等等。但是公共空间成立以后,父母希望把孩子养成能参加酒馆或沙龙的谈论的有教养的绅士。从此以后,逐渐开始着重文化素养的教育。全世界所有的国家和社会,在文化素养的教育上设有语文课,而语文课不外是文学教育。你想想看,我们从小学以来的语文教材里面的文章几乎都是文学作品。这证实着现代以后语文教育变成文学教育。随着如上变化,"文学"逐渐开始在社会上占领重要的位置。

还有安德森(Benedict Anderson)所说的"巡礼"的发生。现代以前的人在一个村子或城市的角落生下来以后,几乎一辈子生活在同一个地方。但是到了现代,市民阶级兴起,政治制度民主化以后,人在人生上开始"巡礼"。比如,小时候在村子里上小学,如果成绩好去县城上中学,在那儿成绩好再去大城市上大学,毕业以后到首都作为社会精英工作。在如上每个阶段,任何地域和国家,作为重要的文化素养,过关时布置"语文"科,也就是说文学教育。就这样,有上述特点的现代文学渐渐地占领了整个艺术当中关键的地位。

这样逐渐普遍化的现代文学的"真实感",也就是说,文学能够表达某种"真实"的信念,直到20世纪,开始克服19世纪的现实主义的文艺活动以后,也没有消失。面临21世纪的现在,它还在我们的心里占有相当大的位置。比如,2001年上半年获得芥川文学奖的作家青来有一在纪念获奖的随笔上写道:"作为虚构的小说,有时候含有铭刻在心的一滴真实……"看到这样的论述,我们不能不感到"真实感"的束缚没有减轻。可以说,我们还在"现代"的正当中。

十一、我们跑到哪里去?

可是近年来,特别是20世纪80年代以来随着全球化的进展纷纷说起文学的边缘化。谈这个问题的时候强调的是两个问题:一个是青少年离开文字、不看文学作品,所谓文学边缘化的现象;另一个是这个现象不只是在中国,包括日本和韩国,在整个东亚的城市,甚至全世界的城市都能看到,可能成为覆盖全球的事情。

可我怀疑青少年是否真的离开文学作品？为什么呢？目前受年轻人欢迎的文学作品并不少。比方说，在日本，2009 年出版的村上春树的长篇《1Q84》第 1、2、3 卷一共卖出 400 多万册，2012 年出版文库本以后又卖出 400 多万册，不外是惊人的数量。在中国，余华的《兄弟》卖出 35 万册。我觉得这个数据也相当好。虽然有些统计表示，目前在日本村上春树的读者当中中学生逐渐减少，主要读者成为大学生和大学毕业生，村上本人也已经超过七十岁，读者的高龄化也回避不了，但支持村上的读者仍然可以说是青少年。当然，在中国，爱好余华等当代作家的读者当中也有不少年轻人。

别提纯文学，如果把范畴扩大到轻小说（light novel）和漫画等亚文化领域，比村上春树还畅销的作家有的是。比如，在日本，谷川流的轻小说《凉宫春日》系列一共卖出 2000 多万册，尾田荣一郎的漫画《航海王》（*One Piece*）每一卷初版打印几百万册（2014 年 9 月出版的第 75 卷初版打印 400 多万册），全系列一共卖出 3 亿多册。在中国，郭敬明的《幻城》销售 200 万册，《小时代》每一卷 100 万册。《小时代》还有 ver.1.5、2.5 等漫画版，销量也不错。虽然这两年粉丝减少，韩寒的博客、《独唱团》等刊物也有不少影响力。要么在日本，要么在中国，爱看如上作品的读者主要是青少年。

这意味着，现在的青少年并未抛弃"文学"，至少可以说，相当爱好广义的文艺作品。只是部分青少年读者的兴趣已经不在于传统的纯文学，好像迁移到亚文化或另类文学方面去了。也许在当下青少年之间"文学"的涵义也开始变化。那么，人家感到的文学的边缘化到底意味着什么？而且为何在整个东亚城市能看到如上现象？在我看来，这密切地关乎文艺文本阅读方式的变化，以及它带来的读者和文学的关系的变化。而且其背后存在着青少年在社会上的位置，以及青少年对社会的感受的变化。

现在，部分年轻读者阅读漫画、轻小说等文本的方式显然跟以前的文学阅读不一样。最简单地说能看到如下变化。如果可以说以前的读者看作品时欣赏故事情节、作品的文体和作家的思想等，现在的部分青少年读者重视的是作品里的角色的形象（character）。他们可以离开作品的世界，单独地欣赏这些 character。当然，他们不是完全忽视作品的故事情节、文体和思想，而且也不是所有的读者都这样阅读作品。其实，对部分青少年读者，阅读作品时 character 已经成为跟故事情节、文体和作品的思想同样或比它们更重要的因素，而且这样阅读文本的读者越来越增加。这种倾向在动漫、轻小说（即 light novel，在中国相当于校园小说或青春小说）、yaoi（也称作 boys love 或耽美文学，是女生喜欢看的男生同性恋的故事）小说等领域特别明显。

如上阅读方式的变化可以概括为"模块化"和"数据库化"。美国的列夫·马诺维奇在《新媒体的语言》（*The Language of New Media*）中说，电脑等新媒体上的 contents 有如下特点：可以自由地分为几个要素（即"模块"），也可以把它收在自己脑子的数据库里，随时拿出来自由地组成新的形象。上述讲究 character 的阅读是其一部分。这样的趋向已经扩大到各种领域。比如，手机文学有"七个大罪"的说法，意思就是几乎所有的手机小说由"卖淫、强奸、怀孕、毒药、无法治的病、自杀、真实的爱"这七个因素组合而成。这意味着故事情节也模块化。另外，轻小说的不少读者除了欣赏作品以外，自己也参与创作。纯文学的写作需要文才，参与的门槛比较高。但是轻小说的话，他们把它作角色（character）、故事、世界观、道具（item）等要素的组合体。如能把握每个要素的规矩，谁都可以写。不得不说文学作品阅读方式的变化影响非常大。

而且，如上文本阅读方式的变化带来了读者和文学作品的关系的变化。像如上的讨论，到了现代以后，读者看文学作品时，相信作品里的世界和自己精神上的世界沟通，并期待着通过作品接触到这个世界的某种真实。至少我们认为，能让读者感受接触到某种真实的作品才算杰作。对这一点，文学不外是能给每个读者启示更大的世界（也可以说"启蒙"）的东西。我们看鲁迅、陀思妥耶夫斯基等作品的时候都是这样的。

但是现在的部分年轻读者对作品的需求有所变化。爱好如上亚文化或另类文学作品的青少年有他们巨大的圈子或者共同体。他们在圈子里的活动很活跃，不只是欣赏作品，也参与创作等生产行为，比方说，参加 cosplay 等活动或在同人杂志上发表自己的作品，等等。他们通过同人活动经常跟其他爱好者交流，有时候通过网络，有时候碰面，在他们的共同体聊天，分享感受。重要的是在这样的活动和交流当中，他们得到某种现实感或跟人或社会接轨的感觉，换句话说，获得成就感或找到自己的位置的感觉。对他们来说，好像同好之间的交流跟通过作品接触到真实一样重要（有时候比它还重要）。如果可以这样说，读者群对作品的需求的变化确实很大。

更重要的是如下一点。出现这些现象的背后存在着青少年的文化心理的变化。特别是某种无聊、孤独或闭塞感，更正确地说，他们对社会带有的某种隔阂的感觉。谈文学边缘化时强调的是两个问题：一个是青少年离开文字、不看文学作品的现象;另一个是这个现象不只是在中国,包括日本和韩国,在整个东亚的城市,甚至全世界的城市都能看到,这种可怕的顾虑。日本的年轻评论家宇野常宽如下分析这样的现象:

> 把过日常生活的小共同体(家庭、同班同学、朋友等等)当作一种"故事",并且把在那儿被分配到的(相对的)位置当作一种"角色(character)"而理解,这样的思考方式渗透到广泛的人。
>
> ……像故事里面存在着好人和坏人一样,被分配到的角色在那儿(小共同体)决定一切。

> (《零年代的想象力》,早川书房,2008 年)

他说的意思就是,现在的年轻人当中弥漫着,类似自己的角色(character)在社会或共同体里面已经被分配,所有的事情已经被决定的感觉。

上述可见,到了现代以后,我们看文学作品时,能相信作品里的世界和自己的精神世界沟通,并能期待着通过作品接触到这个世界的某种真实。至少认为能感到这些真实的作品就是优秀的文学。(这个"真实"并不是客观的真实,而是主观的"真实感"。)对这一点,文学不外是给每个读者启示更大的世界的东西。

但是,如果宇野常宽说得没错,对不少现在的青少年,文学启示这样的世界的功能没有以前那么大。世界已经固定,而在所属的狭窄的共同体里,自己的位置或角色(character)被分配下来,很难感到自己能参与并能改变的余地。对他们来说,传统的文学作品只不过是某种假设的故事,可能很难发生跟自己的精神世界沟通的感觉,不容易得到"真实感"。作品好像不是有机的整体,而是模块的组合体。如果他们对作品有希求的话,那不是接触到人的或社会的真实,而是通过作品跟同好们交往。

这样的变化已经开始扩大到文学。比如,村上春树的流行暗示着如上变化。对我的调查来说,不少村上的爱好者对他的作品感到的不是接触到人的真实,而是对作品"共鸣"、"疗愈"或"救济"。然后,他们欣赏作品的同时,在网上跟同好们交往,寻求找到自己的位置的感觉。他们也许在此才能感到某种真实感。对他们来说,这种交往跟作品本身同样,或者比它们还重要。他们的反应很像青少年文化的爱好者。我觉得亚文化流行的现象背后,可能存在着这种青少年的感性变化。

　　我不觉得轻小说或动漫能简单地能取代现当代文学。我相信包括青少年读者还需求感到真实,给自己启示更大的世界的作品。只是觉得,我们一直信仰的现当代文学可能对现在的青少年逐渐丧失以前所有的那么大的影响力。换句话说,现当代文学可能慢慢代表不了读者群的希求。其深层存在着文本阅读方式的变化,以及它带来的读者和文学的关系的变化。如果这些变化真的跟青少年对社会感到的隔阂有关,问题的根很深。现代文学形成以来已经过了一百多年(西方从 19 世纪初以来两百年,日本从 19 世纪末以来一百多年,中国从 20 世纪初以来一百年),文学现在可能面临着空前的大转折。那么我们跑到哪里去。因为我们在于变化的旋涡当中,还看不清这个转折的整个面貌。但是已经感到某种预兆或端绪。这样看,动漫、轻小说等亚文化给我们提出不少重要的问题。

(作者单位:日本早稻田大学)

竹内好思想中的"中国文学"[*]

铃木将久

引 言

竹内好是代表战后日本的知识分子之一。他的出世作无疑是中日战争末期1944 年出版的《鲁迅》(日本评论社),但他被广泛关注是在 1945 年日本战败开始发表一系列评论文章之后。他在战后初期展开的文章,后来汇集成两本评论集,即主要讨论中国问题的《现代中国论》(河出书房,1951 年)和正面讨论日本知识界问题的《日本意识形态》(筑摩书房,1952 年)。竹内好以对现代中国的理解为基础积极针对现代日本的问题发言,从而获得了一定的影响力。竹内好在20 世纪 50 年代进而提倡"国民文学",1960 年深入参与反安保斗争,60 年代还就中日战争的双重性格、亚洲主义等颇有挑战性的话题展开了讨论。

竹内好从鲁迅开始逐渐扩大讨论问题的范围。在 1954 年的文章里,他自己对自己的发展过程写过说明。据他自己说,起源是与中国文学的遭遇。他写道:"经常有人问我为什么搞中国文学,但最难说明的是动机。就我而言,偶然的要素比较大。"他接着谈及年轻时候偶然有机会去中国旅行,对此回顾道:"我在中国看到活着的人,那是让人感动的事情。"他解释说由于在中国受到感动,因此开始搞中国文学。从中国回国的竹内好与亲近的师友组织中国文学研究会,在战争中执笔了《鲁迅》。日本战败后,竹内好又研读鲁迅,以鲁迅解读为基础力求重

* 本文根据两次会议上的发言:分别是 2014 年 11 月 21 日在首尔延世大学举办的国际研讨会"文字,言语,权力"和 2017 年 12 月 21 日在首尔西江大学举办的国际研讨会"2017 西江 Transcultural China"。本文的韩文版收录于연동하는동아시아를보는눈(《观察东亚连动的眼睛》),首尔:创批,2018 年。本文修改过程中,承蒙立命馆大学孙军悦副教授的大力帮助。特此向一切有关人士表示谢意。

建思想,在此过程中,得出一个假设:日本的近代和中国的近代的异质性。其后,根据这种假设,竹内好发表了收录于《现代中国论》和《日本意识形态》的诸多文章。竹内好进而认为,"课题不该在思辨性层次上,而应在实践意义上解决","我们不需要解释,而需要改革",因而提倡"国民文学"。其后,他感到"沿着这条路走下去,必须打破作者和读者之间的单向通道,从而建立新的人伦关系,因此关注读者的组织",结成"鲁迅友之会",也进入大学任教。[①] 值得注意的是,1954年的竹内好认为自己的原点是中国文学,在作为原点的问题意识逐渐发展的过程中,自然而然地想到不同领域的问题,扩大活动的范围。1954年之后,竹内好更加活跃,更积极地参与不同领域的活动,发表轰动日本思想界的文章,但我们可以认为,就他的意识而言,他生涯的一切活动具备一贯性。

　　本文主要讨论作为竹内好原点的"中国文学"的具体内涵。不难看出,竹内好思想里的"中国文学"与学科意义上的"中国文学"迥然不同。他的"中国文学"居然引导他思考日本和中国的不同现代性,也引导他重新检验日本的现代性等问题。本文要讨论的是,竹内好的"中国文学"观念的形成过程及其特征。竹内好自己说明,他在中国旅行中与"中国文学"相遇,一直到中日战争中执笔的《鲁迅》,从"中国文学"出发,逐渐发展和深化了自己的问题意识。下面,本文试图通过整理战前到战争期间竹内好的活动,致力于理解竹内好产生问题意识的整个过程。为此,首先研究竹内好的中国旅行,其次讨论他主持的"中国文学研究会"的活动,最后探讨《鲁迅》。追问竹内好的中国文学观,必然导致我们质问在日本研究中国现代文学的基本问题:在曾经侵略中国的日本,研究中国现代文学,究竟有何意义。本文还想通过讨论竹内好的思想,进一步探索打破当前僵化的中国现代文学意象的可能性,开拓新的研究视野的线索。

一、北平旅游

　　竹内好1931年进了东京帝国大学文学部支那文学科。据他说,选择支那文

---

① 以上引自竹内好《我的著作与思索》,《竹内好全集》(第13卷),东京:筑摩书房,1981年,第279—280页。初出于竹内好《知识分子的课题》,东京:讲谈社,1954年。据竹内好说,《知识分子的课题》是"主要以与政治有关的发言为中心"的论文集,而这篇文章放在该论文集的结尾。由此可见这篇文章表示着竹内好对"政治"的态度。

学是"因为它是最简单进去的,根本没有心思去学习"①。在大学二年级的 1932 年,他来中国旅游。据年谱资料,他参加的是,接受日本外务省对支那文化事业部的援助而组成的学生团体旅游,1932 年 8 月 7 日出发,8 月 22 日在大连解散。结束团体旅游之后,竹内好独自去北平自费留学,大约一个半月的时间,在北京跟着家教学习中文,在京城溜达,在街上购买中文书。② 其实,1932 年是九一八事变的第二年,正是建立伪满洲国、在上海发生一·二八淞沪战争的一年。竹内好也在团体旅游中目睹过伪满洲国,③也在日记中谈及北平的紧张气氛。虽然如此,相对于中国东北地区和上海,北平显然比较稳定。我们可以认为竹内好经历了包含着紧张感却看似平稳的北平的日常生活。④

1960 年,竹内好做了一次演讲,谈到他开始研究中国的契机以及他面对中国的基本态度。在演讲中,谈及 1932 年的北平旅游:

> 我感到惊讶这是为什么呢。用自己的眼睛看到确实有很多人生机勃勃地过着每一天。不过遗憾的是,当我想了解他们都在想些什么时,发现语言不通。大学里也有汉语课,但也只是形式上的。也许我不应该不去上课,不过确实没什么用。不能进行交流,我觉得在此存在解开自己问题——说是自己的问题归根结底也可以说是文学的问题——的关键。在那之前我已经接触到了字面上的近代文学,或者说通过阅读日本的近代文学,建立了自己的文学观。但是其中有一些值得质疑的东西。如果说要如何去解决这些疑问,我深感在自己的邻国有很多过着和我们差不多生活的人,而我们并不能深入其内心,这是一个致命的问题。⑤

---

① 竹内好:《我的著作与思索》,《竹内好全集》(第 13 卷),东京:筑摩书房,1981 年,第 279 页。在晚年发表的另一篇文章里,也讲道:"进大学本来就因为没有考试,最简单的。只要有学生的身份就可以,根本没有心思去学习。"竹内好:《我的回想》,《竹内好全集》(第 13 卷),东京:筑摩书房,1981 年,第 238 页。

② 《竹内好年谱》,《竹内好全集》(第 17 卷),东京:筑摩书房,1982 年,第 290 页。

③ 竹内好:《我的回想》,《竹内好全集》(第 13 卷),东京:筑摩书房,1981 年,第 240 页。

④ 竹内好在日记里写下重要信息。他到了北平立刻去找日本警察,警察告诉他说:"北平表面上比满洲平稳,但张学良的下台使得时势在暗里颇紧张。"由此可见,竹内好意识到当时北平表面上保持平稳,实际上却有紧张感。竹内好:《游平日记》,《竹内好全集》(第 15 卷),东京:筑摩书房,1981 年,第 12 页。

⑤ 竹内好:《作为方法的亚洲》,《竹内好全集》(第 5 卷),东京:筑摩书房,1981 年,第 93 页。译文引自熊文莉译《作为方法的亚洲》,《人间思想(简体字版)》第 4 辑,2016 年。

这一段充分表述了竹内好面对中国的基本态度。第一,他看着北平老百姓"生机勃勃地过着每一天",希望深入他们的内心。被北平老百姓的普通生活所吸引,这就是竹内好的基点。实际上,一般外国研究者或多或少都对外国老百姓的日常生活感兴趣,就此意义上,竹内好的态度并不意外。他的特性不在这一点,而在于第二点。第二,竹内好认为,与中国老百姓进行交流,是"解开自己问题的关键"。竹内好并不从客观的立场外在地观察中国,也就是说,竹内好眼里的中国老百姓绝不是与自己无关的他者,反而力求通过认识"和我们差不多生活的人",解决自己的问题。换言之,竹内好把"深入中国"和"解开自己的问题"当作有着密切关联的问题。但我们还要注意第三点。竹内好虽然被中国老百姓的生活世界所迷住,想通过深入中国老百姓的内心世界寻求解决自己问题的关键,但同时清楚意识到自己其实无法进入中国老百姓的世界。

由此可见,对竹内好而言,中国无疑是他者,尽管希望接近,但无论如何都无法占有。在此前提下,竹内好却不把中国和自己看作互不相关的存在,也不固定地看待中国和自己的关系,反而通过面对中国,力图思考自己的问题。按照竹内好的思想,为了接近作为"他者"的中国,首先必须思考自己的问题,也就是说,要接近"他者"的中国,在某种意义上就必须要求自己进行思想改造。反过来讲,为了更好地解决自己的问题,首先必须离开自己熟悉的世界,努力进入"他者"的世界。竹内好似乎找到了一种思想态度,在意识到中国的"他者性"的前提下,在中国和自己之间创造一个相互关联的空间,在相互性原则的空间中展开思考。

近年有批评竹内好的声音,认为竹内好为了突出批评日本的现代性,反而有意无意地把中国理想化了。子安宣邦严厉批评道,如果把竹内好为了批评日本而设定的"中国"当作实体存在,简直等于赞美现实中国。[①] 其实仔细阅读子安的文章不难发现,子安批评的是接受竹内好的态度,而认为竹内好自己的思想并不简单。因此问题是如何避开把竹内好的思想简单化的理解。实际上,竹内好根本没有提出单一的中国形象。虽然竹内好确实希望接近中国老百姓的世界,但同时反复强调中国的他者性。他绝不勉强理解作为他者的中国,同时不放弃理解,一直站在他者中国和自我的中间,顽强地致力于思考问题。这种思想态度甚至可以认为是接近于后现代主义思想。[②] 我们当然不该也不能简单笼统地判

---

① 子安宣邦:《日本人是如何谈论中国的》,东京:青土社,2012 年。

② 近期酒井直树等人从后现代的角度重新评价竹内好的思想。参考酒井直树《被死产的日本语·日本人》,东京:新曜社,1996 年。

断竹内好已超越所谓的"现代性",但他的思考确实超越自己和他者的二元对立结构,不能局限在 20 世纪 30 年代的一般思维。

上述解释其实根据竹内好在 1960 年做的演讲,我们也不能断言 1932 年竹内好是否真的有如此觉悟。或许当时只有模糊的感觉,后来追随着感觉展开各种活动,渐渐走到 1960 年的理论性概括。我们甚至可以认为竹内好说的"感动"表现了当初的模糊感觉。因此接下来我们要讨论的是:当初竹内好受到的模糊"感动"促动他去展开了何种活动?

竹内好为了深入中国老百姓的生活世界选择的竟然是文学。1957 年,他在另一篇文章中又谈及 1932 年的北平经验:

> 我的愿望是抓住中国人的精神,用自己的方法理解中国人的心情,哪怕只有一点也可以,想进入中国人的内心世界。……我感觉到自己与他们之间确实存在着共同的规律,但我摸不到这个规律。经验让我确信这种规律只能通过文学接近。因此胡乱地寻求文学书,但说来可悲,我根本没有知识,因此一点都不踏实,连该入的门都找不到。这样一天一天地过去了。①

竹内好在希望进入中国老百姓的生活世界时,为了理解"共同的规律",寻求文学书。他再次强调无法找到"共同的规律",重复确认中国的"他者性",但重要的是,他选文学作为找"共同的规律"的途径。他选择文学的理由,其实没有明确说明,只有一句:"经验让我确信"。虽然如此,详细地阅读他的几篇文章,可以大致地读出他的文学观念。首先,我们要注意竹内好在前文谈到的一句:"说是自己的问题归根结底也可以说是文学的问题"。既然竹内好主张自己的问题是文学的问题,而且他所谓的自己的问题是通过接近他者才能解决的,那竹内好所理想的文学也该是在自己和他者之间建立起来的相互性空间中出现的,"共同的规律"则表现了相互关系。换言之,竹内好追求的文学,绝不是一般意义上的文学作品,更不是作者个人的精神活动的成果,而是表现自己和他者之间的相互活动的场域。

竹内好在 1957 年的文章还有一点值得注意。在寻求通过文学接近中国老百姓时,竹内好"胡乱地寻求文学书"。他依靠经验主义的直观,没有系统地碰到

---

① 竹内好:《孙文观的问题点》,《竹内好全集》(第 5 卷),东京:筑摩书房,1981 年,第 26 页。

各种文学书。他避开先学习中国文学史知识,然后井然有序地去读中国文学的方法。其实日记显示,他在北平为理解中国现代文学的概况访问了池田孝道先生。[①] 可见竹内好当时很有可能已掌握了中国文学的基本知识,因此他在文章中强调"胡乱",显然是有意识的选择。他有意排斥系统性知识。实际上,竹内好在前文的下面承认当时已有关于中国文学的既有观念,"但由于它几乎与实际目睹的老百姓的生活状态没有联系,因此受打击了。并不是白纸状态,却有一种观念,但没有意义"[②]。竹内好追求文学作品,但同时否定有关文学的知识,说道"没有意义",否定一般意义上的"文学"反而一心一意地为了接近中国老百姓的生活世界追求文学书。更准确地讲,竹内好一方面否定着知识,另一方面摸索不以知识的形态出现的文学,扩大文学的范围,以此谋求接近中国老百姓。可见,竹内好所谓的"文学"指的是广义的中国老百姓的一切表现。有这样理念的竹内好作为中国文学的代表作品发现的竟然是孙中山的《三民主义》。

二、孙中山的问题

竹内好的 1957 年的文章题为《孙文观的问题点》,主要讨论日本国内孙中山理解的问题,同时提出解读孙中山的新观点。在文章的前半部分,竹内好回顾了在 1932 年北京胡乱阅读文学书时遇到《三民主义》的体验。

孙中山的"三民主义"思想其实随着时代的变化发生不少改变。《三民主义》则记录了孙中山最晚年的思想。他在 1924 年 1 月到 8 月在广州国立高等师范学校礼堂演讲三民主义,从"民族主义"开始,按着顺序演讲"民权主义"、"民生主义"。演讲的笔记稿经过孙中山的修改后作为《三民主义》出版。他本来计划出版自己思想的整体面貌,在《三民主义》的自序中写道:"自《建国方略》之《心理建设》、《物质建设》、《社会建设》三书出版之后,予乃从事于草作《国家建设》,以完成此帙。《国家建设》一书,较前三书为独大,内涵有《民族主义》、《民权主义》、《民生主义》、《五权宪法》、《地方政府》、《中央政府》、《外交政策》、《国防计划》八册。"[③]不过,演讲在讲完"民生主义"之前就中断了,后面五本书影子都没有。翻阅《三民主义》,我们可以认为孙中山的演讲主要面向年轻学生。他从"民族"概

---

① 竹内好:《游平日记》,《竹内好全集》(第 15 卷),东京:筑摩书房,1981 年,第 24 页。
② 竹内好:《孙文观的问题点》,《竹内好全集》(第 5 卷),东京:筑摩书房,1981 年,第 26 页。
③ 孙中山:《三民主义》,《孙中山全集》(第 9 卷),北京:中华书局,1985 年,第 183 页。

念的基本开始,也就是从简单的知识开始,一步一步地说明自己思想的概要。《三民主义》则是孙中山思想的课本。那么,《三民主义》为什么如此迷住竹内好?

> 当时受到的感动,现在很难原封不动地再现。我后来阅读了好多次《三民主义》。如果把不通读只读一部分的次数都算在内,利用了更多次。与其说是利用,还不如说《三民主义》是我当找不到出口时寻找线索的参考书之一。……如果勉强说明当时受到的感动,可以这样讲:通过阅读《三民主义》,对于很多问题如中国人的生活为何产生他们的文学(思想与形式),或文学站在怎样的生活基础上,我全然了解或至少感性地发现了重要线索。我感受到了整体上的中国人。①

竹内好虽然保留说很难再现当时受到的感动,但我们可以认为竹内好正是在《三民主义》当中读出了他所追求的"文学"。我们甚至可以推测竹内好以阅读《三民主义》为契机形成了他独特的文学观念。我们特别要注意的是,他写道:"中国人的生活为何产生他们的文学(思想与形式)"。首先可以看出竹内好特别重视生活,而且把文学当作反映生活的东西。但同时不能忽略的是,竹内好"感性地发现"生活与文学的关系。也就是说,他尽管认为文学是反映生活的东西,但同时强调文学的感性作用,不把生活与文学的关系固定化,反而注重打动情感的能动性。换言之,竹内好阅读孙中山的《三民主义》,其结果并非理解了作为知识的中国革命史,也不是认识到了中国老百姓的生活概念,反而感受到了中国老百姓的生活感觉。这就是他的文学阅读经验。

但还有一个重要问题值得追问:竹内好为什么阅读一般被视为思想解说的《三民主义》,却能感受到老百姓的生活感觉?这一点其实呈现了竹内好文学观的另一个重要特点。

如他自己所述,竹内好在生涯中多次提及孙中山。纵观竹内好提到的孙中山,我们发现竹内好的孙中山论述一方面具备着一贯性,另一方面也在不断地发生小变化。上面所引用的是1957年发表在《思想》杂志《孙文与日本》专辑上的文章。在1953年发表的《使得新中国产生的东西》里,竹内好则指出孙中山在晚年强调土地均分,而这一思想实际继承了太平天国的思想谱系,也与后来毛泽东

---

① 竹内好:《孙文观的问题点》,《竹内好全集》(第5卷),东京:筑摩书房,1981年,第28页。

所领导的土地改革有联系。① 可见竹内好关注孙中山思想和毛泽东革命的历史连续性。1954 年执笔的事典中,竹内好还写道:"孙中山的政治思想被称为"三民主义",但它由于并不具备着逻辑连贯性,很难理解清楚。他为了把资本主义民主植根于中国而奋斗。"② 与《孙文观的问题点》同一年的 1957 年,他在另一篇文章里写道:"孙中山从亡国的危机感出发了"③,可见他是紧贴着孙中山自身的意识来理解孙中山思想的变迁过程的。竹内好在这篇文章中强调孙中山始终从亡国的危机感出发,力求国家统一。竹内好晚年(1967 年)还写到孙中山,主张孙中山的"终极目标或使命"是"大同"。④ 竹内好以中国传统的"大同"观念为线索理解中国革命的历史过程,而在这个框架中定位孙中山思想。以上不同论述标出竹内好对孙中山理解的重要特色。如竹内好重视与毛泽东的连贯性,事实上显现了竹内好对中国革命的独特理解:竹内好认为孙中山与毛泽东构成了一条线,而这条线则是中国革命的核心。不过更值得关注的是,通过阅读《三民主义》感受中国老百姓的生活感觉的竹内好,却谈到"土地均分"、"资本主义民主"、"亡国的危机感"、"大同"等关系到国家层面的大历史。

我们不应该过早地指责竹内好的矛盾。今天看来,我们往往认为老百姓的日常生活与国家大事处于完全不同,甚至相反的领域。当前大多思想家有意无意地思考如何从强大的国家权力中拯救微小的老百姓,也就是说以国家压迫老百姓为前提。如果从这个角度解读竹内好,容易指出竹内好的矛盾。但竹内好并不这么认为。⑤ 他在孙中山《三民主义》中读出来的绝不是国家与老百姓的对抗关系。竹内好在 1932 年的北平旅游中遇见了"生机勃勃"的人,从而想深入他们的精神世界,因此他的原点无疑是老百姓的日常生活,而不是国家大事。从这样的问题意识出发的竹内好,在孙中山演讲的"民族主义"等政治用语中,发现了进入中国老百姓生活世界的线索。竹内好主张孙中山"阅读中西古今的很多书,学习多种革命思想,从而建立他独特的革命理论,而且吸取现实运动的经验,不

① 竹内好:《使得新中国产生的东西》,《竹内好全集》(第 4 卷),东京:筑摩书房,第 1980 年,185 页。
② 竹内好:《孙文》,《竹内好全集》(第 4 卷),东京:筑摩书房,1980 年,第 241 页。
③ 竹内好:《中国的民族主义》,《竹内好全集》(第 5 卷),东京:筑摩书房,1981 年,第 16 页。
④ 竹内好:《日本·中国·革命》,《竹内好全集》(第 4 卷),东京:筑摩书房,1980 年,第 329 页。
⑤ 在老百姓的日常生活和国家大事之间展开谨慎认真的思考的,其实并非竹内好一个人。在日本 50—60 年代思想中,我们可以看到很多宝贵的思想财富。有关这点,承蒙孙军悦副教授的指教,特致谢意。

断深化其理论",因此他的三民主义"不仅表示着孙中山的根本思想,而且是中华民国的建国精神,更是中国人的最基本的想法"①。竹内好认为孙中山经过理论与实践的往返运动深化思想,因此孙中山的话语不仅代表个人的思想,更是中国老百姓的集体意识。如果正面接受竹内好的论述,我们可以这样解读:竹内好所理解的中国老百姓的生活正是孙中山的话语得以产生的,引导孙中山政治运动的,其至产生中国革命整个历史过程的根基。竹内好所理解的中国革命也不是老百姓对抗国家的暴动,而是中国老百姓的生活世界自身引发的运动。

需要注意的是,竹内好也不是把老百姓的生活世界回收到国家大历史的层面。他的思考恰恰相反。他不断追求最大限度地接近老百姓生活的具体细节,同时更追求老百姓生活的语言表现,通过这样的表现,才能掌握国家的动向。这其实就是竹内好战后展开多方面思想评论活动的基本方法之一。我们可以推测他独特的思想方法也根源于 1932 年遇到《三民主义》的经验。概而言之,竹内好追求的文学,绝不是与自己无关的艺术作品,而是让他思考中国与日本的相互性的一种场域。这种场域必须经过理论与实践的往返运动而形成,因此不仅表示个人的思想,更多表现老百姓的生活世界,也让人感受到引导国家历史的根基。竹内好基于这种独特的文学观念,展开各种思想活动。

概而言之,竹内好思想中的文学绝不意味着与自己无关的文学家的艺术表现,却意味着认真思考日本和中国之间的相互性的场域。文学的场域是在理论和实践的反复运动中建立起来的,因此不仅表现个人的思想,更多地让读者感到老百姓的生活世界,而老百姓的生活世界则是建设国家的根本。竹内好主张,1932 年在北平读到孙中山的《三民主义》,他才获得了这种文学观念。

三、翻译的思想

遇到孙中山的《三民主义》感受到中国文学的竹内好,1934 年与他亲近的师友一起组成中国文学研究会,并出版《中国文学月报》(后来改名为《中国文学》)。中国文学研究会"试图通过否定官僚化的汉学与支那学,从内部寻求学问的自由"②。当时大部分的中国研究都专门研究古典中国,竹内好与师友们强烈否定

---

① 竹内好:《孙文》,《竹内好全集》(第 4 卷),东京:筑摩书房,1980 年,第 241—242 页。

② 立间祥介编:《中国文学研究会年谱》,《中国文学》复刻别册,东京:汲古书院,1971 年,第 31 页。

以古典为中心的研究态度,反而追求接触活生生的现代中国。当时中国一般被称为"支那",他们却有意起名为"中国文学",这个名称本身就充分显示了他们的基本态度。我们完全可以认为中国文学研究会的一切活动是竹内好在 1932 年北平感受到的"文学"逐渐成型的过程,反过来讲,通过中国文学研究会的活动,竹内好的模糊感觉得以形成他独特的思想。

竹内好在《中国文学月报》和《中国文学》上反复表示中国的问题乃是解开自己的问题的关键。他在《中国文学月报》第 23 号专辑《中国文学研究的方法论问题》上发表《我与周围与中国文学》,写道:"当中国文学的研究可以成为生的欲求时,或者这样愿望的时候,哪怕多么贫困,我只能从我自己出发。"[①]在这个专辑中,其他同人都讨论方法论,竹内好的写作态度显然很突出。我们可以看到竹内好的问题意识从 1932 年的北平经验一直延续下去。强调自己的问题的竹内好,最关注的居然是语言的问题。其实他早在 1932 年北平旅游就跟着家教学习语言。可见他试图接近中国老百姓世界时,首先是从语言的问题着手的。

竹内好在中国文学研究会的刊物上多次讨论语言的问题,比如《中国文学月报》第 1 号介绍中国的大众语论争,第 24 号组织《语言问题特辑》,《中国文学》第 63 号组织《词典特辑》,第 73 号组织《仓石武四郎〈支那语教育的理论与实践〉批判》专辑。仓石武四郎《支那语教育的理论与实践》乃是中日战争期间 1941 年执笔的著作。仓石不满足于战争中日本的情况。他认为,虽然随着战争的扩大,日本人对中国的兴趣增加起来,但旧时代的古典中国研究与现代中国研究没有形成有机关联,日本人对中国的理解依然存在着分裂。仓石尤其重视教育的作用,谈起高中到大学的教育机制。他强烈主张应该重视现代汉语的教育,由此重建中国研究。[②] 仓石否定僵硬的古典中国研究,致力于接近现代中国,这种主张基本上与竹内好一贯的态度相一致,竹内好也在文章中对仓石的态度表示赞同。但即便如此,竹内好仍然写道:"大体上我赞同仓石先生的意见,也愿尽绵薄之力。但对于立刻实现学术变革的简单化想法,我还是表示反对。"[③]由此可见,竹内好虽然对仓石深感同意,同样主张现代汉语的重要性,但同时指出仅靠语言无法解决根本问题。理由无疑在于竹内好的根本问题始终与自己的问题结合在一

① 竹内好:《我与周围与中国文学》,《中国文学月报》第 23 号,1937 年,复刻版,东京:汲古书院,1971 年,第 196 页。

② 仓石武四郎:《支那语教育的理论与实践》,东京:岩波书店,1941 年。

③ 竹内好:《支那学的世界》,《中国文学》第 73 号,1941 年,第 114 页。

起。换言之,竹内好之所以重视语言的问题,是因为通过语言可以接近他所理解的"文学",即自己与他者之间的相关性的场域。

重视语言问题的竹内好,策划组织有关翻译的讨论,《中国文学》第 66 号起开设专栏《翻译时评》。他在第 66 号的后记中清楚表示该专栏的意图:"翻译的问题不仅涉及语言和表现的问题,追究下去还关系到人的问题。仅仅讨论技术范围的问题,已相当复杂。"[1]竹内好显然关注"人的问题"。第一个《时评》由神谷正男执笔,接着竹内好登场了。竹内好专门讨论翻译的态度,即"人的问题"。首先竹内好同仓石武四郎一样严厉批评旧汉文训读式的翻译,但接下来就谈起翻译的态度:"我相信,好的翻译来自最深刻的解释,即自觉意识到解释的边界。"[2]值得关注的是他强调边界意识,即一方面要求译者尽力解释,但另一方面同时要求译者意识到自己的界限。竹内好的文章引起争论,被竹内好点名批评的吉川幸次郎发表反驳文章,在《中国文学》上展开竹内和吉川的论争。实际上,吉川也对日本中国研究的现状抱有强烈的危机感,他和竹内共有基本看法,使得他们之间产生有效的讨论。但恰恰因此,竹内好的独特态度更加突出了。[3]

> 我认为,解释则是表现,表现则是语言。虽然翻译的具体过程中,可以分开这三者,但实际的心理活动上,都取得同一。……在文学上,语言是绝对的"存在"。在此可能出现态度的分歧。是主体性地把握,还是站在旁观者立场上。……这绝不仅仅是翻译的问题。对我来讲,使得支那文学存在的根本是我自己,但对吉川先生来讲,无限接近支那文学乃是学术的态度。[4]

这段引文意味深长,他讨论翻译的问题,却谈起文学。竹内好首先关注语言,然后主张语言的绝对性,从而否定旁观者立场,强调主体性地把握。谈起语言的"存在",显然有哲学话语的影子。如后面所述,竹内好承认自己受过西田几多郎哲学的影响,我们可以看出这时已运用西田哲学的话语说明自己的想法。

---

[1] 竹内好:《编辑后记》,《中国文学》第 66 号,1940 年,第 333 页。

[2] 竹内好:《翻译时评二》,《中国文学》第 70 号,1940 年,第 646 页。

[3] 有关竹内好与吉川幸次郎的讨论,请参考孙歌《竹内好的悖论》,北京:北京大学出版社,2005 年,第 26—32 页。

[4] 吉川幸次郎、竹内好:《翻译的问题》,《中国文学》第 72 号,1941 年,第 92 页。

重要的是,他运用西田哲学的话语强调"自己"的"主体性"。如上所述,竹内好认为翻译者必须具有"解释的边界"意识,如果把边界意识和强调主体性的思想态度结合在一起,我们不难理解竹内好的翻译观念。竹内好要求译者尽力解释,从而意识到自己解释的边界,刻印译者的边界意识的语言,反而成为绝对的"存在",即主体性地把握的语言。换言之,通过翻译出现的语言乃是表现自己与他者的相关性场域。我们甚至可以认为翻译才是竹内好的理想的文学活动。

竹内好事实上也从事翻译工作。据年谱,除了研究会的刊物之外,他第一次公开出版的文章则是谢冰莹《梅姑娘》的翻译。他"恰如等待情人"一样期待发表翻译文章的杂志《妇人文艺》。① 但值得关注的是,这篇《梅姑娘》并不是谢冰莹的代表作。竹内好也意识到这点,在《附记》中表示:"被选择《梅姑娘》,作者虽然不一定感到痛苦,但会引起一些不满。"②我们可以发现竹内好有意避开文学史上的位置,选择作品。竹内好第一次公开出版的著作是刘半农《赛金花》的翻译。饶有兴味的是,这篇著作又不是文学史上的名作。实际上,中国现代文学史上有不少赛金花的故事,包括曾朴的小说《赛金花》、夏衍的剧本《赛金花》等。竹内好也在解说中谈及这些有名的文学作品,但他并不选择文学史上的名作,反而选择刘半农访谈晚年赛金花的记录。特点在于真实地记录赛金花自己的话,原本并不追求所谓的文学性。竹内在解说中谈到义和团事件的重要意义,似乎轻描淡写地讲道:"这里积累了人的行为的不同要素,这些要素可以称为文学的原型。也就是说,这里摆着无数的比虚构作品更好的活生生的材料。"③由此可见,竹内好根本不追求文学性,却追求"人的行为的""活生生的材料"。其实,我们无法确认竹内好选择刘半农《赛金花》的详细原因。这本著作收录在中国文学研究会的同人由生活社出版的《中国文学丛书》。也许在与其他同人的商议中,偶然地选定了这篇作品。至于谢冰莹的小说,我们可以认定是因为他与谢冰莹有交往,因此特意翻译她的作品。但不管如何,竹内好有意避开文学史上的重要性,继续胡乱地寻求作品,尤其追求"人的行为的""活生生的材料"。他相信,这样的翻译才称得上他所理想的翻译活动。

① 《竹内好年谱》,《竹内好全集》(第17卷),东京:筑摩书房,1982年,第293—294页。
② 竹内好《谢冰莹〈梅姑娘〉附记》,《竹内好全集》(第14卷),东京:筑摩书房,1981年,第3页。
③ 竹内好《〈赛金花〉解说后记》,《竹内好全集》(第14卷),东京:筑摩书房,1981年,第335—336页。

四、《鲁迅》

不可忽略的是,当竹内好与师友在中国文学研究会摸索自己的活动,包括翻译活动等的同时,日本不断扩大对中国的全面侵略。早在 1931 年爆发九一八事变,紧接着发生热河事变、成立冀东防共自治委员会,1937 年则爆发七七事变,中国抵抗日本侵略的战争全面爆发。竹内好一方面眼看着日本侵华不断升级,另一方面反而寻求接近中国老百姓生活世界的途径。也就是说,竹内好不得不承认自己作为侵略国民的身份,也不得不认识到中日之间不平衡的暴力关系,却力图深入中国老百姓的世界,思考中日之间的相关性问题。

竹内好显然不同意当时日本的侵华,但让人困惑的是,他又不是抵抗侵华的英雄。至少在 30 年代末期到 40 年代初期,竹内好没有明确意识到"抵抗"。1941 年 12 月,当日本向英美开战之际,竹内好执笔了著名的文章《大东亚战争与吾等的决意》。根据这篇文章,竹内好当时为日本的侵华行为苦恼,当听到向美国开战的消息,立即期待以此为契机,转变战争的性质,改变整个日本的社会结构,甚至"超克"现代性,因而无条件地拥护支持"大东亚战争"。从现在的观点来看,竹内好的这篇文章无疑是错误的,他没看到"大东亚战争"与侵华战争之间的密切关联,更没有理解中国老百姓对日本所谓"大东亚战争"的冷淡态度。虽然如此,竹内好的错误反而清楚地呈现了 40 年代初期他的思想混乱。竹内好陷入严重的思想混乱,也迫切盼望摆脱思想混乱,这导致他忽略现实情况,看不到中国老百姓的真实心情,无条件地投入了对美战争。

就在这时,竹内好与鲁迅遭遇了。① 实际上,我们无法知道竹内好与鲁迅遭遇的具体时期,但可以猜测 40 年代初他开始真正阅读鲁迅,并在 1943 年他解散中国文学研究会之前后,开始执笔有关鲁迅的专著《鲁迅》。1943 年末他写完了《鲁迅》,写完后不久,还没交给出版社,他就被征兵去中国了。一定程度上,《鲁迅》乃是自 1932 年北平旅游开始在中日战争之间不断摸索思考的竹内好思想活动的顶点。文本的密度极高,蕴含着很多值得认真讨论的问题,本文无法全面讨

---

① 竹内好在战后的文章里写道:"与鲁迅的遭遇,对我来讲,并不是幸福的事。遭遇本身不是幸福的事,结果也不幸福。如果当时我不是不幸,或许根本不会与鲁迅遭遇。我的不幸使我发现鲁迅。我认识鲁迅,虽然不能得到幸福,但能理解自己的不幸。这远比幸福更'宽慰'我。"竹内好:《鲁迅入门》《致读者》,《竹内好全集》(第 2 卷),东京:筑摩书房,1980 年,第 4 页。

论。下面就讨论竹内好在《鲁迅》中写下的文学观。

值得特别注意的是,竹内好的《鲁迅》大量引用了鲁迅的原文。尤其是《鲁迅》最精彩的结论一章《政治与文学》,几乎所有的篇幅都让给鲁迅的引用。重要的是,在竹内好的《鲁迅》中,鲁迅原文的引用直接意味着翻译。竹内好实际上很有意识地在翻译鲁迅文章。他在后来版本的后记中写道:"我不满足于之前的翻译,有意让读者阅读通过我的翻译的鲁迅的文章。"①虽然竹内好没有具体指出不满之处,但考虑到竹内好的翻译观念,我们可以认为他并不是不满于技术上的翻译错误,不如说他重视主体性地把握鲁迅的语言,因此试图通过自己所认为理想的翻译活动表现鲁迅的文章。

竹内好集中翻译鲁迅语言的《政治与文学》一章,由三个小节构成。第一节设定了问题,第二节讨论鲁迅对孙中山的爱慕之心,试图勾勒鲁迅对孙中山所代表的"永远革命"的想法。可见,竹内好与鲁迅遭遇时,也以孙中山思想为参照。我们甚至可以推测,竹内好被《三民主义》所吸引的心情其实延伸到了他对鲁迅的解读。然后,竹内好讨论鲁迅在1927年广州的两个演讲:《革命时代的文学》与《魏晋风度及文章与药及酒之关系》。他讨论这两篇演讲,实际上是探讨鲁迅思想里的政治与文学的复杂纠葛关系。他写道:

> 文学对政治的无力,是由于文学自身异化了政治,并通过与政治的交锋才如此的。游离政治的,不是文学。文学在政治中找见自己的影子,又把这影子破却在政治里,换句话说,就是自觉到无力,——文学走完这一过程,才成为文学。政治是行动。因此与之交锋的也应该是行动。文学是行动,不是观念。但这种行动,是通过对行动的异化才能成立的行动。文学不在行动之外,而在行动之中,就像一个旋转的球的轴心,是集动于一身的极致的静。②

竹内好认为文学对政治无力,但是自觉到自己的无力,与政治交锋后,换言之,对绝望感到绝望后,文学变成一个行动。关于这个原理,他直接借用了西田

---

① 竹内好:《〈鲁迅〉未来社版后记》,《竹内好全集》(第1卷),东京:筑摩书房,1980年,第174页。

② 竹内好:《鲁迅》《政治与文学》,《竹内好全集》(第1卷),东京:筑摩书房,1980年,第143页。译文引自孙歌编《近代的超克》,北京:生活·读书·新知三联书店,2005年,第134页。

几多郎的哲学话语说明:"政治与文学的关系,是矛盾的自我同一关系。"战争时期日本西田哲学的意义格外复杂,本文无法深入探讨,但不可否认的是,它曾经风靡一时,竹内好也受到一定的影响。① 竹内好在西田哲学中发现了方便表达自己思维的适当的话语。竹内好的思想里,我们还可以发现其他思潮的影响,如日本流行的舍斯托夫体验等。② 但最重要的无疑是竹内好自己的精神体验。在中日之间的战争状态一直延续的情况下,渴望书写真实的中国,却感到彻底的绝望,而且有被征兵的预感,重重困难使竹内好最后产生了对政治与文学的特别理解。他似乎找到有关政治与文学的独特理解,也就是找到了在彻底绝望的情况下坚持文学的可能性。

竹内好在《鲁迅》中特别注意鲁迅"喜欢使用的'挣扎'这个词"③。虽然鲁迅是否真的喜欢"挣扎"这个词有可商榷的余地,但重要的是,竹内好认为"挣扎"是理解鲁迅思想的关键。竹内好战后对此加了注释写道:"'挣扎'这个中文词汇有忍耐、承受、拼死打熬等意思。我以为是解读鲁迅精神的一个重要线索,也就不时地照原样引用。如果按照现在的用词法,勉强译成日文的话,那么近于'抵抗'这个词。"④当然,竹内好在1943年没有意识到"抵抗","抵抗"显然是竹内好在战后才想到的词汇,不过同时不可否认的是,竹内好在鲁迅身上发现几乎接近于"抵抗"的精神。更重要的是,竹内好在鲁迅身上发现的精神特质,其实并非与他自己无关,而是在鲁迅与竹内好的相互关联的空间里出现的。因而我们可以认为竹内好在战争期间深刻感受到的紧张感,几乎等于战后以"抵抗"表现出来的精神。竹内好与鲁迅遭遇,开启了一个思想态度,就是几乎接近于"抵抗"的精神。

竹内好在1932年北平旅游时产生模糊的"感动",预感到通过接近作为"他者"的中国老百姓可以解决自己的问题,因而寻求中国文学。他追求的中国文学

---

① 竹内好战后对此加了注释写道:"文章中到处能看见这种借用西田哲学的词汇,是表示着当时的读书爱好,在今天看来,却呈现思想的贫困。其实我并不严格遵守西田哲学的意义。"《竹内好全集》(第1卷),东京:筑摩书房,1980年,第157页。

② 竹内好与舍斯托夫体验的复杂关系,参照孙歌《竹内好的悖论》,北京:北京大学出版社,2005年,第116—122页。

③ 竹内好:《鲁迅》《序章—关于生与死》,《竹内好全集》(第1卷),东京:筑摩书房,1980年,第8页;《近代的超克》,第9页。

④ 竹内好:《鲁迅》,《竹内好全集》(第1卷),东京:筑摩书房,1980年,第155页;《近代的超克》,第9页。

绝不是艺术作品,而是可以通达国家大事的中国老百姓生活世界的语言表现。不过随着日本侵略行为升级,语言表现的余地越来越被剥夺。就在这时,竹内好执笔《鲁迅》。因此《鲁迅》不仅阐发了竹内好对鲁迅的理解,更展现出竹内好通过阅读鲁迅坚持的他自己的文学观念。一定程度上,《鲁迅》不仅是研究著作,更多是竹内好的精神轨迹。《鲁迅》清楚呈现竹内好在战争中走过的坎坷不平的轨迹,而就在这个曲折复杂的轨迹中,我们可以发现竹内好在战争中最终走到的"中国文学"。

五、结语

竹内好在日本战败后基本以《鲁迅》中走到的"中国文学"为出发点,继续开展"中国文学"的运动性,再向前面走下去,从而展开多方面的思想评论活动。竹内好的评论活动关涉方面广泛,本文无法全面讨论。其实,竹内好在 1943 年写的《鲁迅》,也奠基了战后日本的中国现代文学研究。

竹内好的下一代的代表性研究者丸山昇写道:"他以后的所有鲁迅研究者都从这本著作承袭了很宝贵的东西。尽管提出与竹内好不同的种种鲁迅理解,但总是通过坚持对'竹内鲁迅'感到的不适合,力图辨明自己与竹内的差异,逐渐孕育了属于自己的鲁迅理解。在此意义上,都在竹内好的强烈影响之下。"[①]实际上,丸山昇正是"通过坚持对'竹内鲁迅'感到的不适合,逐渐孕育鲁迅理解"的研究者。丸山昇的鲁迅理解,虽然在根本之处与竹内好有所不同,但他深刻理解竹内好的问题意识,而且积极回应竹内好。就此意义上,丸山昇的中国现代文学研究没有脱离竹内好开启的道路。

战后日本的语境里,竹内好被认为是"日本战后民主"的代表性知识分子之一。与丸山昇同一代的研究者伊藤虎丸说明他接受竹内好的基点写道:"以战败为契机对于战前的学问,甚至对于明治以来日本的'现代'进行了整体上的反省,以此为前提寻求回复新的学问和文化的整体性,而且这种'寻求'的精神本身意味着在精神深处承受战败这个事件,热情洋溢地谋求重建新的日本。"[②]战后日本的中国现代文学研究的基点无疑是对战前和战争的深刻反省。竹内好作为

---

① 丸山昇:《在日本的鲁迅》,《鲁迅·文学·革命》,东京:汲古书院,2004 年,第 103—104 页。
② 伊藤虎丸:《鲁迅与终末论》,东京:龙溪书社,1975 年,第 48 页。

"日本战后民主"的代表人物,不仅影响到狭义的鲁迅研究的细节,而且影响到整个日本中国文学研究者的根本精神和思想态度。

不过,这里出现了一个问题。丸山昇在前文接着写道:"竹内好对于政治与文学的看法非常复杂,而且他自己反复强调'政治对文学'的问题框架没有意义。但虽然如此,他在这本著作的核心部分仍提出了'文学者的自觉',容易让人想起对抗政治的文学,不能否定这一提法使得鲁迅难免被定位于'政治与文学'的对立框架中。"①"政治与文学"是日本文学界经常引起论争的话题,大多认为政治与文学构成了二元对峙的关系。就此框架下,有人关注鲁迅文本的政治性从而高度评价鲁迅,也有人愿意撇开鲁迅文本的政治性集中阅读鲁迅文学的艺术性。如丸山昇所指出,竹内好本人坚决否定二元对立的思考模式,但很讽刺的是,从竹内好出发的战后日本的鲁迅研究,无意中陷入了政治与文学的二元对立中。

竹内好力图摸索"中国文学"是在中国抵抗日本侵略的严峻时代。竹内好摸索的时代与"日本战后民主"的时代,其时代课题固然截然不同。我们或许不能苛求战后日本的中国现代文学研究。但竹内好已过去四十年了,竹内好的强烈影响也逐渐消退了。现在才有机会从竹内好的思想吸取宝贵遗产。本文因此试图重新追溯竹内好的原点。通过确认竹内好的原点,也通过理解竹内好的"中国文学"观念,我们不是可能回到中国现代文学研究的原点,同时找回中国现代文学研究本来蕴含的张力和强度吗?

(作者单位:日本东京大学)

---

① 丸山昇:《在日本的鲁迅》,《鲁迅·文学·革命》,东京,汲古书院,2004 年,第 111 页。

两种审美现代性：以郁达夫与
王尔德的两个文学事件为例

朱国华

提到唯美主义，落实到具体的文学实践，就中国而言，我们可能都会提到郁达夫，而对于西方，都不可能忽视王尔德巨大的符号意义。关于郁达夫，解志熙写道："郁达夫也许是创造社同仁中最具唯美色彩、最有颓废嫌疑的作家。事实上，郁达夫也确实对唯美—颓废主义情有独钟。他曾经率先向中国新文坛介绍了王尔德的唯美主义文学宣言——《杜莲格来》的序言，还最早向中国读者详细地描绘了英国'世纪末'文学的殿军——《黄面志》集团的群像；他的小说创作如《沉沦》一集中，对唯美—颓废派作家及其作品频频提及，多处援引，足以表明他对唯美—颓废主义的浓厚兴趣。郁达夫甚至有意向人们炫耀他的这种兴趣。因此，说郁达夫不仅是早期创造社作家中，而且是整个'五四'文坛上最偏嗜唯美—颓废主义的人，大概是不算过分的。"[①]而王尔德，这位世界上被翻译得最多的英语作家之一[②]，无疑是英国唯美主义运动的主将：在出版于 1882 年的《审美运动》一书中，王尔德独占一章，而罗塞蒂、莫里斯与史文朋三个人才共享一章。[③]郁达夫受王尔德影响较深[④]，他甚至翻译过王尔德的小说《道连·葛雷的画像》（以下简称《画像》），虽然最终未获出版，[⑤]但是发表了其著名的序言。就他的文

---

① 解志熙：《美的偏至：中国现代唯美—颓废主义文学思潮研究》，上海：上海文艺出版社，1997年，第 73 页。

② 在英国与爱尔兰作家中，与他可以相提并论的，只有莎士比亚、狄更斯、柯南道尔、史蒂文森。见 Evangelista, S., (ed.), *The Reception of Oscar Wilde in Europe*. London：Continuum, 2010, p.xxii.

③ Livesey, R., *Aestheticism*, in, K. Powell, et al (eds.), *Oscar Wilde in Context*. Cambridge：Cambridge University Press, 2013, p.261.

④ 可参看郑伯奇的相关评论，见郑伯奇《忆创造社》，载饶鸿兢等编《创造社资料》，北京：知识产权出版社，2010 年，第 724—726 页。

⑤ 参见郁达夫致胡适的信，《郁达夫文集》（第五卷），广州：花城出版社，1982 年，第 132 页。

学观而言,他曾经坦然指出自己跟唯美主义在原则立场上的一致:"艺术所追求的是形式和精神上的美。我虽不同唯美主义者那么持论的偏激,但我却承认美的追求是艺术的核心。自然的美,人体的美,人格的美,情感的美,或是抽象的悲壮的美,雄大的美,及其一切美的情素,便是艺术的主要成分。"①事实上,他的许多文学主张就是王尔德的一些言论的翻版,尽管对后者并非没有保留。②可以理解的是,他们之间的文学关系引起了不少学人的研究兴趣,这不光是因为他们的唯美主义实践在各自文化语境中具有难以匹敌的代表性,也因为他们的文学生产,乃至作为审美家或者颓废文人的容止举动在当时产生了巨大反响:尤其是王尔德的《画像》与郁达夫的《沉沦》都以叛逆的形象攻击了他们置身其中的社会,因而可以说,引发了具有历史性的文学事件。

是的,我这里提到了"文学事件"这个词。当我开始使用这个概念的时候,这就意味着我引入了本文的问题意识。但是何谓事件?无论是欧洲语言还是汉语中,"事件"一词的主要义项均可归类为一般的事情与具有特殊重要性的事情两类。就本文而言,我们考虑的事件乃是后者,也就是说,涉及事物的变化③,涉及对既有秩序的断裂,涉及对旧因果律的挣脱与新因果律的重建④,涉及对于可能性的开启甚至创造⑤。在本文中,文学事件被理解为文学领域中发生的事件,也就是我们可以从社会历史语境加以思考的、在文学生产和消费过程中出现的、将未知因素带入语言创造的某种存在。换言之,我们这里关注的是文学社会学视

---

① 郁达夫:《艺术与国家》,《郁达夫文集》(第五卷),第 152 页。

② 郁达夫对于王尔德文学观的接受,可参阅嘎利克《郁达夫及其唯美主义批评》,载陈子善等编《郁达夫研究资料》(下集),广州:花城出版社,1985 年。尤见第 708—710 页。亦可参阅施军等《郁达夫的唯美主义:从"自我表现"到"人生展示"》,《学海》2004 年第 2 期;吕林:《郁达夫与唯美主义》,《广播电视大学学报》2003 年第 3 期;吕林:《前期创造社文艺观的唯美主义趋向》,《江苏社会科学》2004 年第 2 期;卢玉:《郁达夫与王尔德》,《渭南师范学院学报》2008 年第 3 期。

③ 一位传统的形而上学家伦巴第(L. B. Lombard)将事件定义为"对象中的变化",而变化,是指"某一对象成为其所不是"。Lombard, L. B., *Events: A Metaphysical Study*. London: Routledge & Kegan Pau, 1986, p.vii.

④ 齐泽克说:"按照第一种界定事件的方法,我们可以将事件视作某种*超出了原因*的结果,而原因与结果之间的界限,便是事件所在的*空间*。"齐泽克:《事件》,王师译,上海:上海文艺出版社,2016 年,第 4 页。

⑤ 巴迪欧说:"一个事件是将不可见甚至不可思的可能性加以阐明的某种东西。事件自身并非对于现实的创造,它是对可能性的创造,它开启了某种可能性。它向我们揭示被忽视的某种可能性的存在。"Badiou, A., *Philosophy and the Event*. Cambridge: Polity Press, 2013, p.9.

域中的文学事件，而不是现象学—本体论视域中的文学事件。①在我看来，所谓文学史，无非是一系列文学事件的群集与序列。在文学史这条浩瀚的星河中，我们可以看到无数璀璨的文学事件星座，在其中也许可以寻找到一座我们称之为审美现代性的文学事件星座，②它由从光灿夺目到已经黯淡无光的许许多多文学事件的星宿或恒星所组成。这里，围绕着王尔德《画像》与郁达夫《沉沦》展开的文学事件依然是灿然可观的明星，因为唯美主义或颓废主义不过是审美现代性的某种极端体现。如果我们分别以王尔德与郁达夫为例，引入文学事件的视角来比较中国与西方的审美现代性，这就意味着，我们不仅仅是比较这两个文学文本，而且意味着比较这两个文学文本的生产机制与历史条件、它们在攻击社会的时候如何被社会所接受，这两位文学行动者作为其作品的责任人在其各自社会空间中所遭遇到的境遇，尤其是，两种不同的文学事件生成了某种具体的普遍性，亦即两种审美现代性：一方面，审美现代性在这两个文学事件中获得了具身化的形象；另一方面，各种具有结构同源性的文学事件汇聚起来，使得审美现代性得以绽放，得以建构为稳定的、不可逆的新的存在。

以事件视角来比较中西两种审美现代性，重点就不再是郁达夫如何接受、创造性误读王尔德的唯美主义文学观，也不是孤立地比较两个文本之间的差异，而是尽可能将这两个文学事件还原到当时的文化现场之中，理解两个文学事件的事件性，亦即对于日常生活不断绵延的循环结构的袭击，理解该结构的惯性作用，尤其是所建构出来的或真实存在的旧秩序代理人进行的反扑。当然，回过头来，我们也可以思考文学事件客观意义的生成过程和可能性条件。我们将从一个比较性的疑问来启动我们的思考：为何《画像》的作者在现实中完成了小说所预演的身败名裂的自我画像，而《沉沦》的作者却并未沉沦，反而获得了文化界巨擘的鼎力支持？

---

① 从现象学—本体论视角对文学事件的研究，可见 Rowner, I., *The Event：Literature and Theory*. Lincoln and London：University of Nebraska Press, 2015.

② 关于审美现代性，就本文的操作意义而言，是指审美领域的现代性，或者说是现代性在审美领域的呈现。至于现代性，简单说来指规定了现代社会或现代人基本质素的某种结构性特征。请参见拙文《审美现代性与中国语境》，《天津社会科学》2005 年第 2 期；《现代性视阈与批判理论》，《黑龙江社会科学》2007 年第 4 期。

一

尽管从时间顺序上,郁达夫及其《沉沦》要晚于王尔德,而且其事件性的强度也弱于后者,但是,从一种审美现代性可能的逻辑发展而言,郁达夫可能处在较为早期的阶段,而王尔德则标明了它的某种极限,或者说,确定了审美现代性的符号疆界。换言之,尽管郁达夫的审美现代性实践在时间上晚于王尔德,但是王尔德却在其逻辑上后于郁达夫。正是因为王尔德引发的审美现代性事件发展到一个相当完备的状态,也就是其参与展演的审美现代性的某种潜能已经耗尽,对它本身,当然也包括对郁达夫的《沉沦》导致的文学事件的理解,才有了充分的可能性。如果说,我们断言郁达夫《沉沦》的生产与消费尚未达到某种审美现代性可能的极致状态,这样的说法也许过于绝对(因为我们不能对审美现代性的概念加以本质主义的想象),但无疑,发生在其中的美学逻辑可能在早期西方浪漫主义以来的文学中并不陌生。因而,让我们还是从郁达夫开始说起,①也就是说,以事态的逻辑顺序来进行陈述。

事无巨细地描述文学事件是实证主义者的拿手好戏,但对我们来说,重要的是把握住事件的核心要素,即要追问这样一个问题:《沉沦》出版之后,在当时的中国社会空间里,发生了何种风波? 首先我们差不多可以确认的是,该书甫一问

---

① 这里面有一个问题:谈到审美现代性,为何本文从郁达夫而不是更早的艺术独立性提倡者例如王国维那里开始? 简单来说,"为艺术而艺术"这一核心观念其具体针对性至少有两方面:从内部来讲,是形式高于功能,文学艺术的形式法则决定了艺术品的意义和价值;从外部上看,艺术必然超然于所有的政治、经济、伦理、宗教、效用等压力。如果将这个层次的艺术自主性诉求设定为审美现代性的根本性标尺,那么,我们可以透过中国语境来观察审美现代性的动力结构:与我们可能认为的相反,艺术具有自主性的首要条件其实并不是形式法则的决定性作用,倒反而是通过对于诸多外部压力(政治、伦理等)的激烈反抗,来凸显出艺术本身的自主性要求,换言之,反抗本身变成了唯美主义的形式要素。从这样的观点来观察比如王国维,就不能算是典型意义上的审美现代性的提倡者,而至多算是一位过渡人物。王国维宣扬艺术独立,但他更多的强调形式的自足性,而并不重视与社会的对立,但形式主义的主张,其实在中国有其源远流长的历史。同样的原因,也可以将"文学研究会"与"创造社"的立场区隔开来。前者的理论主张其实也是讲文学的独立性地位,茅盾解释"文学研究会"的宗旨时说"文学研究会除了反对'把文学当作高兴时的游戏或失意时的消遣'这一基本的而且共同的态度以外,就没有任何主张",强调文学是个严肃的事业,但它并不特别强调对当下社会秩序的攻击。因此,选择郁达夫是因为他的《沉沦》在某种程度上构成了与社会的紧张关系,也就是构成了事件性。至于《狂人日记》,尽管具有开创现代中国现实主义文学的伟大意义,但是它比较小众。就所产生的社会反响而言,《沉沦》几乎可以说是中国审美现代性的首场秀。

世,立即产生颇佳销路,不到一个月的时间里连印三版。①顺理成章的是,它在话语场上迅即产生了相当的影响。比郁达夫小九岁的冯至后来回忆说:"作者大胆地写出一个久居异国的青年精神上和生理上的忧郁和苦闷,在文艺界激起强烈的反应,它为抱有同感的青年读者所欢迎,也受到一些卫道者的诟骂,一时毁誉交加,成为一部有争议的作品。"②另一位郁达夫研究者指出:"一九二一年十月,郁达夫的小说集《沉沦》问世,立即在文坛上引起轩然大波。责难和非议劈头盖脸而来,据此称郁达夫是'颓废者'、'肉欲作家',是'不道德'。"③这样的描述,变成了对《沉沦》所引发的文学事件的最为司空见惯的叙事。但是,饶有趣味的是,这些描述其实大多并未提供足以支持其论点的具体材料。郁达夫当时最重要的战友郭沫若在追忆创造社草创之初时写道:"他的清新的笔调,在中国的枯槁的社会里面好像吹来了一股春风,立刻吹醒了当时的无数青年的心。他那大胆的自我暴露,对于深藏在千年万年的背甲里面的士大夫的虚伪,完全是一种暴风雨式的闪击,把一些假道学、假才子们震惊得至于狂怒了。为什么? 就因为有这样露骨的真率,使他们感受着作假的困难。于是徐志摩'诗哲'们便开始痛骂了。他说:创造社的人就和街头的乞丐一样,故意在自己身上造些血脓糜烂的创伤来吸引过路人的同情。这主要就是在攻击达夫。"④但是徐志摩究竟在何时何地以何种方式对他进行攻击呢? 是否源于口耳相传呢? 郭氏未做交代,我们同样不得要领。

其实,如果我们返回历史现场,去查阅当时相关的文献材料,我们就会发现,在关于《沉沦》的争鸣中,有不少文字是肯定甚至赞扬作者郁达夫的,例如最早发表于 1921 年 12 月 9 日的文章,就高度评价该作品,作者种因以为"照艺术上论,固可称为自然派写实派的出品;照意义上论,间亦有卢梭、托尔斯泰《忏悔录》的思想"⑤。两天后,另一位叫元吉的作者在另一家报纸的副刊上发文,惊呼在《沉沦》的主人公中看到了自己影像。⑥即便有些随感流露了对《沉沦》的不满,但大体上是相当克制的。署名为晓风的作者说:"著者《自序》说'第一篇是描写一个

---

①　陈子善:《沉醉春风——追寻郁达夫及其他》,北京:中华书局,2013 年,第 19 页。

②　冯至:《相濡与相忘—忆郁达夫在北京》,载陈子善编《逃避沉沦:名人笔下的郁达夫　郁达夫笔下的名人》,上海:东方出版中心,1998 年,第 25 页。

③　张恩和:《郁达夫研究综论》,天津:天津教育出版社,1989 年,第 10 页。

④　饶鸿兢等编:《创造社资料》,北京:知识产权出版社,2010 年,第 676 页。

⑤　种因:《读〈沉沦〉小说集》,《时事新报·学灯》1921 年 12 月 9 日。

⑥　元吉:《读了〈沉沦〉以后》,上海《民国日报·觉悟》1921 年 12 月 11 日。

病的青年的心理,也可以说是青年忧郁病的解剖,里边也带叙着现代人的苦闷!便是性的要求与灵肉的冲突。'但我们看了一遍,却几乎辨不出何处是灵。那不全是些肉山腥海么?"作者还在结尾处称赞了郁达夫的文学才华。[①]另一位作者枝荣认为该作品在思想和艺术上有可商榷之处,并指出:"《沉沦》现出强烈的黑色,些微美妙的青,热烈的红,混合了一片可怕的污秽的色彩,在有脓的伤口里,带了点生活的血和肉,只是格外可怕。但许这就有人算是《沉沦》的好处。"[②]还可以一提的是在谭国棠与茅盾的通信中,前者认为郁达夫描写手法仍然脱胎于传统小说,后者认为《沉沦》心理描写成功,而灵与肉的冲突处理失败。[③]这些作者们很难说表现出了卫道士的道义激愤或伦理怨恨。没有看到任何人对郁达夫的自然描写有伤风败俗的负面评价,顶多只是评价他在这些描写中只见其肉而不见其灵,而甚至即便是这些批评,其实不过是对郁达夫在小说集自序中自我批评的重复。[④]很难相信,这些批评真能构成对他的心灵伤害。[⑤]换句话说,这些人在自觉意识上并不是对郁达夫有违传统礼教的价值观的批评,而是对他文学技巧的美学批评,这些批评并未一棍子打死,大多还留有余地。可以说,并没有充分的证据来证明郁达夫确实遭遇到了范围广大、程度猛烈的恶毒的公开攻击。[⑥]

---

①　晓风:《沉沦》,《民国日报·妇女评论》1921年12月14日。

②　枝荣:《〈沉沦〉中底沉沦》,《民国日报·觉悟》1922年3月13日。

③　谭国棠、雁冰:《通信》,《小说月报》第13卷第2期,1922年2月10日。

④　郁达夫在《〈沉沦〉自序》中说:"《沉沦》是描写一个病的青年的心理,也可以说是青年忧郁病 Hypochondria 的解剖。里面也带叙着现代人的苦闷,——便是性的要求与灵肉的冲突——但是我的描写是失败了。"见《郁达夫文集》(第七卷),第152页。

⑤　谢冰莹曾直截了当对郁达夫的性描写表示批评,认为对青年有负面影响,正当她懊悔自己这样的批评失礼的时候,郁达夫如此作复:"不!不!不但不见怪,而且要感谢你!我知道你是很爽直的,有湖南人的精神,我也知道《沉沦》写得不好,挨了许多人的骂,他们骂我颓废,堕落,黄色,其实我不过把青年真实的生活描写出来,也没有想到还有这么多读者,有时,我也很想不让它出版!但是版权已经卖给人家了,不能由我做主了。"谢冰莹:《追念郁达夫先生》,载陈子善编《逃避沉沦:名人笔下的郁达夫　郁达夫笔下的名人》,第110页。

⑥　需要说明,我委托王贺博士对1921年至1922年间出版的《民国日报》、《时事新报》等主要报纸进行了地毯式的搜寻,能够发现的材料并不多。我也请教了现代文学史料学的权威陈子善教授,他也并未发现更多关于郁达夫的评论材料。陈子善并且指出,能够在文字材料上找到的最强有力的对郁达夫的攻击,其实均来自他本人的叙述。不止一位学者专家指出有人指责郁达夫为"肉欲作家"或"不道德",虽然加了双引号,但均未标明出处,我只能怀疑这样可以稽考的指责可能不存在。徐志摩的羞辱究竟是通过课堂或演讲传播,还是因为友朋酬酢时的戏言被流传出来,最终到达郁达夫这里,则无从考证了。类似这样的指责想必仍有可能存在,但是,只要不是以显性的负责任的方式(例如署名文章)来对郁达夫发动攻击,就在一定程度上说明了潜在的攻击者要么不是明显或强势的存在,要么就在一定程度上承受了新思想的压力。

　　这样毁誉参半其实以赞扬为主的情况，让我们很难想象当事人郁达夫会做出强烈的反应。但事实上他看上去像是一个孩子因为说真话而闯下弥天大祸，火急火燎向神明求救那样，给当时的文坛领袖人物周作人寄了一封英文明信片，其中说道："All the literary men in Shanghai are against me，I am going to be buried soon，I hope too that you will be the last man who gives a mournful dirge for me！"①谁都看得出来，这表面上是自暴自弃，其实是发出了 SOS 的文化求救信号。郁达夫的过度反应可能显示了他的心理的脆弱②，但可能也是他力图推行事件化的关键一步，当然也可能神经过敏的人在日常生活中本来就容易制造事件化效果。就郁达夫的主观愿望而言，他其实绝不希望《沉沦》小说集的出版会是个风平浪静的事。郑伯奇曾经回忆说："《沉沦》一出版就打响了，出版者当然高兴，达夫更高兴。他当时常常半带兴奋半开玩笑地说道：'沉沦以斯姆，沉沦以斯姆'！他的意思是说，《沉沦》也许会像《少年维特之烦恼》出版当时那样，形成一时的风气。事实虽不如作者想象那样，《沉沦》并没有成为风行一时的什么主义之类的东西，但它对当时中国的部分青年的确发生过一定的影响。有些爱好文学的青年甚至摹仿达夫的风格，写出过类似的作品。"③其实，不仅仅周作人后来应郁达夫之邀撰写辩护文章，而且发表第一篇《沉沦》的评论文字的种因，在文中也直白地交代了原委，表示郁达夫赠书与他，并要求他有所评论。我不知道是否还有其他人也是应他之邀来撰写批评文章，无论如何，无论是有保留的赞扬还是留余地的批评，很容易变成媒介热点而引人注目，也就是容易得到事件化，这可能暗合了创造社希望借此机会推波助澜、做大做强的符号策略。郑伯奇如是说："中国的文坛，和中国的其他一切现象相比，总算是进步很快。记得《沉沦》付印的当初，因为在中国是破天荒的尝试，大家都很有兴趣地注意社会的反响。"④《沉沦》获得巨大的轰动效应本来就是创造社同仁所期待和追求的事。

---

　　①　此段话大致意思为："上海所有文人都反对我，我很快就要被埋葬了，我希望你不要给我唱悲伤挽歌！"见郁峻峰等主编《郁达夫全集》（第六卷），杭州：浙江大学出版社，2007 年，第 46—47 页。翻译根据英文有改动。按该书对此明信片的出处说明有误，参见此明信片的发现者陈子善的相关说明：《研究〈沉沦〉的珍贵史料》，载陈子善《沉醉春风——追寻郁达夫及其他》，北京：中华书局，2013 年，第 13—21 页。

　　②　他的盟友如郭沫若就指出了这一点，见饶鸿兢等编《创造社资料》，第 676—677 页。

　　③　郑伯奇：《忆创造社》，见饶鸿兢等编《创造社资料》，第 722—723 页。

　　④　郑伯奇：《〈寒灰集〉批评》，见陈子善等编《郁达夫研究资料》（上集），第 12 页。

二

在某种意义上,王尔德是攻击维多利亚社会的独狼,他一个人既要不断进行各种唯美主义文学实践,同时又要自己将其赋予意义。比王尔德幸运得多的是,郁达夫不是一个人在战斗,他周围活跃着各种盟友。他致函周作人,乃是搬理论救兵,他希望周作人为他的《沉沦》小说集赋予启蒙价值与公共意义,也就是强调其普遍有效性。对这个文学事件的发生过程,流行的看法似乎有两个重要方面:其一,《沉沦》的出版引起了守旧派的疯狂进攻。曾华鹏等人写道:"由于郁达夫的作品有着大胆的反抗情绪,因此他受到当时因为不满旧现实旧制度而具有反叛性格的青年的狂热爱戴……如他的处女集《沉沦》一书就销了两万余册,甚至在深夜里,还有人自无锡、苏州专门坐火车到上海来买书的。又如他有一篇作品中的主人公穿的是香港布洋服,很多青年也都做着这一种香港布洋服穿了……可是,正是由于郁达夫的作品具有那样强烈的反抗情绪,因此,也必然会使那些灵魂发黑的旧制度的代表者和帮凶震惊,他们要想尽一切办法来扑灭这将会燃起人们反抗火焰的微微的火苗。他们讥评、嘲骂。他们骂郁达夫是'诲淫',称他的作品是'不道德的文学'……"①其二,由于周作人的挺身而出,为郁达夫加持护法,导致《沉沦》转败为胜,并得到经典化地位。后来对《沉沦》攻击最犀利的苏雪林如是说:"郁达夫在一九二一年发表小说集《沉沦》,引起上海文艺界剧烈的攻击,当时握批评界最高威权的周作人曾特作论文为他辩护,不但从此风平浪静,而且《沉沦》居然成为一本'受戒的文学',郁氏亦因此知名。"②这个看法在此之前其实郁达夫本人也有所提及。③根据这样的叙事,我们不难构想出一个文学事件的路线图:一篇挑战社会固有秩序的小说,理所当然遭到了旧派人物的群起

---

① 曾华鹏等:《郁达夫论》,见陈子善等编《郁达夫研究资料》(上集),第109页。
② 苏雪林:《郁达夫论》,见陈子善等编《郁达夫研究资料》(上集),第66—67页。
③ 郁达夫说:"当时国内,虽则已有一帮人在提倡文学革命,然而他们的目标,似乎专在思想方面,于纯文学的讨论创作,还是很少。在这一年的秋后,《沉沦》印成了一本单行本面世,社会上因为还看不惯这一种畸形的新书,所受的讥评嘲骂,也不知有几十百次。后来周作人先生,在北京的《晨报》副刊上写了一篇为我申辩的文章,一般骂我诲淫,骂我造作的文坛壮士,才稍稍收敛了他们痛骂的雄词。过后两三年,《沉沦》竟受了一般青年病者的热爱,销行到了二万余册。到现在潮流逆转,有几个市侩,且在摹声绘影,造作奇形怪状的书画,劫夺青年的嗜好,连这《沉沦》的诲淫冤罪,大约是可以免了……"郁达夫:《〈鸡肋集〉题辞》,《郁达夫文集》(第七卷),第171页。

而攻之，幸亏批评家英雄周作人如蝙蝠侠一样在危急关头自天而降并果断出击，以迅雷不及掩耳之势将那些狭隘短视的旧党立斩于马下，迅速奠定辉煌胜利的基础，至于其他一些战将如成仿吾、郑伯奇等人，亦有贡献，主要是锦上添花式对既有成果的巩固。

但事实上，如上文所讨论的那样，并没有出现郁达夫本人及其他人所描述的大规模的对他"诲淫"的诟骂或尖锐批评。而且，细细观察对他持批评立场的人，很难归为守旧派一类。徐志摩、茅盾这些人显然是新派人物，而笔名为晓风的作者，其真身是陈望道，其 1920 年 12 月起曾负责《新青年》的编辑工作，至于枝荣，不过是杭州一中的学生，很难说是典型的旧派人物。

推进一步，我们可以把《沉沦》引起的文学事件与另一起文学场的符号斗争联系起来，也就是 1922 年围绕着汪静之的诗集《蕙的风》的话语交锋。这场交锋实力完全不平衡，一方是掌握话语霸权的新派人物：胡适、朱自清等人为他作序，章衣萍、周作人、鲁迅、宗白华轮番出征，而他们的对立面不过是单枪匹马的一个19 岁的大学生胡梦华。胡梦华是学衡派领袖人物吴宓的学生这是事实，可是吴宓却认为他"崇拜、宣扬新文学"，他毕竟是接受欧风美雨熏陶的东南大学西洋文学系的学生，[①]而且他其实也跟胡适、郭沫若、郁达夫、成仿吾等颇有交游。具体到他的论述上，他其实强调的是对于诗歌的美学评判而非伦理评判，且新文学内部不少同仁（例如朱自清、闻一多）也持类似看法，甚至其批评在一定程度上被汪静之本人所接受（汪静之再版此诗集时砍削了原篇幅的三分之二），但是在当时的情势下，胡梦华被确立为守旧人物饱受新派人物的舆论群殴，章衣萍呼吁要打倒他，鲁迅讽刺他是含泪的批评家，周作人更离谱地把该文与胡梦华的私德毫无根据地联系起来，咒骂他为"中国的法利赛"，而没有回应胡梦华认为《蕙的风》"于诗体诗意上没有什么新的贡献"的批评。当他们把诗歌的美学尺度的批评转换成旧观念对新观念、旧道德对新道德的攻击的时候，他们其实考虑的是文化政治的问题，对审美特性讨论的完全偏离说明了他们是醉翁之意不在酒。[②]

新派人物的斗争意识与攻击欲需要找到一个现实的目标，只有通过建构现实的论敌，他们的启蒙叙事才能获得现实化。我们都听说过鲁迅"两间余一卒，

---

① 吴宓著，吴学昭整理：《吴宓自编年谱（1894—1925）》，北京：生活·读书·新知三联书店，1995 年，第 223 页。

② 关于这场文学公案，此处的材料均引自张勇《新旧文学的交锋——关于〈蕙的风〉的错位论争》，《闽江学刊》2010 年第 3 期。

荷戟独彷徨"的悲哀①,也熟知刘半农与钱玄同在《新青年》上演出的双簧戏其目的就在于把林纾终于诱入话语场加以围剿。我们以为旧秩序极为强大,对新文化持一种高傲和冷漠的态度,不屑放下身段与新派人物缠斗。但可能新文化运动的倡导者与支持者们有意无意夸大了敌人的力量。找不到敌人的时候,很可能是想象的敌人其实基本上已经改弦易辙、缴械投降了;责骂不适时宜攻击自己的盟友是猪队友的时候,很可能论敌大体上只剩下了同一战壕的战友。②之所以如此,是因为清季以来不间断思想运动的结果,使得西学与启蒙已经变成了知识阶层普遍被接受的观念,"新"已经变成了新的意识形态和宗教,已经获得了全面的文化的和政治的合法性。罗志田指出,清季以来,西来的新学已经获得彻底胜利:"自19世纪末以来,中国知识分子对本国传统从全面肯定到全面否定的都有;对西方思想主张全面引进或部分借鉴的也都有,惟独没有全面反对的。他们之间的差距不过在到底接受多少西方思想。"③即便是国粹派与学衡派,其实也不得不在西学的影响之下:"余英时先生已注意到,'国粹学派'的史学家如刘师培等人,'直以中国文化史上与西方现代文化价值相符合的成分为中国的国粹'。特别是《学衡》派,其主要人物的西化程度,恐怕还超过大多数鼓吹'全盘西化'者。《学衡》派主将吴宓就自认他本人不是在传承中国文化的传统,而是'间接承

① 鲁迅在《呐喊》的自序中这样说:"凡有一人的主张,得了赞和,是促其前进的,得了反对,是促其奋斗的,独有叫喊于生人中,而生人并无反应,既非赞同,也无反对,如置身毫无边际的荒原,无可措手的了,这是怎样的悲哀呵,我于是以我所感到者为寂寞。"《鲁迅全集》(第一卷),北京:人民文学出版社,2005年,第439页。

② 这方面可以围绕创造社与文学研究会的纠葛举两个例子:就创造社这方面,郭沫若指责胡适不顾大局:"胡适之攻击达夫的一次,使达夫最感着沉痛。那是因为达夫指责了某君的误译,胡适帮忙误译者对于我们放了一次冷箭。当时我们对于胡适并没有什么恶感,无宁是怀着敬意的。我们是'异军苍头突起',对于当时旧社会毫不妥协,而对于新起的不负责任的人们也不惜严厉的批评,我们万没有想到以开路先锋自命的胡适竟然出以最不公平的态度而向我们侧击。"见饶鸿兢等编《创造社资料》,第677页。就文学研究会而言,他们的反应在逻辑上几乎是一样的。茅盾说:"我又在另一则'通信'中评论过郁达夫的《沉沦》和鲁迅的《阿Q正传》,对《沉沦》我指出其长处,也表示了自己的不满意;对《阿Q正传》(当时尚未发表完,署名巴人)则认为是一部杰作。那时候我还没有搞过创作,一个没有创作经验的人来评论创作,受人讥笑也是难免,可是,真正的创作家们都是埋头创作不屑于写评论文章的,而读者与现实又需要,所以我只好'毛遂自荐'了。上述种种情况,会引起'礼拜六'派或'学衡'派的攻击,原在我们意料之中,我们也准备他们进攻时加以迎头痛击;却万没想到反对之声会来自另一方,——我们曾力争与之合作的创造社。"茅盾:《复杂而紧张的生活、学习与斗争》(摘录),载饶鸿兢等编《创造社资料》,第872页。

③ 罗志田:《权势转移:近代中国的思想、社会与学术》,武汉:湖北人民出版社,1999年,第3页。

继西洋之道统，而吸收其中心精神'。这是近代中国'在传统之外变'的典型例证。这两个学派是否是文化保守主义者其实还大可商榷，这里无法详论。但这类人也受西潮影响如此之深，更进一步揭示了中国在近代中西文化竞争中的失败。"①换言之，那种排斥西方文化、反对新文明新观念、为传统文化守节的遗老遗少们其实基本上已经溃不成军了。

所以，《沉沦》所引发的文学事件，就能够还原的历史现场而言，并无法获得郁达夫所声称的大规模毁谤的证据。即便看上去是持批评立场的人，其背景也大体上对新文化运动持支持立场的人。事实上，很可能是郁达夫想象了一个不存在的对他充满仇视的"憎恨学派"，②并将对他文学技术的批评转换成旧派势力陈腐道德观念对他的批评。

那么，我们该如何认识周作人辩护文章的客观意义？在我看来，首先，周作人的辩护文章意义被夸大了。周作人通篇主要的精力在于援引西学关于不道德文学的论述，指出不可以把郁达夫归纳入这个类别中。但正如我的考论所阐述的那样，其实郁达夫并没有遭到这样广泛和强烈的指控，人们指出他性描写方式的直白，主要是对其艺术技巧的批评，这与指责他挑逗人的生物冲动、导致产生破坏社会秩序的可能性有联系，但毕竟还是有明显的分界线。所以，在为郁达夫辩诬的意义上来看，周作人似乎是无的放矢。那么，如果说他所起的作用并不是挽狂澜于既倒，那该是什么呢？其实，周作人与成仿吾的评论不约而同地做了同一件事：也就是正面肯定人情人欲的积极意义。周作人说："所谓灵肉的冲突原只是说情欲与迫压的对抗，并不含有批判的意思，以为灵优而肉劣；老实说来超凡入圣的思想倒反于我们凡夫觉得稍远了，难得十分理解，譬如中古诗里的'柏拉图的爱'，我们如不将他解作性的崇拜，便不免要疑是自欺的饰词。"③成仿吾说："肉的要求在《沉沦》各篇里面，差不多是一种共同的色彩；但这个名称是对于灵的要求用的，现在我们既不要说及灵的要求，而我们的主人公的要求，却也不尽是肉的，不专是肉的，所以我想《沉沦》的主要色彩，可以用爱的要求或求爱的

---

① 罗志田：《权势转移：近代中国的思想、社会与学术》，第5页。

② 这是哈罗德·布鲁姆对以文化研究的方式来研究西方正典的学者取的绰号，意谓这些人不从美学维度来批评，对文学正典充满了憎恨。

③ 周作人：《〈沉沦〉》，载素雅编《郁达夫评传》，上海：现代书局，1931年，第13页。

心(Liebebeduerftiges Herz)来表示。"①成仿吾认为灵与肉并不可以分开,肉欲不过是爱欲的一个维度。为身体的自然需要进行合法化论证,其目的旨在反对礼教的约束,张扬人性的解放。而对于旧道德观的批判,对新文明的崇尚,由于在当时的知识界已经达成共识,因而,周作人们的辩护很难说具有革命的意义。

但是作为一个文学事件,周作人、成仿吾们在文学领域赋予这一事件以普遍性意义,这依然值得高度评价。这是因为,个性解放这样的抽象观念在理论上得到普遍认可,并不等于落实到实践上去也同样获得全心全意的支持。因为实践的主体并不仅仅听命于理论的召唤,他还处在具体的社会语境中,还必须承受历史的惯性力量的牵制。因此,那些对郁达夫写作技术的质疑,也可能是批评者某种程度旧观念的借尸还魂:这些批评者们在意识层次上接受了新观念,但是在感情上可能还是无法摆脱"思无邪"的诗教规范,因而以委婉化的方式,也就是不违背新文明教义的方式,对郁达夫展开了反击。事实上郁达夫本人显然也绝非焕然一新的超人,在他的内心里也存在着新旧的自我冲突。他的不自信本身就表现在《沉沦》的具体细节中:小说的主人公对自己青春期原本健康的性冲动采取了贬抑的立场,而这样的贬抑,如果我们可以视为一种隐喻,实际上体现了传统礼教的能量依然十分巨大。

因此,包括郁达夫在内的许多人对周作人扭转乾坤意义的认可是可以理解的。周作人虽然只是对启蒙现代性本身的重申与展示,②并通过这样的重申与展示,对此观念加以再生产与再确认,就此而言,周作人并不是在郁达夫深陷守旧派围攻困境之际的救星,因为这样的情境很有可能本来就是郁达夫乃至周作人这些新派人物的"策略"性建构;③但是,周作人的文学行动其实在进行一场述行性(performative)的命名,即将《沉沦》授予现代性的价值,使得这一类文学实践获得了道义上的正当性。他使得以审美的形式来展现现代性的某种活动得到

---

① 素雅编《郁达夫评传》,第19—21页。

② 周作人称赞郁达夫说:"他的价值在于非意识的展览自己,艺术地写出升华的色情,这也就是真挚与普遍的所在。"见素雅编《郁达夫评传》,第13—14页。

③ "策略"一词,在这里采用的是布尔迪厄的含义。华康德写道:"所谓策略,他指的是客观趋向的'行为方式'的积极展开,而不是对业已经过计算的目标的有意图的、预先计划好的追求;这些客观趋向的'行为方式'乃是对规律性的服从,对连贯一致且能在社会中被理解的模式的形塑,哪怕它们并未遵循有意识的规则,也未致力于完成由某位策略家安排的事先考虑的目标。"皮埃尔·布尔迪厄、华康德:《实践与反思——反思社会学导引》,李猛、李康译,北京:中央编译出版社,1998年,第27页。

软着陆，尽管这样的现代性书写具有某种挑战礼教秩序的客观效果，并让身处这一秩序之下亦新亦旧的士子们感到不适。周作人的特殊重要性体现在通过他当时拥有的巨大符号资本，促成了《沉沦》的经典化，使得不可能成为可能，如前文所述，这已经被苏雪林和盘托出。

因此，《沉沦》何以会取得成功，对这样的问题我们也许可以下一个初步结论：因为它书写的启蒙现代性在当时的中国知识界共同体已经成为某种共识。《沉沦》在本质上跟当时的社会情境并不构成真正的冲突关系。由于它较早以审美的形式来提出某种特殊的现代性要求——这一要求是以爱欲满足的具体内容来呈现的，因为个体的压抑被解读为民族国家的压抑的缩影或隐喻——因而，它获得了经典化的有利条件。①周作人在此过程中，发挥了决定性的作用。而他之所以能够发挥这一关键作用，一方面是因为新观念的接受已经蔚然成风，周作人响应了时代提出的要求，他的声音被大家听进去了，是因为得到了可以听进去的时机；②另一方面，郁达夫以某种激进的方式，也就是所谓唯美—颓废主义的方式，实验了将现代性内容加以文学化的实践，就此而言，他开拓了审美现代性的新边疆，而对这一空白领域的理论占有，首先是由周作人完成，并由成仿吾等人添砖加瓦予以巩固的。这样，一场审美现代性的文学事件的旗开得胜，是多种因素的合力的结果。③

三

在19世纪末的英国，王尔德《画像》作为一部惊世骇俗的小说，演变成了一场街谈巷议的文学事件。一位论者如是说："在该小说在《利平科特月刊》（*Lippincott's Monthly Magazine*）面世之际，王尔德已经家喻户晓了：因为他的

---

① 有必要指出，《沉沦》主人公在最后蹈海而死之前发出了这样凄厉的哭喊："祖国啊祖国，我的死是你害我的！""你快富起来，强起来吧！"这无疑在叙事情节上有点生硬跳跃，但是在追求现代性的情绪上又是具有连续性的，因而是可以理解的。

② 布尔迪厄认为：人们常说，布道者总是向皈依者布道，我们以为是布道者的巨大影响力导致听众心醉神迷，其实正好相反，布道者追随信徒的程度至少不亚于信徒对他的追随，这是因为，信徒对布道者在客观上的委托才是理解布道者与信徒之间关系的关键。见拙著《权力的文化逻辑：布尔迪厄的社会学诗学》，上海：上海文艺出版社，2016年，第164页。

③ 有关《沉沦》的部分内容，在写作过程中，得到陈子善、罗岗、毛尖和王贺诸位师友的指点，他们以及祝淳翔、刘彦顺等先生提供了不少珍稀材料，特此致谢。

急智、矫揉造作、招摇服饰,以及许多诗歌、故事、讲演,还有他过去十年写过的那些新闻作品。不过,《画像》这样的作品却使得他变成了个标杆性人物,无论在他的支持者还是诋毁者看来均是如此。该作品后来还在他的垮台中发挥了作用,也就是在法庭中用作反对他的证据。小说改变了维多利亚人看待和理解他们所居住的世界的方式,尤其关涉到性与男性气概。它预示了压抑性的'维多利亚主义'的终结。正如艾尔曼评论的那样,该小说出版之后,'维多利亚文学拥有了一个不同的面相。'"①

与郁达夫获得的褒多贬少待遇不同,王尔德《画像》的问世立即涌起了评论界一边倒的怒涛恶浪。这篇小说发表在 1890 年 6 月 20 日,仅仅四天之后,《圣詹姆斯公报》(*St . James's Gazette*)就迫不及待率先打响了围攻王尔德的第一枪。嗣后,《每日纪事报》(*Daily Chronicle*)、《苏格兰观察报》(*Scots Observer*)、《喷趣》(*Punch*)、《戏剧》(*Theatre*)、《雅典娜神殿》(*Athenaeum*)等报刊轮番上阵,对《画像》进行了连篇累牍的地毯式狂轰滥炸。②大部分的评议均言辞犀利、不留余地,且其火力大体上集中在小说的道德维度上。我们不妨引用他认为攻击较为温和的《每日纪事报》中的一段话以见一斑:"本月的《利平科特》主要特色是乏味与肮脏。里面是不洁的,虽说不可否认地说,也是逗笑的。提供这一元素的,是奥斯卡·王尔德先生的小说《道连·葛雷的画像》。这个故事乃是法国颓废派麻风病文学的孽种,是本毒书,该书充斥着道德与精神腐烂的恶臭秽气,是对清新、晴朗与黄金般的青春的灵与肉的腐败进行的自鸣得意的研究。它也许是可怕的和迷人的,但只是因为它娘娘腔的轻浮,它蓄意的装腔作势,它夸张的犬儒主义,它庸俗的神秘主义,它轻佻的诡辩,以及花哨粗鄙的毒化的痕迹,在王

---

① Frankel,N.,(ed.),*The Uncensored Picture of Dorian Gray*. Cambridge,Massachusetts:The Belknap Press of Harvard University Press,2012,p.4.

② 王尔德说:"我不喜欢任何种类的报纸争论:在经由我的书桌转入废报篮的有关《道连·葛雷》的二百一十六份评论中,我只公开评论了三份……"王尔德也许有点夸大其词,一方面声称对这些评论不以为意,另一方面却牢记这些评论的精确数字,这充分证明了王尔德的装腔作势。但是,他在说这番话的时候(1890 年 8 月 13 日的书信)距离该书在《利平科特月刊》的刊发不到两个月,可以说,无论这个数字有多么缩水,也足以证明该小说引起了巨大的社会反响。参看苏福忠、高兴等译《王尔德全集》(书信卷上),北京:人民文学出版社,2000 年,第 460 页。关于围绕该小说展开的相关争论,可见 Mason,S.,(ed.),*Oscar Wilde:Art and Morality——A Defence of 'The Picture of Dorian Gray'*. London:J. Jacobs,Edgware Road,W.,1908.以及 Beckson,K.,(ed.),*Oscar Wilde:The Critical Heritage*. London and New York:Routledge,2005,pp.65-89.

尔德先生精致的沃德街唯美主义与粗野廉价的学术中，这种痕迹无所不在。"①

翌年 4 月，《画像》出了单行本。此时口诛笔伐的狂潮已告消歇，叶芝、佩特这样少数几位著名文人才姗姗来迟，为该书延誉喝彩。叶芝在 9 月 26 日的《联合爱尔兰》中写道："《道连·格雷》尽管有种种瑕疵，却是一部杰作。"②两个月后，佩特在一篇书评中将王尔德与爱伦·坡相提并论，赞扬说："作为一部小说，尽管部分是部超自然的小说，它在艺术的谋划上是一流的。"③但事实上，这些文学巨擘并没有起到周作人那样一语定乾坤的作用，当然，对到处寄书以求誉美的王尔德而言，也许能够满足其虚荣心。④对维多利亚晚期社会的人来说，叶芝、佩特对王尔德文学才华的赞美，与他们对于王尔德文学作品伤风败俗性质的认定，并不矛盾。事实上，那些报纸杂志的批评文章，采取的一个基本策略通常首先都要夸奖几句王尔德的文学成就，然后才开始倾泻对王尔德小说道德败坏的严厉指控，仿佛赞美了王尔德的艺术才华就能证明自己评论非常公允似的。这种情况恰好与郁达夫遭遇到的境况相反。换言之，他们并不接受王尔德宣扬的唯美主义原则。同样，与郁达夫战战兢兢地面对其小说所导致的轩然大波不同，物议沸腾毋宁刺激了王尔德的斗志与激情，犹如嗜血的战士对一场腥风血雨大战的期待。王尔德的孤身鏖战，给王尔德本人带来"虽千万人吾往矣"的英雄幻象亦即虚荣心的巨大满足是一方面，利用这个机会大肆宣扬唯美主义艺术观是另一方面，还值得注意的一面是这场话语战带来的可观商业利益，这一点论战双方都心知肚明，只是都指认别人具有炒作意图与商业目的，却强调自己的秉公守正。王尔德如是说："我想我可以不虚幻——尽管我不希望显得诽谤虚幻——地说，在英国所有人中我是最不需要广告的人之一。我对广告宣传厌烦死了。看自己的名字登在报上我感觉不到幸福。编年史家不再让我感兴趣。我撰写此书完全是供个人娱乐，撰写它给我带来了很大乐趣。它是否畅销对我完全没有关系。先生，我担心真正的广告宣传是你精心撰写的文章。英国公众作为一个群体对

---

① Beckson, K., (ed.), *Oscar Wilde：The Critical Heritage*, p.71.关于王尔德认为《每日纪事报》对他的攻击相对温和，可见苏福忠、高兴等译《王尔德全集》（书信卷上），第 460 页。

② 苏福忠、高兴等译：《王尔德全集》（书信卷上），第 461 页。

③ Beckson, K., (ed.), *Oscar Wilde：The Critical Heritage*, p.88.

④ 在这方面，致函称赞他的马拉美也许与在公开报章上发表文章的佩特或叶芝具有至少同样程度的重要性。马拉美不乏夸张地指出，这本书具有罕见的智性精致与美的奇崛氛围，是汇聚了作家所有技艺而完成的奇迹。转引自 Beckson, K., (ed.), *Oscar Wilde：The Critical Heritage*, p.7.

艺术品是不感兴趣的,除非他们被告知所述作品是不道德的,而你的沽名钓誉之术,对此我毫不怀疑,大大增加了杂志的销售是:在这种销售中,我可以带着某种遗憾地指出,我是没有任何金钱利益的。"①媒体与王尔德的对峙造成了炒作的结果,《利平科特月刊》现在能一天销售 80 份,而此前平均一个星期才卖 3 份。《画像》的单行本在 1891 年就卖掉了 1000 册,这在当时是一个巨大的数字。②

媒体以文字的集束炸弹方式对王尔德发动密集攻击,很可能与该书出版不到一年前发生的耸人听闻的"克利夫兰街丑闻"(Cleveland Street Scandal)相关。当时维多利亚女王的长孙阿尔伯特·维克多王子(Prince Albert Victor)以及爱德华王储的副官亚瑟·萨默塞特勋爵(Lord Arthur Somerset)都卷入了嫖男妓的丑闻。此事为时颇为不短地占据了英国所有媒体的头条位置,沸沸扬扬,无人不知。显然,王尔德不可能不知晓此事,他当然也知道自己出版意指同性恋的书对公众意味着什么。英国主流媒体之所以对他怒不可遏,恰恰在一定程度上因为他是在故意地讨论同性恋文化,也就是蓄意挑衅维多利亚社会。但王尔德的蓄意挑衅,并非他确实与社会水火不容,而是他相信取悦中上层阶级的最好方式是激怒他们。因而,《圣詹姆斯公报》指认王尔德利用这个丑闻为小说做广告,并非空穴来风。③

维多利亚社会对王尔德这部小说的强烈的不满,在五年后的那场著名审判中才充分得到了具有直观性的显示。在法庭辩论过程中,《画像》被对方的律师卡森拿来作为罪证。④既然该小说以及唯美主义理论已经显示了道德败坏,那么其不堪入目的同性恋行为就没什么不可理解的了。一位论者指出:"审判被视为后期维多利亚社会的清教仪式。其结果是释放出针对所谓唯美主义与颓废派之堕落的声势浩大的征伐。英国媒体步调一致地期待回归到道德健康,回到作家和艺术家更严格的自我审查。在公众看来,王尔德成了一个罪犯,被嘲讽的对象,一个笑柄。他的世界主义被宣称'不适合英国土壤。'"⑤王尔德陷于缧绁之

---

① 苏福忠、高兴等译:《王尔德全集》(书信卷上),第 441 页。

② 上述材料,参看 Beckson,K.,(ed.),*Oscar Wilde:The Critical Heritage*,pp.5‐7.

③ 参看 Fortunato,P. L.,*Modernist Aesthetics and Consumer Culture in the Writings of Oscar Wilde*. London and New York:Routledge,2007,pp.10‐11.

④ 关于这场审判,参看孙宜学编译《审判王尔德实录》,桂林:广西师范大学出版社,2005 年。

⑤ Evangelista,S.,(ed.),*The Reception of Oscar Wilde in Europe*,p.5.

后，维多利亚社会一片欢腾，大部分英国媒体和他的朋友都抛弃了他。①

对王尔德的悲剧，似乎存在着两种截然不同的评判。在一些立场保守的人看来，王尔德罪有应得。即便时至 20 世纪下半叶，那位新批评派的殿军人物韦勒克还毫不留情地评论说："王尔德是触犯了一节刑律而被判罪，他一手造成了自己身陷囹圄，因为是他不顾后果，提出了诉讼，而且当他能够逃脱的时候，他又不由自主地表示听从，而近于自毁。不妨这样来论证：王尔德根本不是艺术和唯美主义人生的殉难者，除非有人故意要把艺术与性变态混为一谈。那些和艺术家们不共戴天的市井小人，倒是对这种混为一谈求之不得，可是王尔德的可耻悲剧，恰恰损害了追求艺术家真正自由的事业，而非有所助益。"②至于《画像》，也不过"展现了一幅道德败坏遂遭惩罚的寓意画，而非一篇为审美生活而作的辩护"③。此外，王尔德晚年曾经自号"声名狼藉的牛津大学圣奥斯卡，诗人暨殉道者"④，这样的自我期许并未落空，实际上从一开始他就先被许多人奉为美的宗教的使徒，继而又被视为唯美主义运动中耶稣式英雄。⑤王尔德从鲜花着锦烈火烹油的人生巅峰跌向万劫不复的痛苦深渊，在穷愁潦倒中客死他乡。但是这样的个人悲剧经历了一个社会炼金术的转换，获得了类乎信仰的膜拜价值，其形象也由拘系于狱的刑事犯升华成了唯美主义殉教徒。这方面在拉雪兹公墓他坟墓上众多吻痕就足资为证了。

但是，过多纠缠于是非价值判断，容易让我们迷失本文的问题意识：王尔德的美学实践在当时何以一败涂地？其实这个问题已经存在许多现成的答案，例如：王尔德的言论冒犯了奉行新教徒严谨道德观的维多利亚社会；王尔德宣扬的唯美主义是英国长期敌人法国的舶来品，不适应英国国情；王尔德的行为已经构

---

① 理查德·艾尔曼：《奥斯卡·王尔德传：逆流，1895—1900》，桂林：广西师范大学出版社，2015 年，第 640 页。

② 雷纳·韦勒克：《近代文学批评史》（第四卷），杨自伍译，上海：上海译文出版社，2009 年，第 554 页。

③ 雷纳·韦勒克：《近代文学批评史》（第四卷），杨自伍译，第 559 页。

④ 理查德·艾尔曼：《奥斯卡·王尔德传：逆流，1895—1900》，第 147 页。

⑤ 托多罗夫认为："在同时代人的眼里，王尔德就是'美的使徒'，对他们来说，王尔德就是一个新宗教的狂热信徒，以'美'排斥'善'的信奉者，唯美主义的倡导者，也就是说，一种理想的完美存在的倡导者。一个美好生命不再为上帝和伦理服务，也不再为它们的现代集体替身——'民族'、'共和国'，甚至'启蒙派'服务；一个美好生命知道如何成为'美'，王尔德言行一致的生涯说明了这一点。他既是其学说的光辉代言人，又身体力行地作出了榜样。"见托多罗夫《走向绝对：王尔德、里尔克、茨维塔耶娃》，朱静译，上海：华东师范大学出版社，2014 年，第 17 页。

成了犯罪,尽管同性恋量刑已经缩短为有期徒刑两年,①等等。这样的结论其优点是简明扼要,可以诉诸直接的自然理解,但是难免大而无当,对历史现场相关事实缺乏结构性的阐释和分析,因而也缺乏论证的确定性。

四

考虑到《画像》文本的某种复杂性,对它所引发的文学事件进行文学社会学的思考,既要认识到该文本与其当下接受语境的紧张关系,也要辨析其文本质料的客观意义。更明确地说,我采取的路径首先是了解晚期维多利亚社会的阶级结构与占据主导地位的精神风尚,了解王尔德其人,以及所宣称的唯美主义及其文学实践在当时英国社会空间中的占位,由此把握这一文学事件之所以为悲剧的结构性元素;其次,通过分析《画像》以及王尔德唯美主义所呈现的新的美学因素,进而理解其与维多利亚社会的根本性冲突关系。

关于整个维多利亚时代,社会史家布里格斯指出:"维多利亚的长达63年的统治时期,无论从其光明面和阴暗面来说,都以划分为早、中、晚三个时期最为合适。维多利亚时代中期是经济进步、社会安定和文化繁荣的时期(这个时期还有克里木战争的衬托,人们往往对这一点估计不足),因此它的色彩被人们过于强烈地用来描绘整个时期。事实上,维多利亚时代早期(它以1851年大博览会为终结)的情况,跟它晚期的情况(它以19世纪70年代这条'分界线'为起点)有更多的相似之处。"②布里格斯认为,英国的工业革命导致的繁荣虽然到1875年到了一个峰值,但此后并不是大萧条时代。德美日的经济的崛起,与英国优先地位的下降,确实伴随着英国利润空间的不断缩小,但是必须看到,英国"从19世纪后期到1914年大战以前那些年份里,无论在技术能力和经营能力方面都有十分

---

① 在英国,同性恋罪1861年才废除死刑,1869年,"同性恋"(homosexuality)一词才发明出来,1883年,随着《希腊伦理的一个问题》一书的出版,古典世界中的同性恋逐渐得到认识;1885年英国颁布《拉布谢尔修正案》(Labouchere Amendment to Criminal Law Amendment Act)规定,同性恋行为可判处两年以内监禁。直到1967年《性犯罪法》(Sexual Offences Act 1967)获得通过,同性恋才得以非罪化。但是,在王尔德因同性恋入狱之际,法国早已将同性恋非罪化了。参看 Cook, C., *Companion to Britain in the Nineteenth Century*, *1815 – 1914*. London and New York: Routledge, 2005, p.125.

② 阿萨·布里格斯:《英国社会史》,陈叔平、陈小惠、刘幼勤等译,北京:商务印书馆,2015年,第294页。

明显的进展"①。工业革命的发生和发展及其辉煌成就，乃是英国社会结构发生翻天覆地变化的基本条件。

历史学家哈维认为，在晚期维多利亚社会中，"贵族是'一种出奇坚韧的物质'。它继续行使着相当大的政治权力。威斯敏斯特的两个政党中不少成员出自贵族，帝国的高位几乎全都由贵族把持，郡县地方政府由贵族控制，统率军队的军官是贵族……"②。但实际上，从拿破仑战争以来，整个欧洲的贵族阶级就开始衰落。英国当然也不能幸免，尤其是到了 19 世纪后期，贵族阶层的政治特权遭到严重削弱，而经济利益也开始入不敷出，由此走上日薄西山的不归路。1880 年以来，贵族开始吸纳工商业资产阶级的加盟。1884 年，诗人丁尼生被封为男爵，标志着英国上院也向文化名人开放。③可以推断，如果王尔德不被判刑，他完全有可能被敕封为贵族。④此消彼长，贵族丧失了多少社会领导权，中产阶级就获得了多少社会领导权。这样的领导权当然包括了文化领导权。19 世纪下半叶以来，城市人口的倍增，初中教育的普及，经济的繁荣，司法制度的健全，通讯技术的提升，所有这些，都为中产阶级文学受众的成熟网络的形成提供了充分条件。但是，一方面，贵族的高雅趣味并不会很快退出历史舞台，它虽然节节败退，但依然保持着一定的文化惰性，并在一定程度上影响着文化时尚；另一方面，也是更突出的一方面，中产阶级的趣味越来越显示了其咄咄逼人的压倒性力量。整个社会的精神风貌也随之发生了深刻的变化。冈特写道："英国开始了一种新的生活方式，这种方式在世界史上是空前的。从来没有这么多发明转化为实际效益，被用来生产财富，个人生活也从来没有这么依赖于机器……她并不热衷失败颓唐的情绪，她关心的是由于成功而带来的问题和焦虑。"⑤不妨说，对于现代性的追求，对于工具理性和社会进步，尤其是对于新教徒的道德理想的信奉，构成了整个晚期维多利亚社会的尺度。实际上，维多利亚时期占据主导地位的社会风尚主要就是中产阶级所拥护的社会风尚。这个阶级看重的是功绩、竞

---

① 阿萨·布里格斯：《英国社会史》，陈叔平、陈小惠、刘幼勤等译，第 251 页。

② 哈维、马修：《19 世纪英国：危机与变革》，韩敏中译，北京：外语教学与研究出版社，2007 年，第 282 页。

③ 此段参看阎照祥《英国贵族史》，北京：人民出版社，2000 年，第 295—327 页。

④ 参看 Fortunato, P. L., *Modernist Aesthetics and Consumer Culture in the Writings of Oscar Wilde*, p.2.

⑤ 威廉·冈特：《美的历险》，肖聿译，北京：中国文联出版公司，1987 年，第 16 页。

争、体面、效率和目标感。它尊重成果、金钱和成功。①

　　王尔德在社会空间中占据什么位置？按照伊格尔顿的说法,他母亲是个爱尔兰民族主义抵抗者兼民俗学家,父亲是一位伟大的爱尔兰古文物收藏家,属于中产阶级上层成员,但实际上,他是上流社会的一个食客。②伊格尔顿的说法大致上不错,但重要的是,王尔德其实游走于各个社交圈。当时文化人有三个圈子,③上层的是名为"灵魂们"(The Souls)的精英群体,这是一个主要由最著名的政客、知识分子所组成的社交团体,成员基本上是贵族,世界上最有钱有势的人物。中间层次是以莫里斯为代表的群体(不仅仅是推动艺术与工艺运动的文艺家,还包括前拉斐尔派与印象主义绘画的艺术家,以及从事时装与设计的一些松散群体),较低层次的是以萧伯纳为代表的青年伦敦记者。男同性恋者会出没于所有这些圈子,而王尔德在这些圈子里也都如鱼得水。尽管如此,王尔德最愿意逗留的毕竟还是"灵魂们"这样的社交场域。王尔德还在读大学的时候就混迹于这个精英圈了。④他妙语连珠、机锋敏捷,深受上层贵妇的欣赏,是上层社交界的宠儿。王尔德与这些权贵人物过从甚密,他的声名鹊起与他拥有这些社会资源不无关系。他最重要的情人阿尔弗雷德·道格拉斯实际上也是"灵魂们"的成员,很明显,他跟其人交往也有借以抬高自己的目的。⑤

---

　　① 参看哈维、马修:《19世纪英国:危机与变革》,韩敏中译,第277页。

　　② 参看特里·伊格尔顿《异端人物》,刘超、陈叶译,南京:江苏人民出版社,2014年,第52—53页。

　　③ 这里面我们只关注能够成为王尔德读者的文化人。无产阶级在文化领域其时还不足以形成重要的社会力量:"卡尔·马克思在英国度过几乎整个的写作人生,然而除了一个小圈外,这个国家里实际上没有人知道马克思和他的著作,19世纪80年代涌现出来的社会主义团体的著述只涉及极小的听众面。事实上,劳工阶级对社会主义思想的抵制已经使中产阶级知识分子对他们感到绝望。"哈维、马修:《19世纪英国:危机与变革》,韩敏中译,第272页。

　　④ 王尔德成名很早,但作为一个炮制各种悖论的招摇的社会人物的名气要早于作为文学家的名气。1881年他的诗歌遭到冷遇,但是那时候在英国媒体他已经炙手可热。王尔德的欧洲接受首先的突破是1892年出版的德国评论家、作家诺尔度(Max Nordau)的著作《颓废》,该书对颓废派、象征主义与为艺术而艺术的观念发动了一场攻击,但是该书传播到欧洲之后,王尔德变成了与波德莱尔、瓦格纳和尼采比肩的欧洲大人物。有意思的是,王尔德入狱在英国和爱尔兰导致他销声匿迹,但是在欧洲其他地方却反而促成了他大行其道。他的作品翻译和传播更多了。王尔德的神话流行于中欧、东欧乃至俄国,在作者死的时候达到高峰,出现了王尔德热。应该说,这样的名声一直言人人殊,褒贬不一。参看:Evangelista, S., (ed.), *The Reception of Oscar Wilde in Europe*, pp.4 - 5.

　　⑤ 以上材料请见 Fortunato, P. L., *Modernist Aesthetics and Consumer Culture in the Writings of Oscar Wilde*, pp.1 - 12.

作为一个努力往上爬的中产阶级上层成员，王尔德兼有贵族趣味与中产阶级趣味是不难理解的。有人认为，王尔德一方面是个典型的爱尔兰人（野蛮、无政府主义、有想象力、明智、充满激情、自我毁灭），同时又是一个典型的英格兰人（冷静、优雅、傲慢、好支配）。[①]但其实，假如我们可以认为所谓爱尔兰人其实就是艺术家气质的人，英格兰人就是贵族气质的人，我们还可以加上某种中产阶级气质：浅薄，虚荣，物质，装腔作势，附庸风雅。艺术家性格掩盖的，恰是"幽灵般"双重阶级习性的混合。当他利用贵族趣味来抨击中产阶级的功利主义与禁欲主义的时候，他实际上的目标非常市侩，也就是获取物质的和符号的双重利益。因为他知道自己受众的期待，对中产阶级的奚落，会带来可观的销量回报。[②]

当然，从美学的立场上来看，从欧陆兴起的唯美主义运动或寻求艺术自主性的浪潮，其存在的条件与合理性不光是因为神学的衰落，以及传统上由神学所庇护的社会秩序的崩解，由此精神领域出现权力真空地带；而且也因为，对于已经被量化和商业化的诸多价值而言，审美经验提供了可选择的抵抗手段。自主性美学领域不仅仅提供了一个心灵的避难所，而且，由于工业革命以及扩张的经济市场急剧改变了传统文化，从而引起了广泛的社会不满，艺术自主性原则也为这样的不满提供了正当性辩护。[③]但是，舶来的唯美主义运动从罗斯金、佩特发展到王尔德这里，已经印染上了英国特色，尤其是王尔德本人的特色。王尔德追求的精神生活的避难所其实是排斥精神生活的。人们谈起王尔德，往往首先是他作为纨绔子（dandy）的奇装异服的打扮与语不惊人死不休的谈吐。在他成为著名作家之前，他已经是一位英国上流社交场上人人皆知的明星了。这种重视纯外观形象的明星，其耀眼的光芒其实来自商品的灵氛（aura）。《画像》中亨利勋爵的名言"只有浅薄的人才不以貌取人"，其实暴露了王尔德思想的内在浅薄。纨绔子感兴趣的是生活的表面，瞬间的感官快乐，以及审美体验的强度。托多罗

---

① 参看特里·伊格尔顿《异端人物》，刘超、陈叶译，第 53 页。

② 19 世纪 80 年代以来，对文学艺术的欣赏已经不再局限于文化精英小圈子，现代意义上的大众阅读人开始形成。王尔德悖论式的搞精神恶作剧具有让布尔乔亚震惊的效果，也不乏令人思考的空间，因而得到了高雅和低俗两类受众的欢迎。有人认为在 19 世纪 80 年代至 90 年代，维多利亚戏剧大众化了，已经变成全社会所有阶层的娱乐，这是混合高雅文化与大众文化的实验室。直到电影出现，戏剧才变成了要么是富人要么是先锋派的领域。参看 Fortunato，P. L.，*Modernist Aesthetics and Consumer Culture in the Writings of Oscar Wilde*，p.12；阿诺尔德·豪泽尔：《艺术社会史》，黄燎宇译，北京：商务印书馆，2014 年，第 529 页。

③ 参看 M. A. R. Habib，ed.，*The Cambridge History of Literary Criticism*，vol. 6，*The Nineteenth Century*，c. 1830－1914.Cambridge，UK.：Cambridge University Press，2013，p.231.

夫说:"他关于美的观念停留在装饰性上:他满足于满目的美丽饰品。他奉为良师益友的亨利勋爵对美的观念也很狭窄:'当您的青春逝去时,您的美也随之而去。'"①

　　王尔德这样的倾向,泄露了他跟中产阶级貌似势不两立,实则暗通款曲的关系。作为正在崛起的社会势力,中产阶级遭到了贵族和文人尤其是文化贵族的联合抵制。在后者看来,中产阶级意味着只讲求物质的庸俗市侩,它实用、功利,缺乏想象力。阿诺德为它取了个"非利士人"(Philistines)的绰号:"我们叫做非利士人的,就是那些相信日子富得流油便是伟大幸福的明证的人,就是一门心思、一条道儿奔着致富的人。"②阿诺德并不是第一个,当然也不是最后一个对中产阶级明确表示歧视的人。盖伊指出:"这群布尔乔亚敌人的成员包括了画家、小说家、剧作家、文艺评论家、政治极端分子、持激进观念的记者,以及被中产阶级权势的上升所激怒的贵族,他们汇集在一起,画出一幅世人皆知的画像:19 世纪的布尔乔亚是虚伪的、物质的、庸俗的,缺乏慷慨和爱别人的能力。有时候,如果有需要,他们也会为布尔乔亚另画一幅贬低程度不遑多让的画像:贪婪、不择手段、冷酷无情,尽情剥夺劳工阶级以自肥。"③中产阶级其实接受了这些文化贵族的批评,其附庸风雅就是一个不得已的防御策略,他们一心期望改掉自己暴发户的粗鄙气息,向贵族看齐。王尔德巴结"灵魂们",也出于这样的内驱力。

　　但是中产阶级还有另一副社会面孔。维多利亚时代其实洋溢着精神与道德的完善的气氛。中产阶级相信进步,认为通过自助而改变他们的生活,并在世上有所提升。成功的原因并不是来自天才和自然能力,而是来自实践经验与毅力。成功必须与道德规范和伦理行为以及辛勤的工作相伴,靠投机取巧或者欺诈方式走在前面的不会得到赞美。辛勤工作就其本身而言是道德上的善,如果获得财富,这是毋庸置疑的优点。中产阶级通过对有钱人的有闲的鄙视来支撑自己的价值感。家庭妇女在家如果无所事事会感到内疚。甚至读书也视为懒惰,要晚上收工后才可以进行。成为体面的绅士是维持自我尊重与公共信誉的一个手

---

　　① 茨维坦·托多罗夫:《走向绝对:王尔德、里尔克、茨维塔耶娃》,朱静译,上海:华东师范大学出版社,2014 年,第 24 页。

　　② 马修·阿诺德:《文化与无政府状态:政治与社会批评》,韩敏中译,北京:生活·读书·新知三联书店,2002 年,第 14 页。

　　③ 彼得·盖伊:《施尼兹勒的世纪:中产阶级文化的形成,1815—1914》,梁永安译,北京:北京大学出版社,2006 年,第 3 页。

段。对某些非英国国教主义者，跳舞、打牌、看戏是不得体的事。在街上吃东西，衣着花哨，声音高亢，或任何自我关注，均非彬彬君子所为。做人应当贞洁、理性、诚挚与严肃，而不该举止轻薄浮浪、作派虚荣奢华。适度追求快乐是允许的，但人们所需要的消遣主要是健康和休憩，而不是放纵。与得体相关的次要德行是守时、早起、遵守规矩，小处也不可随便。人们应该自我否定、自我控制，争做受到尊敬的好市民。①

中产阶级这方面的习性，亦即所谓绅士风度，其实变成了维多利亚社会的主流性情倾向。而这既是王尔德的攻击点之所在，也是中产阶级厌恶王尔德之所在。王尔德的纨绔子作风，冒犯了统治着19世纪末社会风尚的中产阶级新教徒。但仅仅是这样的冒犯，虽然足以让王尔德遭遇到来自报刊的枪林弹雨，而言论自由的防弹衣能让他保持诸葛亮草船借箭时的从容；但并不足以让他成为维多利亚社会的公敌。豪泽尔说："英国资产阶级还总是有足够的生命力来吸收或者排除这些人物。只要统治阶级觉得还可以忍受，奥斯卡·王尔德就是一个成功的资产阶级作家，但只要他开始让他们反感，他们就会毫不手软地把他'解决'。"②那么，是什么构成了他们下决心要"解决"他的关键呢？

五

与郁达夫的《沉沦》致力于表达被压抑的灵与肉的欲望不同，王尔德《画像》没有任何肉欲的细节描写。郁达夫担心被人指责为不道德是因为他的身体书写可能过于露骨，但是王尔德被人指控为不道德恰恰是因为他貌似儒雅睿智的唯美主义理论。大致上来说，它有三方面诉求：其一，艺术形式高于艺术功能，表征模式高于表征内容；其二，艺术要求获得绝对的自主性，它要求摆脱道德、教育、政治、宗教、经济、传统和效用等所有外部责任，反对成为载道工具（甚至不应成为反映现实的镜子），认为自身即目的；其三，艺术高于生活，生活应该模仿艺术。这里面的重点并不是王尔德拒绝承认艺术与生活的界限，而是艺术可以超越生活，尤其是伦理生活，也就是说，艺术的法则也构成了生活的法则。据此类推，审美家也可以获得摆脱人类社会各种限制的某种特权，如果种种道德越轨和激进

---

① 参看：Mitchell，S.，*Daily life in Victorian England*，Westport，Connecticut：Greenwood Press，2009，pp.261-269.

② 阿诺尔德·豪泽尔：《艺术社会史》，黄燎宇译，第529页。

行动能够带来快乐和美的话。

这样的理念在其小说《画像》中获得了艺术表征。该小说出版三十五年之后,置身于盛现代主义后期的加塞特将他躬逢其盛的那个时代的艺术贴上了这样一个符号标签:去人性化。加塞特如是说:"年青一代早已宣布,不得在艺术中掺入任何人性化因素……人是人性化元素中最具人性的部分,所以是艺术最排斥的。"①这番话是针对现代主义艺术说的,听上去也是针对《画像》说的。可以说,《画像》系统地清除了人性化的内容。传统的小说总是以大家耳熟能详的亲身感受的现实作为基础,并寻求情感的共鸣。然而王尔德追求的却是小说的风格化,亦即抽象化。王尔德摈弃了传统小说的许多技巧和主题,对客观现实的经验再现不感兴趣,而侧重于主观印象的表现。周小仪研究了《画像》所描写的伦敦街道,得出结论说:"王尔德历来对对客观世界加以贬斥。对他来说,生活只是一种蹩脚的艺术……王尔德描述的则是感觉化的城市,一切都与感知的主体密切相关。在他的作品中,现实生活经过主观感觉的转化成为意象,其音响、色彩均诉诸读者的感官。这是对城市生活的审美化,其目的是完成唯美主义的艺术理想,即超越现实。"②王尔德不仅无意于生活细节的捕捉与铺陈,也并不愿在构思情节上花费心思,更不用说,对于感情的渲染他也完全弃如敝屣。支撑起其小说结构的,是充斥全书的没完没了的闲聊对话。根据齐马的分析,这实际上是伦敦沙龙社会的"有闲阶级"的社会方言。这种对白尽管在沙龙中具有符号资本,也就是说,可以通过妙语警句来抬高自身在上流社会的身价,但是,要紧的是它本身并不是发布哲学和科学真理,维护道德或政治立场,而是尽可能恰到好处地运用哲学、科学和政治语汇,显示自己的教养,从而能够使自己成为众星捧月的社交宠儿。在这里,闲聊是抽象的、空洞的、无主题的、缺乏实际内容的,其实体现为一种交换价值。小说中一位贵妇人说:"我们挺愉快地聊了一阵子音乐。我们的想法完全一致。不,我认为我们的想法大不一样。不过跟他聊聊非常愉快。"③在这里,讨论内容的是非曲直并不重要。王尔德喜欢玩弄语言的表面,能指的滑移。从符码到意义,或者从语词到现实之间,缺乏逻辑感或有效的推进。王尔德酷爱的那种悖论式格言,同时保存了两种矛盾指向,从而导致语言本身确

---

① 奥尔特加·伊·加塞特:《艺术的去人性化》,莫娅妮译,南京:译林出版社,2010 年,第 24 页。

② 周小仪:《唯美主义与消费文化》,北京:北京大学出版社,2002 年,第 119—120 页。

③ 赵武平主编:《王尔德全集》(卷一),北京:人民文学出版社,2000 年,第 52 页。

切意义的解体,以及小说的戏剧性情节的解体,它并不指向行动,而沉溺于语言能指的自我游戏之中。[①]

《画像》的去人性化的特征,在小说情节推进的逻辑中得到了更为充分的表现。在小说中,三位人物形象即葛雷、亨利勋爵与艺术家贝泽尔的张力关系,尤其是后两位对葛雷影响力的消长,构成了小说的叙事动力。[②]贝泽尔在相当程度上折射了王尔德同时代著名批评家也是他老师佩特的身影。贝泽尔之所以迷恋道连,是因为他认为美的理念可以在美丽的身体中获得物质化的可见性。这实际上是得到黑格尔化的希腊审美人文主义的话语。佩特接受伊壁鸠鲁的观点,认为生活的目标应该是身体与灵魂的和谐。精神与肉体的健康其实是一回事,一个身体完美的人,身体也必然健康,最后,这样的特点也有益于道德的完善。[③]但是美与善的统一可能是不稳定的。佩特的思路的发展说明了这一点。王尔德传记作者艾尔曼指出:"虽然罗斯金和佩特都欣赏'美',但对于罗斯金来说,'美'是跟'好'联系在一起的,而在佩特看来,美却有可能略带邪恶。譬如,佩特相当喜欢波吉亚家族。罗斯金谈论的是信仰,佩特谈论的是神秘主义,似乎在他看来,只有当信仰越轨的时候,它才是可以忍受的。罗斯金诉诸良心,佩特诉诸想象力。罗斯金让人觉得应该遵守纪律,自我克制,佩特允许人们追求愉悦。罗斯金以不道德的罪名加以斥责的事情,佩特却把它们当作嬉戏来欢迎。"[④]与罗斯金、莫里斯所关心的社会改良目标不同,佩特感兴趣的是艺术的享乐主义维度。在《文艺复兴》的结尾,佩特指出,人生苦短,而万物永动不居。获得生命的意义,就意味着去触摸、观察、体验和领会瞬间的真理,经验本身,而非经验的成果,才是目的所在。习以为常意味着失败,而追求新异、热情、亢奋和狂喜,当然也包括

---

① 此段请参看彼得·V.齐马《〈比较文学导论〉》,范劲、高晓倩译,合肥:安徽教育出版社,2009年,第76—91页;Sean Purchase:《维多利亚时代文学的核心概念》,上海:上海外语教育出版社,2006年,第37页。

② 关于这三个人物形象,王尔德认为这三个角色折射了他自己的形象。他向一个记者解释说,"我自己认为我是巴兹尔·霍尔沃德;世人以为我是亨利勋爵;道林是我想要成为的人——也许是在其他的时代。"理查德·艾尔曼:《奥斯卡·王尔德传:顺流,1854—1895》,萧易译,桂林:广西师范大学出版社,2015年,第432—433页。学者刘茂生认为,亨利是作家的本我,画家贝泽尔是作家的超我,而道连·葛雷是作家的自我。见刘茂生《王尔德:享乐主义道德与唯美主义艺术的契合——以小说〈道连·葛雷的画像〉为例》,《外国文学研究》2005年第6期。

③ 有学生问:我们为什么要有道德?佩特回答说:因为道德是美的。见R. V. Johnson《美学主义》,颜元叔主译,台北:黎明文化事业公司,1973年,第85页。

④ 理查德·艾尔曼:《奥斯卡·王尔德传:顺流,1854—1895》,萧易译,第69页。

对艺术与美的热爱和渴望,这才是人生的成功。①这在当时不啻为石破天惊的观点,引来强烈反弹。压力之下,佩特被迫在再版的时候将此段予以删除。无论如何,佩特试图寻求美与善之间的均衡发展,如果美这匹骏马的奔跑溢出了伦理的边疆,佩特就打算收束它的缰绳。事实上,当佩特使用"为艺术而艺术"的概念的时候,他不过是宣称艺术相对于别种经验形式的中心地位,并不是要将艺术从后者中区分、独立出来。佩特的诉求源于寻求个性主义的启蒙现代性,审美教育不过是通向个体自由和精神解放的一个维度,它指向的是更富有人性化的未来的幸福承诺。足以说明佩特这一立场的是,当《画像》在《利平科特月刊》发表的时候,佩特拒绝了王尔德让他写书评的请求,认为这太危险。②该小说单行本问世后,他不得已撰写了书评。在文中指出,王尔德描写的享乐主义者(即纨绔子,审美家)并不成功,因为真正的享乐主义者旨在实现人的全部有机体的和谐发展。葛雷这种王尔德笔下的英雄,当他丧失了道德感,也就是丧失了罪恶感与正直感的时候,其实也就会丧失与社会的联系,其个性会变得更加简单,甚至从发展的较高阶段堕落到较低阶段。③

但是,佩特尽管为他的唯美主义立场设置了限制条件,然而就唯美主义话语的历史可能性而言,这些限制条件并不是逻辑的必然。挣脱了历史现实性与社会进步目标的纨绔子,完全可以以某种超脱、静观、反讽、批判的方式使自己成为绝对主体。在小说中,这样幽灵般的主体获得了肉身形象,他就是亨利勋爵。与其说亨利是邪恶和诱惑的化身,不如说,他代表的是纯粹的美学否定性。葛雷并没有接受人文主义者贝泽尔的道德拯救,相反,他接受了唯美主义教唆犯亨利的自我中心主义的教条:"人生的目的是自我发展。充分表现一个人的本性,这就是我们每一个人活在世上的目的。如今的人们害怕自己。他们忘了高于一切的一种义务是对自己承担的义务……也许我们从未真正有过勇气。对社会的畏惧,对上帝的畏惧,就是这二者统治着我们。前者是道德的基础,后者是宗教的秘密。"④亨利似乎代表了另一个佩特,也就是被其本人蓄意压抑的佩特。只要

① 见沃尔特·佩特《文艺复兴》,李丽译,北京:外语教学与研究出版社,2010 年,第 297—303 页。

② 参看 Bloom, H. (ed.), *Bloom's Classic Critical Views*:*Oscar Wilde*. New York:Infobase Publishing, 2008, p.114.

③ 参看:Bloom, H. (ed.), *Bloom's Classic Critical Views*:*Oscar Wilde*, p.116.

④ 赵武平主编:《王尔德全集》(卷一),第 22 页。

唯美主义坚持认为艺术独立性必须是绝对原则,非人性化的贵族式自恋主体的出现就必然不言而喻。佩特也许能自由地打开美学自主性的潘多拉盒子,但这绝不意味着,他也可以同样自由地关上它。因为唯美主义一旦在英国落地生根,它就获得了自身的生命和逻辑,不再受制于任何始作俑者的原初意图。在亨利以及后来接受他勾引的葛雷那里,启蒙主义所吁求的个人主义变成了原子化个人主义,变成了只关心自己灵魂饥饿的孤家寡人,变成了对任何人甚至包括自己的行事、经验、痛苦和欢乐的冷冰冰的看客,变成了吸血鬼那样的反讽家,他停留在一种主观幻象之中,而拒绝融入活生生的共同体社会,因而也否定支配现实世界的道德法则。葛雷起初还不能做到像亨利那样达到真正的超脱,在西碧儿为他而死之际还会受到良心的折磨,但到后来他谋杀贝泽尔的时候就只有惊惶不安的犯罪焦虑,而不再是道德上灵魂的自我拷问。有必要指出,葛雷的自杀并非证明了这篇小说究竟还是泄露了王尔德意志的薄弱,即承认伦理学最终必须要战胜美学;恰恰相反,葛雷对于其肖像的攻击其原因完全是唯美主义的:因为他的肖像已经不再能够让他获得观赏的愉悦,因为丑恶的灵魂映射在他的肖像上,而他已经不再能够继续容忍自己狰狞可怖的一面。①

我们该如何理解葛雷这样的行事风格?一位论者指出:"纨绔子表现出绅士们所牺牲掉的一切:乖僻、优美、情谊、天生的贵族气质。'艺术'一词充满魅力,但又是一个恋物式的词语;而纨绔子用它来替代那些在机械化大生产时代中失去的东西。"②确实,纨绔子在某种意义上,其实是在政治上已经逐渐走下坡路的贵族阶级在文化上展演的落日辉煌。当唯美主义强调强调纯粹的凝视、强调形式的法则才是最高的法则的时候,它其实是在否定生活的现实性;当它要求我们赞美瞬息万变的经验存在、要求我们排除人性化的内容,其实也就意味着让我们去沉思生活,进一步说也就是退出生活。《画像》中隐约提到的于斯曼小说《逆流》中的主人公德塞森特,就是离群索居,退出了巴黎社交界。而退出生活其实不仅需要丰饶的物质条件的担保,还需要悠闲的时间保证。这其实只有贵族阶级才有可能,而德塞森特正是一位贵族的后裔。只有贵族才会要求具有凌驾于任何世俗准则的特权,才会津津乐道于精致的生活趣味,才会醉心于内心的宁静超脱和静观态度带来的优越感,并且把日常生活的每分每秒转换成独特的、不可

---

① 参看 Livesey, R., *Aestheticism*, in, K. Powell, et al (eds.), *Oscar Wilde in Context*, p.266.

② 转引自周小仪《唯美主义与消费文化》,第 55—56 页。

重复的艺术经验。因此,贵族是不主张行动的,无所事事甚至懒惰都是值得赞美的。波德莱尔甚至认为,艺术家之所以逊色于纨绔子,是因为"艺术家还有热情,还在做事,还在创作——他们依然属于古希腊人所说的大老粗"①。

根据布尔迪厄的看法,贵族不假外求,它"向自身要求别人不会向他们要求的东西,向自身证明他们符合其自身,也就是其本质"②,这一本质也就意味着自由,意味着与日常生活决裂,意味着对于任何规则的超越,因而也意味着非人性化的精神矢量。王尔德的纨绔子所表现的贵族气并非神完气足的贵族气,他已然掺入了不少中产阶级的物质气息,但是它依然反映了中产阶级既追企又厌恶的贵族趣味。尽管王尔德说到底,其本人的行事风格还是难以摆脱中产阶级趣味,③他也并没有在日常实践所有场合中都贯彻自己宣扬的唯美主义主张,④但是无论如何,其非人性化的贵族趣味已经变得与新教徒价值观背道而驰。这样的冲突如果仅仅停留在话语实践领域尚无大碍。因为启蒙所传布的艺术自主性

①　阿诺尔德·豪泽尔:《艺术社会史》,黄燎宇译,第 529 页。

②　皮埃尔·布尔迪厄:《区分:判断力的社会批判》,刘晖译,北京:商务印书馆,2015 年,第 34 页。

③　王尔德其实还是尊重中产阶级法则的。他被判罪之后并没有替自己的罪行进行辩护,相反,正如托多罗夫所指出的那样:"王尔德因为他的虚荣心而输了:他需要自己讨人喜欢的形象,而公众却把此形象扔回给了他。所以,一入狱,王尔德很快得出结论,对他的惩罚是正确的。他并不去追究同性恋是否有罪;只要法律和公众舆论上认为有罪,就够了。在这个问题上,他一点不是今天人们所喜欢想象成的那样,是为争取同性恋者的权益得到公众承认的斗士:也许他并没有确切地犯下被指控的罪行,但是他犯下了其他罪行,他自己很明白它们触犯了法律受到了法律的制裁,他热衷于此的大部分原因是这样的冒险生活是被禁止的:'这是与豹共舞;危险构成了一半的乐趣。'一旦获释,王尔德并不更想去反抗合法的社会价值体系。谈起过去,他就用诸如'我的镀了金的无耻行径——我的尼禄式的日子,富有,下流,无耻,物质至上'等词。换句话说,在这问题上,他再次把别人看他的目光内心化了。"茨维坦·托多罗夫:《走向绝对:王尔德、里尔克、茨维塔耶娃》,朱静译,第 49 页。

④　王尔德还是要向公众强调其小说的道德价值。对此,艾尔曼做出了如下精彩的分析:"'所谓的罪实际上是进步的一种本质要素'。没有它的存在,世界将会变得苍老和暗淡无色。'依靠它的好奇心,罪增加了种族的经验。通过它那种被强化的个人主义,它把我们从千篇一律的类型中拯救出来。在摒弃人们当前的道德观的过程中,它拥有了最高层次的道德规范。'对于社会来说,罪比殉道更有用,因为它是自我表达而不是自我抑制的。其目标是解放个性……通过创造美,艺术谴责了公众,它无视公众的过错,以这种方式来唤起人们对这些过错的注意,所以,艺术的无效是一种故意冒犯或一个寓言。艺术也许还因为自己的某些行径激怒了公众,比如,嘲笑世俗法律,或放纵地想象违法乱纪的行为。或者,艺术会引诱公众,让人们去追随一个看似错误但其实却有益健康的范例。以这些方式,艺术家推动公众走向自我认知,这个过程至少有一点自我救赎的意味,正如他迫使自己走向同样的终点。"理查德·艾尔曼:《奥斯卡·王尔德传:顺流,1854—1895》,萧易译,第 445 页。

与资本主义市场并非没有携手合作的空间，只要艺术家偏安于自己精神空间的飞地，不去触摸维多利亚社会的禁脔，尽可以继续获取丰厚的符号利润与经济资本。这可以解释，王尔德的《画像》被批评界批驳得体无完肤之后，不影响他的戏剧继续日进万金、大红大紫。更何况，如果仅仅止步于观念层次，那么这不仅恰与贵族不行动的逻辑符合一致，而且也没有捅破两种阶级习性之间的隔离薄膜。

但是，当王尔德将其艺术高于生活的唯美主义理论，以身体力行的方式激进地介入晚期维多利亚社会的时候，他就从观念领域纵身一跃，自由落体到实践领域，观念领域的不及物性突然变得及物了。这也就是将贵族的观念强加给中产阶级，[①]并幻想在一个中产阶级已经获得领导权的社会里，使自己这个试图跻身贵族但远未成功的中产阶级上层成员，以艺术家的名义能够拥有不受世俗法律约束的特权。这种毫无胜算的抗争只能意味着自毁。[②]也正是因为王尔德破釜沉舟的决斗姿态，唯美主义行为艺术最终只能加以司法解决。[③]因而，精神贵族以否定形式才能定义的无形的优雅高蹈由此落入刀笔吏与狱卒所体现的森严秩序之中，而原本处在暧昧地带的唯美主义文学观念也被新教徒的道德手电筒照得一览无余。更有甚者，一旦艺术实践被判定为非法，人们还会回溯性地推导出其作为其犯罪意图的艺术观念的非法。颓废不仅仅被认为是一种艺术风格或形

---

① 艾尔曼写道："从王尔德的角度看来……他跟道格拉斯的生活，包括公开他们的浪漫热情，反映了他试图迫使一个虚伪的时代接受他的本来面目。"理查德·艾尔曼：《奥斯卡·王尔德传：顺流，1854—1895》，萧易译，第584页。

② 冈特正确地指出："王尔德更为含蓄地表示：不仅畅所欲言是艺术家的权利，照自己的方式生活也是艺术家的权利。实际上，他不仅违反了既定道德规则，他还根本就不信这些东西。如果他在法庭上公开说出这一点，那么其效果肯定会是如此；不过，由于他表示要求法律的保护，那么，他就不能说自己不受法律的约束了。对这一点，王尔德知道得再清楚不过了。这么一来，王尔德在给自己辩护的时候，只是敷衍搪塞，处在从任何角度说都站不住脚的位置上。"威廉·冈特：《美的历险》，肖聿译，第16页。

③ 仅仅用自毁倾向来心理学地描述王尔德是不全面的。对于他主动挑起的诉讼行动所蕴含的唯美主义的维度，艾尔曼如此描绘："他厌倦了行动。跟他理解中的哈姆雷特一样，他想要跟自己的困境保持距离，成为他自身悲剧的旁观者。他的固执、他的勇气和他的骑士风度也让他选择了留下。他习惯于跟灾祸硬碰硬，直面怀有敌意的记者，道貌岸然的评论家和伪善、咆哮的父亲。一个如此在意自己形象的人不屑于把自己想象成逃亡者，躲在阴暗的角落，而不是神气活现地出现在聚光灯下。他更愿意成为一个名人，注定了不幸，还会遭到异国不公正法律的审判。受苦也要比受窘更有吸引力。……他的见解将会流传下去，那些比他低劣的人对他大加羞辱，可他的见解将超越这些羞辱。如果他将成为牺牲品，他所处的时代也一样。"理查德·艾尔曼：《奥斯卡·王尔德传：顺流，1854—1895》，萧易译，第611页。

式,它如今就直接被理解为一种堕落艺术的丑恶内容。如果说周作人及其队友为郁达夫辩诬,最终使得《沉沦》的作者被赋予启蒙现代性急先锋的英雄形象;那么可以说,在《画像》这个文学事件中,庭审就发挥着与此逻辑层次相同但是实际结果却截然相反的赋义功能:它通过将唯美主义者王尔德判罪,也将唯美主义本身加以判罪。英国唯美主义运动就此偃旗息鼓,英国文学版图又被传统美学趣味完全收复失地。

必须指出,王尔德并不是他自认为的那样是个社会主义者,也并非推进社会变革的牺牲品,他似乎也无意成为广大中下层人民的代言人,①甚至并不真正谋求颠覆主流话语秩序。只是当他宣扬的唯美主义可以视为某种无害的另类文化选择的时候,那些渴望漂白自身粗鄙习性的中产阶级会怀着厌恶与接近的复杂态度加以容忍甚至接受;但是当艺术至上的原则侵入日常生活,他们无计遁逃,必须要做出非此即彼的伦理决断的时候,他们只能将王尔德送入监狱。英国人擅长于妥协让步,②贵族阶级愿意向最优秀的中产阶级成员开放门户,而中产阶级成员也愿意接受贵族的趣味引诱与文化调情,愿意结欢于诗礼簪缨之族。王尔德的折戟沉沙在根本上源于贵族趣味与中产阶级趣味的冲突,他极端化的身体实践不仅涤除了趣味分野之间暧昧的迷雾,而且使得两者之间的区隔得以锐化,使之具有了更加清晰的可见性,这反过来导致中产阶级的反攻倒算,使得以前厌恶但是容忍甚至接近的贵族趣味变得不再能够容忍。因而,他们也将唯美主义方案送入了伦理监狱。不消说,王尔德的失败只是整个英国唯美主义—颓废派文学运动失败的一个缩影。冈特写道:"在这场长期斗争中,有不少人的结局颇为难堪。惠斯勒在唯美主义运动之末成了一个性情乖戾的老头子,没完没了地沉溺在无聊的争执中;犯有前科的王尔德已经丧失了写作能力;史文朋变成了洗心革面的人物,变得无足轻重。在其他许多人那里,不惜一切代价的感官探

---

① 在这方面他与莫里斯这样的社会主义唯美主义者区分开来了。后者致力于通过唯美主义工艺运动来推动社会进步。

② 19 世纪英国多元文化并存的情形,有人称之为"维多利亚式妥协"。一位历史学家如是说:"正如 19 和 20 世纪的政治史所示,男性的婚外性行为得到了普遍的默许。但如果他们的行为成为公共事件,则会受到激烈谴责。"这就是所谓"民不举,官不究"。按照当时的情况,如果王尔德不挑起事端而引火烧身,很难设想他会跟昆斯伯里侯爵对簿公堂,并且最终剧情扭转为由原告成被告;如果王尔德听从朋友劝告,利用警察尚未布防时的保释之机走避欧陆,很难设想他最后会有牢狱之灾。事件化的冲动,也就是唯美主义英雄幻象抓住了他命运的咽喉,使他铤而走险,走上了不归路。参看拉梅兹·达伯霍瓦拉《性的起源:第一次性革命的历史》,杨朗译,南京:译林出版社,2015 年,第342 页。

索变成了自作自受的苦修,带来的只是凄凉和疾苦。"①

六

行文至此,已经到了该下结论,也就是回答所有问题的时候。我可以初步地指出,郁达夫的成功是因为《沉沦》并没有与社会构成尖锐的对立关系,想象的新旧冲突在意识层面并不存在,因为清季以来政治军事等全方位持续失败使得旧派人物丧失了抱残守缺的坚强意志,而向西方学习的愿心构成了中国知识界的普遍性精神取向;同时,传统文化的力量还会发生强大的惯性作用,那些新派人物的内心几乎都会不时地被传统的幽灵所萦绕。表现在《沉沦》文学事件中,他们尽管不会挑战唯美主义理论主张的权威性,因而放弃了实践理性批评亦即伦理批评,但是,他们的传统观念可能会以文学技巧批评的乔装改扮的方式再度呈现出攻击力,换言之,责难《沉沦》的身体描写过于粗俗,这类评论很可能不过是温柔敦厚诗教审美无意识的流露。但无论如何,这些波澜不足以阻止《沉沦》赢得的文学认可与世俗成功。从社会学的角度来说,《沉沦》之所以成功,可能是它不仅没有挑战社会秩序,反而以某种特定方式凸显了这个社会反对压抑、寻求解放的时代激情,因为社会结构总是倾向于不断再生产和再确认自身。《沉沦》对于启蒙现代性的追求,使得它能够成为实现这一客观目的的符号和工具。《沉沦》的文学事件可以视为中国特色的一种审美现代性隐喻,其基本特征是以审美的形式来表达现代性的渴望。

另一方面,王尔德的失败首先是因为他以过时没落的贵族精神蓄意挑战正在茁壮成长的中产阶级及其新教徒理想。体现在唯美主义观念中的非人性化指向,与日常生活的逻辑是格格不入的。尽管这样的观念,在特定的审美实践中其所指具体内容可能会被未来社会所接纳,例如同性恋这样一个在当时认为不具生产性的实践被后世所容,②但是,作为一种向社会发出的抽象要求,即认为艺术可以高于生活,艺术家可以享有不受伦理约束的绝对自由,唯美主义只能以观念的形式,作为一种批判的可能性才能获得具有某种正当性的存在。与郁达夫

---

① 拉梅兹·达伯霍瓦拉:《性的起源:第一次性革命的历史》,第306页。

② 对保守的维多利亚人来说,他们重视效用、消费性与生产性,因而同性恋这种不具有再生产性的性关系是堕落的。参看 Sean Purchase《维多利亚时代文学的核心概念》,第37页。

不同,王尔德所践行的审美现代性指向的是审美形式的现代性,他要求的是艺术或感性本身的绝对主体地位。然而,当他释放出不受理性约束的、只受命于感性形式律令的生命冲动的巨大能量,并撞向社会世界的铁门的时候,他不得不接受头破血流直至惨烈殉命的命运。唯美主义观念本应在远离尘嚣的地方逍遥自在地高位运行。一旦王尔德不满足于仅仅以不及物的方式成为维多利亚社会的他者,一旦他决意突破观念的领域,通过以身试法的极端方式将它付诸实施,也就是说,一旦非人性化的颓废诗意被转换成具有可见性的行动,作为纨绔子的王尔德就不得不被行动的逻辑尤其是法律所摧折束缚,不得不成为世俗秩序的阶下囚。因为一旦进入活生生的伦理生活,当宣扬艺术高于伦理的艺术行动者被现实法律所挫败的时候,这样的艺术行动者输掉了他的伦理的时候,也输掉了他的艺术,最终也输掉他最后的人生,因为他不可能成为真正意义上的隐身人,不可能成为世界大舞台的超脱看客。

但我们又该如何理解王尔德在今天的死后哀荣?显然,这种咸鱼翻身的升华传奇并非个案,按照社会学家海因里希的观点,我们首先不妨泛泛地说,王尔德其实分享了所谓"梵高效应"的符号利润。[①] 如果更具体地理解这一点,我们可以援引布尔迪厄《艺术的法则》一书的如下论点:艺术自主性其实不仅仅意味着一种新型艺术观的发明,它还意味着波西米亚生活方式的发明,意味着与日常社会世界断裂的艺术世界即文化生产场的发明,以及最后,意味着文学家和知识分子形象的发明。这一场符号革命的成功一方面取决于文化生产本身的历史,另一方面取决于社会运动的外部历史,也就是左拉所领导的支持德雷法斯以反对法国政府的政治斗争的成功。内外两者的汇合决定了纯粹美学革命的获胜。而这样的获胜,也获得了结构性的影响:它使得唯美主义原则不仅变成了文化生产场的金科玉律,而且变成了重新组织文学系谱的最高根据。当"为艺术而艺

---

① 关于"梵高效应",艺术社会学家海因里希写道:"梵高的传奇已经变成了被诅咒艺术家的奠基性神话:他的潦倒颓堕现在证明了他未来的伟大,且见证了这个世界('社会')的鄙陋,社会未能认识他是个过错。梵高成了典型,成了在双重意义上得到追随的范例,成了决定了价值构型的模式。正是归功于他,颂扬许多艺术家的苦难才成为了可能。这些艺术家的生活被毁于贫困和酗酒(郁特里罗,莫蒂里安尼),毁于性欲(图卢兹·罗特列克),毁于疯癫(卡米耶·克洛岱尔),以及更为普遍地,毁于从蒙马特到蒙帕纳斯的被误导的波西米亚方式。可以确信,所谓'波西米亚'在艺术世界中早于梵高;但是通过他,波西米亚成为了某种必然出现的图景,某种神话,某种陈规。"见 J. Tanner,(ed.),*The Sociology of Art:A Reader*. London and New York:Routledge,2003,p.123.

术"的新标准逐渐变成具有跨语境普遍有效性的新常态时，王尔德得到否极泰来的事后追认自然就会水到渠成。王尔德的花开花落既取决于他的个体性行动，但更取决于社会系统对其意义的指派。还必须要指出，美学革命的获胜，也生产出了自己的文化遗产，而正是有赖于这样的文化遗产以及中国知识界对它心悦诚服的接受，郁达夫才会躲过王尔德曾经遭遇过的"不道德"、"精神腐烂"之类的尖锐指控，才会获得王尔德最终失去的美名和荣耀。①

最后，在今天，作为所谓自由的趣味，形式高于功能的趣味如何变成了资产阶级的趣味呢？对此应该有一个历史的辩证理解。在维多利亚时代，"为艺术而艺术"的观念虽然高妙，但尚未完全成为统治阶级，或至少统治阶级位置还未坐稳的中产阶级，还来不及吸收如此高端的文化趣味，并使自己成为拥有所谓自由趣味（摆脱了附丽于功能的低级趣味）习性的"高尚人士"。只是等到"中产阶级"这样一个意义含混的能指自身产生更明确的意义分野，也就是作为今天统治阶级的"资产阶级"从"中产阶级"范畴中脱颖而出，②只是到了这样的时刻，从形式而非内容的角度来看待事物的审美性情才变成了资产阶级的合法趣味。在文化精神上，中产阶级对于贵族的趣味既爱又恨，但是当其具有足够的经济和社会条件足以担保自己具有爱它的客观可能性的时候，中产阶级（此时应为资产阶级）就对它转恨为爱了。当然，在这里，王尔德意味着唯美主义的美学雷池，意味着劝诫艺术神学的迷狂者回头是岸的界碑。唯美主义信条以不颠覆现实世界世俗秩序的承诺为代价，为自己换取到了新统治阶级即资产阶级的册封，资产阶级现在住进了旧贵族的文化圣殿，只是进行了符合自己阶级利益的符号装修，"为艺术而艺术"阉割了其激进锋芒之后，摇身一变，由资产阶级的敌对意识被招安成

---

① 当然，文化遗产的持存并不那么简单。布尔迪厄指出："实际上，虽然文化遗产拥有其有自身法则，超越了意识与个体意志，但是，以物质化状态和被整合的状态存在的文化遗产（存在于习性形式之中，而此习性发挥着历史超验性的功能），只有在定位于文化生产场的斗争中并通过这样的斗争才能存在并有效地（也就是积极地）持存；也就是说，文化遗产是借助于并为了行动者而存在的，这些行动者愿意并能够确保文化遗产不间断地复活。"Bourdieu, P., *The Rules of Art*: *Genesis and Structure of the Literary Field*. Stanford: Stanford University, 1996, p.271.

② 对于"中产阶级"或"资产阶级"的范畴史的研究，可参看彼得·盖伊《感官的教育》（上册），赵勇译，上海：上海人民出版社，2015年，第18—49页。

该阶级本身的合法趣味或美学主张。①而在中国,立足于艺术自主性基础上的审美现代性从未获得压倒性胜利,即便在自认王尔德的信徒的郁达夫那里,审美现代性依然体现为,同样也被人们理解为审美形式来承载现代性内容。在今天,现实主义而非现代主义写作风格始终是中国文学的主流,似乎可以表明,这样的历史连续性还未断裂。②

(作者单位:华东师范大学)

---

① 关于资产阶级对于文化领导权的争夺战,可参看程巍《中产阶级的孩子们:60年代与文化领导权》,北京:生活・读书・新知三联书店,2006年。关于英国中产阶级甚至底层人民对贵族文化的看齐意识,可参看钱乘旦等《在传统与变革之间:英国文化模式溯源》,南京:江苏人民出版社,2010年,尤见第五章"英国风度的造就"。

② 本文初稿完成后,曾经请黄金城博士、但汉松博士,尤其是金雯教授通读全文,并有所批评指点。文章最后吸收了他们的部分修改建议,特此致谢。

一半是至论，一半是偏解

——论鲁迅与俄苏文学之交

李建军

每一个作家，甚至最伟大的作家，都有着他的限度。

——爱伦堡：《谈作家的工作》

批评应侧重伟大人物的不足；若由于偏见连他们的毛病也欣赏，那么不久我们就会步其后尘。那么我们从名家那里得到的启示，或许便是如何将作品写坏了。

——伏尔泰：《文学杂论》

小　引

在写《重估俄苏文学》的过程中，我常常在鲁迅的文字里，看见他关于俄罗斯文学的评论，也时或在别人研究俄罗斯文学的文字里，看见他的名字，听见他的声音。这实在不足为奇。因为，对鲁迅来讲，新的苏维埃俄罗斯文学，就是新的中国文学的未来和方向。所以，他怀着极大的热情，关注着这个北方远邻的文学的发展。俄罗斯文学对鲁迅之重要，鲁迅与俄罗斯文学关系之密切，简直到了你如何强调都不过分的程度。

是的，在俄罗斯文学的大地上，无论你流连在普希金的米哈伊洛夫斯克，还是盘桓在果戈理的密尔格拉得；无论你徜徉在托尔斯泰的雅斯纳雅·波良纳田野，还是漫步在陀思妥耶夫斯基的彼得堡街头；无论你坐着马车缓缓地行进在契诃夫的草原上，还是骑着马儿飞快地驰骋在肖洛霍夫的顿河边，你都会与鲁迅不期而遇，都会看见他矮小而伟大的身影。

鲁迅是最早向中国引介俄罗斯文学的翻译家和批评家，也是对"中俄文学之交"贡献最大的人。没有他的努力,我们对俄罗斯文学的了解,就不会像现在这样充分;没有他的阐释,我们对俄罗斯文学的认识,就不会像现在这样深刻。

鲁迅自己也从俄罗斯文学获取了丰富的经验资源。在他的小说写作中,得俄罗斯文学之助者,正复不少。从他的《狂人日记》《药》和《故乡》等作品中,就可以看见来自果戈理、安德列耶夫、契里珂夫的启发和影响。没有俄罗斯文学的影响,鲁迅的小说写作,就有可能是另外一种样子。

但是,由于种种复杂的原因,鲁迅在接受英美文学和俄罗斯文学的过程中,渐渐形成了一种两极对抗的文学认知图式。他常常将英美文学与俄罗斯文学置于对立的关系模式中,视之为两种品质截然不同的文学。这就使得他无论在对英美文学的评价上,还是在对俄苏文学的阐释上,都存在不少失误和问题。

我想,写完《重估俄苏文学》,得静下心来,花一些时间,认真梳理一下鲁迅与俄罗斯文学的关系,要弄清这样一些问题:鲁迅对英美文学的否定和排拒,到底缘于什么样的"文学认知图式"?他对俄罗斯古典文学的认知有何得失?又从俄罗斯古典文学中吸纳了哪些经验?他曾经高度评价的苏俄作品,到底是怎样的作品?他曾经推崇的苏俄理论,到底是怎样的理论?今天,我们到底该如何评价这些特殊风格的作品?又该如何认识这些特殊形态的理论?这些问题,我们过去几乎很少留意和分析。

就鲁迅的整体成就来看,他在俄罗斯文学和英美文学认知上的局限,不过是个别方面的不足而已。第令此确乎为鲁迅在文学上的白圭之玷,又何伤乎其高明与崇伟?鲁迅之伟大,如日月之在天,如江河之经地,又盍待琐琐为之辩乎?即使目茫茫不能见舆薪者,亦可蒙蒙然睹之也,又盍待琐琐为之辩乎?所以,某些心地纯良的人,也应该稍微镇定和宽容一些,不要见到有人对鲁迅略加质疑,就过度反应,以为人家要粗暴地否定鲁迅的伟大。

遥想当年,我自己就是鲁迅的"死忠粉",每以鲁迅之是非为是非,见不得别人批评鲁迅,曾经怼过几位"批鲁"的学者。有时怼得不算错,有时怼得太严苛。现在来看,大可不必。鲁迅就是他自己的干城,不需要任何人来捍卫。

伟大的人物之所以伟大,就因为他们知道自己是不完美的。因此,他们有接受批评的雅量和气度,也不害怕任何形式的质疑。无论是谁,一旦他拒绝别人的批评,就与伟大没什么关系,就是一个脆弱而虚怯的人。

人各有其所不知,亦皆有其所不能。我们应该尊重这样一个基本的常识:再伟大的人,都不可能是全知全能的超人,都必然有知识和能力上的局限,都存在可以让人质疑和批评的地方。伟大如鲁迅者,也莫能例外。

最后,还想说几句跟文章题目相关的话。

正标题里的两个"一半",不是用戥秤称量出来的,因此,也就别指望它像"一加一等于二"那么精确。之所以选择"一半一半"的句式,就是想表达这样的意思:在关于异域文学的认知上,鲁迅正误得失皆有之,故而在研究他的时候,就应该两面并观,以免偏失。

副标题里虽有"论鲁迅与俄苏文学之交"的话,但本文所涉的范围,其实并不那么广大;察其主旨,不过是围绕一些具体个案和问题,来研究鲁迅的外国文学认知图式所存在的问题,研究他在苏俄文学的认知、接受与评价上的是非得失。

文章之名,事虽区区,但也需要提前说明,免得让读者读罢,发现名实不副,感觉自己受了很大的骗——花了足可买一峰骆驼的大价钱,但最后牵回家的,却是一只羸弱的小山羊。岂不冤枉也欤!

一 两极对抗的外国文学认知图式

鲁迅无疑是中国文学史上的伟大人物。

他的小说和散文,是 20 世纪汉语文学的杰作。

他的杂文作品,虽有严苛与峻急之失,但大半是深刻而有意味的。

他博闻多识,学殖坚厚,在中国古典小说研究方面卓有建树,又是一个高明的鉴赏家和批评家,无论评价作家,还是解析作品,往往能片言解纷、一语中的。

很多时候,他的文学洞察力极为敏锐和深刻,故而在评介俄罗斯文学的时候,乃能发表一些含有预见性的文学见解。例如,在《〈静静的顿河〉后记》中,鲁迅说,这部作品"将来倘有全部译本,其启发这里的新作家之处,一定更为不少"[①]。他的这个深刻预言,已为中国当代杰出作家的写作实践所证实。很大程度上,正是因为吸纳了《静静的顿河》的滋育型经验,受到了肖洛霍夫的启发,我们才有了刘绍棠的《蒲柳人家》、柳青的《创业史》、路遥的《平凡的世界》和陈忠实的《白鹿原》。

对鲁迅来讲,文学是影响社会的力量,也是认知社会的镜像。他常常通过文学来观察一个民族的心灵和性格。他对俄罗斯国民性的观察和判断,就别具只

---

① 鲁迅:《鲁迅全集》(第七卷),北京:人民文学出版社,2005 年,第 379 页。

眼。在《〈医生〉的译者附记》里,他这样概括俄罗斯民族的"很奇异"的心性:"俄国人有异常的残忍性和异常的慈悲性"①。这可不是一句随便发表的无足轻重的话,而是一个极为深刻的洞见,与别尔嘉耶夫关于俄罗斯民族极端矛盾性格的观点一样深刻。

但是,鲁迅也有文学知识上的残缺和短板,也有文学认知上的偏颇甚至错误。

如果说,在早期,鲁迅主要偏重于广泛地介绍批判型的文学,遂于英国之弥尔顿、彭斯和拜伦等人,亦肯慨然加以青睐,那么,到了后来,受他所崇信的社会理念和政治观念的影响,就偏重于介绍俄苏文学,而于英美文学,则一切沮弃之——除了还有"一点点的反抗"②的马克·吐温和被上海的报纸所憎恶的萧伯纳,很少见他完全肯定过哪个英美作家。他之所以赞美萧伯纳,之所以说他"伟大",很大程度上,就是因为他是英国少有的同情和支持社会主义苏联的作家③,就是因为那些"模仿西洋绅士的人物"不喜欢他。凡为中国的"西洋绅士"厌恶的人,很有可能就是鲁迅喜欢的人,就像他在《看萧和〈看萧的人们〉记》中所说的那样:"被我自己所讨厌的人们所讨厌的人,我有时会觉得他就是好人物。"④

这样,在鲁迅的意识世界,就形成了一个以"阶级"为轴心的两极对抗的文学认知图式。他个人的趣味和交谊等因素也对这个图式有着微妙的影响。在这个图式里,苏维埃俄罗斯文学与英美文学有着完全不同的性质和价值,处于相互排斥的两极。苏维埃俄罗斯文学是无产阶级的文学,充满活力和希望,是一种积极的、属于未来的文学,而英美文学则是资产阶级的文学,有着严重的精神残缺,是一种消极而没落的文学。

其实,鲁迅对英国文学和美国文学,了解不仅不够充分,且多有误解和偏见。1927年11月20日夜,鲁迅在写给江绍原的信中说:"英美的作品我少看,也不大喜欢。"⑤1935年5月17日,在致胡风的信里,鲁迅一边说自己"因为赶译《死

---

① 鲁迅:《鲁迅全集》(第十卷),北京:人民文学出版社,2005年,第192—193页。

② 鲁迅:《鲁迅全集》(第四卷),北京:人民文学出版社,2005年,第341页。

③ 1931年,萧伯纳接受了苏联的访问邀请。回国途经华沙,他坦率地告诉记者:"回到资本主义是一种折磨。你在现场目睹了布尔什维克主义之后,对资本主义必然灭亡就不会再有怀疑了。"见安妮特·T.鲁宾斯坦:《英国文学的伟大传统》(下),陈安全、高逾、曾丽明等译,上海:上海译文出版社,1998年,第424页。

④ 鲁迅:《鲁迅全集》(第四卷),北京:人民文学出版社,2005年,第508页。

⑤ 鲁迅:《鲁迅全集》(第十二卷),北京:人民文学出版社,2005年,第91页。

魂灵》，弄得昏头昏脑"，一边表达了对英国文学的不屑和贬抑："英作品多无聊"，紧接着，还在括弧里，轻蔑地补了一刀——"我和英国人是不对的"①。即便像辛克莱这样的美国"无产者文学"，在他看来也是值得怀疑的，因为其中"还不免含有……基督教社会主义的偏见"②。喜怒好恶，形诸颜色；厚此薄彼，一至于斯！那么，莎士比亚呢？也不大喜欢吗？看他的作品，也觉得无聊吗？与他也是"不对的"吗？说句冒犯的话：在英国文学一边，单单一个威廉·莎士比亚，就可以使放着全部19世纪俄罗斯作家的天平晃动起来。谓予不信，就去看看普希金和屠格涅夫是怎样评价莎士比亚的。

鲁迅对英国小说和美国小说的排斥，最终发展到了随意臧否、整体否定的程度。例如，在《〈竖琴〉前记》里，他就曾这样否定英美小说——"英国的小说在供淑女的欣赏"，"美国的小说家在迎合读者的心思"。他将中国"旧式的马军"——"以小说为'闲书'的人们"，与"英美时兴的小说论"归为一类，合称为"三标新旧的大军"，指责它们"不约而同的来痛剿了'为人生的文学'——俄国文学"③。这实在是过度的反应、一时的气话、失实的夸张。退一步讲，即便确乎发生过个别人批评某些俄罗斯作家，甚至整体上批评俄罗斯文学的事情，也不可用"痛剿"这种明显言过其实的修辞来形容它。

还有，在《文学和出汗》中，鲁迅批评英国小说"大抵是写给太太小姐们看的，其中自然是香汗多；到十九世纪后半，受了俄国文学的影响，就很有些臭汗气了"④。此处对英国小说的目标读者的认定，分明是主观化的；对英国小说发展变迁的分析，显然是简单化的。英国小说家的文学抱负，并没有低到只写给"太太小姐"看的程度；英国小说的变化和进步，亦自有它自己的传统和内在的动因。

根据"给太太小姐们看的"这句话，我们有理由推测，鲁迅所批评的英国小说家，首先就是简·奥斯丁，而他所指责的作品，也主要是她的《爱玛》和《傲慢与偏见》等小说。

就文学气质、伦理精神和叙事风格来看，鲁迅与奥斯丁属于完全不同的两类作家。鲁迅是一个尖锐的社会批判型作家，有很强的政治激情、阶级意识和反抗精神，在写作上，则常常表现出犀利而辛辣的反讽调性。奥斯丁则属于温和的劝

① 鲁迅：《鲁迅全集》（第十三卷），北京：人民文学出版社，2005年，第458页。
② 鲁迅：《鲁迅全集》（第四卷），北京：人民文学出版社，2005年，第395页。
③ 鲁迅：《鲁迅译文全集》（第六卷），福州：福建教育出版社，2008年，第5页。
④ 鲁迅：《鲁迅全集》（第三卷），北京：人民文学出版社，2005年，第582页。

谕型作家,有很强的阶层意识,但没有绝对的阶级意识和热烈的政治激情;她不认为各社会阶层的关系一定是冲突和对立的,相反,不同阶层的人们完全可以相互尊重,各按自己的方式来生活;更重要的是,有一些教养和道德规范,并不属于某一阶层,而是属于所有人的。

在奥斯丁看来,具体地研究人的教养和德行,远比抽象地谈论阶级性问题更为妥帖。她虽然只描写了她自己所属的、也是她最了解的阶层,但她所肯定和赞扬的德行和修养,却适合所有阶层的人:"她的道德教谕被注入了这样一种思想观点:好的言行、好的举止、成熟的理智,和作为一种令人羡慕的社会习俗的婚姻是人类的长处。"①这样的长处,是"人类的长处",而不单属于某个阶级。她的小说赞美容忍精神,赞美克制的态度和得体的举止,致力于培养人们在日常生活中的良好修养。

尽管奥斯丁所赞美的价值观和个人教养,常常惹一些人不耐烦,抱怨她太琐碎、太古板,但奥斯丁的价值意识和道德态度,却始终是严肃的:"如果说这种价值观似乎常常与二十世纪对人物和社交行为的成见相左的话,那么在奥斯丁看来,这样的价值观对人类事务的快乐发展是必不可少的,因此才在作品中加以反映。"②总之,奥斯丁并不是一个婆婆妈妈、目光短浅的小说家,也不是一个将自己的读者群只确定为"太太小姐"的小说家。在英国文学史家看来,"简·奥斯丁是一位过于细致含蓄的、极具挑战性和创新性的小说家,因此很难用否定的词语描绘她。尽管她的作品似乎远离她同时代作家所关注的事情,但仍不失鲜明的时代特征。在许多重要方面,她的作品可以用基督教的保守的(但未必是反动的)词语来定义,以对抗当时的激进热情。"③对那些珍爱传统的读者来讲,奥斯丁这种保守主义的作家,具有重要的意义和独特的魅力,因为,她将通过描写日常生活,而揭示"普遍的人性",而对人们的意识和行为,产生温和而持久的影响。

至于说英国小说因为接受了俄国文学的"影响",而有了"臭汗气",更是一个太过随便的想象。所谓"臭汗气",人们也许可以从劳伦斯的某些涉及工人生活

---

① 安德鲁·桑德斯:《牛津简明英国文学史》,谷启楠、韩加明、高万隆译,北京:人民文学出版社,2000年,第379页。

② 安德鲁·桑德斯:《牛津简明英国文学史》,谷启楠、韩加明、高万隆译,北京:人民文学出版社,2000年,第380页。

③ 安德鲁·桑德斯:《牛津简明英国文学史》,谷启楠、韩加明、高万隆译,北京:人民文学出版社,2000年,第378—379页。

的小说里闻到，但那气息里，也同时混杂着"怨气""怒气"和"浮浪气"，而这种复杂的味道，实实在在是一个特殊的英国现象，跟俄罗斯文学没什么关系。

事实上，英国小说不仅有自己的传统，而且，这传统早在18世纪就形成了，比俄罗斯小说早了至少半个世纪。在利维斯看来，英国小说有自己独特而成熟的传统，足以与法国小说分庭抗礼："菲尔丁开创了英国小说的伟大传统，简·奥斯丁循此而来。"①在《伟大的传统》里，利维斯之所以时时将英国小说与法国小说相比较，之所以特别强调乔治·艾略特与福楼拜之不同，就是要说明英国小说传统的特点——始终维持着技巧追求与伦理关怀的平衡，始终表现出道德上的严肃感和探索人性的热情。他也提到了托尔斯泰，并拿他与奥斯丁作平行比较，认为后者虽不如前者那样"卓绝盖世"，"但她的确是伟大的，而且伟大之处与托尔斯泰的相同"②。鲁宾斯坦也认为，在菲尔丁的"娴熟技巧"下面，隐藏着"小说的基本性质"——"说教的或伦理的"③。

伊恩·瓦特则从现实主义小说的艺术形式入手，梳理了英国小说传统形成的历史。在他看来，作为"独立的创新者"，理查逊和菲尔丁分别以"描述的现实主义"和"评价的现实主义"的技巧，为英国小说传统的形成和发展，贡献了有价值的经验。简·奥斯丁则将这两种现实主义方法的优点"融汇于一个和谐的整体之中"："她的小说充满着真实感，没有冗长的描述，也没有欺骗和诡计；她的小说富于对社会的机智议论，又没有喋喋不休的评论家；她的小说还有一种社会秩序感，同时又没有损害人物的个性和自由。"④这样，奥斯丁就将英国小说的现实主义小说技巧提高到了成熟而完美的境界，也为英国小说在19世纪后半期和整个20世纪的继续发展奠定了稳固的基础。

事实上，从表现人性的伦理精神来看，英国小说也有自己的传统。它的人性视野是开阔的，对普遍人性比对特殊人性更感兴趣，对人身上的超阶级的共同性比对阶级差异性更感兴趣。这种人性意识和文学意识，我们从莎士比亚的戏剧里就可以看得很清楚；在英国小说里，正是这些意识帮助作家们形成了稳定的世

① F.R.利维斯：《伟大的传统》，袁伟译，北京：生活·读书·新知三联书店，2002年，第5页。

② F.R.利维斯：《伟大的传统》，袁伟译，北京：生活·读书·新知三联书店，2002年，第207—208页。

③ 安妮特·T.鲁宾斯坦：《英国文学的伟大传统》（上），陈安全、高逾、曾丽明等译，上海：上海译文出版社，1998年，第413页。

④ 伊恩·瓦特：《小说的兴起——笛福、理查逊、菲尔丁研究》，高原、董红钧译，北京：生活·读书·新知三联书店，1992年，第343页。

界观和叙事方法。就像英国文学史家在评价菲尔丁时所指出的那样:"小说坚持广泛社会变革的必要性,这一思想是通过叙述者反复宣称他描写的是人类整体而不是某些个人的组合来加以强调的。理查逊致力于审视小说中忏悔的写信人的内心生活,而菲尔丁的叙述者强调必须观察概括外化的人物特征。他的道德关注不限于某个阶级或某个人的理想,而是对人类常态的定义。"①所谓"人类常态",就是一个接近"普遍人性"的概念。描写这种普遍而稳定的人类生活状态,赋予了英国小说以自然而真实的性质。

至于批评美国的小说家"在迎合读者的心思",更是一个笼统而不切实际的指责。美国小说固然有明显的世俗气息和实用主义色彩,但是,从它诞生之日起,就迸发出关心政治和介入生活的激情与活力。自由主义精神和人道主义观念深刻地影响着美国作家的写作。从现代公民的角度观察现实和批判社会,是美国小说的一个突出特点。它有很强的政治意识,总是表现出积极推进个人生活和国家生活进步的热情,"自爱默生以来,美国文学逐渐产生了对国家大事进行评论的倾向"②。由于制度性的保障,在美国,作家与国家之间并不会发生巨大的冲突,不像俄罗斯作家那样,为了说真话,为了揭示真相,常常要冒着坐牢和上绞架的危险。对信仰的热诚,对爱情的赞美,对自由的追求,对自然的敬畏,对荒诞的揭示,对暴力的谴责,对权力腐败和人性败坏的讽刺,都是美国小说中常见的主题。

1840 年,托克维尔曾在《论美国的民主》中批评美国"是最不关心文学的国家"③;批评美国没有文学,"只有记者而已"④。然而,在托克维尔发出批评声音之前,华盛顿·欧文这个被称为"美国文学之父"的作家,被认为推动了美国文学意识发展的"关键人物"⑤,就写出了《阿尔罕伯拉》《草原漫游记》和《睡谷的传说》,而詹姆斯·库柏和爱伦·坡也写出了他们的影响巨大的作品;在他发出批评声音十年后,又产生了《红字》和《白鲸》这样的杰作。在随后的一百多年时间

---

① 安德鲁·桑德斯:《牛津简明英国文学史》,谷启楠、韩加明、高万隆译,北京:人民文学出版社,2000 年,第 319 页。

② 罗德·霍顿、赫伯特·爱德华兹:《美国文学思想背景》,房炜、孟昭庆译,北京:人民文学出版社,1991 年,第 3 页。

③ 托克维尔:《论美国的民主》(下卷),董果良译,北京:商务印书馆,1988 年,第 575 页。

④ 托克维尔:《论美国的民主》(下卷),董果良译,北京:商务印书馆,1988 年,第 576 页。

⑤ 埃默里·埃利奥特:《哥伦比亚美国文学史》,朱通伯等译,成都:四川辞书出版社,1994 年,第 183 页。

里，赫尔曼·麦尔维尔和马克·吐温、伊迪丝·华顿和玛格丽特·米切尔、亨利·亚当斯和亨利·詹姆斯、杰克·伦敦和西奥多·德莱塞、欧内斯特·海明威和威廉·福克纳、约瑟夫·海勒和约翰·斯坦贝克等许多伟大的小说家，皆抱玉握珠，各擅胜场。美的小说，虽然整体看，成就不如俄国小说那样高，但有时却给 19 世纪的一些俄国作家带来了启示，给他们留下了很深的印象。鲁迅可能没有注意到，陀思妥耶夫斯基和安德列耶夫都从美国作家爱伦·坡的小说里学到了不少东西，而托尔斯泰则对美国作家詹姆斯·库柏、斯托夫人和豪威尔斯非常喜欢，评价很高，他还在写给爱德华·加尼特的信中表达了对美国文学的感谢之情："如果对美国人民讲话，那么我要尽可能为五十年代创作繁荣的美国作家给予我的巨大帮助表示我的感谢。我要提到的哈里逊、帕克、爱默生、巴卢等不是最伟大的，而是我认为对我产生极大影响的作家。我还要提到另一些人的名字：钱宁、惠蒂埃、洛厄尔、伍尔特·惠特曼。在世界文学中很少能找到如此杰出的一代作家。"①总之，正像一位美国学者所说的那样：小说这种文学形式，在美国"并没有枯萎。恰恰相反，在两次大战之间的年代里，美国小说从与时代不合拍的地方性中一跃而成为一种具有世界性力量的文学类型"②。美国小说理应受到认真的关注和公正的评价。对刚开始成长中的中国现代文学来讲，美国文学的经验，像俄罗斯文学的经验一样值得重视和研究。

面对不同国家的文学，鲁迅的这种"分离主义"和"区别对待"的"求异"的批评方法自有其价值，因为，它有助于我们看见各国各民族文学的个性。但是，一种可以命名为"共同主义"或"普遍主义"的批评方法也是有价值的。因为只有通过这种"求同"的方法，才能如契诃夫所希望的那样，把优秀作品集中起来，科学地研究"有一种甚么共同的什么东西使得它们彼此接近，成为它们的价值的原因。这种共同的东西就是法则。那些被称为不朽的东西有很多共同点；如果从其中每个作品里把这种共同点剔除干净，作品就会丧失它的价值和魅力"③。在文学评价上，这种建基于人类主义和世界主义之上的视野是非常重要的，因为，如果没有这个视野，我们就无法客观而准确地认识自我和他人。然而，在很长时

---

① 托尔斯泰：《列夫·托尔斯泰文集》（第 16 卷），周圣、单继达等译，北京：人民文学出版社，1992 年，第 290—291 页。

② 埃默里·埃利奥特：《哥伦比亚美国文学史》，朱通伯等译，成都：四川辞书出版社，1994 年，第 708 页。

③ 契诃夫：《契诃夫论文学》，汝龙译，北京：人民文学出版社，1958 年，第 114 页。

期里,我们却丧失了寻求普遍性法则的热情,甚至否定共同经验的存在。对一个文学意识成熟的社会来讲,应该努力建构这样的开而包容的文学认知图式。在这个认知图式里,认知的过程就是客观比较的过程,而不是简单的否定过程;是发现共同性并包容差异性的过程,而不是否认共同性和排斥差异性的过程。

在"两极对抗的认知图式"的影响下,鲁迅不仅忽视了英美文学的价值,而且对俄罗斯文学的认知也发生了极大的偏差。他费心劳力地翻译了《艺术论》《文艺政策》等苏维埃俄罗斯早期的文学理论著作和关于文学的"决议",热情引入并高度评价了《铁流》《水泥》和《毁灭》等长篇小说,常常称这些作品是"碑碣""纪念碑"或者"大炬火"。然而,这些观念和"决议",既没有多少理论价值和真理性内容,也没有多少可以指导实践的现实意义。而这些流行一时的作品,则不仅不是第一流的杰作,而且问题多多——在艺术上,存在着简单、生硬、粗糙等不足;在写作伦理上,则存在着作者过度介入、人物遭受歧视等问题。

以鲁迅的文学鉴赏能力和文学批评能力,他自然能看得见这些作品的问题,但是,怎奈面对某些特殊文本的时候,感性冲动压倒了他的理性意识,主观态度扭曲了他的客观尺度。鲁迅说,自己对《毁灭》,"就像亲生的儿子一般爱他,并且由他想到儿子的儿子。还有《铁流》,我也很喜欢。这两部小说,虽然粗制,却并非滥造,铁的人物和血的战斗,实在够使描写多愁善病的才子和千娇百媚的佳人的所谓'美文',在这面前淡到毫无踪影"[①]。他可能没有意识到,"美文"与"铁文"之间并不是一种互不兼容的关系,因为,它们各有千秋,亦各有其价值和存在的理由;他也可能没有意识到,将那些"文件"形式的理论奉为圭臬,将那些"粗制"的作品奉为典范,很有可能使起步阶段的中国新文学走上一条并不平正的歧途。

当然,揆情度理,鲁迅在苏维埃俄罗斯文学认知和评价方面的偏差与失误也不是一件很难理解的事情。要知道,鲁迅彼时所面对的苏维埃俄罗斯文学,乃是一种形态复杂、面相模糊的文学,乃是一种很难准确认知和把握的文学。鲁迅与苏维埃俄罗斯文学,时间距离虽近,但空间距离太远,又有种种阻障,来遮望眼,因此,要想将它看得真切,殊非易事。

所以,迄于1925年,鲁迅还在《〈苏俄的文艺论战〉前记》中说:"不独文艺,中

---

① 鲁迅:《鲁迅全集》(第四卷),北京:人民文学出版社,2005年,第394页。

国至今于苏俄的新文化都不了然。"[①]到了 1932 年和 1934 年,他还不明就里,甚至以排奡纵横的笔力,写了不少像《林克多〈苏联见闻录〉序》《我们不再受骗了》和《答国际文学社问》这样的文字。殊不知,他所为之辩护的那些事情,须得经过漫长的等待,世人才有机会了解真相。例如,根据权威的《俄罗斯史》所提供的信息,"'十月革命'后的几年内,流行病、饥荒、战乱、屠戮以及经济和社会的全面崩溃夺取了超过 2000 万人的生命。另外还有 200 万人不堪国内苏共的统治离开了俄国"[②]。例如,1918 年对知识分子的"清洗风暴"——一场被称为"文化革命"的运动,给全社会的知识界造成了巨大的灾难[③]。例如,1921 年拟定的"第一个五年计划",造成了 600 万"富农"及其家人的"消失"——"他们被送往位于偏远的西伯利亚和中亚的集中营。可怕的饥荒横扫乌克兰。"[④]唉!"不再受骗",谈何容易啊。

进入 20 世纪 20 年代,革命改变了俄罗斯——不仅彻底改变了俄罗斯人的情感方式和生活方式,也彻底改变了俄罗斯文学的精神气质和人格结构。俄罗斯文学也不再是单一结构的文学,而是双重结构的文学。它由差异极大的两部分构成:一部分是俄罗斯古典文学,一部分是苏维埃俄罗斯文学。这两种文学的时间分界线,是发生在 1917 年 11 月 7 日的"十月革命"。

作为一种充满革命激情和政治理想的文学,苏维埃俄罗斯文学表现出一种全新的精神姿态和文学意识。它建构在阶级论和无产阶级革命的政治基础之上,以社会主义的意识形态作为自己的价值立场和写作原则。它一扫俄罗斯古典文学沉重的、悲剧性的文学气质,表现出一种乐观而自信的文学态度。旧的宗教情感、苦难意识和批判精神,被一种新的阶级情感、革命意识和否定意识所取代。就像俄罗斯文学研究专家马克·斯洛宁所说的那样:"曾经使世世代代知识分子感到激奋或震惊的问题大都突然之间失去一切意义,化为灰烬。传统的主

---

① 鲁迅:《鲁迅全集》(第七卷),北京:人民文学出版社,2005 年,第 278 页。

② 尼古拉·梁赞诺夫斯基、马克·斯坦伯格:《俄罗斯史》(第七版),杨烨、卿文辉主译,上海:上海人民出版社,2007 年,第 466 页。

③ 尼古拉·梁赞诺夫斯基、马克·斯坦伯格:《俄罗斯史》(第七版),杨烨、卿文辉主译,上海:上海人民出版社,2007 年,第 480 页。

④ 尼古拉·梁赞诺夫斯基、马克·斯坦伯格:《俄罗斯史》(第七版),杨烨、卿文辉主译,上海:上海人民出版社,2007 年,第 480—481 页。

题和人物像着了魔般消失得一干二净。"①保尔·柯察金来了,叶甫盖尼·奥涅金消失了;彼拉盖娅·尼洛夫娜来了,安娜·卡列尼娜消失了;十四岁的男孩鲍里斯来了,九岁的万卡·茹科夫消失了。他们不能坐在一起喝茶和聊天,也没法在一起玩耍。奥涅金百无聊赖,柯察金激情澎湃;安娜要自己的爱情,彼拉盖娅要穷人革命;契诃夫的万卡只想睡觉,盖达尔的鲍里斯向往打仗。他们属于两个不同世界,有着完全不同的情感和德性。

在这新样态的文学里,整体的阶级形象取代了具体的个人形象,特殊性质的政治生活取代了普遍性质的社会生活,单一的写作方式取代了多样的写作方式,苍白而僵硬的共同性格取代了丰富而复杂的个人风格。为了说明这一情况,我回答"高尔基为什么贬低果戈理"的一段话也许派得上用场:"不再有对宗教的狂热态度,不再有对'罪与罚'的深刻焦虑,不再有对死亡的极度敏感和恐惧,——他一扫那种感伤、悲观、自责、忏悔等软弱无力的情感方式,赋予文学一种唯物主义的哲学气质和阶级解放的理想目标,充满通过行动改变世界的自信和勇气,充满通过斗争改变命运的激情和力量。"②

然而,在认知和评价苏俄文学的时候,由于主观和客观两方面的原因,鲁迅几乎一概取全盘接受和无条件认同的态度,所以,标准倾侧,褒贬失当,就在所难免。鲁迅关于苏维埃俄罗斯文学的隔膜之谈与浮泛之论,则因为他巨大的影响力,又很容易使人们将它们当作确论来接受,从而造成文学上的认知混乱,并对后代作家的写作和后代批评家的观念产生消极的影响。

相提而论,鲁迅对俄罗斯古典文学的评论,虽然也偶见误读,但多是深刻的至论,显示出他敏锐的眼光和雅深的趣味。

一半是至论,一半是偏解。重温鲁迅关于俄罗斯古典文学的"至论",重审他关于苏俄文学的"偏论",有助于我们认识和吸纳那些伟大的经验,也有助于我们总结教训,认识并解决那些习焉不察的问题。

二 俄罗斯古典文学认知的三个维度

鲁迅的写作风格和文学意识的形成,主要是受中国古典文学、日本文学和俄

---

① 马克·斯洛宁:《苏维埃俄罗斯文学(1917—1977)》,浦立民、刘峰译,上海:上海译文出版社,1983年,第3页。

② 李建军:《重估俄苏文学》(下卷),南昌:二十一世纪出版社,2018年,第736页。

苏文学影响的结果。中国古典文学从根本上奠定了他的文学气质、情感态度和语言风格，日本文学拓宽了他的文学视野和精神视野，强化了他细腻而冷峻的情感方式和表达方式，而俄罗斯文学则从很多方面改变了他的文学意识。

如果说，中国固有的文学经验——主要是魏晋风度和文章——培养了鲁迅敏感而梗概的文学气质和幽邃而劲峭的写作调性，那么，俄罗斯文学则改变了他的写作意识和文学观念——俄罗斯古典文学启发他如何向内拷问人的灵魂，以及如何用反讽和象征的方式来进行写作，而苏维埃俄罗斯文学则使他将文学视野向外拓展，从个人转向社会，从意识转向物质，最终转移到了经济、阶级、革命等外部领域。

事实上，俄罗斯文学不仅具体地影响了鲁迅这个人，而且还从整体上影响了整个 20 世纪甚至 21 世纪的中国文学，就像佛克玛所指出的那样："俄国小说的广泛流传向中国广大读者揭示了这样一种新的思想方法和文学表现手段。俄国文学所表现的主题，以及表现这些主题的手法，都给他们留下了很深的印象。俄国文学也影响到中国现代小说的形式结构。因此，要了解中国现代文学的传统，就需要进一步认识俄国文学的影响。"[1]我们今天的主导性的文学观念体系和主宰性的文学制度模式，依然是 20 世纪借助苏维埃俄罗斯文学经验建构起来的，而我们时代的真正成熟的现实主义作家，也是借助俄罗斯文学经验的滋育，创作出了他们的足以传世的文学杰作，例如《创业史》《平凡的世界》和《白鹿原》。

无论是对俄罗斯古典文学，还是对苏维埃俄罗斯文学，鲁迅的整体评价，都是很高的。在写于 1932 年 12 月 30 日的《祝中俄文字之交》中，他以"十月革命"为畛域，对两种几乎完全不同的俄罗斯文学，皆大加称扬："十五年前，被西欧的所谓文明国人看作半开化的俄国，那文学，在世界文坛上，是胜利的；十五年以来，被帝国主义者看作恶魔的苏联，那文学，在世界文坛上，是胜利的。这里的所谓'胜利'，是说：以它的内容和技术的杰出，而得到广大的读者，并且给与了读者许多有益的东西。"[2]就文学来看，说"十五年前"的俄罗斯古典文学"胜利"，自是不错，但是，说"十五年后"的文学也是"胜利"的，就性急了一些。时间和事实皆已证明，这"十五年后"的文学，固然也有"胜利"，但那失败和教训，也是巨大而惨痛的。

---

① 乐黛云编：《国外鲁迅研究论集》(1960—1981)，北京：北京大学出版社，1981 年，第 279 页。
② 鲁迅：《鲁迅全集》(第四卷)，北京：人民文学出版社，2005 年，第 472 页。

考察鲁迅对俄罗斯古典文学经验的认知、接受和评价，可以从这样三个维度展开：一是"为人生"的文学观，以及俄罗斯文学的宗教情感和伦理精神；二是现实主义的反抗精神和批判精神；三是文学表现上的主观抒情性和象征主义技巧，以及心灵解剖的方法。试分说之。

首先，说说鲁迅对俄罗斯的"为人生的文学"的理解，以及他对两位俄罗斯文学大师的宗教情感和宗教精神等问题的态度与看法。

俄罗斯古典文学是一种高级形态的功利主义文学。对它来讲，不存在所谓的"纯文学"，因为，文学本质上是一种伦理化的审美现象，或者审美化的伦理现象，有助于"在美学和伦理方面提高我们的水平"[①]。它对自己提出了这样的道德要求：必须介入社会生活，成为一种捍卫真理和正义的力量；文学应该怜悯人和同情人，尤其要同情"小人物"，关心那些陷入不幸境地的人的命运，帮助他们摆脱困境，获得心灵上的安慰或精神上的救赎。鲁迅发现了俄罗斯文学的这一特点，并在《〈竖琴〉前记》中将它概括为"为人生"："俄国的文学，从尼古拉斯二世时候以来，就是'为人生'的，无论它的主意是在探究，或在解决，或者堕入神秘，沦于颓唐，而其主流还是一个：为人生。……这一种思想，在大约二十年前即与中国一部分的文艺绍介者合流，陀思妥夫斯基，都介涅夫，契诃夫，托尔斯泰之名，渐渐出现于文字上，并且陆续翻译了他们的一些作品，那时组织的介绍'被压迫民族文学'的是上海的文学研究会，也将他们算作为被压迫者而呼号的作家的。"[②]鲁迅自己接受了这样现实主义的文学精神的影响，并将它确定为中国现代现实主义文学的基本原则。受鲁迅影响，20世纪早期的许多中国青年作家都将"为人生"当作自己的方向和立场，就像鲁迅在《〈中国新文学大系〉小说二集序》中所说的那样："有一种共同前进的趋向，是这时的作者们，没有一个以为小说是脱俗的文学，除了为艺术之外，一无所为的。他们每作一篇，都是'有所为'而发，是在用改革社会的器械，——虽然也没有设定终极的目标。"[③]

"为人生"的文学，大都有利他的伦理精神和道德热情，大都立愿为切实地改变人们的意识和生活贡献力量。1921年，鲁迅又根据德语译本，翻译了阿尔志跋绥夫的中篇小说《工人绥惠略夫》。他在译后记里，介绍了阿尔志跋绥夫的生

---

① 德·谢·利哈乔夫：《解读俄罗斯》，吴晓都、王焕生、季志业等译，北京：北京大学出版社，2003年，第280页。

② 鲁迅：《鲁迅译文全集》（第六卷），福州：福建教育出版社，2008年，第5页。

③ 鲁迅：《鲁迅全集》（第六卷），北京：人民文学出版社，2005年，第247页。

平和创作状况，评价他"是俄国新兴文学典型的代表作家的一人，流派是写实主义，表现之深刻，在侪辈中称为达到极致"①。虽然阿尔志跋绥夫的这部作品"是一部被绝望包围的书"，但是，鲁迅还是从中看到了"俄国人民的伟大"②。《医生》写俄罗斯的排犹悲剧，鲁迅从这篇作品里看见了"细微的性欲描写和心理剖析"，也看见了作者的"爱憎的纠缠"，尤其看见了那憎背后的"更广大的爱"。契里珂夫是鲁迅评价很高的一个作家，称他是契诃夫之后"智识阶级的代表性著作者"，而他之所以关注契里珂夫，大半还是因为这个俄罗斯作家有着"俄国文人的通性"——是一个"革命家"和"民众教导者"③。俄罗斯文学的确是一种引领性的文学。它具有很强的方向感。像契诃夫那样谦虚的作家，也强调文学的方向感，甚至批评高尔基的《海燕》等作品，只有一股子热情，而没有明确的方向感："要是你号召人们前进，那就得指出目的、道路、方法。在政治方面光凭'匹夫之勇'是绝对不会做出甚么事来的！"④

为人生的文学，即为了人的文学，即人道主义的文学。因此，作家就必须克服那种自我中心主义的倾向，将自己的心灵向他者和外部世界打开，从而最终将自己的写作提高到利他主义的高尚境界。俄罗斯文学之所以伟大，就在于它总是表现出利他主义的仁慈态度和博爱精神。鲁迅就从迦尔洵的作品中，认识到了斯拉夫民族的文学在伦理精神上的伟大。他在《〈一篇很短的传奇〉译者附记》中引了小说中人物的一句话，并由这一句话，得出了一个重要的结论："至于'与其三人不幸，不如一人——自己——不幸'这精神，却往往只见于斯拉夫文人的著作，则实在不能不惊异于这民族的伟大了。"⑤在爱罗先珂的《鱼的悲哀》中，鲁迅也看到了同样的东西："我的私见，以为这一篇对于一切的同情，和荷兰人蔼覃（F.Van Eeden）的《小约翰》（Der Kleine Johannes）颇相类。至于'看见别个捉去被杀的事，在我，是比自己被杀更苦恼，'则便是我们在俄国作家的作品中常能遇到的，那边的伟大的精神。"⑥但是，也要看到，鲁迅似乎并没有认识到这"伟大"的实质和灵魂。也就是说，他没有发现，俄罗斯文学的"为人生"，从根本上

① 鲁迅：《鲁迅全集》（第十卷），北京：人民文学出版社，2005年，第183页。
② 鲁迅：《鲁迅全集》（第十卷），北京：人民文学出版社，2005年，第184页。
③ 鲁迅：《鲁迅全集》（第十卷），北京：人民文学出版社，2005年，第204页。
④ 契诃夫：《契诃夫论文学》，汝龙译，北京：人民文学出版社，1958年，第114页。
⑤ 鲁迅：《鲁迅全集》（第十卷），北京：人民文学出版社，2005年，第500页。
⑥ 鲁迅：《鲁迅译文全集》（第一卷），福州：福建教育出版社，2008年，第556页。

讲,既是一般意义上的,也是特殊意义上的;既是一般的求善的伦理现象,也是特殊的朝圣的宗教现象。

是的,俄罗斯古典文学是一种有信仰的文学。宗教是俄罗斯文学的精神基础和灵魂。在谈到霍克海默关于神的思想的时候,凯伦·阿姆斯特朗说了这样一段话:"没有神的概念,便没有绝对的意义、真理或道德,伦理变成只是不同品味、心情或幻想的问题而已。……若没有绝对,我们便没有理由不仇恨,也没有理由认为战争比和平糟糕。"①很大程度上,正是因为有了"神的概念",在俄罗斯作家的意识世界里,才形成了"绝对的意义、真理和道德"。神圣的宗教精神赋予俄罗斯文学以神圣而庄严的性质,也给了它强烈而持久地打动人心的力量。谁如果忽视了"神的概念",谁如果忽视宗教的意义和价值,谁就不可能发现俄罗斯文学之所以伟大的根本原因。

这就是说,俄罗斯文学不仅是"为人生"的文学,亦且是"为人心"的文学。

所谓"为人心"的文学,就是"为信仰"的文学。它对人类的精神事务充满热情,致力于探索人与上帝的关系、罪与罚的关系、恶与抵抗的关系,热切地关念人类的苦难与救赎等问题。显然,"为人心"的文学,就是肯定善的价值的文学,就是赞美爱的力量的文学,就是将人与上帝紧紧地维系起来的文学。

然而,除了现代作家许地山和当代史铁生等极少数作家,中国现当代作家大都缺乏宗教意识、宗教热情和宗教精神。20世纪的中国作家的兴趣和热情,主要停留在社会学层面,主要集中在政治和经济等现实问题上,下焉者,甚至干脆就停留在肉体和欲望上。对他们来讲,宗教只是一个知识体系,而不是价值体系;只是认知对象,而不是体验内容。他们本能地疏离宗教。

鲁迅对俄罗斯文学的宗教情感和宗教精神,就抱持一种怀疑甚至排斥态度。他之所以不很喜欢托尔斯泰,究其原因,盖在此焉。他从果戈理那里领悟到了讽刺的真谛,从陀思妥耶夫斯基那里看到了"心灵的深",从安德列耶夫那里学到了象征的技巧,从爱罗先珂那里感受到了爱和仁慈,从高尔基那里认识了"无产阶级文学",但是,他从托尔斯泰那里,好像并没有"拿来"多少有用的东西。

在天性和道德意识上,鲁迅是排斥托尔斯泰的,就像他在天性和道德意识上排斥孔子一样。如果说,托尔斯泰的小说写作,属于宗教上的高调写作;高尔基

---

① 凯伦·阿姆斯特朗:《神的历史》(珍藏版),蔡昌雄译,海口:海南出版社,2013年,第439页。

的小说写作，属于政治上的高调写作，那么，鲁迅的小说写作，就是低调的、内倾的、抒情的、幽暗的、凝重的，甚至是悲观的，表达着对畸形生活和畸形人格的怀疑、批判。他的小说的凝重而灰暗的叙事调性，跟托尔斯泰和高尔基的坚确而明澈的叙事调性，是完全两样的。所以，在冯雪峰文章中提到的影响他的"俄国近代写实主义"作家的名单上，鲁迅毫不犹豫地涂去了托尔斯泰和高尔基的名字①。

虽然早在1907年的《破恶声论》中，鲁迅就提到了托尔斯泰的"忏悔录"："伟哉其自忏之书，心声之洋溢者也。"②但他的称赞，也就这么虚虚的一句，显得抽象而空洞，缺乏对托尔斯泰宗教情感和宗教精神的深刻理解。更多的时候，鲁迅是用绝对否定的语气来批评托尔斯泰的。在他看来，不以暴力抗恶的托尔斯泰主义，是完全错误的，是根本行不通的，所谓"平议以为非是"③。

1927年，在题为《关于知识阶级》和《文艺与政治的歧途》的两次演讲中，鲁迅再三表达了对托尔斯泰的"无抵抗主义"的反对态度："托尔斯泰主要为贵族出身，旧性涤荡不净，所以只同情于平民而不主张阶级斗争。"④所谓"旧性"，首先指的是他的贵族的阶级性，但也包含着他的宗教意识。在讨论雅各武莱夫的《农夫》的时候，鲁迅也顺带批评了托尔斯泰："至于这一篇《农夫》，那自然更甚，不但没有革命气，而且还带着十足的宗教气，托尔斯泰气，连用我那种'落伍'眼看去也很以苏维埃政权之下，竟还会容留这样的作者为奇。但我们由这短短的一篇，也可以领悟苏联所以要排斥人道主义之故，因为如此厚道，是无论在革命，在反革命，总要失败无疑，别人并不如此厚道，肯当你熟睡时，就不奉赠一枪刺。"⑤这里的"托尔斯泰气"，显然就是"宗教气"。鲁迅不仅将"宗教气"和"托尔斯泰气"，与"革命气"对立起来，视之为互不兼容的排斥关系，甚至，还将"人道主义"和"厚道"，与"革命"对立了起来，认为"革命"是不应该容留托尔斯泰式的"人道主义"的。鲁迅对俄罗斯文学的宗教精神的抵拒和否定，偏于一端，失诸正鹄，使他很难真正认识托尔斯泰的"为人生"和"为人心"的文学的价值与真谛。

鲁迅对陀思妥耶夫斯基，一如对托尔斯泰，也总是爱不起来，总是很难接受。

---

① 冯雪峰：《冯雪峰选集》（论文编），北京：人民文学出版社，2003年，第30—31页。
② 鲁迅：《鲁迅全集》（第八卷），北京：人民文学出版社，2005年，第29页。
③ 鲁迅：《鲁迅全集》（第八卷），北京：人民文学出版社，2005年，第34页。
④ 鲁迅：《鲁迅全集》（第四卷），北京：人民文学出版社，2005年，第209页。
⑤ 鲁迅：《鲁迅译文全集》（第八卷），福州：福建教育出版社，2008年，第217页。

鲁迅对陀思妥耶夫斯基很感兴趣,但也说他是自己"总不能爱的作者"①。

那么,他"总不能爱"的原因,到底在什么地方呢?

答曰:在宗教,在陀思妥耶夫斯基的近乎狂热的宗教激情和绝对性质的宗教信仰。

所以,就像对托尔斯泰一样,鲁迅对陀思妥耶夫斯基,对他的充满宗教激情的文学精神,也抱着同样的怀疑和排拒的态度。

他无法理解、接受陀思妥耶夫斯基作品里的"忍受苦难"的"圣愚"们的情感和思想。他从他们身上,看见了可怕的癫狂和极端的无能,看见了人们对命运和苦难的奴隶式的顺从、忍受。他在《陀思妥耶夫斯基的事》中说:"不过作为中国的读者的我,却还不能熟悉陀思妥夫斯基式的忍从——对于横逆之来的真正的忍从。在中国,没有俄国的基督。在中国,君临的是'礼',不是神。百分之百的忍从,在未嫁就死了定婚的丈夫,坚苦的一直硬活到八十岁的所谓节妇身上,也许偶然可以发见罢,但在一般的人们,却没有。忍从的形式,是有的,然而陀思妥夫斯基式的掘下去,我以为恐怕也还是虚伪。"②其实,宗教是可以超越文化的。对于信仰者来讲,文化上的差异,并不构成通往上帝的障碍。鲁迅与陀思妥耶夫斯基之间,横着一座耶和华的圣山,横着一个耶路撒冷。鲁迅与陀思妥耶夫斯基和托尔斯泰,精神上终于还是隔膜的:一方在彼岸,一方在此岸;一方心系天国,一方心系人国。

鲁迅的心灵的闸门,实在太厚太沉重了,信仰之光,温柔而微弱,很难投照进去。他要亲自"肩住黑暗的闸门",而不是借助上帝的力量来打开它。因而,他完全无法理解忍受、宽恕、忏悔和拯救这样的宗教情感。他在《陀思妥耶夫斯基的事》里,用平和而客观的语调,介绍和评价了陀思妥耶夫斯基。后来,在《且介亭杂文二集》的"后记"里,他解释说,这篇文章是应"三笠书房"之托,而写给读者看的,所以写得比较克制,并没有完全而坦率地表达他的意见。

那么,他的意见是什么呢?答曰:"在我这里,说明着被压迫者对于压迫者,不是奴隶,就是敌人,绝不能成为朋友,所以彼此的道德,并不相同。"③在这样的极端性质的意识里,不可能生发出温和而包容的宗教情感。鲁迅的精神世界,与

---

① 鲁迅:《鲁迅全集》(第六卷),北京:人民文学出版社,2005 年,第 425 页。
② 鲁迅:《鲁迅全集》(第六卷),北京:人民文学出版社,2005 年,第 426 页。
③ 鲁迅:《鲁迅全集》(第六卷),北京:人民文学出版社,2005 年,第 466 页。

陀思妥耶夫斯基和托尔斯泰的宗教精神，遂成两个完全隔绝的世界。他从两个最伟大的俄罗斯作家那里，可能会吸纳一些写作经验层面的东西，但不会真正发生精神上的交融和共鸣。

鲁迅有正义感，有同情心，也不乏介入公共生活的道德热情，而他的作品，也自有一种启蒙的鼓舞人心的力量。但是，从根本上看，他的作品色调偏暗，偏冷，缺乏更加博大的情感内容，缺乏更加普遍的人性内容，缺乏更加温暖的精神光芒。

鲁迅是唯物主义者，一个带有独特的个人主义色彩和含混的怀疑主义色彩的唯物主义者。他是无神论者，也是阶级论者。他用一种区别性的态度观察生活，只承认具体而特殊的人性，例如阶级性和国民性，而拒绝承认普遍人性。他反对用普遍人性的眼光，来观察人，来研究文学，也很少从宗教的角度，来描写人的罪孽和救赎。他在《关于小说题材的通信》中说："别阶级的文艺作品，大抵和正在战斗的无产者不相干。小资产阶级如果其实并非与无产阶级一气，则其憎恶或讽刺同阶级，从无产者看来，恰如较有聪明才力的公子憎恨家里的没出息子弟一样，是一家子里面的事，无须管得，更说不到损益。"[1]如此严格的阶级论文学观，固然有助于人们认识不同阶级的写作特点和文学气质，但是，也很容易使人们将复杂的人性问题和文学问题简单化处理。在认识和评价 19 世纪的俄罗斯古典文学的时候，这样的褊狭的文学观念，几乎完全派不上用场。因为，俄罗斯古典文学，很大程度上就是一种超越了阶级区隔的宗教现象。它通过对个体人的关注和叙写，来思考和处理关乎全人类的重大问题。

总之，要认识和揭示托尔斯泰、陀思妥耶夫斯基等俄罗斯作家的深刻与伟大，宗教精神就是一个非常重要的观察角度和评价尺度。鲁迅说俄罗斯文学是"为人生"的，这固然也不算错，但是，对 19 世纪俄罗斯文学来讲，这"人生"的意义和根柢，是深植在信仰的土壤里头的；如果没有上帝，人生的意义、生活的方向便很难确立。所以，讨论他们的"为人生的文学"，为精确计，是应该在"人生"之前，加上"信仰"或"上帝"等限定语的。19 世纪俄罗斯文学的巨大魅力和生命力，很大程度上，就来自它所表现的超越了一切世俗藩篱的宗教精神和宗教情感。

其次，说说鲁迅对俄罗斯文学批判精神和反抗精神的认识，以及他对普希金

---

[1]　鲁迅：《鲁迅全集》(第四卷)，北京：人民文学出版社，2005 年，第 377 页。

和果戈理等作家的现实主义文学精神的评价。

批判和反抗是文学最基本的精神特质。真正伟大的文学,通常就是充满正义感和自由精神的文学,就是充满反抗和批判激情的文学。鲁迅自己就是一个不驯服的人,甚至就是一个故意反着来的人:"你要那样,我偏要这样是有的;偏不遵命,偏不磕头是有的;偏要在庄严高尚的假面上拨它一拨也是有的,此外却毫无什么大举。"①鲁迅的话语里,潜含着这样的理念——作家必须将自己培养成不服从的反抗者,因为,只有具备了这不服从的反抗意识,一个作家才能创造出真正的文学。所以,鲁迅自从踏上文学之路,就开始推崇、提倡反抗的文学和不服从的文学。在《摩罗诗力说》中,他开宗明义,标举了自己对伟大文学的选择尺度和评价标准:"凡立意在反抗,指归在动作,而为世所不甚愉悦者悉入之,为传其言行思惟,流别影响,始宗主裴伦,终以摩迦(匈加利)文士。凡是群人,外状至异,各禀自国之特色,发为光华;而要其大归,则趣于一:大都不为顺世和乐之音,动吭一呼,闻者兴起,争天拒俗,而精神复深感后世人心,绵延至于无已。"②鲁迅称具有这样精神气质的作家为"摩罗"。在他看来,惟具有摩罗精神的作家,才是真正意义上的作家;惟具有摩罗精神的文学,才是真正有价值有力量的文学。

早在1907年,在《摩罗诗力说》里,鲁迅就表达了他对俄罗斯文学的关注和理解:"若夫斯拉夫民族,思想殊异于西欧,而裴伦之诗,亦疾进无所沮核。俄罗斯当十九世纪初叶,文事始新,渐乃独立,日益昭明,今则已有齐驱先觉诸邦之概,令西欧人士,无不惊其美伟矣。顾夷考权舆,实本三士:曰普式庚,曰来尔孟多夫,曰鄂戈理。前二者以诗名世,均受影响于裴伦;惟鄂戈理以描绘社会人生之黑暗著名,与二人异趣,不属于此焉。"③他揭示了斯拉夫民族在思想上的特殊性,说明了俄罗斯文学后来居上的发展势头,肯定了俄罗斯文学令世人惊叹的独特魅力和巨大成就。

他很敏锐地注意到了普希金的文学成就,也很准确地评价了他对俄罗斯文学的意义。他梳理了普希金由模仿到独立、渐渐形成自己的创作风格的过程,揭示了普希金在俄罗斯文学上的奠基者和开辟者地位,所谓"俄自有普式庚,文界始独立"。但是,他又说,普希金"旋墨斯科后,立言益务平和,凡足与社会生冲突

---

① 鲁迅:《鲁迅全集》(第三卷),北京:人民文学出版社,2005年,第195页。
② 鲁迅:《鲁迅全集》(第一卷),北京:人民文学出版社,2005年,第68页。
③ 鲁迅:《鲁迅全集》(第一卷),北京:人民文学出版社,2005年,第89页。

者,咸力避而不道,且多赞诵,美其国之武功"①。鲁迅仅仅因为普希金写了两首赞颂民族战争的诗,就借了勃兰兑斯的话,指斥他的"爱国主义"是"兽爱"。这样的批评,显然是偏颇的。

鲁迅忽略了这样一个事实,即普希金始终是一个崇尚自由的诗人,始终是一个具有人道主义情怀和正义感的诗人。他一直保持着诗人的匡正生活的自觉意识,保持着对社会的亢直不挠的批评态度,就像利哈乔夫所说的那样:"他不畏惧沙皇并且鄙视追名逐利的达官贵人。"②普希金不仅从未放弃自己的人格独立和批判生活的立场,而且一直在写匡正生活的诗,一直在写尖锐的讽刺诗。利哈乔夫说,"对现实的不满构成俄罗斯文学的一个基本特点"③。他忘了强调一句:俄罗斯文学直面现实的反抗精神,以及对抗权力的批判精神,就是由普希金培养起来的。

反讽既是一种艺术手法,也是一种精神态度。一切反抗和批判的文学,本质上都是反讽的。鲁迅要特别重视文学的反讽精神,曾经写过多篇文章讨论讽刺问题。他认识到了讽刺的真谛,反复强调写实对于讽刺的意义:"现在的所谓讽刺作品,大抵倒是写实。非写实决不能成为所谓'讽刺';非写实的讽刺,即使能有这样的东西,也不过是造谣和诬蔑而已。"④显然,在鲁迅看来,讽刺的生命和力量,就来源于它的真实感,也决定它的写实性。鲁迅一边反驳那些关于讽刺的偏见,一边为讽刺的正当性辩护:"我们常不免有一种先入之见,看见讽刺作品,就觉得这不是文学上的正路,因为我们先就以为讽刺并不是美德。"⑤在他看来,讽刺不仅是文学的"正路",而且还体现着作者的"美德"。他之所以特别喜欢果戈理,很艰难地翻译了他的《死魂灵》,就因为,果戈理属于那种走在"正路"上的天才的反讽型作家,就因为,果戈理的反讽写作,体现着俄罗斯文学最值得肯定的"美德"和精神。他在《鼻子》的"译者附记"中说:"果戈理(Nikolai V. Gogol,1809—1852)几乎可以说是俄国写实派的开山祖师;他开手是描写乌克兰的怪谈的,但逐渐移到人事,并且加进讽刺去。奇特的是虽是讲着怪事情,用的却还是

① 鲁迅:《鲁迅全集》(第一卷),北京:人民文学出版社,2005 年,第 91 页。

② 德·谢·利哈乔夫:《解读俄罗斯》,吴晓都、王焕生、季志业等译,北京:北京大学出版社,2003 年,第 302 页。

③ 德·谢·利哈乔夫:《解读俄罗斯》,吴晓都、王焕生、季志业等译,北京:北京大学出版社,2003 年,第 41 页。

④ 鲁迅:《鲁迅全集》(第六卷),北京:人民文学出版社,2005 年,第 388 页。

⑤ 鲁迅:《鲁迅全集》(第六卷),北京:人民文学出版社,2005 年,第 286 页。

写实手法。"①他不仅准确地说明了果戈理的文学史地位,而且强调了他的日渐成熟的讽刺意识和写实手法。

　　鲁迅还以文学批评家的高明的眼光和非凡的识力,深刻地总结了果戈理的讽刺艺术的独特经验和成熟风格。果戈理从来不用那种夸张做作的方式,故意制造离奇情节和震撼效果。他的独特的讽刺风格,体现在态度的朴实和形式的朴素上,总是能在日常生活情境里,用人们司空见惯的平常细节,揭示人物内心隐秘的动机,显示出真实而奇崛的讽刺效果。关于果戈理的这些天才的"讽刺的本领",鲁迅做过这样的概括:"那独特之处,尤其是在用平常事,平常话,深刻的显出当时地主的无聊生活。"②果戈理的过人之处,就在于,他能于无事处,根据"很广泛的事实"③,写出令人惊叹的大故事来,写出令人绝倒的大喜剧来:"这些极平常的,或者简直近于没有事情的悲剧,正如无声的言语一样,非由诗人画出它的形象来,是很不容易觉察的。然而人们灭亡于英雄的特别的悲剧者少,消磨于极平常的,或者简直近于没有事情的悲剧者却多。"④所谓"没有事情的悲剧",就是日常生活中的悲剧,就是发生在看似完全正常的现实生活里的悲剧。这是能够刺痛几乎所有人的悲剧,因为,在很大程度上,我们自己就浑然不觉而又心安理得地过着这样的可笑生活,就像鲁迅深刻地指出的那样:《死魂灵》中的"许多人物,到现在还很有生气,使我们不同国度,不同时代的读者,也觉得仿佛写着自己的周围,不得不叹服他伟大的写实的本领"⑤。在根据果戈理的伟大经验谈论讽刺的时候,鲁迅甚至在不经意间,超越了他在"人性"和"阶级性"问题上的认知困境,下意识地承认伟大的文学总是表现普遍人性的常识了。

　　讽刺的锋芒,指向人身上的可笑之处,而不是直接指向人。讽刺不是羞辱人的利器,而是救治人的良药。成熟而完美的讽刺深处,是含着温暖的善意和同情的,是要使人在笑过之后,产生一种难过的感觉甚至悲哀的意绪。果戈理的讽刺,就属于那种对事不对人的讽刺,就属于内里含着同情和悲哀的讽刺。受别林斯基等人的观点启发,鲁迅将果戈理的讽刺引发的笑,概括为"含泪的微笑"。他在评介《外套》的时候,揭示了果戈理的讽刺艺术的这样一个特点,及能在"诙谐

---

① 鲁迅:《鲁迅译文全集》(第八卷),福州:福建教育出版社,2008 年,第 511—512 页。
② 鲁迅:《鲁迅全集》(第六卷),北京:人民文学出版社,2005 年,第 382 页。
③ 鲁迅:《鲁迅全集》(第六卷),北京:人民文学出版社,2005 年,第 287 页。
④ 鲁迅:《鲁迅全集》(第六卷),北京:人民文学出版社,2005 年,第 383 页。
⑤ 鲁迅:《鲁迅全集》(第六卷),北京:人民文学出版社,2005 年,第 460 页。

中藏着隐痛，冷语里仍见同情"①。事实上，果戈理所有的讽刺作品，无论喜剧，还是小说，都属于这种充满同情心的讽刺。

契诃夫的讽刺，具有幽默而温和的调性，属于"弱性反讽"的类型，但也像果戈理的"强性反讽"一样，有着充分的现实感和深沉的内涵。在评价小说集《坏孩子和别的奇闻》的时候，鲁迅准确和深刻地概括了契诃夫的讽刺艺术的特点："这些短篇，虽作者自以为'小笑话'，但和中国普通之所谓'趣闻'，却又截然两样的。它不是简单的只招人笑。一读自然往往会笑，不过笑后总还剩下些什么，——就是问题。"②所谓"问题"，既意味着真实感和写实性，也意味着足以引起人们反思的严肃性。不同的是，契诃夫的小说，有一种充满诗意的感伤，而他的讽刺，也就显示出一种更柔和的调性。果戈理的小说，也抒情，也讽刺，也不乏诗意，但却显得更热烈、更坚硬一些，有着些许浪漫主义的夸张色彩。

再其次，说说鲁迅对主观抒情性和象征主义技巧的学习、吸纳，对俄罗斯文学的内倾型写作模式的认知和评价。

鲁迅的心，是寂寞的、孤独的、复杂的、矛盾的，甚至，是灰暗的。天性上的敏感，既强化了鲁迅的感受力，也强化了他的焦虑和痛苦。情感上，他爱世界，爱生活，也努力地爱人们，但是，他也消沉、悲观、恨世，恨人们不觉悟，恨人们不自尊，甚至怀疑人和鄙视人。对外，他批判社会和他者；对内，他审视和解剖自己。他有极为"世故"的一面，但也有极为天真的一面。因为前者，他看见了生活和人性褶皱里的真；因为后者，他轻信、盲从，终于被与他素不相能的"汉子"所赚，说了一些本可不说的话，写了一些本可不写的文章，无谓地浪费了自己的许多热情和精力。

然而，鲁迅作品的魅力和诗意，很大程度上，就来自他的敏感而幽暗的内心世界，来自他那老人的世故和孩子的天真，甚至来自他的心灵极度寂寞和绝望的时刻。在他的文字里，那些寂寞和感伤，那些绝望和愤怒，固然使人感觉沉重，但也诗意沛然，有一种特别让人陶醉的东西，一下子就将你整个地吸引进去了，不知不觉间，作者与读者的界限，便泯然无存。你会产生强烈的"自居"体验，恍惚觉得——他就是你，你就是他；他所写的，就是你的所感和所想。

鲁迅不是外倾型的作家，而是内倾型的作家。他不属于那种纯粹客观的写

---

① 鲁迅：《鲁迅全集》（第八卷），北京：人民文学出版社，2005年，第487页。

② 鲁迅：《鲁迅全集》（第十卷），北京：人民文学出版社，2005年，第445页。

实主义作家,而属于主观性较强的现实主义作家,或者,也可以直接称他为心灵现实主义作家。鲁迅通过自己的复杂的精神世界和心灵世界的镜子,来折射外部现实。是的,他是一个主观的写意作家,只不过,他的"意"里,含着人生的"实",含着生活的"真"。在他的文学世界,经过了主观化的处理,现实生活成了"我化"了的新的现实。即便虚构的小说文体,也不过是鲁迅表达"我"的生活意识和生命意识的一种手段。因而,象征性和抒情性是鲁迅写作上的一个突出特点。在他那里,讽刺也是表达自我意识的一种修辞,与抒情有着相近的性质。事实证明,每当鲁迅卑己从人,强迫自己放弃自己的心灵视角,用他者的社会政治观念和尺度,从外部看社会和文学的时候,他的许多认知和判断,往往就是错误的。

鲁迅去世后,叶公超曾经写过一篇不长不短的评论文章,题目很简洁,叫作《鲁迅》。他说,鲁迅是一个"浪漫气质的人";判断大体不差,但表述不够准确。"浪漫"二字,偶尔放在鲁迅头上,也未始不可,但用它做总体性的概括,毕竟有些太笼统,显得大而无当。叶公超说,鲁迅"是抒情的,狂放的,整个自己放在稿纸上的"[1],大体是合乎实际的,惟"狂放"一语,似亦不够妥切。他又说,鲁迅的"思想里时而闪烁着伟大的希望,时而凝固着韧性的反抗狂,在梦与怒之间是他文字最美的境界"[2];这句话里,除了个别措辞,有欠推敲,基本的判断,还是靠得住的。李何林说,叶公超对鲁迅的批评,是"谩骂"和"诬蔑"[3]。这种情绪化的猛烈排击,显然是喜欢"打群架"的"左派幼稚病"的表现。李何林对叶公超的诋呵,才是无端的"诬蔑"。

要知道,如前所说,鲁迅原本就是主观意识很强的内倾型作家。他的几乎所有文字,都表现着他的强烈的个性色彩和鲜明的情感态度,而抒情性和反讽性,则是他在写作上极为突出的风格特点。在鲁迅的《马上日记之二》中,在"七月七日"所写的日记里,就很有一些飞扬踔厉的文字:"革命时代总要有许多文艺家萎黄,有许多文艺家向新的山崩地塌般的大波冲进去,乃仍被吞没,或者受伤。被吞没的消灭了;受伤的生活着,开拓着自己的生活,唱着苦痛和愉悦之歌。待到这些逝去了,于是现出一个较新的新时代,产出更新的文艺来。……中国自民元革命以来,所谓文艺家,没有萎黄的,也没有受伤的,自然更没有消灭,也没有苦

---

①　陈子善编:《叶公超批评文集》,珠海:珠海出版社,1998年,第99页。

②　陈子善编:《叶公超批评文集》,珠海:珠海出版社,1998年,第103页。

③　李何林:《李何林全集》(第1卷),石家庄:河北教育出版社,2003年,第153页。

痛和愉悦之歌。这就是因为没有新的山崩地塌般的大波,也就是因为没有革命。"①难道,这里面,没有一点"浪漫"的意思和色彩吗?"谩骂"云乎哉!

正因为鲁迅自己是内倾型的作家,他才对属于同样类型的陀思妥耶夫斯基、安德列耶夫、契里珂夫深感兴趣,大力推扬。安德列耶夫和契里珂夫在精神气质上与鲁迅极为契合,而鲁迅的写作也深受他们影响。从这两位作者身上,鲁迅固然也接受了一些情绪和心理上的影响,但主要的收获却在技巧方面——他学到了象征主义的技巧和抒情的手法。

安德列耶夫是一个矛盾的作家,就像沃洛夫斯基所说的那样,他身上有两种矛盾的倾向:"以痛苦的心情关注社会问题,用绝望的悲观主义评价它们。"②他也是充满创造力的象征主义作家。他的小说里充满了象征性的描写,创造了很多令人印象深刻的象征意象。他特别喜欢用象征主义的方法描写黑暗而寂静的夜晚。他的很多小说,都是笼罩在阴暗而恐怖的夜色里的。在中篇小说《瓦西里·菲维伊斯基的一生》中,他就反复写到夜晚,写到夜的黑暗:

> 夜在嬉闹。它坐在没有盖好屋顶的圆木屋架上,摇晃着身子,一不留神,砰的一声跌到积雪的地板上,便鬼鬼祟祟地溜到屋角,掘起坟墓来,给别人掘坟墓,给自己掘坟墓。而且一边还唱着:给别人掘坟墓噢,给自己掘坟墓噢。后来,他展开灰色的巨翼,快活地腾空而起,俯瞰着下界;随即又像一块石头一样訇然坠地,翻了几个滚,呼啸着,尖叫着,飞快地穿过结满霜花的屋架上的黑魆魆的窗洞,冲出屋去,去追逐雪花。雪花吓得面色惨白,弯着身子,噤若寒蝉地拼命逃跑。③

这属于典型的安德列耶夫式的象征主义描写。拟人化的修辞,夸张,生动,努力想使人们害怕。在短篇小说《墙》里,安德列耶夫直接将"夜"比作"失去理智的野兽",而"墙"也被拟人化——它"一直是我们的仇敌,一直是"④。鲁迅的小

---

① 鲁迅:《鲁迅全集》(第三卷),北京:人民文学出版社,2005年,第362页。
② 沃罗夫斯基:《论文学》,程代熙等译,北京:人民文学出版社,1981年,第313页。
③ 《外国文艺》编辑部编:《安德列耶夫中短篇小说集》,靳戈、顾用中等译,上海:上海译文出版社,1984年,第181页。
④ 《外国文艺》编辑部编:《安德列耶夫中短篇小说集》,靳戈、顾用中等译,上海:上海译文出版社,1984年,第52页。

说,总是会创造一些充满象征意义的物象——夜、长明灯、月亮、辫子、长袍、药、人血馒头、肥皂、门槛、坟墓、狼、狗、乌鸦,等等。这与安德列耶夫的影响,无疑是有些关系。

对奇异物象的迷恋和热爱,是安德列耶夫在文学趣味上的一个稳定倾向。他喜欢在自己的象征主义描写里,渲染和放大那些原本自然的物象。在写于1904年的《红笑》里,安德列耶夫这样描写战场上的异象:

> ……周围的一切仿佛都是血红的。连天空也是红的,叫人以为宇宙间发生了什么大祸,发生了什么异变,色彩消失了,天蓝色、绿色和其他一切宁静的、人们熟稔的色彩统统消失了,太阳像一团红色的焰火在燃烧。
> "这是红笑。"我说。
> 但是他不明白我的话。①

战争制造了无数人的死亡,让无辜的士兵流了无量的鲜血。战争把战场变成了地狱。用寻常的现实主义修辞,固然也可以写出战争的恐怖和罪恶,但是,似乎很难创造出象征主义的表现效果。安德列耶夫用红色来象征鲜血和死亡,又用奇异的"红笑"意象来赋予周围红色的物象以令人恐怖的象征意味,从而显示出一种非同寻常的震撼效果。《静静的顿河》中阿克西尼娅死亡后的"黑太阳"描写,或许就是受了安德列耶夫"红笑"的启发,也未可知。

虽然米尔斯基对安德列耶夫评价不高,认为他是一个悲观的虚无主义,缺乏文化,缺乏幽默感,迷恋死亡主题,喜欢营造恐怖,喜欢模仿托尔斯泰,"在形式上水平一般,十分做作,缺乏谋略"②。但是,安德列耶夫的这些象征主义描写却给鲁迅留下极为深刻的印象,也给他提供了可以吸纳的写作经验。鲁迅说,在安德列耶夫的创作里,"含着严肃的现实性以及深刻和纤细,使象征印象主义与写实主义相调和。俄国作家中,没有一个人能够如他的创作一般,消融了内面世界与外面表现之差,而现出灵肉一致的境地。他的著作是虽然很有象征印象气息,而

---

① 《外国文艺》编辑部编:《安德列耶夫中短篇小说集》,靳戈、顾用中等译,上海:上海译文出版社,1984年,第248页。

② 德·斯·米尔斯基:《俄国文学史》(下卷),刘文飞译,北京:人民出版社,2013年,第140页。

仍然不失其现实性的"①。鲁迅还在《域外小说集》的"著者史略"中说,安德列耶夫的"著作多属象征,表示人生全体,不限于一隅。……暗示之力,较明言者尤大"②。鲁迅认识到了象征主义技巧的表现力和价值,所以,曾明确承认自己受过安德列耶夫的影响。他跟安德列耶夫一样,特别爱写夜,简直可以被称为"夜的作家";他还有一点跟安德列耶夫很像,那就是对坟墓有极浓的兴趣——安德列耶夫一有机会,就要以坟墓为场景来写人物的心理和心情,鲁迅好像也有这样的意识。这也难怪。坟墓,是死者生命的句号,是生者内心的感叹号;它意味着一个人生命的终结,也意味着另一些人痛苦的开始。描写坟墓,就意味着描写那些沉重的、让人惧怕的生活内容。

鲁迅说,他在创作《药》的时候,受到了这位俄罗斯象征主义作家的影响:"而且《药》的收束,也分明的留着安特莱夫(L.ANDREEV)式的阴冷。"③其实,鲁迅从安德列耶夫那里学来的,不仅有叙事态度上的"阴冷",不仅有象征主义的宏观方法,还有意象描写的微观技巧。例如,鲁迅将枯草比喻为"铜丝",描写它的声音"愈颤愈细,细到没有",就是受了他亲自翻译成中文的安德列耶夫的《沉默》(鲁迅译作《默》)的启发。安德列耶夫将沉默比作"坟墓",比作"钢丝"——"终于,在很远很远的屋角落里,那钢丝开始摇晃,开始缓慢地、怯生生地、悲戚戚地呜咽起来"④。安德列耶夫的比喻和描写是新奇的,然而,鲁迅的比喻不仅一样新奇,而且描写更加奇崛有力,实可谓出于蓝而胜于蓝。藤井省三说:"在鲁迅文学的成功上,安德列耶夫作为触媒起了重要的作用。"⑤这个判断,是可信的、能够成立的。

如果说,安德列耶夫启发了鲁迅的象征主义文学意识,那么,契里珂夫则强化了鲁迅对抒情的热情,教给了他抒情的技巧。藤井就通过细致的文本对读,说明了契里珂夫的《省会》如何从抒情等写作技巧方面,对鲁迅《故乡》的写作"起了触媒的影响"⑥:"在鲁迅《故乡》中,与变化了的闰土的再见面、对侄子宏儿们的

---

① 鲁迅:《鲁迅全集》(第十卷),北京:人民文学出版社,2005年,第201页。
② 鲁迅:《鲁迅全集》(第十卷),北京:人民文学出版社,2005年,第174页。
③ 鲁迅:《鲁迅全集》(第六卷),北京:人民文学出版社,2005年,第247页。
④ 《外国文艺》编辑部编:《安德列耶夫中短篇小说集》,靳戈、顾用中等译,上海:上海译文出版社,1984年,第37页。
⑤ 藤井省三:《鲁迅比较研究》,陈福康编译,上海:上海外语教育出版社,1997年,第89页。
⑥ 藤井省三:《鲁迅比较研究》,陈福康编译,上海:上海外语教育出版社,1997年,第141页。

希望、视希望为手制的偶像等,可以一一指出与《省会》的对应关系。"①这种细节上的对应,属于接受影响的自觉模仿,还是属于不自觉的巧合,恐怕很难得出一个坚确不疑的结论。但是,鲁迅对契里珂夫的抒情性技巧的学习和借鉴,则是显而易见的,是可以从两篇小说的字面上直接感受到的。当然,藤井省三也揭示了鲁迅在写作上的天才的超越能力,否则,他对契里珂夫经验的借鉴,就是低能而被动的,就很难成为真正意义上的写作。借鉴而能创新,吸纳而能超越,就使鲁迅小说的抒情气质和象征技巧具备了一种全新的特质,表现着纯粹属于他自己的风格和调性。

在陀思妥耶夫斯基的经验里,最吸引鲁迅的,恐怕就是那描写灵魂的深刻意识和高明技巧。像陀思妥耶夫斯基一样,鲁迅也喜欢从内向外写,喜欢表现人物内在的意识世界——人物的焦虑、感伤、绝望、自大和忏悔。第一人称的主观化叙事,是他们都喜欢的叙述方式。因为这种方式"便于展开人物的心理活动,便于人物的自我审问和辩白,容易诱导读者尽快地进入人物的内心世界"②。有学者甚至统计出了两位作家在小说中使用第一人称叙事的数据:"陀氏作品采用第一人称的有《穷人》《白夜》《淑女》《死屋手记》《被欺凌与被侮辱的》《地下室手记》《少年》《涅朵奇卡·涅茨瓦诺娃》《赌徒》《诚实的小偷》《卡拉马佐夫兄弟》《圣诞树和婚礼》《小英雄》《一个荒唐人的梦》《鳄鱼》《农夫马列依》《圣诞树前的穷孩子》《群魔》《舅舅的梦》等十九部,占现在所能见到的二十五部陀氏小说的四分之三强。《呐喊》《彷徨》中共二十五篇小说,采用第一人称的有:《狂人日记》《孔乙己》《一件小事》《头发的故事》《故乡》《阿 Q 正传》《兔和猫》《鸭的喜剧》《社戏》《祝福》《在酒楼上》《孤独者》《伤逝》共十三篇,居一半以上。"③

进入内心世界,进行心理分析,是现代小说的一个特点。鲁迅就喜欢带着深刻的分析意识来塑造人物。他对人性的黑暗面和精神病苦尤其感兴趣。他对陀思妥耶夫斯基的小说多有独到的理解,评论起来也多有知音之论。在《〈穷人〉小引》中,他发现了作为心理学家的陀思妥耶夫斯基最突出的特点,那就是敢于正视"并不平安"的"灵魂的深处"。陀思妥耶夫斯基近乎无情地将人物的真实的内心世界,即所谓"全灵魂",展露给世人看。这里有可怕的罪孽,有骇人的卑污,有

---

① 藤井省三:《鲁迅比较研究》,陈福康编译,上海:上海外语教育出版社,1997年,第 153 页。
② 李春林:《鲁迅与陀思妥耶夫斯基》,合肥:安徽文艺出版社,1985年,第 148 页。
③ 李春林:《鲁迅与陀思妥耶夫斯基》,合肥:安徽文艺出版社,1985年,第 148—149 页。

绝大的痛苦，然而，作者却略无回避，毫不遮掩，一概以令人震惊的逼真，细细地活画了出来。在这样的像大海一样动荡的文字里，蕴藏着巨大的感染力。没有人在读了他的作品后仍然无动于衷、无所变化，"因为显示着灵魂的深，所以一读那作品，便令人发生精神的变化"①。最为难得的，是作者的态度。写小说的时候，作者将自己也投入进去，甚至燃烧在里边。他是审判者，也是被审判者；审判人物，也审判自己。让读者在人物的灵魂深处，看见了作者自己的备受煎熬的心，看见了他的道德焦虑和精神痛苦：

> 凡是人的灵魂的伟大的审问者，同时也一定是伟大的犯人。审问者在堂上举劾着他的恶，犯人在阶下陈述他自己的善；审问者在灵魂中揭发污秽，犯人在所揭发的污秽中阐明那埋藏的光耀。这样，就显示出灵魂的深。②

鲁迅发现了一个内倾型作家写作的奥秘，一个很容易被人们忽略的奥秘。这个奥秘就是，陀思妥耶夫斯基并不是一个纯粹的客观写实作家，他的小说也不是一般意义上的现实主义写实作品。他所写的是精神内部的事情，而不是外部世界的事情。外部生活只是一种介质，一个模糊的背景。心理和伦理既是作品的主体和主题，也是叙事的推动力。因而，陀思妥耶夫斯基的写作，就是一种心理现实主义的写作，就是一种伦理现实主义的写作。

事实上，在陀思妥耶夫斯基的叙事世界，作者虽然仍旧是作品的主导者，但已不是那种直接的、外在主导者，而是间接的、内在的主导者，或者说参与型的主导者。在他的叙事中，所有的人都在自由地发出自己的声音，从而形成了包括作者的声音在内的多声部对话。作者在审问，人物在"阐明"，在为自己辩护，到最后，上帝的声音成了所有的声音的调和者。罪恶得到了审判，犯罪者或者毁灭，或者得到了救赎。信仰之光照亮了审判台。善最终获得了胜利。

鲁迅在《〈穷人〉小引》中说："在甚深的灵魂中，无所谓'残酷'，更无所谓慈悲；但将这灵魂显示于人的，是'在高的意义上的写实主义者'。"

哦，不是这样的。"残酷"只是形式，"慈悲"才是本质，而灵魂的拯救，则是最

---

① 鲁迅：《鲁迅全集》（第七卷），北京：人民文学出版社，2005年，第105页。
② 鲁迅：《鲁迅全集》（第七卷），北京：人民文学出版社，2005年，第106页。

终的目的。

鲁迅忽略了陀思妥耶夫斯基小说叙事的"肯定性指向",忽视了他的小说慈悲的基调。

陀思妥耶夫斯基的写作服从一种积极的叙事伦理。他不会在善恶问题上,持超然而无谓的态度的。

陀思妥耶夫斯基总是在善的原则指导下完成自己的叙事,最终目的是要让读者感受到上帝和信仰的力量,感受到方向和希望的存在。

陀思妥耶夫斯基的叙事,根本上讲,是充满了爱的,是慈悲的,是一种"为人心"的叙事。

三　对苏维埃文学的误读与偏解

鲁迅对俄罗斯文学的认识和接受,可以从两个方面来看:一个是文学经验系统,一个是文学观念系统。

经验系统主要指文学写作技巧,观念系统主要指文学意识形态。

经验系统是直接的、感性的形式,认知和接受的难度并不大,也就是说,技巧的好坏和艺术性的高下,通常是一目了然的。

文学意识形态则具有间接和抽象的性质,它的正确性和有效性往往很难遽断,需要经过时间和实践的考验,甚至需要付出巨大的代价,才能最终被人们认识清楚。

如果说,俄罗斯古典文学主要在文学意识和写作经验方面影响了鲁迅,那么,苏维埃俄罗斯文学则主要在社会想象和意识形态方面影响了鲁迅。

如果说,鲁迅对俄罗斯古典文学的认知大体是深刻的,多有知言和至论,那么,他对苏维埃俄罗斯文学,就多有误读和偏解,常常给它过多的赞誉和过高的评价。

高尔基见过托尔斯泰和契诃夫,也有着第一流的才华,但却不能被归入俄罗斯古典文学作家之列。他属于无神论者,蔑视上帝,没有托尔斯泰们的宗教意识。他早期是一个人道主义者,具有自由主义作家的批判精神,但他也接受阶级斗争理念和共产主义理想,有着热烈的革命激情,本质上是一个苏维埃俄罗斯作家。他否定果戈理,对托尔斯泰和陀思妥耶夫斯基也多有批评,显示出一种革故鼎新、开辟历史的雄心和抱负。

　　鲁迅对高尔基非常推崇,评价高到了无以复加的程度。在 1935 年 8 月 24 日给萧军的信中,说了这样一句话:"至于高尔基,那是伟大的,我看无人可比。"①如此评价,可谓至矣极矣,蔑以加矣。鲁迅站在阶级的立场,一边批评中国读书界不注意高尔基,一边为高尔基文学写作的阶级性辩护。人们觉得高尔基所描写的人物"来得特别","不觉得有什么大意思",但在鲁迅看来,这是因为那些读者的阶级意识在作怪:"这原因,现在很明白了:因为他是'底层'的代表者,是无产阶级的作家。对于他的作品,中国的旧的知识阶级不能共鸣,正是当然的事。"②鲁迅还以"革命导师"关于高尔基的意义的"先见",作自己立论的奥援。他对高尔基的"做给成人看的"《俄罗斯童话》评价很高,说这作品"是世界的"③,又从"下等人"角度来阐释,说高尔基"并不站在上等人的高台上看,于是许多西洋镜就被拆穿了。如果上等诗人自己写起来,是绝不会这样的"④。事实上,高尔基的这部作品写得并不十分成功,也很难说是一部属于世界的作品。内中所收的十六篇故事,颇多忿詈,笔调夸张而恣纵,充满了尖刻的讽刺、无情的挖苦,虽然使人看见了俄罗斯社会的黑暗和荒诞,看见了厌世的哲学家、庸俗的诗人、虚荣的作家、混世的底层人,却很难感受到作者的体贴和温暖——强烈的愤怒和不满,使高尔基的字里行间充满了嘻嘻哈哈的调侃和彻骨的寒意。

　　在写于 1936 年的《关于太炎先生二三事》中,鲁迅处处将章太炎的死后寂寞与高尔基的"生受崇敬,死备哀荣"相比较,批评前者"既离民众,渐入颓唐",称赞后者"先前的理想,后来都成为事实,他的一生,就是大众的一体,喜怒哀乐,无不相通……"⑤。鲁迅对高尔基的赞词,固然表达了他对死者的敬意,但是,那真的事实,却与他的想象,隔着遥迢的距离,有时,甚至截然相反。在很长的时间里,高尔基被迫与"大众"相隔绝,根本不可能与他们"喜怒哀乐,无不相通"。至于高尔基的"哀荣"里,也有远非普通人所能理解者在焉。事实上,高尔基的死,比章太炎的死,有着更加令人唏嘘感慨的悲剧性。可惜,鲁迅未能及身而见、及身而闻。

　　爱罗先珂是鲁迅很喜欢的一个苏联作家。《〈爱罗先珂童话集〉序》里说:"我

---

①　鲁迅:《鲁迅全集》(第十三卷),北京:人民文学出版社,2005 年,第 528 页。
②　鲁迅:《鲁迅全集》(第七卷),北京:人民文学出版社,2005 年,第 417 页。
③　鲁迅:《鲁迅全集》(第八卷),北京:人民文学出版社,2005 年,第 515 页。
④　鲁迅:《鲁迅全集》(第十卷),北京:人民文学出版社,2005 年,第 442 页。
⑤　鲁迅:《鲁迅全集》(第七卷),北京:人民文学出版社,2005 年,第 106 页。

觉得作者所要叫彻人间的是无所不爱，然而不得所爱的悲哀，而我所展开他来的是童心的，美的，然而有真实性的梦。这梦，或者是作者的悲哀的面纱罢？"①他从爱罗先珂的作品里，例如，从《狭的笼》里，看见了"优美的纯洁的心"和"大旷野的精神"②，从《鱼的悲哀》里，看见了"那边的伟大精神"③。鲁迅对爱罗先珂的肯定性评价，虽然很高，但并不十分夸大。

然而，更多的时候，鲁迅对苏维埃俄罗斯文学作品的解读，局限于来自苏联官方的并不可靠的结论，多有错会和误读。例如，左琴科是一个像鸽子一样温和的讽刺作家。他的笔下丝毫没有政治挑衅的锋芒，毋宁说，他对革命后的现实是极为认同的。他的讽刺，大都集中于日常生活中的细小的道德残缺和情感扭曲。然而，他仍然不见容于文学的监管者，仍然被当作立场可疑的同路人，并受到了由最高权力层主导的猛烈批判。鲁迅几乎完全接受苏联流行的对左琴科的偏见，简单化地评价了他的作品——"总是滑稽的居多，往往使人觉得太过于轻巧"④。事实上，左琴科的"滑稽"，并不"轻巧"。他的写作是温和的，但在那温和的文字里自有一种让人不安和羞愧的沉重的力量在，就像马克·斯洛宁所说的那样，"他的短篇作品一直是革命后时代的生动的讽刺文献和对苏联社会进行有意义的现实主义的揭露"⑤。正因为他的笔下有锋芒，有面对生活的诚实和坦率，这才犯了"官"怒，被日丹诺夫大加诟詈，在全苏联范围内受到批判。

由于隔膜，狃于故辙，鲁迅在阐释和评价《第四十一》的作者拉甫列涅夫的《星花》的时候，就不能切实而客观地揭示其伦理精神和文学价值。这篇小说写一个被禁锢的妇女，爱上了一个红军战士，最终被其丈夫所杀害。情节紧张，引人入胜，包含着丰富的人性内容和深刻的悲剧内容。然而，鲁迅却因其作者是"同路人"，而批评他"终究不是战斗到底的一员，所以见于笔墨，便只能以洗练的技术制胜了"；即使"同路人"的"最优秀之作"，也无法与"无产作家的作品"相提并论，所以，两相对比，便"足令读者得益不少"。⑥ 显然，所得之"益"，不在这边，而在那边。根据作者身份来判定其写作之高下，也是那个时代常见的"左派幼稚

---

① 鲁迅：《鲁迅全集》（第十卷），北京：人民文学出版社，2005 年，第 214 页。

② 鲁迅：《鲁迅全集》（第十卷），北京：人民文学出版社，2005 年，第 217 页。

③ 鲁迅：《鲁迅全集》（第十卷），北京：人民文学出版社，2005 年，第 224 页。

④ 鲁迅：《鲁迅全集》（第十卷），北京：人民文学出版社，2005 年，第 375 页。

⑤ 马克·斯洛宁：《苏维埃俄罗斯文学（1917—1977）》，浦立民、刘峰译，上海：上海译文出版社，1983 年，第 99 页。

⑥ 鲁迅：《鲁迅全集》（第十卷），北京：人民文学出版社，2005 年，第 382 页。

病"。伟大如鲁迅者，竟也未能幸免。

对于新生的苏俄文学，鲁迅的态度和认知，显得热情而急切。有时，为了达到引起中国读者注意的目的，他难免会竭力推扬，多有错位的判断和拔高的评价。他之所以看重《毁灭》《铁流》《水泥》等作品，就因为它们不仅属于"新文学"，而且包含着文学之外的价值，指示着文学发展的方向，于未来中国的文学，有着示范的意义。

法捷耶夫的《毁灭》，是苏联早期影响很大的小说。鲁迅亲自翻译了这部作品，并在"后记"和"译者附记"中细致地解剖了其中的人物，阐释了它的意义。但他对人物的分析，尤其是对美谛克（亦译"密契克"）的分析，是简单化的，缺乏深刻的同情和理解。他认为作者对美谛克这个知识分子"解剖得最深刻"①。事实上，作者的叙事，常常流于浮泛，甚至显得混乱；在人物塑造上，既缺乏深入的描写，也缺乏深刻的解剖。然而，鲁迅没有看到这些问题，而是顺着作者提供的外在线索，给了美谛克一些简单而主观的评价——他将美谛克界定为革命的怀疑者和逃避者，是一个懦弱而自私的人，是一个缺乏勇气和行动力的废物。

法捷耶夫无疑是一个很有才华的作家。能在二十四五岁的年纪写出《毁灭》这样的作品，也属文学上罕觏之才士。但是，与小他四岁的肖洛霍夫比起来，他的才华，毕竟稍逊一筹。他缺乏肖洛霍夫从俄罗斯古典文学继承下来的博大的人道主义情感，缺乏肖洛霍夫以充满诗意的调性描写大自然的能力，缺乏肖洛霍夫对一切生命的爱和同情的态度，缺乏肖洛霍夫的深刻的人性意识和悲剧意识。

那么，《毁灭》到底是一部什么样的小说？它所塑造的密契克，到底是一个什么样的人物？

这是一部很难归类的小说。说它是战争题材的小说，似乎并不十分准确，因为，其中虽然写到了战争，但那规模实在有限，在全书中所占比例并不算多。它叙写的就是一支缺乏经验的游击队的毁灭过程。这毁灭，不仅说不上悲壮，而且，由于领导者的盲目和被动，还显得有些窝囊。如果换了一个成熟的作家，一定会写得更加深刻、更有力量。

在某些方面，例如，在描写的生动性上，《毁灭》确实显示出不俗的才华，但是，整体上看，它并不成熟，更算不上优秀；既缺乏艺术上的明晰性和美感，又缺乏伦理精神的伟大和力量感。它是一部内容淡薄、开掘未深、人物苍白的作品。

---

① 鲁迅：《鲁迅译文全集》（第五卷），福州：福建教育出版社，2008年，第408页。

很多时候,作者的叙述和描写,表现出一种自然主义式的随意和盲目。他经常介入到作品中,对人物进行评价,但是,他的态度过于狭隘和直接,既缺乏对人物的深刻理解,也缺乏艺术上的含蓄感,在在显示着初习写作者思想上的苍白和手法上的幼稚。

法捷耶夫在展开叙述和描写人物的时候,常常随随便便地否定、随随便便地赞美,缺乏稳定的中心感和明确的目标感。例如,在小说中的人物"黄雀"看来,莱奋生不过是一个很有心计的人,拿其他的游击队员"来做垫脚石来给自己积累一点资本",还批评他不敢正面迎敌,反而"跑到这么个人迹不到的地方来"①。接下来的"溃灭的开始"一节的叙述,似乎也证明了"黄雀"对莱奋生的评价:莱奋生仅仅为了在森林里过冬的目的,才第一次发动了截获敌人运载军火和被服的列车的出击战,结果大败而归。

然而,在接下来的"苦难"一节中,作者却一忽儿通过对莱奋生自己的意识活动的描写来美化他,一忽儿又说他对自己的所有美化都是无用的:"尽管如此,他和这些游击队员们息息相通的那些无形的线索,却在一天天地断下去。……这些线索越少,他的话就越难以令人信服,——他逐渐变成高居在部队之上的暴力了。"②按照这样的叙事逻辑,这部小说本该是一出充满讽刺意味的悲剧,但却被写成了一部性质暧昧不明的英雄史诗。

事实上,这部小说里的人物,几乎全都没有逃脱"毁灭"的结局。包括莱奋生这个"新人",也是失败者,一个被战争毁灭了的人。莱奋生知道自己的失败有多么严重。看到一百五十人的部队,溃不成军,减员到十九人,他就明白自己已经没有资格再领导他们了,只是那些活下来的战士还不知道这一点,"仍旧顺从地跟着他,就像畜群跟惯了自己的带路人一样"③。苏联的批评家 V. 弗理契在《毁灭》的《代序——关于"新人"的故事》中,一边不切实际地说,法捷耶夫成功地塑造了一个"真实的英雄",说莱奋生这个人,"先于一切地,大于一切地,用他自己(无产阶级的)阶级底生活,任务,要求,利益,理想,来过生活"④;一边又说,莱奋生实质上是一个悲剧人物,因为无法摆脱"那过去的遗产",最终无法摆脱"毁灭"

---

① 法捷耶夫:《毁灭》,磊然译,北京:人民文学出版社,1984 年,第 86 页。
② 法捷耶夫:《毁灭》,磊然译,北京:人民文学出版社,1984 年,第 103 页。
③ 法捷耶夫:《毁灭》,磊然译,北京:人民文学出版社,1984 年,第 194 页。
④ 鲁迅:《鲁迅译文全集》(第五卷),福州:福建教育出版社,2008 年,第 251 页。

的命运："他依然是个旧人，一切受过去的支配。"①批评弗理契家与作家法捷耶夫一样，对人物怀着分裂的态度，并给了他前后矛盾的评价。

莱奋生所领导的西伯利亚游击队，是一支缺乏组织纪律和战斗能力的队伍。队长莱奋生既不是意志品质良好的人，也不是斗争经验成熟的人。他对自己和队伍的前途与未来并没有明确的想法。在年轻的巴拉克诺夫眼里，他是"正确的人，是不能不信赖，不能不服从的……"②。在大家面前，莱奋生也努力表现得胸有成竹，"他对于整个形势的来龙去脉，都了如指掌，这里面并没有什么可怕和异常，而且他莱奋生早就有了万无一失的对策。实际上，他非但一无计划，而且感到自己像是一个小学生被逼着一下子解答一道有着许多未知数的算题，完全茫然失措了"③。然而，在整个躲藏和战斗的过程中，几乎看不到莱奋生有多少出色的表现。他糊弄驻地的被游击队骚扰的农民，当着农民们的面，煞有介事地制定"决议"，要求自己的战士帮房东干活，当农民里面有人喊道他们并不要求战士帮忙，莱奋生洋洋得意地在心里想："他们上当了……"④他所领导的游击队战士也没有个"无产阶级战士"的样子：瓦丽亚"乱搞"男女关系，莫罗兹卡小偷小摸，"瘸腿"说起女护士则"小声地、下流地、淫猥地笑着"⑤，二排长库勃拉克是资格最老，功劳最大也是最笨的指挥员，"他所关心的是克雷洛夫卡的田地，而不是事业的利益"⑥，总之，这个游击队全然是一群乌合之众。牧民麦杰里察也许是这些游击战士中最优秀的一位，但是，作者也没有写出他的个性和心理世界的丰富性。

在小说的结尾部分，莱奋生吃了败仗，绝望而伤心地哭了："他仿佛全身都泄了气，萎缩了，大伙也突然发觉，他是非常衰老了。但是他已经不以自己的软弱为耻，也不再遮掩它；他低下了头，慢慢地霎着濡湿的长睫毛，眼泪便顺着胡子滚下来。……大伙都不敢瞧他，免得自己也伤心落泪。"⑦茫然而沮丧的莱奋生，领着存活下来的十八个人，领着这支溃不成军的游击队，走出了森林，看到了在打麦场上劳动的人们：

---

① 鲁迅：《鲁迅译文全集》(第五卷)，福州：福建教育出版社，2008 年，第 250 页。
② 法捷耶夫：《毁灭》，磊然译，北京：人民文学出版社，1984 年，第 45 页。
③ 法捷耶夫：《毁灭》，磊然译，北京：人民文学出版社，1984 年，第 46—47 页。
④ 法捷耶夫：《毁灭》，磊然译，北京：人民文学出版社，1984 年，第 42 页。
⑤ 法捷耶夫：《毁灭》，磊然译，北京：人民文学出版社，1984 年，第 26 页。
⑥ 法捷耶夫：《毁灭》，磊然译，北京：人民文学出版社，1984 年，第 50 页。
⑦ 法捷耶夫：《毁灭》，磊然译，北京：人民文学出版社，1984 年，第 204 页。

　　森林非常出人意外地豁然开朗起来——前面呈现出大片高高的青天和阳光照耀着的、两面都是一望无际的、收割过的、鲜明的棕黄色的田野。在那边,在有一条河水盈满的蓝色小河穿过的柳丛旁边,是一片打麦场,场上堆着肥大的麦捆和草垛,金黄色的圆顶美丽如画。那边进行着自己的生活——快乐、热闹而忙碌。人们像小小的花甲虫似的乱动,麦束飞扬,机器发出单调清晰的响声,从闪光的糠皮和糠灰的锈色尘云里,迸出兴奋的人声和少女的细珠般清脆的欢笑声。河的对岸,有一排蔚蓝的山脉擎着苍天,又将支脉伸进岸边黄色的卷叶树林;从尖峭的山脊后面,朵朵略带红色的、被海水浸咸的、透明的、泡沫般的白云,涌入山谷,不住地泛泡、翻腾,好像是新挤出来的牛奶。

　　莱奋生用仍然湿润的眼睛默默地扫视了这片辽阔的天空和给人以面包与憩息的大地,扫视了这些在远处打麦场上的人们,他应该很快地把这些人变成亲近的自己人,就像默默地跟在后面的那十八个人一样,因此他不哭了;他必须活着,并且尽自己的责任。①

　　虽然作者用了曲笔,来给自己的小说增加亮色,给莱奋生的内心注入了信心和勇气,使他瞬间摆脱了失败情绪,燃起了东山再起的热情。然而,小说文本却给读者提供了另外一种理解的线索和阐释的方案。

　　在小说文本的事象体系中,和平生活的美好图景,与战争的毁灭性的可怕图景,客观上构成了一种有意味的对照,甚至构成了一种反讽性的关系。打麦场是对战场的解构。打麦场上的欢笑声,是对战争带来的哭泣的解构。庄严而和谐的大自然,是对人类的暴力冲动和征服激情的解构。稍微冷静的读者,都会对莱奋生的想法产生怀疑:倘若这些在打麦场上快乐劳动的人们,果然跟随在了莱奋生的身后,走向了战场,那么,等待他们的将会是什么呢? 越南作家保宁在他的小说《战争哀歌》中回答了这个问题:"呜呼! 战争是一个没有家园,充满流浪、痛苦和巨大漂泊感的世界;是没有真正的男人,也没有真正的女人的无情世界! 这是多么令人痛苦和恐怖的人类世界!"②

　　法捷耶夫对《毁灭》的结尾处理,与肖洛霍夫对《静静的顿河》的结尾处理,形

---

① 法捷耶夫:《毁灭》,磊然译,北京:人民文学出版社,1984年,第204—205页。

② 保宁:《战争哀歌》,夏露译,长沙:湖南文艺出版社,2019年,第33页。

成了尖锐的对照。《静静的顿河》的结尾，是一个完成式的结尾，但却是悲剧性的，指向一种令人惴惴不安的不确定性——格里高利失去了一切，失去了最爱的阿克西尼娅，失去了青春，失去了妻子、父亲、母亲、兄弟和战友，从战场上失魂落魄地回到了故乡。然而，等待他的到底是什么样的命运？完全不确定。未来的生活，只怕是凶多吉少。《毁灭》的结尾却相反，是一个未完成的结尾，一个喜剧性的结尾，但却指向一种确定性，甚至暗示着对未来的希望和对胜利的信心。然而，这希望是渺茫的，这胜利是虚幻的，显示着作者不切实际的浪漫主义倾向。

密契克是小说中一个重要的人物。他是一个理想主义者，希望自己成为一个优秀的人。他常常对自己进行反省和分析。在一个时期，他甚至总是"从新生活的角度来分析自己的所作所为"[1]。他为自己无法冲出小圈子而痛苦。他努力说服自己不要"泄气"，要振作起来，要勇敢起来，"等我回到城里，大家对我都要刮目相看——我会成为一个完全不同的人……"[2]。从这样的心理活动里，我们看见了俄罗斯文学中常见的人物形象：他们因为厌倦，从城里逃出来，试图寻找别样的人们，过别样的生活。是的，他属于叶甫盖尼·奥涅金和毕巧林这样的人物谱系。他是不满原来生活的出逃者，是主流社会的"多余人"。

作为一个刚刚从少年转入青年的浪漫主义者，密契克很容易多愁善感。忧郁是他的气质特点，焦虑是他的日常心态。他会强烈地感受到生活的空虚，并对即将到来的失败和毁灭有一种惶惶不安的预感。他活在自己的幻想中，总是将生活想象成另外一种样子。在他的想象中，未来的日子，是光明而美好的：

> 他想到了未来光明的日子，这些想法都是轻飘飘的，像原始森林空地上空飘过的静静的、玫瑰色的云朵一般，会自行消散。他想象，他将要和瓦丽亚乘着窗子打开、车身晃动的火车回城里去，窗外远山若隐若现，山上漂浮同样静静的玫瑰色的云朵。他们俩互相偎依着坐在窗口，瓦丽亚跟他情话绵绵，他抚摸着她的头发，她的发辫好像是纯金的，又像是正午的太阳……而他幻想的瓦丽亚也不像一号矿井的驼背的推车女工，因为密契克所想的一切都不是真实的，而是照他想象的那样。[3]

---

① 法捷耶夫：《毁灭》，磊然译，北京：人民文学出版社，1984年，第83页。

② 法捷耶夫：《毁灭》，磊然译，北京：人民文学出版社，1984年，第57页。

③ 法捷耶夫：《毁灭》，磊然译，北京：人民文学出版社，1984年，第57—58页。

然而,游击队的生活并不能让他满意。在这样的队伍里,像他这样的年轻人当然会产生强烈的失望和不满,更何况,他还是游击队里文化修养最高的高中生,对生活中的问题和残缺,本来就比其他人更敏感,更有反思能力,也能容易产生幻灭感。他天性不合群,常常感到自己是孤独的。

显然,作者对密契克是缺乏同情的、不信任的、歧视的,甚至怀着深深的敌意。这是受支配着整个时代的阶级意识影响的结果。在这样的阶级意识里,知识分子天性就是反动的,生来就是有罪的——道德上,他们是残缺的;情感上,他们是病态的;人格上,他们是扭曲的;根本上,他们是没用的。知识分子,就像弗理契在谈到美谛克(密契克)时所说的那样:"代表这种外来的,偶然的,甚至有害的分子"①。这是一个需要彻底改造的阶级。于是,在《毁灭》中,法捷耶夫就通过作者直接介入的修辞方式,对密契克进行人格上的否定和道德上的诋毁:

> 像密契克之流的人物,总是用冠冕堂皇的漂亮话把自己的真实情感掩饰起来,并且以此显示出自己不同于莫罗兹卡那种不善于粉饰自己感情的人,——这种情况是莫罗兹卡从小就看惯了的,可是他却没有认识到事情就是这样,也不会把这种看法用自己的话表达出来;然而他总是感觉到,在他和这些人中间隔着一堵不可逾越的强,这堵墙便是用这些人不知从哪里弄来的、经过美化的、虚伪的言行砌成的。②

密契克在战场上一边表现出恐惧和怯懦,一边又为自己的恐惧和怯懦而深深自责。他逃跑了,但他为此深感羞耻。他知道这是洗刷不掉的污点,他产生了自杀的冲动,但又没有自杀的勇气,于是,作者这样写道:

> ……但是他知道,他是绝不会,也绝不可能自杀的,因为他在世界上最爱的毕竟还是自己——自己的白皙而肮脏的、无力的手,自己的唉声叹气的声音,自己的苦恼和自己的行为——甚至是最最丑恶的行为。他带着一副鬼头鬼脑、做贼心虚的样子,刚闻到枪油的气味就吓得发软,但他极力装出什么都不知道的样子,赶快把手枪藏进衣袋。③

---

① 鲁迅:《鲁迅译文全集》(第五卷),福州:福建教育出版社,2008 年,第 249 页。
② 法捷耶夫:《毁灭》,磊然译,北京:人民文学出版社,1984 年,第 115 页。
③ 法捷耶夫:《毁灭》,磊然译,北京:人民文学出版社,1984 年,第 201 页。

一个十八岁的孩子，一个在战场上受着煎熬的孩子，是应该受到同情的。他目睹了战争的残酷，看到了很多可怕的死亡场面，自己也曾受过重伤。一个人经历了这一切，产生厌倦战争的心理，视之为"低级的、非人的、可怕的生活"[1]，并且产生逃离的想法，实在是情有可原的。任何战争都意味着毁灭和死亡，都意味着灾难和不幸。几乎所有伟大的战争题材的小说，都会真实地描写战争的残酷，怀着同情的态度写人物对战争的厌倦和反感。战争即困境。战争中，人被困在死亡的威胁中；战后，人被困在痛苦的回忆里，就像越南小说《战争哀歌》中的阿坚所感受到的那样——"感觉自己不是活着，而是被困在这人间"[2]。法捷耶夫完全没有这种关于战争的困境意识。"活着，并且记住"，"一个人的遭遇"，俄罗斯文学原本是最具这种战争的困境意识和同情意识的。

对于密契克这样的人物，这样的感觉自己活得无意义的"多余人"，19世纪的俄罗斯作家固然也有些微的批评，但根本上是同情的，甚至是尊重的。他们知道，文学不能把人分成"正面人物"和"反面人物"；它要把一切人都当人看，都写成人，写成真实而复杂的人。然而，人在法捷耶夫的笔下分裂了。他们被切割成非人的两个部分。其中的一个部分，按照需要，被塑造成怪物，一种叫作"反面人物"的怪物——他们身上，只有黑暗面，集中了很多坏的德性，是应该受到谴责的；其中的另外一个部分，也按照需要，被塑造成另一个维度上的怪物，一种叫作"正面人物"的怪物——他们身上，只有光明面，集中了几乎所有的美德，是应该受到赞美的。

法捷耶夫在塑造密契克形象的时候，采取了一种完全非人化的方法。他将他当作物，一种可以随意处置的物。他对密契克不仅没有同情，反而用了直接的评价性话语，例如"卑鄙的真面目""卑鄙丑恶""肮脏丑恶""最最丑恶"等很严重的詈词，大加丑诋。这是道德化的审判，而不是艺术性的描写。一个客观而公正的作家，一个真正成熟的小说家，是不会这样对待自己笔下的人物的。他会同情他笔下的每一个人物。即便所写的是一个坏人，他也会尊重他的人格，理解他的处境，客观地写出他的复杂个性，努力把他写成一个值得同情甚至尊重的人。然而，法捷耶夫没有这样的意识，他的写作也没有达到这样的境界。他的探索性质的写作并不成功。他的简单化叙事，为后来的意识形态化的革命叙事和战争叙

---

① 法捷耶夫：《毁灭》，磊然译，北京：人民文学出版社，1984年，第202页。

② 保宁：《战争哀歌》，夏露译，长沙：湖南文艺出版社，2019年，第89页。

事提供了消极的经验模式。

事实上,法捷耶夫也曾写到了密契克自己的声音,写到了他如何鼓足勇气,推心置腹地对莱奋生说出自己的失望和困惑、孤独和无助:

> ……我这个游击队员既没有用,又没有人需要,您不如打发我走,反倒好些。……不,您不要以为,我是害怕或是有什么事瞒着您。我这个人确确实实是什么都不会,什么都不懂。……在这儿,我无论跟什么人都合不来,也得不到任何人的支持,这难道怨我吗?我无论对什么人都是一片真诚,但我遇到的永远是粗暴、嘲笑、挖苦,虽然我和大伙一块参加过战斗,而且受过重伤——这您是知道的。……现在我是对任何人都不相信了。……我知道,如果我的力气大一些,人家就会听从我、怕我,因为这儿的人只服这个。每个人都只顾塞饱自己的肚子,为了达到这个目的,甚至可以去偷自己的同志。别的事,大家一概不管……我有时甚至觉得,如果他们明天跟了高尔察克,他们也会照样为高尔察克效劳,照样残酷镇压人,可我就不行,这一点我是办不到的!……①

这是一个敏感而自尊的人的心里话。在这个队伍里,他觉得自己是个多余人。他渴望别人的理解,渴望友谊,但是,他得不到这些。他得到的只是残酷的话语伤害。他知道自己是个无能的弱者,适应不了这艰难的环境,对付不了这里的人们。他对这群人失望了。他们毒死病人,这是他所不能忍受的,坚决地反对的。他不觉得他们是有修养的人,有坚定意志的人。他们是随风飘荡的树叶,随时会加入完全不同的军队。密契克在这里表达的苦闷和思想,就是尤里·日瓦戈的苦闷和思想。他关于他们"也会照样为高尔察克效劳,照样残酷镇压人"的感觉和认识,都为《静静的顿河》的伟大叙事所证实。格里高利就是密契克所说的那种人。

人性远比简单化的教条要复杂。小说的一个重要任务,就是写出这复杂而普遍的人性,写出陷入不幸境地的人的命运。保宁在《战争哀歌》中说:"战争结束后,人们可以重建家园,可以恢复从前的生活,但是精神财产,那些崇高的东西

---

① 法捷耶夫:《毁灭》,磊然译,北京:人民文学出版社,1984年,第141页。

一旦受到破坏,出现断层,就很难再回复原貌了。"①密契克之所以痛苦和焦虑,就因为他看到了那些崇高的东西——信任、真诚、善良、尊严——被破坏了。他之所以比那些没有文化的游击战士更痛苦,就在于他不只是一个纯粹的战争工具,而是有着比他们更细腻的情感、更敏感的神经,对自己的境遇和命运有着更自觉的思考、更深刻的焦虑。

鲁迅曾在自己的文字中引用了密契克对莱奋生讲的这段批评自己也批评别人的话,但是,他没有注意到这段话所表现的人性内容和情感内容,反而因此把密契克看作一个没用的"知识分子"。他不仅没有同情人物的遭遇、体察他的痛苦,反而颇含讽意地批评他的"高尚"和"孤独"。他将这部小说视为对密契克的"解剖书"——"此外解剖,深切者尚多,从开始以至终篇,随时可见"②。事实上,无论从小说修辞来看,还是从伦理精神来看,法捷耶夫的所谓"解剖",都是简单化的,处处体现着对人物的叙事学意义上的施暴,体现着对他的政治上和身份上的歧视。要知道,密契克首先是一个陷入战争困境的人,是一个性格复杂的革命者,是一个刚刚高中毕业、仅仅只有十八岁的青年,而不是什么抽象的"小资产阶级的知识者"。受法捷耶夫影响,鲁迅对这部小说的主题和意义的阐释,也存在着因其时代情绪而来的偏见和偏解。

鲁迅对当时声名大噪的其他几部苏维埃俄罗斯文学作品的评价也都存在同样的问题。关于《铁流》,鲁迅在《三闲书屋印行文艺书籍》中这样介绍和评价:"内叙一支像铁的奔流一般的民军,通过高山峻岭,和主力军相联合。路上所遇到的是强敌,是饥饿,是大风雨,是死。然而通过去了。意识分明,笔力坚锐,是一部纪念碑的作品,批评家多称之为'史诗'。"③又在《〈一天的工作〉后记》中称赞这部作品和它的作者:"绥拉菲摩维支(A. Serafimovich)的真姓是波波夫(Ale-ksandr Serafimovich Popov),是十月革命前原已成名的作家,但自《铁流》发表后,作品既是划一时代的纪念碑底的作品,作者也更被确定为伟大的无产文学的作者了。"④事实上,绥拉菲摩维支的这部作品写得并不高明,既没有塑造出真正鲜活的人物,也没有什么深刻的思想内容和历史感;它更像是一部刻板的报告文学,而不是一部活泼的小说。他的主人公郭如鹤的性格是苍白的,心灵是冰

① 保宁:《战争哀歌》,夏露译,长沙:湖南文艺出版社,2019年,第248页。
② 鲁迅:《鲁迅译文全集》(第五卷),福州:福建教育出版社,2008年,第408页。
③ 鲁迅:《鲁迅全集》(第八卷),北京:人民文学出版社,2005年,第505页。
④ 鲁迅:《鲁迅全集》(第十卷),北京:人民文学出版社,2005年,第407页。

冷的,对于杀人没有一丝一毫的不安:他用机枪扫射土耳其士兵,"人都好像草一样,成堆倒下去,流出的热血冒着气,他先前从来不曾想到人血能有半膝深流着,可是这是土耳其人的血,于是也就把这忘了"①。格里高利杀人会痛苦,所以,他就是一个没有丧失人性的人,也是一个没有丧失爱的能力的人。郭如鹤与格里高利的距离,就是绥拉菲摩维支与肖洛霍夫的距离。《静静的顿河》至今仍然有无数热爱它的读者,而《铁流》却很少有人记得。一部没有爱的精神和同情态度的小说,必然是一部短命的作品。

革拉特珂夫的《水泥》(亦译《士敏土》),是另一部鲁迅大力揄扬的小说。他说:"小说《士敏土》为革拉特珂夫所作的名篇,也是新俄文学的永久的碑碣。"②关于这部小说的命意和主题,有一位研究者竟概括出了九条,其中的两条是:"小圈子生活必须打破,传统的古老秩序必须推翻";"认识知识分子在革命发展中的动摇性,肯定为什么知识分子必须改造"③。显然,对私人生活的不宽容态度,傲慢的仇智主义倾向,都是这部作品的严重问题。就题材内容和思想意识来看,《水泥》确乎是很新的,但是,它的人性视野和情感世界,却是狭窄的——缺乏对人的同情态度,缺乏已经成为俄罗斯文学精神原则的人道主义情怀。美霍娃和格列勃杀死哥萨克士兵的描写,血腥而冷酷,简直使人不寒而栗,而这个女性杀人者却"欣喜若狂",不停地"噼噼啪啪地扳着枪机,瞄准射击那些在远处跳动的人影"④。

从艺术上看,《水泥》显得粗糙和无趣,充满僵硬的说教,使人读来,味同嚼蜡。例如,州委书记对工人格列勃说:"……这是一场伟大的、激烈的斗争。我们沿途要排除千百万重障碍:公开的敌人,隐蔽的敌人,无数的各式各样的恶势力的残余……此外,再有破坏,饥饿……一切都需要用新的方式重新做起。这可不是简单的恢复,不是修理——不,这是创造一个千百年来人类理想的生活制度。"⑤爱伦堡曾对某些"人类灵魂的工程师"极为不满,批评他们的作品"活像是工程师写的,人类的灵魂却到哪里去了呢?……"⑥。这句话也可以拿来批评

---

① 绥拉菲摩维支:《铁流》,曹靖华译,1978 年,第 48 页。
② 鲁迅:《鲁迅全集》(第七卷),北京:人民文学出版社,2005 年,第 381 页。
③ 李白凤:《苏联文学研究》,上海:火星出版社,1954 年,第 223 页。
④ 革拉特珂夫:《水泥》,叶冬心译,北京:人民文学出版社,1979 年,第 184—185 页。
⑤ 革拉特珂夫:《水泥》,叶冬心译,北京:人民文学出版社,1979 年,第 148 页。
⑥ 伊利亚·爱伦堡:《必要的解释(1948—1959 文艺论文选)》,北京大学俄语系俄罗斯苏联文学研究室编译,北京:北京大学出版社,1982 年,第 63 页。

《水泥》和它的作者。革拉特珂夫写得实在太粗糙了，太乏味了，太缺乏艺术上的美感了。就连高尔基都忍不住批评它在艺术上的问题。1925 年 8 月 23 日，高尔基在给革拉特珂夫的信中谈到了他的长篇小说《水泥》的不足："您的语言过于铺张，不够朴素和严肃。有些地方您过分雕琢，就像部队文书的花体字一样。几乎通篇都不简洁，有时候还意思不清楚。"①1926 年 4 月 3 日，他又写信给革拉特珂夫，批评了《水泥》："这部书我又读了第二遍。它的缺点是很多的。您在一些地方大大损害了作为艺术家的您自己。"②1926 年 11 月 30 日，高尔基又在给革拉特珂夫的信中谈了自己的批评意见："您在需要描绘的地方，您在按照您的才华本可以描绘得精确和生动的地方，却叙述得噜哩噜嗦，描绘得拖泥带水，而且有时候还软弱无力。"③这是多么尖锐的批评！这是多么彻底的否定！高尔基这样批评革拉特珂夫，其实是一点都不奇怪的。因为，在他看来，文学的任务，"不完全是在于反映十分迅速消逝的现实，——文学的任务是在生活中寻找具有普遍意义的东西，不仅仅对今天是典型的东西"④。

唉！鲁迅对这类作品的价值，并没有认识得很清楚，也没法认识得很清楚。毕竟是别国的特殊形态的文学，毕竟在时间上离得那么近，怎么可能认得很清、评价得很准呢？这样，鲁迅就难免因为太过热情和慷慨，而高估了它们的价值，而提供了不可靠的判断。他的"永久的碑碣"，他的"大炬火"，最终不都过是落空的美谥。事实上，在俄罗斯文学史上，这些作品几乎没有任何文学地位。在最新和最权威的《俄罗斯文学史》中，鲁迅视之为"碑碣"的《毁灭》《铁流》和《水泥》，完全不被提及。在阿格诺索夫主编的《20 世纪俄罗斯文学》（中国人民大学出版社，2001 年）中，你找不到这三部小说的名字；在科尔米洛夫主编的《二十世纪俄罗斯文学史：20—90 年代主要作家》（南京大学出版社，2017 年）中，你也找不到这三位作家的名字。他们被历史淘汰了。态度严肃的文学史，只向那些真正伟大的作家，献上自己的敬意和赞美。

鲁迅对苏维埃俄罗斯文学的热情和肯定，无疑与他对革命后的俄罗斯的理想化想象密切相关。这种想象，就像片上伸在 1922 年 9 月在北京大学的演讲中所讲的那样，基于对俄罗斯的历史作用和文化使命的过高的估计。片上伸认为，

① 高尔基：《文学书简》（下卷），曹葆华、渠建明译，北京：人民文学出版社，1962 年，第 51 页。
② 高尔基：《文学书简》（下卷），曹葆华、渠建明译，北京：人民文学出版社，1962 年，第 73 页。
③ 高尔基：《文学书简》（下卷），曹葆华、渠建明译，北京：人民文学出版社，1962 年，第 97 页。
④ 高尔基：《文学书简》（上卷），曹葆华、渠建明译，北京：人民文学出版社，1962 年，第 324 页。

到了 20 世纪,科学文明导致了"分裂争斗",而俄罗斯则是挽救这分裂的,因为,"斯拉夫文明是发源于东罗马的,那根本生命是感情,不同西欧文明那样的倾向分裂,而使得一切得以融合,归于一致";而"现在的俄国",已经成为全世界向慕的对象,代表着人类未来文明发展的方向,于是,"并非俄国来俯就各国,乃是各国去接近俄罗斯了,只这件事,就不能不说是意义很深的现象"①。片上伸的这些空洞而夸张的观点,对鲁迅的影响是巨大的。在谈到片上伸的时候,鲁迅说过这样一句话:"我总爱他的主张的坚实而热烈。"②

鲁迅对苏维埃俄罗斯早期的文学作品,因为承风向慕,难免有过情之誉。他的肯定和赞赏,显示着他"坚实而热烈"的主张。我们应该以同样的"坚实"和"热烈",反思他的评价和观点,从而寻找更接近事实的认知和判断。时间在流逝,人类在进步,我们也应该更成熟和自觉。

四 文艺理论及"同路人"问题

鲁迅对苏俄文学的简单化接受,还表现在对苏俄文学理论、文艺政策的认知和评价上。

他曾经翻译了两个《艺术论》,一个是普列汉诺夫的,一个是卢那察尔斯基的。他还从日文译本翻译了包含了三个文件的《文艺政策》和卢那察尔斯基的《文艺与批评》。

卢氏《文艺与批评》的日文译者杉本良吉认为,日本能够从卢那察尔斯基那里,"学得非常之多的物事",以及"从这论文中摄取得进向正当的解决的许多的启发"。鲁迅认同杉本良吉的观点,认为杉本的那几句赞扬卢氏的话,"也可以移赠中国读者的"③。

那么,这两本《艺术论》到底包含着什么样的艺术理念呢?《文艺政策》里的文件是否具有跨地域的普遍性和超时代的长效性? 卢那察尔斯基的《文艺与批评》是否果然包含着"中国读者"可以学习的"非常之多的物事"?

鲁迅所译的普列汉诺夫的《艺术论》,即著名的《没有地址的信》。

它是几乎是为了与托尔斯泰的《艺术论》进行辩论而写出来的。

---

① 鲁迅:《鲁迅译文全集》(第四卷),福州:福建教育出版社,2008 年,第 109 页。
② 鲁迅:《鲁迅译文全集》(第四卷),福州:福建教育出版社,2008 年,第 5 页。
③ 鲁迅:《鲁迅全集》(第十卷),北京:人民文学出版社,2005 年,第 332 页。

托尔斯泰认为艺术是情感的交流,是在人们的精神世界发生的事情,而交流的有效性根本上决定于艺术家的态度是否真诚,也决定于艺术家所选择的表现方式是否朴素和明晰。

普列汉诺夫拒绝认同这种内在的精神意义上的艺术论。他要从外部的物质世界寻找艺术产生和创造的规律。他果然发现了新的规律:艺术和文学都是一种经济现象和政治现象,是人与人的物质关系和政治关系的反映。经济上的生产力和生产关系,政治上的阶级矛盾和阶级斗争,决定了艺术和文学的表现内容,也决定了艺术和文学的性质、形态。

作为一个功利主义美学家,普列汉诺夫正确地强调了"功利性"因素在艺术和文学中的天然的存在,就像鲁迅所概括的那样:"美底享乐的特殊性,记载那直接性,然而美底愉乐的根柢里倘不伏着功用,那事物也不见得美了。"[1]但是,普列汉诺夫的美学,本质上是单向度的一元决定论的美学,完全忽视了文艺的多维性——忽视了人的个性与自由的维度,忽视了文艺内在的精神维度。他的美学思想和文艺理论表现出一种"绝对一贯性"。对此,我在《重估俄苏文学》中做过系统的分析和评价。不妨将其中的两段话引在这里:

> 普列汉诺夫有两个否定性的概念:一个是"唯心主义",一个是"个人主义"。他常常用这两个概念作尺度来衡量文学作品,来解剖那些与自己格格不入的作家,——哪个作家一旦被定义为"唯心主义"或"个人主义",那他就不仅"无足观也",而且在文化和政治上,就都是有罪错的。他的论证方式,具有经院哲学的教条性质,常常通过堆垛材料来强化说服力,但却往往适得其反,总是显得极其烦琐和沉闷,使人雅不欲观。雷纳·韦勒克对普列汉诺夫就没有好感,认为"《没有地址的信》对于近代文学批评史而言,并无多少引人入胜的内容,即便关于泛泛而谈的文学也鲜见论述",不仅如此,普列汉诺夫的批评态度也不够理性,他"粗暴地批判当代作家",极为严厉地"痛斥"女诗人吉皮乌斯,毫无道理地谴责易卜生。比较而言,如果说,别林斯基的文学批评是绿色的,那么,普列汉诺夫则是灰色的。是的,灰色,这沉闷的色调,就是普列汉诺夫的美学理论和文学批评留给人最深刻的印象。

像许多刺猬型的理论家一样,普列汉诺夫喜欢用锋利的概念之刀,来规

---

① 鲁迅:《鲁迅译文全集》(第五卷),福州:福建教育出版社,2008 年,第 153 页。

规整整地切割复杂的对象世界。他批评托尔斯泰过于珍视"绝对一贯性"，其实，这正是普列汉诺夫自己在思维方式和理论表达上的缺点——他喜欢简单，讨厌复杂，所以，许多复杂的问题，都被他简单化地处理了。1928 年 7 月 22 日，鲁迅在致韦素园的信中说："以史底惟物论批评文艺的书，我也曾看了一点，以为那是极直捷爽快的，有许多暧昧难解的问题，都可以说明。但近来创造社一派，却主张一切都非依这史观来著作不可，自己又不懂，弄得一塌糊涂……"又说普列汉诺夫的书，"简明切要，尤合于介绍给现在的中国的"。其实，鲁迅自始至终都没有意识到，这种"极直捷爽快"就是"绝对一贯性"；也没有认识到，这种绝对化的理论，潜存着很大的认知误区，也会引致一系列严重的后果。①

也就是说，普列汉诺夫将一个复杂的问题简单化了，就像一个人将橘皮当作橘子。橘子固然不能没有皮，但橘皮并不等于整个橘子。就此而言，托尔斯泰强调橘瓣的价值，像普列汉诺夫强调橘皮的价值一样，都是合理的。

卢那察尔斯基的《艺术论》与普列汉诺夫的《艺术论》属于同一精神谱系。不同的是，普列汉诺夫的理论，属于纯粹的学术范畴，是一种个人化的思辨性表达，而卢那察尔斯基的理论，则具有非个人的政策性和政论性特点，体现着指导社会实践的"文化领导权"。像托洛茨基等人一样，卢那察尔斯基也有严重的"仇智主义"倾向，正像鲁迅指出的那样，他的《实证美学的基础》《革命底侧影》和《文学底侧影》都包含着"对于智识阶级的攻击"②。

卢那察尔斯基的理论体现着绝对性质的乐观与自信。他致力于发现并确立一种关于艺术和"创造之欢喜"的"单纯的，健全的，确固的原则"③。他夸大了自己所肯定的文艺的力量，认为新型的文艺和工业化的艺术，具有完全不同于旧文艺的性质和力量，能通过"劳动"和"创造"，将"最丑"和"最秽"的"废物"，创造为诗——"现今已经到达着显著的美学底结果了"④。

卢那察尔斯基的美学思想和艺术理念也是功利主义性质的。他像普列汉诺夫一样，强调艺术和文学的阶级属性，也像普列汉诺夫一样，将阶级性强调到了

---

① 李建军：《重估俄苏文学》（下卷），南昌：二十一世纪出版社，2018 年，第 679—680 页。
② 鲁迅：《鲁迅全集》（第七卷），北京：人民文学出版社，2005 年，第 369 页。
③ 鲁迅：《鲁迅译文全集》（第四卷），福州：福建教育出版社，2008 年，第 211 页。
④ 鲁迅：《鲁迅译文全集》（第四卷），福州：福建教育出版社，2008 年，第 208 页。

极端。与普列汉诺夫比起来，卢那察尔斯基更加极端地强调艺术的直接的工具性："我们知道，艺术是一种强有力的意识形态，意识形态则反映着各别阶级的客观存在，同时又是各阶级用以组织自己、组织其他从属阶级或它们希望使之从属于自己的阶级，以及瓦解敌对阶级的一个工具。"①他对非主流身份的作家和非主流形态的艺术，表现出一种强烈的偏见和敌意。他不信任知识阶级，否定他们的个性和独立性，否定他们的创造物的价值："在这些智识阶级的作品中，往往分明地响出了明显的绝望，歇斯迭里，从生活扭断了的理想主义。"②同时，又不切实际地概括了"无产者美学"的"根本底特质"："对于科学和技术的爱，对于未来的广大的见解，火焰似的斗志，毫不宽假的正义感，都将在对于世界的集团主义底知觉和集团主义艺术的画布上挥洒，而惟在这时候，一面也获得未曾前闻的广大和未尝豫感过的渊深。"③这样的自信和骄傲，明显具有一种虚幻的性质。它是激情，而不是理性；它是想象，而不是事实。

　　卢那察尔斯基并不真正理解托尔斯泰，却写了好几篇评论他的文章。价值观上的自信和傲慢严重地窒碍了他，使他竟然要否定托尔斯泰在作品中所表现的真理。例如，托尔斯泰在《战争与和平》和《安娜·卡列尼娜》中都表达过这样的思想："你要这样生活，使任何人都不致遭受痛苦。如果你只有损害别人才能获得幸福，那就放弃你的幸福吧。"这本来是一种朴素的伦理精神和基本的道德原则，是像"二加二等于四"一样正确的真理，是跟中国的孔子的"己所不欲，勿施于人"一样正确的真理。然而，在卢那察尔斯基看来，"这套理论"却是非常"反动"的。为了更高的理想和目标，总有一些人，总有一些阶级，必须受到"损害"，必须"遭受痛苦"，所以，"我们不能把毫无价值、毫无用处的人的痛苦当作一道可怕的藩篱来限制自己"④。他甚至动员人们与"实有害于世的托尔斯泰主义者所怀的偏见，斗争下去"⑤。他对托尔斯泰的思想，缺乏同情的理解，也缺乏包容的态度。他没有认识到，托尔斯泰的思想虽然有极端化的偏颇，但是，从整体上看，却包含着促人向善的宗教热情和道德力量。

　　在卢那察尔斯基的《文艺与批评》的"译者附记"中，鲁迅引用了日本批评家

---

① 卢那察尔斯基：《论欧洲文学》，蒋路、郭家申译，天津：百花文艺出版社，2011年，第275页。
② 鲁迅：《鲁迅译文全集》（第四卷），福州：福建教育出版社，2008年，第214页。
③ 鲁迅：《鲁迅译文全集》（第四卷），福州：福建教育出版社，2008年，第215页。
④ 卢那察尔斯基：《论欧洲文学》，蒋路、郭家申译，天津：百花文艺出版社，2011年，第167页。
⑤ 鲁迅：《鲁迅译文全集》（第四卷），福州：福建教育出版社，2008年，第331页。

藏原惟人的两句话:"我希望关心于文艺运动的同人,从这论文中摄取得进向正当的解决的许多的启发。"①鲁迅好像并没有认识到卢那察尔斯基的片面性和极端性,也没有意识到,从"这论文中",人们所能得到的,也许不是启发,而是教训。这教训就是:理想主义固然是好的,但是,倘若它过于傲慢、过于狂热,则实在不如谦逊而朴素的现实主义更可靠、更有益、更长久;执着地追求真理,固然显示着精神上的伟大,但是,倘若这追求以否定那些近乎常识的真理为前提,那么,它将导致严重的价值混乱,甚至造成可怕的灾难;艺术和文学固然是工具,但它不是一种直接的、粗糙的工具,而是一种间接的、优雅的工具,是以创造丰富的美感和诗意为前提的。

鲁迅对苏联的一切文化现象都表现出强烈的兴趣,甚至表现出强烈的认同感。本来,作为"任个人而排众数"的个人主义者和曾经赞美"摩罗"的自由主义者,鲁迅对来一切来自体制的规约力量素来抱着怀疑和拒斥的态度。然而,令人费解的是,1928 年 5 月,鲁迅却着手从日语翻译了外村史郎和藏原惟人所辑译的《文艺政策》。

此书由三个文本构成,即 1924 年间至 1925 年间苏共中央的三个文件——《关于对文艺的党的政策》、全俄无产阶级作家协会第一次大会的决议《观念形态战线和文学》和《关于文艺领域上的党的政策》;其中,第一个文件是有二十名政府领导人和文学批评家参加的一次会议记录,而第二个和第三个文本则是两份标准形态的政府文件。

事实上,这三个文件都有一个共同的主题,那就是如何加强对文学艺术家的改造和领导,而改造的主要对象就是所谓的"同路人"。在《关于对文艺的党的政策》中,发生了"放纵主义"与"党派主义"的争论,或者说,发生了"宽松态度"与"严厉态度"的冲突。放纵主义的态度比较宽容,主张给艺术家和作家以充分的信任和自由,而不是将他们视为敌人;党派主义的态度比较严厉,主张对属于"同路人"的作家要抱警惕的态度,要加强管理和改造。

批评家瓦浪斯基(A. Voronsky,亦译"沃伦斯基")在自己的"报告演说"中,表达了这样的主张:党不能站在一个"倾向的见地上"来干涉艺术家的自由,而是要尊重艺术的自由,因为,"艺术者,像在科学上一样,自有他自己的方法,这就是

---

① 鲁迅:《鲁迅译文全集》(第四卷),福州:福建教育出版社,2008 年,第 388 页。

他自有其发达的法则,历史"①。也就是说,他主张对包括"同路人"在内的作家,要有信任和包容的态度,让他们按照自己的方式进行创作。

然而,他的观点却受到了瓦进(Wardin)等人的尖锐批评。瓦进认为瓦浪斯基立场的"最大错处",就是没有阶级斗争意识、没有革命观念,于是,"他拿出对艺术,不可有什么整顿,什么政治底干涉这一种新发见来。同志瓦浪斯基是在生活和政治之外的。威吓着我们的危险,他是不看的"②。他把文学与政治对立起来,视文学为政治的工具。所以,他认为强调文学特殊性的瓦浪斯基应该"打倒",而他的"在对于无产阶级文学的关系上"的"破坏底方针"也"应该一扫"③。接下来发言的拉思珂耳涅珂夫,赞同瓦进,并帮着他批评瓦浪斯基。批评家波隆斯基将瓦浪斯基打了三十大棒,将瓦进打了七十大棒:在他看来,前者如果像有的人所说的那样,是一个"破坏者",那么,后者的问题就更严重,是一个"歼灭者"——"因为他的决议,不过是要将文艺全歼灭的尝试"④。波隆斯基认为,对旧文学和非无产阶级作家,并不是要毁灭之,而是要充分地利用之,因为"新的文学的创造,是并不站在旧的文学的破坏之上的"⑤。可见,他大体上是赞同瓦浪斯基的。他们都属于温和的文化改造论者。

布哈林(A. Bukharin)认为,单单制定政策并不解决问题,而应该切实地创造作品出来:"拿出二十篇纲领来,还不如拿出一篇好的文学底作品的必要——一切的问题就在这里"⑥;他还强调,文艺"自有其本身的特殊性",而党并不是万能的,不可能解决一切特殊性的问题,所以,如果将文艺政策上的一切问题的解决皆"求之于党",乃是"党的文化事业的完全错误的 Methodologie(方法)"⑦。布哈林并不否定党对文学艺术的领导,只是反对大包大揽地将一切都管起来。

托罗兹基(L. Trotsky,即托洛茨基)是"同路人"概念的发明者,所以,他谈起这个问题来,便兴趣盎然,滔滔不能自休。在他看来,所谓"同路人"就与"我们"走在同一方向,但态度消极,心存二想,走得踉踉跄跄,随时准备停下脚步,分道扬镳;与"同路人"相对的,似乎可以名之为"异路人"——"和我们相反方向去

---

① 鲁迅:《鲁迅译文全集》(第五卷),福州:福建教育出版社,2008年,第44页。
② 鲁迅:《鲁迅译文全集》(第五卷),福州:福建教育出版社,2008年,第51页。
③ 鲁迅:《鲁迅译文全集》(第五卷),福州:福建教育出版社,2008年,第57页。
④ 鲁迅:《鲁迅译文全集》(第五卷),福州:福建教育出版社,2008年,第61页。
⑤ 鲁迅:《鲁迅译文全集》(第五卷),福州:福建教育出版社,2008年,第63页。
⑥ 鲁迅:《鲁迅译文全集》(第五卷),福州:福建教育出版社,2008年,第66页。
⑦ 鲁迅:《鲁迅译文全集》(第五卷),福州:福建教育出版社,2008年,第67页。

的,那不是同路人,是敌人;将这样的人们,我们是随时驱逐出国的。"①托洛茨基批评了瓦进在文章中对瓦浪斯基的"低级的中伤"。虽然托洛茨基也强调文学的阶级性,但他毕竟是一个有着良好的艺术修养的人,所以,也强调要尊重艺术的特殊性,认为"阶级立场"必须与"适应着我们的规准的创作的全然特殊底特殊性相应的"②。

然而,托洛茨基与艺术家和作家之间,是隔膜的。他对他们的态度,是轻蔑的。他给文学家的自由,就像气质忧郁的苦行僧的笑容一样吝啬。他给"同路人"作家设定了必须实现的目标和必须服从的路线。他以他惯有的傲慢语气,用第二人称说道:"你们希望本党以阶级的名义,公许底地(原文如此),将你们的很小的文艺底制作所当作义子。你们以为将菜豆种在花瓶里,便可以培植出无产阶级文学的大树来。在这路上,我们未必来站罢。从菜豆里,是什么树也长不出来的。"③托洛茨基对"同路人"作家的鄙视和揶揄,沛沛然溢于言表。有人说,托洛茨基发明"同路人"概念,"使得他们得以避免打击,而成为无产阶级作家的盟友、团结对象"④。真是天真得可以! 能够躲过"打击"的"同路人"作家,惜乎其不多也。

1903年11月2日,契诃夫在写给涅米罗维奇-丹倩科的信中说:"不应当把果戈理降到人民的水平上来,而应当把人民提高到果戈理的水平上去。"⑤我常常想起这句话,想起这句体现着作家的高贵精神和自由意志的话。有时,忍不住会突发奇想:假如契诃夫有幸成为托洛茨基和日丹诺夫的同时代人,他会有怎样的命运呢? 他会被怎样对待呢? 他会放弃自己的文学信念,把自己降低到原本需要他启蒙的人们的水平上吗? 他有没有可能被视为"同路人",像阿赫马托娃那样,受到托洛茨基和日丹诺夫的辱骂、嘲笑?

如果说,文学性文件是体现统治者文化理想和文化霸权的具有法律效用的文本,那么,制定文学性文件就是苏联政府按照自己的政治意志来规约作家的重要的行政手段。发表于1925年1月的《观念形态战线和文学》,作为"第一回无

---

① 鲁迅:《鲁迅译文全集》(第五卷),福州:福建教育出版社,2008年,第75页。
② 鲁迅:《鲁迅译文全集》(第五卷),福州:福建教育出版社,2008年,第85页。
③ 鲁迅:《鲁迅译文全集》(第五卷),福州:福建教育出版社,2008年,第89页。
④ 秦维宪、叶祝弟主编:《警钟——聚焦东欧剧变》(上卷),上海:上海三联书店,2016年,第496页。
⑤ 契诃夫:《契诃夫论文学》,汝龙译,北京:人民文学出版社,1958年,第381页。

产阶级作家全联邦大会的决议"，就以政治文件的形式说明了文学的意识形态性质——"文学是阶级斗争的强有力的武器"；确定了苏维埃无产阶级文学的"唯一目的"——"为无产阶级的胜利尽力，和无产阶级独裁的一切敌手血战，揭在自己之前。无产阶级文学是将要克服有产阶级文学的，因为无产阶级独裁，必然会彻底地将资本主义灭绝"①。这份文件的另一个主题，就是反驳托洛茨基和瓦浪斯基的"放纵主义"的观点，即所谓的不存在"无产阶级的文学"的观点，同时，明确地强调无产阶级文化和文学是客观存在的。"同路人"也是这个决议的核心话题。它将"同路人"的文学，定性为"和无产阶级革命背道而驰的文学"，因而，"和这同路人的反革命底要素，以最坚决底斗争为必要"。②

为了加强对文学的政治规约，1925 年 7 月 1 日，俄共以"中央委员会决议"的形式，在《真理报》上发表了《关于文艺领域的党的政策》。它提出了"农民文学"的概念，否定了"中立艺术"的存在，强调了文学的"阶级底性质"，尤其强调了夺得文化霸权的必要性——"无产阶级作家的霸权，现在还未曾确立，党应该加援助于这些作家，自己造出进向这霸权的历史的无条件底支持"③。这个决议还特别谈到了"同路人"问题，要求要有计划地推进他们的"分化"，最终完成对他们的无产阶级改造；虽然在物质上可以援助"同路人"，但是，在"观念底内容上"，"不能许可或一集团的独占"④。在对文学的态度上，它表现出一种游移不定、反复无常的态度：一方面，它说要"排除文学上的命令的调子"；另一方面，它又要求人们要"和文学上的反革命底显现毫不宽容地斗争"⑤。事实上，在对待"同路人"问题上，这三份决议所传达的信息，大体上是一致的；虽然在多人参加的讨论中，意见偶有分歧，但并不存在根本的矛盾和冲突。

在苏联早期文学意识形态中，"同路人"是一个非常重要、流布甚广的概念。托洛茨基之所以发明它，就是要将那些非党的、自由主义的作家区别出来。它表现着怀疑和不满的态度，甚至充满了对那些外围作家的歧视和偏见。无论是托洛茨基，还是戈庚(P. S. Kogan)，最终都要将同路人改造过来，实现"一同加入

---

① 鲁迅：《鲁迅译文全集》（第五卷），福州：福建教育出版社，2008 年，第 120 页。
② 鲁迅：《鲁迅译文全集》（第五卷），福州：福建教育出版社，2008 年，第 118 页。
③ 鲁迅：《鲁迅译文全集》（第五卷），福州：福建教育出版社，2008 年，第 123 页。
④ 鲁迅：《鲁迅译文全集》（第五卷），福州：福建教育出版社，2008 年，第 125 页。
⑤ 鲁迅：《鲁迅译文全集》（第五卷），福州：福建教育出版社，2008 年，第 124 页。

雄大的(联盟)的企图"①。

在正统的政治意识和文学叙事中,作家和知识分子,从来就是一群受到谴责和批判的人,一群属于特殊阶层的人,一群革命阵营的不坚定的参与者,几乎全都是顽固的个人主义者和自由主义者。这样的"知识分子无论站在哪一方面都是被轻蔑的。因为就是他们中间的那些接受了革命的,从革命观点看来,也还是不能十分令人满意。……他们的大部分都逸出了常轨,没头于种种空泛的理论,从神秘主义者,或国家主义者,或斯拉夫主义者,或西欧主义者,或其他的种种立场来迎接革命。和坚强的布尔什维克对照起来,他们似乎是可怜虫。这就是我们所看到的描写在苏俄文学中的他们的姿态"②。总之,所谓"同路人",就是对这类知识分子作家的命名。作为一个歧视性的概念,它常常被用来表达对知识分子作家的怀疑和不信任。冯雪峰就曾接受这个"机械论"性质的理论,并将鲁迅派定为"同路人"。在他看来,鲁迅虽然"对革命无害",但却是"不革命"的③。

然而,鲁迅似乎并没有意识到"同路人"概念所包含的问题。在 1932 年至 1933 年间编译的小说集《一天的工作》写《前记》的时候,"同路人"便是鲁迅笔下的关键词和重要话题。鲁迅接受珂刚教授在所著的《伟大的十年的文学》中对"同路人"的批评,自己也顺着这位教授的意思,得出了这样的结论:"由此可见在一九二七年顷,苏联的'同路人'已因受了现实的熏陶,了解了革命,而革命者则由努力和教养,获得了文学。但仅仅这几年的洗练,其实是还不能消泯痕迹的。我们看起作品来,总觉得前者虽写革命或建设,时时总显出旁观的神情,而后者一落笔,就无一不自己就在里边,都是自己们的事。"④他所翻译的《竖琴》,就是同路人作家的作品集。鲁迅在介绍这些作家的时候,缺乏应有的理解和同情,完全按照苏联官方的尺度和标准来评价他们,认为他们"因革命中所含有的英雄主义而接受革命,一同前行,但并无彻底为革命而斗争,虽死不惜的信念,仅是一时同道的伴侣罢了"⑤。扎米亚金是 20 世纪反乌托邦叙事的开创者,他的长篇小说《我们》深刻地揭示了个性被专制体制扭曲的灾难性后果。然而,鲁迅却将他归入"同路人"和"反动作家",完全没有看到他的令人震惊的批判精神、思想力量

---

① 鲁迅:《鲁迅全集》(第十卷),北京:人民文学出版社,2005 年,第 355 页。
② J. KUNITZ:《新俄文学中的男女》,周起应译,上海:现代书局,1932 年,第 40 页。
③ 冯雪峰:《回忆鲁迅》,北京:人民文学出版社,1953 年,第 6 页。
④ 鲁迅:《鲁迅全集》(第十卷),北京:人民文学出版社,2005 年,第 396—397 页。
⑤ 鲁迅:《鲁迅译文全集》(第六卷),福州:福建教育出版社,2008 年,第 6 页。

和启蒙主义价值,反而说他的"所有作品","也终于不脱旧智识阶级所特有的怀疑和冷笑底态度,现在已经被看作反动的作家,很少有发表作品的机会了"①。这样的充满误读和偏见的评价,偏离扎米亚金文学写作的实际情形,实在是太远了。在俄罗斯文学研究的权威司徒卢威看来,"扎米亚金对苏联文学界的影响和作用,胜过了高尔基"②。马克·斯洛宁则称他是"一名卓越的和真正有主见的作家"③。扎米亚金的写作,不仅继承了俄罗斯文学的尖锐的批判精神,而且发展了这种精神,体现出一种更加开阔的人文视野和更加成熟的政治意识。他将讽刺的剑戟指向压抑人性的权力和体制,坚定地捍卫人的个性尊严和个体自由。

在《文艺政策》的《编校后记》中,鲁迅说,"从这记录中,可以看见在劳动阶级文学的大本营的俄国的文学的理论和实际,于现在的中国,恐怕是不为无益的"④。

那么,到底有些什么样的益处呢?

鲁迅自己恐怕也不十分了然,因而并没有具体回答。

显然,他所表达的,不过是一个理想主义者的良好愿望而已。

在鲁迅所译的俄国作家阿尔志跋绥夫的中篇小说《工人绥惠略夫》中,两个人物——无政府主义者绥惠略夫与理想主义者亚拉借夫——围绕"黄金时代",起了争论。

无政府主义者绥惠略夫忧心忡忡地说:"你们无休无息地梦想着人类将来的幸福……你们可曾知道,你们可曾当真明白,你们走到这将来,是应该经过多少鲜血的洪流呢……"⑤

他向着亚拉借夫发出了现实主义的质问:"你们将那黄金时代,预约给他们的后人,但你们却别有什么给这些人们呢?"⑥

绥惠略夫的意思很明确:无视现在的人们的幸福,却向未来的人们许诺"黄

---

① 鲁迅:《鲁迅全集》(第十卷),北京:人民文学出版社,2005年,第374页。
② 北京大学俄语系俄罗斯苏联文学研究室编译:《西方论苏联当代文学》,北京:北京大学出版社,1982年,第179页。
③ 马克·斯洛宁:《苏维埃俄罗斯文学(1917—1977)》,浦立民、刘峰译,上海:上海译文出版社,1983年,第91页。
④ 鲁迅:《鲁迅全集》(第十卷),北京:人民文学出版社,2005年,第340页。
⑤ 鲁迅:《鲁迅译文全集》(第一卷),福州:福建教育出版社,2008年,第185页。
⑥ 鲁迅:《鲁迅译文全集》(第一卷),福州:福建教育出版社,2008年,第186页。

金时代",这,实在是一件可疑的事情。

绥惠略夫的思想,固然是深刻的,但他的心,却是冷的。

然而,鲁迅的心,是热的。

他比绥惠略夫更热情,也比亚拉借夫们更冷静。

尽管如此,有的时候,热情也会消减鲁迅的理性,会使他失却最可宝贵的怀疑精神和批判精神,从而陷入一种简单的认知模式里。

鲁迅对苏维埃俄罗斯文学的无批判的接受,对一群成长中的作家的慷慨的揄扬,对那些其价值尚待历史确认的作品的高估,都表征着封闭的"两极对抗的认知图式"的局限。鲁迅关于苏俄文学的种种"偏解",都可以在这个维度上得到解释。

（作者单位:中国社会科学院）

鲁迅与莫言之间的归乡故事系谱

——以托尔斯泰《安娜·卡列尼娜》为辅助线

藤井省三 撰　林敏洁 译

一、莫言与鲁迅

莫言自年少时期开始就酷爱阅读鲁迅的作品,他本人也常谈及自己从鲁迅那里所受到的影响。相关资料中,2006 年 12 月 19 日莫言访问鲁迅博物馆时与孙郁馆长的谈话整理而成的《莫言孙郁对话录》尤为值得关注。孙郁不仅是一名著名的鲁迅文学研究者,还是位聚焦于莫言作品的出色的文学评论家。面对如此合适的谈话对象,莫言畅谈了自己的鲁迅观,这场对话的文字记录足有 14 页之多。

根据这次对话所提供的信息,莫言从七八岁起就已经开始接触文学作品了。他最初阅读的是从小学老师那里借来的《吕梁英雄传》等那些在毛泽东时代风靡一时的红色经典名著。① 孩提时代的莫言从小学三年级就开始阅读鲁迅的作品了。

> 我哥放在家里一本鲁迅的小说集,封面上有鲁迅的侧面像,像雕塑一样的。我那时认识不了多少字,读鲁迅障碍很多。我那时读书都是出声朗读,

---

① 《吕梁英雄传》于抗战后期由马峰(1922—2004)与西戎(1922—2001)合著。据中国国家图书馆目录显示,馆内藏有《吕梁英雄传一上册》(责任者:马烽等。出版、发行者:晋绥边区吕梁文化教育出版社。出版发行时间:1946 年)、《吕梁英雄传》(责任者:马烽等。出版、发行者:新华书店。出版发行时间:1949 年)、《吕梁英雄传》(著者:马烽。出版年份:1952 年。出版社:人民文学出版社)等版本。在日本刊行有以下译本:《白樺天皇行状記:呂梁英雄伝正篇》(馬烽、西戎共著。三好一訳,京都:三一書房,1951 年 12 月)、《東洋鬼軍敗亡記:呂梁英雄伝統篇》(馬烽、西戎共著。三好一訳,京都:三一書房,1952 年 6 月)。

这是我们老师教的,老师说出声朗读才是真的读书。很多不认识的字,我就以"什么"代替,我母亲在旁边听了就说:"你什么'什么什么'呀,别'什么'了,给我放羊去吧!"尽管是这样读法,但《狂人日记》和《药》还是给我留下了深刻的印象。童年的印象是难以磨灭的,往往在成年后的某个时刻会一下子跳出来,给人以惊心动魄之感。《药》里有很多隐喻,我当时有一些联想,现在来看,这些联想是正确的。我读《药》时,读到小栓的母亲从灶火里把那个用荷叶包着的馒头层层剥开时,似乎闻到了馒头奇特的香气。我当时希望小栓吃了这馒头,病被治好,但我知道小栓肯定活不了。看到小说的结尾处,两个老妇人,怔怔地看着坟上的花环,心中感到无限的怅惘。那时我自然不懂什么文学理论,但我也感觉到了,鲁迅的小说,和那些"红色经典"是完全不一样的。①

《吕梁英雄传》和《水浒传》以及《三国演义》一样,采用了传统的章回体小说形式。这一部以歌颂中国共产党所领导的抗日战争为创作主题的群众文学作品,可谓政治大众文学。莫言在小学三年级的时候就已经感受到了这种群众文学与被称为中国现代文学起源的《狂人日记》以及《药》之间的差别了。莫言有一位年长他十二岁的大哥,名叫管谟贤,于1962年考上华东师范大学中文系。大哥离家之后,在农村书籍匮乏的情况下,莫言便将兄长中学时代的语文教科书当成了自己的读物。②

当时的中学课本收录了很多鲁迅的作品,小说有《故事新编》里的《铸剑》,杂文有《论费厄泼赖应该缓行》。我最喜欢《铸剑》,喜欢它的古怪。……我觉得《铸剑》一文包含了现代小说的所有因素,黑色幽默、意识流、魔幻现实主义等等。③

莫言觉得《铸剑》里面"包含了现代小说的所有因素",虽然清楚地认识到这一点是在学习文学理论之后,但莫言在十岁左右时即已被鲁迅的《铸剑》所吸引,这难道不是因为鲁迅和莫言之间存在着感性方面的共鸣吗?

---

① 姜异新整理:《莫言孙郁对话录》,《鲁迅研究月刊》2012年11月号。
② 莫言研究会编著:《莫言与高密》,北京:中国青年出版社,2012年,第57页。
③ 姜异新整理:《莫言孙郁对话录》,《鲁迅研究月刊》2012年11月号。

另外,莫言小学三年级时在语文教科书上读过《故乡》节选。回想起那段经历,莫言这样说道:

> 老师带我们大声朗诵,然后是背诵。眼前便出现了:深蓝的天空中挂着一轮金黄的圆月,下面是海边的沙地,都种着一望无际的碧绿的西瓜,其间有一个十一二岁的少年,项带银圈,手捏一柄钢叉,向一匹猹尽力地刺去,那猹却将身一扭,反从他的胯下逃走了⋯⋯谈到鲁迅,只能用天才来解释。尤其是看了他的手稿之后。在如此短暂的创作生涯里,写了这么多作品,还干了那么多了不起的事情,确实不是一般人能够做到的。[①]

如上文所述,莫言少年时期广泛而深入地阅读了鲁迅的文学作品,甚至能背诵出作品当中的一部分。他在文学创作的时候,或许也从鲁迅作品那里受到了很深的影响吧。《白狗秋千架》《金发婴儿》《怀抱鲜花的女人》等早期短篇小说与鲁迅《故乡》《祝福》《在酒楼上》等作品存在着相通之处,均以男主人公归乡为表现主题。面对孙郁的提问:"比如《孤独者》、《在酒楼上》,这些你喜欢吗?"莫言回答说:"蛮喜欢的,还有《伤逝》。⋯⋯这类小说,比他的《祝福》、《药》似乎更加深刻,用现在时髦的话语说,《药》、《祝福》这类小说是'关注底层'的,而《孤独者》、《伤逝》是关注自我的,是审视自己的内心的,有那么点拷问灵魂的意思了。"另外,孙郁又问道:"我感觉鲁迅内化到你的作品里了,你有意无意地受到他的影响,是从哪部作品开始的呢?"对此,莫言回答道:"集中表现是《酒国》、《枯河》。小孩被打死的情节,与读鲁迅有关系。《药》与《狂人日记》对《酒国》有影响。"[②]他在此表示其代表作《酒国》受到鲁迅《狂人日记》、《药》两部作品的影响。在这段问答里,莫言对于归乡故事《祝福》显示出了不经意的排斥,这难道不是因为他对鲁迅归乡故事的某种不满吗?排斥"关注底层"的《祝福》,而对"拷问灵魂"深表认同的莫言,不正是因此才要尝试创作出与鲁迅归乡故事不同的、极具自我特色的作品吗?这一作品既与归乡有关,又含有"关注自我、审视内心、拷问灵魂"的意义。[③]

---

① 姜异新整理:《莫言孙郁对话录》,《鲁迅研究月刊》2012 年 11 月号。
② 姜异新整理:《莫言孙郁对话录》,《鲁迅研究月刊》2012 年 11 月号。
③ 姜异新整理:《莫言孙郁对话录》,《鲁迅研究月刊》2012 年 11 月号。

二、莫言与托尔斯泰的《安娜·卡列尼娜》

莫言的小说中经常有托尔斯泰长篇小说《安娜·卡列尼娜》的影子,《辫子》①这部短篇小说便是如此。该小说以 80 年代末的某县级市为背景,表现了一对有着孩子的双职工夫妇的家庭危机以及丈夫的出轨行径。小说开头部分描述了当时中国典型中产阶级家庭的普遍情况:"三十出头年纪,大专文化程度,笔头上功夫不错,人长得清瘦精干","在政府机关里蹲上个十年八年的……不大不小的官儿"的男人,"不难看,很热情,很清洁,很礼貌,让人感到很舒服"的妻子,还有两人所生的那个"总是很聪明,嘴巴很甜……,不会拨弄几下电子琴,就会画几张有模有样的画儿或是会跳几个还挺复杂的舞蹈……,最低能的也能背几首唐诗给客人听,博几声喝彩"的漂亮女孩。"总之,这样的女人、这样的孩子、这样的男人,住在一个单元里,就分泌出一种东西。这东西叫做:幸福。"②这段文字让人不难联想到《安娜·卡列尼娜》开头部分的一句话:"幸福的家庭都是相似的;不幸的家庭各有各的不幸。"③

2006 年莫言的长篇小说《生死疲劳》发表,其中一部分也直接引用了《安娜·卡列尼娜》的文字。该小说讲述了高密县的地主西门闹在中华人民共和国成立时的土改运动中被枪毙,含恨而死,并在死后从 1950 年到 2000 年的 50 年间,依次转世为驴、牛、猪、狗和猴的故事。在小说的第三部分,西门闹托生为猪,而这一部分终章的结尾,则描绘了春天河水突然融冰,变成猪的西门闹看到冰面上嬉戏的孩子快要淹死时拼死相救,最终因体力不支溺水而死的一幕。小说是这样表达西门闹此时的心声的:

> 我此时不是猪,我是一个人,不是什么英雄,就是一个心地善良、见义勇为的人。我跳入冰河,用嘴叼住——用嘴叼我也不是猪——一个女孩的衣服,游到尚未塌陷的冰面附近,把她举起,扔上去。……我并没有特意去营救这三个与我有千丝万缕联系的小崽子,我是遇到哪个救哪个。此时我的

---

① 《辫子》第一次在台湾文艺杂志《联合文学》1992 年 3 月"莫言短篇小说特集号"发表,然后被短篇集《神聊》(北京:北京师范大学出版社,1993 年)收录了。

② 莫言:《与大师约会》,天津:百花文艺出版社,2012 年,第 13—14 页。

③ 列夫·托尔斯泰:《安娜·卡列尼娜》,北京:人民文学出版社,1956 年,第 3 页。

脑子不空白,我想了许多,许多。我要与那种所谓的"白痴叙述"对抗。我像托尔斯泰小说《安娜·卡列尼娜》中的安娜·卡列尼娜卧轨自杀前想得一样多。[①]

可以说这段文字强有力地证明了莫言的创作深受《安娜·卡列尼娜》的影响。

不仅如此,在被称为莫言归乡小说系列中最令人费解的《怀抱鲜花的女人》中,穿着红色皮靴的女性作为女主人公登场了。这种靴子正是"托尔斯泰笔下那些贵族女人所穿过的"[②],也就是《安娜·卡列尼娜》中在俄罗斯贵族女子之间风靡一时的靴子。鉴于下文将对《怀抱鲜花的女人》里的"安娜·卡列尼娜"进行详细的论述,在这里先援引一段俄罗斯文学研究专家原卓也对托尔斯泰代表作《安娜·卡列尼娜》故事梗概的介绍。

　　该小说发表于 1875 年至 1877 年间。小说中,美丽的安娜嫁给了年纪远长于自己的高官卡列宁,过着平凡的生活。为了调解哥哥奥布朗斯基的家庭纠纷,安娜来到莫斯科,邂逅青年军官沃伦斯基,深深地迷恋上了他,最后不惜抛弃丈夫和儿子与沃伦斯基私奔。一直暗恋沃伦斯基的女孩吉提由于过于绝望而病倒,不久和列文结婚,由此在农村平淡的生活中发现了心灵的宁静。另一方面,安娜对沃伦斯基的爱情与日俱增,变得自私起来,不断担心新丈夫会遗弃自己。故事发展到最后,安娜深信自己将被丈夫抛弃,在绝望中卧轨自杀,悲惨地死去。列文在与吉提的生活中,逐渐对人生的意义和目的、神与信仰等问题产生疑问,陷入深深的苦恼之中。最后,他明白了对于民众来说信仰是生活的基础,要想使自己的灵魂得到救赎,就必须按照神的意志生活。《安娜·卡列尼娜》被认为是托尔斯泰作品中艺术成就最高的小说。[③]

《安娜·卡列尼娜》的故事也可以按照以下方式进行解读。1861 年皇帝亚历山大二世颁布了解放农奴的法令,俄罗斯资本主义迅猛发展。在这样的背景

---

① 莫言:《生死疲劳》,天津:百花文艺出版社,2012 年,第 391 页。
② 莫言:《怀抱鲜花的女人》,天津:百花文艺出版社,2012 年,第 87 页。
③ 原卓也:《托尔斯泰》,《世界文学大事典》(3),东京:集英社,1997 年,第 246 页。

之下，小说描写了两种截然不同的人生：一种是以大都市莫斯科、圣彼得堡为舞台，以贵族高官之妻安娜的不伦之恋为代表；另一种则是以农村地主家庭为舞台，聚焦于十八岁的公爵之女吉提的婚姻生活。安娜有一个八岁的爱子，可以推断她当时的年龄大致为二十七八岁。

鲁迅在青年时代就对托尔斯泰抱有浓厚的兴趣。他在日本留学期间创作的论文《破恶声论》（1908 年 12 月发表）中表示，与当时席卷中国文化界的"恶声"相比，托尔斯泰的"忏悔"更符合自己的心声。此后，《藤野先生》（1926 年 10 月执笔）等作品也提到过托尔斯泰。1928 年，鲁迅在由自己主编的文艺刊物《奔流》的 12 月刊上推出了托尔斯泰诞生 100 周年特集。特集主要通过对日译本的重新翻译，介绍了当时俄罗斯、欧美各地对托尔斯泰的最新阐释，还附上了篇幅很长的《编校后记》①。这篇《编校后记》主要参考了友人赵景深的信件，介绍了法国戏剧版《安娜·卡列尼娜》的演出内容以及 1885 年小说法语版的发行。《编校后记》还提到了世界各地纪念托尔斯泰诞辰 100 周年的情况。

从这本编校后记可以看出，在日本刊行的《托尔斯泰全集》六十一卷（托尔斯泰全集刊行会，1924 年初版）中，鲁迅购买了六卷，据鲁迅藏书目录可知，这六卷分别是第二十八、三十、三十九、四十一、五十、五十三卷②，恰好该全集二十五至三十卷中收录了《安娜·卡列尼娜》。因此，鲁迅应该断断续续地读过 1924 年日译版《托尔斯泰全集》中《安娜·卡列尼娜》的三分之一篇幅。在日本，这部全集刊行之前，濑沼夏叶和尾崎红叶翻译的《安娜·卡列尼娜》于 1902 年 9 月至 1903 年 2 月在杂志《文薮》上连载。此后，又陆续出版了很多全译本、节译本和摘译③，鲁迅或许也阅读过其中的部分内容。

事实上，鲁迅晚年的两封信件都曾提及《安娜·卡列尼娜》。其中一封是 1934 年 10 月 31 日写给翻译家孟十还的信。

> 上次的信，我好像忘记回答了一件事。托翁的《安那·卡列尼那》，中国

---

① 收录于《鲁迅全集》（第七卷）《集外集》，北京：人民文学出版社，2005 年，第 247 页。

② 北京鲁迅博物馆编：《鲁迅手迹和藏书目录》（第 3 集），1959 年，日文部分第 39 页。

③ 有柴田流星译《安娜·卡列尼娜》（上田屋，1906 年）、相马御风《安娜·卡列尼娜》（早稻田大学出版部，1913 年）、生田长江译《安娜·卡列尼娜》（新潮社，1914 年）、原白光译《安娜·卡列尼娜》全三卷（新潮社，文库形，1920—1921 年）三种。川户道昭、榊原贵教编著《图说翻译文学综合事典》（第三卷），东京：大空社，ナダ出版中心，2009 年，第 796—799 页。

已有人译过了,虽然并不好,但中国出版界是没有人肯再印的。所以还不如译 A. T. 的《彼得第一》,此书也有名,我可没有见过。不知长短怎样?一长,出版也就无法想。①

根据《鲁迅全集》的注释,翻译得"并不好"的《安娜·卡列尼娜》中译本指的是上海的中华书局 1917 年 8 月出版,由陈家麟、陈大镫翻译的《婀娜小史》,A. T. 是列夫·尼古拉耶维奇·托尔斯泰(1883—1945)的缩写。另外一封是 1936 年 5 月 4 日写给青年版画家曹白的信。

《死魂灵图》,你买的太性急了,还有一种白纸的,印的较好,正在装订,我要送你一本。至于其中的三张,原是密线,用橡皮版一做,就加粗,中国又无印刷好手,于是弄到这地步。至于刻法,现在却只能做做参考,学不来了。此书已卖去五百本,倘全数售出,收回本钱,要印托尔斯泰的《安那·卡莱尼娜》的插画②也说不定,不过那并非木刻。③

鲁迅晚年翻译了俄罗斯作家果戈理的代表作《死魂灵》,当时他参考了日译本,将日译本转译成中文。这项翻译工作始于 1935 年 2 月,于同年 5 月出版了第一部,而鲁迅在翻译第二部的过程中即翌年 10 月去世。这部小说的版画插画集《死魂灵图》在俄罗斯早已发行,1936 年 7 月,鲁迅自费出版了此书。从他给曹白的信中可以看出,鲁迅自费出版果戈理的《死魂灵》插画集后,又考虑了自费出版 1914 年在俄国发行的《安娜·卡列尼娜》插画集。

从鲁迅 1934 年给翻译家的信中可知,十七年前中译本《婀娜小史》"并不好",既然如此,鲁迅应该不仅看过《婀娜小史》,而且很有可能读过日译本或者中译本的《安娜·卡列尼娜》。而既然提到打算影印俄罗斯刊行的《安娜·卡列尼娜》插画,说明他对小说本身给予了很高的评价。顺便提一下,日本《妇人之友》于 1918 年 1 月至 1918 年 12 月连载了《安娜·卡列尼娜》的绘本。

---

① 《鲁迅全集》(第十三卷),北京:人民文学出版社,2005 年,第 247 页。
② 据《鲁迅全集》及日本国会图书馆目录记载,这封信上所提及的《安娜·卡列尼娜》是 1914 年俄罗斯莫斯科出版社 T-va I. D. Sytina 出版的《安娜·卡列尼娜》全二卷插图本,三个画家的名字用英文表示分别是 M. Shcheglov、A. Moravov、A. Korina。
③ 《鲁迅全集》(第十四卷),第 88 页。

虽说鲁迅对《安娜·卡列尼娜》如此感兴趣,但他的小说却几乎看不到受该作品影响的痕迹。从这一点来看,莫言与鲁迅大不相同。此外,正如前文所述,两者皆创作了一些归乡题材的短篇小说。下面,我们将对鲁迅和莫言的归乡故事进行比较。

三、鲁迅归乡故事中的女性们——《故乡》中的"豆腐西施" 与《在酒楼上》中的"阿顺"

在鲁迅的归乡故事系列中,叙述者经常在故乡与令其记忆深刻的女性重逢。《故乡》(1921年1月至2月执笔)收录于鲁迅第一部小说集《呐喊》(1923年8月发行),在小说登场的女性杨二嫂比叙述者年长十岁,他将再会时对杨二嫂的印象描述为"凸颧骨,薄嘴唇,五十岁上下的女人","两手搭在髀间,没有系裙,张着两脚,正像一个画图仪器里细脚伶仃的圆规"。由他的老母亲"这是斜对门的杨二嫂,开豆腐店的……"的介绍出发,叙述者想起了三十年前由于杨二嫂的姿色出众,她婆家豆腐店的生意兴隆,因此将她比作春秋时代越国的美女西施,称之为"豆腐西施"的事情。

在此处,叙述者为何要向读者做出"但这大约因为年龄的关系,我却并未蒙着一毫感化,所以竟完全忘却了"的辩解呢?经过三十年的岁月,因为杨二嫂从"豆腐西施"变成了"画图仪器里的圆规",所以即使没认出来也不足为奇。但是,叙述者所述对"豆腐西施""却并未蒙着一毫感化",与关于"因为伊,这豆腐店的买卖非常好"的传言相关的记忆是相矛盾的。如果毫不关注杨二嫂的话,叙述者应该也不会记得因美色而生意兴隆这样的传闻。根据叙述者这种矛盾的回想,可以推断出《故乡》的作者是想突显少年时代的叙述者对"豆腐西施"持有的特殊感情。

《故乡》的叙述者在"距今近三十年""不过十多岁"时,初遇农民出身的少年闰土即与他成为好友,直至二十年前离乡为止的十年间,一直想着闰土。另一方面,他处于十几岁的青春期的十年间,如果对"斜对门的豆腐店"的年轻妇人抱有特殊情感,即使那是爱慕之情,也决不会说出口。由于十几岁时对"豆腐西施"的印象过于深刻,所以在二十年后,与骤变成"画图仪器里的圆规"的杨二嫂重逢之际,不能立刻接受二者同为一人的事实。而且,想起"豆腐西施"的美貌时特地申明少年时的自己对她不甚关心,也许是想继续隐藏曾经的特殊情感吧。

在《故乡》结尾的离乡场景中,"那豆腐西施的杨二嫂,自从我家收拾行李以来,本是每日必到的,前天伊在灰堆里,掏出十多个碗碟来,议论之后,便定说是闰土埋着的,他可以在运灰的时候,一齐搬回家里去",这是叙述者从母亲处得知的。叙述者说"那西瓜地上的银项圈的小英雄的影像,我本来十分清楚,现在却忽地模糊了,又使我非常的悲哀"。此处他也仅是讲述了对少年闰土印象幻灭的悲哀,却未对"豆腐西施"发出新的感慨。实际上,杨二嫂出乎意料的行为,叙述者是从母亲那儿得知的:

> 杨二嫂发见了这件事,自己很以为功,便拿了那狗气杀(中略)飞也似的跑了,亏伊装着这么高底的小脚,竟跑得这样快。

此段原文是一个五十字的长句,鲁迅作品中的叙述者在表现复杂心理时,通常倾向于使用长句来进行表达,此处若采用断句,便无法淋漓尽致地表现出叙述者曲折的心态。叙述者仅仅在"飞也似的跑了……竟跑得这样快"这一长句中就两次使用"跑"进行强调。一开始,他回想起年轻时的"豆腐西施"时说道:"终日坐着,我也从没有见过这圆规式的姿势。"昔日的年轻妇人不仅变成了"圆规",而且公然盗取养鸡用的农具,装着高底的小脚,飞也似的逃跑的姿态,使叙述者对于二十年前那清秀美女的印象烟消云散了吧。

叙述者在接下去陈述"老屋离我愈远了……但我却并不感到怎样的留恋。我只觉得我四面有看不见的高墙,将我隔成孤身,使我非常气闷"时,不仅对闰土,也对从杨二嫂处感到"隔离"而"非常气闷"吧。他体味到了"西瓜地上的银项圈的小英雄的影像"以及所谓"豆腐西施"的美女形象幻灭后的双重丧失感。

紧接着,叙述者用"我希望他们不再像我,又大家隔膜起来……"的长句,表达了对侄子宏儿和闰土的孩子水生的希望。尽管叙述者所接触的是闰土,却在"然而我又不愿意他们因为要一气,都如我的辛苦展转而生活,也不愿意他们都如闰土的辛苦麻木而生活"这两句后加上了"也不愿意都如别人的辛苦恣睢而生活",用不具体指出名字的手法暧昧地提到了"别人"。作品《故乡》中"辛苦恣睢而生活"的"别人"恐怕只能是杨二嫂①,《故乡》的叙述者对闰土是否为盗取碗碟的"犯人"、若真为"犯人"那动机是什么、若不是"犯人"为什么母亲他们没有否定杨二嫂的推理等等事情未加思考。叙述者只是阐述了自己内心的伤痛和希望。将他与周围"隔离"的"看不见的高墙"是他自己所筑。紧闭于这座墙内的叙述者

---

① 在中国,"辛苦恣睢而生活"的"别人"是祥林嫂,这样的解释被广泛认定是"文革"后1978年至1980年间的事情。参照拙作《鲁迅〈故乡〉阅读史》,东京:创文社,1997年,第204—209页。

不但不想表露出少年时对杨二嫂的特殊感情,而且对读者继续隐藏着自己从重逢直至别离这段时间对她的思慕之情——或许与叙述者心中"西瓜地上的银项圈的小英雄"差不多,鲜明的"豆腐西施"的印象仍一直存在着吧。虽然鲁迅对《安娜·卡列尼娜》寄予了很多关心,但作为《故乡》的作者,他并没有在该作品中设定《安娜》式的不伦情节。

在动笔写作《故乡》三年后的1924年2月,鲁迅用九天时间连续创作了归乡故事的第二篇《祝福》及第三篇《在酒楼上》。《在酒楼上》中的叙述者在归乡之时,顺路到"离我的故乡不过三十里"的S城——大约十年前他在此城做了一年的教员——去了昔日常去的酒楼,在二楼偶然和学生时代的友人、也是教员时代的同事吕纬甫时隔十年再次相遇,听了吕在S城的归乡经历。① 由此,围绕着归乡主题,第二叙述者登场,展开了剧中剧。吕纬甫的归乡目的,是遵从母亲的嘱咐,迁移夭折弟弟之墓并且给昔日东邻船户家的长女阿顺送剪绒花。但是在弟弟的墓中未见一块骨骸,船户家的阿顺也因肺结核去世了。

据吕纬甫所说,阿顺虽然"长得并不好看,不过是平常的瘦瘦的瓜子脸",但"独有眼睛非常大,睫毛也很长,眼白又青得如夜的晴天,而且是北方的无风的晴天,这里的就没有那么明净了"。在鲁迅的作品中,阿顺被形容为眼睛最美的女性。而且因为她能干,想要娶她的男人也应该很多。听附近柴火店店主的母亲说,和阿顺订婚的对象"实在是一个好人",这个男人用"撑了半世小船,苦熬苦省的积起来钱"支付了大笔的聘金给阿顺的父亲。这个婚约是按照当时的习俗考虑门第而决定的,在支付大笔聘金这一点上,和《祝福》中贺老六与祥林嫂的买卖婚姻具有同样的性质。而且按照当时的伦理纲常,丈夫与阿顺直至成婚当日才能相见。

实际上,吕纬甫为了从故乡"搬得很干净"而于前年返乡接母亲走的时候,被船户请到家里做客,吃了阿顺做的烫荞面糕。但此事是发生在阿顺订婚前还是订婚后,吕纬甫并无任何交代。放下这一点姑且不论,吕纬甫是第一次吃荞麦点心,加了很多白糖的烫荞面糕不但甜,而且量还大。吕纬甫虽想顾着情面吃两三口就罢了,但因"无意中,忽然间看见阿顺远远的站在屋角里",于是"决心放开喉

---

① 《祝福》中鲁镇和县城以及餐馆福兴楼,与《在酒楼上》中"我"的故乡和S城以及酒楼一石居大致对应。且《祝福》和《在酒楼上》中的两位叙述者也很相似,在祥林嫂死后来到县城的《祝福》中的叙述者,似乎知道吕纬甫的弟弟和少女阿顺这两人的死讯。《故乡》中接回搬离故乡旧宅的老母亲的叙述者同样也是《祝福》的叙述者,或许他正是吕纬甫,若未深读是无法作如此联想的吧。

咙灌下去了"——而且和阿顺的父亲"几乎一样快"。虽然据吕纬甫所说,他是因为看见"她的神情,是害怕而且希望,大约怕自己调得不好,愿我们吃得有味",但阿顺那样的神情,真的是他"无意中……看见"的吗? 在当时连定亲者本人都不能相见的中国①,当男女相互凝视对方的视线交错时,且男方将这女子视为出类拔萃的明眸美人时,要说当时没有滋生出爱情的话倒显得读者稍欠想象力了。吕纬甫吃烫荞面糕的速度和阿顺的父亲"几乎一样快"这点,是否出于想将自己在阿顺心中的地位摆得和她父亲"几乎一样"高这样"无意"的愿望呢。但《在酒楼上》的第一叙述者并未对这一切抱以疑问,而是专心地听着吕纬甫的讲述。或许,《在酒楼上》的作者只是停留在对二人之间恋情做出暗示的层面,并未打算真的在作品中使二人坠入爱河吧。

虽已没落但也是地主家庭出身的读书人,接受过近现代教育、做过洋学堂教师的吕纬甫,同虽是富裕船户却出生在劳动阶级家庭的女儿——阿顺之间还是有着巨大的身份差异。例如吕纬甫在失业后,虽厌弃地方权贵子弟,但即使是教授他们传统教育的家庭教师这样"无聊的"职业,他到手的"每月二十元的收入",还是相当于后述《祝福》中作为女长工的主人公祥林嫂所得月工钱"五百文"的四十倍。

除了这样的身份差距,年龄差距也是存在的。"十多岁没了母亲"的阿顺即使两年前应该也才十多岁吧。与此相对,由于吕纬甫与让人联想到鲁迅的叙述者是同龄人,大概已年过四十岁了吧。如果阿顺做了吕纬甫的妻子,在年龄上也是不合适的。鲁迅的妻子朱安(1879—1947)比鲁迅还要年长四(三)岁②,在当时重视传统的中国地主阶级和城市中产阶级中,妻子比丈夫年长的情况颇多。

在船户家做客吃了阿顺做的烫荞面糕的当晚,吕纬甫"饱胀得睡不稳,又做了一大串恶梦",不仅是因为吃不惯烫荞面糕,也可能是因为对阿顺的相思和爱恋吧。即便如此,吕纬甫或许是考虑到了身份和年龄的差距,更是因为知道阿顺

---

① 例如民国时期的大知识分子胡适(1891—1962),于 1904 年因求学离开上海之际,奉母之命和邻县江家的女儿江冬秀定亲,他和江冬秀见面,已是从美国回国后举行结婚仪式的 1917 年 12 月,即婚约订立十三年后的事情。不仅是胡适,清末民初正逢婚龄的中国知识分子鲁迅及郭沫若(1892—1978)皆为这样的旧式婚姻所困扰。见藤井省三《与纽约达达派艺术家恋爱的胡适——中国人的美国留学体验和中国现代论的形成》、沼野充义编《多分野交流演习论文集 禁止的力量与超越的流动》,东京:东京大学人文社会系研究科斯拉夫文学研究室,2000 年,第 107—144 页。

② 关于朱安的生年,有 1877 年、1878 年、1880 年等说法,见乔丽华《我也是鲁迅的遗物——朱安传》,上海:上海社会科学院出版社,2009 年,第 19—20 页。

已经订了亲,他"还是祝她一生幸福,愿世界为她变好"。在对身为第一叙述者的"旧友"告白之后,接着吕纬甫又做出"然而这些意思也不过是我的那些旧日的梦的痕迹,即刻就自笑,接着也就忘却了"如此遮丑般的解释,可以认为是中年男性的一种掩饰吧。《在酒楼上》的作者鲁迅,在委婉暗示吕纬甫和阿顺之间可能产生恋情的同时,又在故事设定上避免产生《安娜·卡列尼娜》式的不伦。

四、《祝福》中祥林嫂的"不贞"问题

短篇小说《祝福》(原来题目:祝福 一九二四年)的题目指的是一旧式风俗。除夕时杀鸡宰鹅烹猪肉,五更天(天亮前两小时)点起线香和蜡烛供奉灶王,祈求一年的平安。年末,叙述者回到故乡的小镇——鲁镇,寄居在地主四叔鲁四老爷的宅子里,有一天在河边遇到了祥林嫂。祥林嫂是从卫家山山村移居过来的外乡人,现在已经沦落为乞丐。她有着一段悲惨的经历。她第一个丈夫死后在鲁家做女佣时被婆婆卖掉,改嫁给一个农民,后来她的第二个丈夫也生病去世了,而他们的孩子则被野狼所吞噬。[①] 1912 年中华民国成立后,在底层社会还存在着这样一种陋习,即婆家可以把没有孩子的儿媳卖给其他人家当媳妇。一方面,传统的儒教伦理道德观仍认为"夫有再娶之义,女无二适之文"(后汉曹大家著《女诫》)。为了延续香火,男性再婚是符合伦理的,而女性再婚则被申斥为违背伦理道德、不守贞洁,是被严忌的。再加上受佛教影响,民间流传着这样一种说法:再婚女人死后将会进地狱,被阎罗王用锯子分成两半分给她死去的丈夫们。在当时的中国,像祥林嫂这样善良勤劳的农村妇女深受男权社会制定的残暴制度以及迎合习俗的宗教势力编造的迷信之苦。另一方面,传统宗教宣扬的来世的救赎也给祥林嫂带来了与夭折的儿子再会的希望吧。

祝福庆典的前一天,叙述者遇到了祥林嫂,被问到"人死了后有灵魂吗"、"有地狱吗"、"死后可以和家人见面吗"等。面对这些问题,叙述者难以回答。这是因为如果给予否定的回答,就断绝了祥林嫂和儿子再次相见的希望;如果给予肯

---

① 祥林嫂在讲述阿毛被狼吃的事情时,如是叙述道:"叫我们的阿毛坐在门槛上剥豆去",被狼衔走了。祥林嫂讲述阿毛之死的方式可能是在模仿民间故事中幼儿被野兽残害的套路。但是,不管阿毛多么的"听话",正如下文"叙述者与祥林嫂的关系"中的年表所表示的那样,阿毛刚满两岁,在那个年龄能剥豆让人感到可疑。另外,阿毛"坐在门槛上"让人联想到后来祥林嫂为了赎罪而捐"门槛"的事所表现出的浓厚的兴趣。

定的回答,就会增加祥林嫂对死后被阎王爷分成两半的恐惧。第二天也就是除夕,"我"听到了祥林嫂突然死去的消息,回想她生前的半辈子……

叙述者的叔叔鲁四老爷是鲁镇的地主阶级、当地社会有威望的人物,他及四婶自私地信仰儒教,只求自家兴盛,没有半点试图去改革旧弊的意思,不如说是为了忠于儒教信仰,结果助长了百姓的封建迷信,叙述者表述的这一点也不容忽视。小说《祝福》巧妙地展示了1911年辛亥革命之后生活在中国社会底层的农村及城镇女性的悲剧,她们在物质、肉体、精神、法律、经济、道德、宗教等各个层面深受歧视、剥削,丧失尊严、穷困而死,是一篇不可忘却的杰作。同时这也是中华人民共和国成立六十多年来鲁迅作品在教科书中日趋减少之时,《祝福》这篇描写中华民国时期底层社会是何等悲惨、地主统治阶级是何等冷酷的小说依旧被保留在语文教科书中的理由之一吧。①

另一方面,值得一提的是,武汉市高中老师姚娟指出,21世纪的中国高中生不仅不为祥林嫂的悲惨遭遇流泪,有时还觉得可笑。对于学生和鲁迅之间产生隔阂的原因,姚娟总结为以下三点。

第一,祥林嫂的遭遇虽悲惨,文章却没有重点描写。

第二,学生认为,两度丧夫,孩子又被狼吃掉在现实生活中是不可能存在的。

第三,学生认为,祥林嫂太软弱、太迷信、太愚昧,虽然同情她,对她却没有更多的好感。

面对高中生这样的反感情绪,姚娟的解释是:鲁迅的写作目的是使读者对封建礼教制度吃人的本质进行深层思考,他将生活在底层的农村妇女所遭遇的痛苦集中于祥林嫂一人身上,这样的写法使祥林嫂成为一种典型;祥林嫂是鲁迅"哀其不幸,怒其不争"的民众形象之一。② 但是祥林嫂果真是遭受"四权"(即政权、族权、神权、夫权,为毛泽东在1927年的《湖南农民运动考察报告》中所使用)压迫,仅仅生存在"软弱、愚昧、迷信"中的女性吗? 在《祝福》中,叙述者没有提到她主动寻求自己的幸福、实现自己愿望的事吗? 即便叙述者没有提到,《祝福》的作者也没有描绘祥林嫂的主观选择吗?

《祝福》让鲁四老爷家临时雇用的另一个女佣柳妈登场。作品中有这样一幕,柳妈问祥林嫂:即使你装成贞洁烈女,实际上还是不守贞操的罪犯,不是吗?

---

① 在围绕着教科书和《祝福》的讨论中,见陈漱渝《播撒鲁迅精神的种子——关于教材中的鲁迅》,《江苏师范大学学报》(哲学社会科学版)2013年1月号。

② 姚娟:《面对祥林嫂学生为何不流泪?》,《中学语文》2004年第9期。

面对柳妈的这一询问,祥林嫂笑着当场予以否定。而这时柳妈看到祥林嫂额角上的伤痕,这是拒绝再婚的祥林嫂在婚礼那天拼命反抗,"一头撞在香案角上",头上碰了一个"鲜血直流"的"大窟窿"。

> "我问你:你那时怎么后来竟依了呢?"
> "我么?……"
> "你呀。我想:这总是你自己愿意了,不然……。"
> "阿阿,你不知道他力气多么大呀。"
> "我不信。我不信你这么大的力气,真会拗他不过。你后来一定是自己肯了,倒推说他力气大。"
> "阿阿,你……你倒自己试试看。"她笑了。

"有力,简直抵得过一个男子"的祥林嫂虽然在婚礼时确实为保守贞操试图自杀,但是为什么在闺房中她没有拼尽全力对她第二个丈夫的强暴行为进行反抗呢?这一直是柳妈的疑问。对此,祥林嫂的反应是"'阿阿,你……你倒自己试试看。'她笑了。"这应该是祥林嫂再次在鲁四老爷家做工以来第一次露出的笑容吧,在此之前,她一直是"死尸似的脸上又整日没有笑影",如果她表现出恐惧和愤怒,而不是笑意,也许柳妈就不会进一步萌生对她不守贞洁的疑虑了。考虑到被迫屈从于第二个丈夫的可怜的祥林嫂的不幸,她或许就不会再提到"用锯锯成两半"这样令人恐惧的迷信观念了吧。

面对本不会笑的祥林嫂笑着讲述自己被强暴的经历这一表现,柳妈虽然"打皱的脸也笑起来,使她蹙缩得像一个核桃",但她那"干枯的小眼睛一看祥林嫂的额角,又钉住她的眼"。脸上的伤疤是祥林嫂贞洁的象征,但与在谈论不守贞操时她所流露出的笑容是相互矛盾的。尽管柳妈被逗笑了,但她从祥林嫂第一次笑容背后敏锐地解读出了其对不守贞洁的肯定。"上头又没有婆婆,男人所有的是力气,会做活;房子是自家的。"被拥有房产的核心家庭的幸福所吸引,并被性的快感所诱惑,祥林嫂主动背弃了贞节,犯下了不守贞操的罪行。柳妈(从祥林嫂的笑脸中)得到了(她不守贞操)的确凿证据。

本来按字面意思去解读祥林嫂"你……你倒自己试试看"这句回答的话,应该是"柳妈,如果你也被他强暴,你就会明白反抗他有多么难了",这假定了柳妈自身的贞节危机。因为听了这样的话后,柳妈既没有恐惧也没有生气而是笑了,说明柳妈虽是一刹那,可能也认可了不贞不伦。这是笃信佛教的柳妈的失态之举。她即刻又用"干枯的小眼睛""钉住她的眼",从失态中回过神来,调整了一下姿态,开始了对祥林嫂不守贞节的罪与罚的"审判"。

对于柳妈如此的强硬态度,"祥林嫂似很局促了,立刻敛了笑容,旋转眼光,自去看雪花"。此时,祥林嫂眼中的雪花似乎预示了九年后,她在"阴沉的雪天里"穷困而死的命运。另外,柳妈把祥林嫂避开她那"干枯的小眼睛"这一视线转移解释为由不贞的罪恶意识而产生的心理动摇,从而最终确信了祥林嫂不贞之罪。"柳妈诡秘的说"这开头的一句是"祥林嫂,你实在不合算"。在祥林嫂笑之前柳妈话家常似的询问和祥林嫂笑之后柳妈那"审判"裁决似的质询当中,柳妈的表情和语调是截然不同的。这是因为祥林嫂笑之前,柳妈只是拐弯抹角地试探她的不贞之罪,然而,在祥林嫂笑之后,柳妈成了"阎罗王"这样的权威代表,"审判"起她的罪行来。这里所描写的柳妈那"干枯的小眼睛"与《在酒楼上》这部作品中吕纬甫口中阿顺美丽的双眸形成鲜明的对比,让人印象深刻。

> 你想,你将来到阴司去,那两个死鬼的男人还要争……阎罗大王只好把你锯开来,分给他们。

柳妈告诉祥林嫂不贞之罪的"赎罪"方法是"你到土地庙里去捐一条门槛,当作你的替身,给千人踏,万人跨"。"给千人踏,万人跨"实际上象征着任人蹂躏的生存状态。柳妈的所谓的免罪理论是在村落共同体的圣地——土地庙里,通过捐门槛这一象征着被践踏的行为,由此就能救赎祥林嫂和其第二任丈夫的不贞之罪。柳妈盘问后的第二天,祥林嫂就马上到土地庙里想捐门槛。而捐门槛需要大钱十二千,这笔巨款相当于祥林嫂两年的工钱。值得一提的是,祥林嫂的婆婆在儿子死后,将祥林嫂卖给山民贺老六时的价钱是八十千。

把祥林嫂介绍到鲁家当女工的中间人卫老婆子,应该从鲁家拿到了酬劳,然而柳妈是否从土地庙的看守人那里得到酬劳就不得而知了。柳妈之所以告知祥林嫂不贞救赎之法,并非单纯地出于佛家的慈悲心,也是为了进一步确认其不贞罪名的权宜之计。柳妈或许是这样想的:如果祥林嫂不惜投入大笔金钱来寻求救赎的话,那就是她自己心虚内疚,可以看作她不贞之罪的自白。实际上,在祥林嫂决定捐门槛之后,柳妈就立刻向镇上的人们大肆宣扬祥林嫂承认了自己是个不守贞操的罪人。因此,祥林嫂在鲁镇的地位发生了巨大的变化。

祥林嫂在鲁镇名声的变化可以分为以下三个时期:初冬,当"二十六七"岁的寡妇祥林嫂来到鲁镇时,人们称赞她"实在比勤快的男人还勤快";当祥林嫂与第二任丈夫及孩子阴阳两隔、再次回到鲁家开始工作时,人们同情她的孩子被狼吃了这一悲惨遭遇,进入对她重新看待的时期;最终人们对于她的悲惨遭遇感到厌倦,将她当作令人嫌弃的对象。由于柳妈故意让祥林嫂的不贞行为暴露于世人面前,祥林嫂成为人们带有惩罚性质的嘲笑的对象,她的人生被迫转入了没落的第三时期。对于这一变化,叙述者"我"进行了如下的描述:

> 她久已不和人们交口,因为阿毛的故事是早被大家厌弃了的;但自从和柳妈谈了天,似乎又即传扬开去,许多人都发生了新趣味,又来逗她说话了。至于题目,那自然是换了一个新样,专在她额上的伤疤。
>
> "祥林嫂,我问你:你那时怎么竟肯了?"一个说。
>
> "唉,可惜,白撞了这一下。"一个看着她的疤,应和道。
>
> 她大约从他们的笑容和声调上,也知道是在嘲笑她……

祥林嫂曾经是人们口中的勤快之人,之后由于孩子被狼吃掉成为受害者而受到同情,而她再次回到鲁镇被人们关注则是因为她是个不贞之人。对于这样被排斥的折磨,祥林嫂"整日紧闭了嘴唇,头上带着大家以为耻辱的记号的那伤痕,默默的跑街,扫地,洗菜,淘米"。自柳妈"审判"大约一年以后,祥林嫂领取积存了两年的工钱,在土地庙捐了门槛。如此一来,祥林嫂认为自己已经赎掉了不贞之罪,"神气很舒畅,眼光也分外有神,高兴似的"向鲁四老爷的妻子四婶报告。这是祥林嫂三十一岁到三十二岁时候的事情。

的确,在柳妈等鲁镇的大众看来,通过这种宗教仪式是能够救赎不贞之罪的。但是,像地主鲁四老爷那样的信奉儒教的权贵阶层对这种民间信仰则敬而远之。在鲁四老爷眼里,有再婚经历,尤其是有过自认为是正当行为却犯下不贞之罪的祥林嫂,始终是"败坏风俗的……不干不净"的女人。因此他蔑视祥林嫂,从不把她看作正常的女性。由此可见,出身于鲁镇边远山村卫家山的祥林嫂因中心城镇鲁镇所盛行的权贵阶层儒教思想以及老百姓的信仰而受到双重歧视。她被这样的鲁镇整体所排挤,失去了容身之处,患上了精神病,最终穷困而死。

柳妈和祥林嫂的对话"你后来一定是自己肯了","阿阿,你……你倒自己试试看"以及两人对话时祥林嫂笑了这一情景,是如何传达给叙述者的呢?柳妈向鲁镇的人们泄密后,也许是鲁镇的某个人,恐怕是鲁四老爷的妻子四婶转告给叙述者的。那么,"柳妈的打皱的脸也笑起来,使她蹙缩得像一个核桃",以及柳妈"干枯的小眼睛一看祥林嫂的额角,又钉住她的眼",这又是谁告诉叙述者的呢?柳妈是不可能看见自己的眼睛的。

小说《祝福》从始至终都是由叙述者用第一人称来进行叙述的,但是,在这里,作者却不合常规地改用第三人称对叙述者不认识的柳妈那"干枯的小眼睛"进行描写,突然转成第三人称叙述的可能性是值得深思的。然而,自 1918 年发表《狂人日记》以来,鲁迅还写了《孔乙己》、《一件小事》、《头发的故事》、《故乡》、《兔和猫》、《鸭的喜剧》、《社戏》共八篇以第一人称叙事的短篇小说。其间,改变叙述方式这一不符常规的情况并无先例。因此,可以说《祝福》的作者突然一反常态地采用第三人称叙述故事的可能性是极低的。

祥林嫂向鲁镇的人提起,然后再传到叙述者那里,这一可能性也极低。因为,柳妈审问完祥林嫂之后,就立刻向鲁镇的人们散布她的罪状,祥林嫂已经完全被鲁镇人孤立了。所以,将柳妈审问她时的表情告诉给叙述者的只能是祥林嫂本人吧。

那么,叙述者为什么没有说明是从祥林嫂那里得知柳妈审问时的表情的呢?也许《祝福》的作者是想通过叙述者没有讲明的话语向读者暗示他与祥林嫂之间的亲密关系吧。

五、叙述者与祥林嫂的关系

到底叙述者与祥林嫂之间是怎样的关系呢? 根据叙述者自己的描述可知,鲁镇是他的故乡,鲁四老爷家是个"有知识"的"大户之家"。"鲁四"这个名字意味着在鲁氏一族同辈人中按长幼顺序排行第四。称呼鲁四为"四叔"的叙述者也姓鲁,"四叔"的"叔"意味着他比叙述者父亲的排行低,"四婶"则是"四叔"的妻子。叙述者的父母大概已经去世了,或者是和《故乡》中的"我"以及《在酒楼上》的吕纬甫的母亲一样,与在异乡谋生的叙述者住在一起。

叙述者卖掉了鲁镇的祖宅与田地,失去了地主的身份,但却在城市或国外接受了近代教育,那个时候似乎是一名活动于大城市教育界的改革派人士。这样一位叙述者的设定,给予读者一种强烈的印象,即叙述者是和鲁迅身份地位差不多的男性。顺便提一下,叙述者离开鲁镇极有可能是在"五年前",鲁迅也是在

《祝福》发表的五年前,即 1919 年 12 月回到故乡绍兴并停留了一个月左右,处理完房屋买卖等杂务,带着母亲与最小的弟弟周建人等家人回到了北京。

生于 1881 年的鲁迅发表《祝福》的时候年近四十三岁,一般来说,当时的读者是不太可能知道鲁迅的真正年龄的。① 虽说如此,但对于真正热衷于鲁迅文学的读者而言,因为《故乡》(1921 年)中叙述者的年龄是四十来岁,而鲁迅第一部短篇集《呐喊》(1923 年 8 月)"自序"中作者讲到自己是日俄战争时期日本医学专科学校的留学生,从这两点不难推断出鲁迅的年龄大概是在四十出头。

《祝福》最初发表在上海商务印书馆于 1924 年 3 月 25 日发行的《东方杂志》半月刊(第 21 卷第 6 号)上,篇末标有"一九二四年二月七日(R)"这样一个记号。"(R)"大概是鲁迅的日文发音"ろじん＝Rojin"的首字母。总而言之,"一九二四年二月七日"正值阴历正月初三,《东方杂志》3 月 25 日这一篇作品的读者中,大概有很多人是把它当成"私小说"来读的吧,他们一定认为这个故事是之前一个月,即旧历正月前后鲁迅所亲身经历的事情。

从这些读者观点出发来制作一个祥林嫂的年表吧。假定祥林嫂于 1924 年旧历 12 月 29 日的晚上,抑或是第二天除夕,即新历 2 月 3 日或 4 日去世,那么 1924 年 2 月 3 日,叙述者最后一次见到的祥林嫂应该是"四十岁左右的人",而祥林嫂第一次出现在鲁镇时才"二十六七岁"。为方便起见,年龄按虚岁来算,以祥林嫂第一次来到鲁镇时的年龄为二十七岁来制作年表。

1885 年前后　　出生。

1911 年初冬　　27 岁,比她小 10 岁的第一任丈夫去世了,经卫婆子的介绍在鲁四老爷家做女工。

1912 年 2 月末至 3 月　　28 岁,被婆婆强行卖给贺老六,并与其成婚。

---

① 《鲁迅研究学术论著资料汇编 第 1 卷 1913—1936》收录的 1924 年以前的文献中,没有涉及鲁迅的年龄。鲁迅作品《故乡》自 1921 年发表以来,就被选定为中国中学语文教材里的固定篇目,但是,在最早收录该作品注释版的《新时代语文教科书第五册》(商务印书馆,1929 年 6 月刊行)中,除了注①做出"这是选自《呐喊》,描写作者自己回到故乡的小说"这一说明之外,剩下的 24 个注释都是词语解释。在同书《故乡》正文的开头,作者署上了"周树人"的本名,也发人深思。参照拙著《鲁迅〈故乡〉的读书史》第 58—60 页。鲁迅第一部作品集《呐喊》第四版(1926 年 5 月)、第五版(1926 年 8 月)、第十四版(1930 年)以及鲁迅第二部作品集《彷徨》第八版(1930 年 1 月)、第十二版与第十六版(出版年均不详)的版权页中,也没有与作者年龄相关的信息。关于《呐喊》第四版、第十四版以及《彷徨》第十二版的情况,承蒙庆应义塾大学长堀祐造教授的指教。《彷徨》第八版参见关西大学增田涉文库藏书。其他版本信息参见东京大学中文研究室藏《小田狱夫文库》。

1913 年 2 月旧历年末　29 岁,生下阿毛。

1914 年 2 月　30 岁,第二任丈夫贺老六病逝。

1915 年春　31 岁,阿毛被狼吃掉,大伯继承了亡夫贺老六的家产,经卫婆子介绍再次在鲁四老爷家做女工。

1916 年 2 月旧历年末　32 岁,接受柳妈的审问。

1917 年 1 月旧历年末　33 岁,向土地庙捐门槛,但怎么也抹不去不洁的女人这一污名。

同年 7 月　变得"头发也花白起来了,记性尤其坏,甚而至于常常忘却了去淘米"。四婶抱怨道:"倒不如那时不留她",并警告祥林嫂要将她解雇。

1919 年　35 岁,叙述者离开鲁镇,在这之后鲁四老爷和四婶很有可能解雇了祥林嫂。

1924 年 2 月 3 日　40 岁左右,"五年前的花白的头发,即今已经全白,全不像四十上下的人;脸上瘦削不堪,黄中带黑,而且消尽了先前悲哀的神色,仿佛是木刻似的;只有那眼珠间或一轮,还可以表示她是一个活物。她一手提着竹篮。内中一个破碗,空的;一手拄着一支比她更长的竹竿,下端开了裂:她分明已经纯乎是一个乞丐了"。

同年同月 3 日—4 日　穷困而死。

同年同月 7 日　鲁迅开始写作《祝福》。

作为这一时期知识阶级的一员,叙述者应该十分关注祥林嫂的贞节问题,只是他关注的与柳妈的恰好相反,是从女性解放视角出发的。鲁迅于 1918 年 8 月在《新青年》第五卷第二号上发表了《我的节烈观》(原题:我之节烈观,署名唐俟)。所谓"节烈",是中国传统思想中针对女性的一种强制的伦理观,辛亥革命爆发两年多之后的 1914 年,袁世凯政权为了维护纲常礼教,制定法律奖励"妇女的贞操节烈",报纸、杂志上也登载了许多称赞"节妇"、"烈女"的报道和诗文。鲁迅语含讽刺地批判了这种"女子死了丈夫,便守着,或者死掉;遇了强暴,便死掉;将这类人物,称赞一通,世道人心便好,中国便得救了"的伦理观,指出"节烈"的实行是极难极苦的,对自身和他人无利,对社会和国家无益,毫无存在的价值。鲁迅还进一步主张应该追悼因这种"节烈"而牺牲了的女性,铲除将享乐建立在他人痛苦之上的愚昧和暴力。

在这之前的几个月,鲁迅的弟弟周作人也同样在《新青年》杂志上发表了与谢野晶子《贞操论》的译文,鲁迅大概是受此影响才执笔创作了《我的节烈观》吧。[1] 鲁迅在该作品中也曾提到《贞操论》。与谢野批判了仅强求女子保守贞操的旧道德,指出只有恋爱结婚才是使灵肉一致的婚姻保障,但在不允许自由恋爱的当下,并不能期待将灵肉一致的贞操观当作一种道德,就此提出了"有爱即合,无爱即分"的新婚姻观。

与谢野曾说:"现代的婚姻在大多数情况下,男女双方中有一方会被奴化和物化,受另一方支配。""要说到年轻人的生理方面,因为女性也有性欲的冲动,所以大概也不能说没有出轨的危险。"这些话也可以看作从女性解放的角度对《祝福》中的祥林嫂的再婚和生育行为进行辩护吧。《祝福》的故事中,被强迫再婚的祥林嫂甚至曾决心自杀,然而被第二任丈夫强暴后也没有自杀,并和第二任丈夫生下一子,三口之家一道度过了一段幸福的时光。这一流言传开的时候,作品的叙述者至少在内心中还是祝福着祥林嫂的吧。并且这种祝福在之后作为安慰性话语应该至少有一次机会被转达给祥林嫂:就是祥林嫂对叙述者"我"说起柳妈用"干枯的小眼睛"责怪她不守贞操的时候。

在收录于 2005 年版《鲁迅全集》的《祝福》的开头部分,祥林嫂对归乡的叙述者说的第一句话是:"你回来了?"然而在《祝福》第一版中,祥林嫂一开始使用"您回来了?"但之后又接着说"你是识字的,又是出门人,见识得多,我正要问你一件事",连续两次使用了普通的第二人称代词"你"。[2] 将首版中的"您"改为"你",应该是 1956 年版的《鲁迅全集》出版以后的事情吧,在此之前的单行本《彷徨》和1938 年的《鲁迅全集》,都是第一句使用"您",第二句、第三句使用"你"字。

特别值得一提的是,关西大学增田涉文库藏书中的《彷徨》(1930 年 1 月第 8版)也是如此。增田涉于 1931 年从东京大学支那文学科毕业,这本书是他毕业

---

[1]　与谢野晶子:《貞操は道德以上に尊貴である》,收录于《人及び女として》(天弦堂书房,1916 年 4 月),摘自《定本与谢野晶子全集》(第 15 卷)(东京:讲谈社,1980 年,第 130—139 页),周作人将其译为《贞操论》,发表于《新青年》第 4 卷第 5 号。同刊目录和版权页上记载着"1918 年 5 月 15日发行",但实际发行日期则在 6 月 10 号以后。详情参考拙著《鲁迅事典》(东京:三省堂,2002 年,第 61 页),关于周作人对与谢野晶子思想的接受,参考阿莉塔《周作人と与谢野晶子——両者の贞操論をめぐって》(《九大日文》第 1 号,2002 - 07 - 25,pp.131—149,http://hdl.handle.net/2324/8347。

[2]　《东方杂志》半月刊,第 21 卷第 6 号,上海:商务印书馆,1924 年 3 月 25 日发行,第 98 页。鲁迅:《彷徨》,上海:北新书局,1930 年 1 月第 8 版,第 16 版共 4 页。

后在上海鲁迅家中每周接受一对一辅导时所使用的课本。① 该书中有多处用各种字体标记的注释，然而针对"您"和"你"的混用却没有相应解释。大概作者的用意是，祥林嫂开头使用"您"字打招呼，是向叙述者表达敬意，而第二次、第三次使用"你"字是为了表现出亲近感吧。② 作者将祥林嫂对叙述者的称呼从"您"改换作"你"，正是表达了两者间潜在的亲近感和信赖关系吧。

这样一来，与祥林嫂有着潜在亲密关系的《祝福》的叙述者，对于祥林嫂受到的来自柳妈和鲁镇人们"以制造他人的痛苦为乐的愚昧和暴力"的行径一定感到苦闷不已吧。柳妈断定祥林嫂犯下不贞之罪，从与谢野晶子"有爱即合，无爱即分""女性也是'性欲动物'"的新婚姻观来看，正是对"不贞之罪"这一概念本身所提出的控诉吧。

自1916年2月农历年末到1919年叙述者迁离鲁镇的这三年间的某一天，祥林嫂"没有神采的眼"忽然发光了，和叙述者谈起柳妈的"审判"是否妥当："你是识字的，又是出门人，见识得多，我正要问你一件事。"——是不是犯了不贞之罪若到土地庙去捐一条门槛则罪愆可得赦免？死后是不是不用被锯成两半分给她的两任亡夫？这样的询问也许不是一次两次，而是有许多次。

当然，据叙述者所说，祥林嫂那句"你是识字的……"是1924年2月3日祥林嫂对五年未见的他所讲的话，叙述者描述当时的反应是："我万料不到她却说出这样的话来，诧异的站着。"叙述者的"万料不到"大概是因为祥林嫂的容貌表情都和五年前完全不同，样子也"分明已经纯乎是一个乞丐了"吧。抑或是因为尽管祥林嫂完全变了样，却仍然重复和五年前一样的话，想要同他商量吧。

这些姑且不提，即便叙述者向祥林嫂宣扬"灵肉一致"这样的新婚姻观，肯定她的"性欲冲动"，但被通过买卖婚姻渔利的婆婆出卖，被一起做工的女佣以地狱图施以恐吓，身处这种环境之中的祥林嫂恐怕很难理解恋爱结婚的制度吧。叙述者对自由恋爱的提倡若是被极端保守的鲁四老爷知道，估计会被狠狠责难吧。若是同情痛苦的祥林嫂，肯定她捐门槛的举动的话，也会违背鲁四老爷的儒教伦

---

① 关于增田涉文库藏书的《彷徨》，请参照林敏洁《增田涉注释本〈呐喊〉〈彷徨〉研究新路径》，《现代文学研究丛刊》2013年11月号。

② 对《祝福》初版中的"您"字变更为2001年版《鲁迅全集》中的"你"字，孙用编写的《〈鲁迅全集〉校读记》（长沙：湖南人民出版社，1982年）也未能指出原因。根据前文所提到的长堀教授的指教，我们推测《祝福》被1956年版《鲁迅全集》收录时统一改用"你"字，是避免身为劳动人民的祥林嫂对代表革命家鲁迅形象的叙述者使用敬语。

理观,"则我的答话实该负若干的责任"。这样一来,或许叙述者从 1916 年到 1919 年间与祥林嫂对话时,一直顾忌着鲁镇共同体顽固的传统伦理,直到五年后的 1924 年再见到祥林嫂也同样用"说不清"这样"极有用的话"来回答她吧。

柳妈那"干枯的小眼睛",正代表了传统社会与旧道德的凝视,只要祥林嫂将自身束缚在这目光之中,叙述者是无法对她进行启蒙开导的。如果祥林嫂不能对家庭幸福和性欲冲动有所觉悟,不能主观上肯定"灵肉一致的婚姻"的话,她就无法得到救赎。并且叙述者在鲁镇同样惧怕"干枯的小眼睛",正如同他在"教育界"一样,忌惮于高声批判那些吹捧节妇烈女的言行。

鲁迅在《祝福》里,描写民国时期的农村妇女为了生存不得不接受被迫再婚的现实,这时她便会遭到来自村镇联合体所谓"不伦不贞"的责难——叙述者尽管熟知这一情况却吞吞吐吐、含糊其词。事实上,正是因为熟知这一情况,叙述者才没有向祥林嫂说明与谢野晶子一派"灵肉一致的贞操观",鲁迅的归乡作品所反映的正是叙事者的这种无力感——不得不默认农村集体的传统伦理。

与《故乡》《祝福》《在酒楼上》这三篇反《安娜·卡列尼娜》式的小说相对,或许莫言所考虑的是女性对于乡村故事的决定性作用,所以即使让归乡的叙述者陷入不伦之恋,也要将女性一并纳入乡村叙事之中。

在下文所提到的《金发婴儿》的结尾部分,主人公解放军军官的老母亲对出轨的媳妇坦白自己在少女时代被卖给一个年长自己很多的商人做老婆并受到家暴,而后与丈夫的侄子私奔并生下主人公,由此揭开了人生新的篇章。《祝福》的叙述者若与祥林嫂私奔就可以将祥林嫂从"不伦之罪"和丧子之痛中解救出来,或许少年时期的莫言也曾经这么想过吧。不管怎样,在鲁迅归乡故事的基础之上诞生了莫言最初的文学创作《白狗秋千架》,此后,借用《安娜·卡列尼娜》的主题,莫言又完成了集其归乡故事之大成的作品《怀抱鲜花的女人》。拙论拟以明显受过《安娜·卡列尼娜》之影响的《怀抱鲜花的女人》为主深入讨论。

六、青年军官单身赴任、农妇陷入不伦之恋导致婴儿被害的故事——莫言《金发婴儿》

莫言(1955—　)出生于山东省高密县的一个农民家庭,是家中的第三个儿子。"文化大革命"爆发以后,他从小学中途退学当起了放牛娃。1976 年,他将年龄虚报两岁,最终如愿以偿地加入了人民解放军。1981 年担任班长时,莫言在部队的文艺杂志上发表了一篇书信体的小说,小说从一位年轻农村妇女的角度出发激励身为解放军军官的丈夫奋发图强、保家卫国。① 1984 年 11 月莫言开始创作《透明的红萝卜》,并于次年 4 月在中国作家协会(以下简称"作协")同年创刊的文学双月刊《中国作家》(1985 年第 2 期,同年 4 月 1 日开始发行)上发表,开始在主流文坛崭露头角。

此后,莫言从川端康成的《雪国》中获得灵感并开始创作以农村为舞台的短篇小说系列,更受到了福克纳及加西亚·马尔克斯的影响,创作了中国魔幻现实主义杰作长篇小说《红高粱》(原题:红高粱家族)。此外,或许他还受到当时在中国流行的松本清张小说的启发而创作了长篇小说《酒国》(1992 年),该作品讲述了矿山之城酒国市一群干部在酒宴上吃婴儿,检察院的特级侦查员秘密潜入展开调查的故事,开创了三重文本相互交错的新型写作方式。不久之后,莫言又将注意力转向中国近代史,创作了以义和团事件(1899 年)为主题的作品《檀香刑》(2001 年),该作品成为莫言的首部历史小说。

莫言在创作其真正意义上的出道之作《透明的红萝卜》两个月之后,又于1985 年 1 月创作了《金发婴儿》②,同年 4 月又推出了短篇小说《白狗秋千架》③。这两部作品接连问世显得颇有意味,因为它们所描写的都是违背伦理道德之恋。笔者将首先对《金发婴儿》进行考察,故事内容如下。

已经升至连级军官、"才貌双全"的某解放军指导员,因为婚后两年未曾归家,陷入了严重的性幻想之中,比他年轻十岁的妻子坚强地操持家里的一切,一边照顾双目失明的婆婆,一边务农,然而最终与熟悉民间偏方的农民青年萌生了不伦之恋。接到密信得知这一切的丈夫连夜赶回家,当场抓住了正在行苟且之事的两人,虽然拍了照片当作证据并把那个黄毛青年赶了出去,但不久之后妻子却生下了一个金发的婴儿。夫妇二人虽然暂时和好,但丈夫最后却杀掉了这个金发的婴儿。故事以军官孙天球所属的解放军营地以及妻子紫荆与婆婆相依为命的村庄为舞台,以时间为线索,时而同步时而先后地展开。

如果将创作《金发婴儿》的 1985 年 1 月作为故事的"现在",按照后文将详细分析的《怀抱鲜花的女人》中主人公王四的经历(王四高中毕业加入海军,工作十

---

① 《春夜雨霏霏》,隔月刊《莲池》1981 年第 5 期。

② 发表于江苏省作家协会发行的隔月刊文艺杂志《钟山》1985 年第 5 期。

③ 《中国作家》1985 年第 4 期,同年 8 月 11 日发行。原题《秋千架》,收录到单行本《透明的红萝卜》时改名为《白狗秋千架》。

五年后当上上尉)来推算,可以得知孙天球的年龄在 35 岁左右。妻子紫荆的干支年份是庚子年,即 1960 年出生,时年 24 岁。以此类推,黄毛虚岁只有 21 岁,比紫荆还要小上三四岁。孙天球的母亲是四年前突然失明的,年纪 60 岁上下。顺便说一下,莫言的母亲生于 1922 年。① 这样一部男女老少角色一应俱全的中篇小说,较好地反映了改革开放初期山东农村的社会面貌。

《金发婴儿》之所以能成为一部知名且有争议的作品,可以说与其新颖的心理描写以及支撑其心理描写的自由跳跃的时空设置密不可分。通览全篇,不难发现引号中的人物对话与叙事部分并未有所区分,这也是基于心理描写的考虑而做出的安排吧。因为政治部下达了通知,对观赏矗立在人工湖畔的裸女塑像的士兵们予以处罚,身为指导员的孙天球也加强了检查力度,并通过做思想工作,没收了裸女雕像的照片。尽管如此,作为婚后两年都未曾归家的"禁欲主义者",孙天球却不免沉迷于幻想之中,不分昼夜地透过中队本部的窗户用双筒望远镜窥视着那尊裸体塑像。他透过双筒望远镜与"她"对话,在对肉体爱抚的描写中,渲染出一种逼真而可怕的氛围。

孙天球的年轻妻子紫荆抱着金色大公鸡的场景也给笔者留下极为深刻的印象。这只鸡是村里的青年黄毛为了治疗紫荆失明的婆婆而抱来的。大公鸡全身彰显着雄性的生命力,紫荆感觉到自己那空虚的内心也急速地膨胀了起来。她与黄毛之间的不伦之恋就在这一瞬间被注定了,给读者留下强烈的印象。失明的婆婆在梦中看到的情景,尽管异常离奇,但也让人切身感受到了中国农民的心境。

那么对收到告发妻子不伦密信的孙天球在月圆之夜如何秘密潜回家中又是如何捉奸在床的一连串描写又是怎样展开的呢? 月亮也好,云彩也好,森林也好,花也好,麦田里熟透的麦粒也好,在石墙上排成一列跑个不停的鸡也好,在屋檐下的笼子里叫着的鹦鹉也好,就好像"天地万物都已经发狂和神秘",参与到杀害婴儿的这一悲剧之中去了。

《金发婴儿》中的主人公孙天球,是连政治指导员,和连长一起在连本部生活并担任指挥。

对连长、指导员这两人以及其与下级士官和士兵之间的关系,即解放军最小军事单位的连队组织内部生活的描写,可以说是基于从普通士兵熬成士官的莫

---

① 莫言研究会编著:《莫言与高密》,北京:中国青年出版社,2011 年,第 43 页。

言的亲身经历。在过去,农民的儿子参军之后基本的衣食住行就得到保障,可以说走上了一条可以跳出农村的精英之路。80年代改革开放以来农村的面貌发生了天翻地覆的改变,有了一定存款的"个体户"也有机会迁居城市,因此,下至普通士兵上到部队干部的思想意识也经历了巨变。每到周日就会被叫来给连长洗衣服的青年传令兵在连长面前大声地嚷道"我不想当什么连长,回家乡卖糖果也比当连长要好得多。"这便是上述转变的例证之一。

一方面,在农村,随着十一届三中全会后(1978年12月后)农业政策的转变,人民公社解体,农民自主的经济重获生机。农村里"个体户"的大量涌现使得女人和老人承担了大部分的农活。各家各户的生产力都得到了提高,孙天球的媳妇仅靠务农就可以生活得很好。从紫荆"甭说他一年还往家寄几个钱,他一个子儿不寄也断不了咱的钱花,缺不了咱的粮吃"这句话中也可以看出她在经济上的独立。像黄毛这样放弃赚钱而选择脚踏实地地学习民间偏方替人畜治病的民间青年知识分子似乎是一个例外。从黄毛的容貌也可以想象出他或者他的祖先是与欧美白人的混血。

同时,左邻右舍、亲朋好友间的人际关系以及社会法律秩序却面临着崩溃。乡党委书记的车轧断了孙天球妹夫的腿,造成重伤,书记不但不道歉,还狂妄地大骂了对方一顿。紫荆在市集上碰到了姑娘时的朋友,她已经生了两个孩子了,还计划再生一个。当紫荆问道"不是不准生二胎吗?不就领不到独生子女费了"时,她的朋友是这样回答的:"不稀罕那六块零钱,生二胎的话只要交两千块钱的罚款就能落户口,俺这个掌柜的哪一个月最低都要挣五千多块。"考虑到90年代初期一个大学教授一个月的工资也才有两百到四百块,可以想象因经济改革带来的社会的剧变。

尽管如此,四年前莫言发表了《春夜雨霏霏》这样一部以年轻农妇的角度来激励解放军军官丈夫的小说,为什么在《金发婴儿》中却着重讲述不伦之恋和杀害婴儿的故事呢?

孙天球为了替"一年都不在家"的自己找一位能照顾母亲的人,与一溜十八村的"茶壶盖子"紫荆通过媒人相亲后结了婚,新婚不久就撇下这位"长得象尊活菩萨的女人"继续回军营生活了。当他目睹了县城郊外营地附近的小湖边立着的裸体女子雕像之后,对妻子的爱恋便一发不可收拾起来。就连这样的"禁欲主义者也依然爱着自己的妻子",刚想去和连长谈探亲的事情,政治部就下达了有关强化风纪的通知,要求对战士们观看裸体女子塑像进行监管,并以之为当下的首要任务。如果孙天球能够如愿以偿地按期回家探亲,妻子的不伦之恋以及后来的杀婴惨剧就不会发生了吗? 不,还是会发生的。在这样一个留守家庭里,连亲生老母也更喜欢那个富有生活智慧的开朗的农村青年,而不是自己身为军官的儿子。

另一方面,紫荆需要自己一个人承担看护婆婆的职责,同时还得下地干农活。而像黄毛这样的年轻农民,从传统医术到打井再到制伏发狂的公猪,简直无所不能。"他那黄毛覆盖着的脑瓜子里全是蜂窝一样的格子,每个格子里都藏着成千上万个稀奇古怪的念头。"①对紫荆来说,黄毛是一个既年轻又可靠的伴侣。不仅如此,在婆婆看来,自己的儿子是一个"发着浓烈烟味,用冰冷的语言打人的男人"②,却觉得黄毛是一个快活而健谈的好青年。她在察觉到两人的婚外恋之后"竭力想回忆起儿子的模样,但怎么也想不起来,儿子留给她的回忆是一团脏石灰一样的影子,就连这团影子,也总是和那黄头发的孩子重叠在一起……"③。除去婚外恋这一点,可以说紫荆和黄毛的爱恋是连孙天球的母亲都深表认同的天作之合。

《金发婴儿》是以对孙天球母亲的描写与其内心独白开始的:

> 夜色深沉。她大睁着两眼坐在炕上,什么也看不见。……她可不是一个平凡的老女人。——哎,我这一辈子呀——她历尽了人世的酸辛。她知道女人最怕的是什么,最想的是什么,想起自己的往昔,她就完全听懂了儿媳妇那一声声悲叹般的笑。紫荆嫁过来两年啦,从没听她哭过一次。也许那些笑声里就饱含着泪水吧?④

两年前她的儿子返乡结婚,但只是"用冰冷的语言打人"。一个月后他让妻子照看婆婆,自己返回了部队。之后就一直工作,没有回过家。孙天球是一个工作狂式的解放军政治军官。作为一个"平凡的老女人",婆婆对于儿媳独守闺房的寂寞很是理解。她同时也是紫荆和黄毛之间婚外恋的目击者,心情既复杂又抱有一丝同情。在故事的结尾,她告诉紫荆,自己十八岁时被一个五十多岁

① 《莫言中篇小说集》,北京:作家出版社,2002年,第184页。
② 《莫言中篇小说集》,北京:作家出版社,2002年,第149页。
③ 《莫言中篇小说集》,北京:作家出版社,2002年,第189页。
④ 《莫言中篇小说集》,北京:作家出版社,2002年,第147—148页。

的旅行商人买下，经常被他打得遍体鳞伤。有一次商人出门，她和比自己小一岁的商人的外甥一起私奔，这才来到现在所居住的地方，说完她就去世了。就这样，小说突然转向了对婆婆婚外恋的描写，巧妙地和年轻儿媳的婚外恋发生了重叠。

从孙天球的角度来看，为了处理与妻子相像的裸女雕像的问题而无法及时返乡，从而导致妻子的婚外恋以及自己杀死金发婴儿的惨案。而从紫荆的角度来看，是因为命运的捉弄，错误地和比自己大十岁的解放军军官相亲、结婚，之后却与村里同龄的"黄毛"——一个能干、聪明、懂得各种技术、有的是力气的青年相爱，才引发了婚外恋。假如紫荆仿照婆婆年轻时的做法同黄毛私奔的话，那么自己孩子被丈夫杀死的悲剧或许也是可以避免的。

这部《金发婴儿》在中国发表了不到一年，钟本康就做出了如下评论：

> 莫言小说坚持直面人生，往往通过带着悲剧色彩的爱情、婚姻、家庭的故事，曲折地反映严肃的人生问题和社会问题。《金发婴儿》中黄毛因感情冲动而通奸军婚，孙天球因妒火中烧而扼杀婴儿，两人先后犯法，诚然都出于理性的淡薄和理智的丧失。但通过人物感觉世界的描绘，把作品的内涵拓展了，意义扩展了，很难简单地归结于一点。
>
> 指导员孙天球对妻子紫荆缺乏温存和热情，并不是完全出于他的本性、本意（这可从他窥视裸体塑像时所引发的感觉中看出），而主要是被某种"左"的活动和观念所压抑、所异化的结果。紫荆也不是有意背叛丈夫，黄毛也是出于对紫荆处境的同情和真挚感情的流露（这可从他们的显意识和潜意识中看出）。这篇小说是在人物的现实关系和他们的感觉世界交叉中，揭示出决定人生命运的种种侧面，给人以更多的启示。①

在中国人们所说的"左"大多带有"保守的、体制的"意思。如前所述，《金发婴儿》所描写的是党的十一届三中全会（1978 年 1 月）之后的乡村面貌。紫荆的公公去世了，婆婆需要她来照顾，同时她也包揽了家里的农活，在经济上是可以自给自足的。因此紫荆是解放军军官的妻子，也是一个相当自由的农民。而黄

---

① 钟本康：《现实世界·感情世界·童话世界——评莫言的四部中篇小说》，《当代作家评论》1986 年第 7 期。

毛是一个自己阅读亡父的旧藏书，立志成为民间知识分子的自由农民。在孙天球任职的连队里，作为同事的肖连长虽然看上去是一个粗人，但实际上懂得很多道理，是一个能够真诚地提供建议的好同志。顺带一提，莫言在完成《金发婴儿》一年之后又写了短篇小说《苍蝇·门牙》。这是一部以解放军基地为舞台，全篇洋溢着诙谐气氛的作品。描写了主人公在站岗时偷西瓜，和人民公社社员的老婆偷情，惩罚傲气的共产党干部子弟等事。这部小说的主人公，一个自由自在、无拘无束的警卫班长，名字就叫肖万艺。

《金发婴儿》中不仅仅肖连长，其他士兵虽然也会出言顶撞或搞恶作剧，但都很敬爱孙天球。从所读到的文本本身来看，钟本康指出的解放军内部被某些"左"的活动、观念所"压抑"和"异化"，也并非很深刻的问题。也就是除去新婚夫妇分居两年这一点不谈，丈夫和妻子的工作与生活环境都是相当自由的。之所以分居了两年，是孙天球自己的"禁欲主义"（肖连长语）使然。其实把妻子叫到驻地来短时间居住也是有可能的，应该说孙天球并没有因为工作而受到限制。

对《金发婴儿》中所描写的世界可以做如下的概括：登场人物大多是自由且自立的，认真地劳作和生活。但是单身赴任的青年军官因为过度的禁欲主义而冷落了新婚妻子，使在村中留守的妻子产生了婚外情，结果两人生下的婴儿被临时归乡的丈夫所杀害。

但是，尽管是改革开放初期的中国农村，也并非如此无忧无虑的社会吧。20世纪80年代的中国农村，比起70年代虽然是自由、富足多了，不过仍存在着固有的"压抑"和"异化"。莫言自己也曾说过："有一些小说像《金发婴儿》是真正受到马尔克斯的影响，但很快意识到不能再这么写下去了，于是就力图改变，但完全变回去的写作也不行。后来就听之任之的写了下去。"①这或许正是针对自己所描写的农村社会过于无忧无虑的一种反省吧。

因此，莫言接下去执笔创作了其真正意义上的归乡小说《白狗秋千架》。这部小说追忆了"文化大革命"时代到80年代的改革开放期间，刻画了离开农村家乡成为城市知识分子的农民之子和没有离开农村的残疾女性之间的不伦之恋。

---

① 文浩：《中外名人妙答记者问：智慧的声音》，西安：陕西旅游出版社，2000年，第150页。因为在CNKI里面找不到该稿，本稿引自刘洪强《试论莫言小说中的"婴宁"现象》（《蒲松龄研究》2013年第2期）。

七、城市知识人的归乡与农妇的婚外恋故事
——莫言《白狗秋千架》

在鲁迅归乡小说的系谱中,如果说《金发婴儿》因其小说结构处于旁系位置的话,《白狗秋千架》则由于男主人公归乡以及等待他的女性这样的情节设置,可以认为与鲁迅作品有着更为直接的关系。《白狗秋千架》(原题:秋千架,以下简称《白狗》)刊载于 1985 年 8 月 11 日发行的文学双月刊《中国作家》第 4 期上。小说梗概如下:

> 主人公是位荣升北京艺术专科学校讲师并已有婚约在身的年轻人,因离开家乡的父亲的恳求,时隔十年之后重新回到了故乡高密县的东北乡。在村口那座被长着高大茂密的高粱植株的田地所簇拥着的石桥下,与一位独眼农妇相遇。妇人前面走着一只驮着捆沉甸甸的高粱枝叶的白色老狗。青年曾在高中时期于寒食节那一天跟青梅竹马、一同担任学生宣传队干部的少女暖在村里的广场上荡秋千。秋千的绳子断了,抱着他家白色小狗的少女失明了。他此刻所遇到的农妇正是暖。暖嫁与邻村的哑巴,生了三个孩子,而这三个孩子又都是哑巴。几天后,青年带着北京特产的高级糖果去暖的家,遇到了粗暴但是心地善良的暖的丈夫以及她年幼的三个孩子,青年的心得到了抚慰。暖因有事带着老狗先出门上街,青年也告辞离开,却意外发现白狗正在桥下等着他。当他在老狗的带领下穿过高粱地时……

小说在男性的回想中追述了六七十年代农村社会的贫穷景象以及 80 年代改革开放时期农村迅速富裕起来的历程,同时描写了由青春期长大成人的男女两性的心理纠葛。

围绕《白狗》,在中国一时涌现了许多文学评论,笔者认为程光炜发表于 2012 年的《小说的读法——莫言的〈白狗秋千架〉》是其中的扛鼎之作。这位 1956 年出生的中国人民大学文学院教授在文章中提到自己"文革"时期"下放"农村,所以能够理解农村出身的作家对故乡的负疚和忏悔之情。他首先这样论述道:[①]

---

① 程光炜:《小说的读法——莫言的〈白狗秋千架〉》,《文艺争鸣》2012 年第 8 期。该文又收录于杨扬主编《莫言作品解读》(上海:华东师范大学出版社,2012 年)。

负疚"与"忏悔"是这篇小说的基本旋律,也是中国现代文学以来几乎所有农村题材小说的基本旋律。因为从这乡村中走出去的作家如鲁迅、台静农、王鲁彦、柔石、沈从文、萧红、师陀、孙犁、赵树理、李准、马烽、浩然、路遥、贾平凹、莫言、张炜等一干作家,都进城当了老爷、小姐,换上教授、官员、记者、作家和军人等高等社会身阶。而曾经与他们一起泥水里摸爬滚打的一班儿时伙伴,却还是面朝黄土背朝天的卑贱小农,他们自己的父亲母亲兄弟姊妹还在操持艰辛的农活,过着像暖所咒骂的"高粱地里像他妈╳的蒸笼一样"的焦枯人生。人性之悲悯原是人类最根本的伦理取向,更何况这些成功人士每天呆在书房要面对那些如蚂蚁般在广阔田野里无端操劳却摆脱不了一生贫困的父老乡亲们? 他们也许一生都会被这种乡村记忆所折磨? 一生都要含着眼泪去写那些叫他们痛苦辗转的小说? 他们怎么不时刻在那里纠结和辗转? 这是中国农村题材小说自鲁迅发端而历经百年始终连绵不断,在各类文学题材中作家阵容最大成就最为显赫的深刻历史原因。

当然,程光炜同时指出鲁迅并没有从事农业生产的经验,尽管他的家庭在他少年时代就已经没落了,但其祖父作为地主阶级的一员曾经通过科举考试一跃而成为进士。

《白狗》还写到了十年前解放军某师团驻扎东北乡时,担任宣传部军乐队领队的"年轻而威武的校官"蔡队长爱上了暖,而她也下定决心嫁给蔡队长的故事。关于这件轶事,程光炜指出:

> 我从来没有想过,暖舍弃"我"爱上青年将校蔡队长动机的卑劣等等,反倒认为这是对 70 年代农村年轻女性的爱情观与恋爱心最为准确的描写。如果说不是这样写的话也就不能清晰看出当时农村的现实,也无法看出在农业集团化运动中被舍弃而受伤的农村青年们深渊一般的苦境。①

程光炜试图阐述的大概是这样一种观点:为了逃离人民公社体制下闭塞的农村,暖不放过这样难得的飞上枝头变凤凰的机会是理所当然的事情,而叙述者对这一点也颇为认可。程光炜进而对十年后叙述者归乡时对暖家的造访进行了

---

① 程光炜:《小说的读法——莫言的〈白狗秋千架〉》,《文艺争鸣》2012 年第 8 期。

犀利的分析,指出无论是现在还是未来暖的命运都是黯淡无光的。程光炜论述道:

> 暖的哑巴丈夫模型来自马尔克斯的《百年孤独》,三十余年来写残疾人在许多作家笔下不绝如缕,(中略)残疾叙述显然也是莫言的80年代小说的主要催化剂。
>
> 但我认定这个俗套故事正在指向作者一个更大的野心,即对五六十年代大陆强迫农民参加农村合作化运动的全面否定。(中略)她与哑巴是无爱的婚姻,经常被后者暴打,连三个儿子都是哑巴。这个情节设计尽管有点矫揉造作,但作者仍然顽强地在向读者宣示:暖的现世和未来都一片糟糕。暖的命运并非山东高密东北乡的偶然个例。中国70年代乡村生活的凋敝、闭塞和贫困,无数像暖这样穷苦的妇人徒然挣扎的现状,在当时非常普遍。(中略)由此知道暖命运之落入深渊并非缘于秋千架的偶然断绳,它的真正症结乃是充满乌托邦幻想的合作化运动给中国农村造成的巨大危机。70年代的农村像当时的中国社会一样,所有中国人的命运像荡在半空中的秋千架一般,随时都会万劫不复。①

而且程光炜作为旁证引用了莫言在接受访谈时对其处女作《透明的红萝卜》的阐释"我如果将'文化大革命'时期农村是多么的阴暗,从正面这样描写的话,难度将变得非常高"这样的语言。② "文革"结束后来到城市进入大学学习、毕业后留在母校成为讲师的叙述者回到家乡,来到暖的婆家,这使得暖的内心发生了巨大的动摇。对此,程光炜是这样分析的:

> 看到来访的男友已是"成功人士",暖心都碎了。虽然这种心理有点儿无耻,因为她早有家室。她乔装打扮,穷其家中所有只为讨男友欢心,但这种矫揉做作的装扮在我眼里,反而衬托出异常美丽的光辉。一对悲苦年代的可怜恋人默然相视却不能深情拥抱,耳鬓厮磨,这种情景足以触发遗憾以

---

① 程光炜:《小说的读法——莫言的〈白狗秋千架〉》,《文艺争鸣》2012年第8期。

② 程光炜:《小说的读法——莫言的〈白狗秋千架〉》,《文艺争鸣》2012年第8期。程光炜所引用的莫言谈话收录于徐怀中、莫言、金辉等《有追求才有特色——关于〈透明的红萝卜〉的对话》,《中国作家》1985年第2期。

至于伤感。(中略)在悲痛欲绝的气氛中,作者莫言竟让男主人公注意到恋人"胸部的丰硕"和"别有风韵",这种描写显然超出了色情意味,而变成一种明显的调侃冷嘲。他这种叙述来自个人风格,不过也可看出对那个悲苦年代的不屑疏远,总之那是一种爱恨交织的乡村作家的阴暗心理。①

程光炜道出了以在悲惨年代中成长起来的悲哀的恋人们为表现对象的莫言所特有的心态,但这或许也是在农村度过青年时代的他自身的想法吧。程光炜之后移入了更多的个人情感,对暖的心理继续分析道:

> 但暖无意理会"我"的挖苦和心理优越感,她坚决要索回自己失去的十年,她想借通奸还给命运一个公平,而非农村简单粗陋的男女私情。农村合作化运动在 1979 年失败夭折,一场历史风暴已在这里落幕,暖要绕过这荒废的十年重寻如花似玉的自己。这时小说已经串连起散乱的线索,带着读者直接走进作品的中心:高粱地。我读到这里,心已开始在微微颤抖。这个极其绝望又极其温馨的结尾,终于使我们对残疾少妇刮目相看。依然是他们爱情见证的白狗在前面引路,暖到乡镇给孩子裁衣服纯粹是个阴谋,她要与男友交媾,并怀上他的孩子。但你感觉我的心情也在飞翔,就像莫言当兵离家希望卡车开得越快、开得越远越好的心境一样,此时躺在高粱地的暖正是他这篇小说的目的地。作为研究者,这是我距离莫言和小说主人公最近的地方。我几乎听到了他们不均匀的呼吸。当年美丽姣好的暖,此刻已落魄到这种地步,她诱引"我"到高粱地与她交媾并非只为错失的爱情,并非为满足性欲,也并非仅仅为生下一个健康孩子,这是一个贫困的年轻少妇对无常命运的"绝望的反抗"。是作家莫言借这可怜妇人对农村合作化运动滑稽败局饱含眼泪的最尖刻的嘲弄。②

虽然感情因素太过明显,但程光炜从暖对婚外恋的憧憬中解读出了中国现代史上被凌辱的农民们那"绝望的反抗",可以说正显示出了他农村经验的深刻性以及感官认识的敏锐性。程光炜对评论进行了如下总结:

---

① 程光炜:《小说的读法——莫言的〈白狗秋千架〉》,《文艺争鸣》2012 年第 8 期。
② 程光炜:《小说的读法——莫言的〈白狗秋千架〉》,《文艺争鸣》2012 年第 8 期。

我不会像过去那样读小说了,我会冷静观察小说的历史来路,它的细密纹理,它在一个单纯故事中所呈现开来的多层结构。这个结构里,有"我"和暖的十年,有农村合作化运动的三十年,也有中国农民史的两千年。这个结构就是一个多层次的仓库货架。它好像是秋千架造成的,也好像是合作化造成的,还好像是农民史造成的。暖的经验认识使她看不到这些因素。其实连我们这些研究者的视野也是十分窄仄的。我们不过是这多层次历史货架的另一拨造访者。暖的恳求可能来自 20 世纪的 1985 年,也可能来自明朝,她在小说里说:"有一千条理由,有一万个借口,你都不要对我说。"①

对程光炜的这一段总结,尽管我很想表示完全赞同,但是将之前所提到的"借通奸还给命运一个公平"的暖的不伦行为诠释成"而非农村简单粗陋的男女私情",对此我有所保留。莫言毋宁说正是有意将农村中对于城市知识人来说"简单粗陋"的通奸行为赋予真实的情感与反伦理色彩的吧。

程光炜在评论的开头部分指出,"但鲁迅写不好农村生活的具体细节,他揣摩乡下人的心理来自新锐的知识者,是明显的外来人,莫言在这方面要胜过鲁迅一筹"②。

又在结论部分对暖所提出的与叙述者发生关系的恳求阐述道:"我不知道读到这里外国学者会有什么反应,海外学人会有什么反应,反正我这个生活在社会主义年代的中国人现在无话可说了。"可以说《白狗》令潜藏在鲁迅归乡小说深处的不伦主题浮出水面,莫言使鲁迅文学得以进一步发展,基于这样的解释,笔者将试图从"国外研究者"的视角出发对莫言与鲁迅进行比较。

离开村庄在城市中谋生的男性知识分子,在外长期生活,待到双亲移居他处后,或是在奉母迁居的过程中回到故乡,与少年时期熟知的女性相遇,惊讶于她身上发生的巨大变化,感受到心理上的纠葛——《白狗》与鲁迅的归乡小说,情节基本一致。《白狗》的叙述者由于"搬到居住在他省的兄长处"的父亲那"想让你来看看故乡的样子"的恳求而返乡这一点,与《在酒楼上》的吕纬甫相同。另外,在故乡相遇的男女是同辈这样的细节安排也构成了《白狗》与鲁迅《祝福》之间的共同之处。但《白狗》的叙述者是暖同村的农民之子,作为同龄人和暖一样经历

① 程光炜:《小说的读法——莫言的〈白狗秋千架〉》,《文艺争鸣》2012 年第 8 期。
② 程光炜:《小说的读法——莫言的〈白狗秋千架〉》,《文艺争鸣》2012 年第 8 期。

了从人民公社这样一种经济体制到改革开放后经济体制的转变。作为对暖失明难辞其咎的青梅竹马的叙述者,对暖的共鸣与同情从一开始就被明确点出。这是与鲁迅《故乡》和《祝福》的叙述者们对杨二嫂和祥林嫂那冷眼旁观的态度以及《在酒楼上》的吕纬甫在阿顺面前的客气表现完全不同的。

即使如此,《白狗》的叙述者对暖的理解仍是浅薄的。他在暖的哑巴丈夫和三个哑孩子的目送下离开暖家时,简单地想着:"我"虽然比暖大两岁,但在族谱中属于下一代,所以应该叫她"暖姑"。

> 他虽然哑,但仍不失为一条有性格的男子汉,暖姑嫁给他,想必也不会有太多的苦吃,不能说话,日久天长习惯之后,凭借手势和眼神,也可以拆除生理缺陷造成的交流障碍。我种种软弱的想法,也许是犯着杞人忧天的毛病了。走到桥头间,已不去想她那儿的事,只想跳进河里洗个澡。(中略)桥下水声泼刺,白狗蹲在桥头。

"已不去想她那儿的事,只想跳进河里洗个澡。"他的满不在乎让我们想起《祝福》的叙述者在县城饭店里喝鱼翅汤时的反应。但是《祝福》的叙述者在祥林嫂死后感到有些薄情的安心:"然而在现世,则无聊者不生,及时厌见者不见,为人为己,也都还不错。"而与"先前所见所闻的她的半生事迹的断片""至此也联成一片"不同,《白狗》的叙述者是从暖自己的独白中将她半生事迹的断片联成一片的。这是因为少年时代秋千出事时还是幼犬的白狗,正如数日前归乡时一样,今天又出现在想要走过桥去的"我"的面前,将"我"领到暖所在的地方。

在高粱地里坐着的她边铺黄布,边命令白狗"狗呀,狗,你要是懂我的心,就去桥头上给我领来他",以此开始了自白。丈夫出于嫉妒心对其施加暴力,全家都是哑巴的寂寞,发生事故之前虽然驻扎在村里的解放军蔡队长爱着她,但因为自尊心没有到部队找他,在道出"你上学后给我写信,我故意不回信。我想,我已经破了相,配不上你了"之后,暖将自己出轨的决心向他袒露道:"我正在期上……我要个会说话的孩子……你答应了就是救了我了,你不答应就是害死我了。有一千条理由,有一万个借口,你都不要对我说。"

叙述者被暖以出轨相逼时才第一次理解秋千出事后她不幸的青春,感悟到她经历了这一不幸体验后,赌上性命也要自己主动开创未来的决心。但如果要回应她的决心,对于他来说就意味着背叛自己在北京的未婚妻,背叛结为把兄弟的暖的丈夫。《白狗》中面对故乡女性的出轨叙述者自身也是当事人这一点，与叙述者只是旁观者的鲁迅的《祝福》相比要深刻得多。《白狗》作为一部关于农村女性的小说，通过展现叙述者深刻的苦恼，生动地反映了程光炜所谓的农业集体化运动以来的中国农村的苦难史。

仔细想来，鲁迅《祝福》的叙述者和《故乡》《在酒楼上》这两篇作品的叙述者们一样，在他们身上看不见妻儿的影子。《故乡》的母亲并不询问叙述者媳妇和孙子的情况，《在酒楼上》的叙述者和吕纬甫即使谈到母亲的事也闭口不谈自己的妻子。从祥林嫂第一次找叙述者承认自己失贞之罪的 1916 年到 1919 年的这三年间，祥林嫂的年龄也从 32 岁变成了 35 岁。在当时，由于贫困和瘟疫，人们的平均寿命很低，三十来岁，人到中年，进入了生命的鼎盛时期。将辛亥革命时期的农村不识字的祥林嫂与 70 年代末期农村社会的精英、担任过高中学生干部的暖相比较着实不太恰当。《祝福》的叙述者与祥林嫂之间的阶级差别，与大家都是人民公社社员的农村中平等的男女关系是截然不同的。即使这样，莫言仍旧想象了从城市归乡的叙述者与农村女性之间的恋爱，似乎只有二人出了轨，对中国农村才有话可说，现代中国文学中归乡小说的谱系便就此全面展开了。

在上述归乡小说的情节变化中，值得注意的是相对于鲁迅的地主家庭出身，莫言是农民的儿子，二者之间存在着归属感的差异。此外，对于《安娜·卡列尼娜》，鲁迅通过插画复刻予以间接的接受，而莫言则对作品中的大小题材一并积极引入。面对《安娜·卡列尼娜》，两者想象力的巨大差异不容忽视。下面，笔者想就莫言的所谓问题作品《怀抱鲜花的女人》展开分析，在这部作品中，登场的女主人公与安娜·卡列尼娜有着相似的经历。

八、将海军将校带回昔日村庄的女人
——莫言《怀抱鲜花的女人》论

《怀抱鲜花的女人》（以下简称《鲜花》），是以人民解放军海军上尉为主人公的幻想性作品，大概创作于 1991 年 3 月的高密县，被登载于《人民文学》同年 7、8 月合并刊时，王四的职业人民解放军海军上尉被改动为远洋货物船"长风"号的"二副"，此外被删去了包括末尾一节标点符号在内的 214 个字等等，多处被该杂志编辑部修改。

1949 年创刊以来，作为人民共和国文学的中心性存在、统领文艺界的《人民文学》在 80 年代中期迎来了新时期文学的代表作家刘心武（1942—　）担任主编。但在 1990 年 3 月，刘心武受到"脱离社会主义文学道路"的批判，主编一职被罢免，刘白羽被选为他的后任，这一年的 7、8 月合并刊的卷头论文《90 年代的召唤》强烈呼吁"让我们坚持马克思主义、毛泽东思想、中国共产党政策"。在合并刊新设的"读者之声"栏目中，六封投稿都是对刘心武编辑体制的非难，而且其中两封点名批判了莫言。自此事件以后，莫言的作品事实上被禁止发表了。

二十一年后的 2010 年，莫言发表了自传小说《变》，有如下的阐述：

> 1988 年 8 月，我考入了北京师范大学和鲁迅文学院合办的文学研究生班。（中略）1990 年春天，我回到县城，将原有的几间旧房子推倒，用一个月的时间，翻盖了四间房子。期间学校几次来电报催我回去。等我回到学校后，领导劝我自动退学。我未加考虑就同意了。后来，有众多同学为我求情，又得到北师大童老师的鼎力相助才得以保留学籍。①

两年后的 1991 年夏天，《人民文学》7、8 月合并刊继前一年的论文《90 年代的召唤》，登载了卷头论文《到人民现实的大海中去》，讴歌"社会主义文学最重要的本质特色，正如列宁曾经说过的，是献给无数的劳动人民"。奇妙的是，偏偏这一期刊载了莫言的《怀抱鲜花的女人》，时隔两年莫言实现了文坛复活。同年末，出版发行了莫言的短篇集《白棉花》。夏衍（1900—1995）为该书作序，强调近代中国文学中文艺改革、开放之传统，并且本书由被称为与解放军关系密切的华夏出版社出版，这些都颇具意味。

如此，90 年代初的中国政治与文学呈现复杂的态势。在日本，文艺评论家菅野昭正在《怀抱鲜花的女人》的日语译本发表后，于报纸文艺时评栏中简洁地指出如下的几点颇有深意：

> 在本月阅读的短篇小说中，莫言的《怀抱鲜花的女人》的独特风格给我留下的奇妙幻想之感越发强烈，令我印象最为深刻。关于莫言的作品，已经介绍过几篇了，深受加西亚·马尔克斯影响的中国式魔幻现实主义在这部小说还是起到了很大的效果。（中略）这位年轻的中国作家确实发现了将震

---

① 莫言：《师傅越来越幽默》，天津：百花文艺出版社，2012 年，第 397 页。

慑现实世界的巨大力量进行象征性凝缩的方法。①

那么,"将震慑现实世界的巨大力量进行象征性凝缩"而来的《鲜花》到底是一个什么样的故事呢? 梗概如下:

> 人民解放军海军上尉王四为了回村结婚,乘火车在家乡县城的车站下了车。他的未婚妻在县城百货商店的钟表柜台上班,王四到那里的时候,负责闹钟柜台的未婚妻已经请假回村了。
>
> 因为在前往公共汽车中心站的途中下了大雨,王四躲进了铁路高架桥下,在那里他遇到了一个怀抱紫红色月季花的女人,王四点亮了打火机与她搭话,可那女人依旧沉默不语,只是微笑。不久,打火机燃尽了,雨也停了,王四正要离去的时候,和那女人一起的狗突然咬住了他的脚踝,王四怀着半惩罚半倾心的心态,亲吻了女人。之后,这女人微笑着赖上了王四,王四去哪儿她就去哪儿,最终追着王四到了他家。王四的父母盛怒之下暴打了王四,最终因气愤之极而病倒了。在两个强壮大汉保护下的"闹钟姑娘"来收回了十个钟表,并对上尉、女人和她的狗"呸"地吐了口唾沫回家去了。第二天,也就是王四归家的第三天,村里的人看到上尉和女人紧紧地抱在一起死了,人们为了分开这两具尸体,不得不把他们的手指切掉了。

如果把小说中的现在认为是小说开始创作的 1991 年,那么可以推测:高中毕业后当了 15 年海军的王四大约 33 岁,后文所说到的王四是在"文革"后期的 1973 年左右参加的高考。在中国,同作杂志刊载的第二年发表的评论中虽然说道"全篇荒诞离奇、凝炼简约的格调相抵牾"②,但是,之后又被认为是一部受到加西亚·马尔克斯影响的魔幻现实主义作品。另外,刘洪强在《试论莫言小说中的"婴宁"现象》一文中写道:"由于叙事的模糊性与意义的闪烁性,使得读者很难把握这篇文章的主旨是什么。"③刘洪强的这篇论文将一直微笑的女人的形象根源追溯到中国古典小说《聊斋志异》里这一点非常发人深省。《聊斋志异》是清朝

---

① 菅野昭正:《文艺时评》,《东京新闻》1992 年 3 月 26 日。

② 奚佩秋:《云谲波诡　兼容并蓄——〈怀抱鲜花的女人〉读解》,《齐齐哈尔师范学院学报》1992 年第 5 期。

③ 刘洪强:《试论莫言小说中的"婴宁"现象》,《蒲松龄研究》2013 年第 2 期。

山东省淄川(现淄博)人蒲松龄(1640—1715)所著的描写神怪鬼狐的短篇志怪小说,共收录四百多篇小说,其中一篇《婴宁》的大体情节如下:正月十五那天,失去未婚妻的王子服在散步途中遇到一姑娘,那姑娘笑容甜美,王子服对她一见钟情。回家后,王子服害上了相思病。堂兄来看他,他向堂兄坦言了这件事,于是堂兄便帮忙打听那位姑娘的情况。经打听发现那位姑娘是子服母亲一方的堂妹。身体恢复健康后,子服去姑娘家拜访,再次见到了那位姑娘。那位姑娘和一位老婆婆住在一起。姑娘自始至终在笑。子服把姑娘带回家见他母亲并准备与姑娘结婚。在被问及一些结婚仪式的问题时,姑娘依然在笑。那种笑使周围的人感到很幸福。西边邻居的儿子为姑娘倾倒,一把抱住了她,却不知为何抱住的不是姑娘,而是一棵枯木,他被树中的蝎子蜇死了。子服的母亲劝告儿媳妇,儿媳妇发誓今后不再笑。此后,姑娘说出了真相。实际上她是狐狸的孩子,母亲亡故,那位老婆婆是个幽灵。后来,夫妇俩每年都去扫墓,并幸得一子。①

在1991年12月我去北京进行的采访中,莫言确实说过:"我对《聊斋志异》有一种特别的亲切感,因为作者蒲松龄是山东人,(他的家乡)离我的家乡很近。"②《鲜花》和《聊斋志异》的《婴宁》之间有很多共同点。正如刘洪强所指出的那样,除了《鲜花》中的王四上尉也"在舰船的潮湿舱房里躺在那狭小的铁床上摇摇晃晃地"阅读《聊斋志异》这一点之外,怀抱鲜花的那位女人也同婴宁一样非常爱笑,喜欢花;王四上尉也恰和爱上婴宁并向她求婚的王子服同姓等。莫言很可能是从《婴宁》中受到的启发吧。但是《聊斋志异》中的王子服追到婴宁家并与她结婚,是一个幸福的结局,与此相反,《鲜花》中的王四一直被怀抱鲜花的女人跟着,最终两人相拥殉情而死。这两部作品的情节展开迥然不同。本来"王四"与"枉死"同音,仿佛在暗示主人公的末路。可以说《鲜花》中的"威胁现实世界令人害怕的力量"是莫言自己想象出来的。

王四未婚妻的名字是燕萍,"燕雁代飞",用来比喻人的相隔就像燕和雁朝南北飞去一样,所谓"萍水相逢",意思就是如浮萍一般漂泊时的偶然相遇。燕萍这个名字,或许就是暗示着她和王四之间感情浅淡的结合——也就是后述他们的策略性质的婚姻吧。实际上王四在县城车站下车时,燕萍早已经离开工作的商场,她只是在故事的最后"面如铁色"地出现了一次,在已经崩溃的王家新房里拿

---

① 黑田真美子:《聊斋志异(1)》,竹田晃、黑田真美子编,东京:明治书院,2009年,第146页。
② "世界的文学现在……莫言:从中国的农村和军队出来的魔幻现实主义",东京:福武书店,《海燕》杂志1992年4月号。前述《怀抱鲜花的女人》第195页。

回了她的十只钟表。故事的结尾,王四对母亲说:"其实我跟她并没有什么真事,她只是我的一个好朋友,燕萍来了,我向她解释就是。"母亲答道:"糊涂儿啊,只怕你浑身是嘴也说不清楚哟。"从母亲的这句话中亦可看出,即使是旁观者也不认为王四和燕萍之间有足够的信赖感,加上最后唯一的一次出现,燕萍一共被三次称为"闹钟姑娘"。钟是与规律和效率紧密联系的改革开放政策的象征性小道具。即便如此,作为燕萍嫁妆的十个钟表中,有六块电子钟和四个闹钟这一点也耐人寻味。

故事的开头,王四从县城车站下车并没有见到想见的未婚妻而奇迹般地遇见了怀抱鲜花的女人,场景如下:

> 她穿着一条质地非常好的墨绿色长裙,肩上披着一条网眼很大的白色披肩。披肩已经很脏,流苏纠缠在一起,成了团儿。她脚上穿着一双棕色小皮鞋,尽管鞋上沾满污泥,但依然可以看出这鞋子质地优良,既古朴又华贵,仿佛是托尔斯泰笔下那些贵族女人穿过的。她看起来还很年轻,顶多不会超过二十五岁。她长着一张瘦长而清秀的苍白脸庞,两只既忧伤又深邃的灰色大眼睛,鼻子高瘦,鼻头略呈方形,人中很短,下面是一只红润的长嘴。她的头发是浅蓝色的,湿漉漉地,披散在肩膀上。①

并且她怀抱着的月季如下文所述:

> 那束花约有十余枝,挑着七八个成人拳头般大小的花朵和三五个半开的、鸡蛋大小的花苞,她用双手搂着花束,因裙袖肥大而褪出来的雪白胳膊上,有一些红色的划痕,分明是花枝上的硬刺所致。花朵团团簇簇地拥着她的下巴,花瓣儿鲜嫩出生命、紫红出妖冶,仿佛不是一束植物而是一束生物。

"棕色小皮鞋"的棕色和月季花(或者蔷薇)的紫红色有些接近。可以说,墨绿色的长裙搭配棕色小皮鞋,和她手上拿的带着碧绿色叶子的花束之间有一种相互映衬的关系。站在高架桥阴影下的王四点燃打火机,在火光的衬托下,女子

---

① 《怀抱鲜花的女人》第87页。《人民文学》1991年7、8月合并刊第129页,"她长着一张瘦长而清秀的苍白脸庞"作"她生着一张瘦长而清秀的苍白脸庞"。

与花融为一体——"好像花儿渐渐开放——她的脸上渐渐展开了一个妩媚而迷人的微笑,并露出了两排晶亮如瓷的牙齿。她的牙齿白里透出浅蓝色,非常清晰,没有一点瑕疵。"手捧月季、穿着皮鞋、微笑着的沉默女子,似乎有着丰富的表情。撇下那个女子,在公共汽车站候车大厅的人山人海中躲藏起来的王四,他所害怕见到的,是"半高跟半高勒古朴华贵的棕色小牛皮鞋"。但正如他所害怕的那样,那女鞋还是夺目地出现了——"她的绿裙如一泻瀑布,到小腿肚中央时却突然中止,然后是肉色丝袜,然后是托尔斯泰笔下的女人们穿过的华贵皮靴。上尉不得不看到女人修长得令人惊讶的双腿"。就这样,托尔斯泰笔下的女性再次被召唤了出来。

在《安娜·卡列尼娜》中唯一穿着蔷薇色调高跟鞋的女子,就是另一位女主人公即公爵的女儿吉提。她穿着"一身套在淡红衬裙上面罩上网纱的讲究衣裳(中略)仿佛一切玫瑰花结和花边蔷薇色薄纱",戴着玫瑰花的装饰,踩着玫瑰色的弓形高跟鞋去参加舞会。"玫瑰色的嘴唇,因为意识到她自己的妩媚而不禁的微笑了"。最让她幸福的是,被自己的恋人——青年军官渥伦斯基邀请共舞。"她那双穿着淡红皮鞋的小脚""敏捷地、轻飘地、有节奏地合着音乐的拍子在光滑的镶花地板上移动"。[①]

然而,这正是渥伦斯基的爱迅速转向安娜之时,也是吉提失恋的开始。

引文当中,中村白叶的日语版里"玫瑰色鞋"出现了两次,而在中文版里被翻译成了"淡红色高跟鞋"或"淡红色皮鞋"。日文版里的"红色嘴唇",在中文版里则被翻译成了"玫瑰色的嘴唇"。可以说,套着"淡红衬裙",微笑时玫瑰色的嘴唇嘴角上扬、穿着玫瑰色的皮靴即淡红色高跟鞋跳舞的吉提才是"怀抱鲜花的女人"的原型。

此外,本文在《安娜·卡列尼娜》众多日译版中特意选择了由中村白叶翻译、

---

① 托尔斯泰:《安娜·卡列尼娜》,北京:人民文学出版社,1956年,第113—114页。一个军官,扣上他的手套,在门边让开路,一面抚摸着胡髭,一面在欣赏玫瑰色的吉提。虽然吉提的服装、发式和一切赴舞会的准备花了她许多劳力和苦心,但是现在她穿了一身套在淡红衬裙上面罩上网纱的讲究衣裳,这么轻飘这么随便地走进舞厅,仿佛一切玫瑰花结和花边,她的装饰的一切细节,都没有费过她或者她家庭片刻的注意,仿佛她生来就带着网纱和花边,头梳得高高的,头上有一朵带着两片叶子的玫瑰花。……这是吉提最幸福的日子。她的衣裳没有一处不合身,她的花边披肩没有弹下一点,她的玫瑰花结也没有被揉皱或是扯掉,她的淡红色高跟鞋并不夹脚,而只使她愉快。……她的眼睛闪耀着,她的玫瑰色的嘴唇因为意识到她自己的妩媚而不禁微笑了。……弯起她的左手,她把它搭在他的肩头上,她那双穿着淡红皮鞋的小脚开始敏捷地、轻飘地、有节奏地合着音乐的拍子在光滑的镶花地板上移动。

于 1965 年刊发的《世界文学全集　11　安娜·卡列尼娜》作为参考,其理由是:在中国莫言执笔《怀抱鲜花的女人》一年半前,日本的村上春树就在《文学界》上发表了短篇小说《眠》,两部作品中都出现了《安娜·卡列尼娜》。恐怕村上春树是通过高中时代爱不释手的《世界文学全集》(河出书房版)一书初次阅读《安娜·卡列尼娜》的。基于以上推测,本文才选取了同样由《世界文学全集》收录的中村白叶的译本。莫言与村上春树两位作家作品风格差异显著,却几乎在同一时期借鉴《安娜·卡列尼娜》创作出独具一格的短篇小说,如果说是纯属巧合,实在是很难令人信服。莫言对《安娜·卡列尼娜》进行了变相的吸收。《安娜·卡列尼娜》讲述的是高级官僚贵族卡列宁的妻子安娜,经不住伯爵之子、青年将领渥伦斯基的引诱而陷入疯狂的不伦之恋;曾和渥伦斯基相爱的吉提在失恋的打击逐渐恢复的过程中与致力于农场经营、诚实的贵族地主列文相恋结婚的故事。也就是说,怀抱鲜花的女人的原型吉提是安娜与渥伦斯基不伦之恋的受害者,她自身并没有做违反道德的事。而与此相对,怀抱鲜花的少女一直跟着后天就要结婚的王四,与他发生关系最终殉情而死。因此,《鲜花》的叙述者将女性反复不断地描写成"托尔斯泰笔下的穿着靴子的贵族女人"、"托尔斯泰笔下穿着华丽皮靴的女人",或许是因为怀抱鲜花的女人其原型是《安娜·卡列尼娜》中两位主人公安娜和吉提之结合体的缘故吧。

　　《鲜花》对《安娜·卡列尼娜》的变相吸收还不仅如此。安娜和渥伦斯基华而不实的不伦之恋主要发生在俄罗斯的大都市圣彼得堡和莫斯科以及欧洲,恋情最终将安娜逼入自杀的境地;而与此相反,支撑吉提与列文具有深厚信仰的朴实生活是在农村展开的,两人在"农村祥和的生活中寻找到心灵的安逸"。列文、吉提夫妇居住的农村适逢农奴解放令颁发后俄罗斯资本主义急剧发展的混乱时期,即便如此,村子对吉提而言是治愈的场所,是生活的地方。

　　然而王四在 20 世纪 90 年代所回到的中国农村,是一个裙带关系的社会。正如他母亲所述:"你媳妇的叔叔是你哥的领导,你要和人家散了,又是为这种事散了,你哥的日子可怎么过呦!"本来王四与"闹钟姑娘"的结婚也就是带着很大程度的算计。但当王四的父亲见到怀抱鲜花的女人后狂怒道:"这年头人心奸怪,谁不想看热闹?谁肯把话烂在肚子里?要是人家知道了,这婚也就甭结了,这门亲事也要散了!"王四则轻巧地回嘴说:"散了就散了吧!"父亲优先考虑的是家里的事情,他有他的打算:"说得轻巧,花了多少钱就别去说了,这丑名要顶几辈子？走到哪儿都让人戳脊梁骨，这还怎么活？"父亲叫来了"在镇派出所当副所长"的堂弟，想让他逮捕怀抱鲜花的女人。从这里可以看出，90年代农村的裙带关系不仅涵盖了官场和商场上的人际关系，甚至渗透到了警察层面。农村并不是心灵的港湾，而是存在着腐败气息的排外的亲属关系社会。

在两部作品的表象当中，铁道可以说是一个具有象征意义的存在。安娜为了安慰为哥哥不伦行为生气的嫂子，从彼得堡的家里去往莫斯科。渥伦斯基[①]为了接母亲在停车之后也上了同一辆车的包厢。在那里，他和跟他母亲同一包厢的安娜邂逅。渥伦斯基当时的恋人是安娜嫂子的妹妹吉提，同时他也与安娜的哥哥——高级官僚奥布浪斯基公爵，以及日后与吉提结婚的列文是好友关系。铁道不仅是安娜那宿命般不伦之恋开始的地方，而且在他们相遇的那一天，男性铁路看守人在铁道上被轧死之事似乎暗示了安娜的命运。最终铁道也是她饱受爱情折磨之后的自杀现场。可以说，铁道正象征着19世纪后期迫使安娜走向死亡之路的急速发展的俄国资本主义社会。

与此相对，在《鲜花》这一作品中，象征着改革开放时期农村的应该是铁道站附近的公共汽车总站。为了躲避立交桥下亲吻后缠上自己的女人，王四冲进了开往故乡公共汽车总站的人群中。而在车站等着他的，是抓住他手臂不放、强买强卖的女摊贩以及堆积成山的垃圾、飞舞的苍蝇。虽然也有帮忙购买长途车票的教师模样的男性，但同时也有欺负跟随王四到男厕所的怀抱鲜花的女人的几个男人。公共汽车总站就是这样一个混乱的场所。这仿佛是老家的父亲向王四施以暴力的预告。可以说，作为村庄入口的车站象征了改革开放时期在公私暴力支配下混乱的农村。

王四在立交桥下见到怀抱鲜花的女人时，觉得"一股热烘烘的、类似骡马在阴雨天气里发出的那种浓稠的腐草味儿扑进了他的鼻道和口腔，而这种味道，竟是从那怀抱鲜花的女人身上发散出来"。由这种"腐草味儿"，他回忆起了自己的初中时代。

王四的老爹曾当过生产队的饲养员，饲养棚里有一铺热炕，王四考进高中前一直跟着老爹在这铺热炕上睡。每逢阴雨天气，牲口身上的腐草味道像一只温暖的摇篮，像一首甜蜜的催眠曲使他沉沉大睡。现在他闻到这味道，感到这个陌

---

① 姓名翻译参考列·托尔斯泰《安娜·卡列尼娜》，周杨、解素台译，北京：人民文学出版社，1987年。

生女人与自己之间建立了一种亲密的联系,他产生了与她对话的欲望。

王四初中时离开家,在人民公社生产队的饲养棚里生活,这并不仅仅因为有土炕取暖,也是因为他母亲"患有肺病",父亲担心会传染给年轻的王四,所以就把他和母亲隔开来了吧。这样一来,王四多愁善感的青春期是在父亲辛勤劳作的工作场所度过的,应该和父亲建立了亲密的关系。有着如此少年时期经历的王四,突然亲了怀抱鲜花的女人的嘴唇,"从她嘴里喷出来的那股热哄哄的类似谷草与焦豆混合成的骡马草料的味道几乎毫无泄漏地注入他的身体并主宰了他的全部感官",王四"昏沉沉"地联想到的是充满生命活力的人民公社的畜牧场地。

王四昏沉沉地感觉到阴雨天气里生产队饲养室里那滚烫的热炕头,灶旁蟋蟀的鸣叫声、石槽旁骡马咀嚼草料的嘎巴声、骡马打响鼻的嘟噜声、铁嚼链与石槽相碰的银铛声……都在他的感觉里响起来。女人嘴里的味道源源不断地输送出来,像给打火机充气一样,注满了王四身体内的所有空间。

虽然怀抱鲜花的女人是优雅的,可以把她比作"托尔斯泰笔下描绘的贵族女子",但她散发出的改革开放之前农村特有的气味——"浓稠的腐草味儿",俘虏了王四的心。乍看《鲜花》这个故事,大致可以解读成是归乡的王四和追随他的女子这样的结构。也就是:在进一步加快实施改革开放政策的邓小平时代后半期,一位怀抱鲜花的女子一直追随回乡王四的故事。但实际上,怀抱鲜花的女子并不是在追随,而是通过"浓稠的腐草味儿",意图将海军上尉这一改革开放国策下的象征性人物——王四带回改革开放以前令人怀念的村庄吧。王四从公交车下来后,在故乡的村庄里最先遇到的是小学同学马开国。他"现在是镇供销社的经理",他亲切地叫着"王四兄"、"四兄","老兄真有两下子把洋妞儿弄回来了!什么时候请我们喝喜酒呀!"马开国不知王四那一筹莫展的样子,是害羞还是开玩笑,他的一番话拉近了两人的距离。两人的谈话仿佛是少年时代好友间的玩耍。

"文革"末期,中国农村的青年已处于身陷"深渊一般的苦境"的状态。但对于在家畜饲养棚里的炕上忙于高考并与父亲共度少年时代最后时光的王四来说,即使是处境最艰难的农村,热炕和"牲口身上的腐草味道像一只温暖的摇篮,像一首甜蜜的催眠曲使他沉沉大睡",这就是令人怀念的故乡。而怀抱鲜花的女人的确导致了王四的"枉死",永远沉睡。王四少年时离开故乡是进入县城高中读书后呢,还是高中毕业入伍海军之后呢?不管怎样,从王四"广东、海南那些的女人,比你还要漂亮,打一炮也不过五十元!"①的言语中,也可窥见入伍海军后远离家乡,曾驻过改革开放的先进地广东省广州市等。在他海军服役的十五年中,中国以及中国的农村因改革开放发生了巨大的转变。改革开放在为农村带来富裕的同时,也使得裙带关系和公私暴力蔓延,令农村突然陷入"人心奸怪,谁不想看热闹"的境地。王四和父亲的关系丧失了同炕共寝的亲密,父亲强行给王四安排政治联姻。如果说"文革"前的农业集体化政策曾经使整个农村陷入贫困,那么改革开放为农村带来繁荣的同时,从村落到家庭各阶层大大小小的共同体也开始纷纷解体。菅野昭正从《怀抱鲜花的女人》中直接感受到的"威胁现实世界的令人害怕的力量",很可能导致中国农村的崩溃,这岂不是巨大的变动?

在如同鲁迅归乡故事中的叙述者一样归乡的王四面前,怀抱鲜花的女人正如安娜·卡列尼娜般以华丽的姿态出现,魅惑了即将迈入政治联姻的男性。但是,她并非在沙皇俄国过着乡村生活而得到治愈的吉提,而正是代表着改革开放前的中国农村,她口中的气息类似骡马发出的"浓稠的腐草味儿",搅乱了王四作为海军上尉的自我归属感,震惊了顺应改革开放政策的王四父母,导致了王四永远的沉睡。怀抱鲜花的女人是鲁迅归乡故事中等待主人公回乡的女性,同时也是将作为现代中国文学的原点的 20 世纪 20 年代的五四新文学中恋爱至上主义带给迟到 70 年的中国农村的传达者。此处顺便说一下,托尔斯泰的人道主义是五四新文学的主要原理之一。

九、"讲故事的人"的方法

莫言在诺贝尔奖获奖纪念演讲中回顾自己的出道之作时是这样说的:

> 我必须承认,在创建我的文学领地"高密东北乡"的过程中,美国的威廉·福克纳和哥伦比亚的加西亚·马尔克斯给了我重要启发。(中略)尽管我没有很好地去读他们的书,但只读过几页,我就明白了他们干了什么,也明白了他们是怎样干的,随即我也就明白了我该干什么和我该怎样干。

---

① 1990 年 12 月莫言给笔者的《人民文学》直笔校对版第 132 页。这一句话在《人民文学》1991 年 7、8 月合并刊以及《怀抱鲜花的女人》(天津:百花文艺出版社,2012 年)都没有。

我该干的事情其实很简单,那就是用自己的方式,讲自己的故事。我的方式,就是我所熟知的集市说书人的方式,就是我的爷爷奶奶、村里的老人们讲故事的方式。①

这里莫言所学到的"集市说书人的方式",实际上也是本文第一部分提到的毛泽东时代大众文学的《吕梁英雄传》的方式。实际上他所学到的不是故事叙述的方法,而是故事的题材选择的方法吧?因此并没有取材于城里人而是定位于村民及身边的英雄,应该也具有这种含义吧。这也是为什么在小学三年级读过鲁迅作品的莫言会觉得对相对于此前所熟识的《吕梁英雄传》等说书风格的大众文学之类的'红色的经典',鲁迅的小说是完全不同的"。将福克纳、马尔克斯的魔幻现实主义运用于中国的农村之时而使用的"说书人的方式"不正是由时间的限制而来的那种绝对的简单化吗?在正面描写中国农村的希望和绝望时,莫言学到了鲁迅的归乡故事的叙述方法和托尔斯泰的《安娜·卡列尼娜》的不伦以及恋爱结婚的故事构成方法。

莫言在诺贝尔奖纪念演讲中更是这样讲述的:

自己的故事总是有限的,讲完了自己的故事,就必须讲他人的故事。于是,我的亲人们的故事,我的村人们的故事,以及我从老人们口中听到过的祖先们的故事,就像听到集合令的士兵一样,从我的记忆深处涌出来。他们用期盼的目光看着我,等待着我去写他们。我的爷爷、奶奶、父亲、母亲、哥哥、姐姐、姑姑、叔叔、妻子、女儿,都在我的作品里出现过,还有很多的我们高密东北乡的乡亲,也都在我的小说里露过面。当然,我对他们,都进行了文学化的处理,使他们超越了他们自身,成为文学中的人物。

"我的亲人们的故事,我的村人们的故事"不久之后就随着《红高粱》《酒国》《丰乳肥臀》《檀香刑》等长篇作品而展开,使得以归乡者或者是与来访者之间的不伦关系这一主题成为故事构成的主要的支柱。之后又继续参照了松本清张等外国文学的方法。

---

① 《讲故事的人(莫言诺贝尔文学奖演讲)》,http://baike.baidu.com/subview/2913280/9862255.htm(2014 年 8 月 26 日检索)。

　　莫言所受到古今中外作家的影响之中,鲁迅的影响可能是最深刻的。幼年莫言所看过、所读过的《故乡》《祝福》《在酒楼上》之归乡三篇会把省察老故乡的方法和精神传给青年莫言了吧。鲁迅发表《故乡》以来,现当代中国作家络绎不绝地成为或完善着归乡故事的系谱。在这系谱里,莫言文学,除了他自己的深刻农村经验以外,由于大胆地采纳托尔斯泰《安娜·卡列尼娜》等要素,使其达到了极高水平。让农村妇女对叙事者的男人讲她自己的经历和心理来揭露中国农民的苦难史——在这一点上,莫言可能超过鲁迅了吧。这就是本稿以托尔斯泰《安娜·卡列尼娜》为辅助线对比鲁迅莫言归乡故事的结论。

　　作者按:本稿为日语原稿《莫言が描く中国の村の希望と絶望——「花束を抱く女」と魯迅および『アンナ・カレーニナ』/《莫言笔下的中国农村之希望和绝望——〈怀抱鲜花的女人〉和鲁迅及〈安娜·卡列尼娜〉》(东京:文艺春秋公司《文艺界》第68卷第5号,2014年5月)之修订版,现请南京师范大学日语系林敏洁教授译成汉语。在此对林教授表示衷心的感谢。

(作者单位:藤井省三,日本东京大学

译者:林敏洁,南京师范大学)

丸尾常喜的鲁迅研究

张中良

　　丸尾常喜先生,1937 年 3 月生于日本熊本县人吉市,1962 年从东京大学文学部中国文学专业毕业后,入大阪市立大学师从增田涉教授攻读中国文学专业硕士课程,从此走上了鲁迅研究道路。因其鲁迅研究论文的新颖别致,丸尾常喜①从高中教谕岗位被北海道大学文学部招聘为助手,历任北海道大学副教授、东京大学东洋文化研究所与文学部教授、大东文化大学教授、日本中国学会理事长、东洋文库研究员。丸尾常喜对鲁迅研究孜孜不息,2007 年 8 月胃癌已到晚期仍然念兹在兹,2008 年 5 月 7 日凌晨,在医院的病床上准备一篇关于鲁迅的讲演稿时,猝然而逝,可以说,丸尾常喜为鲁迅的传播与研究奉献了毕生心血。在这一领域,他发表数十篇论文与文章,出版评传《鲁迅:为了花而甘当腐草》(集英社,1985 年)、《鲁迅:"人"与"鬼"的纠葛》(岩波书店,1993 年)、《鲁迅〈野草〉研究》(东京大学东洋文化研究所,1997 年)等著作,译著有《鲁迅全集》第 2 卷《彷徨》、《中国小说的历史的变迁》。其中影响最大的是由博士论文《关于鲁迅与传统的基础性考察》修订而成的《鲁迅:"人"与"鬼"的纠葛》。此书由岩波书店初版印行之后,在日本学术界颇有好评,资深学者伊藤虎丸先生称其代表了日本鲁迅研究的新阶段②。自 20 世纪 80 年代初以来,丸尾常喜的学术成果陆续被介绍到中国③,《"人"与"鬼"的纠葛——鲁迅小说论析》中译本④,人民文学出版社 1995 年 12 月初版,至今已印三版四次,发行 11500 册,海内外鲁迅研究论著中对其观

---

　　①　为了行文简洁,以下省略"先生"称谓。

　　②　参照伊藤虎丸《鲁迅研究的划时代的一步——从政治、文化走向民俗》(《东方》161 号,东方书店,1994 年)与《鲁迅中的"生命"与"鬼"——鲁迅的生命观与终末论》(收李冬木译《鲁迅与终末论:近代现实主义的成立》,北京:生活·读书·新知三联书店,2008 年,第 340 页)。

　　③　译文刊于《文学研究动态》、《鲁迅研究月刊》、《上海鲁迅研究》、《文学评论》、《中国现代文学研究丛刊》等。

　　④　《"人"与"鬼"的纠葛——鲁迅小说论析》,秦弓译,北京:人民文学出版社,1995 年。

点多有征引。2009 年 11 月,北京大学出版社出版《耻辱与恢复——〈呐喊〉与〈野草〉》①,收其早期论文、晚年学术报告与《鲁迅〈野草〉研究》。继"竹内鲁迅"、"丸山鲁迅"、"伊藤鲁迅"、"木山鲁迅"之后,"丸尾鲁迅"②日益受到重视。本文对"丸尾鲁迅"的特点予以探讨。

一、原型追溯:从经典文化到民俗文化

日本对鲁迅的研究,向来注重背景与本体的还原。竹内好把鲁迅置于近代以来的思想文化背景与其整个作品世界中,来阐释鲁迅作为启蒙者与文学家的成因和矛盾。丸山昇把鲁迅置于现代史的背景下,对其思想演进与文学发展予以实证性的考察。伊藤虎丸探究明治末年"尼采热"等思潮对鲁迅留学时期个性思想形成的影响,北冈正子通过《摩罗诗力说》等早期文章的材源考来确认鲁迅思想与文学的外来因子。丸尾常喜则侧重于对鲁迅文学世界之文化原型的追溯。

鲁迅每每表现出激烈的反传统态度,这并非缘于隔膜,而恰恰是由于他受多源头、多流派、源源不绝的传统文化浸淫甚深。在异域文化的参照之下,又经过个人的现实体验与理性沉思,遂能洞察传统的罅隙,也体悟得到传统的优长,进而做出清醒而深刻的批判与澄清,明敏而创造性地继承与发展。鲁迅的文学世界中,或显或隐地包含着丰富的传统文化原型。丸尾常喜借助历史学、思想史、宗教学、民俗学等多种方法,对其传统文化原型做了富于原创性的还原式研究。

《孔乙己》里面,孔乙己因窃书挨打受到人们嘲笑,他在为自己辩解时说出"君子固穷"之类"难懂的话","君子固穷"在孔乙己的语言系统中究竟有什么意义? 丸尾常喜溯源至其出处《论语·卫灵公》,并旁及《史记·孔子世家》等,认为"固守其穷"(不因穷困而改变志向)与"固有穷时"(君子行大道,必然有困窘之时)二说虽有相通之处,但在孔子本身恐怕是偏重后者。夫子之道大矣,故天下难容。孔子当年说"君子固穷"时,承认道路坎坷有之,因自信而自负亦有之,无

---

① 《耻辱与恢复——〈呐喊〉与〈野草〉》,秦弓、孙丽华编译,北京:北京大学出版社,2009 年。

② "丸尾鲁迅"最初见于《"人"与"鬼"的纠葛——鲁迅小说论析》初版《译后记》,渐渐为人们所接受。日本东京大学东洋文化研究所尾崎文昭教授 2007 年至 2008 年在中国社会科学院文学所、清华大学、北京大学等处讲演时说,按照日本学术界的习惯,在某一研究领域具有代表性的学者,通常以姓氏冠于研究对象之前,如"竹内鲁迅"、"丸山鲁迅"、"伊藤鲁迅"、"木山鲁迅"、"丸尾鲁迅"等。

可奈何的自我安慰抑或有之。那么，当孔乙己把"君子固穷"挂在嘴边的时候，"他的脑海里闪现出怎样的场景呢？是颠簸求仕不遇明主的干禄者群像，还是任重而道远的理想主义者群像？"①恐怕只是把那遥远的君子之梦作为阿Q式的精神胜利法，姑且安慰自己空虚的心灵。"多乎哉？不多也。"孔乙己似乎是说给自己听的这句话，原出《论语·子罕》的"君子多乎哉？不多也"。在孔子看来，君子并不能把"多能"奉为目标。有的研究者认为，孔乙己说此语与原意无关。丸尾常喜则认为，孔乙己无意识中用传统士人的价值观念安慰自己不必以不够"多能"为耻，从而减轻社会舆论加给他的心理负担。"孔乙己越是被紧逼穷追就越是失去口语，代之以文言。他正是在文言文构建的他的观念世界里才是自由的。而他的观念世界恰恰完全堵死了参与现实中与民众共有的日常世界的通路。"社会的凉薄固然加害于孔乙己，但反过来孔乙己的君子情结也加重了社会的凉薄。丸尾常喜除了注意到《论语》中《子罕》、《子路》、《子张》等篇的相关性之外，还征引了《孟子·滕文公上》和朱熹《四书集注》、《荀子·致士》、《荀子·富国》等文献，在儒家思想的流脉上来寻绎孔乙己身上的传统文化阴影。

与此同时，丸尾常喜也在孔乙己身上看到了民俗文化的鬼影。"在民众中间，孔乙己头脑里的知识没有任何权威，这就势必铸成了在柜台前站着喝酒的孔乙己的'寂寞'。"如果民众看重那些知识，纵使科举落第，孔乙己与民众的关系也会是另外一种情形。然而民众衡量价值的砝码不是知识本身，而是能否用那些知识换来科举的功名，若被科举拒之门外，在民众心目中就只能是"科场鬼"的落魄凄惨形象②。这样，短衣帮在咸亨酒店对孔乙己的哄笑与他们看舞台上的"科场鬼"时的笑就有了相通之处。

关于鲁迅世界中的"鬼"，竹内好在《鲁迅》中已经触及，尾上兼英也曾就《阿Q正传》序章里"仿佛思想里有鬼似的"提起过问题，伊藤虎丸、木山英雄等受此启发，展开过讨论，但"彻底挖掘这一题目并且提示出战后日本鲁迅研究史上划时代深刻解读的，则是丸尾常喜的近著"《"人"与"鬼"的纠葛》③。丸尾常喜把

---

① 本文的考察据《"人"与"鬼"的纠葛——鲁迅小说论析》与《耻辱与恢复——〈呐喊〉与〈野草〉》，具体页码恕不一一注出。

② 丸尾常喜在《"人"与"鬼"的纠葛——鲁迅小说论析》第二章第一部分里说明："最早指出孔乙己与陈士成的形象同《目连戏》的'科场鬼'很相似的，是夏济安。"参见夏济安《鲁迅作品的黑暗面》，乐黛云译，收《国外鲁迅研究论集(1960—1981年)》，北京：北京大学出版社，1981年。

③ 参照伊藤虎丸《鲁迅与终末论：近代现实主义的成立》，李冬木译，北京：生活·读书·新知三联书店，2008年，第339—340页。

"鬼"的影像作为视点,从经典文化与民俗文化两个方面追踪传统的鬼影,进入了一个幽邃广袤的文化原型世界。

在分析《白光》时,丸尾常喜从陈士成的掘藏上溯至具有中国传统祭祀演剧典型特征的绍兴地区"庙会戏",指出:"小说《白光》不单是以鲁迅的叔祖子京这一特殊的悲剧性人物为模特,它是作为对于科举制度所浸透的社会产生的庆祝剧《跳魁星》与《掘藏》的模仿与生发改造的化用式讽刺作品而写出的。"《白光》利用了《掘藏》的框架,而且在"试院的照壁的面前"茕茕孑立的陈士成身上,重叠着被科举制度捉弄了一生的"科场鬼"形象。

对于"鬼"的捕捉,在《阿Q正传》的分析①中最为集中,也最为复杂。在阿Q身上,丸尾常喜看到多重鬼影:第一重是正统观念之鬼,诸如"不孝有三,无后为大","若敖之鬼馁而","男女之大防"之类;第二重是积淀在国民性中的"亡灵",具体说来,就是等级意识、愚昧、保守、狭隘、精神胜利法等种种精神弊端;第三重是民俗文化中的鬼,即生计无着的饿鬼、含冤而死的幽怨鬼、香火断绝的孤魂野鬼,等等。对于阿Q身上重合的民俗之鬼,丸尾常喜在"鬼"的生态诸方面做了考察。如阿Q寄住的土谷祠,即土地庙,本来是祭祀土地神的庙,不知从什么时候起,它与本是城市守护神的城隍庙一并兼行起冥府的地方派出所的职能来了。"无常鬼"受命于冥府,来世间索取人的灵魂,将死者的灵魂带到土地庙,直到送往冥府之前一直留置在那里。这样,阿Q寄住在土谷祠,可谓"适得其所"。再如,阿Q生前走东串西打短工糊口,"求爱"未成,家家户户将其拒之门外,无奈之下只能离开未庄外出求食,冤死之后,不要说好的舆论,就连一句同情的话也没有得到,更谈不上香火祭祀,这种生态与结局正像四处游荡的孤魂野鬼。身上挂着"银桃子"(民俗中有辟邪驱鬼之用)的假洋鬼子,以及赵司晨(司晨之鸡)赵白眼(民俗认为犬有发现鬼的本领)等,将前来投奔革命的阿Q赶出门外,阿Q见长衫人物要把笔塞在他手里,"几乎'魂飞魄散'"(《淮南子·精神篇》有:"仓颉作书,而天雨粟,鬼夜哭。"),等等,也都映衬出阿Q作为鬼的身份。多重鬼影相叠,构成了阿Q这样一个深深植根于中国精神历史与民俗世界的典型人物。

古老的超度幽魂的宗教意识衍生出"幽魂超度剧"、"英雄镇魂剧"等"鬼戏",目连戏就保留了一些"鬼戏"的原型。鲁迅少年时代对目连戏可谓耳濡目染,这些原型在其知识结构与心理世界中自然会留下深深的积淀。丸尾常喜十分重视

---

① 丸尾常喜最早的阿Q论为《阿Q人名考——"鬼"的影像》,《文学》1983年2月号。

目连戏在鲁迅文学世界的作用,在《"人"与"鬼"的纠葛——鲁迅小说论析》的第一章就曾用一半篇幅分析目连戏中"人"与"鬼"之间的渗透。第三章阐释"阿Q＝'阿鬼'说"时,更是把目连戏作为重要参照系。认为《阿Q正传》的结构与目连戏所保留的"幽魂超度剧"具有同构性:(一)"鬼"的生涯的陈述;(二)审判;(三)团圆。另外,从阿Q"恋爱悲剧"中的挨打出逃、被迫接受赵家的五项惩罚、在静修庵菜园里发现萝卜以及与尼姑的纠葛等场面中,也看出对目连戏的化用。从阿Q的名字到其生活背景,从其精神风貌到其行状,从整体结构到作品细节,从创作动机自述到读者审美反应,通过各个方面的周密考证与深入阐释,丸尾常喜一步一步向"阿Q＝阿鬼说"迫近。

《祝福》里的祥林嫂向叙事者"我"提出三个问题:人死后究竟有无灵魂,是否真有地狱,死掉的一家人能否见面。论者一般仅仅将这些提问视为祥林嫂愚昧或恐惧的表征,丸尾常喜则从这里切入,联系到中国传统观念中"鬼"的两义性——对于有的人来说是"转世",对于有的人来说则是永生,通过本土儒教文化与外来佛教文化及民俗文化的原型追索,对祥林嫂的生存境况与心理状态进行深入的阐释,并探讨了祥林嫂之死的宗教意义,进而触及了人类永恒的救赎问题;通过鲁镇人对待祥林嫂之死的态度与祝福氛围的分析,也揭示出城乡之间、不同社会阶层之间、生死之间的隔膜问题。

虽然丸尾常喜富于灵性的"假说"与着力的考察并非没有质疑的余地,但是,探究鲁迅文学中或隐或显的多种文化原型,尤其是民俗文化之鬼,的确拓展了鲁迅研究的空间,对于深入认识鲁迅文学的丰富内涵、艺术特征及其传统渊源,进而把握中国文化的复杂传统及其现代流变,颇有启迪意义。

二、心理视角:"耻辱"与恢复

鲁迅是传统的叛逆者,也是承传者;是传统的批判者,也是重建者。他不仅要对社会上与国民性中有形无形之"鬼"横刀立马,而且必须直面自己身上的"鬼气",与之肉搏。鲁迅高举"人"的旗帜,横扫"鬼"的世界,但他内部同时也充满了"人"与"鬼"的纠葛。丸尾常喜对鲁迅世界的探寻,不限于其文学创作,而且直逼其精神世界。他认为,鲁迅自身的"鬼"也很复杂,既有传统社会与传统文化赋予的古典重负,也有传统与现实一并使之背负的应该感到耻辱的精神创伤;"人""鬼"冲突不仅有黑白分明的两军对垒,也有人道主义与个人主义的二律悖反。

　　在深入探讨鲁迅自身"人"与"鬼"的纠葛之前,丸尾常喜就已经注意到鲁迅精神的复杂性。《狂人日记》第十二节末尾一句是:"有了四千年吃人履历的我,当初虽然不知道,现在明白,难见真的人!"竹内好对这句话的读解是:先前一直以被害者的立场揭露他人"吃人"的狂人,这时才发现自己也是"吃人"者之一,也就是说发现了自己既是被害者同时也是"加害者"这一重大事实。竹内好从中悟出形成文学家鲁迅的某种根源性的态度,由此他"把鲁迅的文学看作一种赎罪的文学"①。对"难见真的人",日本的鲁迅著作译者与研究者通常有两种理解:一是"难以发现真的人","真实的人难得","真人难找","真人难遇";二是"没有脸见真正的人"。丸尾常喜认同恩师增田涉所持的后一种理解,1975 年发表《"难见真的人!"考——〈狂人日记〉第十二节末尾的解读札记》,予以阐发。他认为,《狂人日记》的主人公经历了从恐惧、疑惑、悲哀到羞耻的心路历程:开始为周围的气氛所恐惧,接着怀疑接近他的每一个人都要来吃他,当他发现自己的哥哥原来也是吃人者的同伙,便感到莫名的悲哀,待到意识到自己竟然也"未必无意之中,不吃了我妹子的几片肉",就陷入了不能自已的耻辱感。不久,丸尾常喜在此基础上连续发表《从"耻辱"("羞耻")启程的契机——作为民族自我批评的鲁迅文学之一》、《"耻辱"的形象——作为民族自我批评的鲁迅文学之二》、《从"呐喊"到"彷徨"——作为民族自我批评的鲁迅文学之三》等三篇论文,后来又发表《"难见真的人!"再考——〈狂人日记〉第十二节末尾的解读》、《关于鲁迅的"耻辱"意识》等,对耻辱问题予以系统考察。

　　关于鲁迅的"羞耻心",太宰治的小说《惜别》(1945 年)曾经有所触及,但是,这部作品明显带有所谓"大东亚战争观"的阴影,让鲁迅在日俄战争期间为中国人不去帮助"同情中国"的日本、反而替俄国当间谍而"羞耻"。竹内实、伊藤虎丸等学者受竹内好"把鲁迅的文学看作一种赎罪的文学"观点的启发,明确地以文学中的民族责任为视点来看待鲁迅的使命感与屈辱感。丸尾常喜接过这一鲁迅研究的传统,以"耻辱"为视点,探讨鲁迅的文学生涯与文学创作。在他看来,鲁迅文学作为民族自我批评的启蒙文学,"耻辱"正是其启程的心理契机。在分析这一问题时,丸尾常喜上溯中国文化一以贯之的羞耻意识传统,从孔子的"道之以德,齐之以礼,有耻且格"(《论语·为政》),到孟子的"羞恶之心,义之端也"(《孟子·公孙丑上》),再到顾炎武的"知耻"(《日知录》卷十三《世风》),直到章太

---

　　① 竹内好:《鲁迅》,李心峰译,杭州:浙江文艺出版社,1986 年,第 43 页。

炎、邹容等。丸尾指出，正是在这一文化传统与近代以来中国屡屡遭受侵凌的历史背景下，鲁迅感受到民族的巨大耻辱，而一般民众的昏昧无知让他承受到二重耻辱的折磨，于是他选择了文学道路，一则化解自我的耻辱压力，二则启发民族的觉醒。留学时期的《斯巴达之魂》毫无迂曲地直接刻画"不胜则死"的斯巴达武士的"名誉"和"耻辱"，在小序的末尾写道："译者无文，不足模拟其万一。噫，吾辱读者，吾辱斯巴达之魂！""名与耻的文化"（日本森三树三郎语）养成的耻辱意识，与斯巴达城邦国家式的耻感文化产生了直接的共鸣，耻辱意识在鲁迅心中的位置之重于此可见一斑。在丸尾看来，留日时期撰写的《文化偏至论》、《摩罗诗力说》、《去恶声论》，既发端于耻辱意识，又贯穿着耻辱意识。投身于文学革命后，曾经作为留学时期启蒙文学生涯启程之契机的耻辱意识仍是创作的重要动机，而且耻辱的内涵更为丰富，不仅为民族的地位与民众的愚昧而耻辱，而且为本应承担启蒙者重任的知识分子的弱点而耻辱，多重耻辱感从不同角度、不同层面，或隐或显地，生动、形象地表现于创作与翻译之中。到新文化启蒙运动落潮之后，表现耻辱的线索依然向前延伸，直至生命的终结，如收在《彷徨》（1924—1925 年）、《故事新编》（1922、1926—1935 年）里的小说，还有杂文等创作。

原来构想的"耻辱"研究中，还有第四篇《关于〈彷徨〉里面"耻辱"的推移》、第五篇《关于"耻辱"的恢复》，后来，这两篇论文虽未写出，但预设思路由《〈野草〉研究》继承下来。后来，丸尾常喜把第二本中文译著命名为《耻辱与恢复——〈呐喊〉与〈野草〉》，即为此故。

丸尾常喜注意到，随着五四新文化启蒙运动的落潮，先前压抑了的人道主义与个人主义的矛盾逐渐浮上表层，先前所相信的青年必胜于老年的"进化论"出现了罅隙，鲁迅陷入了新的困惑与痛苦。他的痛苦不仅来自信念受挫的失落与求索中的焦虑，而且缘于自我折损的破坏性冲动。"在他灵魂深处所感受到的'毒气'和'鬼气'，不仅仅是指浸润着自己的'黑暗'和'古老的鬼魂'，也指那种尽管一直憎恨它们，想要加以去除但又无法做到，由自我意志与'毒气'和'鬼气'之间的牵扯、纠葛而不断产生的烦恼。被不停地释放的毒素侵蚀着，不时会出现想胡乱冲撞的冲动。这是一种扰动在自己内心的有如魔鬼一般的'邪气'，于是这一冲动就屡屡成为绥惠略夫式的破坏冲动而表现出来，试图自我毁灭。"《野草》正是鲁迅对自身矛盾的勇敢直面，对自己深层的无情解剖，藉此从新文化阵营解体后的失望中振作起来，从对前行道路的困惑中清醒过来，从自我折损的颓唐中解脱出来，恢复了对耻辱的敏锐感受与向耻辱挑战的战斗力。丸尾常喜对《野草》的解读从这样三条线索展开,拓展了悟解《野草》的空间。

关于鲁迅创作的动机与内涵,自然可以从多方面予以分析,但丸尾常喜的心理视角无疑提供了一个接近鲁迅的有效途径,有助于我们更深刻地理解一个伟大而复杂的灵魂。

三、经典细读:考辨与诗性想象

日本文化性格认真、细密,其汉学素有细读传统。丸尾常喜在鲁迅研究中对这一传统予以继承并发扬光大。文学作为语言的艺术,作者的意图与作品的内蕴往往比其他文体更能通过关键词表现出来。丸尾常喜的经典细读,每每从关键词入手,加以细密的考辨,追溯文化原型,逼近文本真义。如关于"耻辱"问题的论证,就从鲁迅自留学时期到五四前后的言论(包括创作、翻译、日记、通信、与友人的讨论等)中,梳理了所有的"耻"以及与此相近的词汇,考察其内涵及其社会文化背景。何谓鲁迅思想、鲁迅精神,学术界有种种说法。丸尾常喜认为,"挣扎"和"反抗绝望"只是鲁迅精神的表现形式,而非鲁迅精神的本身;"中间物意识"可以说是鲁迅的自我意识,同时也是主体性的历史意识;"多疑"与"尖刻"是在历史与现实之中形成的鲁迅的性格,同时也是他的思维形式;"立人"则应当说是鲁迅的思想。那么,鲁迅的精神是什么呢?丸尾常喜认为,为了了解鲁迅精神,我们最好注意鲁迅精神的结构,寻求了解鲁迅精神的基础。他注意到鲁迅特别喜欢使用"偏要"一词,他在论文《"偏要"——对鲁迅精神的一个接近》[1]中对鲁迅文学中的"偏要"加以爬梳与分析,如《狂人日记》里,多处用到"偏要"。第一节里写狂人对"吃人"的质疑:

> 我立刻就晓得,他也是一伙,喜欢吃人的;便自勇气百倍,偏要问他。
> "对么?"
> ……
> "从来如此,便对么?"

---

① 见丸尾常喜《"人"与"鬼"的纠葛——鲁迅小说论析》(增订版),北京:人民文学出版社,2006年。

在这里,这个语汇显示了碰壁之后非但不退缩、反而更加鼓起勇气的一种精神状态。第十节里,狂人坚持劝导,两次用到"偏要":

> 陈老五也气愤愤的直走进来,如何按得住我的口,我偏要对这伙人说,"你们可以改了,从真心改起! 要晓得将来容不得吃人的人,活在世上。"
>
> ……横梁和椽子都在头上发抖;抖了一会,就大起来,堆在我身上……我晓得他的沉重是假的 ,便挣扎出来,出了一身汗。可是偏要说,
>
> "你们立刻改了,从真心改起! ……"

这两处表现出顽强的抗争意志与启蒙信念。狂人的"偏要"显示了鲁迅自身的"偏要",即鲁迅精神的一种特征。

在小说《祝福》、《孤独者》,写给许广平、李秉中等人的信,《〈坟〉题记》、《写在〈坟〉后面》等场合,"偏要"一词常常出现。丸尾常喜认为,这一词语恰恰能够反映出"鲁迅跟中国的历史及现实之间的尖锐而深刻的冲突,也就是说鲁迅跟中国历史及现实之间构成的一种严重的对峙关系",因而,它能够从一个侧面表现出鲁迅的精神。

在细读中,由于注意作品的整体脉络与文化背景,丸尾常喜常常能够从细节中品味出深层意味。如《白光》里,万流湖的浮尸,"十个指甲里都满嵌着河底泥",仵作用来证明死者是生前落水的,读者通常也理解为陈士成出于求生本能的痕迹。但丸尾常喜则认为:"这泥可不是陈士成挣命求生留下的,而是显示出难以哀怜的'掘藏'之执著的痕迹。"虽然不能完全否认"河泥"一说,然而,至少可以丰富对作品的理解。

一方面出于理解与阐释的需求,另一方面也为了便于日本读者的解读,丸尾常喜在分析鲁迅作品时,常常对其中涉及的史实与知识做出细致的考辨。《"人"与"鬼"的纠葛——鲁迅小说论析》第一章《"人"与"鬼"》,通过绍兴的祖先祭祀考察"人"与"鬼"之间的关系,透过《目连戏》考察"人"与"鬼"之间的渗透,从而为后面鲁迅作品与鲁迅精神的阐释奠定了基础。阐释《白光》时,引入民俗中的"掘藏"、绍兴"庙会戏"里的《掘藏》与周作人和周建人回忆的"新台门"里掘藏的生活原型。论及《药》里乌鸦的象征意义时,先是从郑之珍本《目连戏》下卷七场《曹氏清明》中征引了目连未婚妻曹赛英的唱词,又征引《目连戏》上卷《刘氏忆子》里刘

氏的唱词、中卷七场《罗卜描容》与《挑经挑母》里罗卜的唱词,同类题材的绍兴民间传抄本《绍兴救母记》的六段唱词,还征引白居易诗《慈乌夜啼》,以及儿歌《老鸦》,指出"《药》的清明节场面与《目连戏》里《曹氏清明》场面的类似,显示了前者借用后者的框架进行'脱胎换骨'的化用(即模仿、改造、生发)的可能性"。在此基础上,辨析《药》与《曹氏清明》借灵性的慈乌占卜吉凶的差异,并且进一步说明《药》里乌鸦的象征意义①。关于《野草》的注释与解读中,史实与知识的考辨无疑对理解《野草》大有裨益,其广博与精微令人折服。

在力求考辨的扎实可信的同时,丸尾常喜在经典细读的过程中不时发挥诗性的想象。譬如,他认为《秋夜》是《野草》的纲领性篇章,"构成《秋夜》的各种表象,在后面的诗篇里,于变化中得到延伸。譬如枣树走起来就成了'过客',开着粉红色小花的草就是欢迎过客的女孩,落叶变形为老人。另外,枣树也分明是向'无物之阵'挑战的'这样的战士'的前身"。在他看来,文学既然是文学,文学作品的解读何妨发挥一点文学的想象。丸尾常喜是具有诗人气质的学者,几十年间,每年新年一首"年头诗"即是其诗人气质的体现,诗人气质带进了学术研究,便增强了对鲁迅文学的诗性感悟,甚至有时也使自己的学术语言带上了诗歌的节奏和韵律。这方面,《野草》的解读尤为突出。

丸尾常喜的鲁迅研究,无论是文化还原、心理视角、考辨与诗性想象水乳交融的细读方法,还是由此展开的宽广视野与新颖观点,都为鲁迅研究作出了独创性的贡献。这固然有赖于丸尾常喜的个性发挥,但是,也源于他对日本鲁迅研究学术传统的发扬光大,其中融会了增田涉对研究对象及其历史背景的深入体察,竹内好的思想史视角和以鲁迅自身作品来解释鲁迅的方法,丸山昇严谨的实证,伊藤虎丸绵密的思辨,木山英雄富于穿透力的哲学与诗性的交织,等等。丸尾常喜对前人与同时代学者(包括比自己年轻的学者)的学术成果充分尊重,严格遵守学术规范,对征引的文献、观点详尽加注,对给予自己启发尤多的增田涉、竹内好、中野美代子、近藤邦康、伊藤虎丸、丸山昇、木山英雄等学者从来不吝感激之情。

鲁迅作为中国文学与文化现代转型期最具代表性的文学家、思想家,是学术研究中一座采掘不尽的富矿,只要我们真正深入到鲁迅及其赖以产生的社会文

---

① 《"人"与"鬼"的纠葛——鲁迅小说论析》第三章《国民性与民俗》与《关于〈药〉的读解——乌鸦象征着什么?》(收《耻辱与恢复——〈呐喊〉与〈野草〉》),对乌鸦的象征意义均有分析,尤以后者为详。

化背景中去,以个性化的眼光去探寻,总会有所发现。改革开放以来,曾经兴起了一阵方法论热,但令人遗憾的是,人们往往乐于介绍与简单化的贴标签,却少有认真的孜孜不倦的实验者。丸尾常喜原创性的精神、开放性的方法与扎扎实实的学风,对于演绎权威结论与追逐时髦几成惯性的人们来说,不失为一针清醒剂。

（作者单位:上海交通大学）

再论"越是民族的,就越是世界的"*
——从鲁迅的信说到跨文化传播

吴 俊

"越是民族的,就越是世界的"是句名言,流传既久且广,甚被奉为圭臬。但仔细追究起来,这句话从源头起就已有了不少歧义。一般认为这句话源起于鲁迅,不妨就从鲁迅的原话说起。

一、鲁迅主张的逻辑:本意和真义

事起于鲁迅1934年4月19日给陈烟桥的一封信①。鲁迅的原信较长,略去完全无关部分,可以将其主旨做个连贯性的解读和分析,——顺便一说,有些文章在谈这个问题时,或许对于鲁迅原话的整体语境未做必要的全面留意——理清逻辑,理解本意,节制过度阐释的冲动。

鲁迅信开首谈的是一种原则性态度,即做事须有恒心,要认真重视而不能掉以轻心。接着转向具体对象——这封信主旨是谈木刻艺术及相关活动的,"觉得有一种共通的毛病",批评木刻艺术、艺术活动(做事)上的本末倒置,用"草率、幼稚的作品""拿来充数",正是缺乏"耐心"(恒心)的表现。鲁迅此意不仅在批评年轻艺术家做事的态度和方法,也是直言出了当时木刻艺术的水平还相当的低级——对于木刻艺术水平的评价,是鲁迅此信立论的基点。

---

  * 本文源起于我的同事和朋友傅谨教授的对谈邀请,对谈合作者还有南京大学外国语学院的高方教授,对谈稿整理后发表于《浙江学刊》。对谈文字有限,互有详略兼顾,有些话题未及展开深入;过后个人就此又有延伸思考,遂成此文。借此也再次感谢傅谨、高方两位及《浙江学刊》主编卢敦基先生的交流启发。

  ① 各版本《鲁迅全集》都收有此信,本文据人民文学出版社2005年版《鲁迅全集》第13卷(书信)第80—81页。以下引用原信文字不再出注。

接下便是被后来引用最多的一段鲁迅的原话：

> 木刻还未大发展，所以我的意见，现在首先是在引起一般读书界的注意，看重，于是得到赏鉴，采用，就是将那条路开拓起来，路开拓了，那活动力也就增大；如果一下子即将它拉到地底下去，只有几个人来称赞阅看，这实在是自杀政策。我的主张杂入静物，风景，各地方的风俗，街头风景，就是为此。现在的文学也一样，有地方色彩的，倒容易成为世界的，即为别国所注意。打出世界上去，即于中国之活动有利。可惜中国的青年艺术家，大抵不以为然。

紧跟着后面还有一段话，却是很多人不引用的，其实正是理解、明白鲁迅此信（包括上段文字）主张、要点的关键处。原话如下：

> 况且，单是题材好，是没有用的，还是要技术；更不好的是内容并不怎样有力，却只有一个可怕的外表，先将普通的读者吓退。例如这回无名木刻社的画集，封面上是一张马克思像，有些人就不敢买了。

现在可以顺序理出鲁迅的思路和看法了。首先是鲁迅认为当时木刻艺术的技术水平还处在比较低级、幼稚、不成熟的阶段，特别是影响力还很有限，所以一方面只能是以相对有限的方式进行拓展和提升，同时另一方面扩大其影响力。这是上承前面对于木刻艺术家做事态度的一种含蓄批评，当然也含有明确的对于艺术的技术水平的要求和重视。

与当前首要的扩大（影响力）和提升（技术水平）的正面努力相应，还需要注意并反对某种激进或失策的做法，以免损害木刻艺术的发展，造成实际上的"自杀"。鲁迅这样说是具体有所指的，即后一段中所说的将马克思的像用作木刻画集出版的封面。进入 20 世纪 30 年代后的中国政治环境，已经和五四时期完全不同了。随着国际共产主义运动和中国共产党的政治崛起，连同马克思在内的意识形态标识已经成为一种明确的政治符号甚至禁忌，即鲁迅信中所说的"可怕的外表"，其危险程度足以"吓退""普通的读者"。由此可以明白鲁迅所谓"拉到地底下去"的"自杀政策"，指的就是艺术活动中的不智做法和政治冒险。不合时宜的政治姿态可能招致的政治压迫会阻碍尚未成熟的木刻艺术的成长与发展。

并且,泛而论之,在艺术的内容和形式上,与此相应的就是不宜封闭、局限搞成只有少数人的小圈子,否则艺术也会死亡。这一态度和鲁迅认为当前应着重提升木刻艺术的技术水平、扩大其影响力的主张完全一致。但在此也必须指出,我们并不能因此就能简单得出鲁迅反对艺术表达政治,甚至反对政治、远离共产主义形态的结论。这会走向 30 年代鲁迅思想和立场倾向的反面。毋宁说,鲁迅此信的立论主要是在技术性、策略性的层面,他所谈的话题也是围绕着木刻艺术的技术提升和活动策略。这就能顺理成章地理解鲁迅后面接着说的"地方色彩"之类的话了。

显然,鲁迅是在技术和策略上提出"杂入静物,风景,各地方的风俗,街头风景"这一主张的。所以他才说自己的主张"就是为此"。略加申说,鲁迅主张用自然的、客观中立的、地域风俗这类文化特色题材作为艺术表现的内容,以此规避政治风险。换言之,他是将题材、风俗、地方特色乃至风格等的多样化摄取与表现,当作开拓文艺的生存、发展之路的策略手段。下文举出比对的文学中的"地方色彩"也是指文化特色的题材,是多样化、不拘一格、开放的特色题材。——强调这一点是极其重要的,鲁迅所说的"地方色彩"并非指单一、固定地域的特色,而是指多样化摄取与表现的各种地域特色,由此形成多元特色的文化内涵及形式。这是对单一、固定地域特色的一种充实与丰富,更重要的是对广义上的世界文艺生态的一种建构、建设性参与和贡献。所以鲁迅说这样"倒容易成为世界的","即为别国所注意",也就是这样更容易与世界相沟通,并成为世界文艺的一部分。下一句"打出世界上去,即于中国之活动有利"最明显不过地表达了鲁迅对于自己上面这些思考和主张的策略性动机。

然而鲁迅并非艺术上的投机分子或实用主义者,他的主张最终强调的还是艺术品质和技术水准。这就是此信下一段的重要性了。鲁迅说得十分明确:"况且,单是题材好,是没有用的,还是要技术。"对于艺术品质而言,技术总在题材或策略之上。这是更高的创造性要求,也是纯艺术的要求。由此可见鲁迅立论主张的全面性和他的侧重点,或终结点。

综上所述,鲁迅主张中国文艺应通过呈现独特地方色彩/元素的策略,创造出风格多样化、文化多元性的特色作品,以此达到与世界相沟通的效果和目的。因此也可以说,鲁迅并不是主张固守地方色彩,恰相反,他要以地方色彩得到一种可能的途径,进而克服和突破地方色彩的有限性、局限性,使地方色彩向世界开放,并融于世界。泛而论之,中国文艺与世界的沟通渠道,是一种多样化互通、普遍意义上相容的发展路径和方式,这会使地方色彩/中国特色的有限性(包括某种程度上的民族性)获得无限性/世界性的发展可能。而创造技术和艺术水平则是获得这种世界性的根本保障。——这是我所理解的鲁迅此信思想的本意与真义。

鲁迅的这一正面立论可谓有经有权,而从鲁迅批评的反面看,他说"可惜中国的青年艺术家,大抵不以为然",就是批评艺术小圈子不讲策略、狭隘的政治冲动(用政治绑架艺术)、导致妨害艺术成长的后果——别说"打出世界上去"了,直接遭遇是"有些人就不敢买了"。这对艺术显然毫无益处。

那么,对于"越是民族的,就越是世界的"之说与鲁迅的关系,就可以分成这样几个层面下判断了。一是此说与鲁迅完全无关,是后来莫名强加在鲁迅身上,还产生了以讹传讹的效果,仿佛成了不刊之论,迄今仍有人信以为真。二是此说或许出自对于鲁迅主张、观点的误读、误会、误释,或挟鲁迅以自重,结果也是信以为真。三是此说在理论上确实含有的歧义性、复杂性,以及与鲁迅思想言论的种种可能交集或似是而非的关系,造成信以为真的可信和真实的理由。最后一点与本文接下去的进一步讨论直接有关。

二、鲁迅论陶元庆:民族性与世界性的关系表达语境

鲁迅也是直接提到和讨论过文艺的民族性概念与问题的。从鲁迅新文化思想的基本观念和思路上看,他对民族性和世界性的关系看法还可以更为广泛、广义地来探讨一下。先提出我所认为的要点是:鲁迅的世界性认识和判断在很大程度上与他的启蒙立场(价值观)直接相关,世界性的认知态度与时代进步发展潮流直接相关,这决定了对于民族性局限的突破始终会是他的思考重点,决定了他的论述倾向性态度。民族性及世界性、时代性、创造个性是四个主要的关联性概念,也是鲁迅启蒙思考、(文艺)价值判断的四个主要标准维度。其中,与前述书信引发的对于"越是民族的,就越是世界的"的理解和阐释所相关的民族性概念,鲁迅在另外的场合倒也是直接谈到了。他对同乡朋友、画家陶元庆的几次评论是最突出和典型的案例,可以对照上述书信的主张再进行一些对照的解读和阐释。鲁迅的相关文章主要是两篇,即《〈陶元庆氏西洋绘画展览会目录〉序》和《当陶元庆君的绘画展览时》。

1925 年,鲁迅为陶元庆的西画个展写了一篇序言《〈陶元庆氏西洋绘画展览

会目录〉序》。陶元庆是鲁迅很多作品的封面设计者,后来鲁迅说这是他第一次看陶元庆的画展。联系鲁迅后来的文章,可见他的这篇序已经言简意赅地表达出了对于陶氏艺术的评价,也流露出了鲁迅自己的艺术观和文化观。其中最重要的一段话是:

> 在那黯然埋藏着的作品中,却满显出作者个人的主观和情绪,尤可以看见他对于笔触,色彩和趣味,是怎样的尽力与经心,而且,作者是夙擅中国画的,于是固有的东方情调,又自然而然地从作品中渗出,融成特别的丰神了,然而又并不由于故意的。[①]

我以为值得注意的是这几个关键处。所谓"作者个人的主观和情绪",当然是指陶氏的艺术个性,偏向于精神面的说法。连着的"他对于笔触,色彩和趣味,是怎样的尽力与经心",则是对陶氏艺术经营和技术技巧的评价。鲁迅这些话是相连贯的,总体是对陶氏艺术个性特色(主观倾向与艺术能力)的肯定,这是鲁迅对陶氏评价的首要着眼点。由此也可以见出鲁迅艺术观的基本价值立场,或其一般艺术评价的侧重与倾向。

接着鲁迅的说法就有点曲折的涵义了:"而且,作者是夙擅中国画的,于是固有的东方情调,又自然而然地从作品中渗出,融成特别的丰神了,然而又并不由于故意的。"这种说法至少含有两重意思:其一是作为中国画家、中国文艺的东方情调是"固有的"——可以将此理解为是民族性的先天性内涵存在;其二是这种东方情调是自然流露而融汇为作品的审美性形态——这是指民族性的内涵(而非外在标签)因艺术个性的表现技巧而自然呈现(绝非人为的添加)。对陶元庆而言,他作为中国画家的西洋画中的中国民族性是固有的、自然流露的,前提则是他是一个有个性艺术能力的画家。鲁迅对陶氏的评价可见其高。也正是在这样一种高度评价中,才可以见出鲁迅自身相对完整全面的艺术观及价值立场。

两年多以后的 1927 年年底,鲁迅已经定居上海了。他又为陶元庆的画展写了"几句话"。这几句话的篇幅倒是要比北京时写的上述序文还长,并且论说更为周详充分,但其中文字的理解好像也有些费力,这便是《当陶元庆君的绘画展

---

① 《〈陶元庆氏西洋绘画展览会目录〉序》,《鲁迅全集》(第 7 卷),第 272 页。以下引用该序原文不再出注。

览时》(该文副题为"我所要说的几句话")。该文开宗明义直接点出了"民族性"概念。而且,鲁迅还是明确表示将此文直接联系两年多前的上文来接着继续说下去的。所以他开首就说:

> 陶元庆君绘画的展览,我在北京所见的是第一回。记得那时曾经说过这样意思的话:他以新的形,尤其是新的色来写出他自己的世界,而其中仍有中国向来的魂灵——要字面免得流于玄虚,则就是:民族性。
> 我觉得我的话在上海也没有改正的必要。

"新的形""新的色"就是艺术个性表现方式及技巧。"他自己的世界"是主观性的认知与具体的艺术体现。"中国向来的魂灵"如鲁迅自己所说就是"民族性",即文化传统、民族精神。强调性的措辞方式"其中仍有"强调的也就是"民族性"的固有性和先天性以及在作品中的自然流露。对照鲁迅前文(《〈陶元庆氏西洋绘画展览会目录〉序》)的分析,可以印证鲁迅说得确实"我的话在上海也没有改正的必要"——陶氏艺术是用形态和技巧显出了创造个性及作为内涵的民族性的魂灵。只是鲁迅自己把"民族性"这个概念直接点明了,对于他人的理解就更会有所启发——作为内涵的民族性是先天具备的、自然流露的文化和精神因素,绝非外在的标识或人为的技术手段。因此,我们才能理解鲁迅后面接着就强化论说的陶元庆对于"内外两面"的"两重桎梏"的民族性的突破,并认为也是这种突破才成就了陶氏的艺术高度。

鲁迅认为陶元庆所突破、破除的"内外两面"的"两重桎梏",其内面一重桎梏是中国的历史传统,"三千年陈的桎梏";为的是响应、顺应"世界的时代思潮","出而参与世界的事业"。外面一重桎梏是艺术界特有的桎梏,对于"各时代各民族的固有的尺"(价值标准)的误会和误认——"以为要再回到旧日的桎梏里","又成了一种可敬的身外的新桎梏"。这一"身外的新桎梏"同样是另一种"三千年陈的桎梏",同样是对"世界的时代思潮"和"世界的事业"的背离。可见这也是鲁迅在更为广泛的世界民族视阈中对于突破单一的民族性局限的一种思想表达。这内外两重桎梏的同一核心都是狭隘、单一、固守的民族性(观念)。很明显,鲁迅对于中国和世界的传统文化的批评态度一直持有相同的价值立场,这也是他的启蒙思想的一种基本表现。

那么,鲁迅对于陶元庆艺术的评价就有了特定的视野和价值指向——陶氏破除了两重桎梏,实质就是对于民族性局限的突破而迈入了现代世界。鲁迅的结论是:"陶元庆君的绘画,是没有这两重桎梏的。就因为内外两面,都和世界的时代思潮合流,而又并未梏亡中国的民族性。"鲁迅价值观中最重要的是以时代性/当代性(现代性这个概念可能引起歧义)的思潮,即世界性的进步价值观(普适性价值)为诉求归属——这是鲁迅作为启蒙思想者的思想方式及表述方式。"而又并未梏亡中国的民族性"——民族性既是固有的、先天性的存在,同时,鲁迅破除的不仅是传统本位论,也是欧化/西洋中心论,鲁迅的"世界的时代思潮",和他主张的"现今的人"的精神价值观一致,属于中国的人的启蒙。鲁迅用白话、"欧化语体"作比,要申明的道理也就是:天然的"民族性"必须达到"世界化",而非"民族性"就是"世界性";"民族性"只是"世界性"的一种可能条件。换言之,中国必须也有可能实现世界化和世界性。陶氏艺术的价值高度和案例分析价值也在这里。鲁迅认为陶氏破除了狭隘的民族性(所谓"之乎者也"),"用的是新的形和新的色";而又并不崇奉西洋霸权,"因为他究竟是中国人"。对于已经是"现今的人"的艺术家陶元庆,是不能用单纯的、现成的外国或中国的固有标准来衡量和评价的。鲁迅说:"我想,必须用存在于现今想要参与世界上的事业的中国人的心里的尺来量,这才懂得他的艺术。"其中关键词的意义很明显,"现今"的时代性,"世界"的普遍性,"中国人"的民族性。陶元庆是现代的世界意义上的中国艺术家。在鲁迅的阐释中,启蒙价值观、平等的世界民族文化观、中国民族性、个性化艺术,都融汇在了陶氏艺术中。①

至此,回顾、比较以上一信两文的解读过程,可以发现还有一个语境不同的问题明显起来了。这个语境问题决定了鲁迅不同场合所阐释和立论的不同侧重点,也呈现出其中一以贯之的原则一致性。这个不同语境就是文化语境和政治语境的具体差别。

显然,鲁迅论木刻的书信关涉到政治语境,而此前的评陶元庆文主要是在艺术或文化语境范畴,后者(评陶)无关乎现实政治。对比文化语境和政治语境的各自言说方式及侧重点,区别还是非常明显的。评陶文的文化语境中的启蒙立场较为显豁,启蒙价值观的思维方式及表达相对直露,基于历史思考的传统文化和狭隘民族性的批判意识相当强烈,文化思想性论述多,而基本无关政治性。相

---

① 《当陶元庆君的绘画展览时》,《鲁迅全集》(第3卷),第573—575页。以上引文均出自该文。

比关涉政治语境的论木刻,鲁迅启蒙思想观念的表达就比较隐蔽或间接,尤其是其中的反传统意识表现并不显著、谈不上激烈,甚至几乎不予涉及,并且更多探讨的是技术策略,同时规避敏感的现实政治。表达观点的具体措辞也偏向于技术性的——既正面提出用技术手段积极有效地突破民族性局限,也在消极策略上明智地规避政治嫌疑而间接达到突破狭隘功利政治性的效果,这是鲁迅在政治语境中的正反两面的艺术策略。他的这一策略论说很明显要比评陶文的文化语境委婉了许多,评陶文的语气态度更加无所顾忌。

但是同时,评陶文和论木刻信的语境及侧重虽有显著不同,也有彼此一致、纠缠和融会贯通的思想,鲁迅思想在文化语境和政治语境中的表达仍有其独特的相关性。评陶文和论木刻信两者的最大一致性就在于,对于体现人类社会进步发展潮流的时代性的认同,是鲁迅一以贯之的文化价值取向和基本标准。这一价值立场统摄了鲁迅有关民族性、世界性、艺术个性的关系思考及观点表达方式,由此也才能在政治语境中把握鲁迅艺术和文化价值观的主流与基本倾向性。具体而言就是,体现民族性的要义在于对于民族性局限的突破,世界性(跨文化传播)价值的实现及其关键在于艺术个性能力的技术支持。"越是民族的,就越是世界的"之论并不能正确、准确地概括鲁迅的相关思想,其表达本身有歧义,且理论内涵上也有待于深入辨析。因此,鲁迅所论对我们进入当下语境的启发既在理论层面上,也有在实践上调适文化议题中的政治性因素,或文化与政治的纠结、突破教条性政治思维的启示作用。

三、"越是民族的,就越是世界的"逻辑和理论再析

一般认为,人类历史的发展说明了一个基本事实,对于世界和平、人类命运共同体的意义和价值而言,文化多元性的构成具有先天的合理性、必然性和正确性,这是无法挑战的公理。这其中主要意味着,民族文化差异性赋予了世界和人类文化的丰富性意义与结构性价值,同时还包融了文化平等(反文化霸权)的政治涵义。在这一立场上,"越是民族的,就越是世界的"这句话,强调的是文化本位、民族特色的重要性,或者说在世界文化交流中坚持和尊重文化差异性价值的重要性、必要性。而且具有策略上的考量,这主要是针对民族文化传播、跨文化传播而言的。这也就和鲁迅书信主张里的策略性考量关联上了。不过其实倒完全是两码事。区分很明显的是,鲁迅谈木刻所主张的主要是技术层面上的策略,

论说对象及论域十分清晰而有限;这一命题的表述方式及其理解则是一种绝对化的理论判断,且将复杂对象(民族、世界)完全简单化了,论断生硬而模糊。显见此论动机与效果都和鲁迅所说的不可以道里计了。

从这一说法的问题来看,其实早已经澄清、解决了的,甚至还有学者明确指其为悖论、伪命题①,但并未阻止此说历来迄今的流行。姑且再做进一步的讨论。

单就"越是民族的,就越是世界的"这句话本身来说,它至少有两大问题。一是理论上的绝对化,缺乏价值辩证思考,将复杂现象简单化了;实践中极易导致封闭、保守,整体上出现审美和思想价值观的停滞与僵化。二是逻辑上的不通、不成立,甚至可说是逻辑矛盾,因其概念(民族、世界)所指内涵和外延都具有不确定性且完全不对等,无法相提并论,两者构不成直接转换的逻辑关系;如果这一理论用于指导、影响实际事务,大概率导致实践中的混乱——理论谬误使人无所适从,搅乱甚至搅黄了实践活动。

除了上面简述的两大问题外,对文艺创造、文化跨域(跨文化)传播来说,纠结于民族、世界这类大概念、宏观理论,实在没有多大实际意义,在我看来主要还是审美和学术的具体实践问题,取决于创作者和学者的人文知识、审美经验、专业技术等的修养水平,还与生活阅历、日常经验、趣味爱好等有关,都是非常具体的技能性素质和内涵。鲁迅痛感又无奈的也就是"可惜中国的青年艺术家,大抵不以为然"。如果往大里说,最抽象也最简单的恐怕只是一句话,取决于世界观和价值观。但这句大话啥也说明不了,解决不了任何一件具体的事情。影响于宏大叙事下的实际结果,首要取决的还是基本倾向(态度)和艺术水平(技术)。前者决定作品的具体方向或目标,后者决定作品的整体完成度。

在具体实践中,跨域(跨文化)传播的基本点或出发点,应该,也必须是对于异民族、异文化的平等、尊重、包容,而不能是相反的,企图对于异民族、异文化的贬低、冒犯、侵入,更不能是侮辱、敌视、征服。极端地说,甚至在文化商业活动

---

① 比如较早有较大影响的是袁良骏《"地方色彩"·民族性·世界性》,《人民日报》(海外版)(1998年5月28日),收入《八方风雨——袁良骏学术随笔选集》,福州:福建教育出版社,2000年。稍后如陈众议《民族的就是世界的吗?——〈文学原理学批判〉导言》,《当代作家评论》2012年第3期。另有新近的案例是,巴黎圣母院火灾后重建,中国设计师方案胜出,有人认为这"为一直致力于走向世界的中国品牌提供了路线图:中国品牌讲世界语言,才能被世界普遍接受,而'越是民族的,越是世界的'这句话在全球化语境下值得反思和商榷"。此据百度百科:李光斗:《中国人要帮法国重建巴黎圣母院:"越是民族的越是世界的"成疑?》。

中,利益交易的成分和性质最好也应该首先让位,至少是必须兼顾文化情感的诚意和善良的交流动机——这种交流应该大于交易,不管多数跨域(跨文化)传播的出发点难免都有利益期待,或与商业目的有关。也就是说,我们必须有一种信念,世界性、基本共识价值、人类命运和文化体验的最大化、普适性,应该是跨文化目的的首要立场和动机——审美和学术尤其应当建立这一先决前提。否则,任何跨文化传播都会失去最根本的动机信任度。

这样一种跨文化传播的前提和动机,与前述鲁迅主张的深意——提升技术手段、突破地方色彩的有限性、进入世界文化生态,一脉相承,殊途同归。同样在评价陶元庆的艺术时,鲁迅一方面点出了陶氏艺术的民族性,但更为侧重的是在强调陶氏突破了内外两面的两重桎梏——就是民族性局限的桎梏,而在精神层面上则指出"必须用存在于现今想要参与世界上的事业的中国人的心里的尺来量,这才懂得他的艺术"。这落在当前的语境中,也可以说文化自信的体现和标志,应该是指这样一种意识和能力:自觉突破民族、国家的有限范畴,在平等、尊重、认知、学习异民族、异文化的前提下,实践跨文化交流的可能方式。在动机、技术和策略上,必须有一种换位思考——站在对方立场和利益上的思考方式,才能达成相融有效的传播、实现传播价值。从这一立场来看"越是民族的,就越是世界的",就会发现此论的表述方式更多倾向于自我、固化且自私的文化立场,存在理论上的误导性。历来对于此论的肯定性论述,多会举出一些成功案例来作证明,有些案例似乎也可以证明"越是民族的,就越是世界的"理论的正确性、合理性。其实这在理论上、逻辑上、实践上都是非常勉强的,甚至两不相干;成功的案例并不就是对于这一说法正确性的支持。案例是特殊的、具体的、个别的,理论却须着眼于一般性、普遍性、整体性,案例和理论的关系不可对等证明。而且,对于案例的解释也是主观的、可能性的、并非唯一性的,也不可能与事实一一对应。对于跨文化传播的成功案例的研究,我以为应该是与此相反的思路——研究案例中的世界性因素和技术性因素(广义个性)才是正道。换言之,应该研究的是具体案例如何突破了民族文化的有限性而成为与世界相融的具体形态,包括其在技术上如何完成了成功跨域跨界(跨民族、跨文化)的具体方法。也就是着眼点应该在世界性认识、认同、共感、共识的一面,绝非强调相对固化的民族性的一面。只有这样,才能真正有助于中国(民族)文化"走出去"。

有人还或以为这一说法是在彰显"文化自信"的同时,强调了"爱国主义"的情怀。我的回答却是倾向于否定的。这种表达方式的极端、偏执性,毋宁说更像是骨子里自卑的激烈反弹趋向于盲目的自信,极易流于狭隘的非理性"爱国",实际上走向爱国的反面。文化自信是在不同文化的价值比较中才能形成,即首先须建立在不同文化的交流关系基础上,并非在封闭的单一文化环境中。这意味着文化自信以对于异文化的了解、交流、尊重为必要前提,否则只是盲目自信。井底之蛙的不自量力仅是愚昧、可笑,权力助长或夹持的蛮横与霸道则为害无穷。所以,文化自信体现的更是一种文化开明的态度和气象。恰是自信到了能够自觉突破自身文化有限性,与异文化、世界文化互融的境界,这才是达到高度境界的文化自信。"越是民族的,就越是世界的"表述句式,更多流露的是不自信的保守性和骨子里的自卑感——它小看了,或遮蔽了真实的世界性价值的丰富性和包容性。同理,这种文化"走出去"也是盲目的,甚至被耻笑。所谓爱国则成为保守、自卑的遮羞布,有时还是虚假政治正确乃至暴力、暴戾的挡箭牌或发泄口实。文化自信不该被盲目或投机的爱国者所利用或消费。

那么,在跨文化传播中是否需要并如何强调民族性?理论和实践、政治和文化的回答侧重会有所不同。理论表述须周全,不可偏废;但在实践中,更多应是技术和形式的考量。前述鲁迅原信的主张就归结在技术上。政治上须讲求正确的意识形态乃至潜藏功利的诉求,文化上则以传播的有效性、价值实现的最大化为宗旨。所以,讨论民族性的地位、比重、有无问题,多数只是宏观说法,并无太多实际意义。或者说,民族性是天然的存在,是先天的基因,强调与否都是必然的存在。明智的做法应该是有包容、超越民族性的思考和意识,更多关注、着眼于技术层面的问题,在操作层面上呈现、接近、解决跨域、跨文化传播的真问题和实际困难。解决了技术问题,民族性内涵一定也就在其中,普遍性价值才能获得实现。大凡成功的跨域、跨文化传播,技术是手段,也是前提和关键,民族性和文化因素则是隐含值或附加值——隐含在技术之中而体现出普遍性的功能。如鲁迅主张的技术性"杂入",使之"成为世界的,即为别国所注意。打出世界上去"。一旦明白、坚信了跨文化传播中的民族性是文化的先天性基础,就不会在民族性和世界性的关系上产生焦虑症,并会明白民族文化本位不是一个需要特别强调的问题。从心理上说,之所以如此强调民族性,也恰是文化不自信的缘故。相比之下,突破民族性局限才会是问题,甚至是莫大的困难,需要文化创造的观念先导和手段支撑。因此,尊重异文化价值,顺应异文化语境和异文化社会制度、机制,推动有限载体实现价值最大化,单一民族文化才可能成为世界和人类精神的共享产品。

再从具体创作、文艺生产活动来说,如果引入创作和生产主体的个性(最基本的特殊性、差别性)因素,那么个性应该是比民族性(相对世界性而言的最基本的特殊性、差别性)重要得多的要素。个性是文化创造的独特性标志,没有个性的哪怕是鲜明、正确的民族性,对于文艺创造、文化传播而言,只是一个失败的作品。个性是创造性的主体,民族性因个性而获得生命的张扬;如果民族性不能内在地融于个性之中,恐怕只是添加剂、调味料。在文化和艺术创造领域中,个性是民族文化的创造性引领因素,个性引领才能防止民族性沦落为文化快餐的低级配置——满足一时需求的功能性消费品,其直接的快感刺激使得商业市场呈现繁荣,却形同于文化毒药。所以,对于创造个性的强调,在宏观上也是对于民族性的突破,并且是直接面对了艺术、文化个体产品的存在差异性,是一种避免经院式或教条纠缠的具体意义与价值的探讨。在个性、个体的存在面前,所谓世界性、普遍性包括民族性之类,只是创造性作品的自然结果之一,根本就不是前提性的问题。

最后,要说明"越是民族的,就越是世界的"理论的似是而非,从跨文化传播的常态和经验中也能直观地得到近似的结论,这就是一向所说的"误读"现象。关于跨文化或翻译的误读,以前就有过"合理的误读"探讨①,不只是在文学史的流变中,尤其首先就因为是跨文化的语际传播,误读才会成为必然的常态现象,因此也是一种合理的文化接受现象。其次,跨文化传播主要是指一种文化在另一种文化中的接受遭遇,关键是在异文化主体的文化理解和接受,严格来说并非误读问题,而是异文化的再次创造或创造性转化。所以,"合理的误读"揭示的是突破民族文化范畴有限性的必要性和必然性,传播接受主体跨文化再造的合理性和必然性。否则如何才能实现鲁迅所谓"成为世界的","为别国所注意","打出世界上去"的中国文艺的世界性传播? 从消极意义上说,没有误读就没有跨文化传播,跨文化传播就是语际误读的过程。换言之,看似传播效果的"意外"甚至错误,实则恰是跨文化传播价值获得真正实现的见证。那么,从民族性来看,误

---

① 多年来相关论文甚多,最具理论系统且影响最大的研究,可能是美国文学批评理论家哈罗德·布鲁姆在20世纪70年代提出的"误读"理论。布鲁姆综合了文学史、心理学、主体性理论、经典批评等知识基础,提出了一种系统的解构主义阅读接受理论,并以此阐释了文学史的流变。在他看来,主体的积极解读策略及其过程,就是一种创造性的接受。如诗歌史就是一部充满着对于前代影响焦虑的创造性"误读"史。他的批评理论核心和创新处也就是"误读"理论。他的《影响的焦虑:一种诗歌理论》和《西方正典》大概是新时期以来对我国文学理论批评影响最大的著作之一。

读走向的显然是本民族性(母语文化)的歧途甚至反面,走向的是异民族的语言文化,即误读形成的传播效果(跨文化、世界性意义)也就和所谓本民族性没有必然的关系了。在此意义上,所谓"影响的焦虑"在跨文化传播中更可以有理由不存在了,而仅是单纯的合理性误读。"越是民族的,就越是世界的"在这种跨文化传播的误读常态中,实际上就是落空的,很难得到传播实践经验的充分支持。或者说,因为有着太多的普遍性的反例如"误读","越是民族的,就越是世界的"之说就很难在理论上说得通,也解释、解决不了实践中的诸多困惑问题。

四、姑作结语:新媒体文化传播以及翻译

新世纪进入网络时代以后,中国网络产业的发展规模堪居世界首位。其中网络文化产业的发达更是令人瞩目,一般所谓的网络写作、网络文学一枝独秀、无与伦比①。可以说已经形成了整体结构性的新媒介文化和新媒介文艺的产业链,从生产机制到市场机制都正在形成完整的制度系统。可以认为网络新媒体和新媒介文艺已经成为中国新世纪文艺的显著特长优势。如何使之成为跨文化传播的资源就是眼下正在进行中的文化传播实践问题。目前面临的挑战是:因为媒体技术的颠覆和新创,既产生社会政治问题,也产生文化价值观甚至根本上的文明问题——新媒介文艺其实是一种新文明的技术派生物。新媒介代表新(工具)文明的诞生,新媒介作为技术文明的核心标志之一,在文艺生产中不再是以前我们说的"文艺的媒介"——似乎只是文艺创造中的使用工具或形式功能,而是文艺的生产机制系统——现在产生的是"媒介的文艺",媒介居于支配性和决定性的生产、传播地位。新媒介的技术特性颠覆、新创了文艺,最重要的是重新定义了文艺的价值观(有别于传统理论中的文艺观)。所以很难或不能再将新媒介单纯视为辅助性的工具或被赋予的形式。"媒介的文艺"要义是新媒介创造了文艺的形式和内容;媒介、工具、技术才是网络时代新媒体文艺新问题的源头。这就像是许多政治问题、社会问题源于网络技术一样,也是现在政治治理、社会治理问题和能力成为实践聚焦点的原因。由此可以理解中国 IP 产业作品(网络

---

① 具体数据可以参见中国互联网络信息中心(CNNIC)发布的第 44 次《中国互联网络发展状况统计报告》、中国互联网协会 2019 年第十八届中国互联网大会发布的《中国互联网发展报告(2019)》等。另见中国作家协会网站中国作家网(http://www.chinawriter.com.cn)近年的相关信息发布和文章。

新媒介文艺的典型)、科幻作品(媒介文艺特定内涵的类型)近年间能够最具规模走向世界、产生世界性影响的原因①。换言之,这也是跨文化传播的成功案例现象——因为是新媒介文明的技术和观念产品,它们能够更有条件成功地突破民族性(意识形态)的传统界限。其中的技术因素显而易见起到了传统的内容生产的关键性作用。做个类比,这一作用就像是传统形式的文学作品的翻译。翻译是跨文化传播必需的,跨文化传播对于翻译的需求是永恒的。

我对翻译的理解和新媒介观点基本一致。翻译起到的就是相类于新媒体语境中的媒介作用——颠覆、新创;极端地说,翻译的使命并不是原著的准确传达。原著只是一种有限的素材文本,只是可能增值的生产资料,一个可供再生产的技术支持平台。具体的生产方式则是翻译(跨文化传播的生产方式和生产机制)。对结果来说,起决定作用的不只是原著,而主要是翻译。翻译决定了异文化接受的可能、程度及结果。翻译始于第一语言、母语文化(民族性),翻译的使命和归宿是异域异文化的语际传播接受,所以翻译必须以突破民族性为己任(颠覆),以成品方式达成语际的转换生成即异文化的有效融入(新创)。这和媒介的新创是殊途同归的一种文化产品创制方式——翻译也是一种"媒介的文化",即翻译具有定义跨文化传播文艺价值地位的支配权、决定权。如果说文化价值的实现最终取决于传播效能的话,跨文化传播的关键,归根到底就是翻译的问题。翻译是文字符号形态的媒介,古老但又是新媒介——如果我们从网络媒介文化的视野来考察和评估翻译的特殊性的话。

因此,在跨文化传播的媒介意义上,也更加容易理解民族性不该也不能成为世界性的阻力和障碍。如果还要使用"越是民族的,就越是世界的"说法,那么至少应该同时警醒——如何或是否能够在技术上有效地保障、促进并实现中华文化对于世界文明的价值贡献。

(作者单位:南京大学)

---

① IP产业覆盖了几乎所有文化领域,包括影视动漫游戏文学艺术等,近期概况可参见《2018中国文化IP产业发展报告》等。与此相应,近年来以刘慈欣、韩松等为代表的中国当代科幻文学产生了有目共睹的世界性影响,2019年《流浪地球》的上映被视为世界性的中国科幻元年的标志。有关最新的中国科幻概况可参见《2019年度中国科幻产业报告》等。

为生活的生活

——周作人的"生活的艺术"

伊藤德也 撰　王秋琳 译

绪　论

周作人曾经试图用"人生的艺术"这一概念来化解"为艺术的艺术"和"为人生的艺术"之间的矛盾①。他当时之所以会采用"人生的艺术"这种模糊不清的说法是出于"只任他成为浑然的人生的艺术便好了"的想法,而这又是因为:

> 艺术是独立的,却又原来是人性的,所以既不必使他隔离人生,又不必使他服侍人生。

一两年后,周作人又提出了"生活的艺术"(或曰"生活之艺术")的概念②。虽然这一概念并非用"生活"简单替换"人生的艺术"中的"人生"而来,但"生活"与"艺术"之间的关系却依然暧昧不明。究其原因,或同样是"既不必使他(艺术)隔离人生,又不必使他服侍人生"之故吧。周作人这种用"的"(或是"之")字将艺术和生活相互结合的艺术观(生活观),与其他将艺术和人生相互区隔的艺术观——或是将艺术限定在狭义的艺术之中,或是对于制度化的艺术以外各种形态的艺术性全部视而不见的态度——从根本上就是不同的。

从提倡"人生的艺术"转向提倡"生活的艺术"的过程中,周作人深受蔼理斯

---

① 《自己的园地》(1922 年),收入文集《自己的园地》。
② 《读〈纺轮的故事〉》(1923 年)、《雨天的书》(1924 年),两篇均收入《雨天的书》。

的影响，并将其所独有的颓废论彻底内化①。从这个意义上或许可以说，正是颓废论将他的"人生的艺术"转化为"生活的艺术"。另一方面，颓废论又在同一时期让他确立了小品文作家这一创作主体的身份②。颓废在其小品文对历史民俗趣味的津津乐道——具体而言即是将焦点对准琐碎事物这一点上表现得最为明显。周作人的颓废不仅体现在小品文创作的形式上，还体现在他看待事物的方式、思想，乃至对生活与人生的态度上。就如同其小品文中的颓废并不彻底，而是处于绝妙的节制之下③，对他而言，即使在生活上追求颓废，所追求的也并非肆意妄为、毫无底线的颓废，而是受节制的颓废——换而言之即是作为一种方法的颓废。本文试从目标、对立面、节制的方式等多个方面来探讨周作人是如何看待生活中的颓废的，以此阐明"生活的艺术"的诸种形态。

一、对生活自身的爱好

1931 年，周作人以"艺术与生活"为题出版了自选文集。收录的文章创作时间均不晚于 20 年代前半，在 1931 年当时来看已然都是些老文章了。除了著名的《人的文学》(1918 年)以外，还收入了《新文学的要求》(1920 年)、《儿童的文学》(1920 年)、《新村的理想与实际》(1920 年)等多篇旨在急速改造社会和文学的论文。在北京西山度过了一段疗养生活之后(1921 年)，他有意识地减少了此类论文的创作，转而书写"随笔"、"杂感"、"小品文"等以抒发个人感想为主的小文章。在《艺术与生活》的序言中，他将这一变化的原因归结为"梦想家与传道者的气味渐渐地淡薄下去了"、"由信仰而归于怀疑"④等等。然而，对于当时"梦想"与"信仰"的代表——"新村"生活，他却写下了这样一段话：

---

　　① 详见伊藤德也《颓废的精炼——周作人的"生活的艺术"》，《东洋文化研究所纪要》，2007 年，第 152 页。

　　② 详见伊藤德也《小品文作家周作人的诞生与雨天的心象风景——从〈自己的园地〉到〈雨天的书〉》，《东洋文化》，1997 年，第 77 页。

　　③ 详见伊藤德也《颓废的精炼——周作人的"生活的艺术"》，《东洋文化研究所纪要》，2007 年。

　　④ 《艺术与生活》一书共有两篇序言，一篇写于 1926 年，另一篇写于 1930 年。"梦想家与传道者"一句出自 1926 年版；而"由信仰而归于怀疑"则是 1930 年版的说法。两篇序言均收入《苦雨斋序跋文》，前者的标题为《〈艺术与生活〉序一》，后者的标题为《〈艺术与生活〉序二》。

以前我所爱好的艺术与生活之某种相,现在我大抵仍是爱好,不过目的稍有转移,以前我似乎多喜欢那边所隐现的主义,现在所爱的乃是在那艺术与生活自身罢了。

《〈艺术与生活〉序》(1926 年)

这段话虽然将重点放在一贯性而非和过去的不同上,但需要注意的是他的态度——他所爱的并非艺术和生活中所蕴含的"主义",而是艺术与生活"自身"。这种态度在 1921 年后变得越发鲜明。五四时期,周作人不仅将理想主义式的宏大叙事视为自己的"信仰"为之"传道",还翻译了大量表现"人道主义"的外国小说。1920 年,他将这些小说结集成册,取名《点滴》,通过北京大学出版部出版。在《点滴》的序言①中,他是这样说的:

我们平常专凭理性,议论各种高尚的主义,觉得十分彻底了,但感情不曾改变,便永远只是空言空想,没有实现的时候。真正的文学能够传染人的感情,它固然能将人道主义的思想传给我们,也能将我们的主见思想,从理性移到感情这方面,在我们的心的上面,刻下一个深的印文,为从思想转到事实的枢纽:这是我们对于文学的最大的期望与信托……

在这段话中周作人毫不犹豫地袒露了自己对于高尚的主义和文学功利性的信赖。另外值得一提的是,1928 年这本翻译小说集经改订由开明书店出版,再版时书名被改为《空太鼓》,原本的序言也被替换掉了,而在新的序言中则出现了这样一段话:

单纯的信仰("Simple Faith")在个人或是幸福,但我觉得明净的观照更有兴趣。人生社会真是太复杂了,如实地观察过去,虽然是身入地府,毕生无有出期,也似乎比一心念着安养乐邦以至得度更有一点意思。②

在这段话中,周作人将对高尚的主义的"单纯的信仰"与"一心念着安养乐邦

---

① 《〈点滴〉序》(1920 年),收入《苦雨斋序跋文》等。
② 《〈空太鼓〉序》(1928 年),收入《苦雨斋序跋文》等。

以至得度"画上了等号并避而远之,表示"如实地观察""复杂"的"人生社会",即所谓的"明净的观照"才是自己的"兴趣"所在。一是爱好生活和艺术"自身";二是"如实地观察""人生社会"、带着"兴趣"的"观照"——周作人的这两种态度之中,是否存在什么共同点呢?

我认为这两个表述中至少有一个共同点——颓废的审美倾向。保罗·布尔热对语言的颓废是这样描述的:书本解体则章节独立,章节解体则页独立,页解体则句子独立,句子解体则词的独立①。H. 蔼理斯在纵观欧洲艺术史之后,将颓废置于古典主义的对立面,概括为部分逐渐取代整体占据优势的审美倾向②。周作人就是主要受蔼理斯这段论述的影响,将其颓废论化为己用的③。如果说喜爱特定的艺术作品或生活是因为其表现了崇高的主义或信仰,那就意味着这些作品和生活是被当作从属于主义和信仰的物质工具的一部分接受的。但是,如果将艺术与生活视为自律而独立之物来尊重和爱惜,那便是与以主义和信仰为中心构建而成的整体性的世界观背道而驰,将作为其部分的生活的价值从从属的位置提升到与整体相同,甚至更高的位置上。归根到底,这即是将部分置于整体之上,即是颓废的审美倾向。

周作人在《中国新文学的源流》(1932 年)中先是提出"文学只有感情没有目的",接着表示即便文学是有目的,那也是单纯以"说出"为目的,还将这种态度称为"艺术的态度"(五、文学的起源)。此时的他为艺术(或是文学)设置的对手是宗教。说是宗教,其着眼点却并不在于大宗教的经文、成体系的教义或复杂的宗教制度,而是那些被寄望于能对现实世界产生实际影响的法术性或咒术性。按照他的逻辑,艺术的价值在于其自身,而宗教(实为法术)却是人出于某种目的而实施的,其自身则毫无价值。例如求雨的仪式是以祈求降雨为目的,若降雨不成功,仪式便毫无意义。反过来说,若法术自身产生了价值,即"为法术而法术"成立之时,那法术便成了艺术。在周作人看来,艺术正是价值源于其自身的自律事物的典型。换而言之,在他心中所谓爱好"生活自身"与将生活视为艺术几乎是

① 布尔热:《现代心理论集——对颓废、悲观主义、世界主义的考察》,东京:法政大学出版社,1978 年,第 29 页。引用部分出自《现代心理论集》第一章《夏尔·波德莱尔》第三节"颓废理论"。原文为 1881 年所作,蔼理斯曾在注 10 中引用过这一段。

② H.Ellis.*Affirmations*.Constable,London,1926,pp.175 - 187.引用部分出自蔼理斯对于斯曼的论述。本书曾对周作人造成了巨大的冲击。

③ 详见伊藤德也《颓废的精炼——周作人的"生活的艺术"》,《东洋文化研究所纪要》,2007 年。

同义的。追求"为艺术的艺术"与追求"为生活的生活"属于同一种审美倾向——以事物自身的价值为先,肯定事物的自律性,继而标榜"为 X 的 X"(以自身为目的)的"颓废"的审美倾向。

《艺术与生活》里的另一篇文章——《新文学的要求》则写于 1920 年 1 月。其中尚未出现前文所述中那种对于生活与艺术自身价值的强调,而是体现了他尚为"梦想家"、"传道者"时的想法。文章一开头,周作人就将文学分为"艺术派"和"人生派",并直截了当地表示"我们所要求的当然是人生的艺术派的文学"。此文充满了五四时期所特有的启蒙色彩,其中有一处却用附带似的口吻委婉地表示"'为什么而什么'的态度,固然是许多学问进步的大原因……"①。虽然周作人首次在文章中明确表现出与"颓废"的共鸣是在五四退潮期之后——以周作人的个人经历来说是在西山度过了漫长的疗养生活后不久,然而可以想见在1920 年这个时间点上,周作人虽未明确点破,但其实已然认识到了"颓废"在人类历史上的意义。顺带一提,蔼理斯是在 1923 年才将两千年的欧洲文明发展进程——也就是广义的艺术分裂成狭义的艺术、科学、宗教三个部分的过程——称为"颓废"②的。

哈贝马斯在 1980 年的演讲中提出"现代性(Moderne)的方案"的目标之一是让科学、道德、艺术在各自的领域实现自律③。显然,哈贝马斯口中以自律为目标的发展趋势与蔼理斯和周作人所说的"颓废"有着相通之处。然而,与蔼理斯、周作人提倡"生活的艺术"不同,哈贝马斯在阐述"现代性的方案"这一主旨之时,却将注意力投向了"生活世界"和"日常生活"——这一点也颇为引人深思。

此后,周作人先是与波德莱尔等"颓废派文人"产生了深刻的共鸣④,接着受到蔼理斯颓废论的冲击,后又与兄长鲁迅在思想和文学的道路上彻底决裂(其中亦夹杂着个人生活中矛盾)。在经历了这一切后,周作人在艺术创作中不断尝试,终将前文所述的爱好生活和艺术"自身"、"如实地"观察人生社会的态度切实地内化了。这种对艺术和生活的态度说到底即是颓废,即是通过高明的伦理主体兼容"为艺术的艺术"与"为生活的生活"的"生活的艺术"的态度。

---

① 见《新文学的要求》开头部分。《艺术与生活》,石家庄:河北教育出版社,2002 年,第 18 页。

② H.Ellis.*The Dance of Life*.Constable,London,1923,p7.第一章绪论第二节的脚注 1。

③ 详见哈贝马斯《现代性——一个未完成的方案》,三岛宪一编译,收入《现代性——一个未完成的方案》,岩波现代文库,2000 年等。

④ 详见伊藤德也《周作人与颓废派文人》,《超域文化科学纪要》第 13 期,2008 年。

三、"无用"的饮食享乐

那么周作人所谓的对于生活"自身"的爱好又是指什么呢？接下来我将试从几个方面来探索其具体形态。先来看饮食享乐的部分。周作人在《北京的茶食》中写道：

> 我们于日用必需的东西以外，必须还有一点无用的游戏与享乐，生活才觉得有意思。我们看夕阳，看秋河，看花，听雨，闻香，喝不求解渴的酒，吃不求饱的点心，都是生活上必要的——虽然是无用的装点，而且是愈精炼愈好。[①]

周作人说"无用的游戏""无用的装点"都是必要的。我们可以称其为"无用之用"论——乍一看没有用的事物其实是有用的，即说是"无用"却也不是绝对的"无用"。然而，他强调无用，并非只是故作反语。所谓无用，即是于其他事物无所助益之意。也就是说，周作人所说的"无用之用"，其实是指以自身为目的的自律之物。

顺着周作人自己的话——"喝不求解渴的酒，吃不求饱的点心"进一步推论，每天进食对充饥而言是必要的，但进食的目的并非其自身，却在于别的事物。酷暑之中的水可以解渴，但喝水的目的并非其自身，却在别的事物。儒家经典（《礼记·礼运篇》）中有句话叫"饮食男女"。周作人常引用这句话来表示人类的动物本能（食欲与性欲）[②]。从不进食饮水便无法生存这一点上来说，饮食确是"必要"的，点心和酒却是可有可无的"无用"之物。（当然靠点心和酒也能维生，但在这种情况下它们不再是"点心"和"酒"，而是纯粹的食物。）换而言之，对于饮食"自身"来说，点心和酒已然脱离了维生这一切实的目的而拥有了自律性。周作人在散文《谈酒》中写下这样一段话：

> 喝酒的趣味在什么地方？这个我恐怕有点说不明白。有人说，酒的乐

---

① 《北京的茶食》(1924年)，收入《雨天的书》等。

② 《哑巴礼赞》(1929年，收入《看云集》)、《汉文学的传统》(1940年，收入《药堂杂文》)、《中国的思想问题》(1942年，收入《药堂杂文》)、《我的杂学》第十一(1944年，收入《苦口甘口》)等。

趣是在醉后的陶然的境界。但我不很了解这个境界是怎样的,因为我自饮酒以来似乎不大陶然过,不知怎的我的醉大抵都只是生理的,而不是精神的陶醉。所以照我说来,酒的趣味只是在饮的时候,我想悦乐大抵在做的这一刹那,倘若说是陶然,那也当是杯在口的一刻罢。醉了,困倦了,或者应当休息一会儿,也是很安舒的,却未必能说酒的真趣是在此间。[①]

在这段话中,周作人以自己的特殊经验为例来阐述享乐的普遍原则——"悦乐大抵在做的这一刹那"。如果是为了陶然而喝酒,那酒就成了为陶然而使用的工具。但他却说饮酒的趣味只在饮的瞬间,这是因为唯有这一瞬间才是排除了各种其他目的之后的、"无用"的饮酒"自身"。现如今,大街小巷都流传着"菜肴即是艺术作品"的说法[②]。周作人却很少把菜肴当作享乐的对象,或许是因为菜肴和人类基本生存的关系过于密切,很难将吃菜一事自身提取出来,当作自律之物来看待吧。可以想见,在周作人看来享乐在"无用"之物之中才能最为纯粹地实现。

在各种各样的饮食享乐之中,要说最得周作人喜爱、让他津津乐道的"无用"之物,就要数茶了。在随笔《喝茶》中,他先是自说自话宣称喝茶以绿茶为正统,接着又说:

> 红茶带"土斯"未始不可吃,但这只是当饭,在肚饥时食之而已;我的所谓喝茶,却是在喝清茶,在赏鉴其色与香与味,意未必在止渴,自然更不在果腹了。[③]

周作人所喜爱的茶,不是因为可以解渴而有用的茶,当然也不是为保健养生而喝的茶,或可说是某种"为茶的茶"。若非要说有什么目的,那一句赏鉴其"色与香与味"便足以道尽。通过《喝茶》一文,我们知道他曾读过冈仓天心的《茶之

① 《谈酒》(1926 年),收入《泽泻集》等。

② 按照放送大学教养学部人类探究专业课程——"艺术·文化·社会(2006 年)"(任课教师:德丸吉彦、青山昌文)的教学大纲,该课程 2006 年度第六节课的标题为"作为一种艺术作品的菜肴"。教材为德丸吉彦、青山昌文执笔的《艺术·文化·社会》(放松大学教育振兴会,2004 年)。另外,在网络上搜索"作为一种艺术作品的菜肴",可找到无数相关网页。

③ 此文最初以《喝茶》为题发表在《语丝》第 7 期(1924 年 12 月 29 日)上,后又改以《喫茶》为题收入《泽泻集》(1927 年)和《知堂文集》(1933 年)中。每次改题正文中都有若干字词发生变动。

书》(*Book of Tea*)，对日本的茶道颇有了解。但他关注的焦点并非"在不完全的现世享乐一点美与和谐"，或是"在刹那间体会永久"，至多不过是喝茶这件事自身罢了。周作人作为小品文作家以雨天的心象风景①来比喻自己的境地，而这一比喻中也有茶的身影。这里的茶，毋庸置疑正是悦乐只在入口的这一刹那的、"无用"的茶。

> ……在这样的时候（天色阴沉的雨天），常引起一种空想，觉得如在江村小屋里，靠着玻璃窗，烘着白炭火钵②，喝清茶，同友人谈闲话，那是颇愉快的事。不过这些空想当然没有实现的希望。……③

这样的茶在他谈论生活态度和人生哲学之时也是不可或缺的。

> 我并不以为人可以终日睡觉或用茶酒代饭吃，然而我觉得睡觉或饮酒喝茶不是可以轻蔑的事，因为也是生活之一部分。百余年前日本有一个艺术家是精通茶道的，有一回去旅行，每到释站必取出茶具，悠然的点起茶来自喝。有人规劝他说，行旅中何必如此，他答得好：行旅中难道不是生活么。这样想的人才真能尊重并享乐他的生活。沛德（W. Pater）曾说，我们生活的目的不是经验之果而是经验本身④。正经的人们只把一件事当作正经生活，其余的如不是不得已的坏癖气，也总是可有可无的附属物罢了。⑤

对于"正经生活"来说，喝茶往往是"可有可无的附属物"。周作人这种不将其视为某物的附属物，而是如其所是之物来考虑的态度，可以说和沛德的箴言"我们生活的目的不是经验之果而是经验本身"一样如实地反映了其颓废的审美倾向。

---

① 详见伊藤德也《小品文作家周作人的诞生与雨天的心象风景——从〈自己的园地〉到〈雨天的书〉》，《东洋文化》，1997年，第77页。
② "白炭火钵"应取日文原意。
③ 《〈雨天的书〉序》（1923年），收入《雨天的书》等。此文最初是作为系列文集《雨天的书》的序文发表的。
④ 沛德的代表作《文艺复兴》"结论"部分中的一句。详见伊藤德也《周作人与颓废派文人》，《超域文化科学纪要》第13期，2008年。
⑤ 《上下身》（1925年），收入《雨天的书》。

　　进入 20 世纪 30 年代后,周作人决定创作一系列的连作读书笔记,并因其为"吃苦茶时所写者"①而取名为《苦茶随笔》。笔记于 1935 年结集成册发表。其间,他于 1933 年编辑出版了《苦茶庵笑话选》,于 1934 年写下了《五十自寿诗》②。周作人于这首在中国文坛上引发争议的诗的末尾写道"且到寒斋喫苦茶"。早在 20 年代,周作人就已赋予了"苦"字复杂的审美价值③,到了 30 年代更是将普通的"茶"提炼为"苦茶"。在后来几篇与茶相关的文章中不仅不见"颓废",连对"无用"、"享乐"的论述也消失无踪。叙述仅限于书本中与茶有关的章节,或是某个话题的细节部分。也就是说,叙述本身已尽显颓废,不再需要主题词了④。站在这一点上再回过头来看先前所论的 20 年代的作品,可以发现这些作品虽然以颓废的审美倾向为主题,却同时也显露着一丝反颓废的意味。

　　另外,上书的这些"无用"的饮食,在周作人看来是和"无用"的艺术、"无用"的文字直接相通的。从 20 年代末至 30 年代前半,他抵制蓬勃兴起的左翼文艺思潮,频繁宣扬文学无用说⑤。然而,归根结底他所主张的是文学需要"无用",而并非文学绝对"无用"。和颓废概念一样,周作人在谈文艺"无用"说时保留了H.蔼理斯的具体论述。蔼理斯著作《生命之舞》最后的总结部分中有这样一段话:

　　　　或许在哲学家们(叔本华、柏格森)说及艺术是"无用"的时候(他们心目

---

　　①　《〈苦茶随笔〉小引》。此文写于 1931 年 11 月 9 日,发表于《东方杂志》29 卷第 1 期(1932 年 1 月 1 日),收入《苦雨斋序跋文》(1934 年),未被收入《苦茶随笔》之中。不过岳麓书社版《苦茶随笔》(1987 年)则以附录的形式收录了此文。

　　②　这首旧体打油诗作于 1934 年 1 月 13 日,先是以《五十诞辰自咏诗稿》为题刊载于《现代》第 4 卷第 1 期(1934 年 2 月),接着又改题为《五秩自寿诗》刊登在《人间世》第 1 期(1934 年 4 月 5 日)上。《知堂回想录》《一七三打油诗》等收录了这首诗,并同时收录了其他文人的和诗。

　　③　详见伊藤德也《〈苦〉的审美价值——周作人的〈艺术之生活〉》,《现代中国》第 82 期,2008 年。

　　④　《再论喫茶》(1934 年,收入《夜读抄》)、《关于苦茶》(1935 年,收入《苦茶随笔》)等。从这个意义上来说,20 世纪 20 年代至 30 年代的周作人,在文章上的变化可以理解为"颓废"的深化。不过,在他战争时期所写的论文(如《汉文学的传统》《中国的思想问题》等)中,对"中心的意见"(《书房一角·原序》中的原话)的表达占据了文章的全部,离"颓废"相去甚远。另外,在中华人民共和国成立后所写的短文中,"颓废"也被大幅削弱。

　　⑤　《〈草木鱼虫〉小引》(1930 年,收入《看云集》)、《中国新文学的源流》(北京人文书店,1932 年)等。在《〈大黑狼的故事〉序》(1928 年,收入《永日集》)中出现了文学"不革命"的说法,其实质与文学无用说无异。

中只有所谓美的艺术），他们的真正意思是：我们追求的是艺术本身，而不是有意识地追求其他任何原始的实用目的。这话是不错的，对于道德即生活的艺术也同样适用。①

所谓"无用"并非无条件的、绝对的无用——在这一点上周作人与蔼理斯意见一致。周作人于1924年2月熟读蔼理斯的著作②，与此同时开始创作大量历史民俗趣味相关的小品文。或许从此刻起，他就开始以一个作家、艺术家的身份有意识地追求提炼"无用"之物了吧。

说到底，"无用"的享乐到底为何如此"必要"？关于这一点周作人并没有做出明确的说明。但十分明显他没有把颓废（或者说是自我目的性和自律性）视为绝对之物，也没有无条件地去追求这一态度。其中最鲜明的表现便是"无用的游戏和享乐是必要的"这一悖论本身。或许我们应该这样理解：周作人有着更加深远的视角，在他眼中，"无用"的彼岸有着一种植根于人类基本生存的、不同层次的"用"和"必要"吧。

四、节制性欲相关的各种形式

上一节我们讨论了周作人在饮食欲方面对于享乐的看法。这一节我们主要讨论与性欲有关的"生活的艺术"。

周作人在1924年末写下随笔《生活的艺术》，紧接着又写了一篇名为《笠翁与兼好法师》的文章。按照此文的说法，李笠翁——也就是李渔，对老子之言"不见可欲使心不乱"（屏蔽欲望的对象，可使心思不受其扰乱）提出异议，认为"常见可欲亦能使心不乱"（常常接触欲望的对象，亦可使心思不受其扰乱）——若是屏蔽欲望的对象，那么一旦接触到欲望的对象，其心乱的程度便会超乎寻常。何况人本就不可能隐居深山，远离尘世。周作人对李渔的这一观点（出自《笠翁偶集》卷六）赞赏有加，称之为"性教育的精义"，并与"圣安多尼的诱惑"联系在一起。圣安多尼是基督教修道主义的创始人，被称为"修道生活之父"。传说他在埃及

① H.Ellis, *The Dance of Life*, p.300.引用部分位于"结论"中第三节。（译者注：译文出自蔼理斯《生命之舞》，徐钟珏、蒋明译，北京：生活·读书·新知三联书店，1989年，第278页。）
② 详见伊藤德也《艺术的本义——〈生活的艺术〉的结构（一）》，见《转型期的中国知识分子》，东京：汲古书院，1999年。

荒野上修行时曾受到恶魔各种各样的诱惑。周作人通过这个故事来说明严格的禁欲主义反而令人心乱。也就是说,他认为在面对"饮食男女"中的"男女"(性欲)这一与人类基本生存息息相关的欲望时,采取严格的禁欲主义是不合理的。

周作人称李渔为"了解生活法的人",而"了解生活法"和了解"生活的艺术"几乎等义。在《生活的艺术》中,他是这样描述当时中国的生活方式的:

> 一口一口的啜,这的确是中国仅存的饮酒的艺术:干杯者不能知酒味,泥醉者不能知微醺之味。中国人对于饮食还知道一点享用之术,但是一般的生活的艺术却早已失传了。中国生活的方式现在只是两个极端,非禁欲即是纵欲,非连酒字都不准说即是浸身在酒槽里,二者互相反动,各益增长,而其结果则是同样的污糟。①

如上所述,周作人认为饮酒的趣味只在饮的瞬间。若是禁酒,那自然不知酒味;若是豪饮,则同样不知酒味。由此可见,严格来说周作人的主旨并非批判禁欲主义,而是主张禁欲与纵欲、自由和节制的调和。但是,他所主张的"调和"并非中立、单调的调和。他以蔼理斯观点为基础,又提出了以下观点:

> 本来"生活的艺术"并不在禁欲也不在耽溺,在于二者之互相支拄,欲取复拒,欲拒复取,造成旋律的人生,决不以一直线的进行为贵。耽溺是生活的基本,不是可以蔑视的,只是需要一种节制;这便是禁欲主义的用处,唯其功用在于因此而能得到更完全的满足;离开了这个目的,他自身就别无价值。②

同样的内容在随笔《生活的艺术》中则是这样表述的:

> 蔼理斯对于这个问题(禁欲与纵欲的调和)很有精到的意见,他排斥宗教的禁欲主义,但以为禁欲亦是人性的一面,欢乐与节制二者并存,且不相反而实相成。人有禁欲的倾向,即所以防欢乐的过量,并即以增欢乐的程度。

---

① 《生活的艺术》,收入《雨天的书》。
② 《读〈纺轮的故事〉》(1923 年),收入《雨天的书》。

虽说欢乐与节制(耽溺与禁欲)相辅相成,但既然节制(禁欲)的目的在于更加欢乐(满足),那此时两者间的调和已然不再是单调的关系,而是被置于享乐主义所主宰的视角之下了。最好的享乐主义不但应与禁欲主义为敌,更应该与放纵主义为敌。此中关键在于"节制"。若以先前所论的饮酒来说,便是"一口一口的啜"。周作人将这样的"节制"上升为构成人类文明之物:

> 平常大家骂人总说禽兽,其实禽兽的行为无是非善恶之可言,乃是生物本然的生活,人因为有了理智,根本固然不能违反生物的原则,却想多少加以节制,这便成了所谓文明。但是一方面也可以更加放纵,利用理智来无理的掩饰,此乃是禽兽所不为的勾当,例如烧死异端说是救他的灵魂,占去满洲说是行王道之类是也。①

此外,关于"节制",周作人在深受蔼理斯《断言》启发后不久就以另一种方式表达了相同的意见:

> 我们不喜那宗教的禁欲主义,至于合理的禁欲原是可能,不但因此可以养活纯爱,而且又能孕育梦想,成文艺的种子。我想,欲是本能,爱不是本能,却是艺术,即本于本能而加以调节者。②

《结婚的爱》的这段话中,"合理的禁欲"、"本于本能而加以调节者"其实都可以替换成"节制"。"养活纯爱"、"文艺",说到底和"一口一口的啜"酒一样,都是"节制"的一种形式,也就是所谓的"艺术",或者说是"生活的艺术"。然而这又是一种美③——关于这一点,周作人曾在对比"生活的艺术"与动物生活的一节中做出过明确的表示。

---

① 《〈百廿虫吟〉》(1934年),收入《夜读抄》。
② 《〈结婚的爱〉》(1923年),收入《自己的园地》。周作人在1923年2月25日的日记中表示自己深受蔼理斯 Affirmations 影响,而《结婚的爱》则是在大约两个月后的4月18日发表于《晨报副刊》。
③ 关于周作人对美的理解,详见伊藤德也《〈苦〉的审美价值——周作人的〈艺术之生活〉》,《现代中国》第82期,2008年。

生活不是很容易的事。动物那样的,自然地简易地生活,是其一法;把生活当作一种艺术,微妙地美地生活,又是一法:二者之外别无道路,有之则是禽兽之下的乱调的生活了。①

在先前提到的《〈结婚的爱〉》和随笔《生活的艺术》中,周作人提出了一个关键的概念——"爱之术"("Ars Amatoria")。"爱之术"究其根本即是关于性欲的"节制"美的多种形式。"爱之术"原是奥维德的一本书的标题。蔼理斯曾在其名作《性心理学研究》(*Studies in the Psychology of Sex*)第六卷《性与社会》(*Sex in Relation to Society*)第 11 章《爱的艺术》("Art of Love")中详细论述了奥维德的这本著作。按照蔼理斯的说法,在基督教世界中,只有婚姻中的爱才是正当的,"爱的艺术"则被认为是不道德的。与之相反,奥维德将"爱的艺术"与道德解绑,以及后来的文艺复兴,都证明了爱是一种充满人性、洗练精致的艺术。可以说,周作人基本上就是接受并沿袭了这套说法②。然而,我们亦可以发现周作人的论述和蔼理斯的观点之间存在着若干差异。

之所以这么说,是因为蔼理斯在《爱之艺术》这一章中所述的绝大部分都是关于体位、前戏、射精、高潮等性交技巧的内容。虽然其间也谈到了嫉妒和母性,但对性交技巧的讨论显然多得多。周作人用"房中术"这一中国自古以来就有的说法代替"爱之术"③——从这一点来看,周作人对"爱之术"的理解和蔼理斯相差无几。然而,在随笔《生活的艺术》中,周作人在具体说明"爱之术"时,举的却是古希腊"赫泰拉"(Hetaira)和"唐代官妓"的例子。按照他的说法,"赫泰拉"约是中国的薛涛、鱼玄机一类的女性,和"唐代官妓"同样属于高级娼妇,具备极高的修养和对艺术的理解④。另外,周作人在《〈结婚的爱〉》中谈论"爱之术"时也提到了凯沙诺伐。按照生物学的思维框架(周作人正是在此思维框架之中思考

---

① 《生活的艺术》,收入《雨天的书》。

② 关于周作人受蔼理斯的影响之巨,可从他本人在《周作人自述》(1934 年,收入陶明志编《周作人论》)中的自白——"所读书中于他最有影响的是英国蔼理斯的著作"中可见一斑。伊藤德也《颓废的精炼——周作人的"生活的艺术"》和《艺术的本义——〈生活的艺术〉的结构》及小川利康《周作人与 H.蔼理斯——以 1920 年代为中心》(早稻田大学大学院《文学研究科纪要别册》第 15 集·文学艺术学篇,1988 年)等研究,都具体阐述了周作人受蔼理斯影响的痕迹。

③ 《〈香园〉》(1927 年),收入《谈龙集》。

④ 《娼女礼赞》(1929 年),收入《看云集》。

的①），食欲是个人发展的支柱，性欲是人类系统发展的支柱。也就是说，性欲归根结底是以生殖为目的而存在的。蔼理斯津津乐道的性交技巧和生殖有着相当直接的关系，但周作人通过赫泰拉、唐代官妓、凯沙诺伐的事迹所展现出来的"爱之术"基本上与生殖没有什么直接关系。从这个意义上来说，周作人的"爱之术"只能算是无用的恋爱技巧，和前一章所考察的"无用"的饮茶喝酒一样都是自律的、"无用"之术。我们可以按照周作人享乐主义的原则进一步类推：对他而言"爱之术"的精华（爱"自身"）不仅限于与生殖这一目的密切联系之物，甚至不是用以直接满足性欲之物。不得不承认，周作人这种将"完全的满足"、"增欢乐的程度"视为"爱之术"首要目的的态度无疑属于享乐主义，但至少不是忽视情趣的满足、把感官满足置于首位的态度②。

对周作人而言，所谓"生活的艺术"即是将"饮食男女"（食欲与性欲）视为人类本能，围绕这些本能所表现出来的、"无用"且自律、间接而不直接的社会文化形式，以及在享乐主义视角下对"节制"的美的各种形式进行精炼的运动。周作人说自己爱好生活"自身"，虽说是从享乐主义肯定了"生"，但绝非将伦理主体全盘交给本能、感官等动物性。倒不如说他是在与动物性的对峙、抗衡之中玩味着美。

五、与死对峙，玩味现世

周作人说："生活中大抵包含饮食，恋爱，生育，工作，老死这几样事情……"③至此，本文已考察了周作人口中的"饮食"与"恋爱"，接下来将继续探讨他对"老死"，尤其是"死"的看法，以此来揭示"生活的艺术"的另一个侧面。在谈论"饮食"和"恋爱"之时，周作人将"生活的艺术"阐释为围绕饮食欲和性欲等动物本能展开的"无用"之术，那么在讨论"死"的时候，他又是如何考虑的呢？

在上一章提及的《笠翁与兼好法师》中，周作人在文章前半借李渔的话谈了性欲，后半则引入兼好法师的《徒然草》谈论了老与死。下面的考察均是以周作

---

① 在《中国的思想问题》等著作中，周作人此类生物学式的思维框架表现得尤为明显。

② 《美的偏至——中国现代唯美—颓废文学思潮研究》（上海：上海文艺出版社，1997 年）中，作者谢之熙在分析近现代中国的唯美颓废派时，按照"重视情趣"和"重视感官"将其分为两类。两者均属于享乐主义，但前者认为精神上的美感与感官上的快感截然不同，不追求感官上的刺激。另可详见伊藤德也《周作人与颓废派文人》，《超域文化科学纪要》第 13 期，2008 年。

③ 见《上下身》（1925 年），收入《雨天的书》。

人自己的译文,也就是他理解中的《徒然草》为对象展开的①。周作人所引的《徒然草》第七段大意如下:人若不死"恐世间将更无趣味。人世无常,或者正是很妙的事吧",与其活到老丑,不如赶在四十岁之前死掉,若是超过四十岁,便越发执着人生,私欲亦益深,以至"人情物理都不复了解"。由此,周作人感叹兼好法师是"实在了解生活法的"。而在与《笠翁与兼好法师》同时期写成的《死的默想》②中,周作人亦表示自己对崇拜死和死之神秘不感兴趣,造不出"不死"的观念,只觉得荒唐的神话故事中那种长生不老的生活单调无聊。对于人之"不死",周作人的态度和兼好法师所说的"恐世间将更无趣味"是一样的。

而兼好法师所持人生观的反面,则是周作人在《笠翁与兼好法师》中提到的"杀身成仁"式的"死之提倡"。周作人将其与"以人为牺牲祈求丰年及种种福利的风俗"同列并加以批判。毕竟这种"死之提倡"归根结底是将生命视为达成其他目的(主义、信仰、"成仁")所需的道具和手段。那么爱惜、尊重生命自身(生活"自身")又该如何呢? 周作人对此问题的看法是"死本来是众生对于自然的负债,不必怎样避忌,却也不必怎样欣慕",他又在其他文章中表示"死是还了自然的债,与生产同样地严肃而平凡"③。或许《徒然草》第七段之所以能引起他的共鸣,正是因其将死视为平常事、只谈如何活得老而不丑之故吧。这种态度与把人生(生活)视为达成目的的手段的生死观、人生观有着根本性的不同。

周作人说死是"众生对于自然的负债",其实这里所说的"自然"指的是大自然——类似于中国传统观念中的"天"。从大自然的超越性视点来俯瞰众生,对有生命的东西来说死都是必然的结果。换句话说,死本就包含于人的动物性之中。在《艺术和生活》1926年版序言中,周作人先是说成熟未必是好事,接着又谈到了"人生"和"死":

> 我如有一点对于人生之爱好,那即是她的永远的流转;到得一个人官能迟钝,希望"打住"的时候,大悲的"死"就来救他脱离此苦,这又是我所有对

---

① 至于周作人是如何阐释《徒然草》的,与本文的目的没有直接联系,在此不做讨论。潘秀蓉对此问题已有出色的论述。详见《〈徒然草〉与周作人——以其奇特的译文为中心》(《和汉比较文学》第29期,2002年)。另外,同一作者的另一篇论文《周作人与〈徒然草〉第七段》ALBA,2003年)则专门讨论了周作人对《徒然草》第七段的理解。

② 《死的默想》(1924年12月),收入《雨天的书》等。

③ 《唁辞》(1925年),收入《雨天的书》等。

于死的一点好感。①

所谓人生的流转，应是指生命无常的变化，这变化中亦包含着将人从痛苦之中解救出来的大悲的"死"。此句正与"人世无常或者是很妙的事吧"同趣。

1926年5月，即这篇《〈艺术与生活〉序》完成的三个月前，周作人写了一篇名为《死法》②的散文。这篇《死法》的背后正是导致包括其学生在内的四十多人丧命的三·一八事件。在此之前他已经发表了大量文章来哀悼牺牲者、直接谴责下令开枪的政府及其帮凶的文章，却依然无法完全宣泄自己所受到的冲击和悲愤之情。就在心伤难愈之际，他从正冈子规的《死后》获得灵感，写下了《死法》一文③。《死法》中有这样一句话——"以死为生活之最末后的一部分，犹之乎恋爱是中间的一部分"。由此可见，在周作人心中死与恋爱一样，都在"生活"中占据了很大一部分。

周作人借格言"人皆有死"为此文开头，接着将各种死法分成几类，逐一讨论。他在《笠翁与兼好法师》中提出人应该边等待"平凡"之死边走向衰老，到了这篇《死法》可以说是向着现实意义的死更迈进了一步。然而，这篇文章并没有冷静、合理地探讨死亡，而是弥漫着连他喜爱的斯威夫特《一个小心的建议》（*Modest Proposal*）亦相形见绌的黑色幽默④。

在此文中，周作人将死法分成"寿终正寝"和"死于非命"两类。猝毙和病故属于前者。在众多子孙的目送之下往生和因心脏麻痹而猝毙实在难以实现，因此大部分人只能轮到病故。然而，病故痛苦根本算不上是轻松的死法。"所以欲得好的死法，我们不得不离开了'寿终'而求诸死于非命了。"接着，周作人又提出了十字架、火刑、断头台等刑法，服毒、投河、上吊等自杀方式，最后又举出了"现代文明"里"最理想的死法"——枪毙。但是，这些死法自然不能算是"平凡"的死。或许他是想借激烈的讽刺来哀悼因政府突如其来的子弹而殒命的学生，同时重申平凡的死（平凡的生）的尊严。当然，即便如此也不能说他认为在免于"死

---

① 《〈艺术与生活〉序一》，收入《苦雨斋序跋文》。

② 《死法》（1926年），收入《泽泻集》。

③ 木山英雄：《正冈子规与鲁迅、周作人》，《言语文化》第20期，1983年。此文主要论证了正冈子规的《死后》与周氏兄弟的作品（鲁迅《死后》、周作人《死法》）的关系。

④ 详见伊藤德也《〈苦〉的审美价值——周作人的〈艺术之生活〉》，《现代中国》第82期，2008年。

于非命"与"平凡等待"之间会有何种特殊的救赎。令人深思的是,他在文章临近结束时提到了梅契尼柯夫的"死欲"。虽然没有证据说明他将"死欲"视为动物本能来肯定,但至少可以确定他知道这一观点。或许他也曾基于这一观点思索过"死"与"生活的艺术"的关系吧。

多年以后,他在《麻醉礼赞》[①]中将死比作高级的麻醉品,并说了这样一段话:

> 依壁鸠鲁说过,死不足怕,因为死与我辈没有关系,我们在时尚未有死,死来时我们已没有了。快乐派是相信原子说的,这种唯物的说法可以消除死的恐怖,但由我们看来,死又何尝不是一种快乐,麻醉得使我们没有,这样乐趣恐非醇酒妇人所可比拟的罢? 所难者是怎样才能如此麻醉,快乐?

上述对死的看法和"大悲"之死可说是异曲同工。只是他在如何死去的问题上浅尝辄止,立刻将话题转回此文主题——"麻醉"——也就是人死之前的生活方式上。接着,他表示英雄们虽可不依赖麻醉,"一点都不含胡""如吸苦酒"般地"细细尝味"人生,但这种壮烈的态度"我们凡人"却无法仿效,既然如此"那还是醉生梦死最好罢"。最后,他说了这样一段话来给全文收尾:

> 所苦者我只会喝几口酒,而又不能麻醉,还是清醒地都看见听见,又无力高声大喊,此乃是凡人之悲哀,实为无可如何者耳。

说是最好是"醉生梦死",说是"悲哀""实为无可如何者耳",但对他而言,其实不经麻醉清醒地看着现世就是一种骄傲与尊严。即便不学英雄壮举,"如吸苦酒"般"细细尝味"人生仍是他本人的志向所在。毕竟"如吸苦酒"般"细细尝味"人生,显然是爱好生活"自身","如实地观察""复杂"的"人生社会"的必然结果。或许此处他是抵抗着死的恐惧和诱惑,用一种委婉的方式赞美不经麻醉玩味现实的态度吧。

---

① 《麻醉礼赞》(1929 年),收入《永日集》。

六、结语

至此,本文从饮食、恋爱、老死等方面考察了周作人对生活"自身"的态度。通过上述考察,可以确定他所爱好的生活"自身",归根结底即是围绕本能(饮食欲和性欲),以及死所表现出来的节制(合理的禁欲)的各种形式,也就是所谓"生活的艺术"的美的各种形式。对于人的动物性,他不过承认其必然性而已。然而,在与"禽兽之下的乱调的生活""放纵"(出自随笔《生活的艺术》)、"无理的掩饰"(出自《〈百廿虫吟〉》)的对比之下,禽兽的动物性又成了值得肯定之物。总结全文,本文开头提出的周作人心中的"生活的艺术",也就是他用"之"或"的"暧昧地连接在一起的生活与艺术的关系,存在以下几大特征:

(1)由一个审美主体所总括。

通过这一审美主体,一切人为之事物都可作为审美对象来玩味、评价。这里所说的美并非一般意义上的美(听觉和视觉上的美,尤其是只能诉诸听觉和视觉的美),而是真善美达到终极统一之后的美。因此这一审美主体亦是伦理主体[①]。

(2)这一审美—伦理主体的视角源于享乐主义,在各种各样困苦艰难的处境中亦不忘极力赞美"生"。

然而比起感官上的满足,周作人更倾向于追求情趣的满足,并力求通过节制使之更加洗练精致。

(3)对于这一审美—伦理主体而言,最根本的问题是人类心中动物性与超动物性的对立。所谓动物性,即是本能(和死);所谓超动物性,即是艺术(广义)。然而,艺术是基于本能存在又与本能相抗衡的,因此同生活与艺术的关系一样,动物性与超动物性也未必非此即彼的。[②]

(4)对于这一审美—伦理主体而言,只有人类的超动物性(艺术)值得探讨。

---

① 详见伊藤德也《〈苦〉的审美价值——周作人的〈艺术之生活〉》,《现代中国》第 82 期,2008 年。

② 周作人对于动物性与超动物性关系的看法在 1923 年前后截然不同。在《贵族的与平民的》(1922 年,收入《自己的园地》)一文中,周作人所述的"超人式"的"求胜意志"及"贵族性"与超动物性,凡人式的"求生意志"及平民性与动物性可以同义替换。在此文中,周作人仍是主张"凡人的超人化"和"平民的贵族化"的。然而不久之后,周作人似乎对"超人"一词产生厌恶之情,不再从肯定的立场论及此词。与此同时,他笔下的"凡人"显然也不再是"末人"或者说是纯粹动物性的化身,而产生了其他意义。笔者将另著专文讨论周作人的"凡人"。

动物性被作为一种必然而无须讨论。另一方面,"禽兽"的动物性因其超越善恶而值得肯定。[①]

(5)超动物性(艺术)通过合理的禁欲(节制)的各种形式得以体现。合理性视其是否中庸而定(随笔《生活的艺术》)。

宗教禁欲主义、直接对人体进行加工改造的缠足和宦官,抑或是科举(特别是八股文)等,虽然也有超动物性,但与中庸之道相去甚远,属于恶习。[②]

(作者单位:伊藤德也,日本东京大学

译者:王秋琳,日本东京大学)

---

① 周作人在随笔《生活的艺术》中所说的"自然地简易地生活",严格来说是作为"禽兽"的生活法,而非人的生活法提出的。蔡长青在《从民俗看周作人的生活观》(《皖西学院学报》第18卷第6期,2002年)中表示,《生活的艺术》中所说的"自然地简易地生活"与"微妙地美地生活"都是"中国人的理想选择"。蔡长青在其他论作中亦欲以此来阐释周作人的生活观。不过,我认为对于人而言"自然"的实质究竟为何,仍有必要做进一步的分析。

② 周作人在《《颜氏学记》》(1933年,收入《夜读抄》)、《太监》(1934年,收入《夜读抄》)、《日本的衣食住》(1935年,收入《苦竹杂记》,原题《日本管窥之二》)等文中,将宦官、缠足、科举和鸦片称为中国四大恶习。此外还有借对"天足"的喜爱来批判缠足的《天足》(1921年,收入《谈虎集》),以及前面提到的、简单介绍宦官历史的《太监》,讨论科举,尤其是八股文的《论八股文》(1930年,收入《看云集》等)、《中国新文学的源流》(北平人文书店,1932年)等。

"应物兄"和"局外人"

李 音

　　字数近百万的长篇小说《应物兄》自 2018 年底面世便成为文学界最热门的话题,它的写作时间和卷帙浩繁似乎都在证明文学界长久以来对一本描述新世纪世相的"期望之书"的渴求。正如批评家王鸿生所说,在汉语长篇叙事艺术和知识分子书写这两个方面,《应物兄》已挪动了现代中国文学地图的坐标①。

　　一知名大学欲拟引进海外儒学大师,筹建儒学研究院,此事交由该大儒的弟子、著名教授应物兄具体联络操办,主人公游走于政、商、学、媒诸界乃至市井庙宇,由此展开了一出全球化时代的知识悲喜剧。《应物兄》所讲述的故事题材在当代写作与日常生活中并不缺乏和新奇,前几年阎连科的《风雅颂》对高校和知识分子的溢恶描述虽然惹得众说纷纭评价不一,但当下知识界的一些荒谬和乱象却毫无疑问已经成为大众传播长盛不衰层出不穷的话题。尽管很多人阅读《应物兄》都会本能地联系起《儒林外史》,或者还有钱锺书的《围城》,戴维·洛奇、翁贝托·埃科的小说等,但《应物兄》其实只是故事主线简单,小说肌理却枝叶蔓延技艺繁复。细读下来,《应物兄》和这些作家作品并没有太多可比性。在一次访谈中,李洱自己坦言,《围城》也好,翁贝托·埃科也好,都与《应物兄》的创作没有什么关系。他甚至开玩笑,如果硬要比较,"就像拿着猪尾巴敬佛,猪不高兴,佛也不高兴"。不过,李洱自己说的另一段话倒是非常适合用来理解《应物兄》的雄心:"马尔克斯《百年孤独》的那个开头。很多人都注意到小说第一句的三维时空,其实接下来马尔克斯又写到,河床上有许多史前巨蛋般的卵石,许多事物都尚未命名,提到的时候还须指指点点。这句话,其实透露了马尔克斯的豪情,他是在用自己的方式给事物命名。没错,小说是一种特殊的命名方式。《应

---

　　① 王鸿生:《临界叙述及风及门及物事心事之关系——评〈应物兄〉》,《收获》2018 年长篇专号(冬卷)。

物兄》里有一首短诗,芸娘写的:这是时间的缝隙,填在里面的东西,需要起个新的名字。这是我所崇敬的芸娘的自诉,当然也可以说是我隐秘的愿望。"①知识分子群体的问题和处境的确是《应物兄》描写的重要内容,但知识界的庞杂话语、混乱暧昧的精神图景最终是和浩荡的世俗烟火交织在一起,整体构成了一种百科全书式的书写,那些不断增加的精确细节压倒了特定主题,其丰富性和复杂性超过某一题材的定位,其无所不包的体量和形式与我们所生活的时代的文化结构形成一种同构关系。同时,那些细密的写实又只是小说的肌理而不是叙事的全部和目的,小说展现出一种理智的精确和疯狂的扭曲相混合的景观。李洱把对时代的某种理解、某种因素塞进了真实中,从而"歪曲了"真实。这或许才是我们这个纷繁复杂信息冗余的时代可能被命名的方式,这也是《应物兄》尽管有着不同程度的相似元素,却最终不同于上述那些作家作品的原因。

"歪曲"并不是谬误,如卡尔维诺所说,就连科学都已经公开承认,观察会起某种干扰作用,影响被观察的对象。李洱说,"中国作家四十岁以后,或多或少都会与《红楼梦》《金瓶梅》相遇。我想,我可能受到过它们的影响,但我不知道我在哪种程度上受到了影响。或许在方法论上有某种影响? 但我本人说不清楚。林中的一棵树,你是说不清它是如何受到另一棵树、另几棵树的影响的。"②正是这种说不清的"影响"——或许是来自一些特殊而重要的知识和观念,或者是来自一些对世界和生命感受产生了永久再塑的巨大的文学文本——在作家的创作中会生成一些"歪曲"事物的方法和效果,最终文本的世界与所表现的事物之间形成一种既是真实的又是超越再现的张力。在《应物兄》中,影响了李洱凝视当代世界的角度和光影的不是《儒林外史》、《围城》,也不是翁贝托·埃科或写了《斯通纳》的约翰·威廉斯——尽管这些作品都很重要,它们更可能是福楼拜的《布瓦尔和佩居歇》及其所开创的百科全书写作传统,索尔·贝娄所书写的中产阶级知识分子命运及其喜剧风格,还有加缪在《局外人》中对世界荒诞、虚无的深刻控诉和激情抗争。李洱并不是在题材和风格上延续承袭这些大师及名著,《应物兄》与它们看起来并不相关,它们的隐蔽联系更像是某些思想和事物命运经过时代的层层折射,与时迁移,在当代情境中变换成新的命题和模样。

"歪曲"其实也应该成为一种阅读方法。或许应该有意识、有策略地循出作

---

① 李洱、傅小平:《写作可以让每个人变成知识分子》,《文学报》2019 年 2 月 21 日。

② 李洱、傅小平:《写作可以让每个人变成知识分子》,《文学报》2019 年 2 月 21 日。

家思想或作品自身呈现出的影响痕迹,去放大、显影,在变形幻化的意义上,而不是简单的对比,将那些重要的作品加入我们的理解中,从而使看起来并不相关的作品焕发出特殊的光彩。在《应物兄》中,可能繁杂的信息反而形成信息盲点,细节蔓生最终超比例地淹没了情节大纲,既为了匹配也为了拆解它繁复的认识论风格,福楼拜、索尔·贝娄、加缪都应该加入我们的理解视阈,以助我们在亦庄亦谐中观察李洱对我们时代的命名以及命名方式。但在进行更细微的阅读之前,在各种角度的阅读之中,加缪的《局外人》不妨成为《应物兄》首要的(或许也是最重要的)对读作品——加缪是李洱最喜欢的作家。据说,《应物兄》英文版的名字,李洱便建议翻译为《局内人》。

1942 年《局外人》的出版大获成功,加缪由此声名远扬。这部篇幅不大仅有五六万字的小说成为法国 20 世纪极有分量、举足轻重的文学作品。《局外人》讲述了一个小职员在平庸的生活中糊里糊涂犯下一桩命案,被法庭判处死刑的故事。但加缪并非要讲一个老套的不公正的司法案件,这个故事的内核是,加缪概括为:在我们的社会里,一个不在母亲葬礼上哭泣的人应当被判死刑。加缪想说的是,小说主人公默尔索之所以被治罪是因为他不遵循社会的潜规则。他不玩花招,拒绝撒谎。撒谎并不仅仅是说不存在的事,而且是在人情方面说出的东西多于存在的东西,多于自己感觉到的东西。矫饰超出了人的内心感受。默尔索是什么他就说什么,他拒不掩盖自己的感情,社会顷刻感觉受到了威胁。从这个意义上来说,他是他所生活的那个社会的局外人。这个在其他人看来具有反社会人格的人物,加缪认为,他是一个穷人,但绝不穷途潦倒,他内心追求绝对和真理的激情,他是"我们唯一配得上的基督"。李洱在不少文字中都或隐或显表示过对加缪这位文学父兄的致敬。他曾公开坦诚,自己认真通读过全集的作家,中国是鲁迅,外国是加缪。其实李洱是一位阅读量极大极杂的作家。他从加缪以及近似作家的思想和写作里获益良多,甚至一些难以言明的微妙的气质融入他的精神和文学判断力中。但在一篇名为《局内人的写作》的随笔中,李洱重读《局外人》,却读出了一些常人鲜有注意到的细节和裂缝。像很多读者一样,默尔索这样的卓异之人让人震惊让人痴迷。然而,李洱说或许这种卓异的锻造要感谢20 世纪上半叶尚为不治之症的肺结核。肺病氤氲在世界文学史中,从鲁迅、郁达夫到卡夫卡、契诃夫、加缪等很多作家都属于肺结核一族,他们的自由,他们的反抗,他们的激情背后都有肺结核的幽灵。如加缪所说,"没有比疾病更可鄙的事物了,这是对付死亡的良药,它为死亡做着准备……它支持着人为摆脱必死的命运所作的努力","自由只有一种，与死亡携手共赴纯净之境"。在这个意义上，李洱调侃加缪，他所塑造的默尔索可谓文学肺结核家族的"局内人的写作"①。这个玩笑很巧妙地道出加缪式的自由、反抗和激情的局限。肺结核病通常与贫困和糟糕的公共环境有关，但或许是因肺病作家最后都脱离了贫困，所以，他们笔下的主人公死时，大都与脏乱差无关，显得体面优雅。在李洱看来，生活存在之艰辛之巨大并不绝对更不抽象，且无法靠纯粹的激情反抗来解脱；生活并非要么肯定要么否定，并非每时每刻都能抽象地以死亡为对立面。

　　加缪对悲观与虚无的反抗可谓一种充满阳光的地中海的思想，即他所提出的"正午的思想"。李洱沿着加缪的"正午"，提出了"午后的写作"。与正午的写作不一样，"悲观与虚无，极权与暴力，在午后的阳光下，不仅仅是反对的对象，也是一种分析的对象"②。李洱想要强调的是，成人精神世界中充满着更复杂、更多维的东西。在幽昧的日常生活中，在脏乱差的世界里，面对丑和平庸，写作者的精神素质和文学技艺会受到更根本更严峻的衡量与挑战。人的状况可能从来没有像今天这样难以概括、难以阐明。身处其中，而是不是置身局外，对复杂的当代精神和生活经验进行审视和分析，才是我们这个时代作家的诫命。李洱把这个诫命形象化地打趣为：在曹雪芹和卡夫卡之后，作家一个基本任务，就是去写贾宝玉长大之后怎么办，K进了城堡之后怎么办？③ 其实这个问题也可以置换为默尔索。李洱在重读《局外人》时特别注意到，默尔索在死亡临近之际，他想到了母亲，感到了一种解放，想重新过一种生活。如果读者留心会发现，李洱的这个思想悄然地摆放进了《应物兄》中，从全书最值得尊敬最具有反思能力的知识分子人物"芸娘"口中说出。

　　默尔索说，人生在世，永远也不该演戏作假。这个信条是他悲剧的根源。"应物兄"则不同，他宿命般地要践行完全相反的处世之道。长辈所赐的"应物"之名意在敦促期许人行君子之道，体现"圣人之情"，应人、应世、应事、应道、应己、应心，不仅要虚己应物、恕而后行，而且要应物随心、应物通变。默尔索拒绝

---

　　① 李洱：《局内人的写作》，《光与影——李洱文学作品自选集》，上海：华东师范大学出版社，2009年。

　　② 李洱：《写作的诫命》，《光与影——李洱文学作品自选集》，上海：华东师范大学出版社，2009年。

　　③ 李洱：《"贾宝玉们长大以后怎么办"——与魏天真的对话之三》，见其著《问答录》，上海：上海文艺出版社，2013年。

和与己无关的神父共情，拒绝与之倾心详谈，拒绝那以上帝之名附体扮演的父子兄弟之情。知名教授应物兄则被天下所有人称兄道弟，从生活中熟识的朋友师长到大众传播所制造的无名读者。也可以说，应物兄无时不刻在和他所处的世界万物以及人群维持、上演着各种戏剧关系。与默尔索简单到极点、孤独游离的局外生活形成巨大的反差，他有三部手机，分别是华为、三星和苹果，应对着不同的人，他会在人际交往中充当润滑油、发电机、消防栓，甚至垃圾桶，他浑身解数使尽只为"应物"。的确，"局内人"这个指称翻译为博雅的中文，非"应物兄"莫属，无法再找到更为精妙准确的词汇。

如果默尔索想要重新过一种生活，如果生活场景换到当代中国，他大概就是"应物兄"。与不讲废话相反，应物兄所处身的世界最直观的特点就是充满了夸夸其谈，从儒学大师、官员走卒到市侩商人，几乎人人都有一根线头就能扯出一个线团的滔滔不绝的本领，各路知识各类话语眼花缭乱似是而非川流不息，全都一本正经地说着混账话。他们不仅要用这些天花乱坠、舌灿莲花的言辞去攫取、套现利益，甚至还时刻准备着感动自己。但在这人声鼎沸的世界里，仍旧有默尔索作为局外人的幽灵在游荡。这个幽灵活在应物兄隐秘的内心世界中，化身为应物兄真正精神上认同的师友和惺惺相惜的同类，如芸娘、文德斯、文德能等。应物兄为了克服知识分子爱呈口舌之快的大忌，把自己分裂成两个自我、两个声音，其中一个声音只回响在他的脑海里，只有他自己可以听到。这个活在脑海里的声音便是默尔索的幽灵。这个幽灵的存在使我们看到，应物兄所投身复兴儒教的浩大工程中，所有义正严辞、慷慨激昂瞬间就显出荒诞虚无的一面；那些最热心投身于局内人生活的人偏偏最喜欢用第三人称来言谈，他们谈论自己就像是毫不相关的另一个人在讲述，无论是出于自恋还是出于不能承受生活之重的逃避，显然他们全部都生活在生活之外——这在形式上像极了默尔索的律师在诉讼时完全以默尔索的口吻来陈词，默尔索被代理了的情形——他们无耻地以"局内"戏仿了"局外"，而应物兄则认真地戏仿着局内人。

与加缪笔下渎神的反英雄不同，应物兄的身份设定不仅是世界的正面核心人物，而且具有"使徒"的意味。如果说海外大儒程先生是当代孔圣，应物兄便堪称孔子七十二贤徒之首，他奔走于天地间，肩负着复兴儒学的使命，为往圣继绝学，为万世开太平。就连他工作的场所都具有极大的象征或讽刺意义，他们——官商学乌合之群在名为"巴别"（文明汇聚）的报告厅商讨建立"太和"儒学研究院。但这件事情的操办如同滚雪球，各方利益不断添加进来，看起来无休无止，事情越来越显现出虚无荒诞的色彩。芸娘曾经说,"一部真正的书,常常是没有首页的。就像走进密林,听见树叶的声音。没有人知道那声音来自哪里。你听到了那声音,那声音瞬间又涌向树梢,涌向顶端。"这像是小说《应物兄》的形式风格自陈,但这也是对我们所处世界的描述。我们的世界丧失了故事和意义,根本无从寻出开头和结尾,只有永无尽止的喧哗。所以,没有理由,也没有时间节点意义,我们的应物兄没有任何交代地闯入世界,也没有任何前兆地被作家突然安排了意外车祸。他以半倒立的姿势躺在那里,头朝向大地,脚踩向天空。

这其实也有点像砍头死刑。砍头,正是《局外人》的默尔索最终遭受的刑罚。默尔索说得对:待在那里,还是走开,结果一样。更有意味的是,1960 年,加缪死于车祸。也许,应物兄的车祸更是在直接致敬加缪。以局内人的方式,《应物兄》为极尽繁华的当代世界再次抹上了一道加缪的虚无。

(作者单位:海南大学)

五四南洋想象与东南亚南洋想象对话之后

王润华

一、从五四想象南洋、东南亚本土多元南洋想象
到中国文学的南洋想象

在韦勒克与沃伦的文学研究经典著作《文学理论》(*Theory of Literature*)中，文学定义为"想象的文学"(imaginative literature)，因为文学语言与强调准确性的科学语言内在结构完全不同，文学的语言具有作家独特的艺术性，含有复杂多义的结构。科学性语言强调准确性，意义无二。文学的语言充满个人独特想象，既写实抒情，也超越现实，进入想象的境界。《文学理论》把文学定义为"想象的文学"，几十年来已成为文学创作的金科玉律。① 所以新加坡文学界在纪念五四一百周年的时候，谈从第一代的移民作家如何从五四幻想出发，到今天进入东南亚本土多元幻想的新加坡文学的新境界，才能了解我们的新华文学的独创性。同时五四与南洋想象在对话之后，更应该进一步了解，南洋想象也回头影响了中国现代作家的文学，这个我叫作中国文学的南洋想象。

根据巴泽纳(Gaston Bachelard)的《空间诗学》(*The Poetics of Space*)的理论，空间通过一种诗学想象过程而获得情感与意义。一个客观的空间，如一所房子，需要幻想或想象(imagination)、心灵直接与超越现实的感受，舒适感、安全感。风水师往往就是根据一个人心灵对这所房子的感受加上一些外在的地理情况，来决定风水好不好。其实走廊、客厅、房间本身，远远没有想象的、感觉的所

① René Wellek & Austin Warren, *Theory of Literature*. New York: Harcourt, Brace, and Company, 1948.

造成的空间诗学意义重要。这种想象的、虚构的价值，使本来是中性的或空白的空间产生了新的意义与价值。①这就是空间诗学，文学创作的秘诀。

在现代东西方文学理论中，幻想或想象（imagination）被诠释为创造崇高、严肃、充满情感的诗意的心智能力。想象往往把东西溶解、消散、扩散，然后重构、创造。想象爱把东西理想化、统一化。想象有强大的生命力，它像植物活动与生长。所以英国浪漫主义推动者柯勒律治（Samuel Taylor Coleridge，1772—1834）说，幻想在溶解外在物体后，产生与制造自己的形式。幻想在知识的形成中扮演重要的角色，幻想也与思想、感情、个性结合。②怪不得刘勰在《文心雕龙》中也说"形在江海之上，心存魏阙之下"，这句话固然是指"其神远矣"，"思接千里"。刘勰以神与思两个元素来建构想象，不是单纯认定是思的功能，可见他是非常明白文学的创作与作者本人心智状态之关系。③

作家的幻想/想象往往大胆解构异域的新事物，然后根据个人的文化心智把它重构。从这个角度来重读中西作家在东南亚的书写，我们就明白他们的南洋幻想/想象的形成奥秘。不管是空间诗学，幻想或神思，优越的文化心态，还是霸权话语，都是一种诗歌化、文学化、艺术化过程，这种种想象力，拥有同化、吸收，将许多不同的东西综合成一个有机体。幻想南洋与南洋幻想便是这样产生的。解读幻想的产生，是阅读与解读文本的第一步。

二、西方与中国的南洋想象

西方自我中心主义与中国的中原心态（Sino-Centric attitude），使得一元中心主义（mono-centrism）的各种思想意识在东南亚本土横行霸道，一直到今天。另外，语言本身是权力媒体，语言就是文化意识。当年西方或中国移民作家把自己的语言文字带到环境与生活经验都很异域的南洋，这种进口的英文或中文企图用暴力征服充满异域情调的又受异族统治的热带。我们的文学从单元的非本土的想象文学开始便可了解。

---

① Gaston Bachelard, *The Poetics of Space*. Boston：Beacon Press, 1958.

② I.A. Richards, *Coleridge on Imagination*. London：K. Paul Trench, Trubner & Co, 1934；M.H. Abrams, *The Mirror and the Lamp*. Oxford：Oxford University Press, 1953, chapter 7.

③ 刘勰：《文心雕龙》（下册），香港：商务印书馆，1960 年，第 493—504 页。

1. 南洋、星洲、岷江的中国性的文学想象与创造

其实南洋这地名的中国性也很强,与西方帝国称呼东亚为远东相似。在清朝的时候,江苏、浙江、福建、广东沿海一带通称为南洋,而沿海以北各省为北洋。鲁迅到日本留学时,进入仙台医学专门学校,清政府称他为"南洋官费生周树人"①。后来东南亚一带也通称南洋。新加坡,以前常常通称为星洲,它出自唐朝卢照邻的诗《晚度渭桥寄示京邑好友》,其中有这一句"长虹掩钓浦,落雁下星洲",据说星洲作为新加坡的地名,最早被邱菽园用来命名它的星洲寓庐。邱菽园是当时海峡殖民地的杰出的华人精英,由于教育都在中国接受,他从政治归属感到文化取向都是以中国认为本。在中西文化的撞击下,他永远以华侨的身份来回应。因此他思考新加坡时,主要从中国出发。②

今天很多人在唱《岷江夜曲》,想到的岷江便是四川的那条大江,其实这首歌曲写的是菲律宾的马尼拉海湾,当年马尼拉(Manila)的移民多是闽南人,他们念Manila 市的第一个音节,常发出岷字的音,我想岷南方言与怀乡都有关系。而当年作曲作词的作者(高剑生,司徒容,都是一人,原名李厚襄)作为一个中国人,到了马尼拉,他的中国乡土意识很容易地便使他用岷来代表马尼拉,这是中国人的幻想,中国化的南洋。③

萨义德(Edward Said)说,亚洲通过欧洲的想象而得到表述,欧洲文化正是通过东方学这一学科的政治的、社会的、军事的、意识形态的、科学的以及想象的方式来处理,甚至创造东方。中国学者与文人也是如此创造了南洋。④

2. 想象南洋的水果花草:中国化与西方殖民化的榴梿与植物

在东南亚,尤其郑和下西洋船队访问过新马,很多人迷信榴梿是郑和下南洋时,在丛林中留下的粪便所变成。东南亚的人都迷信,榴梿树很高大,果实表面长满尖刺,如果从树上掉下打中人,必定头破血流。但却从没听过有这种悲剧发

---

① 见清使馆给仙台医专的鲁迅入学推荐书复印本,本人收藏。

② 李元瑾:《东西文化的撞击与新华知识分子的三种回应》,新加坡:新加坡国立大学中文系/八方文化,2001 年。

③ 高剑声(曲)、司徒容(词):《岷江夜曲》,收入《上海老歌名典》,台北:远景出版有限公司,2002 年,第 115 页。其实高剑声与司徒容都是李厚襄的笔名。他是浙江宁波人,到过马尼拉。

④ 爱德华·萨义德:《东方学》,王宇根译,北京:生活·读书·新知三联书店,1999 年,第 4—5 页。

生。神话中都说因为郑和的神灵在保护。郑和在东南亚后来已被当作神灵来膜拜。

榴梿所发出的香味极富传奇性。本土人,尤其是原居民,一闻到它,都说芬芳无比,垂涎三尺。可是多数中国人与西方人,榴梿的香味变成臭味,一嗅到气味,便掩鼻走开。初来东南亚的明代的马欢,形容榴梿"若牛肉之臭",现代作家钟梅音说它"鸡屎臭"。西方人则形容气味为腐烂洋葱或乳酪。我曾说榴梿神话代表典型的后殖民文本。①

由此可见,在东南亚,即使水果花草的想象,也难逃被中国人或新移民南洋化与东方主义化的命运。东南亚的本土的水果蔬菜及植物,就像其公路街道,都被披上南洋化或西方殖民的名字。丛林中的猪笼草,世界上最大的花朵(bunga patma),因为莱佛士(Stamford Raffles)自己首次在马来西亚与印尼丛林看见,便武断地说这是第一次被发现,结果现在英文的记载都用 Raffesia 来命名,前者命名 Nepenthes Raffesiana,后者叫 Raffesia flower②。兰花因为野生在当年尚未开垦的东南亚,从历史文化悠久的中国人看来,那是胡人蛮荒之地,所以命名为胡姬花,即野蛮美女之花、蛮荒之地美女之花,虽然胡姬原是英文 orchid 的音译。③

3. 通过小说的想象:西方的东方主义想象,中国南洋想象

在康拉德(Joseph Conrad,1857—1924)的热带丛林小说中,白人到了东南亚与非洲的神秘丛林,很容易在情欲与道德上堕落。这些白人本来都是有理想、充满生活气息的殖民者,最后毁于性欲。康拉德的热带丛林小说怪罪这片原始的丛林,把白人锁在其中,不得不堕落。④毛姆(Somerset Maugham)的英国人也常常在马来西亚的橡胶园为情所困,卷入情杀案。⑤

---

① 王润华:《吃榴梿的神话:东南亚华人创作的后殖民文本》,《华文后殖民文学》,台北:文史哲,2001 年,第 177—190 页;上海:学林出版社,2001 年,第 158—170 页。

② David Attenborough, *The Private Life of Plants*. London:BBC Books,1995.

③ Jack Krammer, *Orchids:Flowers of Romance and Mystery*. New York:Harry, N. Abrams. Inc.,Publishers,1927.

④ 王润华:《老舍小说新论》,台北:东京大学出版部,1998 年,第 47—78 页;《华文后殖民文学》,台北:文史哲,2001 年,第 19—36 页;上海:学林出版社,2001 年,第 19—36 页。

⑤ *Somerset Maugham's Malaysia Stories*, ed. Anthony Burgess, Singapore:Heinemann, 1969; *Maugham's Borneo Stories*, ed. G.V. De Freitas, Singapore:Heinemann, 1976.

在中国 30 年代作家的笔下,中国是礼仪之邦,太多社会伦理,会扭曲人类自然的情欲需求。而南洋是义理与律法所不及的异域,这神秘的南洋即是化外之邦、自然之地,因此被想象成是原始情欲的保护区。林春美研究徐志摩与张资平小说中的南洋书写,论证 30 年代中国作家想象建构的南洋,都是如此的中国五四想象。张资平小说《苔莉》中的表弟与表兄的妾,《性的屈服者》中的弟弟与嫂嫂,《最后的幸福》中的美瑛与妹夫,都因为逃到南洋而能消解伦理,自由发泄情欲。所以林春美说:

> 西方通过想象东方化了东方,同样的,中国也通过想象南洋化了南洋。所以,如若上述把"西方—东方"置换成"中国—南洋"的说法可以成立的话,那么,有论者提出的"中国是西方的'他者'……"的论点,也就可以被置成"南洋西方的'他者'……"①

在现实中的郁达夫也有幻想南洋的情怀。在闹家变之后,郁达夫在 1938 年带着王映霞远赴新加坡其中一个原因,也是非常浪漫的,充满幻想南洋的向往。他以为与她感情破裂,远赴遥远、陌生的南洋,神秘的、原始的、充满性欲的南洋可以把感情医治,神秘的南洋可以消除义理,一切可以回归原始。②

三、鱼尾狮:东南亚本土想象的诞生

今天在新加坡河口,有一座狮头鱼尾的塑像,口中一直在吐水,形象怪异,它被称为鱼尾狮。根据古书《马来纪年》的记载,在 12 世纪有一位巨港(在今天的印尼)王子尼罗乌多摩(San Nila Utama)在淡马锡(即今天新加坡)河口上岸时,看见一只动物,形状奇异,形状比公羊大,黑头红身,胸生白毛,行动敏捷,问随从,没人知晓,后来有人说它像传说中的狮子,因此便认定为狮子,遂改称淡马锡(Temasek)为狮城(Singapura)。并在此建立王朝,把小岛发展成东南亚商业中心。那是 1106 年的事。鱼尾狮塑像置放在新加坡河口,今日成为外国观光客必

---

① 林春美:《欲望朱古律:解读徐志摩与张资平的南洋》,中国现代文学亚洲学者国际学术会议论文,2002 年 4 月 20—22 日,新加坡。

② 王润华:《郁达夫在新加坡与马来亚》,《中西文学关系研究》,台北:东京大学出版部,1987 年,第 189—206 页。

到之地,鱼尾狮也供奉为新加坡之象征。①

后来的新加坡人把这头狮子描绘成狮身鱼尾。新加坡英文诗人唐爱文(Edwin Thumboo)在一首题名 *Ulysses by the Merlion* ② 的诗中这样描写:

> 可是这只海狮
> 鬃毛凝结着盐,多鳞鳞,带着奇怪的鱼尾
> 雄赳赳的,坚持的
> 站立在海边
> 象一个谜。
>
> 在我的时代,没有任何
> 预兆显示
> 这头半兽、半鱼
> 是海陆雄狮
> 在拥有过多的物质之后,
> 心灵开始渴望其他的意象,
> 在龙凤、人体鹰、人头蛇
> 日神的骏马外,
> 这头海狮,
> 就是他们要寻找的意象。

由于在东南亚群岛热带丛林的居民的想象总是与森林的动物有关,住在海岛上的人往往靠鱼为生,因此把这头神话中的怪兽用森林之王与河海中之鱼来描绘是理所当然的,符合心理与想象的需要。所以我认为这是东南亚最早的本土想象的典范,王子乌夺摩家族原是印度后来成为印尼,同时其家族又从佛教改信回教,这说明东南亚自古拥有多民族的多元文化传统背景。

对现代新加坡人来说,鱼与狮代表了海洋与陆地,正说明新加坡人具有东西

---

① 鲁白野:《狮城散记》,新加坡:星洲世界书局,1972 年,第 86—97 页。

② Edwin Thumboo, *Ulysses by the Merlion*. Singapore:Heinemann, 1979,pp.31—32.我对这首诗作过一些分析,见《华文后殖民文学》,台北:文史哲,2001 年,第 97—120 页;上海:学林出版社,2001 年,第 77—100 页。

方的文化、道德、精神,而这个社会,也是由西方的法治精神与东方的价值观所建设的一个独特的国家社会。在一个多元民族的社会,强调混杂多种性(hybridised nature)是一种优点而不是弱点。新加坡就是因为吸收了东西方与亚洲各种文化的优点,才能产生新加坡经验与新加坡模式。

近年来经过多次的公开讨论,新加坡人还是接受这只怪兽作为新加坡的象征,它经得起时间的考验,主要是它出自东南亚的本土的想象。

四、重新幻想与书写本土历史、地理与生活

重新建构本土文学传统,除了重置语言,创造一套适合本土生活的话语,也要重置文本(re-placing the text),才能表达本土文化经验,把西方与中国文学中没有或不重视的边缘性、交杂性的经验与主题,跨越种族、文化甚至地域的东西写进作品中,不要被西方或中国现代文学传统所控制或限制。葛巴星(Kirpal Singh)曾分析新加坡的诗歌,他认为建国以后,多元民族的社会产生了跨文化的诗歌。多元种族的文学,需要运用一个多元种族的幻想意象来进行跨文化书写,推举王润华的《皮影戏》为例子。①

其实新马的华文文学在第二次世界大战前,已开始走向本土化。譬如在1937年,雷三车写了一首反殖民主义的诗——《铁船的脚跛了》,作者的幻想力非常的后殖民化,颠覆了中国新诗的语言。他创造的"铁船"意象,是英国在马来亚发明的一种开采锡矿的机器,很适当地象征英殖民者霸占吞食土地,把殖民地剥削得一干二净,因为铁船开采锡矿后,留下草木不生的沙漠似的广阔的沙丘湖泊,破坏了大地:

> 站在水面,
> 你是个引擎中的巨魔;
> 带着不平的咆哮,
> 慢慢的从地面爬过。

---

① Kirpal Singh,"Inter-Ethnic Responses to Nationhood:Identity Ingapore Poetry", in *From Commonwealth to Post-Colonial*, ed. Anna Rutherford.Sydney:Dangaroo Press, 1992,pp.3 - 17.

你庞大的足迹，

印成了湖泽，小河，

……

地球的皮肉，

是你惟一的食粮。

湖中浊水

是你左脑的清汤。

你张开一串贪馋的嘴，

把地球咬得满脸疤痕。[1]

　　这是重新幻想，重新建构了新马本土历史、地理与社区时，本土幻想在本土化华文文学中的试验性作品。

　　在东南亚，第一代华人作家用自己的中国语言书写完全陌生的异域环境与生活，而第二代本土出生作家要用几乎是外国语言的华文来书写属于自己的本土社会与生活，因此两者在幻想上都需要作极大的调整。我在别处已引用许多例子，讨论过新马华文作家如何从事本土性建构，从单一族群走到多元文化的书写。[2]

　　本土作家利用其东南亚的想象改造语言与意象，让它能承担新的本土经验，譬如一棵树，它居然也具有颠覆性的文化意义，一棵树它就能构成本土文化的基础。吴岸的婆罗洲想象在《达邦树上》选了达邦树(Tapang)，它是婆罗洲生长的一种树木，木质坚硬，树身高大，在沙捞越的伊班族民间传说中，它是一棵英雄树。它最后都被殖民者砍伐掉。[3]

　　被英国人移植到新马的橡胶，很象征性地说明它是开垦南洋勤劳华侨之化身。我在《在橡胶王国的西岸》曾说：

---

　　①　雷三车在 30 年代写作，大概 1945 前去了(回返)中国，他的出生背景不详。诗见《马华新文学大戏》(第 6 册)，新加坡：星洲世界书局，1971 年，第 198—200 页。

　　②　王润华：《从放逐到本土，从单一族群到多元文化书写：走出殖民地的新马华文后殖民文学》，《新马华人传统与现代的对话》，新加坡：南洋理工大学中华语言文化中心，2002 年，第 333—354 页。

　　③　吴岸：《达邦树礼赞》，吉隆坡：铁山泥出版社，1982 年，第 123—126 页。我另有文章讨论，见《到出听见伐木的声音》，《华文后殖民文学》，台北：文史哲，2001 年，第 168—176 页；上海：学林出版社，2001 年，第 149—157 页。

　　橡胶树是早年开拓南洋勤劳的华侨之化身。绿色的橡胶树从巴西移植过来后,再依靠华人移民的刻苦耐劳,才把南洋时代的蛮荒,毒蛇猛兽,原始森林,通通驱逐到马来半岛最险峻的主干山脉上。所以橡胶树象征新加坡和马来西亚早年的拓荒者,同时也是经济的生命线。①

　　新马的华文作家本土化的幻想,以橡胶树来记载殖民时代个人或千百万个华人移民劳工的遭遇,以表现殖民地资本家剥削的真相,正适合各个现象。橡胶树与华人都是处于经济利益被英国强迫、诱惑来到马来半岛,最早期种植与经营橡胶都是殖民主义的英国或西方资本家,天天用刀割伤树皮,榨取胶汁,正是象征着资本家剥削,与穷人忍受凶残欺凌、苦刑的形象。橡胶树液汁干枯,满身创伤,然后被砍掉当柴烧,这又是殖民主义者海盗式抢劫后,把当地的劳工当奴隶置于死地。②

　　《微型黎紫书》中的第一篇微型小说《阿爷的木瓜树》,用很怡保的想象创造了一家三代的马来西亚华人,热带雨林常见的木屋、橡胶树、木瓜树,热带暴风雨,及英国殖民地开始建造的老人院、华文报纸等意象,最后建构了马华文化传统的危机感。③最后她又在《天国之门》与《山瘟》中,再度用阴暗的、大马华人的幻想,重组很马来西亚热带雨林的雨水,阴沉潮湿的天气、恶心腥臭的橡胶厂、白蚁、木瓜树,在创造她的边缘化语小说。她的幻想又与80年代以前的作家的幻想不一样了。④这是第二、第三代华人东南亚华人移民的多元文化想象。

---

　　① 王润华:《在橡胶王国的西岸》,《秋叶行》,台北:当代丛书,1988 年,第 155—156 页。
　　② 《橡胶园内被历史遗去的人名记忆:反殖民主义的民族寓言解读》,《华文后殖民文学》,台北:文史哲,2001 年,第 121—136 页;上海:学林出版社,2001 年,第 101—116 页。
　　③ 王润华:《马华传统文化患上老人痴呆症:黎紫书的微型华族文化危机意识》,世界华文微型小说研讨会论文,2002 年 8 月 2—5 日,马尼拉。我另有简评,见《最后的后殖民文学:黎紫书的小说小论》,《华文后殖民文学》,台北:文史哲,2001 年,第 225—226 页;上海:学林出版社,2001 年,第 197—198 页。
　　④ 黎紫书:《微型黎紫书》,吉隆坡:学而出版社,1999 年;《天国之门》,台北:麦田出版有限公司,1999 年;《山瘟》,台北:麦田出版有限公司,2000 年。有王德威与潘雨桐的序。最近黄美仪发表《黎紫书与李永平文字花园中的后殖民景观》,《人文杂志》2002 年三月号。

五、五四想象与南洋想象对话之后：中国现代文学中的南洋想象

空间通过一种诗学的过程，创造了感情与意义。经过这个程序，本来是中性的、空白的空间就产生了意义。在诗学的过程中，作者的思想、感情、文化、知识、社会意识都被其幻想力吸收与综合起来。纪念五四一百周年，我们可以清楚地解剖中国早期移民作家想象南洋的文学书写方法，以及第二代东南亚华文作家的本土多元想象。这是建构阅读/研究东南亚华文文学的第一步。

现代想象是创造新文学的开始。中国现代小说史，是以鲁迅的《狂人日记》中一位五四反传统的狂人的幻想开始，也就是加入鲁迅的现代医学与心理迫害狂的文学想象。这种五四新文化运动精神的现代文学想象，开创了一种新的文学传统。①东南亚华文学是从中国作家的想象南洋开始，再由本土落地生根的作家的文化转移，用铁船、橡胶想象，用新符号承载新生活经验，目前这种本土多元文化的文学想象，已创造出具有边缘思考，多元文化、多族群的一种新传统的东南亚华文文学。②

五四想象与南洋想象对话一百年之后，我们更发现文化交流的规律下，东南亚的多元南洋想象也反过来影响了中国作家。中国五四作家中，最早以东南亚的南洋想象书写中国现代文学的是老舍。我在《老舍小说新论》中有专文论述（《从康拉德的热带丛林到老舍的北平：论老舍小说人物"被环境锁住不得不堕落"的主体结构》与《老舍〈骆驼祥子〉中康拉德〈黑暗的心〉的结构：克如智堕落的热带森林贸易站与祥子沉沦的北平的三个驿站》③）。老舍在从伦敦大学教中文结束回国，1929年至1930年在新加坡华侨中学教书五个月期间，曾以新加坡为题材，写了一部六万字的小说《小坡的生日》④，预言南洋地区，如新加坡被殖民的华人、马来人、印度人，最后会团结，成为土地的主人。老舍短暂的居留，由于生活在华人文化政治中心的华侨中学校园，很快就能以东南亚殖民社会底层的

---

① 王润华：《西洋文学对中国第一篇短篇小说的影响》，《鲁迅小说新论》，上海：学林出版社，1993年，第61—76页。

② 王润华：《边缘思考与边缘文学：重构东南亚本土幻想/语言/史地/文化的策略》，《华文后殖民文学》，台北：文史哲，2001年，第177—190页；上海：学林出版社，2001年，第158—170页。

③ 王润华：《老舍小说新论》，台北：东京大学出版部，1995年，第47—78、143—170页。

④ 老舍：《小坡的生日》，上海：晨光出版公司，出版日期不详，大约1932年。有1934年生活书店版。现收入《老舍文集》（第二卷），北京：人民文学出版社，1993年。

多元想象写小说。后来他在 1936 年至 1937 年在杂志上连载,1939 年首次出版单行本的《骆驼祥子》①,描述了 20 世纪 20 年代军阀混战时期人力车夫祥子在旧社会的迷失与悲惨命运。当年的北平,犹如东南亚的热带森林,使人迷失与堕落。他也受了长时期在东南亚,尤其在新加坡写作的英国作家康拉德的热带雨林小说的影响,康拉德的白人往往在原始丛林里为财色而堕落。老舍的骆驼祥子在老北平的旧社会的挣扎,就是热带雨林的神话原型。②

另一位中国作家是诗人杜运燮(1918—2002),他把东南亚多元的南洋想象潜伏性基因悄悄放进诗歌里。杜运燮生于马来西亚的吡叻州实兆远甘文阁杜的橡胶园,他小时一直随同父母居住在橡胶园的亚答里。小学与初中时期,还帮忙割树胶。这种热带雨林的生活,或者说南洋想象,以后造成所谓九叶派诗人中唯一诗人作品特异的境界。③杜运燮因为在马来西亚接受中小学教育,中英文有基础,到中国后进入福州英国教会创办的福州私立三一中学,1939 年又到昆明的西南联大外语系就读。他的英文造诣与阅读使得诗歌与西方现代主义接轨,奥登、艾略特、里尔克等西方现代诗成为他的诗歌传统之一,他追求一个现实、象征、玄学的综合传统,以达到知性与感性的融合。除了兼具现代性及现实性两大特色,很少有学者发现马来西亚热带丛林的经验与感受,更是使他爆发创意性的南洋想象,使中国诗歌出现新的传统。④

批评界还未认识杜运燮的想象超越中国新诗传统,里面暗藏南洋想象。最早展现在第一部诗集《诗四十首》里⑤,他 1942 年发表《滇缅公路》及其他滇缅公路上系列的抗战诗,马上得到朱自清、闻一多的肯定,一鸣惊人⑥,因为他把五四、西方现代主义与南洋想象三种传统融合在一起,创作了新品种诗歌。刚好滇缅公路属于热带,他的敏感触觉就发挥了魔幻式的想象。他在中国最早的作品如 1942 年的《水仙花神》(原题英文 *Narcissus*)就展现独特的手法:

① 《骆驼祥子》现收入《老舍文集》(第三卷),北京:人民文学出版社,1993 年。
② 我在《老舍小说新论》第 47—78、143—170 页有所论述。
③ 杜运燮成名,因为他是《九叶集》诗人。《九叶集》被誉为诗歌中的经典。收录了 20 世纪有名的九个诗人的作品:辛笛、穆旦、郑敏、杜运燮、陈敬容、杭约赫、唐祈、唐湜、袁可嘉。最早的《九叶集》于 1981 年由江苏人民出版社出版。
④ 中国学者研究杜运燮都对他的诗歌南洋想象没觉察,如蒋登科《九叶诗人论稿》,重庆:西南师范大学出版社,2006 年,第 54—98 页。
⑤ 杜运燮:《诗四十首》,上海:文化生活出版社,1946 年。
⑥ 1942 年发表在昆明《文聚》杂志上的《滇缅公路》,朱自清先生曾在当时西南联大演讲中(其后也写成文章)分析过《滇缅公路》;闻一多先生在编《现代诗抄》时也把它收入。

> 一切是镜子,是水,
> 自己的影像就在眼前。
>
> 不要纠缠在眼睛的视觉里。
> 心灵的深处会为它绞痛,
> 流血;心灵的高处会为它
> 铺乌云,挡住幸福的阳光。
> 那就会有一片忧郁——
> 没有方向和希望,
> 没有上下,记忆的轰响串成
> 无尽的噪音……

　　这里展现他西方诗学,艾略特等现代派的利用矛盾修辞将矛盾对立的概念和事物组合在一起,以造成一种复合的情景,从而给人以多层心理感受,知性与感性的融合。但是小心深入的阅读,我发现乌云、阳光、忧郁的意象来自南洋想象。像南洋群岛生长的诗人威北华(1923—1961)也常用的意象。①这些都不是孤立的风格。他的"被遗弃在路旁的死老总",除了墓的形象:平的,像个小菜圃,或者像一堆粪土,都可以"只要不暴露像一堆牛骨",旷野的狗,都是马来西亚的想象。1944 年在印度写的《夜》里的树、落叶、旷野狗吠,都像我小时候的马来西亚甘榜的情景。杜运燮的《山》(1945 年),写平原与山,他的平原一看就感觉到像写他小时候在马来西亚霹雳州的实兆远大平原,果然他写道:"到夜里,梦着流水流着梦,回到平原上唯一甜蜜的童年记忆。"②

　　杜运燮后期作品直接写热带主题,如《热带风光》(1953 年)、《晚稻集》(1988 年)、《南音集》(1984 年)、《你是我爱的第一个》(1993 年)为学者所知道③。目前新马学者开始注意他的南洋经历,如罗湘婷《杜运燮诗歌表现艺术研究》、许文荣

---

　　① 王润华:《倒流的河流流亡与废墟的书写》,见李树枝、辛金顺编《时代、典律、本土性:马华现代诗论述》,马来西亚:拉曼大学中华研究院,2015 年,第 155—178 页。
　　② 以上所引出自杜运燮《诗四十首》与《杜运燮 60 年诗选》,北京:人民文学出版社,2000 年。
　　③ 杜运燮:《热带风光》,香港:学文书店,1953 年;《南音集》,新加坡:文学书屋,1984 年;《你是我爱的第一个》,怡保:霹雳文艺研究会,1993 年。

《杜运燮诗歌中"情感"与"形式"的动态关系——以南洋诗集〈你是我爱的第一个〉为个案分析》与《搭建中国与南洋的鹊桥——论杜运燮诗文创作中的双重经验》等。①许文荣的论文《诗想越界：杜运燮的中心—边缘对话》②指出杜运燮流露出他当时的双重认同与双重经验，这种情感后来牵系着他一生的创作。但杜运燮在西南联大时期登峰造极的代表作最值得深入研究，他在抗战、爱国、西方现代主义，尤其是很爱登式的诗中的南洋想象，尚待开发。

在纪念五四新文学一百年的时候，我们亟待开展中国现代文学另一领域的研究，五四新文学传统影响了东南亚的文学，但很多在东南亚暂时侨居、移民与本土生长的作家回到了中国，他们把南洋想象的传统建构在中国新文学里。我上面只是用两位作家为例子，其实很多中国作家的南洋想象早已改造了中国新文学的基因，这些问题足够书写成一部大书，值得大量学者研究这课题。比如林万菁《中国作家在新加坡及其影响》、黄傲云《中国作家与南洋》、孙爱玲《论归侨作家小说》，虽然当初注意力是中国面向南洋，反过来，我们也可以看到这些作家如何把南洋想象的传统建构在中国新文学的书写里。③

（作者单位：马来西亚南方学院大学）

---

① 罗湘婷：《杜运燮诗歌表现艺术研究》，拉曼大学中华研究院，2016 年；许文荣：《杜运燮诗歌中"情感"与"形式"的动态关系——以南洋诗集〈你是我爱的第一个〉为个案分析》，《华文文学》2011 年第 107 期；许文荣：《搭建中国与南洋的鹊桥——论杜运燮诗文创作中的双重经验》，《陕西师范大学学报》2014 年第 6 期。

② 许文荣：《诗想越界：杜运燮的中心—边缘对话》，《韩中言语文化研究》，Vol. 28，March，2012。

③ 林万菁：《中国作家在新加坡及其影响》，新加坡：万里书局，1978 年；黄傲云：《中国作家与南洋》，香港：科华图书出版公司，1987 年；孙爱玲：《论归侨作家小说》，新加坡：云南园雅舍，1996 年。

访问夏曼·蓝波安

苏 叶

按：夏曼·蓝波安，男，1957年生，台湾兰屿达悟族人。台湾淡江大学法文系毕业，台湾"清华大学"人类学研究所硕士。早年离开故乡兰屿，在都市打工，在底层讨生活，当过搬运工，开过出租车。于1980年，他拒绝师范大学保送升学，毅然抛别灯红酒绿繁华便利的都市，返回兰屿小岛，回归海洋，从原始民族最基本的传统生存方式学习潜水、射鱼、伐木、建屋、造船，驾役古老的非机动船放浪南太平洋，航海漂流……他身体力行的传奇生活，使他的创作喷涌而出，作品真挚内敛柔情，优美诗意的叙述深刻表现了现代社会冲击下生态环境的堪忧与人的孤独，充满对社会边缘人的同情，和一个达悟族人智慧与悲喜的浓郁体验。其特殊气宇，来自他敏感的本性对于制式化、概念化生活形态和社会狭隘意识的反叛，来自他回归自然的野性和淳朴，以及他对于美感和自然的挚爱。夏曼·蓝波安写作的成功不仅创造了独具特色的文学文本，更是给社会人类学注入了血肉之躯的验证。作品获奖不断，代表作有小说，散文：《黑色的翅膀》《冷海情深》《渔夫的诞生》《大海浮梦》等等。《新地文学》有幸三度邀请夏曼·蓝波安在台北和南京与会，分享他书写的独特梦想和命运。

一

2014年，8月。

航班从台北松山机场腾空向东飞行，顷刻即见机翼下苍青的山脉缓缓流动，我们将在台东降落，换乘海轮，进入太平洋，往南，在巴士海峡的边沿，去小小的翡翠岛——兰屿。

数据记载，位于西太平洋上的兰屿小岛，环岛只有45.7平方公里。距台湾岛约 70 公里,距菲律宾巴丹群岛约 110 公里,是一个古老的火山小岛。全岛峰峦耸峙,有九座呈放射状的山脉,山棱起伏,河谷陡峭,四周海岸被隆起的珊瑚礁所包围。岛上达悟族目前人口总数不足 5 千人,他们的始祖应是从菲律宾群岛漂洋过海而来,具有马来系甚至印度尼西亚东部摩鹿加群岛的较复杂的混合。达悟族人以半渔半农为生,由于地理环境的因素,少与外界接触,古来似未有过战争,未受过敌人的攻击,因此,达悟族没有酋长和阶级的等级观念。他们勇敢、谦逊、和平、单纯、安宁,与自然和谐共存,是以家族/亲族/部落/捕鱼/造船结合的集团,人和人亲密和睦,加之碧海蓝天山青水绿,以及传统工艺、仪式、礼节,使兰屿具有独特的文化魅力。

但我前去却是因为夏曼·蓝波安的文学。

夏曼·蓝波安,达悟族人,少年时从兰屿叛逆到台湾都会打工,在底层讨生活;又以自尊和才华拒绝保送,自己努力考上大学接受高等教育;然后又叛逆都市的现代化,毅然回归他的古老部落,上山、下海、建屋、造船,学习和承袭达悟族传统的观念、技能、生产方式。与此同时,他开始书写养育他们的海,书写达悟族未被世人认识的生活理念和哲学智慧。

他的作品独树一帜。最可贵的是他的文字忌空言,忌抽象,也忌逻辑,在当前文化界言行断裂、学问与为人两不相干的"概念沼泽"中,真实行动的人几乎已经踪迹全无,而夏曼·蓝波安扑向海洋,书写自己切肤的亲证。他的文学是生命之学、心证之学、体证之学,他是一位灵魂的歌者,言与行融通于一的性情人。

二

谢谢我们《新地文学》的年轻编辑陈学祈,他陪同我从台北去往西太平洋的海上。能够去夏曼·蓝波安的部落见到这位达悟族的传奇作家,小学祈兴奋不已。我曾对他说,尽量不要打扰夏曼,如果他有时间,又允许,我们再去拜访。学祈睁大眼睛说:"可是,苏阿姨,我已经跟夏曼老斯(师)联系过了耶,他有知道啦。"学祈学子气很重,他一定困惑,如果不找夏曼老师,苏阿姨要去兰屿干吗?他当然不知道在夏曼·蓝波安和我之间曾发生过"无声的枪击"事件。

应该是四年前了,《新地文学》在台湾举办第一届海峡两岸民族文学会议。

大陆来了蒙藏维满回苗各族作家,台湾少数族裔(高山族)作家也有不少出席。去往会场的大巴上,夏曼·蓝波安和来自东北满族的郭雪波比肩而坐,郭雪波松松肥肥堆堆叠叠,夏曼结结实实嶙嶙磊磊,非常有趣的对照。未加思索,我举起相机咔嚓一声——

双手交叉抱在胸前的夏曼·蓝波安猛然转头射过来一双怒目。天啊,那是什么眼神啊!——恼恨、蔑视、锋利冷傲,如枪弹似箭镞,似乎是被骚扰的雄狮,强忍怒气释放鄙夷,好像拍照的我是个不屑交手的低等动物。这无声的枪击,发生在不足十分之一秒的时空,天不知地不觉,但它的威力岂止令人不寒而栗,我简直被轰破了头皮!我惶愧不安,暗自反省,虽然后来和夏曼又有过几次见面,他根本不记得也不知道他曾在无意中向什么人开火,但是,我断定,那是他灵魂深处的遽然闪爆,被我撞到。

那是我的错,冒昧,自以为当然。所以,接受教训,如果夏曼不愿我们接近,我想,我就在兰屿漫游,希望能感受到他作品中的环境和气氛。

天气晴朗,8月最后的艳阳绚丽豪迈,下飞机后转乘轮船迎风破浪,我竟然用不着预备的晕船药。辽阔无边的蓝海噙满了天空的亮丽,青和蓝两相交汇,层层浸染,泱泱波荡,深不可测。谁能知道那柔波细浪之下的隐藏?那是什么?是丰饶?是酷烈?是黑暗的深渊?还是吞噬一切的热烈?被海水挽留的云朵仿佛也在思索,悬停着,投影洋面,像是镜中的浮莲。

海波摇曳的船上,学祈说:"苏阿姨,夏曼老斯(师)发来简讯了。"他念着手机上的话:"我去抓鱼,晚餐来我家。"

好美的语言!好温暖!我感动。我说,请回话:"遵命!"

学祈快乐地搓着两手轻呼:"哎呀,今天赚到啦!"——真不理解为何把意外之喜都用"赚到"来形容,也许,这只是台湾闽南人的习惯用语,非如此,不足以表达心中的快乐吧?谢谢,夏曼,我知道潜水射鱼尤其是孤身一人潜水,是一件很辛苦、很技术、很危险的事。陆地上的人吃鱼用买的,只知贵不贵、鲜不鲜、好吃不好吃,哪里懂得渔夫的鱼是用渔夫的肉身和头脑屏息憋气从海深之处射猎而得。那也不是可以手到擒来,要看海洋的脾气、海水的温度,要看鱼儿愿意不愿意,最后,还要看猎手自己的意念和运气。受你隆重待遇,我不安,但是,真的好快乐,只是,你会去哪儿潜水?

三

两个小时后,轮船抵达兰屿岛,因为事先预定了民宿,有人接应,我们到住处迅速安顿下来了。我对学祈说,抓紧吧,我们先去熟悉环境。

学祈租来一辆摩托车做交通工具,我腿一偏跃上后座,扶着学祈的腰沿着岛岸公路奔驰,沁甜浩荡的海风令人陶醉,午后温煦的阳光中极目望去,世界没有边界,尽是不染纤尘的蔚蓝。优美的海岸线蜿蜒妙曼,嶙峋奇异的群礁断断续续,峥嵘峻峭。日渐西倾,在一处山岗,弧线忽然舒展得绵软,漫坡青草茂密葳蕤,好像塞外的青青草原,草甸中一条山径曲折延伸,在它的弯折处有一道凹陷的草沟,从那儿直通海边断崖。这一组断崖气势凛冽,像是一大片烈焰突然凝固了,奔窜不宁的棱线,生铁一样尖利的峰角,龇牙暴齿,厉缝凶槽,狰狞如魔;波涌不息的潮浪奔扑崖脚再腾空掀起,在碎裂的礁盘上摔打成更细的雪粉冰粒——惊心动魄的壮丽,——面对断崖,我在草坡上坐下了。

阳刚的,野性的,动感的凝固,太美了。

记得夏曼·蓝波安在他的书里写过,说自己常常会以倒立的方式潜入水下,而且,他潜水的地方很险恶,会不会是这里? 会不会他就在这斧劈刀断的岩崖之下几十公尺的海中? ——我无端地想。

燃烧了一天的太阳,缓缓下落,温软华丽的光线充满留恋,环视四周,海、天、山峰、草甸,都在黄昏醉意的霞光中沐浴。两只水鸟飞过去了,一小群游客也从山径高处翻过了坡,几只山羊悠闲踱步而去,金红色的幔幕笼罩世界,在青青草原通往断崖的斜坡上,忽然,在蓝色海线之前的绿茵里,一个孤零零武士的黑色剪影在夕照的绚丽熠光中披着一身霞彩出现,难道——?! 我的心脏骤停,定神,凝望——,果真! 是! 天际仿佛响起钟鸣,潮浪澎湃,好像海神之子穿过波涛跃水而出!

学祈! 看! 夏曼!

我惊喜地轻叫。

可爱的学祈,把棒球帽一把推到脑后,把嘴角笑歪笑裂,挂到耳朵边上,跳起来喊:"老斯(师)!老斯(师)!"——这个大孩子如此欢乐,看到他敬爱的作家出水英姿,是不是庆幸自己赚到了更大?

不由分说,我举起相机就拍!

伟大的艺术家罗丹说过:美,是性格和表现。

眼前这一刻,夏曼·蓝波安就像出自罗丹之手的一尊黑色大理石雕像,刚刚被海洋粹炼过的神色和形态明显疲惫,但是峭拔、刚毅。紧身黑色潜水衣和帽子,包覆着他身体无处不在起伏的线条、刚刚激烈跳动过的肌肉和骨骼,以及仍在剧烈喘息的心脏。微躬的后背,是今天潜入海深几十公尺的收获——一网兜约十三公斤的深海之鱼,用网绳越过双肩和肋下,在结实的胸部交叉紧系。腰间束带上是潜于海下要用的各类零件,腋下夹着两只宽大的橡胶蛙鞋,手中的鱼枪,像来自中世纪的长矛,高两米半还多,线条锐利……——我拍,我拍,我拍拍拍,无礼就无礼吧,我迅捷地拍他被日光灼烫的黝黑,拍他被海浪搓刻成的海纹,拍他被海水之力压迫得浮肿的眼,湿漉漉脸上汗水海水淹浸的沙渍,兵士般的胡茬,贴在面颊一弯如鱼钩的鬈发;我拍他多虑的头颅,像被潮水摇撼的深思的眼睛……这是活动着的雕像,带着艰辛的泰然自若,劳累,孤独,野性,忧郁,从体内散发出内部之光、矿石之光,是一般渔夫所没有的,有令人生畏的庄严,这是太平洋的风和浪陶冶铸就的。

"今天我是从那边尖岬潜到这边断崖的。"晕红的黄昏敞照,喘息不平的海人,指着脚下海湾对我说。

"那有多少海里?"我忙着拍,忙着答,话一出口我就知道自己有多笨。我是慌不择言,只要能接上话,让我记录下这难得的时刻,随便怎么"修理"我都行。

果不其然,喘吁吁的海人讥讽地说:"那不是海里的问题,小姐!那是海流的问题,潮浪的问题,流速的问题,水温的问题,是……的问题!"

噢噢噢。修理吧,讥讽吧,我感动,我喜悦,我愿意听你滔滔不绝告诉我那些美丽的知识,那是你的领域,无人能敌。我很想伸手去托起他背上的渔网,或是帮着拿他的蛙鞋、鱼枪,但这时我的理性却不容许我有妇人之仁,我必须拍摄海底独夫在海天山崖孑孓孤行的身影,就让我问些白痴的问题吧!

"这根鱼枪是山上的树砍的吧?"我问。

"小姐! 不是树的问题,是木质的问题,是沉与不沉、直与不直、弯与不弯的问题!"

噢噢噢。

"这是男人鱼吧?"我问,这鱼身体有点扁,银黄色。

"这是小浪人鲹。"

"这是女人鱼吧?"身体比较秀气,石榴红色。

"这是鹦哥鱼,美人鱼。"

"这是小的鬼头刀鱼吧? 头有点方。"我再问。

"不是,它的名字汉语翻译不来。"

学祈也在猛拍。我们一路跟拍,到路口夏曼车前,海人迅速换下潜水服上衣,点上一根烟。

海人说:"这样,你们先回民宿休息,我回去刮鱼鳞。"

"我们也去。"我说。

夏曼沉吟了一下说:"好吧,苏老师你坐我的车,学祈你骑摩托车在后面跟着。"

这是一辆不算太旧的吉普,白色,锈迹斑斑,如同巴登将军的战车。于是我在海岛上和指挥官同登驾驶台前进。在车座后厢,是满载的新鲜战利品和海战的渔具。从后视镜可以看到学祈头戴钢盔,驾着摩托车嗵嗵嗵护卫随后。

斜阳这么好,琉璃的光线神采恍惚,薄紫微黄的暮霭下,渐渐黯淡了的金红已经转为炭炉余烬的深绛,浅朱色的丝缕,穿过赤褐琥珀的云层从车窗透进,照在渔人峭壁似的脸部,凹凸分明苍茫沉寂的轮廓。

"夏曼,请停车一下,"我请求说:"请允许我拍一张黄昏剪影的你。"

夏曼并不答话,他熄灭引擎,吸了一口烟,将古铜色的手臂搭到窗外,侧转头去,他的巴拿马式的帽檐下,就只有一根被霞晖勾勒的曲线,近似一笔速写。海波、落日、天上卷曲的朵朵云花,在他凛凛目光的远方闪亮。

四

归途路过山坡地,路过夏曼家的番薯田、芋头田。夏曼下车找太太,他钻进漫坡的葱茏青翠,在地垄山边叫着亲密爱人的名字,却是不见她的身影。于是夏曼从热带雨林的灌木丛里摘下一片硕大的阔叶,把它压在夫人停在路边的浅紫色的摩托车后座,以这样的方式告诉她,他已经找过她,他先回去了。在长草浩荡的天风中,这样醉人的细节,学祈学祈,怎么还不赶快拍!你不想多多赚到?我的相机是已经塞爆装不下了啦!

　　不知道都有谁看过夏曼杀鱼。

　　这不是杀鱼,这是庖丁解牛。——我激动地说。

　　将网里的鱼倾在水龙头下面放水冲洗,然后夏曼拖过小矮凳在离地面约30厘米高的案台上开始他的惯常工作。他先是把鱼鳞刮净,根据不同的鱼类,他有不同的运刀手法,依照鱼身不同的体型、体积、结构,不同的部位、肉质,采取不同的手法入刀。左掌微微穹隆,像握着提琴上的把位,松稳地拢住鱼身;右手,一把雪亮的匕首,好像天上月镰穿云,温和流利。斜入或直入,切或者划,平剖或逆推;刀锋旋、撇、挪、移,刀尖挑、剔、剜、刺……像是在琵琶的琴腹轻拢、慢捻、疾拨、快促……他的左手腕上,有一条小小的飞鱼刺青,有一只祖传的刻有达悟族图腾的银镯,伴着这双出神入化勤劳的手、细腻的手、温情灵巧又果决的手,依照鱼的生理纹路顺势拆解、解构,运刀自若,游刃有余。鱼,一条一条都被分解成三片,中间一片完整的鱼骨,两侧对称如梳篦,左右两片被分解的鱼肉光滑均匀,像打开的书本,在这书本上轻轻裁裂几条波纹,从鱼鳃部位穿一根绳,挂到木叉上沥干水,再刷上盐,粉嫩的鱼肉就像浪花一样翻了开来,再将玲珑干净的它们晾挂到长长的竹竿,夏曼家门前就平添了一串鱼形的编钟!这便是夏曼解鱼的美妙音律和节奏,整个一场行为艺术!

　　叹为观止。这一幕细节生动的行云流水,看得我目不暇接,感动,而且感伤。在现代快速便捷的都市,大家看起来衣冠楚楚,仿佛不染纤尘,但是我们失去了太多自然人的功能,失去了太多生活的原汁,我们是放在超市冷藏柜里脱了水的蔬菜,我们的生活失去生机,乏味又粗糙。而达悟族人的生活美学和哲学智慧,是在自然怀抱中领情、顺生、谐调。他们绝无粗鲁横虐的生劈硬宰。他们造舟、猎鱼,建屋,他们望海观天,他们听时序节令之命,感恩造物主所赐,收放有度,弃取有节,质朴的天性使谦逊温厚的他们懂得道法自然的生活艺术乃是万物生灵的共存之道。

难怪夏曼·蓝波安作品中的生态书写如此有情义,因他和自然之间不是主体对客体的描画,不是物我相峙的打量,更不是征服者的胜利(如海明威《老人与海》),而是,他就是鱼,鱼就是他;他就是海,海就是彼,就是他血脉的自然流动,庄周梦蝶,物我两忘,所以他的文字有着难以剥离的人魂与自然之魂息息交融的韵味。

<h1 style="text-align:center">五</h1>

青蓝色的夜幕升起了,晚餐开动。

夏曼·蓝波安的夫人施凯珍煮好她从地里挖来的番薯和芋头,煮好她的爱人猎获的鲜鱼,还有加菌菇熬的浓汤,拌好色拉,热情待客。

举筷踌躇,我内心惶愧:这不是食物,这是我在古老的达悟族部落领受在地生灵的情意,是我捧食渔人用粗粝双手和辛劳汗水换来的甜蜜。我带着都市烙印来此贸然叨扰,轻言"谢谢"二字又怎能表达我的心情?奉上携来的大陆美酒和香茶,让我谦诚地敬你们吧。

阿珍这么开朗、健美、敏慧,出乎学祈和我的想象。她挽着浣洗后芳香的乌黑头发,穿一件杏黄宽松的衣衫,丰美的身材和满脸笑意,像极了热带熟透的鲜艳果实。席间夏曼不断接到电话和简讯,有工作上的,有粉丝的,有柔细的女声请教的,阿珍笑说:"部落的人问我:你都不会担心你男人吗? 我说,我家老人这把年纪了,还这么有魅力,这是我的福分哩。我要是担心,不会吃这么胖,不会有这么多笑在脸上,我不会过得这么嗨!"她的语言生动自信,比夏曼有亲和力,因为她直率,夏曼含蓄。

阿珍说,刚从台北回兰屿那几年,夏曼真的很疯狂,每天都要去潜海。"我们家那时真的很困难,除了长辈,我们五个人都挤在一张床上睡。他每天往海里钻,妈妈藏起他的鱼枪,他到处找,找不到把一块玻璃都砸掉。我会骂他说,去台北赚钱啦,孩子要长大要用啦。可是,还有一个心念,是不想他那么疯狂,会出事!我们部落大家彼此熟悉,你有几根头发人人都知道,我不要人家说我,就为了家里有鱼吃,把自己男人逼到海里去冒险!所以我会说,不要整天想你的烂梦想啦！可是，"阿珍莞尔一笑说，"可是，只要看到他回家，看到他的鱼，我就又融化啦。"

我也被你融化了，阿珍。让我也来说故事。

我说："阿珍，知道你家先生有多酷吗？"于是我讲了"无声的枪击事件"。

阿珍甜蜜地笑说："哦，他真的很严肃哩。"

夏曼说："对不起，苏老师，我真的不知道也不记得。"

我说，是我要感激你。你的怒目使我反省。我不是一个庸俗无聊的人，但是，为什么那种场合我会忘记尊重他人？我又在想，为什么与会者在镜头前几乎都笑，甚至摆个 poss，唯独你不屑于外部的关注和印象，并且对侵犯者回击无情的蔑视？真的，好多年，我一直在想，为什么我会那么自以为是、理所当然？是我的优越感吗？是主流族群无意识的悠然自若吗？难道这种轻松快乐的侵扰，不是潜意识的傲慢吗？你叫我老师，令我自惭形秽，无地自容。

我继续说，我想过，如果我也是边缘地区，边缘族群，一个另类的边缘人，我也是一个不愿被同质的现代文明驯服的人，我大概也会有你那样的眼神。因为，即使在泱泱大汉的族群中，强凌弱、众暴寡的现实也是比比皆是。我憎恨人类的邪恶和诡异，但是，这个地球上的平等、博爱、自由是这么稀少，理想国在哪里？只能靠每一个个体来觉悟和努力吧？

夏曼说："苏姐，来，喝一杯。"

阿珍说："你们两个是灵魂一样的人。"

谢谢，阿珍，惭愧你这样说，但是，我真的谢谢你。

垂下眼睑，我挟起香甜的番薯和鲜美的鱼肉，细细咀嚼。然而，说实在话，内心温热使我食不知味。

席间我曾走出他们家，到门前的海滩散步，看见夏曼打造的拼版舟斜靠在沙岸的斜坡上，像皎洁的一弯月牙。桨板搁在桨架上休息，很闲逸。在过去数月，它已经用够了力气，飞鱼季已过，要到明年 4 月，它才会再度出航去狩猎有黑色翅膀的海中飞鸟吧？

兰屿之夜，海风海浪海的气息，海的语言、海的食物、海的眼神、海的默语、海的星。还有，海的仁慈。

六

晚餐后,学祈载我穿过海岛潮湿的夜气返回民宿,香茅草的沁芬浸透全身。这天晚上,漫天星光粼粼漾动。夜半,我开门出去站在长廊上看青灰色的海。夜更深,狂风呼啸,暴雨如注,飓风不邀而至,我再次开门去看沧海的动荡。到了清晨,风平浪静,不知名的鸟将我叫醒,珊瑚色的窗外,朝霞迤逦如少女的衣裙。

我们今天环岛而行。除了蓝得不像话的海,除了精灵古怪的礁岩,我们看到了那座核废料储存站,恶灵一样盘踞在秀姿妙曼的海岸。看到年代久远的一尊蒋介石胸像,立在一群山羊和一堆羊粪中间。

在东清部落,在学祈认识的"三姐妹的店"我们停下,在门前高敞迎风的凉亭席地而坐。我们看海,只是看海,海的蓝不可思议,洋面上有不同色调的蓝色潮流带,有深蓝、暗蓝、宝石蓝、孔雀蓝、矢车菊的蓝,还有紫色的薰衣草那样的蓝,令我双眼迷蒙。海的感情这么丰富强烈,饱满到不能成为燃烧的火焰,只能成为流动不息的水体,那个"烈"字不是被火笼罩的,而是以四海之水为深渊的,不是吗? 海风轻轻,同意我的想法。身边有人低低吟唱起来,是一位达悟族的年轻牧师抱着吉他,随意弹拨。来了两个日本女孩子。又来了三个台北女孩子。又来了一个清秀气质与学祈相仿的男青年。大家偶然低声交谈两句,都怕尘世的响动惊扰大海的美丽。学祈去拿来一盘豆荚帮店主剥豆,一个清妙可人的少女靠近他盘腿坐下,她小小声说:"我也帮你好吗?"学祈颔首,两颗青春的头低伏在一盆碧绿的青豆上,四手连弹,在温柔的海湾,好美好美。牧师悠然地望着大海,他柔和的双眸漆黑,并没有艰困的影子,丰厚的双唇却唱着些忧伤的歌。这吟唱中有蓝调的深切郁涩,但是没有蓝调的狂野揪喊,这是否是达悟族的基调? 学祈的来光姐给我们端来刚刚烤好的饼,新鲜芋头和番薯制作的饼,土洋结合的法式的"派",一紫,一橙,双味,热的,实在美味。这时郭枫从台北打来电话,他说,怎样? 兰屿美吧? 我无言以表,只把手机靠近牧师,让海浪伴奏的琴声传递到大海那边的台北去。

下午,当强烈的日光开始柔软泛红,而我们得知夏曼·蓝波安又下海了,我便催促学祈再度来到青青草原,在酒意朦胧的夕辉中我们如期等待。是的,那个有些沧桑的顽强身影又从海里钻出来了。

汗水和海水混合,夏曼·蓝波安今天显得比昨天更疲惫些,他说,今天射到这尾,鱼枪的钩断了,只好提前上岸了。

好美的一条蓝鳍的鹦哥鱼哦,蓝中带绿,嘴唇也是蓝,好像涂了一圈滋润透亮的蓝色唇膏,它的胸部被鱼枪当心穿过。

学祈捧上矿泉水:"老斯(师),喝水,苏阿姨准备的。"

在茅草丛长长的阴影下,我们就地坐在石埂上略事休息。夏曼问:"苏姐,你为什么要来兰屿?"

"我为什么要来兰屿?"我低声重复。

"对,你为什么要来兰屿?"

这时,一个清爽文雅的高个子青年骑着机车来与我们会聚,他是台湾大学地理所的高才生,对兰屿的地质感兴趣,来岛上勘察,碰到夏曼·蓝波安,改变人生轨迹,留在岛上,和夏曼一起成立了"岛屿民族科学工作坊",是个不同流俗的青年。此刻,他们三个,六只眼睛,三颗有想法的头脑,都在等我回答:你为什么要来兰屿?

是啊,为什么?

我的家在大海的那边的那边,是金陵繁盛地,故国春秋场。我每年一半时间在南京,一半时间在台北。在远方那座浸透了历史旧迹的石头城,千里澄江似练,在此黄昏将临之际,征帆望尽,背西风酒旗斜矗。世界最长的古老城墙二十五公里,将山水城林联成一气,江南的柔媚和江北的豪迈熔于一炉。梁武帝的佛,李煜的愁,凤凰台,阅江楼,数不胜数。还有曹家江宁织造府,金陵刻经处,朱元璋操练水兵的玄武湖,以及秦淮河的酒绿灯红,竹林七贤的放逸,儒林外史的荒诞,乌衣巷口的燕,桃叶渡的柳……那里,春来江水绿如蓝,美人如花,才子如云,典籍如山,冠盖多如过江之鲫……

为什么我要飞越关山瀚海前来兰屿?

轰隆隆隆,公路上开来一串摩托长队,少说也有十来辆。是当地达悟族,每人载着一位游客环岛前进。领头的汉子精神奕奕,四十来岁吧,钢盔下面饱满的黑红色脸膛,看见我们几个,他停了车,他向我笑着大声说:"他!夏曼·蓝波安!

是我们兰屿的骄傲!"轰隆隆隆,像机械化部队,他们忽地一下开远去了。

我对夏曼说,为什么要来兰屿吗?因为我想写你。

仨考官全部首肯,好像看到了考生最正确的答案。

"明天我就回去了,"我说,"晚上,我请阿珍和大家一起来'好望角餐厅'用餐,好吗?"

七

该怎样感谢文学呢?我是指优秀的文学。

因为文学,渺小的个体才有可能阅读古今中外伟大作家的心灵,感染高贵的思想质量,美的气度,丰富的情感,以及对世间万象洞悉入微的智慧,从而助推我们综合各种因素建构起自己的精神世界。

我常常在夜半醒来时,看见穿帘而入的月光照在一页心爱的书上,那空灵的一刻,是肖邦夜曲,足以使我抵抗现实生活琐屑的烦恼。我痴想,那是一种报偿。是上天赐我宁馨之泉,是自然的拥抱,给我温暖和抚慰,让我保持洁净和柔软,给我的生命注入诗意。

一个人,有没有内心的诗行是可以嗅出来的。一个人的书写则更是无可隐藏其人格和品位。

现在写作的人很多,但可惜,并不是每本书都和文学有关。

在写作成为资本社会一项可以营利的商品之后,当代创作真是繁荣昌盛,——政治、历史、经济、文化、教育、战争、种族、性、社会、成功宝典,等等等等,全方位覆盖式的书写堆山积海。

眼花缭乱中,我看见一颗美好的星闪耀在西太平洋一个原初小岛上。他的文字,让我看见了尊贵的灵魂,而不是理念和技巧,更不是资料。他的书写,对鲜少为人所了解的水下海洋世界展现出情感相通的细腻文采,更有几乎失传了的古典文学气质,尤其宝贵的是人道主义精神。他写的是边缘地域、边缘人、边缘的习俗传统,但是他要表达的内核却是普世的、广义的、当今亟须正视的世界领域的问题：民族尊严,文化认同,人与自然的关系,人的移动概念,当然还有自由平等博爱,还有大胆的梦想,浪漫激情……

我尤为喜欢他的《老海人》。

达喀尔安,洛马比克,安洛米恩,真是写得太好了。

他对这些"浪子"、"神经病"、"孤绝汉"……倾注了温厚的情感。以含蓄深沉的平稳音色弹奏他们泪滴中的微笑,艰涩中的洒脱,轻喜剧般的幽默。书写他们的善良,苦闷,温婉,吞咽。叙述他们在海里坚毅的身姿,谦逊的礼仪,描画他们卑微的处境但是傲然不羁的尊严,同情他们被现实的残忍撕扯得只剩下辛酸的温暖往事。

在他的眼中,这些宁可做"零分先生"的优质的"神经病",远胜过劣质的正常人。何谓优? 何谓劣? 他在这里明显地与同质化的、淹没个性的"教化主义"对抗。他否定价值同化的无情无义,抵御刻板枯燥的皮面的生活价值,宁可做"野蛮"人,也不要被强势霸道的"文明"驯服;宁可破败残缺,宁可独孤终老,也不要什么体面、虚荣,不要心意不通的人群的慰藉。

如此"凶悍"的热能,好像地底沸滚的岩浆。这样充沛的元气,我们只在毕加索画的公牛和聂鲁达的炙热诗行中见到过。这就是他在"无声的枪击事件"中那双复杂眼神的底色! 只是,因为时代不同未有硝烟,而且,不能不承认,孤悬大海与世疏离的渔耕生存状态必然会产生的隔离感,所以,他的热力不是穿透性的、杀伤式的,而是渗透的、浸染的、含蓄并且忧伤。古老的达悟族如歌的语言和歌谣,更使他的书写增添了苍凉咏叹的气质。何去何从? 归顺? 抑或突围? 面对外来暴虐——核废料入侵等等,抵抗之后换来的是更加隐蔽的手段,奈何? 古老的家园无可避免地变质变味了,而且时代在变,达悟族的新生代已经熟练地切入了外部世界的现代机制,带来不错的利益。作家忧郁无解,他并不想找出答案,他把目光投向那些孤影身残的海人,因为他和他们一样感伤。他懂得这些海人把现实得失都已放下,只要海,只要有海,他们的魂魄就有了家。纵使只有一条丁字裤,只有几根劳损严重的伤骨,只要能潜身入海,这世上一切的苦痛羞辱愤恨和渴想就都被海洋包裹了、承载了、碾碎了。海,看过他们的泪泣,听过他们的呐喊,接受过他们疯狂的拍击,陪着他们心碎,他们是海的忠诚的儿子,是海的爱子,是海神之子。在海里,没有贵贱高低之分,没有美丑贫富之别,只有淬炼和抚爱。——这样的人生,是自然、自由、自在之身,是自爱、自谦、自强之身。海,是他们的人间天堂,是他们的圣殿,海是他们最敬重和依赖的所在。

他的文学就在这样的心理激荡中同步弹跳。倾情于海——这是他热恋的神秘去处。不过他的海有两个：自然的和文学的。他在这两处绮丽的洋潮里沉潜，为躁郁不安的血液和心纹寻求平复，寻找宁静。所以，他那些写海洋的文字，世称所谓的"海洋文学"，在我看来，其实质，其根本，就是达悟族人的心魂、心事、心史。无论你写潜水多深，无论你写旅航多远，都是在折射水面之上岛人内心飘忽不定的光焰。

文学只是人学，没有专属区域可分，它是普世的，它的须爪麟角无一不在刺触人心的柔壁。世界上动人的创作莫不是因为爱，这些深情的篇章，就是他对弱势阶层和倔傲灵魂悲怆刻骨的爱。美丽的爱。也是对人类不可逆袭命运的叹惜。

如果说，我为此感动，我不远万里而来，这样的回答，你满意吗？

我确实想实地看看野性未驯的实境。我还没有见到过一个知识分子能够不屑于登堂入庙，能够不屑于体面斯文的文人腔调，而以一个普通劳动者的身份，在自己的部落身体力行生活的美学与劳获，让自己的体格被烈日烙成钢锭，被海水浸逼出血汗，让自己的文字绝不出让母体的味道。

为什么来兰屿？海底独夫，这才是我的真实答案！

八

夜色湛蓝，满天都是星星快乐的眼睛，我和学祈在"好望角餐厅"恭候。

七点整，夏曼·蓝波安载着阿珍与年轻的地质先生一起到来。谢谢阿珍的盛情，穿着橘红色的洋装，一根缎带将马尾束在脑后，薄薄地涂了一点唇红，很明艳。夏曼·蓝波安曾经把一本书献给他的家人，他在序言中写道："当然更要感激我孩子们的母亲，在我灵魂先前的肉身度往生后，是她认真地经营儿子的田产，常常孤守我们兰屿的家屋，而遗忘了化妆，而我也时常遗忘买保养品给她……"朴素真挚的言辞，向甘苦与共的妻子表达深深感激。

我和阿珍亲热地拥抱。我说："阿珍，我不知何时再能看到你了，回台北之后，我很快就要回南京去了，希望你今后来南京玩啊。"郭枫也从台北打来电话，和夏曼互致问候。夏曼对着手机跟他说："您明年来吧，我下海给您抓鱼吃。"年轻的地质先生则给我看他捏的陶偶。我真想留下来和他一起从上山挖泥开始学习做陶人儿。我说:"我前几年都在景德镇做瓷器呢,我会做呢。"他们望着我,都不接话,是啊,景德镇在哪儿啊? 而且,我就要走了,还谈什么烧窑捏土做陶人的事!

还是谈文学吧,海潮哗——哗——,夏末初秋的海风有点绵,有点凉。

我讲吉尔吉斯斯坦的著名作家艾特马托夫,讲他用母语写的成名之作《查米莉娅》的故事。夏曼讲马尔克斯,讲他的短篇《礼拜二下午的午睡时刻》的故事。

时间过得好快,终于,把夏曼今天抓的鱼又吃完了,别的菜也盘子净光,西瓜也不剩一片,虽然杯中还有残酒,但是,"是时候了,主啊,夏日曾经很盛大,把你的阴影落在日晷上,让秋风刮过田野……",我脑海里忽然冒出里尔克的诗。是告辞的时候了。多谢,阿珍,你上山流汗得来的芋头。多谢,海人,你潜浮海洋射来的鲜鱼。多谢,地质先生,你挖坑捏泥得来的陶人。不多打扰了。

我起身告辞,复又回头对夏曼说:"我关心的是,你还能走多远?"望着他的眼睛,我又说:"我是想问,你的路能走多远?"

夏曼脸上浮出最恬适的笑容,好像这是他毋庸置疑的幸福,他安和地回答说:

"走到我生命的尽头。"

!!!

和阿珍相互挥手,头也不回,我们走下"好望角"。

返回我们名叫"蓝色飞鱼"的民宿,从我屋外的长廊面海望去,大海靛蓝幽邃,微波轻拍沙岸,似乎很宁静。

"学祈,你看那是什么?"我指着海天连接处一瓣蔷薇色的光体说:"那是不是月?"

学祈在他的房门前说:"对哦,是耶,我查一下,嗯,今天是农历八月初六。"

是上旬月。我心里说。难以置信海上落月竟然如春花娇艳,它又像一尾沉鱼,漾着胭脂的羞涩,缓缓贴近水纹,躬身,倏忽消失,没进海中不见了。辽阔的海,温柔沉静,好似汪汪一片蓝色雪野,好似从古至今什么都不曾出现过。

九

第二天上午,因为贪拍兰屿景色,我们几乎误了返航的渔轮。慌慌忙忙赶到码头,船在鸣笛,踏板已经抽掉,我们奋身跳进舱内。这时,雨水突然倾落,晶莹的颗粒冲刷舱窗玻璃,隔着流动的珠帘外望,青青兰屿姗姗浮移。再见了,我轻声嗫嚅。船行巴士海峡,亿万微浪的蔚蓝洋面,忽然腾空跳起三条一米多长的美丽海豚,与船平行,在我左侧舷外飞掠而过,引起半船人惊呼。是海洋送礼给我,是海洋送别于我吧? 我在心里细语。

兰屿的秀丽身影终于渐去渐远,渐远渐小,成了远方浪涛里的一朵青翠。温柔海洋的蓝色绸缎滟滟流波,千里万里,巴士海峡的风迎面吹来,飘旋起我的头发——
"你为什么来兰屿?"耳畔又响起这句话。
还需要回答吗?

我想,也许,到我再老些,老得再多些,老得我苍苍白发漫过肩胛披拂轮椅,学祈陪我会再来兰屿,重去那一片青青草原,在夕阳妩媚如酒的丹霞中,再一次与海神之子不期而遇。即便那时的夏曼·蓝波安已经名满天下,拿了大奖,得了什么勋章,已经在世界文坛获得了令人敬仰的地位……在我,只希望看到一个无须桂冠装点的真人,一个不改本色的达悟勇士,他披着海水的盔甲,肩背渔网,手持古风依旧的长矛鱼枪,爬上礁岸和陡坡,在无边蔚蓝中耸立如崖,喘息,疲惫,孤独,深邃,还有不必言传的真诚,和故友重逢。

如果是那样,那就不只是电影剧本中的一个场景。
如果是那样,兰屿的骄傲就不会失去高贵的气质。
如果是那样,我们的文学作品就会超越文本的议题,超越书肆、文苑、沙龙、学府的咀嚼,而是关注呼吸和血脉的律动。我们的作家就跃扑于生活的无限生机之中,是自然万物中的活体,而不是只有头衔荣耀的名片式的外部符号。
如果是那样——
那是多么嵯峨的生命,是多么浪漫的真实诗篇!

(苏叶:作家)

教育部哲学社会科学研究重大课题攻关项目"中国当代文学批评史"阶段成果

下卷

刘云虹 何宁 吴俊 主编

南京大学
"文学跨学科国际合作研究"
论文集

南京大学出版社

目 录

上 编

中　编

下 编

中编

一个写作者的世界文学经验

李　洱

　　1985年暑假,我带着一本《百年孤独》从上海返回中原老家。它奇异的叙述方式一方面引起我强烈的兴趣,另一方面又使我昏昏欲睡。在返乡的硬座车厢里,我再一次将它打开,再一次从开头读起。马贡多村边的那条清澈的河流,河心的那些有如史前动物留下的巨蛋似的卵石,给人一种天地初开的清新之感。用埃利蒂斯的话来说,仿佛有一只鸟,站在时间的零点,用它的红喙散发着它的香甜。

　　但马尔克斯叙述的速度是如此之快,有如飓风将尘土吹成天上的云团:他很快就把吉卜赛人带进了村子,各种现代化设施迅疾布满了大街小巷,民族国家的神话与后殖民理论转眼间就展开了一场拉锯战。《裸者与死者》的作者梅勒曾经感叹,他费了几十页的笔墨才让尼罗河拐了一个弯,而马尔克斯只用一段文字就可以写出一个家族的兴衰,并且让它的子嗣长上了尾巴。这样一种写法,与《金瓶梅》《红楼梦》所构筑的中国式的家族小说显然迥然不同。在中国小说中,我们要经过多少回廊才能抵达潘金莲的卧室,要有多少儿女情长的铺垫才能看见林黛玉葬花的一幕。当时我并不知道,一场文学上的"寻根革命"因为这本书的启发正在酝酿,并在当年稍晚一些时候蔚成大观。

　　捧读着《百年孤独》,窗外是细雨霏霏的南方水乡,我再次感到了昏昏欲睡。我被马尔克斯的速度拖垮了,被那些需要换上第二口气才能读完的长句子累倒了。多少天以后,当我读到韩少功的《爸爸爸》的时候,我甚至觉得它比《百年孤独》还要好看,那是因为韩少功的句子很短,速度很慢,掺杂了东方的智慧。可能正是由于这个原因,当时有些最激进的批评家甚至认为,《爸爸爸》可以与《百年孤独》比肩,如果稍矮了一头,那也只是因为《爸爸爸》是个中篇小说。我还记得,芝加哥大学的李欧梵先生来华东师范大学演讲的时候,有些批评家就是这么提问的。李欧梵先生的回答非常干脆,他说,不,它们还不能相提并论。如果《百年孤独》是受《爸爸爸》的影响写出来的,那就可以说《爸爸爸》足以和《百年孤独》比肩。这个回答非常吊诡,我记得台下一片叹息。

我的老家济源,常使我想起《百年孤独》开头时提到的场景。在我家祖居的村边有一条名叫沁水的河流,"沁园春"这个词牌名就来自这条河流,河心的那些巨石当然也如同史前动物的蛋。每年夏天涨水的时候,河面上就会有成群的牲畜和人的尸体。那些牲畜被排空的浊浪抛起,仿佛又恢复了它的灵性,奔腾于波峰浪谷。而那些死人也常常突然站起,仿佛正在水田里劳作。这与"沁园春"这个词牌所包含的意境自然南辕北辙。我在中国的小说中并没有看到过关于此类情景的描述,也就是说,我从《百年孤独》中找到了类似的经验。我还必须提到"济源"这个地名。济水,曾经是与黄河、长江、淮河并列的四条大河之一,史称"四渎",即从发源到入海,激溅万里,自成一体。济源就是济水的发源地,但它现在已经干涸,在它的源头只剩下一条窄窄的臭水沟,一丛蒲公英就可以从河的这一岸蔓延到另一岸。站在一条已经消失了的河流的源头,当年百舸争流、渔歌唱晚的景象真是比梦幻还要虚幻,一个初学写作者紧蹙的眉头仿佛在表示他有话要说。事实上,在漫长的假期里,我真的雄心勃勃地以《百年孤独》为摹本,写下了几万字的小说。我虚构了一支船队顺河漂流,它穿越时空,从宋朝一直来到80年代,有如我后来在卡尔维诺的一篇小说《恐龙》看到的,一只恐龙穿越时空,穿越那么多的平原和山谷,径直来到20世纪的一个小火车站。但这样一篇小说,却因为我祖父的话而有始无终了。

假期的一个午后,我的祖父来找我谈心,他手中拿着一本书。他把那本书轻轻地放到床头,然后问我这本书是从哪里搞到的。就是那本《百年孤独》。我说是从图书馆借来的。我还告诉他,我正要模仿它写一部小说。我的祖父立即大惊失色。这位延安时期的马列学员,到了老年仍然记得很多英文和俄文单词的老人,此刻脸涨得通红,在房间里不停地踱着步子。他告诉我,他已经看完了这本书,而且看了两遍。我问他写得好不好,他说,写得太好了,这个人好像来过中国,这本书简直就是为中国人写的。但是随后他又告诉我,这个作家幸好是个外国人,他若是生为中国人,肯定是个大右派,因为他天生长有反骨,站在组织的对立面;如果他生活在延安,他就要比托派还要托派。"延安""托派""马尔克斯""诺贝尔文学奖""反骨""组织",当你把这些词串到一起的时候,一种魔幻现实主义的味道就像芥末一样直呛鼻子了。"把你爸爸叫来。"他对我说。我的父亲来到的时候,我的祖父把他刚才说过的话重新讲了一遍。我父亲将信将疑地拿起那本书翻了起来,但他拿起来就没有放下,很快就津津有味地看了进去。我父亲与知青作家同龄,早年也写过几篇小说,丰富的生活一定使他从中看到了更多的经验,也就是说,在他读那本书的时候,他是身心俱往的,并且像祖父一样目夺神移。不像我,因为经验的欠缺,注意的只是文学技巧和叙述方式。我的祖父对我父亲的不置一词显然非常恼火。祖父几乎吼了起来,他对我父亲说:"他竟然还要摹仿人家写小说,太吓人了。他要敢写这样一部小说,咱们全家都不得安宁,都要跟着他倒大霉了。"

祖父将那本书没收了,并顺手带走了我刚写下的几页小说。第二天,祖父对我说:"你写的小说我看了,跟人家没法比。不过,这也好,它不会惹是生非。"我的爷爷呀,你可知道,这是我迄今为止听到的对我的小说最为恶劣的评价?祖父又说:"尽管这样,你还是换个东西写吧。比如,你可以写写发大水的时候,人们是怎样顶着太阳维修河堤的。"我当然不可能写那样的小说,因为就我所知,在洪水漫过堤坝的那一刻,人们纷纷抱头鼠窜。当然,有些事情我倒是很想写一写的,那就是洪水过去之后,天上乱云飞渡,地上烂泥腥臭,河滩上的尸体在烈日下会发出沉闷的爆炸声,不是"轰"的一声响,而是带着很长的尾音,"噗——"。奥登在一首诗里说,这是世界毁灭的真实方式:它不是"砰"的一声,而是"噗——"。两年以后,我的祖父去世了。我记得合上棺盖之前,我父亲把一个黄河牌收音机放了祖父的耳边。从家里到山间墓地,收音机里一直在播放党的十三大即将召开的消息,农民们挥汗如雨要用秋天的果实向十三大献礼,工人们夜以继日战斗在井架旁边为祖国建设提供新鲜血液。广播员激昂的声音伴奏着乐曲穿过棺材在崎岖的山路上播散,与林中乌鸦呱呱乱叫的声音相起伏——这一切,多么像是小说里的情景,它甚至使我可耻地忘记了哭泣。但是二十年过去了,关于这些场景,我至今没写过一个字。当各种真实的变革在谎言的掩饰下悄悄进行的时候,我的注意力慢慢集中到另外的方面。但我想,或许有那么一天,我会写下这一切,将它献给沉睡中的祖父。而墓穴中的祖父,会像马尔克斯曾经描述过的那样,头发和指甲还在生长吗?

据说马尔克斯不管走到哪里都要带上博尔赫斯的小说。马尔克斯是用文学介入现实的代表,而博尔赫斯是用文学逃避现实的象征。但无论是介入还是逃避,他们和现实的紧张关系都是昭然若揭的。在这一点上,中国读书界或许存在着普遍的误读。马尔克斯和博尔赫斯,对20世纪80年中期以后的中国文学产生了巨大的影响。对知青文学和稍后的先锋文学来说,它们是两尊现代和后现代之神。但这种影响主要是叙述技巧上的。就像用麦芽糖吹糖人似的,对他们的模仿使"85 新潮"以后的中国小说迅速成形,为后来的小说提供了较为稳固的"物质基础"。但令人遗憾的是,马尔克斯和博尔赫斯与现实的紧张关系,即他们作品中的那种反抗性,并没有在模仿者的作品中得到充分的表现。

当博尔赫斯说,玫瑰就存在于玫瑰的字母之内,而尼罗河就在这个词语里滚滚流淌的时候,"玫瑰"就在舟楫上开放。而说博尔赫斯的小说具有反抗性,这似乎让人难以理解,但是,那一尘不染的文字未尝不是出于对现实的拒绝和反抗,那精心构筑的迷宫未尝不是出于对现实的绝望,它是否定的启示,是从迷宫的窗户中伸向黑夜的一只手,是薄暮中从一炷香的顶端袅袅升起的烟雾。也就是说,在博尔赫斯笔下,"玫瑰"这个词语如同里尔克的墓志铭里所提到的那样,是"纯粹的矛盾",是用介入的形式逃避,用逃避的形式介入。这也就可以理解,博尔赫斯为什么向往边界生活?经常在博尔赫斯的玫瑰街角出现的,为什么会是捉对厮杀的硬汉?硬汉手中舞动的,为什么会是带着血槽的匕首?我非常喜欢的诗人帕斯也曾说过,"博尔赫斯以炉火纯青的技巧,清晰明白的结构对拉丁美洲的分散、暴力和动乱提出了强烈的谴责"。如果博尔赫斯的小说是当代文学史上的第一只陶罐,那么它本来也是用来装粮食的,但后来者往往把这只陶罐当成了纯粹的手工艺品。还是帕斯说得最好,他说一个伟大的诗人必须让我们记住,我们是弓手,是箭,同时也是靶子,而博尔赫斯就是这样一个伟大的诗人。

我曾经是博尔赫斯的忠实信徒,并模仿博尔赫斯写过一些小说。除了一篇小说,别的都没能发表出来,它们大概早已被编辑们扔进了废纸篓。虽然后来的写作与博尔赫斯几乎没有更多的关系,但我还是乐于承认自己从博尔赫斯的小说里学到了一些基本的小说技巧。对初学写作者来说,博尔赫斯有可能为你铺就一条光明大道,他朴实而奇崛的写作风格,他那极强的属于小说的逻辑思维能力,都可以增加你对小说的认识,并使你的语言尽可能的简洁有力,故事尽可能的有条不紊。但是,对于没有博尔赫斯那样的智力的人来说,他的成功也可能为你设下一个万劫不复的陷阱,使你在误读他的同时放弃跟当代复杂的精神生活的联系,在行动和玄想之间不由自主地选择不着边际的玄想,从而使你成为一个不伦不类的人。我有时候想,博尔赫斯其实是不可模仿的,博尔赫斯只有一个。你读了他的书,然后离开,只是偶尔回头再看他一眼,就是对他最大的尊重。我还时常想起,在 1986 年秋天发生的一件小事。中国先锋派作家代表人物马原先生来上海讲课。当时,我还是一个在校学生,我小心翼翼地向马原先生提了一个问题,问博尔赫斯在何种程度上影响了他的写作,他对博尔赫斯的小说有着怎样的看法。我记得马原先生说,他从来没有听说过博尔赫斯这个人。当时小说家格非先生已经留校任教,他在几天之后对我说,马原在课下承认自己说了谎。或许在那个时候,博览群书的马原先生已经意识到,博尔赫斯有可能是一个巨大的陷阱?

韩少功先生翻译的《生命中不能承受之轻》在相当长时间里曾经是文学青年的必读书。但时过境迁,我已经不再喜欢米兰·昆德拉的饶舌和洋洋自得,因为我从他的饶舌与洋洋自得之中读出了那么一些——我干脆直说了吧,读出了一些轻佻。在以消极自由的名义下,与其说"轻"是不可承受的,不如说是乐于承受的。而在"重"的那一面,你从他的小说中甚至可以读出某种"感恩",那是欢乐的空前释放,有如穿短裙的姑娘吃了摇头丸之后在街边摇头摆尾——与其相关,我甚至在昆德拉的小说中读出了某种"女里女气"的味道。更重要的是,所谓的"道德延期审判"甚至有可能给类似语境中的写作者提供了某种巧妙的说辞,一种美妙的陈词滥调。

但我仍然对昆德拉保留着某种敬意。经由韩少功先生,昆德拉在中国的及时出现,确实提醒中国作家关注自身的语境问题。如果考虑那个时候的中国作家正丢车保卒般地学习罗伯·格里耶和博尔赫斯的形式迷宫,即如何把罗伯·格里耶对物象的描写转变为单纯的不及物动词,把隐藏在博尔赫斯的"玫瑰"那个词当中的尼罗河那滚滚波涛转变为寸草不生的水泥迷宫,我们就有必要对昆德拉的出现表示感激。而且据我所知,关于"个人真实性"的问题,即便在此之前有过哲学上的讨论,那也仅仅是在哲学领域悄悄进行,与文学和社会学没有更多的关联。因为昆德拉的出现,个人真实性及其必要的限度问题,才在中国有了公共空间之内的讨论、交流和文学表达的可能。

昆德拉还是一个重要的跳板,一个重要的跷跷板。他的同胞哈韦尔经由崔卫平女士的翻译在稍晚一些时候进入中国读者的视域。当然,哈韦尔在1989年的"天鹅绒革命"中的粉墨登场——如同约瑟夫·K进入了城堡、戈多突然出现在了流浪汉面前——也加速了他在中国的传播。虽然伊凡·克里玛说过"政治"一直是哈韦尔激情的重心,但我并不认为哈韦尔在此之前的写作、演讲和被审讯,是围绕着那个重心翩翩而起的天鹅舞。我读过能找到的哈韦尔的所有作品,他的随笔和戏剧。与贝克特等人的戏剧相比,他的戏剧的原创性自然要大打折扣,但我感兴趣的是他对特殊的语境的辨析能力,以及辨析之后思想的行动能力。在失去发展的原动力而只是以僵硬的惯性向前滑动的后极权制度下,恐怕很少有人能像哈韦尔那样如此集中地体会到生活的荒诞性。

吃盐不成,不吃盐也不成;走快了要出汗,走慢了要着凉;招供是一种背叛,不招供却意味着更多的牺牲——这是自加缪的《正义者》问世以来,文学经验的一个隐蔽传统。哈韦尔自然深知其味。人性的脆弱、体制的谎言性质以及反抗的无能,共同酿就了那杯窖藏多年的慢性毒酒——更多的时候,人们有如身处埃舍尔绘画中的楼梯而不能自拔。哈韦尔品尝到了这杯慢性毒酒的滋味。他并没有因为上帝发笑就停止思索,也没有因为自己发笑就再次宣布上帝死了。他致力于像刺穿脓包似的穿透其中的荒诞感,并坚持使用正常和严肃的方式来对待这个世界。然而,令人感到奇怪的是,昆德拉的小说可以在中国大行其道,并塞满出版商的腰包,但一个以正常和严肃的行为方式对待世界的哈韦尔却只能以"地下"的方式传播。我知道许多人会说这是因为哈韦尔后来在世俗意义上的"成功"使然,但我们不妨换个方式来思考这个问题:对一个越来越不严肃的时代来说,严肃的思维和行为方式仿佛就是不赦之罪。

卡夫卡与荒诞派戏剧所造就的文学经验,在哈韦尔的随笔和戏剧中得到了传承。对后来的写作者来说,哈韦尔其实开辟了另外一条道路,即对复杂语境中的日常生活事实的精妙分析。路边的标语牌,水果店老板门前的条幅,啤酒店老板的絮语,这些日常生活中常见的景象,都成了哈韦尔表达和分析的对象。当恐惧成为悬在人们头上的达摩克利斯之剑,公众的注意力就会集中在水果、蔬菜等消费品上面,公众的道德水准就会降低到"生物学的蔬菜的水平"。哈韦尔提请我们注意店前的那幅标语牌,上面写的往往是不着边际的主流话语,是一种指向乌托邦的不切实际的宏大叙事,而水果店的老板和前来购买美国苹果的人,谁都不会朝这条标语多看一眼。当一种约定俗成的虚假社会规范或者说"潜规则"大行其道的时候,个人生活的真实性就被吸尘器抽空了。

哈韦尔的文字只要能看到的,我几乎都喜欢。这并不是因为哈韦尔不光解释了世界而且部分地改变了世界,而是我从他的文字中能够看到一种贴己的经验,包括与个人经验保持距离的经验。随着中国式市场经济的发展,我们会越来越清楚地感受到哈韦尔身上所存在的某种预言性质。至少在目前这个如此含混、暧昧和复杂的历史性时刻,在反抗者要么走向妥协,要么与他所反抗的对象变得如孪生兄弟般相像的时刻,哈韦尔的意义只会更加凸现。

虽然在中国的语境中,历史尚未终结,历史的活力依然存在,但是故事的消失却似乎已经成了必然。完整地讲述一个故事所必须依赖的人物的主体性以及主体性支配下的行动,在当代社会中已经不再具备典型意义,它只能显得虚假和做作,充其量只配当作肥皂剧的脚本。即便是哈韦尔这样传奇的人,他戏剧中的故事也不再有莎士比亚的故事那样跌宕起伏——我们都像布罗茨基所说的那样,生活在一个二流的时代,要么是二流时代的忠实臣子,要么是它的逆臣。

当代小说,与其说是在讲述故事的发生过程,不如说是在探究故事的消失过程。传统小说对人性的善与恶的表现,在当代小说中被置换成对人性的脆弱和无能的展示,而在这个过程中,叙述人与他试图描述的经验之间往往构成一种复杂的内省式的批判关系。无论是昆德拉还是哈韦尔,无论是索尔·贝娄还是库切,几乎概莫能外。

当然,这并不是说马尔克斯式的讲述传奇式故事的小说已经失效,拉什迪的横空出世其实已经证明,这种讲述故事的方式在当代社会仍然有它的价值。但只要稍加辨别,就可以发现马尔克斯和拉什迪这些滔滔不绝的讲述故事的大师笔下的故事也发生了悄悄的转换。在他们的故事当中,有着更多的更复杂的文化元素。以拉什迪为例,在其精妙绝伦的短篇小说《金口玉言》中,虽然故事讲述的方式似乎并无太多新意,但故事讲述的却是多元文化相交融的那一刻带给主人公的复杂感受。在马尔克斯的小说中,美国种植园主与吉卜赛人以及西班牙的后裔之间也有着复杂的关联,急剧的社会动乱、多元文化之间的巨大落差、在全球化时代的宗教纠纷,使他们笔下的主人公天然地具备了某种行动的能力,个人的主体性并没有完全塌陷。他们所处的文化现实既是历时性的,又是共时性的;既是民族国家的神话崩溃的那一刻,又是受钟摆的牵引试图重建民族国家神话的那一刻。而这几乎本能地构成了马尔克斯和拉什迪传奇式的日常经验。

我个人倾向于认为,可能存在着两种基本的文学潮流:一种是马尔克斯、拉什迪式的对日常经验进行传奇式表达的文学,一种是哈韦尔、索尔·贝娄式的对日常经验进行分析式表达的文学。近几年来,我的阅读兴趣主要集中在后一类作家身上。我所喜欢的俄国作家马卡宁显然也属于此类作家——奇怪的是,这位作家并没有在中国获得应有的回应。在这些作家身上,人类的一切经验都将再次得到评判,甚至连公认的自明的真理也将面临重新的审视。他们虽然写的是没有故事的生活,但没有故事何尝不是另一种故事?或许,在马尔克斯看来,这种没有故事的生活正是一种传奇性的生活。谁知道呢?我最关心的问题是,是否存在一种两种文学潮流相交汇的写作,即一种综合性的写作?我或许已经在索尔·贝娄和库切的小说中看到了这样一种写作趋向。而对中国的写作者来说,由于历史的活力尚未消失殆尽,各种层出不穷的新鲜的经验也正在寻求着一种有力的表达,如布罗茨基所说,"它来到我们中间寻找骑手",我们是否可以说有一种新的写作很可能正在酝酿之中?关于这个话题,我可能会有更多的话想说,因为它在相当长一段时间内成了我思维交织的中心,最近对库切小说的阅读也加深了我的这种感受。但这已经是另外一个话题了,是另一篇文章的开头。我只是在想,这样一种写作无疑是非常艰苦的,对写作者一定提出了更高的要求。面对着这样一种艰苦的写作,从世界文学那里所获得的诸多启示或许会给我们带来必要的勇气和智慧。

我再一次想起了从祖父的棺材里传出来的声音,听到了山林中的鸟叫。我仿佛也再次站到了一条河流的源头,那河流行将消失,但它的波涛却已在另外的山谷回响。它是一种讲述,也是一种探究;是在时间的缝隙中回忆,也是在空间的一隅流连。

(作者单位:中国现代文学馆)

文学伦理学批评：口头文学与脑文本

聂珍钊

无论口头文学还是书面文学，作为文学伦理学批评的对象只能是文本。什么是文本①？从文学的立场看，文本就是以某种载体保存的能够表达意义的文字或符号。因此，文本是由两部分构成的：一部分是表达意义的文字或符号，一部分是保存文字或符号的载体。载体是文本存在的形式，文字或符号是文本的意义，只有二者结合在一起，才构成文本②。只要有能够保存表达意义的文字或

---

① 时至今日，文本仍然是西方文学理论中最为复杂的学术概念之一。著名阐释学家保罗·利科说："文本就是由书写而固定下来的任何话语。"（A text is any discourse fixed by writing.）[Paul Ricœur, "What is a Text? Explanation and Understanding", in John B. Thompson (ed. & trans.), *Hermeneutics and the Human Sciences: Essays on Language, Action and Interpretation*. Cambridge and New York: Cambridge UP, 1981, p.145.]罗杰·福勒在《语言学与小说》中从语言学的观点给文本下的定义是："文本由一系列句子构成。一个句子是文本的一个元素，一个单位或一种成分。"（罗杰·福勒：《语言学与小说》，于宁、徐平、昌切译，重庆：重庆出版社，1991年，第5页。）在结构主义文学批评术语的解释中，文本（text）不仅用于文学的批评，也被用于符号学、文化学、哲学等人文社会科学研究领域的研究，因此罗伯特·司格勒斯给文本下的定义是："以一种代码或一套代码，通过某种媒介从发话人传递到接受者那里的一套记号"（罗伯特·司格勒斯：《符号学与文学》，谭大力、龚建明译，沈阳：春风文艺出版社，1988年，第246页）。根据司格勒斯的定义，文本是一个代码或代码系统，即一个由语言符号或者非语言符号按照一定规则组合而成的多层次结构的能指系统。正是在语言符号及非语言符号的基础上，学者们扩大了对文本的理解，认为文本可以由语言符号组成语言文本，如文学；也可以由非语言符号组成非语言文本，如雕塑、绘画、舞蹈、音乐等。文本不再专门用来指称以文字形态存在的文本，而是扩大到几乎无所不包的各种形态。在后结构主义的文本批评里，文本的伦理价值被抛弃了，不再是作品的精神价值的物质承载物。文本也不再是具体的文字，而成了一种处于永远变化过程之中的结构。

② 综观国内外有关文学文本的研究，很明显存在严重的泛化倾向。文本研究最初是有边界的，但是发展到后来，文学批评家已经不满足于文学文本的研究，而是把它扩展到了哲学、社会学、科学等众多的学科。有关文本的研究已经大大超越了文学的边界，已经不再是有限的文学研究，而成了无限的文本形式研究。再后来，文本研究把文学作品这个传统文本研究的基础扔到一边，这已经不是打破文本传统而是抛弃了文本传统。文本研究不仅脱离了书面文学，而且脱离了通过书写符号表达意义的传统文本，世界上的一切存在，无论客观的还是抽象的，都可以是供我们研究的文本。因此，我们有必要从文学的立场把文本具体化，从文本的载体和表达意义的符号两个方面给文本下一个定义。

符号,任何材料都可以成为文本的载体。但是没有载体,则不能形成文本。例如意识或思想,如果没有和能够保存它们的载体结合在一起,则不能成为文本。再如声音,如果它没有和能够保存它的载体结合在一起,也不能形成文本。还有文字或符号,如果没有和能够保存它们的载体结合在一起,同样不能形成文本。由于文本是一种物质形态,因此文学不是一种意识形态,而是一种物质形态。如果按照文本的载体进行分类,那么,我们可以将文本分成三个类型:(1) 以人的大脑为介质保存记忆的脑文本。(2) 以物质材料为载体保存文字或符号的物质文本①。(3) 以计算机存储设备为介质保存文字或符号的电子文本②。作为书面文学载体的物质文本或电子文本是容易理解的,但是作为口头文学介质的脑文本却需要进行讨论和论证。

一

长期以来,学术界普遍认为,在书面文学(written literature)出现之前,有一种口头文学(oral literature)存在,如古代口头流传的神话、民间史诗、民间传说、民间歌谣等。在大多数中国学者看来,口头文学"是劳动人民的口头创作"③,是民间口耳相传的文学作品。口头文学与书面文学相对,属于民间创作,没有固定

① 物质文本是目前社会文明条件下最基本的文本形态。物质文本不同于脑文本。存储脑文本的大脑载体是一种活性物质,也是一种有生命的物质,而物质文本的载体是那些非生命的物质,除了纸张以外,石板、陶器、金属等任何物质材料,只要能够书写、印刷或镌刻文字符号,都可以成为文本的载体。例如,中国古代以龟甲或骨片为载体镌刻文字,就形成了中国最早的甲骨文物质文本。用甲骨文镌刻的卜辞由于带有固定的叙事结构,因而是中国最早的文学文本,也是中国最早的文学。古代埃及发现了一种纸草,可以用来书写文字。在纸草上书写文字形成的纸草文本,也是世界上可知的最早的文本之一。在考古过程中发现的一些刻有文字或符号的陶片或金属器皿,都是古代残存的文本。即使电子技术在我们的生活中越来越重要的今天,物质文本仍然是最普通、最简洁、最便利和最大众化的文学文本。

② 随着科学技术的发展,人类社会进入了电子科学的时代,因而也随之出现了电子文本。电子文本是指以计算机盘片、固态硬盘、磁盘和光盘等化学磁性物理材料为载体的电子文档,它依赖计算机系统存取并可在通信网络上传输。电子文本是科学的产物。计算机数字技术出现以后,一切能够表达意义的符号都可以通过电子元件转化成数字存储起来。在现代电子技术条件下对文字符号的数字化处理,构成电子文本。电子文本储存的是数字符号,因而电子文本也称为数字文本。在电子时代,任何生物形态或物质形态的文本都可以借助输入设备转变成电子文本。20世纪末期以来,众多出版物已经越来越电子化,在出版物质文本的同时,也出版电子文本。即使以前出版的以纸张为载体(介质)的书籍,也可以借助电子技术将它们转换成电子文本。

③ 钟敬文主编:《民间文学概论》,上海:上海文艺出版社,1980年,第1页。

的作者，凡是通过口头流传的叙事性作品或诗歌等，都被认为是口头文学。通过口头流传的民间史诗、民间传说、民间故事和民间歌谣即使被搜集整理出版之后，在学界也仍然被当作口头文学。学者们还认为，即使在书面文学出现之后，口头文学也仍然存在，如现代社会中流传的各类笑话、讽刺诗歌、民间传说等。总之，学者们认为，口头文学就是口头创作的文学，具有口头性和文学性两大特点。肯尼亚小说家和戏剧家恩古吉·瓦·提安哥（Ngugi wa Thiong'o）为了更好地表现这两个特点，就把 oral 的前缀和 literature 的后缀结合在一起，创造了一个混合新词 orature，用以指称通常所说的"口头文学"这一类带有口头传统的作品。

学者们认为，与书面文学相对的口头文学包括两个方面的内容：一是书写符号出现之前借助口头传播的作品（如神话、史诗、传说、韵文、故事等）以及具有固定形式的口头作品（如诗歌、谚语等）；二是书写符号出现之后被记录下来的某些口头流传的作品，如神话、史诗、民间传说、民间故事、歌谣以及那些在民间流传的笑话、讽刺性段子、讽刺性诗歌等。学者们还认为，某些书面文学也是从口头流传的文学转化而来，同口头文学之间有着紧密联系。不仅古代如此，即使在当代，许多书面文学如小说、戏剧和诗歌等要么从口头流传的文学直接演化而来，要么包括了这些文学的内容或是对它们的改编，这在非洲、美洲、欧洲和亚洲的文学中，似乎都可以找到不少事例。但这也同时说明，尽管书面文学和口头文学之间有着紧密的联系，但它们还是不同的。既然口头文学不同于也不能等同于书面文学，那么口头文学是一种什么性质的文学？这是需要我们深入讨论的问题。

如果讨论书面文学，我们是容易理解文学的文本的，也容易赞成没有文本就没有文学的观点。现在的问题是，这种借助口头流传的所谓口头文学有没有文本？如果要弄清楚这个问题，首先需要弄清楚口头文学指的是类似于书面文学的文学类别，还是根据表现形式的不同而进行的区分，如儿童文学、通俗文学、乡土文学等。

如果口头文学指的是那种通过口头加以表达的文学，那么所有的书面文学因为都可以通过口头表达而被称为口头文学，因此书面文学的文本就是口头文学的文本。在书面文学出现之前，在我国的文学理论著作中，口头文学往往是作为类似书面文学一样的文学存在的。口头文学借助人的发音器官表达，通过声带的振动发出能够表达意义的声音，通过听觉器官接受。声音能够通过频率、音响、音调等的变化形成表达意义的符号,因而声音是口头文学的符号。在录音技术发明之前,尽管声音符号能够表达意义,但是由于不能通过某种载体保存下来,因此声音符号不能形成文本。不过书写符号出现之后,声音符号可以转化成文字表达并借助书写材料被保存下来,形成物质文本。尽管如此,声音也不能成为口头文学的文本。

虽然声音不能成为口头文学的文本,但从文本的立场看文学,口头文学也应该有其文本。对现有保存下来的古老文本进行分析,可以发现在书写符号出现之前,确实存在过通过口头流传下来的神话、传说,如古希腊的史诗和英雄故事等。即使用今天的标准去看这些口头讲述的神话、史话和故事,它们无疑都属于文学。现在的问题是,口头流传的希腊神话和英雄故事在被用文字记录下来之前,它们作为文学有没有文本?简而言之,口头文学中讲述的故事有没有文本?如果有文本,它们是什么形态的文本?

二

在没有书写符号的时代里,一些人通过口耳相传的方式讲述故事,使我们后来称之为口头文学的东西流传下来。即使在书面文学出现后的一个相当长的时间内,仍然存在这些通过口头讲述故事的歌手。他们凭借记忆歌唱的故事吸引听众,能够让听众激动和赢得观众的掌声,显然这正是文学产生的效果。值得我们深思的是,为什么同样的故事能够在不同的地方被不同的人讲述出来?要回答这个问题,则首先需要回答这些口耳相传的故事有没有文本的问题。

在讨论口头文学时,我们往往强调口头讲述在文学流传过程中的作用,让我们感到口耳相传的文学是没有也不需要文本的。但这显然是不合逻辑的。要解释在不同的地方和不同的时间里流传着大致相同的故事,只能假定这些相同的故事必然有一个共同的来源,或者说它们来自同一个故事,即同一个文本,除此之外我们找不出其他解释的理由。如果要用一个术语指称这个共同的文本来源,我们可以将其称为母文本(mother text)。所有后来在不同地方和不同时间被不同的人口头讲述的相同故事,尽管也有自己的文本,但它们大多都是对这个母文本的回忆、复制和复述,并通过对这种回忆、复制和复述的不断重复形成新的文本,从而使母文本得以流传下去。这个母文本如同现代书面文学中作者写作的文学手稿。如果没有这个母文本,就无法通过口述的方式对古老的神话、史诗或故事进行复制。

长时间在古希腊、罗马和欧洲其他地方流传的荷马史诗，显然不是游吟诗人的自我创作，而是对一个共同的文本的复述。欧洲其他史诗、传奇、神话传说故事的流传，显然也是以一个共同的文本为基础的。史诗如盎格鲁-撒克逊史诗《贝奥武甫》(Beowulf)、德国史诗《希尔德布兰特之歌》(Hildebrandslied)，传奇如亚瑟王传奇、罗宾汉的故事、法国查理大帝的传说等，在书写符号出现之后，都曾经被游吟诗人通过口头传唱带到欧洲许多地方。显然，这种口头传唱的故事也同样是有文本的。现今口头传统也并没有消失，在许多地方仍然存在完全依靠口头传唱或讲述而得以流传下来的文学，如中国少数民族的史诗和民间流传的故事。所有这些故事，只要口头流传和被人讲述，都应该有自己的文本。

从文学流传的角度说，口头文学实际上是对某种文学文本的口头复述，即通过人的发音器官重新讲述已经存在的故事文本。以荷马史诗为例，无论是在荷马生活的时代，还是在荷马去世后的时代，《伊利亚特》和《奥德赛》都曾经不只被一个人长期在古希腊、罗马以口头的形式传唱。这些通过口头讲述的荷马史诗，实际上都是对同一个故事文本的复述。用口头讲述和传播荷马史诗的人，被称为游吟诗人或行吟诗人。他们虽然被称为诗人，但他们吟唱的作品并不是他们创作的，而是对别人创作的作品的传唱。

在欧洲中世纪及以前，游吟诗人四处传唱是当时普遍存在的文学现象。这在世界其他地区如非洲也同样如此。游吟诗人是歌手而不是文学的作者，尽管他们在传唱的过程中有可能进行了某种改编或加工，但他们传唱的仍然是别人创作的作品。既然是传唱别人创作的作品，就必然有其传唱的文本，不然他们是无法传唱的。

显然，在书写符号出现之前，游吟诗人没有书面文学出现之后才有的这种文本。那么他们是如何传唱别人的故事呢？他们凭借的是记忆。由于没有文本，他们只能把故事记在自己的头脑里，然后通过回忆传唱。因此，游吟诗人传唱的是他们在大脑里记忆的荷马史诗和文学故事，而存储在大脑里的关于荷马史诗和故事的记忆，就是游吟诗人传唱的文学文本，这种文本我们称其为脑文本(brain text)。脑文本的存在表明，即使在书写符号出现之前，文学的流传也是以文本为前提的，同样是文本的流传，只不过这种文本与我们现在所熟悉的物质文本不同，是一种脑文本的流传。

三

脑文本是就文本的介质而言的,它是文本的原始形态。就介质的性质而言,脑文本是一种特殊的生物形态。在物质文本和电子文本出现之前,非物质形态的意识只能以记忆的形式储存在大脑里,构成脑文本。即使在物质文本和电子文本出现以后,人对事物、对世界的感知、认知和理解,也是最先形成脑文本存储在人的大脑里。

脑文本借助人的视觉、听觉和感觉将人的意识转换成记忆符号,存储在大脑里。人听见的声音,看见的图像,感觉到的事物和状态,都可以转换成记忆符号,变成存储在大脑中的信息,构成脑文本。但是,脑文本不能直接存储感知、认知和理解,而只能将感知、认知和理解转化成记忆才能存储在脑文本里,因此脑文本存储的是记忆,而物质文本存储的是文字或符号,电子文本存储的是二进制数字信息。除了抽象的感知、认知和理解可以存储在脑文本里外,一切有意义的声音符号和文字符号,包括抽象的观念或意识形态,都可以转化成记忆存储在脑文本里。

脑文本存储在人的大脑里,它只能通过回忆提取,借助发音器官复现。英雄时代之后所有传唱荷马史诗的人,都是把故事记忆在自己的大脑里。他们存储在大脑里的关于史诗的记忆就是脑文本。诗人的口头传唱就是回忆自己的记忆,借助自己的发音器官把回忆转化为声音符号表达出来。声音符号的接收必须借助听觉器官,没有听觉器官则无法接收和理解以声音形式出现的脑文本。

当一个人通过听觉器官接收到另一个人通过发音器官转化成声音符号的脑文本时,就转化成记忆存储在自己的大脑里,变成又一个脑文本。但是,口头讲述故事的声音符号如果没有保存的载体,就不能直接成为文本。因此准确地说,所谓的口头文学只能说通过口头表达了一种文学文本,或者说一种文学文本通过口头得到了表达。这种口头上表达的文学有两种情形:一种是对没有物质文本的故事的口头讲述,例如古代游吟诗人对荷马史诗以及民间传说的传唱;另一种是对已有物质文本的故事的口头讲述,如中国说书人凭借记忆讲述三国的故事或水浒的故事。从口述的角度说,前一种讲述同后一种讲述并没有本质的不同,都是凭借记忆用口头讲述故事。如果说它们有什么不同,也只是前一种根据脑文本讲述,而后一种根据物质文本讲述。

　　不过，无论是讲述脑文本的口头文学，还是讲述物质文本的口头文学，这种分类都是就其流传方式而言的。类似的分类有网络文学、绘画文学、电视文学等。因此，口头文学从本质上说只是对文学文本的口头讲述。例如，莎士比亚创作出《哈姆莱特》之后，有了物质的文本，如果我们读了这个故事并记住了这个故事，然后凭借记忆在口头上讲述这个故事，我们讲述时所依据的文本实际上就不再是物质文本，而是记忆在头脑中的脑文本。就表达方式说，我们这时通过口头讲述的哈姆莱特的故事就属于口头文学。这同戏剧表演是类似的。如果演员演出莎士比亚的悲剧《哈姆莱特》，在舞台上通过独白、对话还有肢体动作和情绪变化完美地表现了哈姆莱特的形象，虽然这种表演根据的是《哈姆莱特》的文学文本，但在表演的过程中所依据的文本却是回忆存储在头脑中的脑文本。这说明，即使以口头表演为特征的戏剧演出，也是不能没有文本的。

　　在文字符号被创造出来之前，人类文明曾经产生过丰富的、具有文学特征的脑文本，如神话、民间史诗、传说故事、历史叙事等。遗憾的是，脑文本虽然是一种生物形态的文本，但是它只能通过记忆保存而不能遗传。除了通过口耳相传对记忆进行复制外，脑文本也不能直接保存。虽然脑文本可以通过人的口耳相传保存成一个又一个脑文本，但由于受年龄、疾病、情绪、环境等因素的影响，脑文本容易出现记忆缺损，没有物质文本和电子文本的良好稳定性。当脑文本借助人的发音器官再次转换为语言后，它同最初的母文本相比会出现误差，有时甚至会出现错误。无论一个人有多么出色的记忆，他不仅不能准确无误地通过记忆把自己感知的事物存储在大脑里，而且也不能像复印机一样通过回忆精确地把记忆转换成语言或文字。这就是说，通过口耳相传的方式从一个脑文本向另一个脑文本的流传，不能像物质文本和电子文本那样对母文本进行精确复制。

　　脑文本还有一个特点，就是它不像物质文本和电子文本那样具有公共性。任何人只要有视觉器官和听觉器官就可以解读物质文本；只要借助恰当的工具，就可以解读电子文本。而脑文本不同，在通过口头表达之前或被转化为物质文本之前是不能被他人解读和接受的。由于脑文本的自我特性，它的形成过程是所有文本中最为复杂的。即使在科学已经十分发达的今天，我们也还没有完全弄清楚脑文本形成的机制和如何解读脑文本。到目前为止，也只有创造脑文本的人自己才能将脑文本转换成语言或物质文本，其他人既不能将别人的脑文本转换成语言或物质文本，也不能直接阅读和分析别人的脑文本。

　　此外，人类的其他生物性特征可以遗传，但以口耳相传方式流传的脑文本不能遗传,而人的生命是有限的,因此脑文本不能长期保存。当一个人的生命消失,这个人的脑文本除非已经通过口耳相传的方式复制成了别人的脑文本,即以记忆的形式拷贝和存储在接收者的大脑中,构成另一个脑文本,否则它就随着生命的结束而永远消失了。脑文本口传的局限性所导致的后果,就是从脑文本到脑文本流传数量的大量减少。在人类文明发展史上,由于脑文本所有者的死亡,大量的脑文本并没有通过书写符号转化成文字文本流传下来,消失湮灭的脑文本不计其数,而通过口耳相传的复制得以流传下来的脑文本是极少的。事实上,只是在人类创造了书写符号以后,脑文本的保存和流传才成为可能。

四

脑文本是人类文明发展的产物。从脑文本到物质文本的发展过程,同从类人猿向人的进化过程是一致的。在进化成为现代人类之前,人对世界的感受和认知只能以记忆的形式储存在脑文本里,通过自我回忆和口耳相传使脑文本得到复制。因此文学的繁荣只是在物质文本出现之后才真正来到。

就物质文本与脑文本的关系而言,物质文本是脑文本的客观对应物,是脑文本的客观存在,或者说是脑文本的物质体现。脑文本同物质文本的关系与语言同文字的关系是一样的。语言看不见摸不着,只有当语言转化成文字之后,语言才能被固定下来,被感知,被分析,被保存,才能真正流传下去。脑文本同样如此。只有当脑文本转换成物质文本之后,以记忆形式储存在大脑中的脑文本信息才能被他人解读。脑文本也只有在转换成物质文本之后,才具有文献价值。虽然在文字符号产生之前,脑文本也可以通过回忆借助人的发音器官表达,借助听觉器官接受并使得脑文本得以流传,但是这种口耳相传的脑文本只能从一个脑文本复制成另一个脑文本,并不能改变脑文本的特性。自从物质文本出现以后,人类不再需要借助口耳相传复制和保存脑文本,而是用文字符号将脑文本固定下来,成为可以解读、保存和流传的独立存在的文本。

实际上,在以物质文本的形式表现的书面文学出现以后,口头讲述故事就不再以脑文本为主了,而变成了以讲述物质文本为主。根据物质文本讲述故事,是目前口头文学的主要特征。这一方面说明口头文学这门艺术形式的变化,另一方面也说明即使到了今天,口头文学也是不能没有文本的。文学需要文本,口头文学也不能例外。

从对脑文本的回忆到对物质文本的讲述,是口头文学在当代文明中的主要特征。就口头文学的特征而言,根据书面文学的文本口头讲述的故事也可以称为口头文学。但是这里面又存在两种情形:一种是对物质文本的讲述,一种是对脑文本的讲述。例如,当讲故事的人手拿故事文本即一本书向听众讲述,听众由于无法阅读这个文本,因此他们听到的就是讲述者讲述的口头文学,而讲述者讲述的则是他手中的文学文本。如果讲故事的人在讲故事之前已经阅读了一个故事并把这个故事记在自己的头脑里,他讲故事时不必照着文本讲,而是根据存储在头脑里的脑文本讲,因此他讲述的是脑文本。如果一个人阅读了一个故事文本并且记住了这个故事,然后把这个故事讲述另一个人听,另一人记住了这个故事并且也讲述给另外的人听,通过口头的讲述而流传下去的文本,就是脑文本。在我们的生活中,这样的事情实际上一直在不断发生着。这说明,那些通过物质文本流传的文学文本,也是能够作为口头文学流传的。

脑文本也可以借助声音或文字转换成物质文本,从而使脑文本得以长期保存和流传。同时,我们也可以借助视觉和听觉器官将物质文本转换成脑文本。我们可以借助眼睛阅读书籍等物质文本,也可以借助耳朵接受别人对文本的朗诵和讲解,从而将物质文本转换成脑文本。我们无论是借助视觉器官还是听觉器官接收物质文本,都需要经过将印刷在书籍上的文字或符号(包括图画)转换成脑文本的过程。对文学作品的理解和接收同样如此。读者无论阅读诗歌还是小说,或者观看戏剧,都会适时地在自己的头脑中形成脑文本。读者对文学作品的认识和理解,实际上是通过将物质文本转换成脑文本实现的。如果一个人没有视觉器官和听觉器官,他就无法解读物质文本,不能产生脑文本,因此也就不能理解和欣赏文学作品。

需要强调的是,脑文本并不是人类文明初期或书写符号出现之前才有的文本形式,在文字出现之后,脑文本同样存在。只要人脑在活动,就会不断地产生各种各样的脑文本。可以说,只要人脑的活动不停止,只要人的任何一种感觉器官能够发挥作用,人就会通过感觉产生脑文本。文学家善于观察人物和事物,善于思考和分析,善于归纳和推理,所以文学家的脑文本比普通人更丰富。而且,文学家熟悉文学并精于某些文学技巧,因此文学家的脑文本往往表现出强烈的抒情和想象性特点,从而成为诗歌或故事的素材。文学家创作出来的文学作品,都是对自己或别人的脑文本进行加工处理的结果。

脑文本尽管最复杂,但它是一种原始文本形态,我们也可以将其称为元文本。不过需要指出的是,脑文本并不是在物质文本出现之前所特有的文本形式,因为在物质文本出现之后,脑文本也同样存在。直到今天,作家创作任何文学作品,从根源上说都是对脑文本的回忆、组合、加工、复写、存储和再现。可以说,没有脑文本,就没有作家的创作,也没有物质文本和电子文本。没有脑文本,也不可能产生任何形式的文学。物质文本的出现是人类思想领域的一次革命,也是叙述学领域和传播学领域的一次革命。自此以后,人类的思想才真正获得解放,抽象的脑文本才从自我中解放出来,变成物质的文本形式,人类的文学才真正独立。

(作者单位:浙江大学)

走向融合与融通

——跨文化比较与外国文学研究方法更新

蒋承勇

在国务院新公布的学科分类中,外国语言文学一级学科下增设了"比较文学与跨文化研究"二级学科①,这与二十年前中国语言文学一级学科下设置"比较文学与世界文学"二级学形成呼应②。随之,2017 年 10 月 27 日,"中国外国文学学会比较文学与跨文化研究分会"成立,与 20 世纪 80 年代诞生,而今声势颇大的"中国比较文学学会"不同程度地形成呼应。这两个信息对外国语言文学学科的学术研究与人才培养意味着什么? 在实践层面应该有什么样的举措? "比较文学与跨文化研究"就是"比较文学与世界文学"抑或就是"比较文学"吗? 尤其是对外国文学研究来说,它的增设到底有什么意义与作用? 诸如此类的问题,都不仅仅关涉教学实践与人才培养,也关涉学科建设与学术研究。而对外国文学研究来说,笔者认为,它的增设,更关涉理念更新与视野拓宽的问题,具有方法论意义。

一、两个"二级学科"之内涵比较

外国语言文学一级学科下的"比较文学与跨文化研究",与中国语言文学一级学科下的"比较文学与世界文学"相比,在字面上的差别是"世界文学"与"跨文化研究"。显而易见,这意味着它们各自都必须研究比较文学的基本原理,尤其是要以比较文学的理论与方法展开国别文学研究;比较文学是它们共同的学科基础,而世界文学与跨文化研究是它们不同的追求目标和研究范围及途径。在

---

① 国务院学位委员会:《关于开展 2017 年博士硕士学位授权审核工作的通知》,2017 年。
② 国务院学位委员会:《授予博士硕士学位和培养研究生的学科、专业目录》,1997 年。

此,对字面上不同的"世界文学"与"跨文化研究",笔者还将作一番推敲、阐释。

从操作层面看,两个二级学科在各自研究方向的设置上是否可大致表述为:

比较文学与世界文学:比较文学理论研究;中外文学关系研究;世界文学研究(文学跨文化研究);文学跨学科研究;译介学⋯⋯

比较文学与跨文化研究:比较文学理论研究;文学跨文化研究(世界文学研究);文学跨学科研究;译介学⋯⋯

上述两相对照的表述,仅仅是笔者粗略的概括性举例而已,总体而言,两种表述有大同而存小异,其间的"同"与"异"的产生,均基于各自所在的"中国语言文学"和"外国语言文学"的学科内涵、学科语境、学科逻辑。

对人们耳熟能详却又众说纷纭的"世界文学"概念①,笔者在此无意于从学术争鸣的角度多作阐发,而仅就本文论述之需要,从学科设置的角度略作简单界定。中国语言文学所属二级学科中的"世界文学",习惯上指的是除了中国文学之外的所有外国文学,这是一种基于中国语言文学一级学科语境与学科逻辑的狭义之概念。对此,有人曾予以质疑和诟病,认为这个"世界文学"概念是错误的,因为,排除了中国文学的"世界文学"还能称之为世界文学吗? 进而认为,这是中国人对自己文化传统的"不自信"和"自我否定"。这里,如果离开特定的学科语境,那么此种质疑似乎不无道理。不过,我们不妨稍稍深入地想一想:中国学者怎么会不知道:世界文学无疑包括中国文学,这是基本的常识,他们怎么可能犯如此低级的错误呢? 其实,在"中国语言文学"这一级学科语境下谈"世界文学",它完全可以直指不包括中国文学在内的外国文学。因为,中国文学在中文

---

① 21世纪之交,国际学界围绕"世界文学"的概念展开了深入而持久的讨论,可谓见仁见智,新见纷呈。其中比较有影响的理论家与著作有:David Damrosch, *What is World Literature?*. Princeton: Princeton University Press, 2003; Christopher Prendergast(ed.), *Debating World Literature*. London: Verso, 2004; Pascale Casanova, *The World Republic of Letters*. trans. M.B. Debevoise, Cambridge, Mass. and London: Harvard University Press, 2004; Emily Apter, *The Translation Zone: A New Comparative Literature*. Princeton: Princeton University Press, 2006; Mads Rosendahl Thomsen, *Mapping World Literature: International Canonization and Transnational Literatures*. New York: Contiuum, 2008; David Damrosch (ed.), *World Literature in Theory*. Chichester, West Sussex: Wiley-Blackwell, 2014; Alexander Beecroft, *An Ecology of World Literature: From Antiquity to the Present Day*. London: Verso, 2015. 国内学者也有许多论文和著作,此不赘述。

系是自然而然的专业基础课程,在母语文学之外再开设外国文学,是要求中文系学生不能仅仅局限于母语文学的学习,而必须拓宽范围学习外国文学,使其形成世界文学的国际视野和知识结构。于是,此种语境下的"世界文学"实乃暗含了中国文学的,或者说是以中国文学为参照系的外国文学;这一"世界文学"是在比较文学理念意义上包含了中外文学关系比照之内涵的人类文学之集合体,其间不存在根本意义上的中国文学的"缺位",自然也谈不上中国学者的"不自信"和"自我否定"。如果我们把这种语境下的"世界文学"称之为狭义的世界文学的话,那么,离开这个语境,把中国文学也直接纳入其间,此种"世界文学"则可称之为广义的概念。这两个概念完全可以在不同的语境中分别地、交替地使用,事实上我国学界几十年来正是这样在使用的,这是一种分类、分语境意义上的差异化使用,没有谁对谁错的问题。当然,如果有学者要编写包含了中国文学的"世界文学史"之类的教材或文学史著作,作为一种学术探索当然是未尝不可的;但为了教学操作以及中国读者的阅读方便起见,用"世界文学"指称外国文学,用不包括中国文学的"世界文学史"教材用之于已经学习、接触甚至谙熟中国文学的学生,这是有其必要性、合理性和实用性的,也是无可非议的。就好比编写外国文学史或者世界文学史,可以把东西方文学融为一体,也可以东西方分开叙述,两种不同的体例各有其优长和实际需要,不存在哪一种体例的绝对正确问题。应该说,通过不同理念和体例的文学史之探索性编写,提供不同的学术成果和学术经验,是有助于学科建设和学术发展的。

　　总之,在中国语言文学学科语境意义上,作为二级学科的"比较文学与世界文学"中的"世界文学",在根本上是指多民族、分国别意义上的人类文学的总称,是一个"复数"的概念①;它同时也可以指称有学科语境前提与逻辑内涵的除中国文学之外的"外国文学",但实际上只不过是与中国文学有对应关系和比照关系的中国语境意义上的"国外文学",不存在与中国文学的决然割裂。作为一个二级学科,用"比较文学与世界文学"而不是用"比较文学与外国文学"来指称,恰恰可以更好地强调中国文学的世界性存在与意义,突出中国文学的世界性因素,凸显民族主体意识和自我意识,同时也强化中国文学研究者的世界性追求。就此而论,中国语言文学一级学科下的"世界文学",其研究对象、内容和范围可以是中国文学基点审视下的世界各民族、各国家和地区的文学及相互关系,其最高

---

① 　高建平:《论文学艺术评价的文化性与国际性》,《文学评论》2002 年第 2 期。

宗旨是辨析跨民族、跨文化文学之间的异同与特色,探索人类文学发展的基本规律。

"比较文学与跨文化研究"中的"跨文化研究",并不像"比较文学与世界文学"中的"世界文学"那样直指研究的内容、范围和人类总体文学的目标,而是侧重于表达研究的方法:对不同文化、不同民族和地区的文学进行比较研究,其间,"跨文化"是前提,"比较"是基本手段与方法。这就要求外国文学的研究应突破或超越我国长期以来以语种与国别来设置文学类二级学科的老传统,如英国文学、美国文学、法国文学、德国文学、俄国文学……若此,以往孤立的国别、区域文学研究就不再是一种绝对正确与合理的研究方法和研究对象——虽然这可以而且必然会继续沿用,但起码应该在此基础上融入"跨文化比较"的理念后展开不同民族文学间双向或多向的比较研究。就此而论,外国语言文学学科语境中的"跨文化研究"与中国语言文学学科语境中狭义的"世界文学"基本一致。

不过,虽然外国语言文学的二级学科设置有其自身的学科语境,不可能直接地表达"中国文学研究"之内涵,但是,毕竟是中国人在从事外国语言文学的学科建设和人才培养,因此,作为研究主体的中国学者无疑是站在中国的立场和角度展开其职业行为的,因而自觉不自觉地会以中国的文化传统和价值观念审视异民族的语言与文学;反过来说,从体现国家意志与民族意识的角度看,在中国大学从事外国语言文学教学与研究的中国学者和教师,也应该且必须具有本土的文化立场和价值观念,正如杨周翰先生所说,中国人研究外国文学,必须有自己的"灵魂"。我以为这"灵魂"就是中国的文化立场和价值标准。因此,先入为主和前置性的母语国价值观念,决定了我国学者的外国文学研究在根本上又依然是广义上的"世界文学"或人类总体文学研究。当然,相比之下,其中国文学及母语国的价值观念所拥有的份额无疑会显得弱一些。从这个意义上讲,从事外国语言文学的教师和学者需要进一步提升本土的母语文化水平与能力,从事中国语言文学的教师和学者需要拓展世界视野和国际化能力与水平。

回顾与辨析我国高校中国语言文学和外国语言文学设置二级学科的历史、现状及其内涵,我们可以看到,"比较文学与世界文学"、"比较文学与跨文化研究"虽分而设之,但都在强调比较视野基础上的文学的跨民族、跨文化研究,都试图打破国别研究的阈限走向世界文学与人类总体文学的研究。这种学科设置,是顺应了我国高等教育发展与建设的国际化、文学研究乃至人文社会科学研究的开放性、世界性之需要及潮流的。也正是在这个意义上,笔者认为,这两个二级学科的设立,其意义不仅仅在于二级学科自身,更在于超越二级学科而放大于各自所在之一级学科的方法论意义,对外国语言文学和"比较文学跨文化研究"而言则尤其如此。对于这种"方法论意义",我们还有必要作进一步的讨论与阐述。

二、方法论意义的深度思考

由于我国以往的外国语言文学一级学科设置,不仅其中没有比较文学方向的二级学科,而且,就文学专业而言,二级学科是以国别文学为研究方向来设置的,因此,国别文学以及国别基础上的作家作品的教学与研究是天经地义的,甚至已经成为一种十分自觉的习惯与规范。当然,像"英美文学"或者"英语文学"这样的划分也属于"跨国别"范畴,其间不能说没有"比较"与"跨越"的意识与内容。但那都不是学科、理念与方法自觉意义上的跨文化比较研究,而且同语种而不同国家之文学的研究,在本质上也不是比较文学范畴的异质文化意义上的"比较"研究,而只不过是同语种而不同国家文学的研究,缺乏世界文学和人类总体文学的宽度、高度与深度。事实上,通常我国高校的外国语学院也极少开设比较文学课程,也极少开设"外国文学史"这样潜在地蕴含比较思维与意识的跨文化的通史类文学课程,似乎这样的课程开设仅仅是中文系的事情。此种习惯性认识恰恰是学科设置的理念性偏差的具体表现。照理说,外国语言文学学科的人才培养与学术研究更应该强调跨文化比较和国际化视野,更应该开设世界文学或人类总体文学性质的通史类文学课程。然而,事实上这样的课程却只是或主要是在被冠之以国别名称的"中国语言文学系"设为专业基础课,比较文学长期以来也主要在中文系开设。在此种情形下,久而久之,语种与国别常常成了外国语学院的外国文学研究者之间不可逾越的壁垒,成为该学科领域展开比较研究和跨文化阐释的直接障碍,从而也制约了研究者的学术视野,致使许多研究成果缺乏普适性、理论性与跨领域影响力及借鉴意义。这样的研究成果对我国文学的繁荣与发展,对学科建设和文化建设难以起到更大的贡献。

当然,跨文化研究意味着研究者要具备多语种能力,而这恰恰是人所共知的大难题。正如韦勒克所说的那样:"比较文学……对研究者的语言能力提出了很高的要求,它要求有宽阔的视野,要克服本土的和地方的情绪,撰写都是很难做到的。"①

---

① Wellek Rene & A. Warren, *Theory of Literature*. London: Jonathan Cope, 1949.

不过,多语种之"多",对任何一个人来说,都既有其客观能力上的不可穷尽性和不可企及性——没有人可以完全精通世界上的所有语言甚至较为重要的许多种语言;但又有其相对的可企及性——少数人还是有可能熟悉乃至精通多国语言的。不过笔者在此特别要表达的是:直接阅读原著与原文资料无疑是十分重要和不可或缺的,但是,在语种掌握之"多"客观上无法穷尽和企及的情况下,翻译资料的合理运用(如世界性的英文资料)无疑是一种不可或缺和十分重要的弥补或者替代,尤其是网络化时代,否则就势必落入画地为牢的自我封闭之中。试问:从事学术研究的人,谁又能离得开翻译读物和翻译文献的运用呢?非原文资料不读的学者事实上存在吗?换句话说,有必要坚持非原文资料不读吗?实际的情形是,由于英语是一种国际通用性最高的语言,因此在世界范围内,大量的所谓"小语种"的代表性文献资料通常都有英译文本,那么,通过英文文本的阅读得以了解多语种文献资料进而开展跨文化比较研究,对当今中国的大多数学者来说是行之有效甚至不可或缺的——当然也包括阅读译成中文的大量资料。美国学者理查·莫尔敦早在 20 世纪初就撰文强调了翻译文学对整个文学研究的重要性与不可或缺性,并指出通过英文而不是希腊文阅读荷马史诗也是未尝不可的。[①] 我国学者郑振铎也在 20 世纪 20 年代撰文指出:一个人即使是万能的,也无法通过原文阅读通晓全部的世界文学作品,更遑论研究,但是,借助于好的译本,可以弥补这一缺憾,因为,"文学书如果译得好时,可以与原书有同样的价值,原书的兴趣,也不会走失"[②]。其实,任何文学翻译的"走失"都是在所难免的,而且,由于读者自身的文化心理期待和阅读理解水平的差异,哪一个原文阅读者的阅读没有"走失"呢?就像文化传播中的"误读"是正常的一样,文学与文献翻译以及通常的原文阅读中的"走失"也是正常的和必然的。当然,资料性文献的阅读,"走失"的成分总体上会少得多,因而其阅读对研究的价值也更高。所以,在肯定和强调研究者要运用"第一手资料"的同时,不能否认"二手资料"(翻译资料)运用的必要性与合理性,否则,这个世界上还有"翻译事业"存在的必要与价值吗?对此,法国比较文学学者谢弗勒早已有回答:

　　巴别塔的神话说明了一个无可置疑的事实:我们这个星球的人们并不

---

① Moulton R., *World Literature and It's Place in General Culture*. Norwood:Norwood Press,1911.

② 郑振铎:《文学的统一观》,《郑振铎全集》(第 15 卷),石家庄:花山文艺出版社,1998 年。

操同一种语言。因此翻译活动很有必要,它使得被认识世界的不同结构分开来的个人可以进行交流。①

英国学者巴斯奈特和勒菲弗尔也指出:

翻译已经成为世界文化史发展过程中十分重要的创造力。如果没有翻译,任何形式的比较文学研究都是不可能的。②

这里还需要特别强调的是,"跨文化研究"不仅仅是指研究对象、研究内容和研究结果的"跨文化",同时更重要的是指研究者在研究时的跨文化视野、意识、知识储备、背景参照等等,概而言之是指一种方法论和理念。研究者一旦在一定程度上跳出了偏于一隅的国别、民族的阈限而获得了理念、角度的变换,也就意味着其研究方法的创新成为可能乃至事实。这正是笔者特别要表达的"比较文学与跨文化研究"具有超越其二级学科设定价值而对外国文学研究乃至整个一级学科拥有的方法论意义。

比较文学之本质属性是文学的跨文化研究,这种研究至少在两种异质文化之间展开。比较文学的研究可以增进不同文化背景下的文学的理解与交流,促进异质文化环境中文学的发展,进而推动人类总体文学的发展。尤其是,比较文学可以通过异质文化背景下的文学的研究,促进异质文化之间的互相理解、对话、交流与认同。因此,比较文学不仅以异质文化视野为研究的前提,而且以异质文化的互认、互补为终极目的,它有助于异质文化间的交流,使之在互认的基础上达到互补共存,使人类文学与文化处于普适性和多元化的良性生存状态。比较文学的这种本质属性,决定了它与世界文学的关系是一种天然耦合:比较文学之跨文化研究的结果必然具有超越文化、超越民族的世界性意义;世界文学的研究必然离不开跨文化、跨民族的比较以及比较基础上的归纳和演绎,进而辨析和阐发异质文学的差异性、同一性、人类文学之可通约性。因此,在外国文学研究领域中融入比较文学的跨文化比较研究意识与理念,无疑意味着其研究方法的变换与更新。为此,我们不妨从方法论的角度再度对两个二级学科在各自的

① 伊夫·谢弗勒:《比较文学》,王炳东译,北京:商务印书馆,2007年。
② Bassnett S. & A. Lefevere, *Translation*, *History and Cultrue*. London: Ponter, 1990.

一级学科语境中可能产生的意义做一比照:

> **比较文学与世界文学的方法论意义**:以世界文学的眼光看中国文学,促进中国文学与文化的研究与建设并使之走向世界;以中国的眼光(立场)看世界文学,为世界文学研究提供中国视野与中国声音。

> **比较文学与跨文化研究的方法论意义**:以世界文学的眼光看国别文学,促进国别文学研究走向世界文学;以中国的眼光(立场)看世界文学,为世界文学研究提供中国视野和中国声音,为中国文学与文化研究与建设提供借鉴(普罗米修斯精神)。

可见,无论是"比较文学与世界文学"还是"比较文学与跨文化研究",就其对文学研究的方法论意义而言,都既旨归于"世界文学"或者"人类总体文学",也旨归于中国文学与文化的本土化与国际化,都要求研究者突破传统国别文学研究的习惯性思维进而走向融合与融通,在"网络化—全球化"的当今和未来时代尤其如此。

三、融合、融通与文学世界主义

互联网助推全球化,我们正处在"网络化—全球化"时代。不管从哪个角度看,全球化插上网络技术的翅膀,其进程越来越快,成为一种难以抗拒的世界潮流,人类的生存已然处在快速全球化的"高速列车"中。然而,全球化在人的不同生存领域,其趋势和影响是不尽相同的,尤其在文化领域更有其复杂性,因此,简单地认定文化也将走向普遍意义上的"全球化",无疑过于武断和不正确。

事实上,经济和物质、技术领域的全球化,并不至于导致同等意义上的文化的同质化、一体化,而是文化的互渗互补与本土化、地方化的双向互动;换句话说,"网络化—全球化"并不至于使世界走向文化上的一元化,而是普适性与多元化的辩证统一。"世界上'一体化'的内容可以是经济的、科技的、物质的,但永远不可能是文学的或文化的。"①这种历史发展趋势,符合马克思、恩格斯关于物质生产方式与精神生产方式发展的不平衡性规律。所以,在严格的意义上,或者从

---

① 丁国旗:《祈向"本原"——对歌德"世界文学"的一种解读》,《文学评论》2010 年第 4 期。

物质生产与精神生产不平衡性规律看,"全球化"可能导致的"一体化"主要表现在经济领域,而文化上的全球化、世界性"趋势"则终究是文化领域和而不同的多元共存。这种文化发展趋势恰恰为"网络化—全球化"时代的比较文学及其跨文化研究提供了存在与发展的有利前提。

既然经济上的全球化并不等于文化上的"一体化",而是和而不同的多元共存,那么,全球化"趋势"下的世界文学也必然是多元共存状态下的共同体,因而"网络化—全球化"时代的人类文学也就是非同质性、非同一性和他者性的多民族文学同生共存的人类文学共同体。[①] 由此而论,外国文学或世界文学的研究不仅需要而且也必然隐含着一种跨文化、跨民族比较的视界与眼光,以及异质的审美与价值评判,于是,跨文化比较研究就天然地与外国文学或世界文学有依存关系——因为没有文学的他者性、非同一性和多元性,就没有比较文学及其跨文化研究。显然,比较文学及其跨文化研究自然地有其存在的必然性和生命活力,也是更新文学研究观念与方法的重要途径。无论是中国文学还是世界文学(外国文学)的研究,都应该跳出本土文化的阈限,进而拥有世界的、全球的眼光,这样的呼声如果说以前一直就有,而且不少研究者早已付诸实践,那么,在"网络化—全球化"境遇中,文学研究者对全球意识与世界眼光则更应有一种主动、自觉与深度领悟,比较文学及其跨文化研究方法也就更值得文学研究者去重视、运用与拓展。跨文化比较研究就是站在人类文学的高度对多国别、多民族的文学进行跨文化比较分析与研究,它与生俱来拥有一种世界的、全球的和人类的眼光与视野。正如美国耶鲁大学比较文学教授理查德·布劳德海德所说:"比较文学中获得的任何有趣的东西都来自与外域思想的交流和它们在想地域的重新布置。但如果我们让这种交流基于一种真正的开放式的、多边的理解之上,我们将拥有即将到来的交流的最珍贵的变体:如果我们愿意像坚持我们自己的概念是优秀的一样承认外国概念的力量的话,如果我们像乐于教授别人一样地愿意去学习的话。"[②]因此,在"网络化—全球化"境遇中,比较文学及其跨文化研究方法对整个文学研究都具有方法论启迪。

不仅如此,在"网络化—全球化"境遇中,比较文学对文化的变革与重构,对促进异质文化间的交流、对话和认同,对推动民族文化的互补与本土化均有特殊

---

① 蒋承勇:《"世界文学"不是文学的"世界主义"》,《文学评论》2018 年第 3 期。

② 理查德·布劳德海德:《比较文学的全球化》,见王宁《全球化与文化:西方与中国》,北京:北京大学出版社,2002 年。

的、积极的作用。美国著名文学理论家韦勒克曾经说过,"比较文学的兴起是为反对大部分十九世纪学术研究中狭隘的民族主义,抵制法、德、意、英等各国文学的许多文学史家的孤立主义"①。作为美国比较文学奠基人之一的雷马克也说过:"在研究民族文学、比较文学和总体文学的学者之间进行刻板的分工既不实际,又无必要。研究民族文学的学者应当认识到扩大自己眼界的必要并设法做到这一点,并且不时地去涉猎一下别国的或与文学有关的其他领域。研究比较文学的学者则应时常回到界限明确的民族文学的范围内,使自己更能脚踏实地。"②韦勒克和雷马克的话,切中了我们以往外国文学研究领域以语种与国别为壁垒的画地为牢之时弊,也提示了外国文学研究融入跨文化比较理念之方法论意义。

四、结 语

在"网络化—全球化"背景下,随着文化多元交流的加速与加深以及不同国家与民族文学间封闭状态的进一步被打破,外国文学或者世界文学研究需要打破固有的单一性民族文学研究的壁垒而趋于整体化。所谓"整体化",就是站在"大文学"(也即人类总体文学)的高度,展开多民族、多国别、跨文化、跨区域的文学研究,其间,起勾连作用的是比较文学理念与方法——把不同时代、不同文化背景的文学视为整体,在跨文化比较研究中探寻人类文学的总体特征与规律,揭示不同民族之文学的审美与人文的差异性。在这种意义上,"比较文学并不仅仅代表一个学科,它对整个文学、文学的世界、人文环境、文学的世界观,都有一种全面的反映,它有一种包罗整个文化时空的宽阔视野"③。同样是在这种意义上,不同时代、国别和民族的文学在人类文学可通约性基础上呈现整体化态势,这是一种融合,一种文学研究的世界主义方向;而在比较辨析基础上的异中求同,需要诸多不同研究方法交互使用、融会贯通,也即方法、理念上的"融通",是

---

① 雷纳·韦勒克:《比较文学的危机》,沈于译,见张隆溪《比较文学译文集》,北京:北京大学出版社,1982 年。

② 亨利·雷马克:《比较文学的定义与功用》,张隆溪译,见张隆溪《比较文学译文集》,北京:北京大学出版社,1982 年。

③ Jost,F.,*Introduction to Comparative Literature*. Indianapolis:Bobbs-Merrill, 1974.

文学的跨学科研究方向①。在方法论角度看,跨文化比较研究的开放性思维与理念适用于整个人文学科领域的研究;"比较文学的思维方法、研究方法和教学方法,对整个人文学科都像一种福音,这种方法在人文学科领域扮演着首席小提琴的角色,为整个乐队定下基调"②。因此,就外国文学研究领域而言,如果能够在比较文学与跨文化研究方法的引领下,尽力突破以往国别研究的自我封闭,拓宽视野、更新理念与方法,那么,其学术研究将获得新的生机与活力。"比较文学能为区域研究(国别研究——引者注)注入活力,帮助它改头换面或在实践中认清自己本来应有的面目。"③就此而论,比较文学与跨文化研究的方法论意义远胜于作为一个二级学科本身的意义;文学研究不宜过于局限于一国一域的视野和单个作家的一味地自说自话,而要有"大文学"或文学研究的世界主义格局、理念与眼光,构建人类文学的审美共同体;融合与融通是学术研究的高境界,也是我们寻求创新的基本途径之一。跨文化比较以及人类总体文学的参照,将使外国文学的研究视野更开阔,也将使研究成果更具有学科的跨度和普遍性参考与借鉴价值。不仅如此,在"全球化—网络化"的时代,未来整个外国语言文学一级学科的建设,都应该正视理论、理念与方法更新的问题。

(作者单位:浙江工商大学)

---

① "融通"主要是指文学的跨学科研究而言的,它也属于比较文学的范畴。有关文学的跨学科研究,笔者已发表过相关论文予以阐述,此不赘述。请参阅蒋承勇《"理论热"后理论的呼唤——现当代西方文论中国接受之再反思》,《浙江大学学报》2018 年第 1 期。

② Saussy H., *Comparative Literature in an Age of Globalization*. Baltimore:Johns Hopkins University Press,2006.

③ 凯蒂·特伦彭纳:《世界音乐,世界文学——一种地缘政治观点》,任一鸣译,见苏源熙《全球化时代的比较文学》,北京:北京大学出版社,2015 年。

关于外国文学研究与教学的若干问题

刘建军　高照成

高照成：作为中国高教学会外国文学专业委员会会长，您是否感到在当前网络普及、微信（公众号）、微博等社交媒体广泛使用时代背景下，外国文学的课堂教学也面临着一种挑战？

刘建军：在当前信息技术蓬勃发展以及人工智能等新科技革命深入到各个领域的新形势下，教育领域也面临着极其巨大的挑战。挑战之一，是来自今天世界范围内新知识、新信息的几何式的增长。这样的现实，使得我们每个人，无论多么努力，也难以在有限的时间内掌握大量的知识和信息，甚至难以掌握某一学科领域内的新知识和新信息。挑战之二，是新的信息技术手段的快速发展，也使得知识和信息开始以全新的方式进入了学习者的大脑。这也对我们传统的教学模式提出了严酷的挑战，使得传统的教学方式和课堂教学模式发生了从未有过的大变局。以上两大挑战，在教学领域，说到底，是对学习者和教育者之间原有关系的颠覆，是我们在教学观念上面临的严峻挑战。就此而言，我认为，我国的外国文学的教学存在着两个弊端：一个是观念陈旧，一个是方法陈旧。观念的陈旧主要表现为，我们今天的课堂上的外国文学教学，很多人还是以传授所谓的专业知识为主。我们经常听到有些在高校从事外国文学教学的老师，抱怨课程内容太多、课时太少、知识讲不全。但这些同志没有看到，知识的爆炸和信息的几何数增长，使以讲授知识为主要目标的课堂教学在实施过程中已经走入了穷途末路。因为在今天，无论用多长的时间来传授知识，都不会追赶上知识和信息的增长速度。方法陈旧的表现在于，随着教育手段的进步，我们虽然已经采用了很多现代的技术手段，如PPT、网络课程、公众号、慕课等形式，但问题在于，目前我们采用的很多新的现代教育手段仍然是以知识传授为主要目的。换言之，很多现代技术使用的目的仍然是希望学生在最短的时间内最方便地掌握各种知识。

他们没有看到,倘若观念不变,所谓课堂形式的改革,所谓的这些新技术手段的应用,只不过还是为学知识而学知识而已。因为网络教学也好,慕课形式也好,还是课堂教学软件使用也罢,这一切不过都是知识传输的载体,而不是知识本身。假如我们运用这些所谓新方法和新手段的目的,仍然还是以传授知识为主,那不过是穿新鞋走老路而已。我们要明确知道,今天高等教育发展的重点已经开始从单纯的知识传输向通过知识讲授从而向问题的提出和解决的能力方向转变。这是一种教学观念的巨大转换。更何况现在我们教授给学生的外国文学的知识主要以教材形式体现,而教材又主要体现的是教材编写人的观点和对讲述内容的选择,这也很难说一些看法和选择就是真正科学的。苛责一点说,从总体上看,我们今天所编撰的外国文学史显然还没有达到令人完全满意的程度。有些还在重复着20世纪五六十年代,继而是"文革"结束后的编撰模式和讲述模式。仅以外国文学的作品讲授为例,在我们的教学中,基本遵循的是"时代背景、作家生平、故事情节、思想内容、人物形象、艺术特征"的"新八股"范式。我认为,这种现象再也不能继续下去了。我们的外国文学教学,应该以问题意识为先,以培养学生和教师提出问题的能力为先,才能应对当前信息时代的新技术革命的挑战。

高照成:除去中国之外的其他国家的文学,其含量显然是非常巨大的!但在有限的课时内,讲授很多国家很多作家也肯定是不现实的。因此,国内目前外国文学课堂教学和教材选用,一般涉及的只是欧洲(含苏俄)和美国的作家作品。对此您如何看待?又有哪些改进的建议呢?

刘建军:这个问题其实是与你上面提出的问题紧密联系着的。我们知道,外国文学包括世界上大多数主要国家和民族从古到今所产生的文学现象和文学作品,数量是十分庞大的。而高校的课时又是非常有限的。那么,长期以来,我们解决这个矛盾的办法就是靠减少作家和作品的讲授数量来应对。这其实是个最无奈的办法,也是个最笨拙的办法。如前所言,对这个问题的解决,必须要从教学观念的改革入手。首先我们要明确,我们让高校的学生们掌握外国文学的知识,目的是什么?让他们知道或掌握过去不知道或不了解的东西,诚然是目的之一。但人们不禁要问,难道这些知识性的问题,一定要在课堂上讲授吗?本科生、硕士研究生乃至博生研究生,都已经有了一定程度的文学积累和文化知识积累,他们完全可以通过自己阅读文学作品和文学史著作来获得这方面的知识,为什么还要在课堂上讲授呢? 因此,我认为,作为大学课堂上的外国文学教学,应该把更多的精力放在培养学生提出问题、分析问题和解决问题的能力上来。也就是说,要把教学的重点从单纯的知识传授向培养学生提出问题和解决问题的向度转换。这里,我要特别指出,培养学生提出问题的能力应该是我们在教学中放在最优先的地位上的。过去我们说到本课程设置的目的时,总是强调培养学生分析问题和解决问题的能力,而我认为,学生"提出问题的能力"应得到更优先的强调。因为没有提出问题的能力,所谓分析问题和解决问题就是一句空话。换言之,学习外国文学的学生只有能够依据文学现象或文学作品提出有效的问题,才能够真正做到去分析问题和解决问题。我觉得,我们的外国文学教学在培养学生"提出问题"的能力时,应该分为三个层次或三个步骤:第一,对本科生而言,我们必须注重和强调学生对文学文本的阅读,并引导学生在文本的阅读中提出问题。比如某个细节或场景的价值,某个人物描写中蕴含着什么样的深层问题,等等。这样,既符合大学生要多阅读经典文学作品的实际需要,同样也使这些刚进入外国文学之门的大学生们有具体的问题对象可以把握,从而使教师能够对其进行具体的、有针对性的"提出问题"的初步训练。第二个层次,对硕士研究生而言,他们提出问题能力的培养,主要应该集中在学科领域,应该重点培养他们提出外国文学学科领域问题的能力。比如,有些文学史的观点是否合适,有些作家在文学史上的地位是否需要重估,有些作品的理解是否得当以及是否需要与时俱进的理解,等等。这样,既符合硕士研究生专业培养的要求,也为他们在阅读的基础上为进入专业系统学习拓宽眼界,走向深入。第三个层次,是到了博生研究生的学习阶段时,则应该在前两个提出问题能力的基础上,培养他们结合专业知识去提出和思考与社会经济、政治、文化等相关方面的问题。这样,在高校的外国文学教学中,以培养提出问题为核心,分阶段地不断拓展和深化学生提出问题的能力,就会得到更好的培养效果。也可以说,一个学生只有能够提出有价值的问题,才可以去分析问题或解决问题。问题都提不出来,所谓分析问题和解决问题就是一句空话。从上述前提出发,我以为,我们对教材中和课堂上选取哪些作品,讲授哪些作品,应该依据的是如何培养学生提出问题能力的原则,而不是根据我们主观上认为的知识或文学现象所谓重要的或不重要的原则。因为在学生的学习阶段,知识的重要性与否并不在于知识本身,而在于我们要通过这些知识去培养训练学生具备什么样的能力。为此,我理想中的外国文学史,应该是按照不同时代提出了哪些问题和当时急需解决哪些问题所编撰而成的文学史，即马克思主义经典作家强调的历史要求和时代精神与现实关注相统一的文学史，而不是那种单一的按历史年代顺序讲述纯知识的文学史。在课程讲授上，我们应该围绕一些大的时代问题和时代精神需要来重新构建我们的课堂讲述。这样，围绕着某些重要的问题去讲述某一民族、某一国家的文学，就不必纠缠于哪一个知识点没讲到、哪个作家或作品没有讲到了。因为学生只要明白了此时作家所面临的问题，是会据此来举一反三地来理解其他作家的作品的。

我还需指出，现在之所以欧美文学和俄苏文学在教材、教学中占有较大的比重，本质上是我们的研究现状和思维局限所决定的。现状是我国欧美、俄苏文学方面的研究历史较长，成果数量也较多，研究的也比较深入。但这也带来了一个思维上的局限：就是翻遍现有的外国文学史，就会发现，我们现有的外国文学教材编写和课堂讲述，几乎已被分析西方文学的模式框定住了，并且把西方文学的研究书写模式和讲授方法照搬到对东方文学的研究上来了。例如我们对东方文学的分期，就根本没有东方的特色；我们对东方作家作品的讲授，仍然采用的是分析西方作家作品的模式，也就是说，在现有的大多数外国文学通史类教材中，东方文学的介绍完全是按照我们对西方文学研究和讲授的模式来进行的，致使东方文学不过成了西方文学价值导向和西方文学评判模式的一个例证而已。倘若我们从问题意识出发，即从不同时期东西方不同民族的社会文化解决的问题出发，就完全可以寻找出东西方不同的民族文学解决各自问题的不同审美路径和不同文化类型的发展特征。倘若能达到这个目的，东西方文学之间在课时上的平衡也就不是什么大问题了。

高照成：我注意到，作为长期研究外国文学的学者，您对西方国家的经典作家非常关注。那么是否请您列出两到三个您尤为喜爱的作家及其最重要的作品，并谈谈喜欢他/它们的原因呢？

刘建军：我喜欢的西方文学作家很多，也比较关注外国文学的经典作品。若说我最喜欢的作品，首推德国作家歌德以及他的作品《浮士德》。因为这部作品不仅有着主人公所体现出来的积极进取的精神给我力量，更重要的是，它其中蕴含着强大的象征精神和深刻的辩证法思想，尤其是这一切又是以高超的艺术手法表现出来的。例如在古老的中世纪故事中，歌德通过创造的《天上序幕》一场,就彻底改变了一个中世纪德国民间故事的面目,艺术地建立起了一个崭新的资产阶级世界观的形象图景。众所周知,这一场主要描绘的是发生在天庭里天帝与魔鬼靡非斯特之间的赌赛。即作品伊始,歌德就告诉读者,在浩瀚的宇宙中,天帝("至善")是"第一"和"最高者",是创造天地万物的本原之一。同样,在这场序幕中,作家也交代了天帝的对立面魔鬼靡非斯特的"至恶"的内涵特征。由于他所代表的"至恶"与天帝所代表的"至善"构成了矛盾的统一体,与"至善"相生相克、相辅相成。这样,中世纪神学观念中的天使与魔鬼之间的矛盾斗争,被歌德置换成了"至善与至恶"的斗争。《天上序幕》中出现的第三个人物是浮士德。他是天帝与魔鬼用来赌赛的人物,是至善与至恶之争的对象。天帝认为,虽然"人在努力中,总有错妄",但无论如何,"一个善人,在他摸索之中,并不会迷失正途"。而靡非斯特却断言,人总是贪图小利,无所成就。那么,情况究竟会怎样,浮士德作为人类代表的出现,将通过自己的一生追求来回答这个问题。可以说,正是作品中的三个形象的相互关系,不仅构成了《浮士德》全剧最基本的结构方式,而且使善恶斗争作用于人,而人不断克服恶向善飞升的新兴资产阶级思想体系形象化了。我们知道,17—18世纪新兴的资产阶级世界观是借用中世纪神学世界观的模式发展起来的,歌德正是艺术地把中世纪神学的"上帝"本原变成了"善"是本原,把中世纪神学体系中的上帝与恶魔之间的矛盾斗争置换成了至善和至恶之间的斗争,从而完成了对新兴资产阶级思想体系的艺术反映。再多说一句,歌德的《浮士德》其实就是康德哲学和黑格尔哲学的艺术化反映,就是资产阶级思想体系的艺术写照。悟透了《浮士德》,其实也就知道了资产阶级思想体系的基本构成。

除了强烈的象征性之外,我也喜欢《浮士德》中蕴含的丰富的辩证法思想。例如,"浮士德精神"就体现出了一种看待追求进取辩证精神。作家通过戏剧情节的安排,在深刻地展示人的追求进取精神对推动社会发展进步所带来巨大作用的同时,还指出了与这种追求精神和进取行动相伴而生的各种弊端。从这个意义上说,世界上任何事物都是有两重性的。所谓的"浮士德精神"也不例外。例如我们今天进行的现代化建设,这毫无疑问是中国人民追求进取的伟大壮举,它不仅带来了社会政治的巨大进步,也带来了人们生活的极大提高。但这种伟大的追求和探索也同样带来了各种各样新的问题与新的弊端,如自然环境的破坏、道德感的淡漠、诚信的缺失等等,这些都是与我们的现代化追求相伴而生的东西,即是人们所说的"现代化代价"。这和浮士德的追求进取遇到的问题是一样的。由此可见，作为一个深谙辩证法思想的伟大作家，歌德清醒地认识到了人类的每一次伟大的进步都是和新的问题出现密切相关的。善恶相依，是他的辩证法思想在"浮士德精神"上的艺术体现。

此外，我也喜爱海明威的小说《老人与海》。老人桑地亚哥打鱼的故事平淡无奇，但其中所包含的思想内涵与艺术手法无比丰富。在其中既可以解读出老人在无奈的现实困境中超迈的人格和精神力量，也可以从"老人八十四天打不到鱼"和作品结尾处"一个女人在海滩上行走"等情节，解读出现代西方人日常生活的平庸和孤独以及人与人之间极度隔膜的困境。

再如，卡夫卡和他的《城堡》也是我喜欢的作品之一。这是因为"城堡"的意象告诉我们，现实生活中的每个人都可能会遇到过自己的"城堡"——渴望得到却永远得不到的东西——不管你做过多少努力和挣扎。

我之所以喜欢这样的作品，因为在这些作品的故事背后深藏着深刻的哲理和生活的智慧。关于这一方面的问题，我在 2017 年出版的《外国文学经典中的人生智慧》一书中，曾对此做过较为详细的论述，这里就不多谈了。

高照成：作为中国学者，我们最初接触的一般都还是自己国家的文学，就中国现代文学的三十几年而言，您能否对其做一个总体性的评价，包括其不足（如果有的话）及与现代西方文学的关系。

刘建军：我不是研究中国文学的，对此没有发言权。至于做总体性的评价，更不具备这个资格。但因为我非常喜欢中国文学，所以我愿谈一点关于我对所谓好的（或者说经典的）文学作品的理解。我认为，作为一个好的文学作品，其自身必须具备三种品格：一是必须要有引人入胜的细节和经典性的场景。文学作品本质上是生活的艺术性反映。人们都有这方面的经验，当一个读者在阅读一部文学作品的时候，最先让其记住并长久不忘的，常常是一些经典型的细节或经典的场景。这些细节不仅让人总是随口道出，随时使用，而且能够经得住反复咀嚼，回味无穷。更重要的是很多细节和场景已经成为人们日常生活中的特定语言，如我们说到"替罪羊"，就来自《圣经·旧约》中的经典细节。再如人们形容某个人耽于幻想，不切实际，常常脱口而出"真是个堂吉诃德"或"又在大战风车了"。由此可见，经典的细节在某种意义上说，是作家人生智慧和艺术智慧最集中的体现。除了叙事作品中的细节和典型化场景之外，一首诗歌中的名句，一出戏剧中的"戏眼",也是如此。这里我要对一个误解进行澄清。恩格斯在给哈卡奈斯的信中曾有一段名言。他说:"在我看来,现实主义的意思是,除了细节的真实之外,还要再现典型环境中的典型性格。"我们很多人在理解这句话时,都认为恩格斯在这里讲的是典型环境和典型性格高于细节的真实。而我的看法恰恰相反。我认为,恩格斯强调的恰恰是细节真实的重要性大于典型环境中的典型性格。换言之,没有细节的真实,就不会有典型的环境与人物。更进一步说,典型环境和典型人物是通过典型细节和经典型场景表现出来的,二者是辩证的统一。二是一部好的作品必须包括丰富的时代性尤其是地域性知识。也就是说,文学的经典文本必须要具有知识的丰富性。我们看《荷马史诗》,但丁的《神曲》,巴尔扎克的《人间喜剧》,列夫·托尔斯泰的《安娜·卡列尼娜》乃至现代主义文学中的《荒原》、《尤利西斯》、《百年孤独》,以及中国的屈原的《离骚》、李白、杜甫、白居易的诗歌乃至罗贯中的《三国演义》、施耐庵的《水浒传》、吴承恩的《西游记》和曹雪芹的《红楼梦》等作品时,它们毫无疑问都是当时人类各种知识,尤其是特定的时代性和地域性知识的"百科全书"。以巴尔扎克为例,恩格斯在谈到巴尔扎克的小说时就说过,他从其作品中所学到的关于法国波旁王朝时期的社会历史知识、经济知识和政治斗争知识等比一切历史学家、政治学家和统计学家告诉他的全部东西都要多。至于《红楼梦》中所包含的时代性、地方性知识,如康熙、雍正、乾隆时期社会的政治结构、家族状况、阶层构成、人际关系乃至风俗习惯、饮食文化、绘画技法等,更可称为一个集封建社会丰富知识的百科全书。甚至一首诗歌,只要称为经典,也能在短短的几行诗句中包含着时代性的知识,例如欧仁·鲍狄埃的《国际歌》、艾略特的《荒原》就是经典范例。现在我国的很多文学作品只有故事,只有自己的个人琐细的体验和肤浅的生活感受,但却缺少时代性、地方性的知识的内蕴,因此其价值是大打折扣的。三是好的文学作品必须有深邃的哲理性。在我看来,文学经典文本一般说来都是指向哲理性的表达,而不是具体道理的传递。从中外文学的实践中我们可以看到,文学作品不是哲学或其他社会科学类著作,它不以讲述某种道理和宣传某种观念见长,而是以形象和情感来表现某种哲理。可以绝对一点说,一个以讲道理见长的作家,或者一个作家试图用自己的作品去讲述某个具体的道理,哪怕是最深刻的道理,那也是创作不出经典作品的。因为任何道理都是有一定的时效性和特定性的,从来没有哪个具体的道理,尤其是关于社会和人生的道理,可以适应一切时代和一切人。一个只知道讲某一个具体道理的作家,阐释的丰富性也是受到限制的。同样,若一个文本体现出了某种哲理,就使它具有了多元阐释的可能,即具备了阐释的无限性。我说这些的目的,只是提供一个我所认定好的作品的标准,若读者认为我说的标准有道理,那就还是请读者们据此来判断中国现代文学的成就和不足吧。

至于西方现代文学对中国的现当代文学的影响,毫无疑问是极其巨大的。其影响主要在以下几个方面:第一,它给中国文学送来了西方启蒙运动之后形成的人道主义、自由主义、个人主义乃至阶级、革命等具有现代意义的思想(有些学者过于强调基督教对中国现代文学的作用。其实这种所谓的基督教思想,也是西方启蒙运动之后形成的现代宗教思想,本质上是西方的现代价值观在宗教领域的体现)。第二,它为中国送来了现代意义上的个体审美的艺术观念和多样态的艺术方法。第三,它也为中国人提供了纯粹的文学史写作基本范式和西方现代意义上的评价标准。应该说,这些影响彻底改变了中国文学发展的进程,使得我国文学从古代文学的发展脉络开始向现代文学的向度转换。但是,其影响的副作用也是极为明显的。比如极端的个人主义思想的张扬、用善恶论来看世界和分析作品以及悲观绝望的情绪的流溢等等。但我必须指出,这种不足不能怨在西方文学或者外国作家身上,而应该在我们自己的身上找原因。因为外国文学就是一个客观存在,就是一个他者。不论你喜欢不喜欢,它就在那里。而我们在接受的过程中,由于各种的局限,或是常常把其理想化和榜样化,或是将其毒草化和妖魔化——这更多的是我们在接受中出现的问题。以我国对西方启蒙主义的接受为例,在 18 世纪法国出现的启蒙主义思想文化解放运动,本质上是用"无神论"思想进行启蒙。法国启蒙主义思想家要用"无神论"思想去重新阐释当时人类社会已经出现的各种知识。因为在启蒙运动之前,人类的全部知识都是建立在"有神论"基础上的。正是启蒙主义思想家用这种建立在"无神论"基础上对人类知识的重新阐释,形成了当时人们思想的大解放,从而波及政治、经济等社会的各个方面。例如,过去帝王统治的根基是建立在有神论基础上的,所谓"君权神授","皇帝是上帝在人间的代表"等,就是有神论思想在政治领域的集中体现。但当"无神论"思想出来之后,既然没有什么"上帝"和"神灵",那么,"君权神授"也就成了无稽之谈,从而导致了政治革命——法国大革命——的爆发。但由于我们没有充分注意到"无神论"在当时思想观念领域的价值和作用,加之五四运动前后革命任务压倒一切,所以,我国学界对"启蒙"的接受和认知便出现了一定程度的偏移,仅仅把"启蒙"看成了"政治上的启蒙",从而形成了"政治启蒙压倒一切"的潮流。也就是说,我们没有真正从思想观念的根子上去理解启蒙,而是把"启蒙运动"的一个副产品——政治启蒙——当成了主要的东西。从这个例子中我们可以看出,是我们对"启蒙思想"理解有了选择和偏差,所以才导致了一些问题的出现。

就当前的西方现代派文学对中国文学的影响也是如此。西方现代人的精神危机,说到底是欧美世界一部分敏感的知识分子的精神危机,而这种精神危机又是西方现代社会制度(政治、经济、文化乃至生活方式、思维方式等要素)等综合造成的,是社会总体上"出了毛病"的结果。可是在我国一些人的创作和评论中,不加仔细的思考和分析,就进行简单的类比,也认为中国有了和西方相似的精神危机,并且认为这种危机是全民的,是和西方类似的,这就值得商榷了。诚然,我不否认,当下中国人中也有一些人是存在着精神危机的,但究竟是否主流,值得探讨。造成我们精神危机的原因,也值得深入研究。这点我们必须清醒,不能照搬西方。

高照成:未来的外国文学史教材应该如何编写? 文学理论与文学批评的关系应该是怎样的? 文学批评中一定要套用某种理论吗? 在课堂教学中,文学史、文学作品与文学理论的关系孰轻孰重?

刘建军:如何编写一本外国文学史教材,并没有一个固定的答案。我先说一个基本的前提:就是当我们说到编写文学史的时候,要首先想到有两种文学史,一个是为研究者进行学术研究所使用的文学史(类似于学术著作、参考书或工具书),另一种是为教学使用的文学史教材。现在我们出版的很多外国文学史著作都是二者不分的。明确了这一点后,我们才可以说未来的外国文学史该如何编写。就前者而言,应该体现出编写者的学术个性和学术的探索性。就学生使用的外国文学教科书而言,首先,教学型的外国文学史编写,应该是以问题为导向的文学史,中心线索应该是世界上不同民族和国家在面临不同时代主要问题时文学作家们的精神发展历程,是不同时期的文学对所面临问题的独特美学感悟和艺术性回答,以便为我们的学生能认识不同国家和民族的思维方式、审美特点服务。至于具体内容,则可以根据问题的需要与否进行统筹取舍。第二,未来的外国文学史的编撰，必须是富有启发性的文学史，而不是灌输性的文学史。当然我们所说的启发性文学史，并非不顾事实的信口开河，而是在文学现象和文本真实的基础上，不仅要告诉学生"是什么"，更是要让学生学会追问"为什么"。第三，新的文学史必须是以文本和史料为主要内容的外国文学史，而不是现在这样都是编写者所认知的文学史。也就是说，新的外国文学教材的编撰，应该把最重要的史料和文本作为编写内容的重点，而不是把编者自己的思辨过程和所谓看法让学生去接受。我们现在的很多外国文学史，由于缺少文本的进入和材料的出现，只是讲一些编写者的认识和体会，这其实是剥夺了学习者乃至讲授者的学习的自主性和主观能动性。

至于文学理论和文学批评的关系，我认为这也是当今我国的外国文学教材处理得较差的领域之一。我们当前的一个普遍现状是，讲西方文论的人很少涉及外国的文学现象与作品，而讲文学史的人很少涉及文论。因此，我们必须要做好二者的结合。其实这二者本质上是相互依存、相互促进的辩证关系。就从笔者自身的教学实践来看，我讲西方文论，总是先从作品入手，然后引入理论并说明理论。因为我认为理论是通过文本表现出来的。而我讲文学史的时候，由于从一个时代的具体问题出发，所以文论思想也就能在解读文学现象和文本的时候自然而然地灌注到文学史和作家作品的讲述之中了。这样学生学起来就不再是两层皮，而是将二者紧密联系在一起了。我始终认为，教师讲文论、学生学文论的目的，说到底是为了能够更好地、更深入地理解文学现象和作家作品。若不能达到这个目的，那么学再多的理论也是没用的。这里有一个关键之处要注意：这就是二者结合一定在问题意识中进行。我前面说过，外国文学的讲授要有问题意识。我们若以问题为导向，那么理论和文本二者就会在提出问题、分析问题、解决问题的时候能够很好地结合在一起。有些人之所以愿意套用理论，就是因为没有问题意识，或者说问题意识缺乏。例如，我们在讲述莎士比亚《哈姆莱特》的时候，如果你要解决的是"莎剧的主人公哈姆莱特究竟是个什么形象"这个问题的时候，假如你从社会学的角度出发，你就可以采用文艺社会学理论；假若你从心理学角度来解决这个问题，你就可以采用现代心理学或精神分析学理论去解决这个问题。若说理论与作品二者孰轻孰重，还是那句话，两者并重，辩证统一。

高照成：感谢您谈了这么多！最后能否请您举出几位您个人认为非常值得推荐阅读的中国现（当）代文学作家作品？并谈谈推荐的理由。

刘建军：又给我出了个难题，我不是专门从事中国现当代文学研究和教学的，可能很难给你满意的回答。若非要指出几个作家，我首推鲁迅。尤其是鲁迅的《阿Q正传》。我喜欢鲁迅，是因为他的小说对普通中国人灵魂的追问以及他对这些普通人历史命运的关怀。同时，他的小说《阿Q正传》也具有深刻的常读常新的哲理魅力和艺术魅力。以阿Q的名字为例，可以看出，Q首先是个O，（是个圆）。这个圆包含着三重含义：首先，这个圆是阿Q一生不觉悟—想觉悟—最终没有觉悟的循环命运的写照；其次，这个圆也是对辛亥革命从不革命到革命再到失败这一循环过程的写照；第三，这个圆也是自古以来中国农民反抗—失败—再反抗—再失败循环命运的象征。所以，鲁迅才借阿Q之口，说出了"孙子画圈才画得圆"的话。其实，《阿Q正传》中的这种原型意象，在鲁迅的小说中比比皆是，如《伤逝》中涓生和子君的命运轨迹，《故乡》中闰土的命运变化，乃至他的小说集《呐喊》和《彷徨》中无不体现着这种圆（历史乃至个人命运循环）的意象。这样，鲁迅的小说其实就超越了一般的压迫与反压迫的单一主题，成了一种超越故事本身的对中国人精神困境的哲理反思。这里还有一个问题：鲁迅先生为什么不把阿Q直接称为阿O呢？其实这也显示出了鲁迅的敏锐，因为阿Q毕竟已经是新的历史条件下的农民了，他毕竟要"革命"了。但是由于当时真正的革命者还没有出现，所以他也不可能接触到真正的革命者，因此，他的"革命"也是兔子尾巴长不了。这样，圆上的这个小尾巴就显示出了新的历史条件下中国贫苦农民的新特征。

第二个我推荐的中国现当代文学作家是周立波和他的长篇小说《山乡巨变》。对这部作品的价值，我们必须要从中华人民共和国成立后"革命与建设"两大任务叠加的特定的历史需要谈起。习近平总书记曾经指出，中华民族伟大复兴的历史进程经历了"站起来"、"富起来"和"强起来"三个历史发展阶段。我在国家社科基金重大项目"百年来欧美文学中国化进程研究"的结项成果中也曾说过，1949年中华人民共和国成立到1978年党的十一届三中全会召开，是革命和建设两大任务的叠加时期，也是社会各个阶级和阶层，尤其是农民与千百年来旧思想、旧观念决裂的主要历史阶段。由于这部小说写出了特定历史时期中国农村社会巨大的历史变迁和广大农民的独特精神风貌,深刻地反映了这一历史时期的本质特征,所以具有史诗的性质。在艺术上,作家不论是人物描写,还是矛盾设置与场景刻画;无论是叙事,还是抒情,都有着特定时期的历史气息,都有着由衷地流诸笔端的对社会主义的赞美之情,自始至终洋溢着一种乐观主义精神。在我看来,就目前而言,写中华人民共和国成立最初十年农村的矛盾斗争和农民的观念转换的作品,还无有出其右者。当然,这只是我的一孔之见,不足为凭。

　　谢谢你给了我这样一个机会!

(作者单位:刘建军,上海交通大学
高照成,中国计量大学)

论文学史的三重世界及叙述
——对文学史内部构建的理论探讨

乔国强

　　这篇讨论文学史"三重世界"的文章属于一种理论探讨,而并非对文学史写作,特别是对中国文学史写作的梳理或评价。对文学史进行这种理论探讨,主要意图是探讨文学史内部的构建,并通过这种构建来看文学史写作的性质。这一探讨的理论出发点是"可能世界"理论。"可能世界"理论本身内涵丰富,运用到叙述学研究领域中,也有诸多拓展和创新。不过,这篇文章中所运用的"可能世界"理论,其内涵不是广义的"可能世界"理论,而是限定在叙述学研究领域内的"可能世界"理论;其方法不是"对号入座"式运用,而是在运用这个理论部分基本理念和话语的基础上,对叙述学领域里的"可能世界"研究做出一些修正,并提出自己的一些不同看法。

　　为了方便这种探讨,文章拟对"可能世界"理论做一个扼要的介绍,其主要目的是交代一下理论的出发点并以此作为参照,以方便看清文章在运用这一理论和论证过程中对这一理论所做的部分修正和所提出的新观点。另外,还需要说明的是,文中以案例分析的方式讨论了部分文学史的写作情况。这种分析更多是为了讨论方便而针对某些特定的文学史文本做出的研判。

一、文学史与"可能世界"理论

　　"可能世界"理论在西方有着悠久的历史,可以远溯至 17 世纪德国哲学家戈特弗里德·威廉·莱布尼茨(Gottfried Wilhelm Leibniz, 1646—1716),甚或更早。比如说,亚里士多德在《诗学》中就曾提出了接近"可能世界"理论所关注的问题。他曾说:"诗人的职责不在于描述已发生的事,而在于描述可能发生的事,即按照可然律或必然律可能发生的事。"①近期,再一次将这一理论提出并做出阐释的是美国哲学家和逻辑学家索尔·阿伦·克里普科(Saul Aaron Kripke,1940—)。他在 1963 年发表的《对模态逻辑的语义学思考》一文中,从语义学角度提出了"模态结构",并对模态逻辑中"可能世界"问题做出了论证。②随后,相关文章和著作陆续出现,先后有 S. K. 托马森讨论《可能世界与许多真实价值》③、约翰·E.诺尔特阐释《什么是可能世界》④、卢博米尔·多勒兹论述《小说和历史中的可能世界》⑤等文章;另外还有玛丽-劳尔·瑞安从人工智能、叙述理论角度讨论可能世界的《可能世界、人工智能、叙述理论》⑥,露丝·罗南将可能世界理论用于文学研究的《文学理论中的可能世界》⑦,约翰·戴弗斯对"可能世界"模式的界定和用"真正的现实主义"(genuine realism)等问题进行讨论的《可能世界》⑧,罗德·格勒对"可能世界"的界定,对"可能世界"及其范域词、个体与身份、知识的可能世界、信仰的"可能世界"等问题进行论说的《可能世界》⑨等专著。在以上这些论述中,有些论者已经把"可能世界"理论与文学研究进行了深刻的关联,遗憾的是迄今为止还未有研究者把"可能世界"理论引申到文学史的研究中来。从这个层面上说,本文也是对"可能世界"理论的一种突破与拓展,所以还需要进一步对这个理论予以简单的介绍与梳理。

"可能世界"理论在不同研究领域中有着不同的界定。莱布尼茨的主要观点有以下几点:(一)用非矛盾的方法来界定可能性,即只要事物的情况组合符合

---

① 伍蠡甫主编:《西方文论选》,上海:上海译文出版社,1979 年,第 64 页。

② 参见 Kripke, Saul A., "Semantical Considerations on Modal Logic." *Acta Philosophica Fennica*, 16(1963), pp.83 - 94; Zabeeh, Farhang, E. D. Klemke & Arthur Jacobson(eds), *Readings in Semantics*. Urbama: University of Illinois Press, 1974, pp.803 - 814.以下所有对外文引用的文字均为本文作者所译,不再一一注明。

③ 参见 Thomason, S. K., "Possible World and Many Truth Values." *Studia Logica*: *An International Journal for Symbolic Logic*, 37.2,1978,pp.195 - 204.

④ 参见 Nolt, John E., "What Are Possible World?." *Mind*, New Series, Vol. 95, No. 380, 1995,pp.432 - 445.

⑤ 参见 Doležel, Lubomír, "Possible Worlds of Fiction and History." *New Literary History*, Vol. 29, No. 4. Autumn 1998,pp.785 - 809.

⑥ 参见 Ryan, Marie-Laure, *Possible Worlds*, *Artificial Intelligence*, *and Narrative Theory*. Bloomington: Indiana University Press, 1991.

⑦ 参见 Ronen, Ruth, *Possible World in Literary Theory*. Cambridge: Cambridge University Press, 1994.

⑧ 参见 Divers, John, *Possible Worlds*. London and New York: Routledge, 2002.

⑨ 参见 Girle, Rod, *Possible Worlds*. Chesham: Acumen, 2003.

逻辑的一致性,这种事物的情况组合就是可能的;(二) 事物发生的可能性是有理由的,即有因果关系;(三) 现实世界是一种实现了的可能世界;(四) 事物的发生具有双重可能性,即事物本身具有多种可能性和事物组合具有多种可能性。[①]随后出现的"可能世界"理论大都是围绕着他以上的这些观点构建起来的。比如,约翰·E.诺尔特在《什么是可能世界》一文中曾说:"就'可能世界'这个词语而言,就是它的字面意思,即世界。[……]要不是有真实世界的存在,我也不相信有可能世界。也就是说,我不相信它们的存在。但是,我一定要论证它们是可能存在的,理解它们的可能性是理解它们是怎样的一种方法。"[②]诺尔特的这段话大致包含了三种意思,其一是因"可能世界"这一术语中"世界"一词使用的是复数形式(worlds),因此它指的是那些以多样形式可能存在的抽象世界;其二"可能世界"是相对于真实世界而言的;其三"可能世界"的存在是需要论证的,即论证是理解"可能世界"的一种方法。换句话说,在诺尔特看来,这个可论证的"可能世界"是与真实世界相互参照、互为补充的。它虽然只存在于观念之中,但是,通过论证我们对这个世界是可以理解的。

这种解释虽然能使我们从理论层面知道何谓"可能世界",但是离着文学还有一定的距离。把上述的释说较好地引申到文学作品内部中来的,是叙述学界。他们对此的一般解释是:

> 这个理论的基础是集合理论思想,认为现实——想象的总和——是由不同因素组合而成的一个多元的宇宙。这个宇宙是由一个相对立的特别指定的因素分层构建起来的。这个指定因素就是这个系统的中心,对这个集合的其他因素产生作用。[……]这个中心因素通常被称之为"真实世界",环绕周边的因素仅视为可能世界。对一个称之为可能的世界,它一定与一个所谓的"可通达关系"相关联。可能与不可能之间的边界依据可通达性来界定。[③]

---

① 参见 Leibniz, G. W., *Theodicy*. Charleston: Create Space Independent Publishing Platform, Open Court Publishing Company, 1986;陆剑杰:《莱布尼茨"可能世界"学说的哲学解析》,《社会科学战线》1997 年第 4 期。

② Nolt, John E., "What Are Possible World?." *Mind*, New Series, Vol. 95, No. 380, 1995: 432.

③ Ryan, Marie-Laure, "Possible Worlds Theory." in *Routledge Encyclopedia of Narrative Theory*. David Herman, et. al. (eds), London and New York: Routledge, p.446.

这个解释告诉我们，"可能世界"是从集合理论出发的，所研究的是与抽象物件构成整体相关的集合、元素及其成员之间的关系等。用在叙述研究中，则主要是指对叙述文本这个整体内部各要素的集合及其之间的关系等所进行的研究。这个解释还特别强调了"可通达性"在区别可能与不可能之间边界的重要性。

显然在叙述学界，研究者们也只是把"可能世界"理论运用到文学作品的分析中去，还没有运用到文学史的研究中来。本文之所以决定从"可能世界"理论的角度来研究文学史，主要是基于以下的三种考虑：

（一）"可能世界"理论是一种敞开式的理论，既探讨了世界的真实性一面，也探讨了世界的虚构性一面，把世界的"实"、"虚"两面都关照到了，即最大限度地把世界的可能性面目呈现了出来。这种理论对拓展研究文学史的思路非常有益，如以往的文学史编撰者多半都是从"实"的层面上来考虑文学史，而忽略了"虚"的那一面。这个既注重"实"又注重"虚"的理论，对我们全面认识文学史的内涵及其属性会有极大的激发意义。

（二）"可能世界"理论告诉我们，现实与虚构并不是截然分明地存在于这个"可能世界"之中的，而往往是因其"可通达性"（accessibility）而以相互"融合"或"交叉"的形式存在。作为集合了各种文学史料的文学史，也是一种以文本形式存在的交叉融合了真实与虚构的文学世界。或确切地说，这个文学史的世界有三重，即"虚构世界"（fictional world）、"真实世界"（actual world）以及虚构与真实因可通达而相关联的"交叉世界"（cross world）。在文学史文本中，这三重世界既有融合，也有区别。融合是指存在于文学史文本中的这三重世界的共同趋向，即三重世界因"可通达性"而共存于一个文学史文本之中，合力共同构建了文学史的文本并形成了一个独特的集合体；区别则是指文学史文本中的三重世界各有自己的属性、边界和功能。将"可能世界"理论运用到文学史的文本分析之中有助于揭示这些属性、功能的可通达性，并进而揭示出文学史的性质和内涵。

（三）正如前文所言，在西方社会，"可能世界"理论已经被运用到文学研究中来了，但迄今为止还无人将该理论运用到文学史的研究之中。本文试图在这方面有所突破，这个突破拟从以下两个方面展开：一是研究对象的改变，即从原来研究的逻辑、文学作品、人工智能、数字媒介等转移到对文学史的研究上来；二是研究方法的改变，即在借鉴"可能世界"理论的基本理念基础上，将"可能世界"理论中所涉及的一些基本问题拆分开来或做出某些修正，运用到对文学史的分析之中，以期在深入分析文学史的本质和内涵的基础上，进一步拓展"可能世界"

理论或提出一些新的问题。不过,这里还需要说明两点:一是这里就文学史的虚构世界、真实世界以及交叉世界及其叙述分开来讨论,更多是出于讨论上的方便,而并非认为从整体上看这三个世界是以截然分开状态存在的;二是"可能世界"理论中有一个重要问题就是"可能"与"不可能"。在这篇讨论文学史"三重世界"的文章中,这种"不可能"由于文本化和"可通达性"而不复存在。这一点将在后文中进行论证。

二、文学史的虚构世界

在"可能世界"理论中,"虚构"是一个重要问题。许多学者针对这个问题做过专门论述。比如说,托马斯·帕维尔、戴维·刘易斯、基迪恩·罗森、彼得·孟席斯和菲利普·裴蒂特、露丝·罗南①等都曾运用逻辑或文学分析的方法,论证了"虚构"存在于"可能世界"中的问题。在这些学者看来,无论是从逻辑还是从文学的角度看,"虚构"既可以看成是"可能世界"的一个特征,也可以看成是"可能世界"中的一个组成部分。它存在于文学作品之中已经不是个问题,甚至可以说已是个常识了。然而,在我们的文学史写作和研究中,"虚构"还没有作为一个问题受到重视。或者说,"虚构"在文学史中的性质、属性以及存在方式,还是一个需要进一步讨论和论证的问题。

严格说来,文学史的虚构也不是一种单维度的虚构,而是至少有三重意义的虚构,即文学史所记载和讨论分析的文学作品的虚构、文学史文本内部构造与叙述层面意义上的虚构,以及文学史中各个相互关联的内部构造与外部其他世界之间关系的虚构。

第一种虚构主要是针对研究对象而言的,即指出文学史的主要研究对象之一——文学作品是虚构的。这种虚构不仅包括人物塑造和故事构建,而且还包括作者在叙说这些故事时所采用的话语和叙述策略等。第二种虚构是从文学史的本体上予以考察的,指出文学史写作如同其他写作一样,并非对文学史全貌的

---

① 参见 Pavel, Thomas, *Fictional Worlds*. Cambridge: Harvard University Press, 1986; Lewis, David. *On the Plurality of Worlds*. Oxford: Blackwell, 1986; Rosen, Gideon, "Modal Fictionalism." *Mind* 99,1990:327 - 354; Menzies, Peter & Philip Pettit, "In Defence of Fictionalism about Possible Worlds." *Analysis*, Vol. 54, No. 1,1994: 27 - 36; Ronen, Ruth, *Possible World in Literary Theory*. Cambridge: Cambridge University Press, 1994.

照录,而是有着写作原则和编排体例要求的。这一点非常关键,这就意味着任何一种文学史写作都不可能是完全客观、全面的,它在很大程度上受制于写作者价值观念的影响。譬如说,在某一段文学历史时空中存有一百个作者、作品和事件,但由于文学史本的容量或其他问题,只能选取其中的三十个或五十个写入文学史本中,这样一来不同文学史家的选择就会不同,写出来的文学史本也自然就不同。这种"不同"可能还不单纯是对作者、作品、事件选择的不同,还表现在文学史结构形式及书写评价的语言、话语、术语等方面的不同。以上的诸种不同,足以揭示出文学史文本书写本质上的虚构性①。第三种虚构是从文学史写作的文化与社会语境层面上来予以考察的,指出文学史写作决不仅仅是文学史作者个人的事情,它还与塑造或影响文学史作者的文化传统、社会现实、时代精神、审查制度等相互关联和相互影响。

在以上三种虚构中,第一种有关文学作品的虚构是显而易见和不证自明的,本文就不予以讨论了。下文分别讨论的主要是第二种和第三种虚构。

先谈文学史的第二种虚构。这种虚构首先可以从与客观现实的比照上来看,即假如我们把客观现实作为一个参照系,那么,文学史文本中所表现出来的那个符合文学史作者思想结构和逻辑框架的"一致性"(这里的"一致性"既是指文学史作者预设的,也是指在文学史文本中呈现的"一致性"),就是文学史作者虚构出来的。我们可以做一个简单的逻辑推理:假如一部文学史的文本世界具有"一致性"是可能的,如文学史的编撰在编撰指导思想、价值取向、体例等方面应该取得一致,那么,文学史文本世界中的"一致性"是存在的。这种"一致性"可能主要体现在一部文学史写作的统一原则、体例、方法、价值观等诸方面。比如说,孙康宜在她与宇文所安主编的《剑桥中国文学史》"中文版序言"中这样写道:

> 当初英文版《剑桥中国文学史》的编辑和写作是完全针对西方读者的;而且我们请来的这些作者大多受到了东西方思想文化的双重影响,因此本书的观点和角度与目前国内学者对文学史写作的主流思考与方法有所不同[……]《剑桥中国文学史》的主要目的不是作为参考书,而是当作一部专书来阅读,因此该书尽力做到叙述连贯谐调,有利于英文读者从头至尾地通读。这不仅需要形式与目标的一贯性,而且也要求撰稿人在写作过程中不

---

① 参见乔国强《文学史:一种没有走出虚构的叙事文本》,《江西社会科学》2007 年第 8 期。

断地互相参照,尤其是相邻各章的作者们。①

从所引这段文字中我们至少可以看出这样几层意思:其一,原来《剑桥中国文学史》的编撰者们,在写作之前就预设了现实中并不存在的编写目的("当作一部专书来阅读")和自己设置的,但并非所有参编者都十分明晰的"期待视野"或"隐含读者"("完全针对西方读者的")等;其二,他们为达到"写作的形式与目标的一贯性"的目的,要求编撰者相互协调("撰稿人在写作过程中不断地互相参照")。应该承认,从《剑桥中国文学史》的编撰情况来看,这种经预设和"协调"而取得的"一贯性"(即前文所说的"一致性")是存在的。然而,诚如孙康宜所言,这种预设的和"协调"出来的"一贯性",在客观现实中是不存在的,或曰只是一种虚构的可能。

其实,几乎所有合作编撰文学史的编撰者们都会追求这种预设的一致性,但是这种"协调"出来的一致性与原来预设的一致性总会有程度不同的差异。比如说,《中国文学史》的编撰者在"前言"中曾坦承说(这部《中国文学史》):

> 由章培恒、骆玉明任主编,讨论、决定全书的宗旨、与基本观点,经全体编写者商讨后,分头执笔,写出初稿。然而,编写者对中国文学发展的看法只是大致近似,一涉及具体问题,意见互歧在所难免;至于不同的写作者所撰写各部分之间的不能紧密衔接,各章节分量的不均衡,文字风格的差别,更为意料中事。②

从《中国文学史》编写这个例子中也可以看出,文学史文本世界中的"一致性",不仅在现实中是不存在的,而且在文本世界中也是难以实现的,充其量是人为地预设或"协调"出来的。即便如此,差异还是存在。从这个角度讲,文学史中的这种人为预设或"协调"出来的"一致性",从现实层面上看具有一定的虚构性。

是不是个人独立编撰文学史就可以避免这类虚构性? 答案显然是否定的。比如说,洪子诚在《中国当代文学史》"前言"中,所谈到的有关"文学性"的编写原

---

① 孙康宜、宇文所安:《中文版序言》,见孙康宜、宇文所安主编《剑桥中国文学史》,刘倩等译,北京:生活·读书·新知三联书店,2013年,第1—2页。
② 章培恒、骆玉明:《前言》,见章培恒、骆玉明主编《中国文学史》,上海:复旦大学出版社,1996年,第1—2页。

则是重要一例。他说:"尽管'文学性'(或'审美性')是历史范畴,其含义难以做'本质性'的确定,但是,'审美尺度',即对作品的'独特经验'和表达上的'独特性'的衡量,仍首先被考虑。不过,本书又不是一贯、绝对地坚持这种尺度。"①洪子诚的这番话说明"一致性"其实是一种人为的,既不是一种客观存在,也很难"绝对地坚持"。另外一例是顾彬。顾彬在其编写的《二十世纪中国文学史》"中文版序"中,也声称自己"所写的每一卷作品都有一根一以贯之的红线",即前文所说的"一致性"或"一贯性"。其实,假如翻看一下他编写的各章节的目录就不难发现,这根"红线"从一开始就被他所采用的错误的"时空秩序"给打乱了。具体说,顾彬将"20世纪中国文学分成近代(1842—1911)、现代(1912—1949)和当代(1949年后)文学"三个部分,并以"现代前夜的中国文学"、"民国时期(1912—1949)文学"以及"1949年后的中国文学:国家、个人和地域"②三个章节分别进行了论述。这种分期方法与勒内·韦勒克所批判的"大杂烩"分期方法别无二致③,即在分期中将表达时间概念的标题和表达政体概念的标题混淆使用。

由此看来,不管是集体的还是个人的文学史编撰,在写作中追求"一致性"是无可厚非的,但需要认清的是,这种"一致性"是一种主观诉求,其本质是文学史作者根据自己的写作目的和价值取向在预设的基础上虚构出来的。

其次,我们再从文学史内部的构成上来看。假设文学史主要是由五个部分组成的,即"文本"、"人本"、"思本"、"事本",以及针对这"四本"所做的"批评"五个部分④,那么与文学史书写相关的叙述和分析评论,自然也就是围绕着这五个主要组成部分展开的。

一般说来,这里"文本"主要指的是入选的历代文学作品与文学资料;"人本"主要指的是与"文本"相关的作者及与文学思潮、文学事件、文学活动(包括出版)

① 洪子诚:《前言》,见洪子诚《中国当代文学史》(修订版),北京:北京大学出版社,2010年,第15页。

② 顾彬:《前言》,见顾彬主编《二十世纪中国文学史》,上海:华东师范大学出版社,2008年,第3页。

③ 参见乔国强:《"秩序"的叙事新解——以顾彬的〈二十世纪中国文学史〉为例》,《江西社会科学》2009年第10期;乔国强:《论韦勒克的文学史观》,《上海大学学报》(社会科学版)2009年第3期。

④ 有关"文本"、"人本"、"思本"以及"事本"主要是由董乃斌提出并做界定的。参见董乃斌《文学史学原理研究》,石家庄:河北人民出版社,2008年,第43—101页。另增加的"批评"为本文作者提出。本文作者在使用这些概念时,也对部分内涵做了相应修改。

等相关的人物①;"思本"主要指的是"有关文学的种种思想、观念、思潮"②;"事本"主要指的是具体的文学作品出版和文学现象与社会思潮、文学与社会事件、文学与社会活动(包括出版)等"一切与文学有关的事情"③;"批评"主要指的是文学史作者和读者针对前面提到的"四本"所做的分析、讨论和评价。文学史在这一层面上的虚构性及与之相对应的叙述的虚构性,主要表现在以下几个方面:

(一)假设在文学史中,"文本"、"人本"、"思本"、"事本"以及"批评"五个主要组成部分是共时存在的,那么,这五个主要组成部分之间关系,应该是相互关联和相互作用的。事实上,这种绝对的"共时"是不存在的,即便是写当代文学史的作者也应该与这五个主要组成部分中,至少有部分不是绝对共时的。这种非共时性主要有以下三种情况:(1)文学史作者所讨论的部分作品出版时间,可能在他/她出生之前或至少是早于他/她开始文学史写作之前;(2)文学史作者与某些文学事件、某些文学活动等,在发生时间和空间上是非共时的;(3)文学史作者在精神维度上与某些文学作品的作者、文学思潮、文学批评等是非共时的。文学史作者在这么多非共时的情况下,要想通过自己的写作来将这五个组成部分关联起来,叙说或阐释它们之间的互动情况,投射或表达自己的文学观点和价值取向,唯一可行的办法是建立起一套用来构建和认知这种共识性的逻辑规则。所以说,从严格意义上看,文学史作者所使用的那套架构文学史的逻辑规则,是虚构出来的。④ 这样一来,作为(部分)与之非共时的文学史作者,在这样一套具有虚构性假设的基础上进行逻辑推演,即便这套逻辑规则本身具有一定的合理性,其推演和书写的过程也必定带有一定的虚构性。

(二)文学史的虚构性还体现在上面提到的那些用来构建文学史组成部分的相互关系和相互作用之中。以文学史中的"文本"为例。需要指出的是,"文本"应该不仅仅是指文学作品,而且还指与文学史写作相关的其他文史资料,如

---

① 本文作者认为,董乃斌将"人本"界定为与"文本"相关的作者并将"思本"视为文学史中的次要因素等观点有欠周道,因此,在文中对董乃斌的这些界定将做出部分修改。

② 董乃斌:《文学史学原理研究》,石家庄:河北人民出版社,2008年,第77页。

③ 董乃斌:《文学史学原理研究》,石家庄:河北人民出版社,2008年,第90页。

④ 要建立这样的逻辑关系,至少需要知道以下四点:(1)这些组成部分的相互关联和相互作用的方式(如线性关联、网状关联、叠加式关联或交叉式关联等)、主次顺序、互动量级、互动走向等;(2)它们之间产生关系和互动的介质、诱因是什么;(3)这些关系之间的互动与其他关系之间互动的因果关系如何;(4)如何在推演这些逻辑关系中最终析出并确定具体的相互关联与相互作用的结果。

与作者和作品相关的史料、批评文献、文化政策等。从严格意义上来说，"文本"不是孤立存在的，它与"人本"、"思本"、"事本"以及"批评"都有程度不同的关联。从这个界定来看，"文本"内部（除文学作品之外，还应该包括与文学作品相关的史料等）与"文本"外部（包括批评文献、文化政策等在内及与"人本"、"思本"、"事本"、"批评"相关的所有史料）的相互关系和相互作用，依赖于一种具有可能性的虚构假设之上。比如说，文学史作者需要假设哪些组成部分与"文本"之间有直接或间接的因果关系；哪些组成部分虽与"文本"同时出现，但只是某种附带或偶发现象。

文学史作者既需要确定直接或间接原因与附带或偶发现象之间的关系，也需要确定直接或间接原因与先在或潜在意愿之间的关系。这种确定工作是在对"文本"进行细致研究的基础上进行的。从逻辑层面上看，这种"研究"本身需要在一定的预设模式指导下进行，因此而带有很强的虚构性。从众多作家的创作实践来看，作家们在创作时，对其自己的经历、精神漫游、交往的人物、走过地方、所受的教育，以及阅读或听说的故事等，有些是能够说得清楚，知道哪些对其创作有过直接或间接的启发，而有些则很难或根本无法说得清楚的。而对于文学史的作者而言，他在使用资料的时候既会用到作家本人可以说清楚的那些资料，也会把作家本人根本无法说清楚的资料运用到文学史中来。

问题随之而来了：既然作家本人都无法讲明白，文学史作者如何使用？办法只有一个，即依据预设的逻辑模式进行推演。譬如说，鲁迅在《狂人日记》中运用了全新的叙述技巧，剖析了小说主人公"狂人"的心理。为了解释清楚鲁迅塑造"狂人"心理的逻辑依据，有外国学者"拿1911年版的《大不列颠百科全书》对照鲁迅的《狂人日记》，得出结论：'我们不知道鲁迅到底读了多少心理学方面的书，因此无法准确判定狂人多大程度上反映了鲁迅的现代心理学理论的知识，但它至少证明了狂人所显示的症状跟现代医学著作所谈论的相当一致。'"[1]这段引文意在说明，研究者，包括文学史作者在勾连这些关系并描绘出它们之间的互动时，所依据的并非鲁迅本人所明言过的资料，而是在写作中依据预设的标准，把并非天然联系的作品与史料勾连在了一起。因此可以说，判断一部作品中的人物、事件、时间、地点、思想、情愫等因素，在多大程度上与外部资料相互关联，其实更多还是停留在具有可能性的假设之中。这种可能性的假设，说到底就是一

---

① 陈平原：《中国小说叙事模式的转变》，北京：北京大学出版社，2010年，第52—53页。

种虚构。

文学史的虚构问题还可以从文学的形式方面进行探讨。按理说,一部文学史不应只从有用的信息出发对文学思想的内容进行单义的解读,还应该包含对看似无用的文学形式(如小说形式的出现、发展以及各种变体等)进行多义的阐释。一部文学史中所包含的文类有多种,甚或说是异质的,文学史作者不仅要对作品的主题进行研究、评价,而且还要对作品文本的构成要素等进行分析和阐释。

从现有的文学史来看,大都集中在记叙和讨论有关文学思想的方面,而很少甚或几乎没有提及有关文学的形式问题。而常识告诉我们,文学形式是文学思想认识的基础,缺少了这个基础,就不可能准确地把握文学作品的思想。以小说为例。随着小说创作的发展,小说的叙述策略出现了很多变化,如现实主义小说淡化叙述主体,追求叙述的准确性;现代主义和后现代主义小说,开始淡化小说家和人物之间的语言差异,试图让小说家和人物之间的语言相互渗透,取消了隔离彼此对话的印刷符号(比如说,将直接引语改为间接引用和叙述聚焦中的人称转换等),凸现了小说的叙述化等。这些变化不仅给小说创作带来了形式上的创新,而且还折射出了作者和时代的精神维度,为准确把握小说创作的精神实质、文化意蕴、时代脉搏提供了讨论的基础和依据。所以说,只揭示思想内涵而没有反映形式嬗变的文学史,其实是一种未反映文学发展全貌的文学史,因而也是一种带有片面性的文学史。这种片面性也从另一个侧面反映出文学史的虚构性。

除了从文学形式来看文学史的虚构性外,还可以从叙事话语层面来看文学史的虚构性,如可以从文学史叙事的表达形式、视角、时空、结构等多个方面来探讨。因篇幅原因,本文仅以文学史的叙述视角为例。从文学史的叙述视角入手,可以说文学史书写的虚构性主要是通过文学史作者所采用的第三人称全知视角来揭示的。采用这种叙事视角的文学史作者会像上帝般无所不在、无所不知,而且还必须严格保持视角的统一。事实上,这对于任何一位文学史作者来说都是极难做到的。主要原因之一是,文学史作者不仅要解决自己的和文学运动、思潮等当事人的视角问题,还要解决文学作品中的视角问题。也就是说,文学史作者不仅要对社会的和文学的历史及其之间的互动关系了如指掌、把握准确,而且还要分析作品中任何一个人物都可能不知道的秘密——这几乎是一件不可为而必须为之的事情。这样一来,文学史作者为了充任这样一个上帝般全知全能的叙述者,就不可避免地以掺入主观臆断的方式为之代言,听凭自己的理解和想象虚构出一些假设和判断来。或许某些文学史作者会采用所谓"纯客观叙事"的视角来彰显自己叙述的客观性。然而，即便如此，文学史作者所看到的和所写下的也并不都是纯客观的，相反也都是有所选择和评判的。比如说，洪子诚在《中国当代文学史》中，大体上采用了这种"纯客观叙事"的视角，即坚持只叙说所谓的历史事实。尽管如此，他在叙述历史事实之后，还是避免不了地做了一些介入性的评判，如他在介绍了吴晗的《海瑞罢官》的内容和"成为重要的政治事件"的前因后果之后，还是忍不住补上了一句结论性的话："从根本上说，写作历史剧、历史小说的作家的意图，并非要重现'历史'，而是借'历史'以评说现实。"①他在这里所提到的"意图"尽管也有可能是一个事实，即吴晗在写作《海瑞罢官》时果真是这样想的，但更多的还是他的一种主观判断②，即他对历史剧和历史小说的一种认识。从微观上来看，文学史中介入性叙述可以说是随处可见，如洪子诚在谈及部分作家在"文革"前后的际遇时指出："60 年代初，从创作思想到艺术方法都相当切合当代文学规范的长篇《刘志丹》(李健彤)，在未正式出版时就受到批判。"③这句话中的"都相当切合"几个词语就是一种叙述介入。上面所说的"主观判断"和"介入"严格来说其实都具有虚构性。

　　类似于洪子诚的这种"主观判断"和"介入"其实还折射出文学史书写的第三种虚构，即文学史各个相互关联的内部构造与外部其他世界之间关系的虚构。在很多情况下，这种虚构主要体现在文学史文本话语层面与真实世界之间所存在的模仿关系上。对文学史作者而言，这种模仿关系尤其表现在文学史作者对反映在虚构作品中的真实世界所做的阐释中。换句话说，任何一位文学史作者在对一部虚构的文学作品进行价值判断时，都或多或少地试图通过一种具有内在结构的话语将其中的人物、事件、时间、地点、场景等与真实世界勾连起来。这种勾连的书写行为导致了两种结果：一是文学史作者通过价值判断将虚构的文学作品真实化；二是文学史作者在将虚构作品真实化的过程中，又将文学史这一表达真实认知的价值判断虚构化。这种勾连的悖论关系使文学史的书写，既具有一种历史相对主义的品质，又具有一种文学的虚构性。在对这种悖论关系的具体表述中，特别是在对文学作品进行价值判断时，文学史作者不得不采用表达

---

① 洪子诚：《中国当代文学史》(修订版)，北京：北京大学出版社，2010 年，第 164 页。
② 或许会有学者认为可用"主观性"替代"虚构性"。不过，二者却有许多不同之处，如"主观性"更多的是指"述体"的主观性；而"虚构性"除了指"述体"主观性外，还指话语文本化等方面。
③ 洪子诚：《中国当代文学史》(修订版)，北京：北京大学出版社，2010 年，第 164 页。

可能的预设话语结构来把虚构的内容说实了。比如说,在钱理群等著的《中国现代文学三十年》中有这样一段文字:

> 赵树理最具魅力的作品是中篇小说《小二黑结婚》。[……]此后,又接连发表一批更加紧贴现实,为配合社会变革而揭示现实的小说,包括揭示农村民主改革中新政权的不纯以及批判主观主义、官僚主义的《李有才板话》(1943 年),形象地解说地主如何以地租剥削农民的短篇小说《地板》(1946年),以一个村为缩影,展现北方农村从 20 年代到 40 年代巨大变革的中篇《李家庄的变迁》(1945 年)[……]。①

赵树理的这几部小说的确具有时代的政治痕迹,但是,无论具有怎样的政治性,也不能把其小说完全与当时的政治形势等同起来。毕竟他笔下写的是有人物、有故事、有结构的小说,而并非政治资料的汇编。如果承认这一点的话,就必须得承认,这些小说除了具有真实性之外,还应该有虚构性。但是《中国现代文学三十年》一书的作者,则没有给这种虚构性留下一点生存的空间,相反用一种社会主义意识形态的阐释系统,先是将社会现实中的问题转化成一些抽象的类别,如"揭示农村民主改革中新政权的不纯"、"批判主观主义、官僚主义"以及"形象地解说地主如何以地租剥削农民"的概念范畴。然后,又将赵树理小说中的一些具体虚构的故事情节"嵌入"这个系统中进行阐释,使之具有一种带有真实性的普遍意义。

然而,这种阐释的缺陷是显而易见的。其最根本的问题是,它除了将文本与当时的政治做了直线关联以外,还把与其他相关联的因素统统都割裂了开来。这样一来,既未能阐释小说具体语境中的种种因素与现实之间的关系,也未能说明小说的虚构模式与现实非虚构状态以及事件之间是如何相互关联的,结果就是在阐述中虚构了一个符合文学史作者阐释框架的新的文本。

需要指出的是,由于阐释系统的分类者和阐释者都是《中国现代文学三十年》这部书的作者,从而其阐释观点很容易在这个阐释系统内自圆其说。然而,由此而产生的问题是,赵树理小说中的那些原本模仿现实,而又不同于现实的虚

---

① 钱理群、温儒敏、吴福辉:《中国现代文学三十年》(修订本),北京:北京大学出版社,1998年,第 478 页。

构故事,完全消失在《中国现代文学三十年》作者的理论阐释之中,或至少要么失去了故事虚构的具体语境;要么将现实语境与故事语境相混淆,从而将阐释推向理论假设的虚构境地。

出现这种情况并不意外,因为,这种阐释并不是来自虚构小说的具体人物或故事原型,也就是说不是从这些小说文本中总结出来的,而是预设了这些人物、故事理所当然地存在于阐释者的阐释体系中。这样一来,这种阐释便容易陷入一种悖论之中,即如果把小说中的人物或故事看成是对现实世界的反映,那么,这种阐释在获得所谓现实意义的同时,虚构的人物、故事就被消解了,从而瓦解了这种意义所依赖的虚构基础;而如果小说中虚构的人物或故事被使用或保留在阐释之中,那么这种阐释的基础则不具有完整的现实意义,或至少在很大程度上带有虚构的品质。总之,无论是哪种情况,以上两种假设中的阐释所依据的都是作品文本虚构的世界,即便阐释分析出来的价值是真实的,其所依据的材料仍然是来自虚构的作品。

三、文学史的真实世界

"真实世界"在"可能世界"理论中主要指的是"我所在的世界",或"从本体上看,与仅仅可能的存在不同。在仅仅可能的存在中,这个世界本身代表了一种独立自主的存在。所有其他世界都是大脑想象出来的,如梦境、想象、预言、允诺或讲故事"[①]。与仅仅可能的存在不同,"我所在的世界"指的是现实社会。然而,实际上,它不是一种"独立自主的存在",而是一种因"无矛盾性"和"可通达性"与其他世界相勾连的存在。一句话,"可能世界"语境下的所谓的现实社会并不是单纯指眼睛所看到的世界。

叙述学借用"可能世界"这一认识,把"可能世界"中的"真实世界"细分为作者、人物和读者三个层面:其一是"想象的和由作者所宣称的可能世界,它是由所有虚构故事中呈现出来的被当作真实的状态所组成的";其二是"人物所想象、相信、希望等的次一级的可能世界";其三是"在阅读过程中存在读者所想象、所相

---

① Herman,David et al. (eds), *Routledge Encyclopedia of Narrative Theory*. London and New York:Routledge,2005,p.446.

信、所希望等的次一级的可能世界；或虚构故事被实在化或反事实化"。①

上述认识和界定对我们分析文学史中的"真实世界"具有两个方面的借鉴作用：其一是文学史中的"真实世界"也不是一种"独立自主的存在"，而是一种与其他世界相勾连世界而存在的世界；其二是也可以考虑从作者、人物、读者三个层面来划分和讨论文学史中的"真实世界"。不过，需要再次说明的是，文学史中的这个"真实世界"是在"可能"框架下的"真实"，而并非绝对意义上的实际发生或真实存在。它与一般意义上的"真实世界"不同，一般意义上的"真实世界"就是指一种绝对的客观实在，而文学史中的"真实世界"则不是这种绝对的客观实在，而是一种遵循叙述和阅读规律，经过文学史作者、文学史中的人物以及文学史读者各自或共同"加工制造"出来的，且与文学史中的其他世界相互勾连的"真实世界"。这种"真实世界"看上去好像不那么"真实"，但实际上它是一种符合逻辑的和可以论证的存在。基于这种认识，下面拟从文学史作者、文学史文本以及文学史读者三个层面，对文学史的"真实世界"进行讨论。

（一）从文学史作者来看文学史中的"真实世界"。这个问题需要从三个方面来讨论。首先，在文学史写作之前，存在一种由"先文本"构建而成的文学史"真实世界"。前文说到，文学史并不是一个由单一或同质组成部分所构成的叙述文本，而是由"文本"、"人本"、"思本"、"事本"，以及针对这"四本"所做的"批评"等内外相关联的多种同质或异质组成部分所构成的文本结构层。文学史的"真实世界"首先是指文学史"先文本"的"真实世界"，即指那些先在于被作者所选和未选的与文学史写作相关的所有史料。这些史料共同构成了先于文学史文本存在的"真实世界"。对文学史作者而言，这些史料是一种真实的存在。否则，假如不真实，文学史作者在撰写文学史时应该不会予以考虑。这个由"先文本"构建而成的"真实世界"的存在，揭示了文学史写作的性质，即说到底，文学史写作是从"真实世界"出发的，而并非凭空而来的。

其次，虽然说文学史文本中的"真实世界"所依据的是由"先文本"构建而成的"真实世界"，但在本质上说它是经过其作者"筛选"和撰写这两道工序加工制作出来的"真实世界"。文学史作者并不是可以任意进行"筛选"和加工制作而不受任何内在和外在的影响或限制。恰恰相反，他（们）/她（们）既要受到与自己相

①　Herman, David et al. (eds), *Routledge Encyclopedia of Narrative Theory*. London and New York: Routledge, 2005, p.448.

关的诸多因素,如个人成长、个人学养等方面的影响,还要受到他(们)/她(们)所处的时代、地域或环境等方面的限制。通常,我们会赋予文学史作者许多名称不同但意思大致相同的身份,如称他(们)/她(们)为"把自己和外部世界的联系搭建起来的写作者主体"、"话语产生的中心",或"努力表达身体感受经验的理性的人"。① 这些称谓说明,文学史中所呈现的"真实世界",实际上融入了与文学史作者相关的诸多要素,如其真实身份、文学史观、价值取向、所处时代、写作过程等。这诸多要素及文学史写作过程中对其所发生的某种程度上的"融入"便是一种真实存在。从某种意义上说,这种真实存在,也就是文学史另一个层面的"真实世界"。因此说,"真实世界"既存在于文学史文本之内,也存在于文学史文本之外。就文学史文本而言,则主要是体现在文本之内和文本之外相重叠的那一部分,其中包括文学史作者对材料的筛选、运用、构建以及评价等。

最后,文学史作者在写作时,所使用的部分叙述逻辑和策略也是属于"真实世界"的一部分。这种属于"真实世界"的叙述逻辑大致可以分为三种:第一种是作者在叙述中对已有文献和作品的直接引用,如姜玉琴在谈及对中国新文学肇始期的不同看法时,就采用了一种"真实世界"的叙述逻辑。她在文中引文:"'五四'新文化运动中的不少主将,都赓续了严复、梁启超以来的社会在'其开化之时,往往得小说之助',以及'今日欲改良群治,必自小说界革命始,欲新民,必自新小说始'的思想。[……]鲁迅曾说过一句话,'小说家的侵入文坛,仅是开始'文学革命'运动,即 1917 年以来的事。'"②在这段引文中,严复、梁启超以及鲁迅的话都是源自"真实世界"的,即都是从已经发表过的文章或著作中直接引用过来的。

对作品的直接引用不仅包括作品的作者、作品的名称、作品的出版时间(版本)等,还包括从作品中直接引用的与史实相符的人物、地点、建筑物等的名称及其相关文字段落等,如郑振铎在《中国俗文学史》中谈及"变文"结构时,大量引用

---

① 高概:《话语符号学》,王东亮编译,北京:北京大学出版社,1997 年,第 21 页。

② 姜玉琴:《肇始与分流:1917—1920 的新文学》,花城出版社,2009 年,第 7 页。姜玉琴的这段引文中引用严复、梁启超以及鲁迅的文字的出处分别为严复:《本馆附印说部缘起》,《国闻报》(1897 年 10 月 16 日至 11 月 18 日);陈平原、夏晓虹编:《二十世纪中国小说理论资料》(第 1 卷),北京:北京大学出版社,1989 年,第 12 页;梁启超:《论小说与群治关系》,《新小说》第 1 号(1902 年);陈平原、夏晓虹编:《二十世纪中国小说理论资料》(第 1 卷),北京:北京大学出版社,1989 年,第 37 页;鲁迅:《〈草鞋脚〉(英译中国短篇小说集)小引》,《鲁迅全集》(第 6 卷),北京:人民文学出版社,1973 年,第 27 页。因行文方便,未采用姜玉琴引用时的注释,在此补注。

了《维摩诘经变文》中的"持世菩萨"、《大目乾连冥间救母变文》、《伍子胥变文》等的内容①;他在讨论宋、金"杂剧"词时写道:"宋、金的'杂剧'词及'院本',其目录近千种,(见周密《武林旧事》及陶宗仪《辍耕录》),向来总以为是戏曲之祖,王国维的《曲录》也全部收入(《曲录》卷一。"②这里提到的引用《维摩诘经变文》中的"持世菩萨"、《大目乾连冥间救母变文》、《伍子胥变文》等的内容和周密的《武林旧事》、陶宗仪的《辍耕录》以及王国维的《曲录》等书目,都是真实的辑录,属于真实世界的一个部分。

第二种是文学史作者对已发生的有关个人的和社会的史实做出的陈述,如王德威在谈及黄遵宪的职务变化及变化后黄遵宪的个人阅历时所说的那样:"1877 年,黄遵宪的一次重要职务变动对他后来的诗学观念造成了直接影响。他不在从传统仕途中谋求升迁,而是接受了一个外交官职位的礼聘。在此后二十余年的时间内,他遍游美洲、欧洲和亚洲多国。"③这段引文中所说的黄遵宪在1877 年的职务变动是一件事实,黄遵宪在职务变动后游历欧美亚多国也是事实,它们无疑都属于"真实世界"的范畴。另如洪子诚在《中国当代文学史》中所附的"中国当代文学年表"④等此种文献类文字,也属于"真实世界"的范畴。

第三种是作者对已明确发生的因果关系的陈述,如王德威在谈及职务变化和海外经历对黄遵宪创作所带来的变化时说:"黄遵宪的海外经历促使他在全球视野中想象中国,于是,他的诗作中呈现出多样文化、异国风情的丰富面貌,以及最有意义的、富有活力的时间性。"⑤这些变化可以从黄遵宪出国任职和游历之后创作的《樱花歌》、《伦敦大雾歌》、《登巴黎铁塔》以及《日本杂事诗》等作品中看得出来。具体地说,这些变化主要体现在黄遵宪在这些作品中"形式破格,内容新异,促使读者重新思考传统诗歌在审美和思想上的局限性。"⑥以上这些引述无疑说的都是黄遵宪由于生活的变迁而引起诗歌创作风格的变迁,即对一种因

---

① 郑振铎:《中国俗文学史》,北京:中国文联出版社,2009 年,第 126—128 页。

② 郑振铎:《中国俗文学史》,北京:中国文联出版社,2009 年,第 170 页。

③ 孙康宜、宇文所安主编:《剑桥中国文学史》,刘倩等译,北京:生活·读书·新知三联书店,2013 年,第 471 页。

④ 洪子诚:《中国当代文学史》(修订版),北京:北京大学出版社,2010 年,第 453—504 页

⑤ 孙康宜、宇文所安主编:《剑桥中国文学史》,刘倩等译,北京:生活·读书·新知三联书店,2013 年,第 471 页。

⑥ 孙康宜、宇文所安主编:《剑桥中国文学史》,刘倩等译,北京:生活·读书·新知三联书店,2013 年,第 471 页。

果关系的客观陈述。

需要指出一点的是,文学史写作在陈述因果关系时,需要注意区别有效的与无效的,清晰的与不清晰的两对不同的因果关系。前者属于对"真实世界"的陈述;而后者则属于对"虚构世界"或"交叉世界"的陈述①。当然,在讨论因果关系的叙述时,还需要考虑到"覆盖律"的问题,即把一些看似直接或清晰的因果关系纳入一个一般规律来考虑,或者说用一般规律来"覆盖"它,比如说,因"物质位移"而产生的"精神质变"、国家文艺政策对文学创作的影响等。这类对在"覆盖律"项下发生的因果关系的真实叙述,是文学史叙述中极为重要的叙述,也是文学史得以存在的基本条件。

(二)文学史中的"真实世界"还可以从文本的层面来看。要阐释这个"真实世界",我们首先应该找出文学史文本"真实世界"存在的"前提"。

文学史写作不同于文学作品的创作,它需要对作家及其文学作品、文学现象等进行分析、阐释和评价。而这种分析、阐释和评价的过程就是一个转换的过程,即文学史作者要把与文学史写作有关的史料、作品等从客观存在的对象转换为主观认识的对象。毋庸置疑,在这个转换过程中,文学史作者的个人的文学修养、价值观念、判断能力都起到了很大的作用。除此之外,文学史作者所处的时代、环境、区域或国家等外部因素,有时候也会在一定程度上左右文学史作者的选择、评价或判断等。这些都是文学史文本"真实世界"存在的前提。

在这个前提之下,文学史文本"真实世界"是以一种什么样的形态存在的呢?亚里士多德当年对历史学家和诗人的看法,对我们今天正确理解文学史文本"真实世界"存在的形态,仍然具有重要的启发意义。他在《诗学》中指出,"历史家与诗人的差别不在于一用散文,一用'韵文';[……]两者的差别在于一叙述已发生的事,一描述可能发生的事。[……]诗所描述的事带有普遍性。"②亚里士多德虽然谈的是"历史家"与"诗人",但文学史的写作其实在有意或无意识之中将亚里士多德所提到的"历史家"与"诗人"融合起来。尽管文学史作者谁也没有直接宣称是受到了亚里士多德上述观点的影响,可一个显而易见的事实是,文学史作者在文学史文本中既要"叙述已发生的事",也要"描述可能发生的事"。而所谓的"已发生的事"就是指现实生活中的真实;"可能发生的事"就是指文学史作者

① 对"交叉世界"中因果关系的陈述折射出覆盖率项下因与果的问题将在下一节中讨论。
② 伍蠡甫主编:《西方文论选》,上海:上海译文出版社,1979年,第64—65页。

对文学史的构建、对文学作品等的评判等,后者因其"带有普遍性"的特征,因而成为高于现实生活中的"真实"。

简言之,文学史文本中的"真实世界",就是由这两种"真实"构建而成的。所不同的是,文学史作者在对待"可能发生的事"的时候,既要像诗人那样去描述,也要像历史学家那样去叙述、分析和评价。具体地说,在文学史文本的"真实世界"中,"已发生的事"所包含的内容很多,其中有与文学作品、作者相关的真实资料(如作者的名字及其已出版的文学作品)、与文学事件相关的真实资料(如事件所处的时代和地点等),还有以"覆盖律"面目出现的真实资料(如国家文艺政策、自然灾变、瘟疫、内乱或战争等)。"可能发生的事"所包含的内容也有很多,如文学史的构建、文学史作者对文学作品等的评判、文学作品文本内所叙述的故事、文学作品的作者在创作实践中的心理路程,及其与社会现实的内在关联或互动、文学作品的作者及其作品的接受情况等。不过,从严格意义上来说,这些不管是"已发生的"还是"可能发生的"真实资料,尽管在文学史的"真实世界"中看作真实,但它们绝不是完全以原有姿态出现的,而是由文学史作者经过自己所选择的文化代码和价值取向处理过的,抑或说是打上文学史作者个人文化修养、价值观念及其所处时代与所受文化传统影响的烙印。譬如,同样都是写 20 世纪 50 年代的中国文学,顾彬与洪子诚这两位各自背负不同的文化符码、价值取向、期待与顾虑等的文学史作者,所采取的书写策略就有所不同。顾彬在讨论这一时期文学时,在章节的概述及其具体讨论中,都扼要地陈述并分析了一些"受冲击"甚或"受迫害"的文学家的遭遇和缘由[①];洪子诚则采用百科全书式的体例,只是将发生在那个时期文学界的"矛盾和冲突"做一简单扼要的无分析性陈述[②],而将发生在那一时期的一些具体问题的讨论分散到随后的各个小节之中。

另外,从叙述的角度来看,文学史作者对这类"真实世界"的叙述也是按照一般叙述规律进行的,比如说也要预设一套能够表达自己文学史观的叙述要点、叙述顺序、叙述节奏等框架结构,同时还要预设一位(或多位)代表文学史作者的叙述者,来叙说有关文学史的方方面面的故事或问题,并在叙述中考虑(隐含)受叙者的接受情况等。这种按照一般叙述规律进行的文学史叙述,也是"真实世界"在文学史文本中的一种表现。需要强调的一点是,叙述规律在文学史的叙述中

---

① 参见顾彬主编《二十世纪中国文学史》,上海:华东师范大学出版社,2008 年,第 261—369 页。

② 洪子诚:《中国当代文学史》(修订版),北京:北京大学出版社,2010 年,第 37—55 页。

虽然似乎是看不见、摸不着的,但它是一种客观存在——只要有写作者的存在,它就存在。它既是文学史中"真实世界"得以存在的另一个前提,也是构建文学史中"真实世界"的唯一途径。

(三)文学史中的"真实世界"还可以从读者的层面来看。这里所说的读者主要是指文学史的读者,而非泛指一般意义上的文学作品的读者。这个层面上的"真实世界"至少有两层含义:其一是文学史进入流通领域后所发生的各种与流通相关的行为(如购买文学史和阅读、讲解文学史),是可能世界中的一种真实存在;其二是阅读过程中读者产生的种种反应,也是可能世界中的一种真实存在。

各种与流通行为相关的真实存在相对好理解一些,只要查看、统计一下销售记录、讲解文学史的情况等就能够不证自明;而阅读过程中的读者反应,则是一个需要论证的问题——一则需要说明读者为何在阅读中,会对所阅读的内容做出反应;二则需要对读者为何对某文本产生这样或那样的反应,做出合理的解释。

20 世纪的美国"新批评"理论,反对传统的文学批评方式。其中之一提出的就是"感受谬误"(affective fallacy)的观点,认为"把作品与它的效果混为一谈(即它是什么和它做什么)是认识论上怀疑论的一种特殊形式"[1]。"新批评"的这一观点,显然是有问题的。不过,应该承认,他们所捕捉到的阅读现象倒是真实的,即读者由于受时代、文化因素以及认知能力等影响,对同一客观事物会有着不同的反应。这一现象的真实存在,对理解文学史的读者有一定的启发作用。

与阅读文学作品一样,文学史的写作与阅读都属于认知活动,即都需要有一个信息处理的过程。换句话说,只要牵涉到阅读,处理信息的过程可能方式不同,但却是必不可少的,是一种客观实在。在对信息处理的这一过程中,由于所处时代、所从属的文化以及所具有的认知能力等原因,读者会对同一作品或文学史中所提到的同一事件产生不同的理解和反应。这也是一种实情。

我们以吴晗的《海瑞罢官》为例。洪子诚是《中国当代文学史》的写作者,《海瑞罢官》是其文学史中所关照到的一个对象。洪子诚在文学史写作中面对这一对象时,融合了读者与作者两种不同的身份,即他既要按照一般读者(或观众)的

---

① 史亮编:《二十世纪西方文学批评丛书:新批评》,成都:四川文艺出版社,1989 年,第 55—56 页。

阅读方式读完这个剧本(或看完这部戏剧的演出),也要以文学史作者的身份来审视这部戏剧。因此,他在架构他的文学史框架时,不仅扼要地介绍了《海瑞罢官》这部戏剧的主要内容,而且还对吴晗的身份、《海瑞罢官》一剧出台的缘由,以及这部戏何以成为"重要的政治事件"①作了说明。在经过对这些信息的处理之后,他对这个政治事件性质所做出了借古讽今的判断:"从根本上说,写作历史剧、历史小说的作家的意图,并非要重现'历史',而是借'历史'以评说现实。"②同样,顾彬在他的那本《二十世纪中国文学史》中,也谈及吴晗的《海瑞罢官》及其相关的政治事件。不过,他作为读者与文学史作者在面对《海瑞罢官》这部戏剧时,与洪子诚的情况并不那么一致,他在姿态上还比洪子诚显得更为单刀直入。他在介绍吴晗及其《海瑞罢官》之前,就首先告诫读者:"1949 年之后,政治争论所拥有的社会空间越来越受到挤压。[……]我们在阅读中必须注意,不同的世界观的阵营是在通过文学形式进行交锋。"尔后,他又告诉我们"当时政治局面之复杂,不是简单叙述能够交代清楚的。[……]双方都明白,争论的焦点不在海瑞和海瑞所处的时代,而是国防部长彭德怀和大跃进政策"③。与洪子诚相比,顾彬这个读者与作者非但不隐讳政治,而且还把这部戏剧与当时的政治局势及相关人物直接而又紧密地联系在一起。显然,作为《海瑞罢官》的读者和阐释者,洪子诚和顾彬对其有着不同的姿态、理解、阐释维度:洪子诚在作者与读者之间保持了比较好的平衡;而顾彬则明显地倾向于文学史作者。

同样,作为洪子诚的《中国当代文学史》和顾彬的《二十世纪中国文学史》的读者,由于处理信息方式、思想观念或价值取向等的不同,既会对《海瑞罢官》这一戏剧有着不同的理解,也会对这两部文学史有着不同理解。这些不同理解是阅读中的一种真实存在。它既反映了不同层面的读者对文学价值、地位以及意义等问题的理解,也折射出读者对文本、语境、环境的利用、认知能力以及个人的信仰等问题。

四、文学史的交叉世界

文学史中的"交叉世界"可以借用"可能世界"理论中的"可通达性"(accessi-

---

① 洪子诚:《中国当代文学史》(修订版),北京:北京大学出版社,2010 年,第 163 页。
② 洪子诚:《中国当代文学史》(修订版),北京:北京大学出版社,2010 年,第 164 页。
③ 顾彬主编:《二十世纪中国文学史》,上海:华东师范大学出版社,2008 年,第 286—87 页。

bility)来进行讨论。"可通达性"的基本理念是指模态逻辑理论中用模型结构来描述其中的三个组成部分,即"可能世界集"(possible worlds)、可能世界集合中的二元关系(relation)以及赋值函数(valuation)之间的关系。"可能世界集"中存在若干个次级的"可能世界";次级"可能世界"之间所存在的一定关联被称为"可通达关系"。"可通达关系"有真有假,也有强弱之分,赋值函数用来判断其真假和强弱。

文学史的"可能世界"也符合这种模态逻辑,各种次级"可能世界"之间也存在着这种"可通达性"。它勾连起文学史"可能世界"中的两个次级"可能世界"——"虚构世界"和"真实世界",从而形成一种"虚构世界"和"真实世界"相互交叉存在的状态,即"交叉世界"。在这个世界中,赋值函数主要有强弱之分,而较少有真假之辩。

进入文学史中的"交叉世界"视角有多个,因篇幅原因,本文只从文学史作者和文学史文本这两个方面来加以探讨。

(一)以文学史作者为轴线的"交叉"。从文学史作者的这个层面看,总体上说,文学史作者再现的现实并不是现实社会中真正存在的那个现实,而是经过作者筛选和"加工处理"过的现实。在这个筛选和"加工处理"的过程中,文学史作者尽管可能并不知道有个什么"可能世界"理论,但在实际操作中确实暗合了"可能世界"中的那条"可通达性"的原则,即将"真实"与"虚构"整合在一起,形成了一个"真实"与"虚构"相交叉的世界。下面探讨二者相互交叉的内在机制及其赋值。

从以文学史作者为轴线来看,环绕在这个轴线周边的因素会有许多,如文学史作者所生存的社会、所秉承的文化传统、所受的教育、所发生的(文学)事件、所阅读的作品等。这其中有真实的,也有非真实的或虚构的。诚如前文所说,文学史写作并非简单地将这些真实的、非真实的或虚构的史料完整地记载下来,而是有所选择、有所综合,也有所评判。在这选择、综合、评判以及意义的构建过程中,文学史作者不仅融进了自己的情感、价值观等因素,而且还在一定程度上受到国家文艺政策等这类带有覆盖律性质因素的指导或制约。显然,文学史写作是各种因素的综合体。文学史作者的任务就是,发现这些诸种因素之间的关系,并将这些真实性、非真实性或虚构的因素勾连起来,整合成一种适合文学史写作内容和逻辑的线索。简单地说,这种整合的过程就是一个"虚"与"实"相互交叉的过程,而这种"过程"所勾连、呈现出来的世界,就是文学史中的"交叉世界"。

　　文学史作者在构筑其文学史本时,其实就是遵循着这样的一个原则进行的。比如,奚密在《1937—1949 年的中国文学》中谈及这段历史时期的中国文学时首先叙说了抗日战争的起因及其影响:"1937 年 7 月 7 日,日军在北平城西南的十五公里的卢沟桥一带进行演习。以一名士兵失踪为由,他们要求进入宛平县内搜查。当他们遭到驻守宛平国军的拒绝时,竟以武力进犯。吉星文团长(1908—1958)下令还击,点燃了长达八年的抗日战争,永远改变了中国的历史。"①奚密对发生在 1937 年 7 月 7 日的事件,有选择性地作了简短而真实的陈述。从她的陈述中不难看出,整个事件是由日军挑起的,这是一种有计划、有图谋的"武力进犯"。但是,奚密在这里并没有首先提及并解释日军为何要在北平城西南驻军,而且还竟敢在卢沟桥一带进行演习;而是在随后的文字中才扼要地提及"九一八事件"、"西安事变"这两件发生在 1937 年 7 月 7 日之前的事件。她采用"倒叙"这样的一种带有虚构性质的叙述策略来追叙历史上已经发生过的真实事件,在彰显了她对"七七事变"这一事件认识的同时,强调了"先叙"的"七七事变"这一事件,给其后的中国社会、中国文学艺术等所带来的影响。

　　这种释说可能有点抽象,不妨把上述内容转换成这样的说法。奚密是从抗日战争爆发以及随后出现的文学现象这两大层面来构建文学史的"交叉世界"的。具体地说,奚密在架构这段文学历史中的历史事件时,采用了一种"实"中有"虚"、"虚"中有"实"的策略:"实"主要指抗日战争爆发前后的"九一八事件"、"西安事变"、"七七事变"等这些历史事实——它们共同构建了一个文学史中的"真实世界";"虚"则是指对这些事件进行"倒叙"的安排,即没有按照事件原来发生的先后顺序进行叙述,而是把后发生的事件作了前置处理。这种叙述手法所达到的效果是,在凸显了"七七事变"与后来发生的抗战文学等因果关系的同时,也"虚构"了这些事件的因果关系链,而且还弱化甚或隐去了统摄"九一八事件"和"西安事变"、"七七事变"与随后出现的"抗战文学"等文学现象的中日社会发展、中日关系、帝国主义侵略本性等因果关系及其演化的规律。从这个意义上说,这种历史事件的"实"与对这些历史事件进行叙述的"虚",共同构成了一个"实"与"虚"相交叉的世界。

　　当然,文学史作者对历史事件作虚实之处理,也是有着明确的目的和想法

---

① 孙康宜、宇文所安主编:《剑桥中国文学史》,刘倩等译,北京:生活・读书・新知三联书店,2013 年,第 619 页。

的，就像奚密之所以要采用这种"倒叙"，也就是"虚"的手法，其目的就是想强调抗日战争爆发这一事件，而并非这些事件的前后关联。而强调这一事件的目的，又是为了方便她在后面叙述中所提出的与此相关的"抗战文艺"、"统一战线：重庆"、"日趋成熟的现代主义：昆明与桂林"、"沦陷北京的文坛"、"上海孤岛"等话题的论述。① 然而严格说来，这一"虚"的背后又是"实"，因为不管是从上面的命名来看，还是从随后而来的记叙中，都会发现作者主要还是停留在"实"的层面上，基本上属于事件描述性的和主题阐释性的。这种表述，"实"中有"虚"，"虚"中有"实"或"实""虚"相间，这是文学史书写中最常见的一种"实"与"虚"的交叉形式。从奚密书中的另外一段话，也可以看出这种"实"与"虚"的交叉：

> 比起此前的侵略行为，日本全面侵华战争直接威胁着中国之存亡。它对中国文学也造成了巨大的影响，其冲击既是当下的也是长远的。种种文化体制——从大学和博物馆到报业和出版社——遭到破坏或被迫迁移，无以数计的作家也开始了流亡的生活。[……]一方面其状况可以地理的割裂与心理的动荡来形容；另一方面文学在战争期间提供了一个慰藉与希望的重要来源。当战争的文艺活动被迫中止的同时，新的网络在建立，新的旅程在展开。②

这段文字中的"实"就是指日本发动对华全面侵略战争的爆发，从大处着眼，威胁到中国的存亡；从小处着眼，影响了作家的正常创作，以上这两方面都是历史已经证明了的事实。而"虚"则是语焉不详的"文学在战争期间提供了一个慰藉与希望的重要来源"或"种种文化体制——从大学和博物馆到报业和出版社——遭到破坏或被迫迁移，无以数计的作家也开始了流亡的生活"等文字。实事求是地说，这些表述是模糊的，它既没有具体的事实，诸如哪些大学、哪些博物馆、哪些报业、哪些出版社遭到了破坏以及如何遭到了破坏，更没有解释清楚文学何以"提供了一个慰藉与希望的重要来源"等。

这样说是不是意味着奚密该处的"虚"是没有价值的，或者说没有把握好写

① 孙康宜、宇文所安主编：《剑桥中国文学史》，刘倩等译，北京：生活·读书·新知三联书店，2013年，第619—655页。
② 孙康宜、宇文所安主编：《剑桥中国文学史》，刘倩等译，北京：生活·读书·新知三联书店，2013年，第620—621页。

作的尺度,那倒不是,因为该处的"虚"可以追溯到"实"那里去,二者是有着紧密的因果逻辑关系。换句话说,这里的一实一虚合情合理地把前后几个事件勾连了起来,共同构建了一个以"实"为主、以"虚"为辅的指向明确和寓意深刻的"交叉世界"。

(二)以文本为轴线的"交叉世界"。毋庸讳言,以文本为轴线与以作者为轴线,会有许多相同或重叠之处。这样一来,将两者分开来谈似乎就显得有些"形而上"或"片面"。其实,以文本为轴线讨论文学史写作并没有割断文学史作者与文学史文本之间的关联,而是依据"可通达性"原理,将文学史作者"融进"了文本之中。或说得更确切一些,就是将文学史作者作为文本的一个组成部分,即"隐含作者"来看待。从这个角度说,提出以文本为轴线来讨论文学史的"交叉世界",有其独到的方便之处,即可以从话语叙述的角度,对某一具体的文学史文本做出细致入微的分析和评价。

一般说来,文学史文本的"交叉世界"大致可以分为两种:一种是从文学史文本内部组成部分(如"文本"、"人本"、"思本"、"事本"以及针对这"四本"所做的"批评")的相互关系上来看,在实际写作中,这些组成部分是被交叉整合在一起的。另一种则是从结构上来看,很多的文学史读起来好像千差万别,但分析起来大都脱离不了这样的两个价值维度,即"明"和"暗"的价值维度:所谓的"明"指的是能给人带来直观系列感的外在篇章结构,如这部文学史是由几章构成的、每一章的大、小标题是什么等等,总之,是能一眼看得到的东西;所谓的"暗"则是指隐含在这些篇章结构的背后,能在一定程度上揭示出文学发展规律的那个脉络。当然,分开论述是这样区分的,其实合起来看,在具体的文学史文本中,它们之间不但具有"可通达性",而且还总是以一种相互交叉、相互融合的状态出现。不过,为了更好地说明这两种不同的价值维度的特点和运作机制,本文还是要把它们分解开来论述。

(1)文学史文本内部和外部组成部分之间的"交叉"。这个问题可以从文学史文本内和文本外两个方面来讨论。

先说文本内各组成部分之间的关系。文学史文本中的各个组成部分有多种形式的关联,比如说,"文本"、"人本"、"思本"、"事本"以及针对这"四本"所做的"批评"之间的关系,有些属于附带现象(epiphenomenon)关系,而另有一些则不属于这种附带现象关系。

附带现象研究认为,实际发生的事件对思想有直接的影响,甚或说它就是思想的诱因。文学史文本中针对这"四本"所做的"批评",大致说来属于一种因果关系陈述,即是这种附带现象关系的一种具体表现。这也不难理解,文学批评就是建立在文学作品或文学现象之上的,没有文学作品或文学现象也就没有文学批评。从这个意义上说,文学史文本中各组成部分之间所存在的这种附带现象关系,是对各组成部分之间关系的"真实"反映,它们共同构成了文学史文本的"真实世界"。

不过,从另一个角度看,附带现象研究的关系是一种单向关系研究,比如说,"事本"只能对"思本"产生影响,而"思本"不能反过来影响"事本"。但是纵观现有的文学史,事实却并非完全如此。文学史中呈现给我们的有"事本"与"思本"相互影响的关系,也有它们相互之间不产生影响的关系。这样一来,文学史中"事本"与"思本"的关系就不只是单纯的附带现象关系,而是包括附带现象关系在内的多种关系的组合。因此,前文中所说的由表现附带现象关系构成的"真实世界",在文学史中只能是部分的存在,而并非全部存在。如此说来,附带现象研究并不完全适用于对文学史文本内部关系的分析。换句话说,文学史文本中普遍存在的是"事本"、"思本"等各个构成部分的交互关联的关系。即便是现实中并没有发生这种相互之间的影响,但由于线性书写的原因,原本只是一种时序前后、相加并列或邻近的关系,也会给人造成一种相互关联或具有某种因果关系的印象。这样一来,其结果就是文学史文本从整体上来看,形成了一种虚实相间的关系,即我们所说的"交叉世界"。

再说文本内与外的相互关系。文学史文本内与文本外也有一种虚与实共生的现象。如前面提到的鲁迅的《狂人日记》中主人公的精神状态,与1911年版《大不列颠百科全书》中提到的有关心理症状相吻合一例。鲁迅或许了解《大不列颠百科全书》中的有关词条,或许并不了解。但是,《大不列颠百科全书》和《狂人日记》是先后出版的,形成了一种同存共生的关系。还有一例,即中国戏剧界有学者曾讨论过曹禺的《雷雨》与俄国戏剧家 A. H.奥斯特洛夫斯基的《大雷雨》之间的关系①。假如将这种原本(没有)发生相互影响的事例写进或不写进文学史中,都会既有其真实的一面,也有其"不真实的"或"虚构的"一面。从这个角度看,"真实"与"虚构"也是同生共存的。从以上两例可以看出,这种文内文外的共

---

① 参见袁寰:《〈雷雨〉与〈大雷雨〉轮状戏剧结构比较》,《求索》1985 年第 6 期;杨晓迪:《悲剧框架中的〈大雷雨〉与〈雷雨〉》,《洛阳师范学院学报》(哲学社会科学版)2012 年第 1 期;马竹清:《婚姻道德和情爱人性的悲歌——浅谈〈雷雨〉〈大雷雨〉》,《戏剧之家》2014 年第 14 期。

存性,也构成了文学史文本组成部分的"交叉"关系网络,即交叉世界。

这种同存共生现象还可以从"反事实因果论"(counterfactual theory of causation)的角度,来看文学史文本内、外组成部分之间的"交叉"问题,即比较"真实世界"和"虚构世界"之间的相似性。一般说来,文学史文本内、外有许多相似的"真实"或"虚构"。它们之间存在着一定的级差:越靠近事实的就越真实;距离事实越远的就越"虚构"。实际上,文学史文本写作并没有按照级差的顺序来安排内、外同生共存的史料,相反它一般是将不同级差的史料按照不同的需要来重新排列组合的。多数情况下是交叉存在着不同级差的"真实"与不同级差的"虚构"。这种不同级差的交叠存在,共同构建了一个个"真实"与"虚构"交叉互存的世界——"交叉世界"。

(2) 文学史文本结构上"明"和"暗"两个维度的"交叉"。文学史文本中"明"的结构,主要是指文本"章"、"节"等篇章结构。这个结构既有其"真实"的一面,也有其"虚构"的一面。比如说,从总体上看,陈思和主编的《中国当代文学史教程》,突出"对具体作品的把握和理解",并着重"对文学史上重要创作现象的介绍和作品艺术内涵的阐发"。[①] 而具体到每一个章节的写作,则"以作品的创作时间而不是发表时间为轴心",或"以共时性的文学创作为轴心,构筑新的文学创作整体观"。[②] 这样的写作纲领和章节安排就是一种"虚"、"实"相结合的安排。

当然,这里的"虚"和"实"都有两层意思。第一层意思是指陈思和等编者,人为地想"打破以往文学史一元化的整合视角,以共时性的文学创作为轴心,构筑新的文学创作整体观"[③]。他们的这种"共时性"写作意图是真实的,与当时重写文学史的时代诉求相一致。然而,从他们的文学史写作安排本身来看,却又具有一定的虚构性。这看上去好像是一种无可奈何的悖论,其实是必然的。

正如我们所了解到的那样,文学史写作从来都是两个维度的写作,即既需要"共时"性的视角,也需要"历时性"的审视。他们撇开"历时",而主张从"共时"这单一的时间维度来撰写,就与文学史的真实发展情况相违背了。此外,文学史和"文学创作整体观"虽然有不少重合之处,但它们毕竟还不完全是同一个层面上的事。以这样的一种文学史观构建出来的文学史,自然不贴合文学发展的实际状况。从这个角度来说,《中国当代文学史教程》的理论构架不过是一

---

① 陈思和主编:《中国当代文学史教程》,上海:复旦大学出版社,1999年,"前言"第6—7页。
② 陈思和主编:《中国当代文学史教程》,上海:复旦大学出版社,1999年,"前言"第8页。
③ 陈思和主编:《中国当代文学史教程》,上海:复旦大学出版社,1999年,"前言"第7—8页。

种虚构。

第二层意思是指这部文学史各章节间的排列组合和章节内部的安排方面，也存有一定的虚构性。也就是说整部文学史是通过文学史作者预设的某种"意群"组合而成的。这种"意群"组合通常的做法是把一些相同或类似的作家或作品放在一起进行介绍和评价。然而，这种相同或类似更多是文学史作者所判定的相同或类似，而并非这些作家或作品的一种天然相同或类似。这些作家或作品之间存在着程度不同的差异。当然，还有另外一种情况，即文学史作者也可能会采用"以点带面"的方式来构建这样的"意群"。比如说，在《中国当代文学史教程》第一章的第二节中，编者撇开"颂歌"类的作品，单独挑出了胡风的长诗《时间开始了》作为这一节的主要内容来讨论，既没有体现出编者所主张的"共时性"——既然是"共时"，就不应该省略了同时期的其他"颂歌"，也没有兑现其所许诺的要"构筑新的文学创作整体观"——既然是"整体观"，就需要大量的同类作品作支撑。从这个意义上说，这一节的编写并没有如实地叙说，而是虚构了那个时期的文学发展状况。这个问题不单存在于这一章中的这一节中，而是存在于整部文学史中。

这样分析并不是说这样编排就没有意义，与其他的同类作品相比较，胡风的《时间开始了》的确是那个时代的一个重要作品，而且编者对其的分析也有说服力，较为真实、具体地阐释了作品的思想内涵与艺术特点。从这个层面来说，展现在这一节中对胡风长诗的阐释与评价的文字又具有一定的真实性。这种"虚"与"实"交叉结合的写法，便构成了"虚"与"实"交叉结合的世界。《中国当代文学史教程》所构建的文本世界，可以说基本上都是类似于这种"虚"、"实"相互交叉结合的世界。

文学史文本中"暗"的结构，主要是指隐含在这些篇章结构背后，能把文学发展规律揭示出来的那个脉络。《中国当代文学史教程》编写的"虚"与"实"，在"暗"的这一维度上也依旧能得到体现。譬如，尽管我们在前文中也指出了这部文学史中的一些虚构问题，但是，从这部文学史的章节安排中，不但可以看出隐含在这些章节标题背后的当代文学史的大致发展脉络，而且还可以看出隐含在这些章节标题背后的这一时期文学的总体精神和价值取向。换句话说，将各个章节联系起来就勾勒出了中国当代文学演变的大致轨迹。即便是对单个作家的分析和评价，也隐含了这一时期文学发展的总体趋势。还以胡风为例：这部文学史教程对胡风事件的历史过程未作详细介绍，但却通过将他的作品和他所遭受的政治打击进行对照叙说。这种写法在暗示了胡风命运的必然性的同时,也揭示了中国当代文学在一些特殊时期的发展走向及其必然结果。在这里,"虚"与"实"得到了相互关联,构建了一个"交叉的世界"。

顾彬主编的《二十世纪中国文学史》则是另外一种"虚"与"实"交叉的类型。我们从这部文学史的篇章结构中看不出隐含在其后的文学发展脉络。具体地说,这部文学史共分为三章,第一章写的是"现代前夜的中国文学",第二章写的是"民国时期(1912—1949)文学",第三章写的是"1949年后的中国文学:国家、个人和地域"。第一章和第三章的标题,指向的是一个大致的时间概念;而第二章则指向一个政体所代表的时期,与之相对应的政体——"中华人民共和国"则被放在第三章的第四小节中。从这样的一种篇章安排中,我们只是看到了时间的展延,而看不出作者揭示出什么样的文学发展规律。也就是说,这样的文学史章节安排既没有反映出中国 20 世纪文学发展的精神脉络,也没有揭示出中国 20 世纪文学发展的演化规律,因而带有很大的虚构性。不过,从这部文学史各章内小节之间的承接关系看,如第二章的第一节先后讨论了苏曼殊、鲁迅、郭沫若、郁达夫、冰心、叶圣陶等的创作,将他们的创作视为中国现代文学的奠基,却又在一定程度上揭示了中国 20 世纪文学发展的真实情况。总体说来,顾彬主编的这部《二十世纪中国文学史》在整体框架的"虚"中,嵌入了部分内容的"实";而部分内容的"实"又融入了"虚"的框架之中,从而构建起了另外一种"虚"、"实"相间的"交叉世界"。

概而言之,从上面所做的论述来看,文学史的文本世界并非单一的,而是三重的。三重的文本世界是文学史所独有的特征,也是文学史的所独具的一种本质。文学史不同于一般意义上的历史:前者处理的主要对象之一是虚构类的文学作品,而后者几乎不涉及或很少涉及此类作品。这就意味着对文学史的研究不能完全按照历史研究的理路来进行。把文学史的内部构建分为三重①,不但有助于我们搞清文学史内部构建的多重属性,更重要的是,有助于我们从多个视角和多个层面来打量、分析、构筑文学史,一改过去那种平面式的文学史观。文学史处理的不仅是现实问题、艺术标准等问题,而且还包括虚构和想象等问题。

---

① 需要再强调一遍,对文学史三重世界的划分并非绝对的和非此即彼的,而是彼此既独立又纠缠,从整体上看是以交叉融合的形式呈现出来的。

这些问题构成了文学史的方方面面，我们应该采用一种分析和概括相结合的方法来认识这些方方面面，即将文学史内部的构成因子、结构特点等拆分开来进行分析和评判。从这个意义上说，借鉴并运用"可能世界"理论来剖析文学史的"三重世界"或许会给我们提供一种有意义的认识途径。

（作者单位：上海外国语大学）

论新性灵主义诗观及其中西诗学渊源

朱坤领　冯倾城

一、新性灵主义诗观

1. 新性灵主义的要义

"新性灵主义"一词首次提出是在 2017 年前后。澳门大学龚刚教授在《中国现代诗学中的性灵派——论徐志摩的诗学思想与诗论风格》一文中,从文学创作和文学批评两个方面对徐志摩展开研究,认为"他既是中国现代文学中的性灵派,也是中国现代诗学中的性灵派"①。徐志摩强调诗歌是性灵的抒发,可谓继承了"性灵派"的衣钵,并融合了中西诗学的双重影响:"徐志摩虽然不曾直接提及明清'性灵派'的诗论,但他的'性灵'说显然与焦竑、袁宏道、袁枚的观点相契合,同时又融入了西方浪漫主义诗学崇尚情感、崇尚创作自由与自我表现的内在精神。"②龚刚因此做出论断:"作为一个诗人,徐志摩崇尚的是性灵之歌,作为一个批评家,徐志摩崇尚的是性灵之悟。"③更重要的是,"他的富有浓郁诗人气质的诗论文评,不仅展现出'作家批评'的灵气和敏锐的艺术感觉,也颇具'学院批

---

① 龚刚:《中国现代诗学中的性灵派——论徐志摩的诗学思想与诗论风格》,《现代中文学刊》2017 年第 1 期。

② 龚刚:《中国现代诗学中的性灵派——论徐志摩的诗学思想与诗论风格》,《现代中文学刊》2017 年第 1 期。

③ 龚刚:《中国现代诗学中的性灵派——论徐志摩的诗学思想与诗论风格》,《现代中文学刊》2017 年第 1 期。

评'的思辨深度"①。实际上,思辨深度(即哲性)不仅是文学批评的要求,也是文学创作的要求,成为之后新性灵主义诗观不可或缺的关键要素。

在本文中,龚刚把徐志摩归结为"新性灵派的代表人物"②,较早提出"新性灵派"一词,以徐志摩的诗歌创作和评论为载体,对性灵做了详细研究和阐述,可谓新性灵主义的理论奠基之作。

之后不久,龚刚正式提出"新性灵主义",对其进行了更加详尽、深入的理论探讨和阐述。何为新性灵主义? 他在《七剑诗选》里提出了基本主张:"① 闪电没有抓住你的手,就不要写诗;② 写诗需要审美启蒙,突破线性思维;③ 自由诗是以气驭剑,不以声韵胜,而以气韵胜,虽短短数行,亦需奇气关注。"③

龚刚进而提出新性灵主义歌诀:"独抒性灵/四袁所倡/厚学深悟/为吾所宗/智以驭情/气韵为先/一跃而起/轻轻落下。"他又对歌诀做了进一步的概说:

> 新性灵主义诗学源于创作、批评、翻译实践的心得,包括四个方面:
> 1. 诗歌本体论。其要义为:诗性智慧,瞬间照亮;
> 2. 诗歌创作论。其要义为:一跃而起,轻轻落下;
> 3. 诗歌批评观。其要义为:灵心慧悟,片言居要;
> 4. 诗歌翻译观。其要义为:神与意会,妙合无垠。西人有格言曰:
> 'Roads in the mountains teach you a very important lesson in life. What seems like an end is very often just a bend',如以陆游名句"山重水复疑无路,柳暗花明又一村"对译,可称妙合。④

诗歌的本体论、创作论、批评观和翻译观,是新性灵主义的四个主要方面,具有很强的指导性和可操作性。作为创作倾向,新性灵主义崇尚顿悟、哲思和对生命的照亮;作为批评倾向,它崇尚融会贯通基础上的慧悟、妙悟;作为一种翻译倾向,它崇尚融汇中西语言和文化的妙合。总之,诗歌活动是天赋基础上的后天修

---

① 龚刚:《中国现代诗学中的性灵派——论徐志摩的诗学思想与诗论风格》,《现代中文学刊》2017 年第 1 期。

② 龚刚:《中国现代诗学中的性灵派——论徐志摩的诗学思想与诗论风格》,《现代中文学刊》2017 年第 1 期。

③ 龚刚:《附录:新性灵主义"新"在何处》,见龚刚、李磊主编《七剑诗选》,广州:暨南大学出版社,2018 年,第 285 页。

④ 龚刚:《新性灵主义释疑》,作为前言收入 2019 年出版的《新性灵主义诗选》。

炼之所得。本文着重探讨其中的诗歌本体论和创作论。

新性灵主义是相对于明清性灵派而言的,它"新"在何处?龚刚归纳如下三点:"1.不认为性灵纯为自然本性(natural disposition)。……性灵者,厚学深悟而天机自达之谓也。""2.肯定虚实相生、以简驭繁是诗性智慧,肯定诗人要有柏拉图所说的灵魂的视力。""3.主张冷抒情,而不是纵情使气。……无理而自有理,悟在无形中。"①

新性灵主义主张冷抒情、虚实相生,推崇陌生化理论,核心观念是"闪电没有抓住你的手,就不要写诗"②,也即是,诗歌创作是性灵与生命体验、感悟的结合;好诗是诗人(气质、性情、情感、哲思等)、诗性(境界、诗语、意象等)和灵感(顿悟、情思、思考或外界事物对心灵的强烈碰撞)的最佳结合。龚刚归纳道:"什么是新性灵主义诗风?简言之,就是性情抒发与哲性感悟的结合。"③也即是,新性灵诗包含缺一不可、相互交融的两个要素:一是性情或情感抒发,二是哲思、反思或批判。只有这样的诗,才不仅有审美价值,更能产生"闪电式的照亮"④。

新性灵主义主张诗歌创作应"突破线性思维"⑤,即突破理性逻辑和时间顺序,让诗随性而出。这是不少人不能充分把握的常识,也是诗有别于各散文文体的本质特征。结构主义思想家托多罗夫即指出,不按因果关系的逻辑和时间顺序,而按空间顺序组织的作品,"习惯上不被称为'叙事';所涉及的结构类型,在过去时间里,在诗歌方面比在散文方面更为普遍"⑥。

2. 从明清性灵派到新性灵主义的性灵论

"性灵"概念在中国古典文论里经历了漫长的演化过程。总体而言,性灵主要指人的心灵或天性,其外在表现是性情或情性。

---

① 龚刚:《附录:新性灵主义'新'在何处》,见龚刚、李磊主编《七剑诗选》,广州:暨南大学出版社,2018年,第283—284页。

② 龚刚:《前言:新性灵主义诗观》,见龚刚、李磊主编《七剑诗选》,广州:暨南大学出版社,2018年,第1页。

③ 龚刚:《新性灵主义释疑》,作为前言收入2019年出版的《新性灵主义诗选》。

④ 龚刚:《前言:新性灵主义诗观》,见龚刚、李磊主编《七剑诗选》,广州:暨南大学出版社,2018年,第1页。

⑤ 《后记》,龚刚、李磊主编《七剑诗选》,广州:暨南大学出版社,2018年,第285页。霜剑起草、七剑均参与修改。

⑥ 茨威坦·托多罗夫:《诗学》,怀宇译,北京:商务印书馆,2016年,第60—61页。

在南朝,刘勰认为人是"性灵所钟"①,即人天生有灵性。钟嵘强调诗歌"摇荡情性"②,即诗的功能是抒情。二人所谓的性灵和情性,开了后世性灵说的滥觞。唐宋文论也强调性灵和情性。司空图云:"不着一字,尽得风流。"③皎然云:"但见情性,不睹文字,盖诣道之极也。"④严羽云:"诗者,吟咏情性也。"⑤

明代的李贽提出了童心说,强调性灵,写童心便是写真心,抒发真性情:"夫童心者,绝假纯真,最初一念之本心也。"⑥其立论"诗何必古选,文何必先秦"⑦的矛头直指理学的虚伪和前、后七子文必秦汉,诗必盛唐的复古、蹈袭。

童心说直接影响了公安派的性灵说。其代表人物袁宏道主张:"独抒性灵,不拘格套,非从自己胸臆流出,不肯下笔。"⑧三袁反对儒家的诗教传统和前、后七子的拟古不化,主张抒发真性情,为文学创作和理论注入了新鲜血液。但是,他们对自然天性的绝对化处理和消极避世的倾向,也导致创作主题的狭窄和内容的浮浅。

及至清代,袁枚发展了性灵论:"凡诗之传者,都是性灵,不关堆垛。"⑨他对公安派的性灵说做了修正⑩,他所谓的"性灵",性意为性情,灵意为才华,没有局限于人的天性,而是包含了后天学养和修炼的成分,但以天赋为主,后天为次。因此,他的立论没有充分重视后天的重要性。

广义的明清性灵派,以公安三袁和袁枚为代表。性灵说既是他们的创见,也是他们的硬伤。一方面,作为理学和泥古剿袭的对立面,性灵说的提出,革新了诗歌创作的内容和主题,丰富了诗学理论。另一方面,天赋秉性固然是文学创作

---

① 刘勰:《文心雕龙·原道》,见周振甫《文心雕龙今译》,北京:中华书局,1986年,第10页。

② 钟嵘:《诗品·上》,见吕德申《钟嵘诗品校释》,北京:北京大学出版社,1986年,第35页。

③ 司空图:《二十四诗品·含蓄》,见司空图原著,郭晋稀前言、注释《白话二十四诗品》,长沙:岳麓书社,1997年,第27页。

④ 皎然:《诗式》,见皎然著,李壮鹰校注《诗式校注》,北京:人民文学出版社,2003年,第42页。

⑤ 严羽著、郭绍虞校释:《沧浪诗话校释》,北京:人民文学出版社,1983年,第26页。

⑥ 李贽:《焚书》,见齐豫生、夏于全主编《中国古典名著》,长春:北方妇女儿童出版社,2006年,第78页。

⑦ 李贽:《焚书》,见齐豫生、夏于全主编《中国古典名著》,长春:北方妇女儿童出版社,2006年,第79页。

⑧ 袁宏道:《小修诗序》,见袁宏道《袁中郎随笔》,北京:作家出版社,1995年,第165页。

⑨ 袁枚著,顾学颉校点:《随园诗话》卷五,北京:人民文学出版社,1982年,第146页。

⑩ 郭绍虞:《中国文学批评史》(上下卷),天津:百花文艺出版社,1999年,第539页。

的重要前提,但是他们过于强调之,却忽视或低估了更为重要的一点:后天的积淀和参悟。

新性灵主义对明清性灵说给予传承与创新,继承其核心概念"性灵",并痛改前说,对性灵进行更合理且与时俱进的重新界定,注入与现代生活、审美和诗学相协调的要素。龚刚如是解释新旧性灵主义的区别:"作为旧性灵主义代表的明清性灵派虽主张独抒性灵,不拘格套,却终究要受格律、声韵束缚,新性灵派主要以现代汉语写自由诗,不仅不拘格套,还不拘格律、声韵,且注入了现代人的主体性意识。这就是新旧性灵派的简明区分。"①现代诗人在写现代诗时,没必要考虑格律和声韵的条条框框;应以现代人的主体意识书写现代生活,方能与时俱进,写出符合现代审美的好诗。归根结底,诗歌和诗学的现代性是时代的必然要求。

如果说袁枚的"性灵"包含了部分后天的学养和修炼,那么龚刚则把这个要素大幅提升,重新做了界定:"性灵者,厚学深悟而天机自达之谓也。"②"天机"是先天的性情和禀赋,"厚学深悟"是后天的学养、涵育和体验;前者是或然,后者是化为必然的根本条件。换言之,天性只是基础,必须经由后天的蕴蓄和感悟,性灵方能发乎于外。

龚刚并未止于此,他进一步立论:

> 新性灵主义诗学认为,所谓性灵,不仅是自然本性,也不仅是性情,或性之情,也不同于西方美学所谓灵感,而是兼含性情与智性的个性之灵。新性灵主义诗学同时认为,性灵是生长着的,因而是可以后天修炼、培育的,钱锺书所谓"化书卷见闻作吾性灵",即是揭示了性灵的可生长性。③

性灵"兼含性情与智性",具备此特征的诗即是新性灵主义诗,也属于现代哲性诗和文人诗的范畴。新性灵派的主体是七剑诗群(论剑龚刚、问剑杨卫东、花剑李磊、断剑罗国胜、柔剑张小平、灵剑薛武、霜剑朱坤领),他们的诗便是现代文

---

① 龚刚:《新性灵主义释疑》,作为前言收入 2019 年出版的《新性灵主义诗选》。
② 龚刚:《附录:新性灵主义'新'在何处》,见龚刚、李磊主编《七剑诗选》,广州:暨南大学出版社,2018 年,第 283 页。
③ 龚刚:《新性灵主义释疑》,作为前言收入 2019 年出版的《新性灵主义诗选》。

人诗,将另文详论。"具有可生长性"是龚刚本段论述的关键词,强调诗人诗艺和诗性的不断进步,其途径便是后天的历练和感悟。

"个性之灵"强调诗人应有不同的个性,以顺应丰富多彩的世界和诗意的要求。个性不同,即便是同题写作,不同诗人营造的诗意也是不同的。以七剑诗群为例,七人的学养和诗歌理念有许多相通之处,但又性情和诗风各异,可以相互借鉴、取长补短。笔者(为七剑之霜剑)做了如下的概括:

> 写雪,也同样能够体现七剑不同的性情和诗风。论剑的雪空灵:"却听到了/雪花跌落湖水的声音。"(《老照片(外二首)》之《闻江南降雪感赋》)问剑的雪意象感强烈:"词语和雪花自由飘落。"(《与那些陈旧的人对话》之四:给策兰)花剑的雪感伤:"白雪覆盖田野,空洞的乡村/我们还要乡愁有什么用。"(《乡愁与哀愁——悼念余光中先生》)断剑的雪意象唯美而忧伤:"飘着月色时也飘着雪花。"(《无题·少年游系列》之十)柔剑的雪是浪漫的精灵:"在雪的遐想中/飞升。"(《精灵》)灵剑的雪充满思辨:"我说我们可以卖火柴/擦燃的刹那可以照亮诗歌的小女孩。"(《醉雪》,未选入本书)霜剑的雪唯美而温馨:"北风抚古筝/万户掌灯密云彤/雪舞满天星。"(《暮雪》)[①]

龚刚的上述论点可以解释文学作品产生的内在机理。由先天性情和禀赋所产生的作品(如骆宾王的《咏鹅》和亚历山大·蒲伯的《孤独颂》)并非没有,但数量极少。绝大多数作品,是厚学深悟,而后天机自达。例如李白的《将进酒》,如果没有他对人生短暂、不如意的感悟,又怎能把狂放的天性和人生的悲剧性写得如此具有哲性? 美国诗人罗伯特·弗罗斯特如果没有对人生道路的选择和思考,又怎能写出脍炙人口的《未选之路》? 即便是极少数天赋之作,也有后天的因素。骆宾王假如在生活中从未见过鹅,又如何能在七岁写出《咏鹅》? 蒲伯十二岁时对生死已有深刻感悟而作的《孤独颂》,也因他身体残疾在伦敦受人耻笑,从而厌恶城市生活,向往生死皆无人知的乡间隐逸生活。

---

① 龚刚、李磊主编:《七剑诗选》,广州:暨南大学出版社,2018 年,"后记"第 285—286 页。霜剑起草、七剑均参与修改。

二、新性灵主义的中国现代诗学渊源：五四新诗以降

1. 五四新诗

五四新诗是旨在颠覆传统文化、建设现代文化的五四新文化运动的重要组成部分，通常指从 1917 年初胡适发表《文学改良刍议》，到 20 世纪 20 年代初之探索初期的诗歌。胡适力主摈弃文言文和格律诗，转向白话文和自由诗，在《文学改良刍议》里提出不摹仿古人、不讲对仗、不避俗字俗语等"八事"，成为初期新诗的纲领。

需要指出，新诗与白话诗不能混为一谈。汪剑钊阐明了二者之间的区别："二十世纪的新诗之'新'固然有语言的创新，倡导者为此倾注了意在现代汉语之标准化的努力，对清末民初的诗歌偏重书面语或称文言的表达和拘囿于格律的做法予以了彻底的决裂。但是，新诗之'新'最重要的还是其中贯穿了一种自由精神，对人性和美的再认识和价值重估。"[1]自由的精神，对人性和审美的再认识，成为此后百年中国新诗一以贯之的追求。

五四前后，正是东西方诗歌相互学习借鉴、从格律诗走向自由诗的重要历史时期。胡适所代表的中国新诗人和艾兹拉·庞德（Ezra Pound）所代表的美国意象派，分别从西方现代诗和中国古典诗里汲取营养，以革除本土诗歌的弊端，创造生机勃勃的新传统。但是，这种双向的学习借鉴，在双方产生的效果大为不同。

庞德等意象派诗人出于诗歌的纯然考虑，借鉴中国（以及日本）古典诗歌的意象，使之成为西方现代诗的核心要素，因此他们的努力是成功的。但是，以胡适为代表的中国诗人，并非出于纯粹的诗歌考虑（更多是文化和意识形态考虑），在学习时步入了误区。他们否定中国古典诗歌，借鉴西诗的分行、自由体和白话入诗。诚然，他们把握了西方现代诗歌的重人性和哲性，拓展了新诗的主题。但是，颠覆古典传统、从零开始的新诗，标准十分低下，也没有建成充分的诗学体系，为未来埋下了隐患。

从诗学的角度看，中国新诗从一开始便走上了一条歧路。意识形态议程是

---

[1] 　汪剑钊：《期待一个新诗的"盛唐"——百年新诗一撇》，《延河》（下半月刊）2018 年第 10 期。

时代发展的必然,但也使新诗承载了过多的非诗负担,损害了诗质和诗美。胡适提出的"八事"主张以及他初期的新诗创作,都具有先天不足的弊病。且看五四新诗领袖胡适最初的一首新诗,发表于1918年《新青年》4卷1号上的《一念》:

> 我笑你绕太阳的地球,一日夜只打得一个回旋;
> 我笑你绕地球的月亮,总不会永远团圆;
> 我笑你千千万万大大小小的星球,总跳不出自己的轨道线;
> 我笑你一秒钟行五十万里的无线电,总比不上我区区的心头一念!

这首诗是勉为其名的,只是白话散文辅以押韵,并借用了西诗的分行;思维浅显,过于口语化,缺乏打动人心的诗意。可以说,五四新诗"走出了一条既不中也不西的艰难之路:西方的诗歌只学了个皮毛,却把自家延续千年的、美轮美奂的诗歌传统差不多丢了个干净。惜哉"[①]!

相反地,庞德等在借鉴中国古典诗歌的意象时,并没有彻底否定西方的古典诗歌传统,而是依然在某种程度上坚守着内在的韵律和节奏。之后罗伯特弗·罗斯特等人创作的格律诗依然有广阔的生存空间。换言之,西方现代诗的创新是建立在传统诗学基础之上的,它的起点既高且牢固。而且,庞德、艾略特既有超凡的诗才,又有意识地建设现代诗学,庞德的意象派主张和艾略特的现代主义诗论,已经为时间所证明。

但是,中国新诗缺少这样的引领者。胡适并非真正的诗人,初期的新诗只能勉为其名,他的"八事"纰漏众多,并未构建真正的诗学,因此他是中国新诗并不算成功的领导者。这与西方现代诗的建设形成了强烈的反差。

新性灵主义是对五四新诗的传承与创新,一方面,继承、发扬它的自由精神,对现代人性和审美的追求;另一方面,也反思它口语化、线性思维和诗意肤浅等方面的弊病,以及诗学建设方面的不足。龚刚进而提出自己的诗观,以期修正胡适等先驱的不足,填补中国新诗理论的空白,为当代和未来的新诗(本文里的新诗指现代诗)创作提出具有指导性和可操作性的理论主张。

2. 从新月派到朦胧诗

20世纪20年代,新月派开始反思五四新诗诗艺粗陋、语言散文化的弊端,

---

① 王东风:《被操纵的西诗和被误导的新诗》,《中国翻译》2016年第1期。

提倡形式的新格律化和内容的理性节制情感。闻一多提出了"三美"主张,即音乐美(音节)、绘画美(辞藻)和建筑美(节的匀称和句的均齐)①。徐志摩的《再别康桥》即具有新格律:"轻轻的我走了,/正如我轻轻的来;/我轻轻的招手,/作别西天的云彩。"可以说,新月派是中国新诗诗学探索真正意义上的开始。

20年代中后期,象征派师法法国象征主义的暗示、对比、联想等手法。李金发深受波德莱尔的影响,思路跳跃性大,使用一系列"恶之花"风格的意象(如污血、枯骨、寒夜等),表达丑陋、死亡、畸形等主题,抒发凄苦的情感。《弃妇》便具有这样的特征:"弃妇之隐忧堆积在动作上,/夕阳之火不能把时间之烦闷/化成灰烬,从烟突里飞去,/长染在游鸦之羽,/将同栖止于海啸之石上,/静听舟子之歌。"

30年代,现代派借鉴西方现代主义诗歌,使用现代意象,注重象征性、荒诞性、意识流、意义的含混性,产生了深远的影响。卞之琳的《断章》言简意赅:"你站在桥上看风景,/看风景人在楼上看你。/明月装饰了你的窗子,/你装饰了别人的梦。"戴望舒的《我用残损的手掌》表达了现代的爱国情:"我把全部的力量运在手掌/贴在上面,寄与爱和一切希望,/……/因为只有那里我们不像牲口一样活,/蝼蚁一样死……/那里,永恒的中国!"

40年代,九叶派主张现代主义与现实主义相结合,创造性地发展了现代诗,成就突出,影响深远。穆旦的《赞美》使古老的中国农民具有了现代审美意义:"多少朝代在他的身上升起又降落了/而把希望和失望压在他身上,/而他永远无言地跟在犁后旋转,/翻起同样的泥土溶解过他祖先的,/是同样的受难的形象凝固在路旁。"

其后,现代诗渐被边缘化,直到朦胧诗群在70年代前后的出现。朦胧诗学习西方现代诗歌,使用隐喻、暗示、通感等手法,营造含蓄、多义、朦胧的诗意。"拒绝按照统一的意识形态指令写作,而回到真实的情感和体验,表达在脚下土地发生漂移时的困惑、惊恐、抗争的情绪和心理,这在'文革'初始的诗歌写作中,无疑具有强烈的叛逆性质。"②例如,北岛的《回答》书写内心的冷峻:"卑鄙是卑鄙者的通行证。"顾城的《一代人》则抒发了对光明的追寻:"黑夜给了我黑色的眼睛/我却用它寻找光明。"朦胧诗接续了五四新诗、象征派、现代派、九叶派等的道

---

① 闻一多:《诗的格律》,原载《晨报》副刊《诗镌》第7号(1926年5月13日)。

② 洪子诚:《中国当代文学史》(下编),北京:北京大学出版社,1999年,第213页。

路,在 80 年代初期逐步从边缘走向中心,促成了新时期文学的质变。

总之,五四新诗、象征派、现代派、九叶派、朦胧诗等不断探索、学习、借鉴,促使现代诗在古老中国的土地上从无到有、从弱到强地逐步发展起来。尽管还很难说成熟,但奠基和开拓之功不可磨灭。新性灵主义以学习和反思的姿态,把中国新诗发展过程中积累的现代诗性元素吸收、融入自己的理论体系和七剑诗群的创作实践。换言之,新性灵主义的诗学主张,是对自五四新诗以降诗学和诗歌创作的传承与创新,舍弃、修正其所短,继承、发展其所长。

尤其需要指出,朦胧诗是距离当代最近的主要诗歌潮流,新性灵派从中受益匪浅,但同时也要认识到,朦胧诗尽管人才济济,杰作众多,但兴盛的时间过短,诗艺也有缺陷。其中很重要的原因是缺少系统、有力的理论体系的支撑,也没有形成实体流派的强大合力。这在某种意义上促使龚刚酝酿新性灵主义理论,旨在把诗歌创作和诗学建设同步推进,并促使新性灵派的主体七剑诗群形成强大的群体合力。

三、新性灵主义的西方现代诗学渊源: 从意象派到意象东突西进的演化

在中国传统文化和文学里,意象是一个极为重要的概念。总体上,意指人的主观心理,象指客观物象,意象指意中之象,即能够在人内心产生反应或对应的物象。陈希详尽考察了意象在中国传统文化和文论里的演进,从《周易》"象"的概念,到西汉王冲首次把"意"和"象"组成一个词,再到刘勰("窥意象而运斤")、司空图("是有真迹,如不可知,意象欲出,造化已奇")以降的演化。他认为:"意象本意是'意中之象',显示了中国诗学交感寄兴的审美方式和'离形得似'、注重神韵的审美追求。"他也探讨了西方意象论的发展轨迹,从柏拉图("事物的影像或形象")到康德("想象力所形成的形象"),到克罗齐("意象是直觉表现论的中介"),再到庞德("一刹那思想和感情的复合体"),得出结论:"总体趋势是从客观趋向主观,从表象转为内心关照和直觉。"[①]

发端于 1908 年、终结于 1917 年的美国意象派运动,以克罗齐、伯格森的直觉主义美学为依托,师法古希腊、古罗马诗歌的简练,以及现代法国印象主义诗

---

① 陈希:《论中国现代意象论的发生》,《文艺争鸣》2015 年第 11 期。

歌的标新立异,尤其是汲取中日东方古典诗歌独有的意象和凝练的诗语。意象派创始人庞德受到中国(和日本)古典诗歌的启发,主张提取基于直觉、具有本质特征的意象,直接客观地呈现事物,为日益刻板、说教的西方诗歌注入新鲜血液。1912 年,庞德首次使用意象派的名称,并界定了意象:"'意象'是一刹那思想和感情的复合体(An 'image' is that which presents an intellectual and emotional complex in an instant of time)。"①

庞德所代表的意象派诗人"强调意象的直觉性、客观性和'如画性'"②,经过庞德等人改造的、重形似的意象,已经大异于中国重神似、轻形似的传统审美观,可以称为现代意象。美国华裔学者钱兆明概括了庞德汲取中日意象的过程:"1913 年下半年从美国东方学家费诺罗萨(Ernest Fenollossa,1853—1908)遗孀那里获得的一摞笔记和手稿,使庞德首次了解到日本能剧、中国古典诗歌和书面文字里意象的力量。1915 年,他从费诺罗萨中国古诗手稿里获得灵感的《华夏集》,为他向现代主义盛期的转变铺平了道路,也为他赢得了'我们时代中国诗歌的创造者'的称号。"③

意象派对"意象"定义是模糊的。甚至到了后期的 1915 年,他们也只是以"坚实而清晰"(hard and clear)和"诗歌应该确切而非模糊宽泛地表达特定的事物"(poetry should render particulars exactly and not deal in vague generalities)这样含混的字眼描述之。④ 次年意象派诗集的前言做出进一步解释:"'意象派'并不仅仅意味着呈现图像。'意象派'意味着呈现的方式而非主题。它意指清晰地呈现作者想要表达的任何意义。"⑤意象派主张的意象,经历了从图像到意义的重大转变。他们还主张弃明喻而取隐喻,吻合了现代诗学的发展趋势。

尽管意象派存在的时间短暂,理论也并不系统,但它引进的"意象"产生了决定性的影响,成为现代诗歌和诗学的核心元素。意象派及其后续者成功创作了

① Ezra Pound, "A Few Don'ts By An Imagiste." *Imagist Poetry*. Peter Jones ed., Penguin Books, 1972, p.130.

② 陈希:《论中国现代意象论的发生》,《文艺争鸣》2015 年第 11 期。

③ Zhaoming Qian, "Introduction." *Ezra Pound's Chinese Friends*:*Stories in Letters*. Zhaoming Qian ed., New York:Oxford University Press, 2008, xii.

④ Amy Lowell, "Preface." *Some Imagists*, 1915. Boston and New York:Houghton Mifflin Company, 1915, v.

⑤ Amy Lowell, "Preface." *Some Imagists*, 1916. Boston and New York:Houghton Mifflin Company, 1916, v.

不少现代意象诗。例如庞德的《在地铁车站》:"人群中这些面庞的闪现;/湿漉的黑树干上的花瓣。"①诗里的主要意象花瓣与面庞具有关联性,产生了丰富的诗意和意义。再如芝加哥诗人卡尔·桑德堡(Carl Sandburg)的《雾》:"雾来了/迈着碎小猫步。它坐下来张望/港口与城市/悄悄地蹲息/之后又继续前行。"②诗人把笼罩世界的雾隐喻成一只猫,具有来去匆匆、行踪不定的特点,营造出神秘、模糊的诗意。总体上,意象诗大多比较简短,但意味无穷。

在庞德已退出意象派的 1915—1917 年,洛威尔(Amy Lowell)担任领导人,她在 1915 年意象派诗集的前言中提出了意象派诗歌的六项核心原则:(1)使用日常用语和最为精确的词,避免不精确和装饰性的词;(2)打破旧节奏,创造新节奏;(3)取材绝对自由,笃信现代生活的艺术价值;(4)突出意象,反对空泛化的诗歌;(5)主张坚实而清晰的诗歌,反对模糊与不确定;(6)诗歌须凝练。③

龚刚汲取并发展了意象派的长处,其新性灵主义的主张与意象派的上述原则有诸多相通之处。他在吸收和借鉴意象派现代性的基础上,进行了性灵化的发展。我们可以逐一对应他在上述六点上与意象派的异同:(1)龚刚主张日常语言入诗,他本人的诗歌创作即是如此;但是,与意象派主张"最精确的词"不同,他主张现代诗语的多义性。(2)他主张现代诗应营造内在的节奏,"不以声韵胜,而以气韵胜"④,但也主张适度的声韵和平仄。(3)他强调诗歌"是与现实的交锋,也是对现实的照亮"⑤,主张现代生活入诗,题材和主题应与时俱进。(4)他主张诗歌须有灵魂的内核,有实感,反对空洞无物。(5)他的观点与意象派"坚实而清晰的诗歌"的主张差别较大,强调多重所指乃至不确指,这正是性灵的体现。(6)他主张"以精短诗行涵盖一种精神,一个时代甚至一部历史"⑥,即诗歌的内核应凝聚在凝练的诗语之中。

---

① 赵毅衡编译:《美国现代诗选》,北京:外国文学出版社,1985 年,第 46 页。

② 卡尔·桑德堡:《雾》,李正栓译,见李正栓主编《英美诗歌教程》(第二版),北京:清华大学出版社,2014 年,第 258 页。

③ Amy Lowell, "Preface." *Some Imagists*, 1915. Boston and New York: Houghton Mifflin Company, 1915, vi‐vii.

④ 《后记》,龚刚、李磊主编《七剑诗选》,广州:暨南大学出版社,2018 年,第 285 页。霜剑起草、七剑均参与修改。

⑤ 龚刚:《前言:新性灵主义诗观》,见龚刚、李磊主编《七剑诗选》,广州:暨南大学出版社,2018 年,第 1 页。

⑥ 龚刚:《前言:新性灵主义诗观》,见龚刚、李磊主编《七剑诗选》,广州:暨南大学出版社,2018 年,第 1 页。

作为西方现代诗核心元素的现代意象,以及整个西方现代诗学,极大地影响了中国新诗的创作和诗学建设。从五四新诗、象征派、现代派、九叶派,到朦胧诗及其之后的各现代诗歌流派,莫不如是,这已成为公认的事实。这其中也包括了七剑诗群的创作和诗学主张;如上所述,龚刚的主张与意象派的主张便有许多相通之处,体现了新性灵主义兼收并蓄、融会贯通的精神实质。

四、结语

本文探讨了新性灵主义诗观的要义及其中西诗学渊源,新性灵主义既从中国古典和现代的诗歌及诗学里汲取营养,又接受西方现代诗歌和诗学的财富,打破古今中外诗学的界限,强调对古今中外诗学兼收并蓄、融会贯通,凡有价值的理论和观点皆可吸纳或改造,为我所用。在中国诗学渊源方面,吸收古典诗学的精华,对明清性灵派给予传承与创新,对性灵做出更合理和与时俱进的界定,并师法五四新诗以来现代诗的创作和诗论。在西方诗学渊源方面,侧重学习、借鉴美国意象派的主要原则主张,使用现代意象写作现代诗。

新性灵主义作为新兴的诗歌理论,注重"厚学深悟而天机自达"的性灵、从心而出并包含哲思的诗歌创作、"智以驭情/气韵为先"的诗性语言、"瞬间照亮"的诗意和诗性智慧。新性灵主义的框架和内容已具雏形,并仍在不断补充、完善,已经成为新性灵派之主体七剑诗派的主要理论方向和创作指南,必将发展成为完整、独特的诗学理论体系,对中国现代的诗歌创作和诗学发展做出应有的贡献。

(作者单位:朱坤领,中山大学

冯倾城,澳门大学)

诗意诱惑与诗意生成
——试论勒克莱齐奥的诗学历险

许 钧

　　勒克莱齐奥小说叙事富有诗意，这几乎是评论界与读者的共识。在国际勒克莱齐奥研究会会刊《勒克莱齐奥研究》（*Les Cahiers J.-M.G.Le Clézio*）2012年期（总第5卷），克洛德·加瓦莱洛教授（Claude Cavallero）结合他主编的这一期的内容安排、研究动机与主要论文观点的述评，写了一篇独具慧眼的论文，题目叫作《勒克莱齐奥的诗意诱惑》。"诱惑"一词，本就暧昧，充满诱惑，加上诗意一词的修饰，自然魅力无穷，然不知是勒克莱齐奥以诗意诱惑读者，还是勒克莱齐奥被诗意诱惑，抑或是两者兼而有之，心向诗意，而笔端诗意四溢，终成勒克莱齐奥的诗意世界。本文拟从语言与存在的关系、诗意的表达与生成等方面，对勒克莱齐奥小说创作的诗学历险做一探讨。

一、语言之道与诗意栖居

　　诗意当与诗有关，然而考察勒克莱齐奥之创作，其作品形式多样，有小说、随笔甚至戏剧，却少有诗的创作。就勒克莱齐奥的创作而论诗意，自然便超越了体裁之界。一如加瓦莱洛先生所言，勒克莱齐奥作品的诗意之基调，是任何进入并热爱勒克莱齐奥作品的读者都能感受到的。就"诗"而言，勒克莱齐奥的心中，已无诗的理想主义的涵义，而是与"民歌、自然风景的自由召唤"[①]紧密相连。勒克莱齐奥作品中的诗意，在克里斯迪安·卜里根看来，首先表现在他的创作中。勒克莱齐奥一直有着"诗意的关切"，而这种"诗意的关切"与其语言的创造是息息

---

① Cavallero Claude，*La tentation poétique* de J.-M.G.Le Clézio，*Les Cahiers J.-M.G.Le Clézio*，No 5，Paris：Editions Complicités，2012，p.9.

相关的。所谓"诗"是诗人"用其语言对其在语言中的主体的质疑"①,就此而论,勒克莱齐奥的"诗意的关切",便首先表现在对语言的这一质询,尤其是对初始语言的质询,在他早期的小说创作中,有对这一初始语言的多种暗示。"正是这一亚当的语言,如我们的研究所能揭示的那样,赋予了勒克莱齐奥叙事以具有乌托邦和神话意义的诗意闪光。"②

"诗意小说是空间的叙述,在空间中展开探寻,在其中寻找某种隐秘的东西,而历险小说是把这种寻找置放在时间之轴,当然,这两者可以相互作用,如在《寻金者》我们可以看到的。"③对小说写作而言,探寻,是一个特别值得关注的词。文学是人学,小说写的是人,但人并非孤立存在。如果说"小说是人类的秘史",那么小说家对人类秘史的探寻,是个人化的。若如昆德拉所言,文学旨在拓展人的存在的可能性,那么对人之存在的隐秘的探寻,则可能涉及人的生存空间、生存环境、生存困境。勒克莱齐奥的小说,在塔迪埃看来,便是在人类的生存空间中展开的。而同时,勒克莱齐奥把他的目光投向生存在空间边缘的被驱逐、被忽视、被侮辱的人物,对他们的命运予以了深刻的关切。非洲系列小说《沙漠》中的蓝面人,《奥尼恰》中的黑女王,在艰难的历史中顽强抵抗与不断迁徙,在本属于自己而遭殖民者驱掠的沙漠里顽强挣扎。勒克莱齐奥小说中这些人物的命运牵动着当代人的心,其中既有对殖民历史的一种谴责,也有对他们命运的一种温暖的关切。一如郭宏安十分尖锐地提出的问题:"在《沙漠》这部小说中,我们可以提出什么样的问题呢? 我们至少可以提出:为什么钢筋水泥的世界不是幸福的世界? 为什么贫穷的沙漠是人类自由的象征? 基督教士兵(法国及其他国家)对蓝面人文明的消失负有什么责任?"在郭宏安看来,勒克莱齐奥以小说家的立场,以其充满诗意的笔触,在其小说中让我们看到并明白了:"努尔通过什么途径继承了图阿雷格人的传统? 为什么失败的蓝面人要向南返回他们的出发地? 为什

---

① Cavallero Claude, *La tentation poétique* de J.-M.G.Le Clézio, *Les Cahiers J.-M.G.Le Clézio*, No 5, Paris: Editions Complicités,2012,p.10.

② Cavallero Claude, *La tentation poétique* de J.-M.G.Le Clézio, *Les Cahiers J.-M.G.Le Clézio*, No 5, Paris: Editions Complicités,2012,p.10.

③ Cavallero Claude, *A propos du récit poétique*, *questions à Jean-Yves Tadié*. in Cavallero, claude & Pala, Jean-Baptiste: *La tentation poétique*. Les cahiers J.-M.G.Le Clézio,No 5, Paris: Editions Complicités, 2012, p.30.

么拉拉不忘大沙漠? 为什么拉拉及其亲人不抱怨贫穷?"①勒克莱齐奥在《沙漠》中,以其独特的方式,为上述这些问题提供了"直击心灵"的答案。他的笔触深刻、精确而沉着,小说一开始便将读者引入沉重而悲壮的历史之境,"跟着字句慢慢地进入一种浅斟低唱的叙述状态,取忘我、吸纳、参与、认同的态度,摒弃语言和概念,进入与事物直接接触的境地"②。

人类的生存,与语言直接相关。海德格尔借荷尔德林之诗句,从哲学的底蕴中阐释了人诗意地栖居在大地上的可能之路。对诗歌的向往,对诗所创造的诗意的天地的向往,开启了语言创造有可能带来精神自由的可能性。对于小说家而言,诗意的创造首先是从语言开始,在"语言讲述"的困境中,探寻自由地抒发思想的路径,是勒克莱齐奥一直所致力的行动。在他的第一部小说《诉讼笔录》的创作中,就已经能非常明显地看到在语言的层面,他试图走出僵化的经院式语言;在小说叙述的层面,他更是明确表示,他"很少顾忌现实主义",要"避免充满尘味的描述和散发着哈喇味的过时的心理分析"。③ 首先从僵化的语言中解放出来,让自由的思想放飞,针对读者的感觉,在写作这片"广袤的处女地"不断勘察,打破"作者和读者之间相隔的辽阔的冰冻区"。此后的写作中,勒克莱齐奥从语言出发,不断历险,探寻充满生机、带着温暖、闪烁着诗意的写作之道。

何为富有生机和创造力的初始的自然语言呢? 勒克莱齐奥在巴拿马印第安人部落的三年生活,接触到了与自然融合在一起的土著人,在与他们的朝夕相处和共同生活中,对他们的语言、习性与生存之道有了深刻的了解。他认为印第安人的语言就具有这种特征,在《大地上的陌生人》一书中,他这样说道:"当词中出现舞蹈、节奏、运动和身体的脉搏,出现目光、气味、触迹、呼喊,当词不仅从嘴而且从肚皮、四肢、手……尤其当眼睛说话时……我们才在语言中……"④勒克莱齐奥反对的是那种凝固了的、经院式的没有生命的语言,召唤的是他所寄居的这一充满生机的初始语言,其盎然生机透出的是浓郁的诗意。栖居在语言中,需要

---

① 郭宏安:《〈沙漠〉:悲剧·诗·寓言》,见高方、许钧主编《反叛、历险与超越——勒克莱齐奥在中国的理解与阐释》,南京:南京大学出版社,2013 年,第 163 页。

② 郭宏安:《〈沙漠〉:悲剧·诗·寓言》,见高方、许钧主编《反叛、历险与超越——勒克莱齐奥在中国的理解与阐释》,南京:南京大学出版社,2013 年,第 153 页。

③ 勒克莱齐奥:《诉讼笔录》,许钧译,上海:上海译文出版社,2008 年,第 Ⅱ 页。

④ 转引自李焰明、尚杰《勒克莱齐奥及其笔下的异域》,见高方、许钧主编《反叛、历险与超越——勒克莱齐奥在中国的了解与阐释》,南京:南京大学出版社,2013 年,第 68 页。原文见 Le Clézio, *l'inconnu sur la terre*, Paris:Gallimard,1978,p.87。

的是卜里根所说的那种初始的语言。在寻找自己的写作之道中,勒克莱齐奥发出过这样的质问:"需要摧毁一切吗? 需要摒弃自出生以来,多少个世纪以来所积累的一切养料吗? 包括那些习癖、语言、习俗、姿态、信仰、思想?"[1]之所以发出这样的质问,是因为他深切地感受到压在自己身上的沉重的历史负担,自己的言与行已经被过去的语言、信仰、思想、习俗所规定,"我们一无所是"。为了真正的存在,他要从初始的语言中寻找生命,"我想讲的是本源性的、真实的语言。当词语逼近死亡之时,词语才真正地处在生命中。词语是开端。在词语的开端之时才能萌生出真正的活着的感觉"[2]。勒克莱齐奥在《战争》一书,淋漓尽致地让词语面向无处不在的战争,去创造"生"的天地。勒克莱齐奥既然毫不吝啬地摒弃了一切传统小说的构造,他的武器又是什么呢? 二十年前,当李焰明和袁筱一翻译《战争》一书时,就提出了这样的问题。如果说勒克莱齐奥的写作要获得生命,他清楚地意识到词语的原始之力的话,那么在《战争》一书,我们更能真切地感受到现代人在被钢筋水泥包围的世界里,在"每个人的内心都被由欲望而生的贪婪、饥渴、失望、仇恨、绝望挤得慢慢而终到爆炸"的物质化的世界里,他们面临的是无处不在的战争,而勒克莱齐奥在构建小说的同时,也在面对这样的战争,其抵抗的武器"就是词语。连成句也罢,不连成句也罢,每一个词语都有它自己的力量,在挣扎,在跳跃,在杀戮,每一个词语都有它的色彩,连在一起就是一幅画。这是自然而明朗的,不需要复杂的语法结构,不需要严谨的篇章布局。一切,都在于词,'无所不在的词',在扼杀思想,在挑起战争;在充当先知,在书写现代的《创世纪》"[3]。勒克莱齐奥正是依靠这种具有本源性的、简单的词语的力量,动摇现代人冷漠的城墙,剥开"都市文明"中那层遮掩疮痍的衣饰,让"闪闪发光"的物质之美显出其面临的深渊,让麻木的人的神经有所触动、有所警觉。在词语所爆发的力量之中,在小说作者抵抗消费社会,勇敢地面对现实、面对战争之时,在词语的深处,闪现的正是那种诗意的力量。恰如巴什拉所言,"我在一个词中寻找避难所。在词的心脏里休息,在词的斗室里明辨秋毫,并感觉词是生命的萌芽,一次逐渐增长的黎明"[4]。

---

① Le Clézio, *L'Extase matérielle*.Paris:Gallimard,1967,p.39.

② Le Clézio, *L'Extase matérielle*.Paris:Gallimard,1967,p.42.

③ 勒克莱齐奥:《战争》,李焰明、袁筱一译,南京:译林出版社,2008 年,"译序"第 6 页。

④ 加斯东·巴什拉:《梦想的诗学》,刘自强译,北京:生活·读书·新知三联书店,1996 年,第 61—62 页。

文学,是对生命的生成。德勒兹认为,"写作与生成是无法分离的:人们成为女人,成为动物或植物,成为分子,直到成为难以察觉的微小物质。这些生成按照一种特殊的系统相互关联,就像在勒克莱齐奥的一部小说中。"①德勒兹所说的勒克莱齐奥的这部小说,确切地说应该就是《诉讼笔录》,广泛地说,应该是指勒克莱齐奥的整个小说创作。作为生成的写作,赋予了小说家创造生命的可能性。在小说中,人可以生成为女人、动植物或者分子,这种生成的过程,有可能通往"物我合一"的境界。勒克莱齐奥在他那部著名的《物质迷醉》的论著中,表现出了一种持久而内省的追求,对于世界物质的一种认同,是人进入世界的一种特别征途,是认识世界的一种探险。在这一探险中,"无论在事物或语言中,都没有笔直的路线,句法是所有迂回的总和,这些被创造出的迂回每次都是为了在事物中揭示生命"②。通过写作,接近物质,认同物质,如勒克莱齐奥笔下的自然世界的物,进而生成为动物或植物,物我合一,其目的就是为了感觉充满万物的世界,理解这个世界,进而达到某种共处与共生。有学者在论述福楼拜的创作时这样说:"成为物质:这一无限的梦想,与世界绝对认同的发狂愿望,将世界理解为内在的世界,这种梦想随着自身的陈述而逐步耗尽。讲述自然与生命的事物,滑进事物的表面的外衣,让文字重现这个外衣,这同时也是取消这个外衣,这实际上不是在暗示物质的现实可以在这种认可运动中得到概括吗?而且这个现实不再与虚构分开吗?到了这个地步,人们就得承认,世界只能以意志和表现形式才能存在,因为世界只能通过表现世界的意志才能继续存在,意志将赋予世界一种永恒性。于是,一种现实的美学观获得胜利,对于这种美学观来说,现实归结为一些图像和一些话语。"③到底什么是现实?当我们的目光、我们的笔触只是停顿在事物的表面时,我们能够真正把握现实的真实吗?勒克莱齐奥在其小说的创作中,始终给自己提出一个问题:何为真实?需要描绘世界的真实性,语言可以信任吗?如果说勒克莱齐奥与现实主义者一样,确信世界存在着不可枯竭的丰富性,对表现或传达这种丰富性感到困惑,那么,就不可能仅仅满足于把语言当作一种工具,仅仅去模仿去描写他所看到的物的表面。他试图用一种初始性的语言,用自己的感觉和想象力,在对物的认同过程中,揭开物的表皮,深入物的深

---

① 基尔·德勒兹:《批评与临床》,刘云虹、曹丹红译,南京:南京大学出版社,2012 年,第 1—2 页。

② 基尔·德勒兹:《批评与临床》,刘云虹、曹丹红译,南京:南京大学出版社,2012 年,第 2 页。

③ 马舍雷:《文学在思考什么》,张璐、张新木译,南京:译林出版社,2011 年,第 250—251 页。

处,揭示物的生命及其可能的危险。在《战争》中,勒克莱齐奥就是这样去探询我们身处其间的由物质构筑成的世界。他用"装着有可能弄瞎眼睛的尖针"的眼镜,跟着那个叫 Bea.B 的年轻姑娘,穿越城市,穿越街道,看过机场、咖啡馆、商店、车站、地道、垃圾场,渐渐地"把这世界细腻润滑的肌肤拿到了它的镜片下,细致地描摹,其程度比中国可见叶片脉络的那种工笔画尤胜。不仅如此,它还毫不手软地剥开了这层表皮,把五脏六腑都剖了出来,呈现在大家的面前"①。在深处,人们终于"发现灾难":"獠牙和利爪露出,伸展着指头的奇特的手从地下或墙里冒出来。到处出现了一张张嘴,顶里面,鲜红的咽喉半开着。这些是正飞速转动的车轮,灼热的轮毂飞出一阵阵烟雾,一团团火花。这些是眼睛,在阳光下睁着,目光冷酷,试图征服一切。柏油路上,空气整个静止了,但微尘体仍穿越空气震动着。每一小尘粒就是一个行星。上面住着一个人,他注视着,审判着。"②勒克莱齐奥的《战争》,就是这样无情地剥开事物的表皮,深入其间,在车轮滚滚的柏油路静止的空气中,抓住仍在穿越空气振动着的微尘,一个人潜入微尘,注视着、审判着。写于 20 世纪 70 年代的这部小说,就像寓言般、先知般地,从一颗微尘中揭示出了现代物质的世界所潜藏的危机以及时时都在加剧的无处不在的战争:"坚固的楼房矗立在地面上,它们全力压迫着大地。人们几乎到处都能感觉到地基、壅塞地带对皮肤造成的疼痛,也感到干渴,一种止不住的干渴,使你口干舌燥。血液也成糊状。地上,沥青层将那长长的、汽车艰难行进着的沥青马路紧裹在它们粗糙的表皮里。天空有时是灰色,有时蔚蓝,有时又黑暗一片,每当飞机痛苦地从中穿越,它便惊慌地蜷缩在房屋的墙隅。"③当我们读着这些文字,再去想一想天空、大地,想一想变灰变暗的惊慌的天空,去想一想皮肤的疼痛,干渴干疼的喉咙,想一想想躲也躲不开的雾霾时,我们对于现实的认识是否更真切些呢? 我们对于生命的认识是否更清醒呢? 勒克莱齐奥逼近事物的历险,正是在其揭示人类面临的危险,抵抗潜在的危险的决绝的行动中,闪现出悲壮的诗意。

对语言原生性力量的探寻,对勒克莱齐奥来说,意味着对语言异化、套化的政治谴责,对消费社会价值的批判和对保守主义的僵化的文学语言的反叛,早期的勒克莱齐奥的作品呈现出颠覆性的修辞。有论者指出,在勒克莱齐奥第二阶段的创作中,尤其是《蒙多与其他故事》(1978 年)和《沙漠》(1980 年),其小说叙

---

① 勒克莱齐奥:《战争》,李焰明、袁筱一译,南京:译林出版社,2008 年,"译序"第 4 页。
② 勒克莱齐奥:《战争》,李焰明、袁筱一译,南京:译林出版社,2008 年,第 42 页。
③ 勒克莱齐奥:《战争》,李焰明、袁筱一译,南京:译林出版社,2008 年,第 43 页。

事旨在"创造一种习性（ethos），一种栖居世界和语言的方式"①。如莫如坦（François Marotin）在分析《蒙多及其他故事》时，发现小说中所梦想的世界，实际上就是作家"根据其欲望和心灵最终融合的世界，这位作家首先就是诗人"②。在这个意义上，勒克莱齐奥的语言之道就是他栖居世界的方式，其诗意的表达就在于将自己的生命伸展到语言的原生处。挣脱僵化与异化的语言，就是向着生命的自由："语言将走出它的城墙，破开门窗和墙……它将获得自由"③。对于勒克莱齐奥的语言与栖居世界的关系，学界已有一些探讨。在我们看来，勒克莱齐奥对于语言的探寻，在其创作过程中，始终保持清醒和批判的意识。在他看来，语言的创造成就了他生命的意义："别的什么也没有，对我而言，只有话语。这是唯一的问题，或更确切地说，是唯一的现实。一切都在话语中，一切都赋予话语。我在我的语言中生存，是我的语言构造了我。词语是种种成就，不是工具。说到底，对我而言并不真的存在交流的考虑。我不愿使用给我的一些陌生的碎言去和别人交换。这种交流是一种虚假之举；但这同时也是幻像性的，深深地嵌在我的生命中。我能和别人说什么呢？我有什么要和他们说呢？为什么我要和他们说点什么？这一切都是欺骗。然而，的的确确，我在使。我在用。我在散落、多形和机械的领域探求。我过的是社会性的生活。我拥有了言语。但是一旦词成了我的专有、专属，成了怀疑的对象、争论的对象、词典的描述，在这一刻，我便进入了我的真正的躯体之中。犹如一切幻象，由言语维持的幻象自我超越；它生成我逃逸的本性，生成为我升华的力量，抑或我修行的力量。"④基于这样的认识，他明确指出："言语不是一种'表达'，甚至也不是选择，而是存在本身。"⑤正是在这样的思想的力量引导下，勒克莱齐奥一直致力于寻找一种专属于自己的语言。那么，他要寻找的到底是什么样的语言呢？他一路探寻，一路寻找答案。作为生长、生活在大自然中的人类中的一员，勒克莱齐奥认为要和自然和谐相处，仅仅满足于和人类的交流是不够的，要学会与自然交流，于是对自己这样说："我用词演奏音乐，让我的语言变美，使词重新融入另一种语言，那是风、虫、小鸟、涓涓小

---

① Voir Claude Cavallero, *La tentation poétique* de J.-M.G.Le Clézio, *Les Cahiers J.-M.G.Le Clézio*, No 5, Paris：Editions Complicités, 2012, p.12.

② Voir Claude Cavallero, *La tentation poétique* de J.-M.G.Le Clézio, *Les Cahiers J.-M.G.Le Clézio*, No 5, Paris：Editions Complicités, 2012, p.12.

③ Le Clézio, *Les géants*. Paris：Gallimard, 1973, p.308.

④ Le Clézio, *L'Extase matérielle*. Paris：Gallimard, 1967, p.35.

⑤ Le Clézio, *L'Extase matérielle*. Paris：Gallimard, 1967, p.51.

溪的话语。"①与如此的意识和觉悟紧密相连的,是勒克莱齐奥富于感官化的小说书写。勒克莱齐奥的这种话语实践与诗学追求颇有中国诗学传统的移情之风,如同杜甫,面对国破之时,发出的"感时花溅泪,恨别鸟惊心"的悲切之感。对这种情形,朱光潜有明确的论述:"……人在观察外界事物时,设身处在事物的境地,把原来没有生命的东西看成有生命的东西,仿佛它也有感觉、思想、情感、意志活动,同时,人自己也受到对事物的这种错觉的影响,多少和事物发生同情和共鸣。"②就文学的创作手段而言,这种移情仅仅是与作者心中仿佛感觉到的生命,在朱光潜看来仅仅是某种"错觉"而引发的与事物的同情与共鸣。若考察勒克莱齐奥的小说创作和有关思考,我们从他二十三岁发表的《诉讼笔录》到他前两年问世的《脚的故事》中不难看到,他是有意识地、真切地认为万物都有其生命,生命中也有其语言、有其情感。这种认识的超越,正是勒克莱齐奥写作实践的思想支点,如是才有可能产生他处女作中具有颠覆性的"亚当"这个人物的创造,如是他才会不懈追求语言的原生性力量。就这样,存在、语言和创作,于勒克莱齐奥便有了一种连贯而内在的意义。

二、浪漫性与诗意

在上文中,我们可以看到,勒克莱齐奥通过其富有生机和创造力的语言,赋予其文字对现实的穿透力,让生命与物质相连,在贴近现实与生命的叙述中透出诗意的内涵。若我们继续追寻,可以发现勒克莱齐奥作品所闪现的诗意与其思想深处的浪漫性是紧密相连的。

法国文论家让-伊芙·塔迪埃在对普鲁斯特的小说进行研究时,提出小说的诗意往往借叙事的浪漫性而凸现。他在《普鲁斯特与小说》一书中试图对何为浪漫性作一定义。他是结合小说叙事的特性来作定义的:"一件奇怪的,出乎意料的,与梦想及其效果相适应,而不是与事实的乏味发展相适应的事件,就叫浪漫性事件。"③塔迪埃关于浪漫的这一定义,实际上是基于他对普鲁斯特小说叙事中涉及生命意义思考的分析。普鲁斯特在《追忆似水年华》一书中,借人物之口,

---

① Le Clézio, *l'inconnu sur la terre*, Paris: Gallimard, 1978, p.87.
② 朱光潜:《西方美学史》(下卷),北京:人民文学出版社,1979 年,第 597 页。
③ 塔迪埃:《普鲁斯特与小说》,桂裕芳、王森译,上海:上海译文出版社,1992 年,第 350 页。

对生命的意义有着富于哲理的思考与充满浪漫气息的诠释："生命并无多大意义,除非当现实的尘土中出现了神奇的沙粒,除非当平庸事件成为浪漫性动力,于是无法接近的世界的整个岬角从梦幻的光亮中显现出来,而且进入我们的生活,于是,我们仿佛一觉醒来看见那些我们热切梦想,以为将永远只能在梦中相见的人们。"①看似平庸、乏味的现实中,在小说家充满想象的诗意历险中,以其感性而富有力量的笔触,往往能以神奇的力量,拂去表面的乏味,召唤意想不到的梦想或梦幻。在这里,所谓的浪漫,是美好,是激情,是梦幻,是出乎意料的惊喜,是平庸中闪现的非凡,是乏味甚至艰难的现实中显现的神奇的闪光。

因为充满希望与渴望,绝处可以逢生,黑夜可以迎来黎明。勒克莱齐奥的小说,之所以诗意盎然,在很大程度上是源于塔迪埃所言的浪漫性。诗意的历险,是因为小说家心中的希望不灭,哪怕在物欲横流,对物质的极度欲望吞没人性的时代,勒克莱齐奥也能在其小说中赋予人物以浪漫的诗意,哪怕是《诉讼笔录》中那位不知是从军营还是从疯人院跑出来的亚当,看似思维不正常,与社会格格不入,但心中始终存有对伊甸园的梦想,也始终存在对人性的那份清醒的认识。《寻金者》中的亚历克西,寻金之旅充满失望,乃至绝望,但在绝望之时,却在对大自然循环往复的歌咏中,闪现出幸福的源头:故乡的风、河流、大海、树木、星星,更有留在亚历克西记忆深处那大海的声音和母亲温柔的嗓音里包含了一切的爱的呼唤。勒克莱齐奥小说的诗意,是骨头眼里的,渗透在生命之根中,洋溢于小说的字里行间,《沙漠》中的拉拉,《逃遁之书》中的霍冈,无论在回归的途中,还是逃离的路上,始终有着对美好的憧憬。

勒克莱齐奥小说叙事的浪漫诗意,首先表现在人类在生存的困境中永远不灭的希望之光。勒克莱齐奥的小说,直面人类生存的困境。作为小说家,他坦言受到过萨特的影响,认为小说家应该有介入的勇气,承担起介入的责任。"人是这样一种生灵,而对他任何生灵都不能保持不偏不倚的态度,甚至上帝也做不到。"②对于勒克莱齐奥而言,介入是一种态度,更是一种行动,其小说写作就是其态度与行动的明确体现。面对人类的苦难与困境,勒克莱齐奥试图以小说的力量,撼动人类麻木的神经与冷漠的心,一方面,引导人们清楚地认识到人类所

① 转引自塔迪埃《普鲁斯特与小说》,桂裕芳、王森译,上海:上海译文出版社,1992年,第350页。

② 李瑜青、凡人主编:《萨特文学论文集》,施康强等译,合肥:安徽人民出版社,1998年,第82页。

面临的危机、战争与危难;另一方面,则以其一贯的追求,在绝望中引导人们看到闪现的希望。有学者指出:"和许多背负着现代小说使命的小说家一样,勒克莱齐奥从写作伊始就在追问现实域、真实域与想象域的关系。他的答案也并不令我们感到意外——在他看来,小说无疑是属于后两者的。或许对一个相信文字世界的人来说,现实域从来都不曾真实地存在过,只等着我们拨开真实域与想象域的迷雾,建立起属于自己的现实。"①勒克莱齐奥的不同凡响之处,恰恰就表现在他试图拨开真实域与想象域的迷雾的努力之中,在别人眼中的"现实"处,建起属于自己而又能启迪他人,甚至警醒他人的现实,如是,他有力而勇敢地撕去现代社会物欲横流之上蒙着的"繁荣"与"享乐"的表皮,揭示四处暗藏的危机。同时,勒克莱齐奥又以其悲悯之心与希望之火,致力于描写"一个又一个略显得'乌托邦'的世界",庇护人类受伤的灵魂,"暂时忘记仍然在世界的某一处蔓延的战火,忘记现代文明所创造出的一个又一个惨烈的事故"。②绝境处不绝望,始终不放弃,始终在追寻,这种永远燃着希望之光的寻找在勒克莱齐奥小说中是一贯的。《流浪的星星》中,犹太女孩艾斯苔尔和母亲出发去寻找传说中的家园,当她在等待、在疑惑,在难以理解的纷繁世事中,在对和平的期盼中,抵达她心目中的精神家园——圣地耶路撒冷,抵达所谓的圣地,来到"那个梦想中到处是橄榄树、和平鸽、教堂和清真寺的穹顶顶尖塔在闪闪发光的地方时"③,却和一位被迫前往难民营途中的阿拉伯女孩萘玛宿命般地相遇,却悲剧般的分离:犹太女孩在来到"以色列圣地"之时,便是阿拉伯女孩踏向难民营之日。"艾斯苔尔和萘玛,一个犹太女孩和一个阿拉伯女孩,自此再未相遇。她们交换的只是彼此的一个眼神,还有姓名。然而,她们从未停止过对对方的思念。战争将她们分离,她们在各自的难民营里艰难地生活着,但是她们都在不同的地方齐声控诉着战争,以最低的生存要求反抗着战争带来的绝望和死亡的阴影,而这,就注定要流浪。"④对抗绝望和死亡阴影的流浪,在勒克莱齐奥的笔下闪现出人性的善与美。在《流浪的星星》的叙事中,艾斯苔尔的寻找具有多重意义:一是对精神家园的追寻。哪怕

———————

① 勒克莱齐奥:《流浪的星星》,袁筱一译,北京:人民文学出版社,2010 年,"新版译序"第 3 页。

② 勒克莱齐奥:《流浪的星星》,袁筱一译,北京:人民文学出版社,2010 年,"新版译序"第 3 页。

③ 勒克莱齐奥:《流浪的星星》,袁筱一译,北京:人民文学出版社,2010 年,"译序"第 2 页。

④ 勒克莱齐奥:《流浪的星星》,袁筱一译,北京:人民文学出版社,2010 年,"译序"第 3 页。

现实是那么残酷,所谓的圣地到处弥漫着战争的硝烟,位于法老城市之上的山脉,白骨累累,"到处看见的都是死亡和鲜血"①,艾斯苔尔也没有放弃追寻,其根本的动力,是在艾斯苔尔心里不灭的对人类之善的梦想。二是对人类命运的追寻。小说中的萘玛具有深刻的现实性,也具有强烈的象征性。仅仅交换过一个眼神的两个女孩,却有着对对方不绝的思念,更有艾斯苔尔对萘玛执着的、永远的找寻:"我找寻着萘玛,一直找到这里。我就在白雪覆盖的街道上,透过玻璃窗守候着。我在医院的走道上搜寻着她,在那些来看病的穷人中张望。在我的梦里,她出现了……她看着我,而我觉察到她将手轻轻地搁在我的臂上。在她苍苍的眼神里,有着同样的询问。"②艾斯苔尔之所以坚持去寻找萘玛,就其根本而言,是因为虽然分属两个不同的甚至敌对的阵营,但在彼此眼中透出的那个"苍苍的眼神"里,有着对人类的家园何在的同样的、深深的追问,也有对人类走向何处的追问,更有闪现着人类悲悯之光的灵魂写照,这也是对人类真情之美的讴歌。三是对人类未来的追寻。尽管如《流浪的星星》的译者袁筱一所言,在流浪途中,在处处弥漫的"绝望里,人们似乎无可救药。爱情或者温情都无可挽回地成了战争的牺牲品"③,但小说主人公艾斯苔尔却没有让自己的灵魂在绝望中熄灭,更没有让自己的肉体在战争的血腥与生存的艰难中枯萎。小说中孩子的降生场面多次出现,具有明显的寓意。奴尚难民营里,鲁米亚"巨大的肚腹挺着,像一轮满月,白白的,在蓝色的阴影里闪着玛瑙般的红光"④。孩子的降生给绝望中的人们带来了希望。而艾斯苔尔的孩子的诞生,更是像太阳一样,照耀着通往未来的道路。在艾斯苔尔的心里,孩子就是"我的小太阳"。在小说接近尾声之时,艾斯苔尔的孩子即将降生,她在心里说:"他将是太阳的孩子。他将永远在我体内,用我的血和肉,我的天和地做成。他将被海浪带走,一直带到我们下船的那个海滩,我们出生之地。他的骨头将是卡麦尔山上的白色石头,是吉拉斯的岩石,他的肌肉是加利略山的红色土壤,他的血是万水之源,是圣·马丁的激流,是斯图拉的浊河,是撒玛利亚的女人给耶稣喝的那不勒斯的井水。在他的身体里,将会有牧羊人的那份灵巧,他的眼睛将会发出耶路撒冷的光辉。"⑤对未来的期

---

① 勒克莱齐奥:《流浪的星星》,袁筱一译,北京:人民文学出版社,2010年,第264页。
② 勒克莱齐奥:《流浪的星星》,袁筱一译,北京:人民文学出版社,2010年,第263页。
③ 勒克莱齐奥:《流浪的星星》,袁筱一译,北京:人民文学出版社,2010年,"译序"第4页。
④ 勒克莱齐奥:《流浪的星星》,袁筱一译,北京:人民文学出版社,2010年,第203页。
⑤ 勒克莱齐奥:《流浪的星星》,袁筱一译,北京:人民文学出版社,2010年,第267页。

盼,体现在小说叙事中那个具有必定性的将来时中,体现在那个"将"字中,这是一种不灭的信念。而孩子的肉体与灵魂都同故乡的山与水紧密相连,坚硬的石头是孩子的骨,红色的土壤是孩子的肌肉,血液中流淌的是永恒的万水之源,眼睛里闪现的是神圣的光芒。处在难民营的艾斯苔尔,心中的梦想,具有精神意义的浪漫性,也具有宗教意义的绝对信念,这是她走向未来的根本动力。孩子降生了,艾斯苔尔确信:"我知道我的儿子是生在太阳初升之时,他是太阳的孩子,他有着太阳的力量,同时也会具有我的圣地的力量,具有我所钟爱的大海的力量和美丽。"①艾斯苔尔的多重追寻,有力地诠释了塔迪埃所试图定义的浪漫性,难民营的苦难催生了对和平的永恒企盼,在现实的尘土上笼罩着的死亡的阴影中,在勒克莱齐奥透着浪漫精神与宗教情怀的叙事中,闪现着生命的光辉。在艾斯苔尔的流浪历险中所体现的对人间真情的讴歌,对人类命运的悲悯和对人类有太阳普照的未来的坚定信念中,整篇小说弥漫着缕缕不绝的诗意。

勒克莱齐奥小说的诗意,不仅仅是精神意义上的,更是与人类的生存息息相关。就此而言,勒克莱齐奥小说的研究者都或多或少会关注到,勒克莱齐奥创作中所体现和倡导的与大自然共处、共生的和谐状态,在这一意义上,我们可以说勒克莱齐奥小说的诗意,还源于其小说中的人物与自然的特别紧密的关系,源于其小说中所描写的人对大自然的热爱、对大自然的迷醉和人与大自然的融合。人与大自然的关系,是作家最为关注的对象之一,有很多作家对大自然的讴歌都留下过充满诗意的篇章。法国浪漫主义的代表性人物夏多布里昂的《阿达拉》便是这样的名篇:"密西西比河两岸呈现出一幅非常优美的画卷。在河的西岸,大草原一望无际,绿浪仿佛在远方升向天空,最后消失在蓝天中。"②在如此优美的自然画卷中,诗意弥散在小说的字里行间。所谓的浪漫主义,其中最为本质的特征之一,就是对大自然之美的热爱与讴歌。苏联的兹·米·帕塔波娃在对普鲁斯特的文体特色进行研究时,也特别注意到了普鲁斯特对大自然的描写。她指出:"普鲁斯特在对自然界的描写上达到了极高的诗意,对自然界的感悟大有'发现世界的性质',正是在对大自然的美的描绘中,普鲁斯特作品奏出最乐观的调

---

① 勒克莱齐奥:《流浪的星星》,袁筱一译,北京:人民文学出版社,2010 年,第 269 页。笔者在所引译文中有个别词的改动。

② 夏多布里昂:《阿达拉·勒内》,曹德明译,桂林:漓江出版社,1996 年,第 5 页。

子:大自然以自己的健康神韵,永不止息的斗争和向生命的复苏显示着美。"①有学者对欧美的自然文学展开过深入的研究,指出美国自然文学家巴勒斯(John Burroughs,1837—1921)"用画家之眼,诗人之耳,来捕捉林地生活的诗情画意,鸟语花香"②。欧美自然文学家笔下的自然描写,对我们中国读者来说并不陌生,其中"风景、声景及心景的融合,即当人们接触自然时所产生的那种人类内心、内景的折射,那种心景的感悟"③不仅仅引导人们用眼睛或耳朵去看去听大自然的美,更要"用心灵去体验声景与风景"④。勒克莱齐奥在小说创作中对自然的书写,恰恰具有这样的特征与价值。在《亲近自然 物我合一——勒克莱齐奥小说中自然的叙事与价值》一文中,我们曾就勒克莱齐奥的自然叙事作了较为深入的思考与分析。就诗意的层面上,上文中提及的夏多布里昂对密西西比河两岸优美画卷的描绘,普鲁斯特对大自然描写所达到的"极高的诗意",以及巴勒斯捕捉到的"林地生活的诗情画意",充分说明了我们在本文开头所论及的两点:一是大自然对作家有着不可抵挡的诗意的诱惑,而伟大作家笔下所书写的自然之美对读者也产生了令人神往的诗意的诱惑。细读勒克莱齐奥的创作,无论是前期具有反叛意义的城市文明的书写,还是后期内心归于平静,将目光投向异域,投向他者的"非洲系列"小说的写作,我们都可以在作者对自然的讴歌中,深切地感觉到勒克莱齐奥那"一颗痛感现代生活的缺陷而焦虑地关心着人的自然本性之复归,关心着人对现实条件之超脱的心灵"⑤。对勒克莱齐奥而言,对自然的描写,对山、水、大地、阳光的讴歌,不仅仅是要展现自然之美,给人的心灵以抚慰,更有着对过于物质化的现代都市之缺陷的批判。同样是写海滩,《诉讼笔录》的主人公亚当看到的是那大块大块的礁石,"人兽尽在上面制造污秽",景象"令人恶心"⑥,揭露的是物欲横流的现代生活对大自然的破坏和惨不忍睹。而《从未见过大海的人》中的丹尼尔眼前出现的是"海水汹涌澎湃,沿着小河谷,像手掌一扬弥盖过来。灰螃蟹直起钳子,在他前头奔突,轻盈得如同小昆虫。晶莹

---

① 塞·贝克特等:《普鲁斯特论》,沈睿、黄伟等译,北京:社会科学文献出版社,1999 年,第118—119 页。

② 程虹:《自然文学的三维景观:风景、声景及心景》,《外国文学》2015 年第 6 期。

③ 程虹:《自然文学的三维景观:风景、声景及心景》,《外国文学》2015 年第 6 期。

④ 程虹:《自然文学的三维景观:风景、声景及心景》,《外国文学》2015 年第 6 期。

⑤ 柳鸣九:《卢梭风致的精灵》,见勒克莱齐奥《少年心事》,金龙格译,桂林:漓江出版社,1992 年,第 6 页。

⑥ 勒克莱齐奥:《诉讼笔录》,许钧译,上海:上海译文出版社,2008 年,第 13 页。

的海水灌满了那些神奇的洞穴,淹没了隐秘的坑道"①。展示的是大海的力量,小沙滩上的生命跳动和等待着丹尼尔去发现的神奇与隐秘。如果说在帕塔波娃看来,普鲁斯特对大自然的描写散发的诗意,源自"发现世界"性质的对大自然的感悟,那么勒克莱齐奥的自然书写则有着待研究者继续探究的丰富价值。钱林森在 20 世纪 80 年代评价《沙漠》时指出,作者"让我们看到了大沙漠奇异多变的自然风光,又让我们看到资本主义大都市阴暗的一角"②,对比性的表现手法有"发现"之功,更有批判之力。但同时,"在作者高妙的笔下,无论是沙漠上的烈日、恶风、篝火,还是大海的波涛、海滩上的夕照,或是都市奔驰的车辆、熙攘的人流,一切都像有生命似的活了起来,读来使人身临其境,仿佛跟主人公一起经历了一次遥远而艰辛的跋涉,一起感受到了大沙漠的白日的酷热、黑夜的寒冷和大都市的喧闹、昏眩。而作品中那些娓娓动听、富有传奇性的故事,更被渲染得绘声绘色,细致逼真,为小说增添了一种诗意的色彩和魅力。"③细致的描写构建的"画面"感,激发了读者的感官和心灵,让读者在作品诗意的色彩与魅力的诱惑与引导下,与所见所闻所感到的一切融为一体,这是导向共感共鸣的叙事作用。柳鸣九对勒克莱齐奥在 20 世纪 70 年代末 80 年代初所写的短篇小说有着高度评价:"这些短篇都只有最简单的故事框架最平淡不过的情节,然而都有细致入微、优美如画的动力描写,对主人公陶醉于其中的大自然的描写,对他们对大自然的精神向往、精神渴求的描写,对他们在大自然中的观赏之乐、洒脱之乐、陶然忘机之乐、物我浑然一体之乐、交融升华之乐的描写。一个个短篇就像一首首诗情画意的散文诗,阅读着这些短篇,就有如同聆听着《田园交响曲》那样的艺术感受。"④若我们再进一步细察勒克莱齐奥对非洲、对美洲,对印第安文明、东方文明书写中对大自然的描写与讴歌,我们也许还能从勒克莱齐奥的发现之功、批判之力、共感共鸣之求之外,看到他对地理诗学与文化诗学的某种思考与实践,看到他对人类生存环境的深深忧虑,看到他所激发的诗意的诱惑中有着对人类与自然共存共生的理想追求。

----

① 勒克莱齐奥:《少年心事》,金龙格译,桂林:漓江出版社,1992 年,第 148 页。

② 勒克莱齐奥:《沙漠》,许钧、钱林森译,北京:人民文学出版社,2010 年,"首版译者序"第 4 页。

③ 勒克莱齐奥:《沙漠》,许钧、钱林森译,北京:人民文学出版社,2010 年,"首版译者序"第 5 页。

④ 柳鸣九:《卢梭风致的精灵》,见勒克莱齐奥《少年心事》,金龙格译,桂林:漓江出版社,1992 年,第 6 页。

三、反复、节奏与音乐性：诗意的生成

如果说语言的创造在勒克索齐奥的小说创作中具有独特的生命意义,构成了栖居我们这个世界的诗意之基础,那么,要考察勒克莱齐奥的诗意生成之道,就不能不把目光聚焦于勒克莱齐奥笔下的词与句、词与句构成的关系及其节奏、色彩、调性与音乐性。

萨特在论及文学的本质与责任时指出:"对于诗人来说,句子有一种调性,一种滋味;诗人通过句子品尝责难、持重、分解等态度具有的辛辣味道,它注重的仅是这些味道本身;他把它们推向极致,使之成为句子的真实属性。"①句子是有生命的,也是有态度的,其调性,其滋味,其真实性,是其诗意的基础。句子是由词组成的,从诗意生成的角度看,一如德勒兹所言:"写作活动有自己独特的绘画和音乐,它们仿佛是词语之上升腾起来的色彩和音响。正是通过这些词语,在字里行间,我们获得了视觉和听觉。"②调性、滋味、色彩、音响,这是文字创造诗性之美的理想追求。勒克莱齐奥的小说写作,就其"感官化"的路径而言,与此是一脉相通的。其文字具有感性,具有生命的搏动,具有生命的气息,具有生活的味道:"我永远忘不了的,是那段岁月的味道。烟味、霉味、票子味、白菜味、寒冷的味道、忧愁的味道。日子一天天逝去,我们经历过什么,我们早已忘却。但是那种味道留下了,有时候,在我们最不经意的时候,它会重新出现。随着那味道,我们的记忆重新浮现:悠长的童年岁月,悠长的战争岁月。"③这是勒克莱齐奥《乌拉利亚》小说开头不久的一段话。这段话不长,用词简单,句式简短,然而意味深长,意境悠远,悠长的童年岁月、悠长的战争岁月在记忆中留下的"味道"的开启下重新浮现,小说的叙事由此而自然地展开。作为读者,读了这段文字,恐怕也"永远忘不了",忘不了那岁月的味道。这一段话,从小说叙事看,由记忆而开启,有着统领、结构与推动叙事的功能。从文字的使用看,具有简明、简洁而感官化的明显特色。如果高声朗读这段文字,仿佛又有某种回转、悠长的音乐感,充满着诗意。其中到底有什么奥妙呢? 这种让人读了听了就难以忘怀的文字到底有

---

① 李瑜青、凡人主编:《萨特文学论文集》,施康强等译,合肥:安徽文艺出版社,1998 年,第 77—78 页。

② 德勒兹:《批评与临床》,刘云虹、曹丹红译,南京:南京大学出版社,2012 年,前言第 2 页。

③ 勒克莱齐奥:《乌拉尼亚》,紫嫣译,北京:人民文学出版社,2008 年,第 3 页。

何生成之道呢？

带着这样的疑问，我们曾有机会当面请教勒克莱齐奥先生，他的回答给了我们某种启迪："可能是词语的发音，可能是用词的回环往复，可能是句子的节奏，是长句中与呼吸同步的停顿，等等。"①细读勒克莱齐奥的小说，根据勒克莱齐奥的这番指点，我们似乎可以更真切地感觉到勒克莱齐奥笔下的那词那句的声音、节奏与呼唤，也仿佛能感受或捕抓到勒克莱齐奥小说创作在诗意生成层面的某些特点。

其一是反复。反复，不是简单的重复。复一字，有"重"的意思，一词一句的重现或者复现，会形成某种回复、往复的感觉，起着增强的作用。词有声有色有味，在复现回返中会让声音、色彩、形象跃然纸上。上文引用的有关"岁月的味道"的那段文字就是非常典型的一例。在勒克莱齐奥的小说中，反复是一种重要的手段。小到一个词的反复出现，大到叙事结构意义上的首与尾的回复。袁筱一是翻译勒克莱齐奥作品最多的一位译家，她对勒克莱齐奥创作的这一特点有这样的评说："勒克莱齐奥文字的力量取决于两点，而这两点都是与词相关的。第一在于词语的重复。勒克莱齐奥的每一部著作里，几乎都有几个词是反复出现的，几乎可以烂熟于心的。《流浪的星星》里，我们不止一次地看到空茫、回响、闪闪发光、令人晕眩、神秘，等等等等。"②这些词的反复出现，有助于构成作品的一种基调。实际上如袁筱一所揭示的那样，勒克莱齐奥作品中常可见到某些词语的反复出现，如《流浪的星星》中的"声音"一词，贯穿于小说的始终。首先是"水声"，小说就是在"水声"中开始的："只要听见水声，她就知道冬月已尽。冬天，雪覆盖了整个村庄，房顶、草坪一片皑皑。檐下结满了冰凌。随后太阳开始照耀，冰雪融化，水一滴滴地沿着房椽，沿着侧樑，沿着树枝滴落下来，汇聚成溪，小溪再汇聚成河，沿着村里的每一条小路欢舞雀跃，倾泻而下。"③

就如上文中我们已经看到的，岁月的"味道"，开启了《乌拉尼亚》的叙事，《流浪的星星》，则在"水声唤起的"最古老的记忆中开始。在紧接着开头的一段的第二段文字中，我们可以听到"春天的水声叮咚"，"水就这样从四面八方流淌下来，一路奏着叮叮咚咚的音乐，潺潺流转"，而主人公艾斯苔尔感觉到那水声轻柔，

---

① 见许钧、勒克莱齐奥《生活、写作与创作——关于勒克莱齐奥追寻之旅的对话》(未刊稿)。
② 勒克莱齐奥：《流浪的星星》，袁筱一译，北京：人民文学出版社，2010年，"译序"第9页。
③ 勒克莱齐奥：《流浪的星星》，袁筱一译，北京：人民文学出版社，2010年，第3页。

"宛如轻抚","回应着她的笑声,一滑而过,一路流去……"。[①] 冰雪融化而汇成的水声,昭示着战争岁月的结束,而水声带来的是对自由的梦想与欢乐。在寻找精神家园的历程中,这水流声不断。在峡谷里,在天地间回响的奇异的颤抖声,"和水流的轻颤"[②]融在一起,伴着主人公一路寻找与流浪。小说的不少章节都以水声牵引:"下面传来水流的声音,那是一种沙沙的声音,在山中的岩壁间回响着"[③];"黎明,雨声让他们的睡梦中醒了过来,是那种极为细密的小雨,淅沥沥的,轻柔地沿着松尖滴落下来,和河流的噼啪声混在一道"[④]。即使在难民营,在流浪中经历了种种不幸,只要听到"雨水滴落,奏起叮咚的音乐",那"美妙的感觉"[⑤]就在。在小说中反复回响的水声,就这样一方面推动着叙事的展开,一方面伴随着主人公继续着精神家园的寻找之旅。只要水声在,希望就在,回响的既是水声,也是希望,诗意就这样延绵不断。

有重复的词,有重复的句子,有重复的意象,还有循环往复的叙事的开头和结尾。这方面的例子很多。《寻金者》中反复出现的"阿尔戈"号,《流浪的星星》中老纳斯那个"太阳不是照耀在每个人的身上吗?"[⑥]的拷问,像重奏般不断复现。前者激励着亚力克西不断走向未知,寻找幸福,后者则不断拷打着人们的灵魂。《沙漠》中的蓝面人"像梦似的出现在沙丘上,脚下扬起的沙土像一层薄薄的细雾,将他们隐隐约约地遮起来"[⑦]。"他们继续沿着沙道,绕过塌陷的沙洼,蜿蜒前行,慢慢地往山谷深处走去……似乎有一条无形的踪迹正将他们引向荒僻的终点,引向黑夜。"[⑧]不断地行走,如梦般的场景不断复现,直至遭受了殖民者血腥的杀戮之后,他们还在顽强地行走。"每天,当黎明到来的时刻,自由的人们便动身,走向自己的家园,走向南部故国,走向任何人都不能生存的地方。每天,他们抹去篝火的踪迹,埋起粪便。他们面朝大沙漠,默默地祈祷。他们像在梦中

---

① 勒克莱齐奥:《流浪的星星》,袁筱一译,北京:人民文学出版社,2010年,第3页。

② 勒克莱齐奥:《流浪的星星》,袁筱一译,北京:人民文学出版社,2010年,第50页。

③ 勒克莱齐奥:《流浪的星星》,袁筱一译,北京:人民文学出版社,2010年,第70页。

④ 勒克莱齐奥:《流浪的星星》,袁筱一译,北京:人民文学出版社,2010年,第79页。

⑤ 勒克莱齐奥:《流浪的星星》,袁筱一译,北京:人民文学出版社,2010年,第222页。

⑥ 勒克莱齐奥:《流浪的星星》,袁筱一译,北京:人民文学出版社,2010年,第181、182、184、190页等。

⑦ 勒克莱齐奥:《沙漠》,许钧、钱林森译,北京:人民文学出版社,2010年,第1页。

⑧ 勒克莱齐奥:《沙漠》,许钧、钱林森译,北京:人民文学出版社,2010年,第2页。

一样离去了,消失了。"①首尾相接的叙事结构,循环往复的不绝的追寻自由之历程,就这样富有象征性地在延续。在这个意义上,勒克莱齐奥小说创作所使用的"反复",将修辞与叙事的手法和精神的追求有机地结合在一起,既创造了诗意的氛围,又增强了精神的力量。

其二是节奏。节奏与反复相关,但也有别。节奏和反复一样,在词与词间可以产生节奏,在整个叙事的进程中也需有节奏的把握。著名作家贾平凹谈写作,特别强调"要控制好节奏":"唱戏讲究节奏,喝酒划拳讲究节奏,足球场上也老讲控制节奏,写作也是这样啊。写作就像人呼气,慢慢呼,呼得越久越好,就能沉着,一沉就稳,把每一句、每一字放在合宜的地位。"②关于节奏,亚里士多德在《诗学》中有过论述,认为"音调感和节奏感的产生是出于我们的天性"③,这是就诗歌起源中节奏感的重要性而言。至于节奏在散文中、在小说叙事中的重要性,中外不少作家都有过论述。福楼拜结合自己的创作,认为"一句好的散文句子应该像一句好的诗句,不可替换,同样有节奏,同样悦耳"④。勒克莱齐奥创作经验丰富,他有关节奏的看法与贾平凹的想法完全是相通的。他提到了"呼吸"一词,与贾平凹所言的"呼气"同样意味深长。从大的方面讲,小说叙事的节奏能否掌握好,与作家能否有深厚的内功、沉稳得下来有关。一个急于成名,双眼盯着市场的作家往往会急躁,一急躁下笔就会露出一股焦躁气,叙事就会打乱节奏。就此而言,写作中的节奏问题,关乎作者的内功、修养,这是一种以内而发的气。勒克莱齐奥从七岁就开始写作,总是将写作看作他的生命。每次创作新的作品,他会习惯性地在手稿第一页的角上写下"我的命"这几个字。如果说在他看来,节奏有如人的"呼吸",那么节奏的快与慢、舒与缓、浮躁与沉稳,就与写作者的生命状态和写作动机密切相关。读勒克莱齐奥的作品,可以明显感觉到其作品的叙事节奏、句子的节奏并不都是抒情的、缓慢的、沉静的,也有急促的,甚至看似失去控制的。如早期作品,像《诉讼笔录》《巨人》《战争》《逃之书》等,有的时候,那一个个词,就像急射的一颗颗子弹;那一个个句子,短而促,甚至连动词都省略,一个赶着一个,仿佛就要爆炸。这样的节奏,不是作者去精心造出来的,而是在叙事中自然产生的,因为小说中的人物生在过于物质化的现代社会里,无处不

---

① 勒克莱齐奥:《沙漠》,许钧、钱林森译,北京:人民文学出版社,2010年,第391页。
② 贾平凹:《关于写作的贴心话——致友人信五则》,《文学报》2014年12月11日。
③ 亚里士多德:《诗学》,陈中梅译注,北京:商务印书馆,1996年,第47页。
④ Desson Gérard & Meschonnic Henri, *Traité du rythme*. Armand Collin, 2005, p.202.

在的压迫感让他们透不过气来,四处潜藏的战争危机让他们没有一点安全感,想拼命逃离。《诉讼笔录》里的亚当如此,《逃之书》中的霍冈如此,《战争》中的那位没有姓名的姑娘也如此。小说叙事的节奏,句子的节奏,就这样自然而然,有机地反映了小说人物的生存状态,当然与小说家本人对生存的感受也息息相关。经历了一段反抗、叛逆期的勒克莱齐奥,在与异域文明的接触、交流后,心慢慢平静下来,从 20 世纪 70 年代末的《蒙多及其他故事》和 80 年代初的《沙漠》开始,就总体而言,其叙事的节奏也开始向缓慢、抒情的方向发展。漫长而永久的追寻,不可能在焦躁的心态下完成;对大自然的亲近与热爱,无论是静观、聆听、细察、深闻或是轻触,非心静而难有实感,更不能达到与物的浑然合一。一种沉静的力量在勒克莱齐奥的小说中慢慢形成,有节奏地表现在他小说的叙事进程中,表现在他笔下流淌的词与词中、句与句中、段与段中。这是一种内在的力量,节奏之于小说,是勒克莱齐奥实实在在感觉到的一种呼吸,释放的是一种生命的气息。

其三是音乐性。关于勒克莱齐奥小说创作的音乐性,学界有过一些探讨。让-伊夫·塔迪埃就诗意叙述问题接受过勒克莱齐奥研究专家克洛德·加瓦勒洛的访谈。加瓦勒洛认为勒克莱齐奥的小说叙事具有音乐性,塔迪埃对此十分认同。他认为小说与音乐,对很多作家来说,都有某种缘分,"连装着鄙视音乐,不要音乐的安德烈·布勒东笔下的句子都很有乐感。勒克莱齐奥精妙的句子是可以辨识的,句子差不多都是短短的,全无塞利纳的那种瀑布般不绝的从句套句或者长而又长的句子。在独立句压倒主句和从句的情况下,并列之手法便处于主导地位,音的并列会让人联想到拉威尔或者德彪西。这与普鲁斯特句子的复杂交错相去甚远,这是一个个独立的组织,经常用现在时,如此一般结构其文本"①。在塔迪埃看来,勒克莱齐奥独具特色的精妙短句,以其并列的手法给其文字赋予了音乐性,让人能联想到德彪西的音乐。同样是普鲁斯特研究专家的让·米伊也关注到具有节奏感的"典型句"所创造的音乐感。如果说勒克莱齐奥的小说书写的音乐性在很大程度上源自其典型的精妙短句,同样,普鲁斯特的典型长句也可产生另一旋律的音乐感。在《普鲁斯特的句子》一书中,让·米伊提出了一种节奏创造的生成性技巧:通过动机的重复(词汇的与句法的)手段,构成

---

① Cavallero Claude, *A propos du récit poétique*, *questions à Jean-Yves Tadié*. in Cavallero, claude& Pala, Jean-Baptiste: *La tentation poétique*. Les cahiers J.-M G.Le Clézio, No 5, Editions Complicités, 2012, pp.33-34.

具有节奏感的"典型句",这种句型通过一系列的回应、回旋,不断增强其统一性,进而创造出一种"独立于直接意义的音乐感"①。勒克莱齐奥在其小说创作中对音乐性的追求应该说是有明确意识的。他在与克洛德·加尼勒洛的一次对话中明确表示,如果说他的作品中有着某种可感的音乐节奏,那正是受到普鲁斯特的启迪。他是这样解释的:"尽管我本人不是音乐家,但我感觉到我是按照乐句、乐章的方式来谱写这些小说的,采取的是慢慢加快的乐速。我根据某种音乐的逻辑在文本的段落中加上沉默的间隔……有时候,这本身就成了一部书的主题……尤其是普鲁斯特……那是一个词语音乐家,一个句子、形象和目光的音乐家……普鲁斯特后来对我产生了很大的影响……在我的转变的过程中,最令人诧异的一点,是我的转变竟然是由一个很小的句子触动的! ……这个句子,就是在《在斯万家那边》中斯万到达花园时铃声正好响起的那句话。这声铃响将我唤醒。对我而言,其作用正如一位禅悟的诗人说起的那个入口处:'您听到山间瀑布声了吗? 那就是入口处。'"②在多个不同场合,勒克莱齐奥都表示过其写作对音乐性的追求受到过普鲁斯特的影响,确实,读勒克莱齐奥的小说,尤其是第二阶段之后的作品,如我们在上文中所指出的,节奏感强,注重音美,有意识地在停顿和回旋中追求一种音乐性的表达。近年来,国内学界对勒克莱齐奥小说叙事结构与风格展开了研究,其中有的研究就特别关注到勒克莱齐奥的代表作《沙漠》的音乐性结构和音乐性的音乐性叙事节奏③。翻译家余中先在《饥饿间奏曲》的"译者序"里也指出了勒克莱齐奥这部小说结构的特点及其价值:"在短短的'前奏'和同样简短的'尾声'之间的小说故事中,作者以第三人称的叙述,描绘了艾黛尔的家从盛到衰的过程,它同时也是艾黛尔从天真的小女孩成长为坚强的年轻姑娘的过程,更是她了解饥饿、歧视、迫害、谋杀等等世界之反面的过程,这个过程始终没有完,恰如艾黛尔记忆中音乐家拉威尔的《博莱罗》首演的场面:同质的旋律浪潮,以不同的节奏(越来越紧凑)和强度(渐强)反复不已,宣告了我们世界将一次次地受到风暴的打击。"④

① Milly Jean, *Pharase de Proust*. Paris Gallimard,1982,p.229.

② Bernabé Gil, Maria Louis.〈*La Quarantaine de J.-M.G.Le Clézio: du paradoxe temporal à l'achronie*〉.in Bruno, Thibault & Keith, Moser, *J.-M.G. Le Clézio dans la forêt des paradoxes*, L'Harmattan, 2010, pp.291-292.

③ 赵秀红:《让文字随音乐起舞——论勒克莱齐奥小说〈沙漠的女儿〉的音乐性》,《外语研究》2009 年第 1 期.

④ 勒克莱齐奥:《饥饿间奏曲》,余中先译,北京:人民文学出版社,2009 年,"译者序"第 5 页.

音乐结构、旋律、速度、节奏,还有和声、交响,若按这些与音乐相关的关键词所指引,去对勒克莱齐奥的小说叙事与语言表达进行进一步的探究,对其诗意的生成之道加以全面探寻,相信会有助于我们更加深刻地进入勒克莱齐奥的文本世界,更加真切地去聆听勒克莱齐奥借助文本发出的心声,更加准确地把握小说所书写的时代的脉动。

四、结　语

在上文中,我们以德勒兹将文学视为生命的生成,其过程在动态中不断延续的观点为依据,对勒克莱齐奥的诗学历险与诗意生成的过程进行了考察,结合对勒克莱齐奥小说文本的细读与分析,对勒克莱齐奥的语言生命、浪漫精神与诗意生成之道进行了尝试性的探索,以期为勒克莱齐奥小说研究拓展某种新的路径与可能性。

（作者单位:浙江大学）

当代美国战争小说中的跨国景观与政治

曾艳钰

自 2001 年 10 月入侵阿富汗以来,美国开始卷入了一场其历史上最长的战争。但是,美国作家对这场漫长反恐战争并未马上做出积极的回应,准确来说,文学作品对反恐战争的再现滞后于战争发生的进程。这种"延迟反应"是由于两方面的原因:一是出于征兵的需要,美国军方对以伊拉克及阿富汗战争为题材的故事进行了严格的控制。凯瑟(Stephen Casey)曾指出,1991 年海湾战争至2009 年之间,美国军方一直禁止播放多佛空军基地美军灵柩到达时的视频片段;对随军记者的限制与审查也非常严格,甚至对能拍摄及展示什么样的照片都做了限制①。另一方面,这场反恐战争有一个区别传统战争的特点,那就是混乱,路边炸弹、汽车炸弹等猝不及防的简易爆炸装置成为对美军最大的威胁,不但是生命上的,对美军的心理也起了很大的作用,这种生理及心理上的双重重创导致美国士兵的多重创伤,以至于他们不愿再去回忆及诉说②。难怪盖拉格(Matt Gallagher)这样的退役老兵作家会发问:伟大的反恐战争小说都去哪儿了③? 直到 2012 年,以伊拉克战争及阿富汗战争为题材的文学作品才渐入读者的视野,并很快引起读者及评论者的高度关注。方丹(Ben Fountain)的《比利·林恩的漫长中场行走》(*Billy Lynn's Long Halftime Walk*)、鲍尔斯(Kevin Powers)的《黄鸟》(*The Yellow Birds*)以及克雷(Phil Klay)的《重新部署》(*Redeployment*)便是其中最重要的代表作品。

---

① Casey Stephen, *When Soldiers Fall*: *How Americans Have Confronted Combat Losses from World War I to Afghanistan*. New York: OUP, 2013, pp.3 - 4.

② Jones Ann, *They Were Soldiers*: *How the Wounded Return from America's Wars*: *The Untold Story*. Chicago: Haymarket, 2014, p.42.

③ Gallagher Matt, *Kaboom*: *Embracing the Suck in a Savage Little War*. Boston: Da Capo, 2010, p.45.

《比利·林恩的漫长中场行走》讲述了以比利·林恩为代表的 B 连士兵在伊拉克阿尔安萨卡运河战成名,B 连的八位士兵因此被派遣回国进行两周的巡回宣传。小说以乔伊斯的笔法聚焦在重返伊拉克战场之前的最后一天,他们在得克萨斯体育馆全美橄榄球比赛的中场休息授勋的场景。《黄鸟》则以优美而诗意的文笔,在战争和返乡两条并行的线索中,围绕小兵墨菲、士官长斯特林和二等兵巴特尔三个主要人物,展开了对战争、友谊和死亡的探索。克雷的《重新部署》是一部由十二个短篇小说构成的作品,从不同视角展现了美军士兵在伊拉克的安巴尔省战场上及回国后的生活场景。这三部作品在评论界获得了极高的赞誉:《黄鸟》入围 2012 年美国国家图书奖决选名单,《比利·林恩的漫长中场行走》斩获 2013 年美国国家书评奖,《重新部署》则获得了 2014 年美国国家图书奖。这三部作品都以战争和返乡两条线索并行展开,揭示了战争带给普通人的影响,以及士兵退役回乡后难以适应平民生活的心理反差。在这三部小说中,我们读不到大场面的人肉厮杀和现代高科技兵器的对决,而是从狭小的落笔处感受到参与到战争中的一个个看似微不足道的生命的沉重感。小说读起来就像一个个飘忽的梦,梦里充满着悲情。在战争柔丽的跨国景观中,读者感受到的有创伤造成的痛苦,有作者对战争正义性的质疑,还有对战争英雄主义的颠覆。

景观是一个美学概念,大致可以分为实存的和虚设的两种。根据德波(Guy Debord)的观点,前者为一种被展现出来的可视的客观景色、景象,如山水田园、自然景物,以及动物和人的常态生活状貌,后者指一种主体性的、有意识的"表演"和"做秀",如绘画、摄影、影视等等,这类景观具有明显的幻象性、虚拟性和仿真性。在德波看来,这种景观社会(Society of Spectacle)实质上就是意象统治一切的社会,在这个意象统治一切的社会里,社会的生产变成了意象的生产[①]。这是一个费尔巴哈所预言的"影像胜过实物、副本胜过原本、表象胜过现实、外貌胜过本质"的时代[②]。在这个时代中,沉迷在这种景观的被制造性中,人们往往会遗忘自己的本真社会存在。方丹、鲍尔斯及克雷的当代战争小说就为读者展现了这样一个景观社会,他们的笔下既有可视的客观景象,也有由意象和幻觉主导的主体性景观。在"凝视"的主观选择中,这种主体性景观已包含着一种无法摆脱的视觉政治,成为马克思所谓的"社会表意符号",成为权力和意识形态的直

---

① 德波:《景观社会》,王昭凤译,南京:南京大学出版社,2007 年,第 80 页。
② 费尔巴哈:《序》,见德波《景观社会》,王昭凤译,南京:南京大学出版社,2007 年,第 1 页。

接表征。美国伊拉克战争本身是一种跨国战争,这种跨国行为的网络建立了跨越国家界限的联系和活动,如美军与伊军之间、美军与伊拉克平民之间等,其范围跨越了政治、文化、经济和意识形态各领域。在这三部伊拉克战争小说中,有在美国士兵们"凝视"下的战争风景,有跨国风景中的创伤英雄,有战争造成的伊拉克的创伤风景及跨国创伤,还有被消费的战争景观及战争英雄。

一、战争景观中的创伤英雄

根据卡如斯(Cathy Caruth)的观点,创伤的痛苦经历使得受害者的大脑无法正常工作,很快受害者就会把创伤事件完全忘记①。即使那些创伤记忆重现时,受害者也无法用语言进行描述。而根据哈佛大学麦克奈利(Richard McNally)对创伤研究的最新发现,"创伤并不会阻止记忆叙事的形成。创伤记忆作为对创伤经历的生理反应也不会阻止它在叙事中的表述"②。创伤受害者可能不想讲述他的创伤,但这并不意味着他没有讲述的能力。麦克奈利认为创伤记忆可能会发生变化,但他不认为创伤记忆会缺失。

与卡如斯所说的创伤受害者往往会忘记自己的创伤经历不同的是,通过不同的叙述者,这三部小说呈现出的是战争景观下创伤的细致描写及记忆深刻的创伤经历。在鲍尔斯的《黄鸟》中,二十一岁的巴特尔和十八岁的墨菲于出征伊拉克前夕在军中相识。两人在伊拉克的血雨腥风中并肩作战,但后来却发现他们陷入了一场彼此都没有做好心理准备的战争中。他们不仅要面对战场上看得见与看不见的危险,还要对抗来自身体和精神的双重压力。当墨菲目睹他暗中喜欢的女医务兵被炸身亡后,他带着对生活的彻底绝望,神情茫然地只身前往敌军活动的地区。巴特尔与斯特林发现他时,墨菲已遭伊军虐杀。两人因为怕事而将墨菲丢入河中,佯装其已失踪。与其他战争小说不同的是,该小说以诗性的语言及叙述方式呈现战争的原生态及野蛮:"战争企图在春天杀死我们……接着,战争又企图在夏天杀死我们……战争竭尽所能,企图杀光我们所有的人:男人,女人,孩子。"③小说还展现了巴特尔以及斯特林的创伤,他们的精神创伤主

---

① Caruth Cathy, ed., *Trauma: Explorations in Memory*. Baltimore: Johns Hopkins UP, 1995, p.6.

② McNally Richard J., *Remembering Trauma*. Cambridge: Harvard UP, 2003, p.180.

③ Powers Kevin, *The Yellow Birds*. New York: Little, Brown, 2012, pp.3-4.

要来自墨菲的死。为了掩盖墨菲被残忍杀死的真相,巴特尔与斯特林一起将墨菲的尸体扔到河里,且将帮助他们运尸的当地车匠杀死。然而他们尚未完全泯灭的良知对此无法认同,这让他们备受煎熬。斯特林选择了拒绝思考,用酒精和暴力来抵抗精神的折磨。巴特尔则选择了逃避社会的隐居生活,他拒绝去教堂忏悔或是接受祈祷,因为他认为自己根本不配。在返乡途中,他拒绝了一个在机场想请他喝酒的同胞,因为他不能接受别人为他在伊拉克的所作所为表示感谢。结束服役回到家乡后,战争造成的创伤也没有因此消除。他整日睡在家中,拒绝与他人交流,无法忘却伊拉克战场的一切,又无处诉说他的创伤。

在克雷的《重新部署》中,我们同样可以发现类似墨菲、巴特尔及斯特林的创伤英雄。对叙述者及老兵们来说,他们带回家的 PTSD[①] 并非一种紊乱/错乱,他们清醒地记着每一个细节,创伤一直清楚地存在于记忆之中。麦克奈利认为创伤失忆症是一个神话,如果说创伤受害者对其经历的创伤选择沉默,但这并不能说明他们不具备言说创伤的能力。在麦克奈利看来,创伤是难忘的,也是可讲述的[②]。显然,麦克奈利的观点是对卡如斯创伤理论中创伤记忆不可言说性的挑战。在《重新部署》的每一个短篇中,都不难发现这种在麦克奈利看来是可以言说的难以忘怀的创伤记忆的描写。如,《行动报告之后》这个短篇开篇就是叙述者对他们所遭遇的一次爆炸的描写,"3 万 2 千磅的钢铁被抬起,在空中扭曲,在我身下移动,就好像地球重心在移动。爆炸声刺入耳膜,震入骨髓,整个世界旋转着,粉碎着"[③]。这个战争场景的描述拉长了创伤发生的时间,目击者清晰地记着发生的一切。

无论是战场上的士兵还是退役回家的老兵,他们都能准确无误地讲述战争中的一切,讲述他们所经历的一切。朗格(Lawrence Langer)也与麦克奈利有着相同的观点,在对纳粹大屠杀幸存者做了大量访谈后,朗格发现他们随时准备"提供自己可怕经历的详细经过"[④]。这些经历并没有深锁在创伤大脑的最深处,而是铭刻在记忆之中,当这些场景在梦中重现时,又会产生一种"无助感"、一

---

① 即创伤后应激障碍(post traumatic stress disorder),是第一次世界大战后出现的概念。

② McNally Richard J., *Remembering Trauma*. Cambridge:Harvard UP, 2003, pp.178 - 184.

③ Klay Phil, *Redeployment*. New York:Penguin, 2014, p.12.

④ Quoted in McNally, Richard J., *Remembering Trauma*. Cambridge:Harvard UP, 2003, p.180.

种想要回避却又无法忘却的感觉。因此,创伤记忆并非难以捉摸或者缺失,可能比正常记忆更详细、更有力,使不可言说、不可述说及不可确定的记忆成为转瞬即逝的真实的存在。

《重新部署》及《黄鸟》中的战争景观不再是关于国家和战争的宏大叙事,而是突出个体生命的战争遭遇,演绎的是战争的残酷和生命的脆弱。创伤英雄们不愿意讲述自己的创伤经历,那么究竟是什么阻止了叙述者不愿讲述的行为?芬科尔(David Finkel)2013 年在他刊发在《纽约客》(*New Yorker*)上的一篇文章中,讲述了很多试图从创伤中恢复的美国士兵的故事。这些士兵的努力方式各有不同,但一个共同点是:重述战争创伤故事是一件痛苦艰难的事情,这种艰难并非由于受害者缺乏回忆的心理能力,而是因为士兵们担心从他们的邻居及亲人那里得到的反应。被问及如何向妻子讲述战争故事时,一个叫尼克的士兵说,"我很担心告诉她那真实发生的一切……这让我感觉自己像一个怪兽"[1]。另一个士兵在跟妻子讲述完自己的经历后,妻子漠然地说,"[入伍时]你在虚线处签字的那一刻就知道自己会遇到什么,我并不为你感到难过。"这个士兵说:"当她这么说时,我的目光转向了别处,从那之后关于战争的经历,我就再也没有跟她提过一个字。"[2]可见,这些老兵并非不具备讲述创伤的能力,他们担心的是讲述后的结果。为什么叙述者及创伤受害者担心讲述的后果? 在奥布莱恩(Tim O'Brien)的越战小说《他们携带的重物》中,士兵诺曼·鲍克曾目睹自己的朋友深陷田野粪池而死,他为自己没能将朋友救出而自责,最终上吊自杀。他的自杀很大程度上是因为没有人会愿意听这样的故事:"人们期望好的战争故事,而不是来自战争故事的战争,不是为了谈论英勇行为,镇上没人想知道那散发着恶臭的粪池发生了什么。他们需要的是好的意愿和好的作为。"[3]同样,无论是在伊拉克,还是在美国国内,没有人真正在意在伊拉克究竟发生了什么,因为人们需要的是有"好作为的"战争故事。《黄鸟》中巴特尔之所以隐瞒墨菲之死的真相,也是基于人们希望听到"好作为的"战争故事的欲望。德波曾犀利地指出,景

---

① Finkel, David, "The Return: The Traumatized Veterans of Iraq and Afghanistan." *New Yorker* 9 Sept. 2013: 40.

② Finkel, David, "The Return: The Traumatized Veterans of Iraq and Afghanistan." *New Yorker* 9 Sept. 2013: 39.

③ O'Brien, Tim, *The Things They Carried*. New York: Penguin, 1990, p.169.

观的帝国主义逻辑的必然可能性在于："呈现的东西都是好的,好的东西才呈现出来"①。这些由"好的东西"构成的景观社会是一种"去政治化的绥靖政治工具","它使社会主体变得麻木不仁,将大众的注意力从现实生活中最紧迫的任务上转移开"。② 但是,从伊拉克战场返回的美国士兵们的记忆中并不都是"好的东西"。

根据厄尔(Astrid Erll)、利维(Daniel Levy)和斯奈德(Natan Sznaider)的观点,全球化及跨国主义进程中的全球性行为会导致文化及集体记忆脱离其自身的国家民族语境。跨国行为衍生出了跨国社会空间,因此文化记忆不再只局限于传统意义上的单一国家或民族,它能创造出超越民族空间的记忆景观(memory-scapes)③。这种记忆景观主要由在不同语境的旅行中的记忆组成,厄尔称之为"旅行记忆"④。根据此种观点,从伊拉克战场回到美国的士兵们的"旅行记忆"中不仅有他们自己的创伤记忆,还与战争的交互方伊拉克的文化语境联系在一起。毋庸置疑,如果说战场上的美军是创伤受害者,战争中的另一方伊拉克的士兵及无辜的平民也同样有创伤,这还不仅仅是个人精神及肉体上的创伤,还有美军入侵伊拉克这个主权国家后给这个民族带来的跨国的文化创伤。

二、战争景观中的跨国创伤

根据维托维克(Steven Vertovec)的观点,跨国主义泛指"将人们或者机构跨越国界地联系在一起的纽带和互动关系"⑤,也就是"由人们或者机构所建立和维持的跨越国界的网络,以及通过该网络而产生的各种互动和交换关系"⑥。毫无疑问,美国伊拉克战争本身就是一种跨国战争,这种跨国行为的网络建立了跨越国家界限的联系和活动,如美军与伊军之间、美军与伊拉克平民之间等,其

① 德波:《景观社会》,王昭凤译,南京:南京大学出版社,2007年,第5页。

② 德波:《景观社会》,王昭凤译,南京:南京大学出版社,2007年,第196页。

③ Levy Daniel, Natan Sznaider, "Memory Unbound: The Holocaust and the Formation of Cosmopolitan Memory." *European Journal of Social Theory* 5.1 (2002): 87 - 106.

④ Erll Astrid, "Traumatic pasts, literary afterlives, and transcultural memory: new directions of literary and mediamemory studies." *Journal of Aesthetics and Culture* 3 (2011): 25 - 35.

⑤ Vertovec Steven, "Conceiving and Researching Transnationalism." *Ethnic and Racial Studies* 22.2 (1999): 447.

⑥ 丁月牙:《论跨国主义及其理论贡献》,《民族研究》2012年第3期。

范围跨越了政治、文化、经济和意识形态各领域。"一战"以来,尤其是越南战争之后,在论及战争的话题时,创伤及 PTSD 往往是不可回避的中心议题,2001 年之后,PTSD 已经成为美国社会文化的一个关键词,而这也的确是认识战争造成的心理痛苦的关键。不过,这种认识往往划定了战争创伤的承受者,他们一般都是那些为"民主"、"自由"或者"反恐"而战的士兵,或者说美国士兵,从这个意义上说,战争被非政治化,"它与权力及意识形态无关,成为一种个人化的体验"①。而在当代美国文学中,战争小说与创伤的这种结合强化了美国战争小说中的民族主义传统,也抹杀了战争交互性的特征。创伤景观使人们处于一种"去政治化的绥靖政治工具"的隐性统治之下,成为一种更为隐蔽的异化关系。宋惠慈(Wai Chee Dimock)认为这种文学研究上的假设会影响到我们对战争小说的理解,"从这个意义上说,国家可以在生活各个领域不断地被再生产。这种再生逻辑有这样一种假设:在国家的时空界限与所有其他表现领域之间,有一种亲密的对应关系"②。战争文学上的这种"亲密对应关系"的结果是导致一种片面的美国士兵的视角,在这种视角下,读者读到的是美国士兵的创伤及 PTSD,是美国民主的优越,是越共或伊拉克敌人的残忍。美国战争文学中的"美国视角框架"也因此饱受非议。

美国战争文学的叙述者多为美国士兵或者老兵,所有的叙述也都是以美国为中心,讲述美国士兵眼中的战场和战争,尤其是美国士兵之间或者退役后的老兵与美国平民之间的故事,很少会涉及战争中的另一方也就是敌对方的一切。海明威描写西班牙战争及一战的小说如此,海勒描写"二战"的小说如此,奥布莱恩描写越战的小说《他们携带的重物》虽然涉及对越共的描写,也是少之又少,且基本上都是负面的描写。这三部伊拉克战争作品也显然依旧是美国视角的叙述,作品的叙述者都是美国士兵或者退役老兵。但与以往战争小说不同的是,在这些美国叙述者呈现的景观中,读者能看到对伊拉克叛军及平民的描写,通过美国士兵的创伤隐现出伊拉克人的创伤,以及这场打着"民主"的旗号对伊拉克的文化入侵。按照米切尔(W. J. T. Mitchell)的分析,景观不仅是一个作为意识形态隐喻的名词,也是作为一种权力文化实践的动词(cultural practice of

---

① Lahti Ruth A. H., "Gesturing beyond the Frame: Transnational Trauma and US War Fiction." *Journal of Transnational American Studies* 4.2 (2012): 1.

② Dimock Wai Chee, *Through Other Continents: American Literature Across Deep Time*. Princeton: Princeton UP, 2006, p.3.

power),不仅意味和象征着权力关系,并且它本身就是权力的工具,甚至成为权力的直接表征①。在战争小说中,景观成为马克思所谓的"社会表意符号","背后直指其所掩盖的社会阶级关系,这种跨国景观叙事也成为众声喧哗的话语场域,其背后是各种文化政治的建构"②。从此种视角观照这三部伊拉克战争小说时,不难发现战争景观中的跨国创伤及文化帝国主义。

对于很多美国士兵来说,伊拉克人,甚至包括妇女和儿童,都是 Haijis③,或者说敌人。在美国士兵的眼中,伊拉克人都是没有姓名的叛军分子和敌人。即使是与美国人一起共事的伊拉克平民也都是没有姓名的,他们都是几个世纪来被抹杀了的非白人的"他者"。巴特勒(Judith Butler)曾指出,把某一特定群体视为非人类时的再现策略与权力行为密切相连,对美国战争小说而言,是与美国权力紧密相连。她认为"这些框架是政治化的,我们通过这些框架理解或者无法理解那些失去或者受害的生命。它们自身就是权力行为"④。在《重新部署》中,读者可以通过聚焦在美国士兵身上的叙述方式了解伊拉克战争,这种以美国利益为主的叙述方式同时也能让读者了解伊拉克,这种美国视角中满是内疚和创伤。在《行动报告之后》这个短篇中,我们可以发现这种美国框架视角下对战争的伦理观照,该短篇对作为敌人的伊拉克人的再现强化了对伊拉人的非人化及想象挪用(imaginative appropriation)。美国士兵蒂姆海德朝一个伊拉克孩子开枪后,小说中有对这个孩子的描述:"在另一边有一个妇女,她没戴面纱,一个也许只有十三四岁的孩子躺在那里,鲜血迸发。"⑤这种战争景观叙述呈现给读者的是一种完全的聚焦,把一个不在场的画面以一种超清晰的方式带入读者视觉之中,这种呈现身体的方式自然会带来一种创伤休克。故事以一种摄影的方式呈现出一个即将死去的身体的画面,将这个孩子身体的对象与叙述过程联系在一起,想象了一个与这个孩子身体有关的生活故事:"我们猜想,这个孩子看到站在那儿的我们时就抓起了他父亲的 AK 枪,他觉得自己能成为一个英雄,可

---

① Quoted in Bermingham, Ann, *Landscape and Ideology: The English Rustic Tradition, 1740-1860*. Berkeley: U of California P, 1986, p.152.

② 黄继刚:《"风景"背后的景观——风景叙事及其文化生产》,《新疆大学学报》2014 年第 5 期。

③ 也拼为 Hadji、Haji、Alhaji、Al hage、Al hag、El-Hajj 等,指赴麦加朝圣过的伊斯兰教徒。

④ Butler Judith, *Frames of War: When Is Life Givable?*. New York: Verso, 2009, p.15.

⑤ Klay Phil, *Redeployment*. New York: Penguin, 2014, p.31.

以对美国人乱射一通……但是显然,这个孩子不知道该怎么瞄准。"①为了详述目睹这一切发生的士兵的内疚感,这个场景无情地把死去的伊拉克孩子的身体客观化了。这个被误认为是敌人的孩子被射杀,成为蒂姆海德的沉重负担,以至于他不愿意承认自己的射杀行为,更不愿意以此而当英雄。这个想象的背景故事把死去的伊拉克孩子作为蒂姆海德身份的一种投射,同时揭示出蒂姆海德对自己与国家之间的关系的焦虑,表明作者克雷通过叙述美国士兵创伤甚至揭示美国士兵的内疚的方式来再现伊拉克人的创伤。桑塔格(Susan Sontag)说,"摄影是对所拍摄之物的占用。意味着把自己放入世界的某种关联之中,感觉上像知识,因此,也像权力"②。在桑塔格看来,摄影就是"编制一份清单"③(make an inventory)。作品中有大量对美军战争武器的描写,有对美军创伤的详细描写,在这种照片式的"清单"中,自然也有伊拉克人创伤的再现。通过这种"清单"的方式,克雷对这种"去政治化"的景观进行了颠覆,用瓦纳格姆(Raoul Vaneigem)的话说,是对"权利视角的颠倒"④。

这种对伊拉克人创伤的再现在《火炉中的祈祷》这个短篇中表现得更为直接和有力。叙述者随军牧师在他的周日弥撒中,讲到一个伊拉克人向美军求救的故事:他女儿在厨房事故中受伤,他抱着女儿跑向美军求救,最终美军医生挽救了他女儿的生命。当牧师问这位父亲是否感激挽救他女儿性命的美军时,父亲的回答是否定的。牧师就此发表自己的感慨:

> 他向美军求救是因为他们有最好的医生,也是唯一安全的医生,并非他喜欢我们。他已经失去了一个儿子了……他谴责我们。因为行走在街头上他时刻提心吊胆,怕被莫名其妙地射杀;因为他在巴格达的亲戚被折磨致死;他尤其谴责我们,因为当他与妻子看电视时一群美国士兵破门而入,抓着他妻子的头发把她拖出去,在他自己的卧室打他……当他回答不出他们的问题时,他们就打他。⑤

---

① Klay Phil, *Redeployment*. New York:Penguin,2014,p.32.

② Sontag Susan, *On Photography*. New York:Farrar,1973,p.18.

③ Sontag Susan, *On Photography*. New York:Farrar,1973,p.22.

④ 瓦纳格姆:《日常生活的革命》,张新木等译,南京:南京大学出版社,2007年,第194页。

⑤ Klay Phil, *Redeployment*. New York:Penguin,2014,p.158.

一如遭受创伤的美国士兵,伊拉克人也同样遭受了创伤,也同样会有 PTSD,这种 PTSD 会导致伊拉克人越发激进的恐怖主义行为,正如这位随军牧师在周日弥撒中所说,"如果这个人支持叛军,我不会感到意外,显然这是因为他遭受了痛苦"①。敌人也是普通人,他们的生活也会受到战争的影响,克雷的这种再现方式使发生在伊拉克的暴力变得个人化和悲剧化,以此反驳了把敌人非人化的观点。

在《撒旦之死:美国人如何丧失了罪恶感》(The Death of Satan: How Americans Have Lost the Sense of Evil)一书中,戴尔班科(Andrew Delbanco)提出了现代战争把敌人非人化的观点,认为有一种现代冲动,把敌人当作"可利用又可随时丢弃的物品"而不是当作特定的人类看待②。从这个意义上看,广岛及长崎就只是原子弹轰炸的目标,只是地图上的名字;越共都是"查理";伊拉克人都是 Hajijis,都是由成千上万相同面孔组成的野蛮的整体。一直以来,美国战争小说不断在强化这种观点。虽然克雷的叙述也是"美国视角",但在他的作品中,他试图给这些相同面孔以姓名,至少赋予他们以普通人的身份。他把伊拉克人带到读者面前,他笔下的伊拉克人不再是幽灵般出没的 Hajji 分子,他把他们变成了特定的人类群体,甚至是可以与美军一起共事的同事。

克雷的战争景观中还展现了美国给伊拉克带去的文化创伤。《重新部署》含有一种非常直接的批评意识,揭露出美国民族优越感与帝国主义共谋之下的强大的美国意识形态的力量,以及在超越这一意识形态时所面临的挑战。在《金钱作为武器系统》这个短篇中,叙述者是一个外事服务官,他清楚地知道当地伊拉克人需要的是可以饮用的水及充分的卫生保健设施,但却不得不面对来自国务院及美国本土那些政策制定者们的压力:要他给当地伊拉克人教能"创造工作"机会的养蜂技术,还要他在当地推行能强化民族性格的棒球运动。美国国内的老板认为教伊拉克孩子打棒球是一种让伊拉克社会走向民主的方式。这位老板古德温在给这个外事服务官的邮件中写道:"伊拉克人想要民主,却没有采用民主制。为什么? 他们没有支持民主的体制。你无法在一个腐烂的根基上建成任何东西,我确信伊拉克文化是腐烂的⋯⋯我想说的是,你得首先改变文化。没有什

---

① Klay Phil, *Redeployment*. New York: Penguin, 2014, pp.158 - 159.

② Delbanco Andrew, *The Death of Satan: How Americans Have Lost the Sense of Evil*. New York: Farrar, 1995, pp.190 - 193.

么比棒球更美国化了,球棒在手,一个人可以面对整个世界,去创造历史……"①克雷在这里指出了一个在"美国视角"叙述中常被忽略的事情:美国对伊拉克不仅仅只是军事上的侵入,它还期望为伊拉克人带去美国的文化价值观,或者把美国文化价值观强加在伊拉克人身上。古德温想要改变伊拉克文化的愿望其实是典型的帝国主义进程,是一个国家对另一个国家国土、人民及民族的蚕食。

三、被消费的战争景观及战争英雄

根据列斐伏尔(Henri Lefebvre)的观点,新资本主义发展与统治的重心已经从生产转向消费,现代世界已经从马克思所面对的"资本主义物化时代"过渡到被组织化的消费社会,而消费则成为"一种符号的系统化操控活动"②。因此,景观社会成了这种符号表演和展示的场地,世界仅仅作为视觉产品的策划地和审美空间而存在,被视觉化、审美化的消费景观自然也成为消费社会的基本事实。《比利·林恩的漫长中场行走》便是这样一部充满了消费景观的作品。以比利·林恩为代表的B连士兵在回国巡回宣传时意识到,他们不过是美国消费社会中的一个爱国主义符号。在后现代的景观社会中,无论是表演、展示性的客观现象、情境,还是虚拟、仿真性的图像、影像,都具有真实性、现实性,甚至比真实本身还要真实。B连士兵由普通的军人变成爱国主义符号,大众传媒在其中起了至关重要的作用。美国福克斯新闻台的一个随军工作小组将他们的战斗制作成真实刺激的新闻短片呈现给美国观众,使他们一战成名。B连士兵成为战斗英雄,并迅速升华为爱国主义符号。"在意象统治一切的社会中……物的消费过程转变为符号的生产与传播的过程",B连回国进行的"胜利巡游"(Victory tour)本质上就是这个爱国主义符号被消费的过程③。

景观是消费社会人与人之间得以建立联系、确立关系的媒介,人与景观的关系构成了消费社会的基础性结构,人与世界的关系在消费社会转变为人与景观的关系。"景观不仅改变了商品社会物的功能化存在,而且重新建构了主体的深

---

① Klay Phil, *Redeployment*. New York: Penguin, 2014, p.100.

② 转引自刘怀玉、伍丹《消费主义批判:从大众神话到景观社会——以巴尔特、列斐伏尔、德波为线索》,《江西社会科学》2009年第7期。

③ 林滨、户晓坤:《大众传媒·意识形态·人的存在——马克思主义媒介批判理论的当代解读》,《马克思主义与现实》2011年第2期。

层心理,被意象统治的心灵将自我置身于更加隐蔽的幻觉之中"①。"他们都有需于他[比利],这群中产的律师、牙医、足球妈妈及公司副总裁都需要他"②。的确如此,对于政客来说,B连是征兵最有力的宣传工具,他们可以以爱国主义之名实现自己的政治目的,为自己谋求最大的政治利益。对于商人而言,B连是赚取商业利益的工具,橄榄球队的老板奥格尔斯比在许多场合都用B连来帮助宣传其球队品牌。对于美国普通民众而言,B连也是他们的消费对象。由于电视新闻构成了一种虚幻的真实和仿真的景观形态,所以观看B连的新闻短片让他们有身临其境之感,又无负伤死亡之忧,从而获得了一种满足感。这种心理欲望的满足其实也是一种对日常生活的逃避,是"对人类活动的逃避,是对人类活动实践的重新考虑和修正的逃避"③。影像景观制造出来的伪情境和伪事件让人们认为这就是真实存在的瞬间,从而遗忘了自我。他们需要借此打消对战争正义性的怀疑,以肯定自己的爱国者身份。大众传媒成为一种对美国民众的隐性操控工具。

小说中英雄从产生到消亡只有短短的两周的时间,不难推想,在大众传媒和消费社会的强大机制之下,新的英雄和爱国主义符号又会被制造出来。因为对他们来说,"消费的目的不是为了传统意义上实际生存需要(needs)的满足,而是为了被现代文化刺激起来的欲望(wants)的满足。换言之,人们消费的不是商品和服务的使用价值,而是它们在一种文化中的符号象征价值"④。符号的泛滥恰恰说明了意义的匮乏。作者以一种《第22条军规》式的"黑色幽默"讽喻了一个缺乏真正的英雄、缺乏爱国心和正义感模糊的美国社会,这个社会只剩下大众传媒和消费社会不断制造出的爱国主义符号。人们用狂欢式的符号消费替代了对意义的追求,爱国主义符号的广受欢迎,是因为真正的爱国主义已日渐消失。

戴尔班科在其《真实的美国梦:希望沉思录》(*The Real American Dream: A Meditation on Hope*)中追溯了美国元叙事的产生及发展,认为美国人民的集体梦想与恐惧可以分为三个清晰的阶段,每个阶段都有其称颂的对象。在第一

---

① 林滨、户晓坤:《大众传媒·意识形态·人的存在——马克思主义媒介批判理论的当代解读》,《马克思主义与现实》2011年第2期。

② Fountain Ben, *Billy Lynn's Long Halftime Walk*. New York: Harper Collins, 2012, p.58.

③ 德波:《景观社会》,王昭凤译,南京:南京大学出版社,2007年,第6页。

④ 陈昕:《救赎与消费——当代中国日常生活中的消费主义》,南京:江苏人民出版社,2003年,第7页。

阶段,上帝是称颂的中心,"希望主要是通过一个基督故事得以表达,它赋予痛苦与快乐以意义,及从死亡中解脱的承诺"①。第二阶段是以国家(Nation)为中心,通过"从死亡解救而转向在一个神圣联邦中公民的理念",启蒙运动转变了"自我实现的承诺",消除了人格神的观点,用"人民"和"神圣化国家"的概念取代了已经被取消合法地位的、世俗化了的亲属关系。第三阶段被德尔班科命名为"自我"(Self)阶段,也就是我们所生活的今天,美国叙事的重点再次发生变化,"超验的观点已经从连贯灵性中分离出来"②。戴尔班科认为,在对上帝和国家的信仰被拒绝之后,希望的另一面——忧郁赤裸裸地出现了,"在我们喜欢加'后'(post)这个前缀的诸如后工业化、后现代、后民族、后神化的时代,生活似乎成了空白"③。他认为越战标志着美国人民拒绝国家信仰的开始④⑤。

奥布莱恩在他 1994 年刊发在《纽约时报》上的一篇题为《我身上的越南》("Vietnam in Me")中谈到美莱村屠杀(My Lai massacre)时,也表达了与戴尔班科相同的看法:"……现在,二十五年以后,发生在 1968 年那个星期六早上的那场罪恶已经被推到了记忆的边缘……我们的民族神话中好像没有邪恶的位置。我们抹杀它。我们用省略号。我们向自己致敬,并以美国是白衣骑士、独行侠而自豪,以美国用那油光发亮的激光制导武器痛扁萨达姆和他的魔鬼兵团而自豪。"奥布莱恩在这里指出,越南战争的罪恶不是被遗忘,而是从美国神话及记忆中被删除。因此在欧姆斯(Julie Ooms)看来,该小说是对现代性危机的一种回应。而"美国是白衣骑士、独行侠"的故事是民族宏大叙事中英雄主义的体现,在詹姆斯(William James)看来,这种民族叙事是一种"公民或者爱国的乌托

---

① Delbanco Andrew, *The Real American Dream*：*A Meditation on Hope*. Cambridge：Harvard UP，1998，p.5.

② Delbanco Andrew, *The Real American Dream*：*A Meditation on Hope*. Cambridge：Harvard UP，1998，p.5.

③ Delbanco Andrew, *The Real American Dream*：*A Meditation on Hope*. Cambridge：Harvard UP，1998，p.98.

④ Delbanco Andrew, *The Real American Dream*：*A Meditation on Hope*. Cambridge：Harvard UP，1998，p.94.

⑤ Ooms Julie, "'Battles Are Always Fought among Human Beings, Not Purposes：' Tim O'Brien's Fiction as a Response to the Crisis of Modernity." *Renascence*：*Essays on Values in Literature* 66.1 (2014)：25 - 45.

邦"，在其异国所遇到的所有地方散播财富和正义①。

克雷的《重新部署》敏锐地意识到国家信仰的衰落，如在《火炉中的祈祷》这个短篇中，叙述者随军牧师在罗德里格兹找他倾诉自己对这场战争的困惑后，在自己的日记中写道：

> 我至少还曾经认为战争应该有一种崇高性。我知道它依然存在。有很多这样的故事，有些应该是真的。但我所看到的是大部分想要行善的正常人被恐惧、被他们面对自己愤怒的无能为力、被他们的男性态势及所谓的坚韧及要更坚强的愿望所击垮，因此这些人比他们所处的环境更加残忍。而且，我有这样一种感觉：这个地方比家里要神圣，在贪食、肥胖、过度纵欲、过度消费的物质主义的国内，我们的懒惰使我们无法看到自己的不足。②

作品中有不少对战争感到困惑的美国士兵，罗德里格兹告诉随军牧师："我不再相信这场战争了，每个人都想杀死你，你身边的每个人都愤怒不已，都要疯了……我不知道人们被杀和生存的原因。有时你搞砸了，反而没有事；有时你做的是对的，但人们却受到伤害。"③即使是返回美国后，这种困惑依然伴随着他们，因此有老兵每天以酩酊大醉来逃避因为服役而导致家庭破碎的痛苦，也有老兵以自杀的方式结束自己的困惑。

如果说"二战"是一场令参战士兵充满英雄主义自豪感的战争，这三位作家笔下的士兵却不再能体会到战争的正义性，他们身心的创伤都被赤裸裸地置于屈辱之中。他们深知在这场没有明确正当理由的战争中，过去的英勇与勇气已不复存在。在消费文化与传播媒介紧密结合的今天，通过消费文化景观的构建，大众传媒使意识形态的强制性变得更加隐蔽，常常以合理化和价值中立的面貌出现，而这三位作家的作品却揭示了这种被景观社会所操控的隐形的意识形态。他们的作品消解了霸权民族国家及狂热爱国主义的故事，对神化了的美国现代叙事进行了解构，透露出物化的景观社会的危机。他们的作品消解了民族国家的故事，"美国是白衣骑士"的故事，恰恰暴露出这种故事本身的缺陷及矛盾，以

---

① James William, *The Varieties of Religious Experience*. New York：Random，1902，pp.267－269.

② Klay Phil, *Redeployment*. New York：Penguin，2014，p.151.

③ Klay Phil, *Redeployment*. New York：Penguin，2014，p.151.

及对士兵们灾难性的影响。三位作家没有把美国士兵们刻画成懦夫或者悲剧性人物,而是特定的人类群体,他们被过去及现在的行为所萦绕,担心被当作懦夫。士兵们勇气的丧失并不是因为他们在力图表现英勇上的失败,他们做不到临危不惧,因为他们没有让自己勇敢的名正言顺的理由;他们不知为何而战,看不到善与恶之间的界限,看不到秩序。战争并没有肯定人的正义感或者爱国主义,战争中没有英雄。这样的战争不会让士兵在退役后向围坐在酒吧桌边的听众们炫耀自己的疤痕。战争景观和战争英雄可以被不断被消费,在这种消费中,"美国是白衣骑士"这一神话的国家信仰被瓦解,民族—国家叙事中的弱点及内在矛盾也得以展现。《比利·林恩的漫长中场行走》和《黄鸟》均被拍成电影,众星云集,并已经或即将上映,这是否可以看作对战争景观及战争英雄的持续消费呢?

战争本身是最大的政治,写战争就意味着写政治。但这三部作品并没有直接探讨伊拉克战争的是非、本质和成败,更不像许多政治观察家那样喋喋不休于文明冲突论之类的老生常谈,而是聚焦战争之下的人生百态,舔舐战争带来的伤痛。对当代美国战争文学中的唯我主义,评论家一直颇有微词。虽然这三部作品也依然是饱受非议的"美国框架叙述视角",但作家们显然意识到美国意识形态及美国参与战争的复杂背景,没有设法洗脱自己的责任和歉疚,而是在战争景观中再现了战争悲剧与恐惧带来的后果:唯我主义、民族优越感、美国对其他国家的无视、帝国主义及文化帝国主义,表达出美国为自己利益而战的战争实质,揭示出跨国战争景观中隐形的意识形态。这些战争故事把人物与读者、美国士兵与伊拉克平民联系在一起,在倾听这些战争故事的过程中,我们能感受到一种神奇的力量,那种能拯救生命的力量、一种回归本真的力量,而这是现代战争的荣耀所难以企及的。最后,回到鲍尔斯《黄鸟》的标题,它源于旧时美军进行曲:"有只黄鸟/长着黄喙/轻轻落到/我的窗台/我用面包/哄它进来/狠狠敲爆/它的脑袋。"这是一首给无法归家军人的安魂曲,中国《诗经》中也有一首古老的《黄鸟》:"交交黄鸟,止于棘。谁从穆公?子车奄息。维此奄息,百夫之特。临其穴,惴惴其栗。彼苍者天,歼我良人!如可赎兮,人百其身!"这首《黄鸟》是对秦穆公死时子车氏三兄弟被殉葬情景的描写,是对殉葬制度的强烈抗议。这两首《黄鸟》纯属巧合,寓意却相同:伊拉克战场或者阿富汗战场上伤亡的士兵及平民岂不是另外一种意义上的殉葬品吗?

(作者单位:湖南师范大学)

论美国非裔诗歌的声音诗学

罗良功

美国著名诗人兼诗歌理论家查尔斯·伯恩斯坦（Charles Bernstein）在谈及诗歌的声音（sound）时曾说："声音在后索绪尔逻辑之中被严重低估了。"①这一观点折射出诗歌研究领域长期以来重文字轻声音的不足，这对于研究声音特征突出的美国非裔诗歌而言尤为不利。美国非裔诗歌在其近三百年的历史中不仅重视声音，而且运用得精到而细腻，声音在诗歌的文本建构和形态、表意策略与方式、诗歌传播与接受等方面都扮演着重要角色。这里所说的声音，是指诗歌文本中能够诉诸人的听觉或听觉想象的一切因素，即诗歌文本中所拥有的能够引发人的听觉联想的各种潜能，包括文字的读音、书写符号对人类口头言语和各种人声的模拟以及对自然和社会环境之中各种声音的模拟、书写符号所暗含的各种语音要素及其具有音乐性或非音乐性的声音组合等。美国学者对美国非裔诗歌中的声音问题关注已久，但主要的学术性研究始于 20 世纪下半叶。20 世纪下半叶，迅猛发展的信息技术引发与声音相关联的大众文化（如嘻哈、拉普说唱艺术等）及其传播的变革，美国非裔诗歌的形态和策略也因时而变，从而进一步推动学术界对诗歌声音问题的关注和研究。就现有的研究而言，关于美国非裔诗歌声音问题的研究主要集中在三个方面，即诗歌的音韵学研究、诗歌声音与现代主义及后现代主义的关系、诗歌文本的声音化即声音作为诗歌的后文本（post-textual）研究。例如，小休斯顿·贝克（Houston A. Baker, Jr.）、凯文·杨（Kevin Young）、史蒂文·特雷西（Steven Tracy）、安德森三世（T. J. Anderson，Ⅲ）等学者论述了美国非裔音乐与诗歌的关系；阿尔顿·尼尔逊（Aldon L. Nielsen）从非裔诗歌语言与声音关系的角度探讨了美国非裔诗歌的后现代问

---

① Minarelli Enzo, "Interview Charles Bernstein." (Intervistare la voce, 2013). Mar 20, 2014 (http://cordite.org.au/interviews/minarelli-bernstein/).

题;金伯利·本斯顿(Kimberly Kingston)梳理了20世纪20年代以来的美国非裔诗歌的朗诵与表演对于现代主义的推动,论及美国非裔口头语言、布道、音乐等对于其诗歌的影响。总体而言,现有的研究对美国非裔诗歌中声音文本化问题和声音运行机制的整体探讨不够,这正是本文的切入点。本文拟以诗歌文本中的声音为对象,探讨美国非裔诗歌的声音文本化及其文化基础、文化策略和美学意义,从而对美国非裔诗歌中的声音诗学进行梳理。

一、声音的文本化

声音的文本化与文本的声音化是诗歌文本的两个阶段,前者指声音对文本建构的参与,后者指文本的演绎及其形态。就美国非裔诗歌而言,声音文本化非常普遍而且重要,这一点可以从文本的声音化略见一斑。美国非裔诗歌适合于声音表现是一个格外明显的特征,似乎早已为美国社会所认同。莱斯利·维勒(Lesley Wheeler)在其专著《用声音呈现美国诗歌》(*Voicing American Poetry*)中考察19世纪英美诗歌朗诵传统时发现,美国非裔常常被认为是"天生的朗诵家"(natural elocutionists),弗兰西斯·哈珀(Frances Harper)和保罗·劳伦斯·邓巴(Paul Lawrence Dunbar)等非裔诗人的诗作常常被推荐朗诵[1]。从这里可以看出,以哈珀和邓巴为代表的美国非裔诗人顺应了非裔民族的朗诵才能和审美期待,在诗歌中融入了该民族口头语言、发声习惯、话语节奏等声音特质,适合以人声(voice)加以呈现。被誉为"哈莱姆桂冠诗人"的兰斯顿·休斯(Langston Hughes)在其自传《大海》(*The Big Sea*)里呼应了维勒的观点。他在自传中回忆自己在初中时被推举为"班级诗人"的原因就是,当时班上占绝大多数的白人学生都像他们的白人父母那样认为,黑人普遍能歌善舞,具有很强的诗歌所需要的节奏感[2]。事实上,他后来成为20世纪上半叶最活跃的美国诗歌朗诵家之一,他自己的许多诗歌也成为经典的朗诵作品,印证了当年他的白人同学乃至美国社会对于非裔诗歌的普遍期待或者印象。由此可见,美国非裔诗歌的可朗诵性折射出诗歌文本所蕴含的突出的声音潜能。当然,作为一种以人声呈现的诗歌后文本(post-text),诗歌朗诵并不能呈现诗歌文本诸多可能的声音形态,它

---

① Wheeler Lesley, *Voicing American Poetry*: *Sound and Performance from the* 1920*s to the Present*. Ithaca: Cornell UP, 2008, p.5.

② 见兰斯顿·休斯《大海》,吴克明、石勤译,上海:上海译文出版社,1986年,第28页。

只是诗歌文本所蕴含的声音可能性的一部分,诗歌文本比朗诵本身蕴含的声音元素和声音形态要丰富得多。

美国非裔诗歌文本常常蕴含着丰富的声音元素,包括声音组合,首先是具有黑人文化意味的声音元素。史蒂芬·亨德森(Stephen Henderson)在《理解黑人新诗》(*Understanding the New Black Poetry*,1972)中的那篇著名的长序中讨论了黑人诗歌文本的黑人性问题,他写道:"从结构上看,黑人诗歌的'黑'具有足够的区分度和效度时,它的形式来自两个基本源泉,即黑人言语、黑人音乐。"[①]亨德森虽然不是专门探讨诗歌文本中的声音问题,但是明确指出了美国非裔诗歌声音的两个基本范畴,即:非裔口头言语的声音,包括布道和饶舌、对骂等其他口头表达相关的声音;黑人音乐的声音,包括灵歌、号子、福音歌曲、布鲁斯、爵士乐、黑人流行歌曲等相关的声音[②]。亨德森准确地陈述了美国非裔诗歌的一个基本事实,即休斯、斯特林·布朗(Sterling A. Brown)、玛丽·伊万斯(Mari Evans)等众多诗人在诗歌创作中大量运用美国非裔音乐和口头表达的声音元素。

但是,美国非裔诗歌也具有诗歌文类普遍使用的声音元素,将人类的各种声音、人类生活场景中的声音、自然界的声音、想象中的神灵先祖的声音等都吸纳进入诗歌文本之中。例如,布朗诗歌中火车蒸汽喷发的声音、休斯诗歌中的风声雨声、索尼娅·桑切斯(Sonia Sanchez)诗歌中人的呻吟等,阿米力·巴拉卡(Amiri Baraka)甚至将飞机盘旋、机关枪开火的声音嵌入他的《黑人艺术》一诗的文本之中:

Assassin poems, Poems that shoot
guns. Poems that wrestle cops into alleys
and take their weapons leaving them dead
with tongues pulled out and sent to Ireland. Knockoff
poems for dope selling wops or slickhalfwhite
politicians Airplane poems, rrrrrrrrrrrrrrrr
rrrrrrrrrrrrrrr . . .tuhtuhtuhtuhtuhtuhtuhtuhtuhtuh
. . .rrrrrrrrrrrrrrrrr . . . Setting fire and death to

---

① Henderson Stephen,"Preface." *Understanding the New Black Poetry*. pp.30-31.
② Henderson Stephen,"Preface." *Understanding the New Black Poetry*. p.31.

whities ass.①

由此可见,非裔诗歌的声音元素丰富多样,既包含了本民族独特的生存体验,又有源于人类普遍的生存经历以及对自然和社会环境的体认,丰富的声音进入诗歌文本,从而使得文本更加生动而复杂、更具有表现力。

声音的文本化是美国非裔诗歌的重要特征,在很大程度上也是非裔诗人自觉实践的结果。非裔诗人常常将自己置身于一个声音世界之中进行创作。巴拉卡非常强调声音,特别是人声在诗歌文本建构中的作用。他说,"一个诗人在静默之中为一群静默阅读的人写诗,并且把它放进图书馆,让它全然在静默之中被拥有却又永远遗失——这种情况对我而言,几乎不复存在。"②巴拉卡所强调的就是诗人将自己置于声音世界之中、将外部的声音融入文本之中、再以人声呈现诗歌文本的整个过程,声音是诗歌的灵魂,因而在上例《黑人艺术》一诗中,巴拉卡以一种面向声音世界的姿态将飞机轰鸣、机关枪扫射的声音引入文本,从而使诗歌文本与外部世界对接。被认为标志着美国非裔诗歌走向现代的邓巴常常受困于使用标准英语写作还是黑人方言写作的两难选择,而这一困扰恰恰反映了邓巴对语言及其声音形态和文化内涵的强烈意识。邓巴诗歌的声音形态是他自觉选择的结果,他利用标准英语的拼写形式来记录看不出种族背景的人的声音,而用"发音改拼"(pronunciation respelling)的书写形式记录黑人口语声音。他的《内战前的一篇布道文》(*An Antebellum Sermon*)一诗即是如此。该诗第一节如下:

> We isgathahed hyeah, my brothahs,
>
> In dishowlin' wildaness,
>
> Fu' to speak some words ofcomfo't
>
> To eachothah in distress.
>
> An' we chooses fu' ouah subjic'
>
> Dis—we'll 'splain it by an' by;

---

① Baraka Amiri, "Black Art." Henderson, *Understanding the New Black Poetry*. p.213.

② Harris William J., "An Interview with Amiri Baraka." *The Greenfield Review* Fall (1980). August 08, 2008(http://www.english.uiuc.edu/maps/poets/a_f/baraka/interviews.htm).

"An' de Lawd said,'Moses,Moses,'

An' de man said,'Hyeah am I.'"①

诗人通过改变词语的标准拼写来凸现这些词语的方言发音,使诗歌文本呈现一种所谓的"视觉方言"(eye dialect)或"文学方言"(literary dialect),从而记录美国黑人牧师用方言布道的声音形态。20世纪初期的非裔学者兼诗人詹姆士·威尔登·约翰逊(James Weldon Johnson)在诗集《上帝的长号:七篇诗歌体黑人布道文》(*God's Trombones*:*Seven Negro Sermons in Verse*,1927)中也写布道诗,也表现出对黑人牧师布道声音的强烈关注,但是他没有像邓巴那样采用"发音改拼"的方式。约翰逊反对使用南方庄园方言作为诗歌语言,认为旧的方言拼写有其局限,而且黑人牧师布道演说的方式也发生了很大变化,因而他改以标准英语拼写和标点符号、停顿等手段来呈现黑人牧师布道演说的声音特征。为了强调对声音的关注,他在诗集的序中对此专门加以解释②,并引用词典里关于"长号"(trombones)的注解,"长号是一种最能模仿人类声音及其音域的铜管乐器"③,凸显该诗集再现黑人宗教演讲的声音特征的意图。由此可见,约翰逊不仅具有强烈的声音意识,而且对声音的时代变化十分敏锐,因而在强调诗歌文本吸收声音的同时,强调文本化的声音必须具有时代性。在很大程度上,约翰逊代表了从北美大陆第一位非裔诗人鲁西·特里(Lucy Terry)以来的美国非裔诗人的声音意识和自觉的声音文本化实践。

纵观近300年的美国非裔诗歌,声音文本化有三种类型。

其一,声音作为诗歌文本要素。在这一情形下,诗歌文本中的声音元素相对分散,有较大的随机性和开放性。诗人以标准语言书写符号或"发音改拼"等形式记录声音,或者像约翰逊那样以停顿、诗行长度来模拟声音,或者以大小写、斜体、黑体等来呈现声音的形态与变化,或者以声音意象或指涉来标识某种特定声音的进入,或者以声音元素的重复来建构某种个性化的或者固有的韵律节奏模

---

① Dunbar Paul Lawrence,"An Antebellum Sermon." *The Wiley Blackwell Anthology of African American Literature*. Vol. 1. Gene Andrew Jarrett eds. Malden,MA:Wiley Blackwell,2014,p.873.

② Johnson James Weldon,"Preface." *God's Trombones*:*Seven Negro Sermons in Verse*. New York:The Viking,1927,pp.10 - 11.

③ Johnson James Weldon,"Preface." *God's Trombones*:*Seven Negro Sermons in Verse*. New York:The Viking,1927,p.7.

式,由此将外在的声音嵌入诗歌文本之中,使诗歌文字文本的意义和形态延展至声音维度。

其二,声音作为诗歌的结构。美国非裔诗歌常常以民族音乐形式或口头表达传统形式等来建构诗歌,这实际上是将已有的声音结构引入诗歌文本中,从而暗示或规定整个诗歌文本的声音形态。例如,上文所提及的邓巴和约翰逊的布道诗即是将美国非裔民间牧师布道的声音结构模式引入诗歌文本,20 世纪上半叶出现的爵士诗(Jazz Poetry)和布鲁斯诗(Blues Poetry)都是基于黑人音乐形式的声音结构,下半叶出现的寇尔群诗(Coltrane Poems)则是模仿非裔音乐家约翰·寇尔群(John Coltrane)的演奏风格呈现声音。诗歌文本对已有的音乐和口头艺术结构的整体引入在声音层面上建立起诗歌与音乐和口头艺术之间的互文关系,从而能够将后者特定的表意策略、认知方式等植入诗歌文本之中。如休斯的《问你妈妈》(*Ask Your Mama*:*12 Modes for Jazz*)与对骂(the dozens)这种美国非裔民间口头决斗形式对接,从而使得该诗与艾略特的《荒原》建立互文关系成为可能。

其三,声音作为诗歌的文本。这种模式意味着一首诗的文本建构是基于声音而不是文字,并且在相当大程度上以文本的声音化为旨归,而文字文本只是这种声音文本的伴生性存在或起着辅助性作用。这是一种相对极端的声音文本化模式,但是在美国非裔文学中早已有之。作为 20 世纪美国艺术运动的灵魂人物之一,巴拉卡的"言说诗"(speaking poetry)就是这一类。他坦陈,从 60 年代开始,他的诗歌更多是"靠口头构思而不是靠笔头构思","书页并不那么吸引我,并不像实际说出来的词语那样吸引我"[①]。在他的诗歌中,声音及其组合方式、声音与外部世界的关联成为其诗歌文本的主要内容。在哈莱姆文艺复兴时期,休斯也常常基于声音建构诗歌文本。他的诗《猫与萨克斯》(*The Cat and the Sax-ophone*:*2 am*)就是以酒吧里的情侣对话声与唱片歌曲的声音相互交织而形成的一个声音文本:该诗的文字仅仅作为区分和记录不同的声音,而不是声音附着于文字之上。这种以声音作为文本的诗歌形态可以追溯到美国非裔音乐传统和口头艺术传统,但在非裔诗人具有识读和写作能力时仍然舍文字而取声音,无疑是一种意味深长的文学实践。

---

① Harris William J., "An Interview with Amiri Baraka." *The Greenfield Review* Fall (1980). August 08,2008(http://www.english.uiuc.edu/maps/poets/a_f/baraka/interviews.htm).

总的来看,声音文本化在更大程度上是美国非裔诗人自觉实践的产物,是诗歌文本和意义建构的策略和方法,是一种自觉的诗学实践。在声音诗学的作用下,声音成为美国非裔诗歌文本不可分割的重要内容,具有广阔的意义空间。

二、声音诗学的文化基础

在美国非裔诗歌历史中,声音诗学表现得持久而且突出,是因为有其深厚的文化基础。非裔诗歌的声音诗学既源于人类认知世界和自我表达的天性,又扎根于美国非裔民族独特的生存经历和文化土壤。

声音是人类感知世界的媒介。声音始终与听觉相关,是人类体认世界的一种感性形式,自然万物的声音传入人耳,能够让人感觉到声音主体相对于听者的远近高低、动静缓急,甚至刚柔虚实,使听者由此开始自我定位和自我认知,以确定自我与外物之间的关系。在人类文明开始之初,听觉与视觉等与生俱来的能力是人类认知世界和认知自我的主要依靠,而美国非裔民族及其非洲先祖长期以来远离现代文明、贴近自然的生活状态强化了非裔民族对声音的敏锐力,使他们在进入现代文明之后也能保持对声音的敏锐,这是该民族认知、把握世界的策略和能力。

声音是思维的手段,对于美国非裔民族而言莫不如此。洪堡特认为,任何思维活动都离不开普遍的感性形式,而语言正是这种感性形式之一,当人明确意识到某一客体与自身有所不同时,他就立刻会发出一个指称该客体的语声。① 从广义上讲,语言(包括书面语言)是与一定的思想片段相联系的"感觉标记",而对于没有文字的语言来说,声音作为思想片段的感觉标记的功能就尤为突出了。人类学家金斯利(Mary Kingsley)通过大量的非洲研究发现,"非洲人习惯于大声地将自己的思想表达出来,他们经常独自一人大声说话。这种自言自语,我寻思着,等同于我们的'写字'。我知道,许多英国人要想更清楚地弄清楚一件事,常常把它写下来;非洲人不靠写,而是靠把它说出来"②。这与非洲人的文明形式有关,因为他们多数不懂认读,甚至没有自己的书写文字。早期在美洲生活的非裔也是如此。美国奴隶制时期,绝大多数黑人奴隶被剥夺了读写权利,直到南

---

① 洪堡特:《论人类语言结构的差异性及其对人类精神发展的影响》,姚小平译,北京:商务印书馆,1999 年,《译序》第 1—69 页。

② Kingsley Mary H., *West African Studies*. New York:Routledge, 1964, p.53-54.

北战争之后的重建时期美国非裔的整体识读水平才有所改变,但仍很不乐观。据统计,从美国内战时期到 20 世纪中期美国非裔族群中的文盲比例为:1864,93%;1870,80%;1890,56%;1900,44%;1910,30%;1920,23%;1930,16%;1940,11%;1950,10%[①]。长期居高的文盲人口使得美国非裔民族的思维难以离开声音,并形成一种民族传统思维方式;20 世纪上半叶,当大多数非裔具有识读能力时,人类科技的发展使得声音能够在时空中得到存续和延展,让有识之士看到了声音的未来。巴拉卡的观点具有一定的代表性:"我认为,未来的潮流一定不是以书本形式呈现的文学,而是向言说和视觉形态发展的。"[②]这类观点以及科技的进步在一定程度上帮助维系了非裔民族在普遍具有识读能力的时代依靠声音进行思维的传统。

对于美国非裔民族而言,声音是自我表达与族群交流的重要手段。在人类个体感知世界和进行思维时,声音是最直观、最真实的一种自我表达形式。洪堡特认为:当人明确意识到某一客体与自身有所不同时,他就立刻会发出一个指称该客体的声音,因而,在人拥有的各种能力中,发声最适合于表达他的内心感受,人的声音正如人的呼吸,充满了生命力和激情。[③] 这种声音是任何书面语言都无法替代或完整记录的。美国非裔民族有其独特的生存经历和生活环境,族群成员面对相似的生存经历和生活体验会形成很多共同的声音表达形式,并与其他民族区分开来,因而他们常常生活在一个共同的声音世界里:口头的、哼唱的、诵唱的、吼出来的声音成为他们自我表达和内部交流的重要媒介。由于美国非裔民族在历史上长期没有读写能力或读写能力低下,无法有效地用书面语言来进行交流,因而声音对于他们的自我表达和族群交流尤其重要;也由于他们没有自己的书面语言,外族语言也无法有效记录本民族独特的表意声音(事实上任何一种书面语言都不可能准确地记录或表现本民族的口头语言),因而,他们常常对英语拼写进行改写,或者加入大量在英语中不具有意义的声音符号,以声音形式生动丰富地表达其生命体验和生存状态,实现自我表达和族群交流。

---

① Levine Lawrence W., *Black Culture and Black Consciousness*:*Afro-American Folk Thought from Slavery to Freedom*. New York:Oxford UP, 1977, p.156.

② Harris William J., "An Interview with Amiri Baraka." *The Greenfield Review* Fall (1980). August 08, 2008(http://www.english.uiuc.edu/maps/poets/a_f/baraka/interviews.htm).

③ 洪堡特:《论人类语言结构的差异性及其对人类精神发展的影响》,姚小平译,北京:商务印书馆,1999 年,《译序》第 1—69 页。

在哲学层面上,美国非裔民族强调声音的物质性和真实性,声音不只是相关事物的一种媒介或表征,而且是事物的一部分。列文认为,在具有识读能力的社会,口头表达被认为不同于行为,但是在不具有识读能力的社会,思想和言语都被认为是它们所指事物的一部分,所说即所做①。在这一过程中,言说主体通过将无形的思想和情感转变为声音而在心理上得以实现,因而对他们而言,声音具有物质性和现实性。从这一角度来看,美国奴隶制时期南方黑人的口头讲述和吟唱就具有突出的特别意义。对黑人奴隶而言,他们将说唱的对象赋予声音形态,就是使其物质化、现实化,从而将受困于社会体制和身体管制夹缝之中的自我解放出来。美国非裔民族对声音的这种哲学认知深深烙在口头艺术和音乐之中,而随着这两者成为美国非裔诗歌的重要传统,又持久地渗入整个非裔诗歌之中。

三、声音诗学作为文化策略

对于美国非裔诗人而言,声音诗学是一种文化选择和策略。从上一节可以看出,声音对于美国非裔民族有其独特的文化意义。它不仅在美国非裔民族认知世界、思维方式、自我表达、族群交流中扮演着不可替代的角色,而且与非裔民族独特的生存经历和方式建立了稳定的映射关系,无论是声音的形态还是声音的内涵都体现了非裔民族生存方式的独特性和与文化的差异性,并能够反映其民族文化与其他文化的关系。因而,非裔诗人们对声音诗学的选择实际上是对民族文化的选择。

非裔诗人对声音诗学的选择有其文化的必然。美国学者乔安妮·盖宾(Joanne Gabbin)借用格温朵琳·布鲁克斯(Gwendolyn Brooks)诗歌中的一个比喻——"狂怒之花"(furious flower),从历史视角对美国非裔诗歌进行总结,认为它是"一个种族的美学编年史",既有社会担当,又有艺术追求。② 这一观点准确地反映了美国非裔诗歌的整体风貌。从奴隶制时期到大移民时期,从哈莱

---

① Levine Lawrence W., *Black Culture and Black Consciousness*: *Afro-American Folk Thought from Slavery to Freedom*. New York: Oxford UP, 1977, p.157.

② See Joanne V. Gabbin, "Furious Flower: African American Poetry, An Overview," in *The Oxford Companion to African American Literature*, eds. William L. Andrews, Trudier Harris and Frances Smith Foster. New York: Oxford UP, 1997, pp.585-592.

姆文艺复兴到芝加哥黑人文艺复兴到黑人艺术运动,再到20世纪末21世纪初的第三次黑人文艺复兴,美国非裔诗人表现出强烈的社会关切和民族意识,19世纪的朱庇特·哈蒙(Jupiter Hammon)、20世纪的兰斯顿·休斯和阿米力·巴拉卡、21世纪的凯文·杨(Kevin Young)等大批诗人出于种族平等的社会理想和民族大义而主动选择非裔文化身份,基于民族文化立场或利用民族文化进行诗歌创作。还有一些诗人则是出于对艺术地位的考虑而作出被动选择,如邓巴、麦尔文·托尔逊(Melvin Tolson)等。长期处于美国文化的边缘的美国非裔诗人要进入经典或中心,必须有明确的文化定位。作为美国文化的边缘人,非裔诗人同时也是美国文化中心的定义因素,文化中心通过不断施与边缘以稳定的边缘身份而巩固中心地位。斯皮瓦克说,"当中心需要一个可以辨别的边缘而将某种文化身份强塞给某人时,承认这种边缘性就能够获得来自中心的合法性"①。非裔诗人需要坚持自己的边缘性以获得文化中心的认可,同时坚守边缘文化也能获得非裔族群的认可,因而获得双重的合法性和走向经典的空间。吉恩·贾瑞特(Gene Jarrett)在对他编辑的两卷本美国非裔文学选集进行理论审视时发现:最好的美国非裔文学作品一定是专注于表现美国非裔经历的、具有易于辨识的美国非裔文化身份的作品。② 由此可见,美国非裔诗人经典化的一个重要条件就是坚守自己的文化身份和立场。

不过,对非裔诗人而言,仅有社会担当是不够的,还必须有艺术上的追求,要借助合适的形式来表现其文化身份和社会思想。尼尔森提出了语言现实主义路径。他通过考察20世纪末期多个美国族裔文学选集发现,"黑人作家们要想成为以文学恰当表现社会边缘性经验的经典,必须坚守语言实践的现实主义"③。这一发现呼应了美国著名的诗论家帕洛夫的观点:"现实主义不仅仅是对待语言所指涉事物的态度,也可以是一种对待语言的态度。"④尼尔森的发现彰显了现

---

① Spivak Gayatri Chakravorty, *Outside in the Teaching Machine*. New York: Routledge, 2008, p.55.

② See Jarrett Gene, "Loosening the Straightjacket: Rethinking Racial Representation in African American Anthologies." in *Editorial Theory and Literary Criticism: Publishing Blackness: Textual Constructions of Race Since 1850*. eds. George Hutchinson and John Young, Ann Arbor, MI: University of Michigan Press, 2013, pp.160 – 174.

③ Nielsen Aldon Lynn, *Black Chant: Languages of African American Postmodernism*. New York: Cambridge UP, 1997, p.8.

④ Perloff Marjorie, *Poetic License*. Chicago: Northwestern UP, 1990, p.155.

实主义原则对于美国非裔文学的必要性，不仅应该以现实主义态度去发现和表现非裔经验，而且要以现实主义的态度去发现和运用民族独特的语言形式。声音作为美国非裔自我表达与族群交流中具有独特价值的语言形式，自然能够真实微妙地表现美国非裔经验和生存状态，在这一意义上，声音诗学就成为非裔诗歌的必然选择，因而，声音诗学也具有文化策略意义。

美国非裔诗歌的声音诗学作为一种文化策略，主要服务四大文化功能，即历史书写、民族认同、人性传达、民族文学建构。首先，美国非裔民族独特的生存经历形成了对声音的独特认识以及运用声音的独特的形态与策略，非裔诗人借助于声音使其声音文化得以形成的生存经验得以再现和保存于诗歌文本之中，同时也记录声音自身的形态和策略在不同时期的历史演进。例如，源于美国南方黑人奴隶劳动生活的布鲁斯作为一种声音形态存在于非裔诗歌中，不仅记录了美国黑人在奴隶制时期和此后不同时期的生存状况、精神世界，而且在从邓巴到休斯到凯文·杨的百余年诗歌历史中，布鲁斯声音形态的不断变化也反映了布鲁斯作为一种文化的演变。作为一种广义上的语言，非裔民族的声音系统及其运行机制由于其独特性而不可能与美国官方使用的英语完全对应，因而非裔诗歌中的声音能够对书面英语所叙述的历史进行补充和改写。布鲁克斯的长诗《安妮亚特》是一个很好的例子。该诗第二部分由黑人女孩以黑人方言的声音消解了第一部分以欧洲史诗风格和第三人称进行叙述的庄重声音，表现了面对战争和现实压力的黑人少女的真实处境和精神世界。休斯创作于 20 世纪 40 年代末期的长诗《一个延迟了的梦的蒙太奇》(*Montage of a Dream Deferred*) 则通过运用黑人音乐声音形态记录了"二战"结束后美国非裔民族的精神状态。他没有采用"二战"时期美国社会流行的摇摆乐作为该诗的声音结构，而是采用波普爵士乐。在他看来，源于黑人生活的摇摆乐被白人改造成为甜美柔和的音乐，显然不再是真实的美国非裔声音形态，其轻松释然的风格也不适合表现美国非裔在"二战"结束后面对民族之梦似乎走近却又远去的愤怒、无奈但又不愿放弃的情感纠结，而当时非裔社区刚刚开始萌生的波普爵士乐的音乐特征，"如冲突性变化、出其不意的情感起伏、尖锐而冒失的插话、破碎的节奏、语篇常常以即兴演奏音乐会或者流行歌曲的方式呈现，却又常被即兴重复、连唱、突然中止、变调等切断"[1]，才

---

① Hughes Langston，*Montage of a Dream Deferred*．*The Collected Poems of Langston Hughes*．Eds. Arnold Rampersad and David Roessel. New York：Vintage，1994，p.387.

能真实反映非裔民族在这一社会转折时期的精神状态。[①] 由此可见,非裔诗人常常保持着对本民族的声音形态和策略变化的高度敏锐力,巧妙地运用声音来填补官方语言所不及或有意遗漏的历史,修正被官方话语扭曲的历史,并形成非裔诗歌独特的艺术策略。

美国非裔的声音形式和策略是整个民族经验的产物,是所有成员共同的认知和思维方式、表达和交流方式的集中体现,非裔诗歌通过呈现这类声音形式和策略,能够有效地唤醒族群成员的共同记忆和情感体验,从而将族群成员聚合在一起,促进民族身份认同。这一策略在早期的美国非裔诗歌中就已经广泛使用。例如,19世纪非裔女诗人弗兰西斯·哈珀善于在诗歌中运用黑人口语节奏来凝聚民众、形成认同。在《克洛伊婶婶》(*Aunt Chloe*)一诗中,哈珀将克洛伊的黑人方言声音与故事中其他黑人的方言声音融合在一起,赋予这种以方言进行口头交流的声音以政治意义,将克洛伊个人的希望与抗争延展为整个民族共有的希望与抗争,从而将个体融入民族之中。

20世纪美国非裔诗歌随着美国社会和西方文学思潮的变化而发生了巨大变化,声音诗学实践也发生很大变化,总体上呈现出从集体方言转向个人方言的趋势。在20—30年代的哈莱姆文艺复兴时期和60—70年代的黑人艺术运动时期,非裔诗歌坚持运用民族声音元素和声音结构,极大地推动了美国非裔民族的文化身份认同,而在处于两者之间的40—50年代,由于新批评思潮和冷战时期政治形势的影响,非裔诗歌的民族声音趋于淡化,这一情形反映了美国非裔知识分子对非裔社会已经全面具有识读能力的文化语境下如何进行身份定位所进行的反思和探索:他们意识到了识读能力在提升民族文化水平的同时还可能导致非裔文化身份的丧失,因而在随后的黑人艺术运动中重返声音诗学。在黑人艺术运动之后,非裔诗人个性化运用声音的趋于强烈,这恰恰反映了非裔诗人对民族身份的坚守。正如伯恩斯坦所说,个人方言诗人常常与某种中心有关联,但在形式上策略性地回避这个中心[②],非裔诗人正是如此,他们在淡化非裔声音固有形态的同时,更多借用了非裔民族运用声音的原则、策略和方法。例如,巴拉卡后期的诗歌在声音形态上淡化了黑人音乐和方言特征,但在声音的组合结构上

---

① 罗良功:《艺术与政治的互动:论兰斯顿·休斯的诗歌》,上海:上海外语教育出版社,2010年,第173—175页。

② 参见查尔斯·伯恩斯坦《语言派诗学》,罗良功等译,上海:上海外语教育出版社,2013年,第132页。

采用爵士乐等黑人音乐的即兴风格和口语节奏，这都是美国非裔民族的声音文化和声音结构原则的延续，因而仍然具有突出的美国非裔性。在这一意义上，美国非裔诗人的个性化声音表达可视为美国非裔性的延续或创新，在很大程度上是一种民族文化框架内的个性表达。

声音诗学也推动美国非裔诗歌超越民族界限，表现普遍价值和人性。声音在人类认知世界、自我表达和相互交流等方面都扮演着重要角色，人类在接受、运用、理解声音方面存在很多共性，有利于不同族裔不同文化的人群相互交流。当代非裔女诗人索尼娅·桑切斯认为，声音可以超越种族、性别、文化界限，建立情感认同，促进人性回归。① 她在许多诗中大量运用诵唱、呻吟、语速控制等人类相通的声音元素和手段，使自己的诗歌突破种族、文化的界限，唤醒人类的共鸣，将美国非裔民族的经历化为人类共同的体验，使族裔经验成为人类经验的提喻。桑切斯并不是个案。艾斯利·亚·纳迪利（Asili ya Nadhiri）也常常用不带种族特征的平实语言表现美国非裔的生活体验，但是他为诗歌文本设计了巨大的声音空间，将丰富的情感和生命体验寓于布鲁斯式的回环和重复之中。例如，他的小诗《阿提亚·梅·毕曼》（*Artea Mae Beamon*）中大量使用了结构性和零散性声音的回环和重复，特别是众多词尾"-ing"声的重复，使黑人女性生活的酸楚通过这种能够为人类共同感知的声音形态被不同文化和肤色的人感知、体验，并使这种共同的感知体验在声音的回环中延续，从而赋予诗歌唤醒人性的深沉力量。从纳迪利回溯到巴拉卡、罗伯特·海登、休斯，一直到鲁西·特里，非裔诗人都体现了深厚的人文情怀、将声音诗学与人性关怀有机融合的特点。这反映了美国非裔诗人将本民族乃至整个人类从种族主义和文化霸权主义的偏见和束缚中解脱出来的努力，表现了他们对人的身份以及对人类平等理想的追求。

声音诗学在美国非裔文学进行文化抗争中的作用不容小视。一方面，美国非裔诗歌通过大量运用声音，特别是体现民族生存经验的声音结构和形态，强化了文学文本的声音特质，使非裔文学与主要依靠书面语言写作的美国主流文学区别开来。另一方面，在美国非裔诗歌中，声音被作为重要的表意策略和手段，突破了被迫使用的外族语言（英语）对非裔民族表达和交流的规定性和局限性，帮助实现了非裔民族对英语的本土化改造，形成了美国非裔的民族文学语言和

---

① See Luo Lianggong, "Poetic Craftsmanship and Spiritual Freedom: An Interview with Professor Sonia Sanchez." *Foreign Literature Studies* 6(2005): 1-6.

表意机制。因而,声音诗学为美国非裔诗歌乃至美国非裔文学提供了观念、形式、策略和语言,赋予美国非裔文学以民族性,凸显其与主流文学的对话性,从而消解了传统的欧洲文学和美国本土主流文学对美国非裔以及其他少数族裔文学的主导,形成了对美国长期存在的种族主义和帝国主义文化霸权持久的艺术抵抗。

四、声音诗学的美学价值

声音诗学反映了美国非裔诗歌近三百年来的艺术性和社会性双重实践,体现美国非裔文学在这两个维度的双重价值追求,折射出美国非裔文学长期坚持的艺术性与社会性相结合的美学理念。声音诗学在社会文化维度上的价值不必再行赘述,而其在艺术维度上的美学价值也十分突出。

声音诗学形成了美国非裔诗歌独特的文本品质。美国非裔诗歌强调声音的运用,而声音深入到文本的血肉、骨骼和肌理。声音元素的书面化引发标准书写文字的变形,声音元素组合结构的文本化使诗歌的内在结构和版式布局呈现相应的空间呼应,两方面促成了非裔诗歌中声音的视觉化和空间化,使文本具有强大的声音势能和突出的声音与视觉之间的张力。在这一意义上,美国非裔诗歌与欧美传统诗歌的内在结构和版式布局全然不同,也与在视觉上同样自由开放的英美白人现代主义和后现代主义诗歌全然不同,因为美国非裔诗人更强调声音对书面文本的主导,而且他们所运用的声音具有鲜明的民族思维与表达特征。同时,非裔诗人强调声音对诗歌文本的主导也增强了诗歌文本在文字与声音之间的张力,赋予文本多维度的意义建构空间,从而增大了诗歌文本的密度和开放度。

声音诗学同时也赋予美国非裔诗歌一种独特的审美特性。在美国非裔诗歌中,声音以其直观性和感性,强化诗歌的体验性,意义存在于体验之中,过程即意义。声音的视觉化和空间化使诗歌文本的不同介质之间形成互动,在增强诗歌文本密度的同时增加了文本的质感和体验性。诗歌文本中,依托于时间的声音维度与依托于空间的视觉维度都蓄积着巨大的势能,而阅读的开始就是势能转化为动能的起点,整个阅读过程即是声音与视觉两种体验相互交织、共同作用的过程,充满合作与对抗、互补与修正。在这一过程中,诗歌的书面语言也卷入不同文本介质的戏剧性演进中被赋予新的意义,从而形成不同于西方逻各斯中心主义的审美体验。

美国非裔诗歌所表现出的美学差异既是美国非裔诗歌对西方传统或主流文学的挑战，也是它与萌发于主流文化的先锋诗歌进行一定程度上合作的基础。美国非裔诗歌的声音诗学以民族语言改造西方语言，以民族文化对抗和改造西方文学观念，呼应了19世纪下半叶以来的欧美诗歌运动的变革潮流。从惠特曼到庞德再到金斯堡再到语言派诗人，欧美诗歌试图通过声音实验重新找回被逻各斯中心主义和文化霸权所束缚的语言的活力。例如，语言诗派代表人物查尔斯·伯恩斯坦(Charles Bernstein)强调声音在拯救语言中的作用，赞同兰兹在《音韵的物理学基础：论声音的美学》一书中提出的观点"诗歌的使命就是去拯救词语的物理元素，以艺术的形式将它呈于我们的视野"，同时批评兰兹认为"声音漠视意义"的观点，他相信声音有助于将词语从直接指涉意义的透明性中解救出来①。在这一意义上，美国非裔诗歌长期的声音诗学实践为英美先锋诗歌的声音实验提供了范例和支持，从而共同推动了美国的诗歌美学创新。

此外，美国非裔诗歌的声音诗学也为诗歌美学与现代信息技术融合提供了范式。美国非裔诗歌的声音诗学源于非裔民族的口头文化和音乐，繁荣于非裔民族识读能力普遍提高的时期，在如何协调声音与书写文本的关系，特别是20世纪上半叶以来诗歌声音如何与兴起的音像广播技术互动等方面，具有丰富的理论积累和实践经验，为当今数字媒体技术的文化语境下诗歌如何在形态和美学层面上与现代信息技术融通互动提供了有益的美学范式和理论探索。

总体而言，美国非裔诗歌的声音诗学体现了深厚的民族文化根性，回应了人类自我表达的天性和人类现代技术的要求，是一种民族性与个性、历史性与当代性、艺术性与大众性相结合的艺术探索，在本质上构成了对西方精英主义诗学和逻各斯中心主义诗学传统的反动，并与美国其他诗人的声音诗学实践相互呼应、相互激发，与现代技术发展相呼应，推动了美国诗歌的多元化和当代化。

（作者单位：华中师范大学）

---

① 罗良功：《查尔斯·伯恩斯坦诗学简论》，《江西社会科学》2013年第5期。

论当代英国植物主题诗歌

何　宁

在英国诗歌中,植物主题的诗歌作为一种诗歌传统,并没有动物主题的诗歌那样源远流长。在英国的古诗歌中,关于植物的描写并不多见,直到进入中世纪之后,植物逐渐成为诗歌中的重要元素。而对英国浪漫主义诗人而言,植物是与现代化、工业化对抗的代表与象征,因而植物主题的诗歌在这一时期超越了动物主题的诗歌,成为英国诗歌中不可忽视的传统。这一传统深刻影响着英国 20 世纪的诗歌创作。随着英国诗歌进入 21 世纪,以基莲·克拉克、凯瑟琳·杰米和约翰·伯恩赛德为代表的诗人,反思人类与自然之间的关系,突破人类中心主义的限制,将植物主题的诗歌作为独立的诗歌传统来抒写,从多方面来考察植物世界与人类世界的复杂互动,体现出对英国植物诗歌传统的思考和超越,使诗歌这一文类成为人类与自然沟通最有力的形式之一。

在英国诗歌的传统中,《贝奥武甫》中对于龙的描写绘声绘色,但植物仅仅是作为背景偶尔提到一两句(1414—1416)。[①] 与动物一般作为人类社会现象的转喻不同,植物在中世纪诗歌里一般是作为故事或抒情背景出现的。在中世纪诗歌《珍珠》中,失去女儿的父亲正是在花园中追忆女儿并进入梦境的。在诗歌的开篇,叙述者来到夏日的花园,看到满园的花草,想起这正是女儿离开的地方,不禁感叹不已。

> 各种花草在那片地方繁茂生长
> 朽腐和废弃让那里的土地肥沃;
> 白色、蓝色和红色的花朵
> 向着太阳张开光彩照人的脸庞。

---

① Heaney Seamus, *Beowulf: A verse translation*. New York: Norton, 2002, p.38.

　　　鲜花和水果永远不会消失

　　　在我那珍珠进入黑土的地方；

　　　青草会在毫无生气的谷物中生长

　　　否则麦子将永远不会进到谷仓。①

植物作为诗人的抒情背景,同时也是生命的象征,体现出生命与消亡之间的根本对立和无法消弭的距离。这种将植物作为抒情背景,以及生命象征的手法在中世纪诗歌中颇为常见。到 17 世纪,英国诗歌开始将植物作为一种独立主题来抒写,植物主题逐渐成为诗歌创作中不可或缺的一部分。罗伯特·赫里克在《咏水仙》中用水仙与人类对比,来书写韶华易逝、及时行乐的主题,植物成为诗人起兴的对象,也是人类生活的参照。②

　　在浪漫主义诗人的创作中,植物成为具有重要地位的诗歌主题和传统,其中华兹华斯的《水仙》最是广为流传。植物是诗人思考自然、人类与世界之间关系的中介和蕴含浪漫主义自然观的意象,成为在英国诗歌传统中不可忽视的重要元素。进入 20 世纪之后,现代主义诗人在颠覆浪漫主义和现实主义传统的同时,并没有放弃对植物诗歌传统的承继和书写。艾略特的《荒原》和叶芝的诗歌创作中,植物成为搅动现代社会情绪、突显现代性危机的意象。"二战"之后的英国诗歌中,植物在拉金、休斯和希尼的笔下同样占据着举足轻重的地位,成为英国诗歌中不可忽视的重要传统。拉金的《树》颠覆了人们对植物的想象,而休斯回忆与普拉斯最深情的诗篇之一就题名《水仙》。

　　21 世纪的英国诗歌,在继承英国植物主题诗歌传统的同时,面对生态挑战和人类未来发展的不确定性,诗人们突破人类中心主义的传统,进一步拓展植物在诗歌创作中的领域。作为威尔士的民族诗人,基莲·克拉克在她的代表作诗集《偏远乡村的来信》中对植物主题的诗歌予以全面的探索:《白玫瑰》、《李子》和《卡迪夫榆树》等诗作都以植物为题材,但却体现出不同的主题和风格,在继承英国植物诗歌对自然、人生思考的传统之外,也加入个人对于民族性的思考,从而丰富了英国植物诗歌的传统。诗歌《白玫瑰》的开头是对白玫瑰的描写:

----

　　① Armitage Simon, *Pearl*:*A new verse translation*. New York:Liveright Publishing Corporation, 2016, p.21.

　　② Herrick Robert, *The Complete Poetry of Robert Herrick*:*Volume I*. Tom Cain, Ruth Connolly eds., Oxford:Oxford UP, 2013, p.119.

在绿紫罗兰色的客厅外
白玫瑰在雨后盛放。
他们满是雨水和阳光
犹如美丽的白色瓷杯。①

克拉克通过对比和比喻,用寥寥数笔勾画出白玫瑰的独特风格。白色瓷杯的比喻在展示出白玫瑰美丽风貌的同时,也暗示其蕴含的脆弱。在这首诗中,白玫瑰既是实在的场景组成,也是诗歌主题的隐喻。克拉克用白玫瑰与生病的孩子对照,来呈现和刻画生命的脆弱和无常。与白玫瑰所体现的生命美丽又脆弱的意象不同,《李子》中的植物意象则呈现出生命的平凡与温馨。诗歌的开头写道:"当他们的时间到来时/无需风雨,他们便坠落。"②李子具有一种与自然时节的契合,并不需要外力的推动,具有自己独立的生命体验。李子果实的丰收,不仅让诗歌中的"我们"可以吃着甜蜜的早餐,甚至清晨的乌鸫也因此收获颇丰。诗歌中的李子成为动物和人类美好生活的重要元素,表明植物作为自然界基础的关键地位。

《白玫瑰》和《李子》两首诗歌作品展示出植物对人类社会的融入和影响,体现出克拉克对英国植物诗歌传统的继承,而《卡迪夫榆树》则表现出诗人对这一传统的发展。诗歌中的叙述者,在夏天的烈日之下,渴望着榆树下的阴凉:

树干连着树干
在公园和城市建筑的廊柱间
弯成一座回廊,
比这些廊柱都更古老、更高。③

在克拉克的笔下,卡迪夫的这些榆树在道路上留下自己的印记,在种子里就明确知道自己在天空中的位置,因此在带给叙述者阴凉的同时,又蕴含着比城市建筑更为古老悠久的历史文化,正可以作为威尔士传统文化的象征。诗歌中在烈日

---

① Clarke Gillian, *Collected Poems*. Manchester：Carcanet，1997，p.35.
② Clarke Gillian, *Collected Poems*. Manchester：Carcanet，1997，p.62.
③ Clarke Gillian, *Collected Poems*. Manchester：Carcanet，1997，p.62.

下渴望榆树荫蔽的叙述者,正是渴求传统文化的当代威尔士人的象征。在诗歌的结尾,诗人将榆树比作"某种可怕颠覆的开始"。可以遮天蔽日的榆树,要颠覆的也许正是来自"日不落帝国"英格兰的影响,让威尔士人回归威尔士原初的文化。在《卡迪夫榆树》中,克拉克将自己对威尔士民族文化的思考与植物主题相结合,使得诗歌具有独特的张力,成功地将一系列相互联系的主题普遍化了①,从而在赋予英国植物主题诗歌的民族性色彩的同时,拓展了这一诗歌传统的疆域。

克拉克承继和发展了英国植物主题诗歌的传统,而凯瑟琳·杰米的创作则对这一传统本身加以考察,反思人类与植物之间的关系。在诗歌《祈愿树》中,作为联结人类社会与自然世界的所在,祈愿树既受到人类欲望的毒害,也向人类世界展现出自然的灵力,植物成为人与自然沟通的桥梁。② 在诗歌《桤木》中,诗人将桤木作为予以生命指引的向导。与祈愿树中祈求人世尊荣不同,诗歌中的叙述者关注的是如何在现实世界中生存:

> 你会不会教给我
>
> 生存之道
> 在这潮湿暧昧的土地上?③

在对桤木的询问中,叙述者完全放弃了人类固有的视角,而是采用一种自然的语气与桤木对话,试图从桤木的生存经验中获得启示,表明叙述者也是自然中的一员。桤木作为一种植物,对整个自然生态系统具有重要的意义,因为它在生长过程中会为土地添加氮和其他元素,使得土地更为肥沃,还会让次生植物也获得足够的营养。因此,诗歌中的叙述者对桤木的崇拜和仰慕具有自然的基础,符合自然规律。诗人所采用的叙述策略使作品摆脱了传统植物主题诗歌在拟人化与客体化之间的选择,而是打破传统,将植物作为诗歌的抒情主体,同时放弃了拟人

---

① Thomas M. Wynn, "R. S Thomas and Modern Welsh Poetry", *The Cambridge Companion to Twentieth-Century English Poetry*, Neil Corcoran ed., Cambridge: Cambridge UP, 2007, p.166.

② 何宁:《论凯瑟琳·杰米诗歌中的民族性书写》,《当代外国文学》2014 年第 2 期。

③ Jamie Kathleen, *The Tree House*. London: Picador, 2004, p.7.

化的选择,从自然世界的角度来观照植物的生存,从而使得植物主题真正成为诗歌的全部主题,而不再是人类社会价值观的投射与转移。

杰米在《桤木》中,给予了植物几乎超越人类社会和一切生命的力量和地位,同时突出了人类社会与植物世界共同的脆弱性和可能的困境。桤木在诗歌中是光明和力量的代表,也是叙述者视角中仰慕和依靠的对象。在西方文学传统中,桤木还具有独特的文化意义。桤木王(Erlking)作为森林之灵具有广泛而深远的影响。这个来自北欧传说中的植物精灵,经过歌德诗歌《桤木王》(Erlkönig,1782)的描绘,成为以孩童为食的恐怖象征,反映出西方文学传统中对植物根深蒂固的偏见。在英国当代作家安吉拉·卡特的短篇小说《桤木王》(The Erlking)中,桤木王成为奴役女性的象征力量,森林在小说中的意象与歌德时代并没有太大的不同,依然是吃人的森林。女主人公第一次见到桤木王的时候,就意识到他"会给你带来可怕的伤害"①。小说中女主人公对桤木王的态度与杰米诗歌中呈现的颇为相像,但小说中女主人公在被桤木王吸引爱慕之后,被他变成了一只笼中鸟。小说中对森林、桤木王绿色眼睛的反复描摹,无疑将植物世界作为束缚和压抑女性的力量。而在杰米的诗歌中,桤木依然是自然力量的象征,却没有表现出对人类的威胁和奴役,反而犹如森林中"未知的泉水",成为诗歌中叙述者在自然界生存所需要依赖的对象,人与自然的关系呈现为一种不断的交换②。从这个意义上来说,杰米的诗歌对桤木王这一西方经久流传的文学传统予以颠覆和重写,从而改变了植物在西方文学传统中的经典形象,突出人类社会与植物世界和谐共生,力图建立一种以自然中的植物为中心、以自然中的生存为主题的新的植物诗歌传统。

在诗歌《雏菊》中,杰米直接以第一人称的叙述方式,代入植物世界的视角,来思考自然界中植物与世界万物的关系。诗歌中的雏菊对自身的存在具有一种彻悟般的认知:

> 我们是普通草地里的
> 花,我们知道的就这么多。

---

① Carter Angela, *The Bloody Chamber and Other Stories*. New York: Penguin, 1993, p.85.

② Collins Lucy, "'Toward a Brink': The Poetry of Kathleen Jamie and Environmental Crisis." *Crisis and Contemporary Poetry*, Anne Karhio, Sean Crosson and Charles I. Armstrong eds., New York: Palgrave Macmillan, 2011, p.152.

> 至于其他的一切
>
> 我们都一无所知。①

与以往第一人称叙述的植物诗歌不同,《雏菊》中的叙述者并没有观照人类社会的事务,也没有抒发对自然生态的情感。诗歌中的叙述者不再是代表个体的"我",而是具有群体意味的"我们"。因而,叙述者的思考不再是植物的个体思考,而是雏菊作为一个植物群体的思考。叙述者对自身的命运、宇宙的规律具有清楚而客观的认识,显得异常冷峻,与人们一般印象中对雏菊的认识截然不同。对传统中雏菊所代表的欢欣,诗歌中指出,这并非来自宇宙创造者的安排,而是雏菊的天性(nature)如此。杰米通过雏菊对自身的反思,试图表明自然中的一切都是浑然天成,人类社会不应从自身的角度去理解和认识自然界,而要摆脱人类中心的视角,以客观冷峻的态度来反思人类自身的命运和未来。

虽然雏菊对其他的一切都一无所知,但它们知道自然界的客观规律,"知道或不知道"②,它们都必将走向消亡:"逝去/永远不知道我们错过的一切。"③白昼开花、夜晚合瓣的雏菊,从不知道夜色中发生的一切,这正是杰米力图展现的自然之道:雏菊的天性是开朗欢欣,它们注定无法认知夜晚的世界,这些特点与缺憾构成了自然界丰富的存在,因此人类也应该意识到自己能力与认知的有限性,唯其如此,人类才算是真正融入自然,"成为自己命运的作者"④。杰米在诗歌中,不仅展现了雏菊给予人类生存的启示,也是对浪漫主义自然观的发展与回应。华兹华斯在两首《致雏菊》(To the Daisy)中,对雏菊的乐观予以褒扬,赞赏雏菊始终心甘情愿、喜悦欢欣的精神,而在杰米的笔下,这是雏菊的天性,是自然界的安排,无须褒奖。华兹华斯希望人类能在雏菊的乐观中找到自然的真谛:"用喜悦来修补我的心"⑤,杰米则指出雏菊的乐观并非无限,在面对生命消逝的时候,它们也一样无能为力。华兹华斯将雏菊作为客体来赞赏,杰米却把雏菊作为宇宙中与人类平行的主体,这正体现出当代英国诗人对植物主题诗歌传统的

---

① Jamie Kathleen, *The Tree House*. London: Picador, 2004, p.32.

② Jamie Kathleen, *The Tree House*. London: Picador, 2004, p.32.

③ Jamie Kathleen, *The Tree House*. London: Picador, 2004, p.32.

④ Jamie Kathleen, *Sightlines: Conversation with the natural world*. New York: The Experiment, 2012, p.68.

⑤ Wordsworth William, *The Major Works*. Stephen Gill ed., Oxford: Oxford UP, 2008, p.252.

重塑。

杰米的植物主题诗歌,注重从植物世界的角度重新认识人类与自然世界的关系,对人类中心主义的植物观念加以颠覆和更新,从而让英国植物诗歌的传统在生态主义成为人类社会关注中心的当下,生发出新的活力与影响。不过,人类的态度在很大程度上决定了植物与人类社会能否和谐共存。诗人约翰·伯恩赛德正是从人类视角出发,对人类与植物之间可能建立的自然共同体予以考察和思考,进一步发展了当代英国的植物主题诗歌传统。在《土地》一诗中,伯恩赛德通过反思不同土地类型中涉及的人与自然,尤其是与植物的关系现状和未来,提出人类与植物、自然之间和谐共同体的建设构想。在诗歌的开篇,诗人引用了蒙克的话:"从我腐朽的身体中,将长出鲜花,我就在花中/这就是永恒。"①这里隐喻着诗人对人类和植物关系的思考和认识:人类的物质性应当成为自然植物的基础,而人类的精神与植物共存,这才是世界的永恒规律。然而,在社会现实中,人类控制一切的欲望成为他们与自然植物建立和谐共同体的障碍。在《两个花园》这一节中,通过对花园不同状态的对比,体现出人类对自然植物的影响和随之而来的矛盾。在诗歌开篇,花园一片荒凉,野草丛生,藤蔓缠绕,是植物的王国,是"荆棘中芸香的领地"②,动物也会时常隐秘地出现在花园中。一般人眼中荒芜的花园,却是人与动物、植物和谐共存的所在,其中占据主导地位的正是花园中的植物。然而,人类固有的思维习惯无法改变,叙述者也没有例外。

> 春天里我们开始工作;我们画下我们的界限
> 还找到野草中隐藏着的蓝图,
> 待建的花床,和构想中的池塘。③

经过辛勤的整理和劳作,花园变成了另一番景象,建了烧烤台和石头露台,一切都整洁有序。但诗中的叙述者却觉得若有所失:因为花园被人类的实用性所征服,不再具有活力,除了人类之外的自然生物都离花园而去:"放弃了那我们认作自然的/空缺"。④ 不仅原本悄悄光顾的动物消失了,花园中的植物也变得毫无

---

① Burnside John, *The Asylum Dance*. London: Jonathan Cape, 2000, p.35.

② Burnside John, *The Asylum Dance*. London: Jonathan Cape, 2000, p.39.

③ Burnside John, *The Asylum Dance*. London: Jonathan Cape, 2000, p.39.

④ Burnside John, *The Asylum Dance*. London: Jonathan Cape, 2000, p.40.

生气,这里不再有生命的力量和气息。

通过人类主动干预前后花园的对比,诗人对人类社会的价值观和现代社会中技术引领一切的信念提出了质疑。从实用主义的价值观来看,烧烤台、露台显然比荒芜的庭院要更有用;从技术引领一切的信念出发,科学的规划显然比让植物自然生长更具意义。但是,从更加宏观的视野来看,人与自然万物的和谐共生所具有的价值和意义超越了仅仅对人类实用和科学的思维体系。要认识到这一点就必须突破以往的价值体系,并放弃现代社会中对技术的迷信。正如伯恩赛德在采访中所说的,"我们必须提醒自己,人类只是自然的一部分"①。诗歌中的花园带有强烈的普遍性,喻示着人类生活的现实世界。自然的花园,荒芜而充满活力,与理想的伊甸园颇为类似;而经过人工修整之后,飞鸟绝迹、树木委顿的花园,则是当代自然界被人类暴力破坏的真切写照。伯恩赛德以两个花园来隐喻由自然植物掌控的世界和由人类掌控的世界,通过对比和反思让人们意识到人类价值观的局限。

伯恩赛德的诗歌《在林中》里,呈现了人类与自然共同体这一理念的另一面。与"两个花园"相对,诗歌关所注的是处于植物领地的人类。诗歌的叙述者在林中看到了"偏远森林中未经雕饰的/生命存在,不曾见过的形状"②,这让叙述者原本来自人类传统的自然知识受到了前所未有的冲击。在叙述者看来,森林中的一切复杂而神秘,而人类的认识简化了生命的丰富性,必须摒弃人类固有的观念,才能建立人类与自然的和谐共同体。

> 它犹如被禁止的,祷告
> 完美的物种标本,业已完成的
>
> 石刻,野外指南,拉丁文学名
> 将一切都简化成
>
> 橡胶,

---

① Dosa Attila, "John Burnside." *Beyond Identity: New Horizons in Modern Scottish Poetry*. Amsterdam & New York: Rodopi, 2009, p.118.

② Burnside John, *All One Breath*. London: Jonathan Cape, 2014, p.62.

  或是毛冬青。①

在诗歌的开篇,叙述者明确表示自己不想了解济慈或奥杜邦,这正是对传统自然观念的放弃和对抗。在诗人的笔下,人类长期积累的对自然的观念,包括以标本、石刻和野外指南等形式呈现的自然史知识,从根本上来说并不符合自然世界的真谛。给植物冠以权威经典的拉丁文学名,建构复杂的植物知识体系,其实是放弃了人类与植物之间自然的交流和联系。诗人希望人类放下成见,能够在既有的知识体系之外,勇敢地与植物接触,与自然达成和谐的共同体。这也正是诗人伯恩赛德孜孜以求的理想境界。

  在植物主题诗歌的创作中,当代英国诗歌呈现出对传统的丰富和对当下的观照。在继承英国植物诗歌的传统上,既有传统创作中的隐喻、对比和经典指涉,更有在当下历史语境中对植物意象的重新书写。克拉克在传统的植物书写之外,将植物意象作为当代威尔士民族文化的展现,以此来对抗英格兰主流文化,赋予了植物意象独特的民族文化涵义。榆树的意象与威尔士代表诗人迪兰·托马斯的蕨山形成了历史的呼应。与蕨山作为英格兰文化的附属不同,可以荫蔽阳光的榆树体现出威尔士民族的独立性。从这个意义上来看,虽然同样是植物主题的诗歌,但克拉克的书写与托马斯的创作具有截然不同的内涵。当代英国诗人还深化和发展了对植物的认识,并以此为契机,重新认识了当代生态巨变的境况下人类与自然的关系。杰米不仅能颠覆传统的人类中心主义视角,从植物的角度出发来认识自然与世界,改变了长久以来植物在英国诗歌传统中的固有形象,而且,她还能更进一步,在创作中指出植物自身的局限,将植物与人类的存在作为自然中并行的生存形式,继而引发人类对自身存在和与自然万物关系的反思,重塑了英国当代植物诗歌的传统。在当代生态环境面临挑战、日益恶化的情况下,诗人还在思考植物诗歌传统,重新认识人类与植物、自然的关系过程中,提出构建人类与自然共同体的理念。伯恩赛德通过花园在人力介入后的改变,深刻地批判了现代社会的价值观和技术主义信仰,并通过林中的感悟指出,人类需要放下固有的知识体系,接受与植物、自然的和谐共生,建立彼此相依的共同体。

  以基莲·克拉克、凯瑟琳·杰米和约翰·伯恩赛德为代表的当代英国诗人,

---

  ① Burnside John，*All One Breath*．London：Jonathan Cape，2014，p.62.

在植物主题诗歌的创作中,对英国诗歌传统予以承继的同时,与英国当代的民族文化发展和当下的生态环境状况相结合,对植物主题诗歌的书写加以发展,提出新的植物主题诗歌观点与理念,展现英国植物主题诗歌传统的新风貌,使得当代英国诗歌的创作空间和影响更为广阔,也让诗歌这一文类成为人类与自然沟通最有力的形式之一。

（作者单位：南京大学）

浪漫主义时期批评革新语境下比较文学的诞生

Bernard Franco 撰　鹜　龙 译

比较文学常被认作晚近确立的学科。它的诞生固然比哲学晚，但相较创立于 20 世纪，包罗社会学、民族学等新研究领域的"社会科学"，比较文学出现得更早。甚至在它的开端，比较文学将作品与其文化语境之间的紧密关系作为前提。从这个角度看，了解比较文学可以透过博纳尔德（Bonald）的名言，"文学是社会的表达"①，这个定义概括了浪漫主义时期批评的全局视野。

最初的比较文学方法可以追溯到 18 世纪与 19 世纪之交。在系科的层面，法国要等到 19 世纪最后几年，约瑟夫·泰斯特（Joseph Texte）才在索邦出任第一任比较文学教授。早在 1830 年，福里埃尔（Fauriel）开始主掌第一个比较文学性质的讲席，彼时被称作"外国文学"讲席。然而，在学科确立前，比较文学长期保持着实际的学理地位。这么说的原因在于，弗朗索瓦·诺埃尔（François Noël）在 1817 年已开始使用"比较文学"一词，"用来阐明《英国文学与道德的教益——据法国和拉丁语教案而作》的研究特点"②。此外，1830 年，福里埃尔被索邦授职之际，他从事的批评已初成历史。18 世纪末以来，他为《哲学十日谈》撰写的文章探索出一条文学研究的路径，主要对比不同的民族文化，探究审美与文化语境之间的关系。于是，福里埃尔当时成为让格内（Ginguené）身边的革新人物，反对以拉阿尔普（Laharpe）为代表的批评传统。

《哲学十日谈》的批评实际上面向法国之外的作品，杂志为此开辟专栏，但在

---

① De Bonald, Louis, "*Pensées sur divers sujets*." La formule apparaît pour la première fois dans un article du Mercure de France, n° 41, 1er ventôse an X (25 février 1802). La formulation complète est : « La littérature est l'expression de la société, comme la parole est le propre de l'homme ».

② Chevrel, Yves, *La Littérature comparée*. Paris: Presses universitaires de France, 1997 (1989), p.8.

解释外国作品时透露出民族的兴味。譬如，杂志对歌德（Goethe）的《赫尔曼和多罗泰》（*Hermann und Dorothea*）的分析非常出名，文章的结论提出，这类作品无法迎合法国文学的旨趣："《赫尔曼和多罗泰》体裁的成功原因，只是大家认为它所反映的民族风俗而已。"这个结论预设了一种反对古典主义"普世之美"教条、审美的相对主义：热朗多（Gerando）认为，歌德描绘的"国内风俗"在法国读者眼中或许会显得庸俗①。此前一年，1799 年，洪堡特（Humboldt）在《百科全书杂志》上发表评论《谈歌德先生的赫尔曼和多罗泰》，探讨问题的切入点略有不同。洪堡特在文中指出："完全感受一位外国的诗人是不可能的。"②

这里涉及接受的问题，以及作品与最初受众之间的相互关系问题。从这个角度看，这样的批评才能与同时期破旧立新、思考文学的方法联系在一起。仍是 1799 年，歌德主编的杂志《神殿入口》（*Propyläen*）刊登了洪堡特的另一份研究，这篇题为《论当代法国的悲剧舞台》（"Über die gegenwärtige französische tragische Bühne"）的论文为法、德两国贡献了重大的理论财富。1799 年 10 月 28 日，歌德写信告诉洪堡特，这篇文章对席勒和他产生了深远的影响。他的文章《戏剧演员的规范》（"Regeln für Schauspieler"）阐述了把法国悲剧的美感搬到德国舞台上的方法，歌德在这一点上确实受到了洪堡特的许多启发。法国方面，维莱尔（Villers）自 1800 年起在《北方观察者》③上陆续刊登洪堡特文章的译文。在 1813 年出版的《论德国》中，斯塔尔夫人（Mme de Staël）重提洪堡特认为民族性格、地方习俗对阐释戏剧艺术十分重要的论断。洪堡特认为，分析一个民族的戏剧有赖于审视"这个民族的其他艺术、风俗习惯、民族性格，以及看、感受和表达的方式"。

从文化的根基出发、阐明民族文学之间的较量，似乎有悖于歌德此后提出的著名概念"世界文学"④（Weltliteratur）或"全球文学"。歌德为文学抛弃了民族的边界："民族文学今天已没什么意义；世界文学的时代已经到来。"⑤为了概括"世界文学"的模式，弗里茨·施特里希（Fritz Strich）将其定义为"一个精神空

---

① *La Décade*，n° 2, 20 vendémiaire an Ⅸ，p.72 et 70.

② In Mueller-Vollmer，Kurt，*Poesie und Einbildungskraft*．Stuttgart：Metzler，1967，p.126.

③ T. ⅩⅢ，p.380‐409.

④ Entretiens avec Eckermann，31 janvier et 15 juillet 1827.

⑤ 31 janvier 1827. Voir Schrimpf，Hans Joachim，*Goethes Begriff der Weltliteratur*．*Essay*（*Le Concept goethéen de littérature mondiale*．*Essai*）．Stuttgart：J. B. Metzlersche Verlagsbuch-handlung，1968，p.13.

间,不同的人民在这里遇见彼此、交换精神产品"①。通过世界文学的名著构筑起人类共同财产的理想,似乎与比较文学的方法并不匹配②。首先是因为,它在消解民族边界的同时,抹除了可能会出现的碰撞,亦不能考察文学之间的过渡。其次,这个理想的基础是业已形成的作品合集,它并非基于一个有待重新拟定原则的审美观念。从这个角度出发,借用居斯塔夫·朗松③(Gustave Lanson)以及奥斯汀·沃伦(Austin Warren)和勒内·韦勒克(René Wellek)的术语④,"世界文学"相较文学史,更偏向文学的历史。

在《谈歌德先生的赫尔曼和多罗泰》一文中,洪堡特明确地解释了自己的文学观所预设的审美前提。德国的浪漫主义流派恰好强调文学与文明之间的关联,把审美形式与历史材料紧紧联系在一起。德国浪漫主义提出的诸多观念迅速传到法国,德国与法国批评思想之间的关系,因为斯塔尔夫人和洪堡特,几年之后又因斯塔尔夫人和歌德、A.W.施莱格尔(A. W. Schlegel)的往来而愈发密切。

1808 年至 1809 年,A.W.施莱格尔在维也纳讲授"戏剧文学课"(讲义德语名为 *Vorlesungen über dramatische Kunst und Literatur*),他对戏剧艺术的历时性研究建立在古典主义与浪漫主义的根本区分之上。引入基督教,也就是将宗教体系作为整个西方社会生活的根基,奠定了这次审美的转向。从更广的意义上说,A.W.施莱格尔在文学形式与历史时代、文学与民族文化之间构建的联系,体现出一种系统的、比较文学的方法,这种方法直到维尔曼(Villemain)开设文学课才在法国出现。

1812 年,他的弟弟弗里德里希(Friedrich Schlegel)在柏林授课时,将文学的转变归因为"民族精神"(Nationalgeist)。研究从这个角度切入,只能采用比较文学的方法:弗里德里希·施莱格尔想要研究欧洲文学,又不想局限于德国(他说:"不仅研究德国文学,还要研究欧洲文学的整体",德语原文"Nicht bloß

---

① *Goethe und die Weltliteratur* (*Goethe et la littérature mondiale*). Bern: A. Francke AG. Verlag, 1946, p.351.

② Voir Chevrel, Yves, *La Littérature comparée*. Paris: Presses universitaires de France, 1997 (1989), p.26-27.

③ "La méthode de l'histoire littéraire." in *Essais de méthode de critique et d'histoire littéraire*. rassemblés et présentés par Henri Peyre, Paris: Hachette, 1965 (1903).

④ *Theory of Literature* (1942-1956). Harmondsworth: Penguin Books, 1963, chapter 19: "Literary History".

von der deutschen, sondern von der gesammten europäischen Literatur")。不过,弗里德里希·施莱格尔思考的是文学和文化之间的另一种关系,他希望"在文学对真实生活、对民族命运、对时代前进产生的影响中研究文学"①。1828 年至 1829 年,维尔曼研究 18 世纪文学时采纳了类似的观点,他说,"当时的文学就是一切,它包含社会的历史,文学是社会历史的唯一力量"。甚至可以说,这种批评的前提势必会涉及对文学之间转移的研究。维尔曼主讲的法国文学课介绍"法国之外的文学活动",其目的是阐明法国的特质,展现"法国精神自身(……)对外国有怎样的借鉴"②。自 1810 年起,用斯塔尔夫人自己的话说,她的批评和《论文学》想要确立"一种北方的诗意",也就是将审美属性绑定在某个文化空间之上,以此对比他者的空间。西斯蒙迪(Sismondi)所著的《论欧洲南部的文学》(1813)和邦施泰滕(Bonstetten)的《北方人和南方人》(1824)采用了相同的研究思路。

维莱尔不只是斯塔尔夫人的先声,路易·维特默(Louis Wittmer)认为,维莱尔或许是这种创新方法的源头③。1814 年,《论德国》在法国出版,维莱尔在第一版前言中袭取了一年之前他在《哥廷根通告》杂志里提出的观点,他认为,斯塔尔夫人的作品描摹了"德国的政治、道德和文学图景"。早在 1796 年,革命期间逃离法国的批评家主编、维莱尔长期供稿的《北方观察者》在"介绍手册"中已提出,"政治、道德、文学"三个词不可分割,杂志副标题"政治、道德、文学刊物"诠释了这三个通常分开的领域之间的内在关联。所以,想要让法国认识德国文学,难以脱离德国文学扎根其中的社会所具备的面貌。

比较文学的视野基于民族文化的观念,这个观念主要来自赫尔德(Herder)的思想;在此,我们需要在同文学的关系中考察民族的观念。斯塔尔夫人在《论德国》的前言中从三个特点出发,提出对民族的定义,即"语言的差别、自然的边界、对一段相同历史的记忆"。1812 年,在为卡尔十四世·约翰(Bernadotte)所撰的文章《论德国的现状与鼓动人民普遍起义的办法》中,A.W.施莱格尔为了把

---

① *Geschichte der alten und neuen Literatur*〔*Histoire de la littérature ancienne et moderne*〕. Athenaeum in Berlin,1841,p.3 et 5.

② *Cours de littérature française*. *Tableau de la littérature au XVIIIe siècle*(T. I - IV). Genève:Slatkine Reprints,1974(réimpr. de l'éd. de 1868),p.8(iv - vj).

③ *Charles de Villers—1765 - 1815*. *Un intermédiaire entre la France et l'Allemagne et un précurseur de Mme de Staël*. Genève:Georg et Cie et Paris,Hachette et Cie,1908.

当时的德国塑造成民族,继承并发扬了斯塔尔夫人的观念。在当时,思考民族身份可谓独辟蹊径,庞热伯爵夫人(Comtesse de Pange)强调,"民族性"(nationalité)直到 1823 年才被收入法语辞典,德语"Nationalität"在 1819 年早已出现。"Nationalität"此前一直是未被语言吸收的新词;但 1808 年之后,我们就能在 A.W.施莱格尔致斯塔尔夫人的信中读到这个词①,普遍认为是斯塔尔夫人创造了"民族性"的概念。

梳理历史语境对清楚地认识批评的论争十分重要。A.W.施莱格尔捍卫德国民族的、文化的,特别是文学的身份,他针对的是拿破仑统治下的法国和法国古典主义文学的优势。在施莱格尔的思考中,探究语言、探究语言在民族文学形成过程中的审美功能占据着最主要的位置。这种文学的新方法却导致了政治上的冒进,从《北方观察者》被禁、《论德国》样书遭到销毁便可见一斑。1806 年,维莱尔出版的《比较的情欲》对比了法国和德国诗歌对爱的表现,他一反主流观点,更倚重德国文学。维莱尔在风俗和文学形式之间寻求的联系,不仅关系到民族文学之间的较量,也关乎审美与政治的超越。

我们在这里应当辨析"文学"的概念。虽说今天的"文学"取代了过去广义上的"诗歌"概念,它的出现要一直等到批评观念迭出的 18 世纪下半叶。斯塔尔夫人作品的全名:《在文学与社会制度的关系中论文学》,强调了刚刚诞生的、比较文学的方法梳理出的文学与社会之间的联系:这本专著通过联系审美的视角和文明的历史,力求将北方的诗歌艺术同法国文学的古典主义范式对立起来。我们需要用斯塔尔夫人对"文学"概念赋予的意义,对比前人、同时代人,也就是马蒙泰尔(Marmontel)、梅西耶(Mercier)乃至施莱格尔兄弟对"文学"概念的使用。马蒙泰尔在对斯塔尔夫人影响颇深的《文学的要素》一书中,以字母为序收录了《百科全书》中有关文学的词条。为全书作引的第一篇文章讨论了"品味"(goût)的问题。马蒙泰尔将"品味"定义为"一种自然的、能臻于完善却善于变化的才能",而且"让人很难参透品味类比的原则与同化的手段"②。"品味"的这两层内涵与"文学"的概念紧密相关:一方面,品味是相对于民族、文化而言的;另一方面,品味是民族交流的内容,它能调整审美的规范。

弗里德里希·施莱格尔的思考兼用"诗歌"(Poesie)和"文学"(Literatur),

---

① *Auguste-Guillaume Schlegel et Madame de Staël d'après des documents inédits*. Paris:Albert, 1938, p.234, note 1.

② *Eléments de littérature*. Paris:Firmin Didot, 1846, T. I, p.1.

二者的意义却不相同。他在《雅典娜神殿》上发表文章《诗歌访谈录》(Gespräch über die Poesie),自首页便把"诗歌"的概念引向倡导个性的、人的性质:"每个人有自己的性格,所以人人身上带有属于自己的诗歌"("wie aber jeder Mensch seine eigne Natur hat [...], so trägt auch jeder seine eigne Poesie in sich")。相反,"文学"不过是"更普遍、更系统的整体视角中"的对象("eine systematische Uebersicht des Ganzen")——这是他讲课时对"文学"所作的定义。施莱格尔这么说是因为,"文学"的概念包含了"民族精神生活"[1]的概念。又有人说,柯勒律治照抄了 A.W.施莱格尔对"文学"的定义,这个观点遭到本人的否认[2],柯勒律治的研究路径其实更为传统:他的文学课讲授莎士比亚的作品,开场便拓展了"诗歌"(poetry)的概念,他认为与"诗歌"相对的不是"散文"而是"科学",又把"诗歌"定义为"传递当下的快感"[3]。

"文学讲义"的形式在这个阶段大放异彩。最负盛名的当属拉阿尔普,他的讲义主要把握作品的更替,从而只能从文学和民族身份的关系出发,体察文学与社会的关系。然而,超越点评、更甚于片段的浪漫主义"文学课"通过对文学的对象提出一种现代的观念,能够思考关联了文化语境多样性之后,只有通过比较才能认识的文学概念。诺迪埃(Nodier)的文学讲义把这种形式发展到自相矛盾的境地。诺迪埃对作品的解释向社会生活靠拢,让作品脱离了学院的局限;但他一边希望学生能"迈过学校的壁垒"[4],另一边却告诉大家文学是无用的。

(作者单位:Bernard Franco,法国索邦大学
译者:骜龙,南京大学)

---

[1] *Geschichte der alten und neuen Literatur* [*Histoire de la littérature ancienne et moderne*]. Athenaeum in Berlin, 1841, vi et viii.

[2] Voir *Notes and Lectures upon Shakespeare* [...]. Ed. H. N. Coleridge, London: William Pickering, 1849, tome 1, p.3. Crabb Robinson le considérait comme un esprit plus allemand qu'anglais: *Coleridge's Lectures and Notes on Shakespeare and Other English Poets*. Collected by T. Ashe, London: George Bell and Sons, 1888.

[3] *Notes and Lectures upon Shakespeare* [...]. Ed. H. N. Coleridge, London: William Pickering, 1849, tome 1, p.6.

[4] *Cours de Belles-Lettres*. tenu à Dôle de juillet 1808 à avril 1809, éd. par Annie Barraux, Genève: Droz, 1988, p.44.

（不）对称的复兴

——二十一世纪中法文学比较面面观

Yvan Daniel 撰　鹜　龙 译

对照中国与法国，对比研究两国文学，在方法论和知识层面仍有许多亟待解开的难题。自 12、13 世纪以来，中国与法国，乃至与更广意义上的西欧之间已经出现零星、遥远和间接的联系与交流。后来，两国之间的交往以传教士作为桥梁，1702 年至 1776 年在华耶稣会士出版《耶稣会士中国书简集》（*Lettres curieuses et édifiantes*），标志着传教士在两国交流中开始占据非常重要的分量。1840 年前后，中法因缔结"不平等条约"的缘故正式建立直接关系，两国之间的交流趋于常规。直到 2019 年的今天，中法之间的联络与交流不断发展改善，其历史却或多或少地带上了错位和不对等的印记。本文首先探讨在历史背景和史料如此不同、关联甚少的条件下，怎样的方法论选择得以甄选、建立、语境化并合理化各式各样的对照与比较。为了研究这个问题，本文根据提出的大致框架，在空间关系之中审视对这些空间产生影响的交流与错位，并从此出发，提出几条中法比较文学史的假设，以便能更好地在具体语境中定位、论证为本文所做的比较研究。文章以比较文学史为出发点，选取了最有启示性、无疑也是这个框架中最为重要的"复兴"概念为例加以分析。我们将看到，中国和法国在使用具备历史与文化内涵的"复兴"一词时，都指向了历史上两国间文化和文明交流频仍的时段。

一、方法论的路径——几点预先的思考

我们发现，评论家选择的立场与方法林林总总，大致可归为以下两类方向：

1) 从历史上没有关联的素材出发，构建出对照（通常说平行比照）的案例；
2) 研究交往、媒介、翻译与确凿的"影响"，以及它们在思想史、作品和文学

创作的历史层面产生的结果。

研究先前提到的第一个重大时段，即 1840 年之前（甚至可以推到 1700 年之前），似乎不可避免地要选择第一个方法论取向；对于研究第二个时段，也就是 1840 年之后，似乎要采纳第二种研究取向，但依照时段划分方法并非一成不变。虽然批评仍有充分的自由，本文的讨论绝非意在区分方法的高下：第一种方法选取的素材和对照方法总有一方面值得商榷，相比之下，第二种方法更侧重于研究明确的影响，批评的声音——特别是来自人文学科和历史的批评——对第二种方法的指摘更少。

两种研究视野在实际的研究中趋向互补，许多比较文学学者同时兼顾这两种方法。我们在勒内·艾田蒲（René Étiemble）的研究中，既能找到"自由"的对照，比如他为《全球百科全书》（Encyclopaedia universalis）撰写"短篇小说"（Nouvelle）词条时，希望把"短篇小说"拓展为一种"世界性"（universel）的体裁；我们同样能发现，艾田蒲在两卷集巨著《中国之欧洲》[①]等书中对从中国到法国乃至欧洲的翻译与交流史进行了非常细致的研究。所以说，以上两种方法不一定截然对立，因为它们能够丰富并完善彼此。近年来，有关卢梭（Jean-Jacques Rousseau，1763—1810）与中国的研究也能体现这种关系。张寅德[②]将卢梭与沈复作对照，比较研究了皆成文于 18 世纪末的《浮生六记》[③]和《一个孤独漫步者的遐想》（Les Rêveries du promeneur solitaire），当然，卢梭和沈复根本不知道对方。对照经常关涉主体、诗学和文体等方面的共通性，沈大力的研究[④]对比了苏曼殊（1884—1918）与保罗·魏尔伦（Paul Verlaine，1844—1896），杨振研究了发现、阅读卢梭的作品对后来迻译《一个孤独漫步者的遐想》的郁达夫（1896—1945）产生的影响[⑤]。然而在部分情况下，中间的媒介十分模糊：譬如本文作者研究时发现，保罗·克洛岱尔（Paul Claudel，1868—1955）读过陶渊明（365—427）的诗歌，但根本无法确定克洛岱尔是否能接触到这位大家诗作的译本，可能性微乎其微，但他可以间接地了解到陶渊明的作品，要么通过与传教士汉学家的

---

① Etiemble René, *L'Europe chinoise*. Paris：Gallimard，t. Ⅰ，1988，t. Ⅱ，1989.

② Zhang Yinde, *Littérature comparée et perspectives chinoises*. Paris：L'Harmattan，2008.

③ Shen Fu, *Récits d'une vie fugitive，mémoire d'un lettré pauvre*. Paris：Gallimard，1967.

④ Shen Dali, *Su Manshu et Paul Verlaine：à l'unisson de la mélancolie*. Paris：You Feng，2010.

⑤ Zhen Yang, "Yu Dafu et Rousseau." *Rousseau Studies，Rousseau en Asie* 3（2015）.

对谈,要么通过画作与饰品等其他媒介①。为了构建更完整的研究视角,提出假设有时可以交叉、融合两种比较的方法。

不同性质的原因能够解释对照研究、赋予它们合理性,但没有必要同时出现。对照的动机可以是作者们相仿的人生经历,可以基于作品主题、诗学和风格上的共同点——这些共同点在揭露有待思考的"世界性"的时候,好似研究者偶然得之,并且(或者)看上去像是作者发现、解读、翻译外国作品带来的结果。但是,对照的动机时常会遭遇社会历史和文化语境提出的问题,原因在于,思想和文化在没有交流的情况下各自经历了漫长的发展,每个地域的思想史和文化史不尽相同。年代相近非常明显、容易预设,因此我们看到相关研究对比 18 世纪末的沈复与卢梭、19 世纪末的苏曼殊和魏尔伦,但它是不是历史的视角仍有待拷问。

用马塞尔·德蒂恩内(Marcel Détienne)的话说,任何论证对比研究的合理性都是为了在"比较不可比"的情况下"构建可比之事"②。因为选择同一世纪的作者与作品并不足以说明对照的合理性,甚至会产生误导——这才是比较研究中的重大难题。所以,应当提供凝练的背景信息并加以对照,以便在构建分析素材、假设它们具有可比性的时候,能够更好地考察历史、政治、社会、思想、文学或宗教的语境。通过这种方法,以德蒂恩内为代表的历史学家和民族学家坚持思想层面的方法论,这种方法能够证明对比不同语境的合理性根基,甚至在某个层面上合理地、加以甄别地类比不同的语境;即使如此,部分比较文学研究者在"世界文学"的框架下,却提倡一种更自由、更个人的比较文本的方法。大卫·丹穆若什(David Damrosch)在《什么是世界文学?》③中解释说,这些研究者眼中的"世界文学"为所有人所用,他们在地理和时间层面把这个概念拓展到了最大的限度。我们应当想到,"世界文学"(weltliteratur)的概念在确立之初,其阅读的经验已经包含重要的中国根源——歌德(J. W. Goethe,1749—1832)在阅读雷慕沙(Jean-Pierre Abel-Rémusat)翻译的《玉娇梨》④时酝酿出了"世界文学"的概

---

① Daniel Yvan, "Retour à Fou-tchéou.", in *Paul Claudel en Chine*. Pierre Brunel, Yvan Daniel eds., Rennes: PUR, 2013.

② Détienne Marcel, *Comparer l'incomparable*. Paris: Seuil, 2009.

③ Damrosch David, *What is World Literature?*. Princeton: Princeton University Press, 2003.

④ Voir ici *infra*.

念;我们也应该认识到,"世界文学"概念的出现是中国文学通过法国汉学的媒介走向全球化的结果。正如艾田蒲等学者所做的研究,大家再度发现了具备世界性的文学范畴("小说"是其中的特别案例):艾田蒲从文学的角度出发,解释并论证了对比研究没有关联的文学对象的合理性。在丹穆若什的论证过程中,世界性的文学范畴具有结构的力量,它们并不专指某种"文学体裁",还可以是情诗、生平记叙、风俗小说、史诗故事、哀歌……对许多研究而言,内在的文学性特点构成了自足的评判标准,但介绍作品、提供相关信息、作出语境化的阐释依旧是个难题。即便取自同一个世纪、属于共同的文学范畴,不同的作品和作者来自十分不同的语境——从中国到法国,从亚洲到欧洲,19世纪之前的历史断代和由此划分出来的年代难以相互吻合。自18世纪以来,法国在哲学家辩论的引导下已经意识到这个情况,比如,伏尔泰(Voltaire)借用中国古代朝代更迭,批评博絮埃(Bossuet)《世界史论》(*Discours sur l'Histoire universelle*)中划分时代的方法,讽刺以《圣经》为参照书写历史的做法。

直面难题也好,说是规避问题也对,部分西方批评家进行文学分析的时候,对照语境的工作仅仅局限于划分出非常长、轮廓模糊的时段,并冠以概括性的称呼,相比严格的编年学和史学意义上的"时代",他们的称呼更像是描绘一种"社会环境"或是塑造一个概念。比如,19世纪首批翻译唐诗的译者之中,有人说唐朝是"古代",有人说是"中世纪",间或有人提起本身就不够明确的"古典主义时代";他们提出这些说法不仅想要确定唐朝(618—907年)的历史地位,还想要列举同时代的西方作家加以对比。甚至今天还能看到这种混为一谈的做法。比较文学分析的训练必须以掌握比较文学史,甚至要以掌握比较史学、比较世界历史作为前提,这些比较史学研究的根基在于对照、比较地考察思想和文学运动、社会历史语境,即便有些对象处于不同的年代背景,可以通过分析找到可供对照的相似之处。因为就算年代不吻合,有些历史时段能为晚近的历史充当"典型",有待研究的、晚近的历史语境从而成为可供对照的双重语境。在飘忽不定的年代划分之中,我们可以辨认出一个"古代",譬如弗朗索瓦·于连(François Jullien)的哲学比较研究就提到了"古代";还能辨析出"中世纪",比如艾田蒲研究了桀溺(Jean-Pierre Diény)作品中对加斯科的游吟诗人(1110—1150)与汉末一位姓名佚散的诗人(202—220)所作的比较,汉朝虽与中世纪间隔一千年之久,艾田蒲认为当时的语境与"中世纪"相仿。下文将谈到,接下来就是"文艺复兴"的问题。

说到底,古代没有频仍的往来,对照古代作品、同时构建"可比"的语境仍有许多自由的空间。进入 19 世纪,中国和法国建立了频繁的交往,但两国发生的重大事件、两国历史甚至交流过程本身的年代划分仍未取得一致的步调。不仅如此,批评又要面对新的难题——在中法比较文学史以及两国互相认识、再认识的历史中,错位与不对称的现象急剧增多。

二、错位

想要考察中国文学史与法国文学史在现代的互动,有必要简要地回顾中法文学交流中的错位和不对称的现象与效应。

自 19 世纪 40 年代开始,中国开始面对出现在进入中国的西方国家和各国在此开展的活动。孟华对 18 世纪(以及 19 世纪初)的研究[①]指出,中国对于法国的认识一直不够明确,有许多空白亟待填补空白。此时的法国已经了解 18 世纪传教士所做的研究与旅华见闻,其中一部分收录于《耶稣会士中国书简集》,还有一些典籍与诗选已经翻译为法语或拉丁语。这些宗教和研究性质的原始资料仅仅针对博学家和文人的圈子,但我们通过外国出版的旅行札记和文章能够发现,部分文献已经有了数个的普及版本。譬如,古伯察(Régis-Evariste Huc)神父 1854 年出版的旅行回忆录《中华帝国纪行》[②]对 19 世纪中叶的法国思想界产生了重要影响,这本书旋即成为文学的灵感源泉,夏尔·波德莱尔(Charles Baudelaire)的诗作与儒勒·凡尔纳(Jules Verne)的小说均有引用[③]。

从整体上来看,传教士的媒介不重视文学作品,他们侧重于有关历史、地理和"风俗"的文献,所谓"风俗"指的是生活方式、习俗、制度与法律,甚至包含技术和手工业。普遍认为,世俗汉学的出现大抵可以追溯到 1810 到 1820 年,它的兴起缓慢地改变了法国社会的面貌:东方语言专业学校(École spéciale des

---

① Voir notamment Meng Hua, "La Connaissance de la France chez les Chinois du ⅩⅧe siècle." in *France-Chine*:*Les Echanges culturels et linguistiques. Histoire*,*enjeux*,*perspectives*. Yvan Daniel, Ph. Grangé, Han Zhuxiang, Guy Martinière et Martine Raibaud eds., Rennes:Presses Universitaires de Rennes, 2015, pp.117-131.

② Huc, Régis-Evariste, *L'Empire chinois*. Paris:Imprimerie impériale, 1854; rééd. sous le titre *Souvenirs d'un voyage dans la Tartarie et le Tibet*, suivis de *L'Empire chinois*. Paris:Omnibus, 2001. Sur le père Huc, voir Thevenet, Jacqueline. *Le Lama d'Occident*. Paris:Seghers, 1989.

③ Voir Daniel, Yvan, *Littérature française et Culture chinoise*. Paris:Les Indes savantes, 2011.

langues orientales)1795 年成立,直到 1843 年才设立中文讲席,安托万·巴赞(Antoine Bazin,1799—1862)出任第一任讲席教授;1814 年 11 月 19 日,在路易十八(Louis ⅩⅧ)的敕令下,法兰西公学(Collège de France)创设中文讲席。1822 年,亚洲学会(Société Asiatique)成立,翻译家雷慕沙(1788—1832)出任第一任秘书长。

　　一直要等到 1820 年,雷慕沙才首次翻译中国小说《玉娇梨》①,法文标题为 *Les Deux cousines*(中文直译为《两个表姐妹》,接近《双美奇缘》),随后儒莲(Stanislas Julien,1797—1873)翻译了《平山冷燕》②,译本取题 *Les Deux jeunes filles lettrées*(中文直译为《两位才女》,更接近别名《四才子书》)。然而,两位译者在译序中表示,选择翻译"小说"是出于历史和文献层面的考量:他们翻译的目的是要用富有趣味的方式,让读者领略讲述中国人生活状况与生活方式的作品,而不是对一部文学作品做文学翻译。法国直到 1860 年前后才发掘中国的诗歌,代表作有德理文(Jean-Marie-Léon Hervy de Saint-Denys)和朱迪特·戈蒂埃(Judith Gautier)出版的诗集③。戏剧和舞台艺术西渐的媒介非常特别,尤其得益于旅居海外的艺术家与优伶,罗仕龙(Lo Shih-lung)的研究对 19 世纪这一现象做了非常完备的考证④。此外,率先在巴黎讲授汉语的汉学家巴赞于 1838 年在皇家印书馆(Imprimerie royale)出版了《中国戏剧》(*Théâtre chinois*)一书,为 19 世纪戏剧翻译开辟了新的道路。

　　19 世纪初,法国从中文翻译文学作品,以及总体上从中国引介思想与文化作品的范围十分有限,在此之后很长一段时间仍然很局限。在此期间,世界范围内发生了几件大事,特别是法国 1860 年向中国派出远征军、1885 年中法战争在法国读者中引发了仇视中国的抵触情绪,为中国招来了各式各样的负面评价。在文学想象和媒体预设的各个空间里,中国成了不合常规,甚至"古怪"的标志,

---

　　①　*Yu-kiao-li*,*Les Deux cousines*(4 volumes). Ed. Trans. Jean-Pierre Abel Rémusat,Paris:Moutardier,1826.

　　②　*Les Deux jeunes filles lettrées*(2 volumes). Trans. Stanislas Julien,Paris:Didier et Cie,1860.

　　③　D'Hervey de Saint-Denys(eds),*Poésies de l'époque des Tang*. Paris:Amyot,1862. Gautier,Judith Walter. *Le Livre de Jade*. Paris:Alphonse Lemerre,1867;rééd. d'Yvan Daniel,Paris:Imprimerie Nationale,2004.

　　④　Lo Shih-lung,*La Chine sur la scène française au XIXe siècle*. Rennes:Presses Universitaires de Rennes,2015.

朱迪特·戈蒂埃和德理文等对中国感兴趣的人,若不是被归入信奉秘术、巫术之流,至少也被看作"怪人"。

第一次错位大抵有七十年的间隔,因为直到 19 世纪 90 年代末,中国才出版第一部汉译法国小说(对这个问题也有研究①):1899 年,小说在福州出版,由林纾(1852—1924)与王寿昌(1864—1926)翻译,中文标题为《巴黎茶花女遗事》。这部用文言文译成的作品面世后大获成功,在 1899 年到 1903 年间四次再版,其中还有上海出版的版本。此后几年,从法语翻译的作品越来越多。最初译介的大仲马(Alexandre Dumas)和儒勒·凡尔纳等作家的作品曾被看作通俗文学,我们能够发现,19 世纪初从中文翻译到法语的译者也有类似的看法,因为相比1860 年前后译为法语的中国古诗,或是直到 19 世纪末推出全译本的小说"名篇",雷慕沙和儒莲等汉学家倾向于使用作品的别名(titre secondaire)。从 20世纪初到 1919 年五四运动,法语作品在中国迎来了译介的高峰——1902 年至1918 年,约有六十部法语小说被译成中文,其中包括通俗文学和侦探小说,还有卢梭、贝纳丹·德·圣比埃(Bernardin de Saint-Pierre)、伏尔泰、维克托·雨果(Victor Hugo)、居伊·德·莫泊桑(Guy de Maupassant)等公认名家和经典巨匠。

从 19 世纪末到 20 世纪初,不对称的现象十分显著,中国在这一时期翻译了近五千部西方小说②,但译入法文的作品数量相对较少,受众也有限。对法国而言,耶稣会士的汉学研究与翻译在 19 世纪末期这一整个时段迎来了新的高潮,顾赛芬(Séraphin Couvreur,1835—1919)与戴遂良(Léon Wieger,1856—1933)的作品具有标志性的意义。然而,具有宗教背景的译者并不关心文学,他们钟情于道家的"经典"与典籍;应当承认,以艾田蒲为代表的批评家对他们的译本提出了强烈的批评,但在整个 20 世纪、甚至在之后的时间里,法国引用的一直是传教士的译本。这股翻译中国思想的热潮前所未有,它深刻地影响了用法语创作,特别是诗歌创作,影响了掀起了中国热的法国作家,这一批作家上至保罗·克洛岱

---

① Voir Qiao Mijia, "L'édition de la littérature française en Chine: quelques réflexions autour du cas de La Dame aux camélias." In *Les Belles infidèles dans l'Empire du Milieu*. Ed. Isabelle Rabut, Paris: You Feng, 2010, p.141 et suiv.

② Voir David E. Pollard (eds), *Translation and Creation*. *Readings of Western Literature in Early Modern China 1840 - 1918*. Hong Kong: Chinese University of Hong Kong, Benjamins translation Library, 1998.

尔,下到菲利普·索莱尔斯(Philippe Sollers),还包括谢阁兰(Victor Segalen)、圣-琼·佩斯(Saint-John Perse)和稍晚的雷蒙·格诺①(Raymond Queneau)。19 世纪末,印度学研究、梵语翻译、日本文化热潮之后紧接着汉学复兴,汉学研究给法国打上了东方和远东的烙印。我们将在下一节谈到,许多人把这股东方热类比为一种"复兴"。

从文学写作的角度看,最初吸引法国作家的是中国的"经"(Classiques)。"经"的范畴不够清晰,又涉及政治史、社会、哲学、文学等领域,但法国作家通过翻译以及法国乃至欧洲的汉学研究,模仿、再造了中华典籍包含的各类主题和文体范式。我们能回想起,伏尔泰在《袖珍哲学辞典》(*Dictionnaire philosophique portatif*,1764)中模仿了《论语》的对话模式;还有 19 世纪末,克洛岱尔和之后的谢阁兰、圣-琼·佩斯通过耶稣会士顾塞芬的译本读到了《诗经》,他们作诗时纷纷回忆起了《诗经》中的句子。更晚近的格诺和索莱尔斯着迷于译《道德经》《庄子》以及《易经》等道家经典中的晦涩与艰深。但是,他们的解读与转化更能凸显两国时间与文化上的错位:1905 年,科举制度被废除,"四书五经"不再是必读,中国进入重新审视、猛烈批判自身传统文化的阶段,伴随着新文化运动和五四运动,针砭旧制度"老传统"的批评运动越发兴盛,越来越深入中国社会;就在此时,法国的读者和作家通过最新的译本接触到了中国历史最悠久的文化与经典。这个过程有前后两个重要阶段,第一个阶段是 19 世纪 60 年代前后法国翻译古诗,第二个是 90 年代中期开始翻译的"经"与道家典籍。在这两个阶段,法国发掘、翻译并融入当时法国文学和文化的,恰恰是中国的古代文化,或者说是传统文化。然而,这不意味法国作家与读者不关心世纪之交雨横风狂的中国时局,虽然皮埃尔·洛蒂(Pierre Loti)的《在北京的最后的日子》(*Les derniers jours de Pékin*,1901)、安德烈·马尔罗(André Malraux)的《人的境况》(*La Condition humaine*,1933)有所反映,但法国作家对同时代的中国作家、中国的思想和文化运动所知甚少,很多人没有任何了解。法国直到 20 世纪下半叶才翻译了鲁迅(1881—1936)发表于 1920 年到 1930 年间的作品便可见一斑。

在中国,法、英、德等西方国家作品的翻译与传播更加丰富多样,部分作品的

---

① Voir Daniel，Yvan，"Pour une histoire des relations poétiques entre la Chine et la France." in *France-Chine*：*Les Echanges culturels et linguistiques*．*Histoire*，*enjeux*，*perspectives*. Yvan Daniel，Ph. Grangé，Han Zhuxiang，Guy Martinière et Martine Raibaud eds.，Rennes：Presses Universitaires de Rennes，2015，pp.307‐329.

受众非常之广。关于这个问题,参见作者有关 20 世纪初欧仁·苏(Eugène Sue,1804—1857)的《巴黎的秘密》在中国的翻译与接受的研究:中国最初接触这部作品,是通过陈景韩的简体译本,陈氏译本是从法译英、英译日,再由日语转译到中文的。《巴黎的秘密》和其他以"都市秘辛"[①]为主题的法国乃至西方小说——譬如埃米尔·加博里奥(Émile Gaboriau,,1832—1873)、莫里斯·勒布朗(Maurice Leblanc,1864—1941),当然包括柯南·道尔(Arthur Conan Doyle,1859—1930)——一样,起初以连载的形式刊登在报纸上,后来被称作"鸳鸯蝴蝶派"的作家从这些小说汲取了许多灵感。值得一提的是,"鸳鸯蝴蝶派"汇集了许多短篇小说和连载小说的作家,还有一些译者,部分译者还兼作记者。"鸳鸯蝴蝶派"在民国期间创作了大量的小说,他们的创作可以追溯到 1900 年,1910 年到 1920 年进入高峰,最后一批延续到 30 年代。

得益于频繁的直接交流和留法学生人数增加,自 20 世纪 20 年代以来,中国当代诗台的成果尤为丰富。这一时期出现了一批"象征主义"、"现代派"或是"法国派"——汉学家米歇尔·鲁瓦(Michelle Loi)提出的称呼——中国诗人,他们同时也是出色的译者:这些诗人从法语译到中文,从中文译到法语,有时自译成法语,文学翻译的经验影响了他们的中文诗歌创作。这其中包括李金发(本名李淑良,1900—1976)、王独清(1898—1940)、戴望舒(1905—1950)——戴望舒与艾田蒲是朋友,相传戴望舒可以背诵兰波的诗——还有之后翻译古诗、兼事诗歌创作的罗大刚[②](1909—1998)。在 20 世纪头几十年,法国第一次出现了法、中创作的中心:自李石曾(1881—1973)于 1915 年提出"以公兼学"以来,一批中国学生赴法留学、工作,他们最初在蒙塔日落脚——一些人后来成为未来中国政坛举足轻重的人物,比如周恩来(1898—1976)和当时的同学,还有作家、翻译家,1949年获得诺贝尔奖提名的巴金(1904—2005),作家、评论家钱锺书(1910—1998)——正是在这个背景下,里昂中法大学(Institut franco-chinois de Lyon)于 1921 年正式创立。

---

① Daniel, Yvan et Lo Shih-lung. "Mystères urbains en France, Mystères urbains en Chine: des perspectives incomparables?." Medias19〔en ligne〕, *Les Mystères urbains au XXe siècle: Circulations, Transferts, Appropriations*, 2015. URL: http://www.medias19.org/index.php? id = 17803.

② Sur les poètes d'école française, v. en particulier les travaux de Michelle Loi, et notamment *Poètes chinois d'école française*. Paris: A. Maisonneuve, 1980.

　　此后，1942 年 5 月毛泽东《在延安文艺座谈会上的讲话》与 1949 年中华人民共和国的成立改变了中国文学的面貌。从这时起到毛泽东逝世，对法国来说，中国的文学之魅主要集中在政治和意识形态的层面：1955 年，保罗·萨特（Paul Sartre）和西蒙娜·德·波伏娃（Simone de Beauvoir）等受到共产主义影响的知识分子赴中国考察；1974 年，以《原样》（*Tel Quel*）杂志社和罗兰·巴特（Roland Barthes）为代表的法国毛主义知识分子来到中国。从 50 年代开始一直到 20 世纪末，波伏娃、索莱尔斯、马瑟兰·普莱奈（Marcelin Pleynet）、朱莉娅·克里斯蒂娃（Julia Kristeva）等法国一线知识分子与文人创作了许多有关中国的评论文字、散文、小说和诗歌。

　　在当时的法国，任何讨论或论争中都会提到对中国的政治崇拜，这种崇拜之情在法国译介中国文学不断发展、中国文学对法国不断产生影响的背景下有增无减，意识形态的色彩反倒不是特别突出。1956 年，艾田蒲在伽利玛出版社创立"认识东方"丛书，迈出了重要的一步；1965 年，保罗·戴密微（Paul Demiéville）出版了中国诗歌文选以及小说选集。法国读者对中国小说经典企盼多年[①]，终于在 1978 年读到了施耐庵（约 1296—约 1370）所著、雅克·达斯（Jacques Dars）翻译的《水浒传》法译本；1985 年，法国出版了雷威安（André Levy）翻译的《金瓶梅》。20 世纪下半叶，法国持续关注中国文学与文化，不仅因为中国当时发生的历史事件强烈地吸引着法国的目光，也因为法国推出全译本的越来越多，翻译质量越来越可靠。从 1970 年到 1980 年，"七星文库"（Bibliothèque de la Pléiade）等法国最负盛名的丛书相继推出中国文学典籍，随后又收入受众更广的口袋书丛。此外，有些法国出版社翻译、推介中国当代作家的作品，其中包括 1986 年建社的菲利普·毕基埃（Philippe Picquier）出版社和 1994 年成立、2010 年被伽利玛收为同名丛书的中国蓝（Bleu de Chine）出版社。

　　第二次世界大战之后，法国探索中国文学的脚步持续不断，1980 年到 1990 年间面对大众推出的作品越来越多。在这一时期，"文化大革命"（1966—1976）导致的封闭再次搁置了中国与外界的交流。1979 年之后，邓小平（1904—1997）提出的改革开放政策把法语文学的译介推向了新的高点。许多专门出版译著的出版社应时而生，最著名的几家包括位于北京的人民文学出版社、上海的上海译

---

　　① 　Même si Théodore Pavie a donné une première traduction du *Roman des Trois Royaumes* （三国志演义 *Sanguozhi yanyi*）de Luo Guanzhong（1330? ‐1400?）en 1845‐1851. Les traductions de Jacques Dars et d'André Lévy citées sont publiées dans la coll. « Bibliothèque de La Pléiade ».

文出版社和南京的译林出版社。由此,中国读者得以接触萨特、波伏娃、阿尔贝·加缪(Albert Camus)、巴特、米歇尔·布托尔(Michel Butor)、阿兰·罗布-格里耶(Alain Robbe-Grillet)、玛格丽特·尤瑟纳尔(Marguerite Yourcenar)、玛格丽特·杜拉斯(Marguerite Duras)的作品。马塞尔·普鲁斯特(Marcel Proust)、安德烈·纪德(André Gide)和路易-费迪南·塞利纳(Louis-Ferdinand Céline)等作家受到长期关注,作品却迟迟未出,他们作品汉译本的面世更能彰显再度开放的中国对西方,特别是法国的文学和思想的包容,虽然稍有耽搁,中国立刻关注到了存在主义(existentialisme)、"新小说"(Nouveau roman)等重要思想运动和文学流派。1980 年至 1990 年逐渐拉开了文化全球化时代的序幕:到 21 世纪初,过去所有的重要作品均有译本面世,当代作家的翻译工作则紧跟文学热点。

三、(不)对称的"复兴"

在近一个半世纪的时间里,对中法文学以至中法文化的认识与再认识,经历了联系、发现、交流与深化四个阶段,这个过程时而间断,间或出现错位、不对称、封闭与开放等现象。对于这些文化交流和结果、别开生面的文化媒介以及伴随它们出现的历史事件,早有学者把它们比作类似"复兴"的文化现象。本文最后一节将专门探讨这一时期:作者认为,具备历史与精神双重涵义的"复兴"十分重要,因为这个概念能够准确地把握 19 世纪以来中法两国之间频繁、富有成效的交往之间出现的波折。

在欧洲,通常认为"复兴"的概念取自"*rinascere*"或"*risorgere*":但丁在《神曲·炼狱》第一章第七行写道:"Ma qui la morta poesie resurga"[1]。在这句话中,"复活"有着积极的涵义,它指的是从"地狱"走向通往"天堂"的希望之地——炼狱,法语译者费利西泰·德·拉梅奈(Félicité de Lamenais)将这一句译作"Mais qu'ici renaisse la poésie morte"。彼特拉克(Pétrarque)在《歌集》(*Canzoniere*)中借用了这个词,相比宗教色彩,彼特拉克更侧重历史与文学的内涵,他用这个词对比了中世纪的阴暗和在他的时代——抑或由他而起——重新亮起的

---

① 田德旺译为"让死亡的诗在这里复活吧"。但丁:《神曲 炼狱篇》,田德旺译,北京:人民文学出版社,2000 年,第 1 页——译者注。

古代之光。再到法语，最初使用这个词是看重其基督教的色彩，不仅指死人复生，也可以指具体的复活，譬如头发再生、植物再发。17 世纪末，"复兴"（Renaissance）专指法国"文学复兴"（renaissance des lettres）的时代。19 世纪初，"复兴"的含义逐渐确立，圣勃夫（Sainte-Beuve）的《十六世纪法国诗歌与法国戏剧的历史图景及批评》①（*Tableau historique et critique de la poésie française et du théâtre français au XVIe siècle*，1828）从亨利二世（Henri Ⅱ，1519—1559）的王朝开始讲起，用"renaissance"指称文学与诗歌蓬勃发展的阶段。我们通过历史的批评发现，波旁王朝复辟（Restauration）之后，"Renaissance"一词受到了相当的重视，使用面也很广；它不仅成为文化政治的组成部分，甚至为鼓吹王朝制度立下了功劳。从圣勃夫开始，"复兴"逐渐被当作一个特征明显的、具有奠基意义的时代，逐渐在文学史和法国文学想象中固定下来。

哲学家埃德加·基内（Edgar Quinet）在 1842 年出版的专著《论宗教的精神》②（*Du Génie des religions*）中第一次提出"东方复兴"，法国以及欧洲之前从未听过这个概念。基内是坚定的共和派，他不仅是 1848 年法国制宪会议（assemblée constituante）的议员，也是第二共和国的元老；在这本书中，基内提出要构建世界比较宗教史。在他看来，宗教史本质上的任务在于解释通史中的大多数事件；其中一章以 16 世纪欧洲文艺复兴为例，对比了欧洲在 19 世纪从埃及远征（Campagne d'Égypte）开始，通过东方主义（orientalisme）逐渐开始发掘东方文化。基内理解的"东方"包含地中海、近东到中国这一区域内所有文明与哲学，《论宗教的精神》卷三、卷四分别作了概述：欧洲对中国以及中国"哲学"了解不多，基内遂引用耶稣会士的文献对二者作了介绍，此外还提到印度、波斯和埃及等国的古代与现代哲学，援引的材料依然来自东方学家。基内的研究试着描绘东方在欧洲，尤其是在法国的影响路径，以此解释欧洲如何"丢掉又捡起"了"东方传统"。他依照历史、根据时间顺序，依次介绍了东方西渐的关键人物。虽然在基内的笔下，他们无一例外地都被称作"诗人"，这些人实际上有一部分是学者和研究东方学的译者，一部分是探险家和游历国外的名人，还有政治家，当然包括文学家和严格意义上专事诗歌的诗人。读者能够发现，基内勾勒出了一条"东方复兴"的谱系：希罗多德（Hérodote，480—425）游历埃及，亚历山大大帝

---

① Sainte-Beuve, Charles-Augustin, *Tableau historique et critique de la poésie française et du théâtre français au XVIe siècle*. Paris：G. Charpentier, 1843.

② Quinet，Edgar，*Du Génie des religions*. Paris：Charpentier，1842，p.507.

(Alexandre le Grand,,356—323）把版图拓展到了亚洲，随后是马可·波罗（Marco Polo,1254—1324）和在《卢济塔尼亚人之歌》（*Les Lusiades*）中赞美瓦斯科·达·伽马（Vasco de Gama，1469—1524）发现的印度的贾梅士（Cameons,1525—1580），接着是在启蒙时代（Siècle des Lumières)哲学辩论中介绍东方，尤为关注中国的伏尔泰，之后是东方学家安格迪尔-杜贝隆（Anquetil-Duperron,1731—1805）和印地语译者威廉·琼斯（William Jones,1746—1794），他们之后是崇尚印度小说的贝纳丹·德·圣比埃和英国诗台畅想东方的拜伦勋爵（Lord Byron,1788—1824）与雪莱（Shelley,1792—1822），还有拿破仑一世（Napoléon Ier)。基内认为，拿破仑一世出征埃及时受到了"教化"，他"把亚洲的精神和灵魂带进了法兰西的心脏，没有人可以比得上他的功劳"[1]。在基内的论著中，"东方复兴"最初的面貌是与或远或近的亚洲文化进行的交流与二者之间的媒介，"东方复兴"的实现在于学者研究、东方作品的翻译，也在——冒险、战争、游学，有时三者皆有的——游历与探险之中，像作者从随笔、小说、戏剧特别是诗歌中摘取的实例那样，"东方复兴"更在于文学的创造性。

基内认为"东方复兴"不仅涉及哲学与文学领域，也关乎社会史与政治史。1820 年前后，16 世纪法国文艺复兴再度受到重视，但这次只是为了通过类比历史上的复兴，为王朝复辟塑造正面的形象；到了 1840 年，基内提出另一种"复兴"，他把"东方复兴"与那个时代的政治、社会与宗教方面的变化联系在一起，换言之，以此寄托共和的愿景：

> ［……]如果十六世纪古希腊与古罗马艺术复兴在终结中世纪告的同时，赋予世界一种新的形式、一种新的话语，如果它和宗教改革出现于同一时间，那么我们为何不能认为当下的东方复兴呼应了宗教与世俗世界新一轮的改革呢？[2]

20 世纪中叶，雷蒙·施瓦布（Raymond Schwab)借用基内提出的概念，出版了同名专著《东方复兴》（*La Renaissance orientale*，1950)。施瓦布的研究主要关注的是印度学的兴起，梵文文本的发现与翻译让 19 世纪法国的社会"环境焕

---

[1]　Quinet, Edgar, *Du Génie des religions*. Paris：Charpentier, 1842, p.72.

[2]　Quinet, Edgar, *Du Génie des religions*. Paris：Charpentier, 1842, p.64.

然一新",施瓦布认为这种"焕然一新"应当与"十五世纪君士坦丁堡陷落之后,拜占庭帝国的古希腊、古罗马手稿流传到法国、改变了法国"①得到同等的认识。施瓦布的后续论述通过印度、埃及以及较少提到的日本与中国,提出了一种非常广泛的"东方"观。关于专著深入研究的印度,作者展现了东方作品对 19 世纪法国文学巨匠产生的深刻印象,这其中包括阿尔方斯·德·拉马丁(Alphonse de Lamartine)、勒贡特·德·利勒(Leconte de Lisle)、维克托·雨果、阿尔弗雷·德·维尼(Alfred de Vigny)和特奥菲尔·戈蒂埃②(Théophile Gautier)。

中国在讨论文化、语言和文学现代化时使用的"复兴"(Renaissance),主要参照的是 20 世纪初的西方历史文献。据胡适说,首次使用这个词的是 1918 年创办《新潮》(La Renaissance)杂志的北京大学学生。当时认为,欧洲的文艺复兴对应 1918 年之后出现、后来被称作新文化运动的事件到 1919 年的五四运动这段时间。1933 年 7 月,胡适前往芝加哥大学,以"中国的文艺复兴"(The Chinese Renaissance)为题做了系列讲座,他解释了为何对比欧洲的文艺复兴与中国的文化运动:首先,两次运动皆以完全自觉的方式提倡新文学,新的文学用鲜活的、通用的、本地的语言书就而成,为的是取代用古代的、废弃不用的、保守的语言写成的经典文学。所以,两次"复兴"是对经典文学包含的传统制度与传统观念的深层反抗,它希望实现集体与个体的解放,这种解放只有在反抗传统权威,直至反抗语言才能实现。此外,两次"复兴"的发起人均为有识之士,他们深谙各国的文化与文学遗产,却决定采用现代的、理性的历史批评与语文学研究的方法。在这个意义上,两场"复兴"都可以看作"人文主义"③(humaniste)运动。胡适提出,中国历史上经历了数次"复兴"(胡适英语演讲中还曾使用"new birth","periodic renewal"等表示"新生"、"再生时期"的说法):第一次"复兴"是唐朝(618—907 年)的诗文革新运动和禅宗兴盛,第二次是宋朝(960—1279 年)新儒家的出现,随后是小说的发展(14 世纪至 15 世纪)以及基于批评分析的、新的语文批评。但他认为,原本重要、深刻的几次运动从未有过自觉,既没有产出

---

① Schwab, Raymond, *La Renaissance orientale*. Paris：Payot，1950，p.18.

② Voir Yvan Daniel, "Introduction." *Littérature française et Culture chinoise*. Paris：Les Indes savantes，2011.

③ Hu Shih, *The Chinese Renaissance*, *The Haskell Lectures* 1933. Chicago：The Chicago University Press，1934，p.44.

纲领,也没有形成理论性的文字,所以从未打破传统①。胡适的演讲内容时间跨度很大,采用了比较的方法;演讲最后提出,世界的两头形成了两种体系,它们之间有可比性,因为这两个体系建立在两个"教会"之上,一个在罗马,一个在北京,两个"教会"的"教士",也就是天主教徒和儒家文人分别使用拉丁语和文言文这两种"死掉的"、保守的语言。胡适的分析表明,文学与文化"复兴"往往是意识形态转变与重大政治事件共同促成的结果,譬如 1905 年废除科举制,1910 年到 1911 年发生的辛亥革命以及 19 世纪以来与西方的交流。

因此,无论是中国还是法国的评论家与学者,在总结两国交往的成果时常在不同的场合提到有关"复兴"的设想。直接接触与交流、翻译与译本的流通为两国建立了新的联系,他者的媒介在此之中的作用非常重要,又十分独特。他者的媒介直接暴露了许多难题,种种问题涉及身份与差异、崇洋与排外、对于新相对主义的诸多拷问,这就是为什么他者的媒介会引发争论、非议甚至是严重的危机。应当追问,探索外国文化带来的反应之中,体量与结果虽不尽相同,是否也有一些对称的影响。"西方主义"的问题以及西方文化究竟占据怎样的位置很难解答,这个疑问来自中国的数次社会危机②,源头可以上溯到 1897 年"戊戌变法"失败,或者是 1918 年至 1920 年的新文化运动。在同时期的欧洲,第一次世界大战的惨重结果引发了"精神的危机",这个判断来自保罗·瓦莱里(Paul Valéry)1919 年 8 月 1 日在《新法兰西杂志》(*Nouvelle Revue française*)上发表的一篇文章。在这个背景下,马尔罗 1926 年出版的《西方的诱惑》(*La Tentation de l'Occident*)把西方发现亚洲、亚洲发现西类比成一种"诱惑"(tentation),这种在文化与知识层能够彼此丰富的诱惑,其代价是会出现一种相对主义,它将消除来源于传统与信仰的、稳定的文化特点,还会引发恐慌与怀疑的情绪。就在这时,一些作家发出声音,声讨的对象直指"亚洲主义"(asiatisme),最典型的是《捍卫西方》(*Défense de l'Occident*,1927)的作者亨利·马西斯(Henri Massis),他认为西方文明在接触非西方文明的过程中逐渐式微。"复兴"的根本是与外国交往时带来的丰硕成果,任何"复兴"都会时刻遭遇各种形式的民族主义、紧紧捆绑文化与身份的观点所造成的阻碍。

----

① Hu Shih, *The Chinese Renaissance*, *The Haskell Lectures* 1933. Chicago: The Chicago University Press, 1934, pp.46 - 47.

② On peut lire à ce sujet la synthèse très claire de Zhang Chi. *Chine et modernité. Chocs*, *crises*, *renaissance de la culture chinoise aux temps modernes*. Paris: You Feng, 2006.

四、结语

中国与法国有几位批评家与学者把欧洲与亚洲建立频繁的文化交流及其成果比作一场"复兴"。纵然，这次复兴在中国和法国出现的内在因素各有不同，但最明显的标志是在全球化的背景下对外交往焕发出的活力。它在文学创作领域的体现是翻译与转移的增多，以及在一轮轮新的辩论和影响到文学形式、通常牵涉语言本身的对新形式的探索中，主题、空间与主体不断地推陈出新。通过本文提出的长时段的视野，从为数不多的因素和概念中提取结论为时尚早，但我们能够看到，中法文化交流在不对称的、不成比例的视野中经历了错位、阻隔、开放、封闭等阶段，但也要看到这段不对称的历史在 21 世纪可能会迈出协同的步调。正是得益于此，我们这一代的读者才能够轻易接触到所有文学、任意时段的原本与译本，比起 20 世纪中期甚至 70 年代的读者来说，我们接触面更为广阔。在类似文化全球化的新的文学时代，中法比较文学史有待更多的专家与学者一同建构。

（作者单位：Yvan Daniel，法国克莱蒙-费朗大学

译者：骛龙，南京大学）

"西画"的启迪
——吕斯百与法国画家夏凡纳

李晓红

1933年,徐悲鸿到巴黎举办"中国当代绘画展览"。作为当时的首都南京艺术家群体代表的徐悲鸿给法国著名学者保罗·瓦莱里(Paul Valéry)留下深刻的印象。这次展出的成果也使这个20世纪30年代的留法热潮走上了中法百年文化交流的舞台。吕斯百先生(1905—1973)就是其中重要的一员。吕斯百于20世纪20年代到法国留学,在里昂国立美术专科学校读书时,他根据自己的审美趣味,选择了在法国影响深远的里昂当地大型壁画画家夏凡纳(Puvis de Cha-vannes,1824—1898)作为自己的学习模范。他通过大量临摹,将夏凡纳带有理想色彩的诗境和与泥土相融的具有东方理念的审美情趣相结合。他的一生与法国画家夏凡纳联系密切,遗憾的是学界对吕斯百研究甚少。西方艺术史学家撰写夏凡纳部分历史时,几乎无人知道他还影响过来自中国的年轻画家。因此,本文将比较分析他们二者的画风及艺术个性,梳理吕斯百从接受夏凡纳的艺术到再创作的过程,揭示现代中国画家学习"西画"鲜为人知的一面。

一、夏凡纳的诗意"神话"的启迪

1905年,吕斯百出生于江苏江阴太平村,家境贫寒。他刻苦学习,在南京的江苏师范学校就读的五年,成绩总是名列前茅。他绘画和雕刻功底尤强。1928年10月,由徐悲鸿举荐,吕斯百与"中大"同学王临乙一起,用福建省的"庚子赔款"名额公派赴法国留学。

夏凡纳是第一位对于吕斯百的留法生活以及他的早期创作有着重要影响的画家。吕斯百赴法后,直接在国立里昂美术专科学校三年级学习,主攻油画。在此期间,他曾下苦工临摹过一幅长达十米的巨幅壁画——夏凡纳的《艺术和缪

1933年，徐悲鸿（前排左一）到巴黎举办"中国近代绘画展览"，学艺术的留法学生们于黄显之家聚会，欢迎徐先生。中排右二为吕斯百（照片由秦宣夫之女秦志钰提供）

斯，真爱的神圣树林》。

夏凡纳以绘制大型壁画著称，其作品今仍见于索邦大学、先贤祠、里昂新美术馆等地。徐悲鸿曾说："以法国画家而论，无过于壁画家夏凡纳、薄特理。"夏凡纳在世时并不为世人熟知，甚至饱受曲解，倒是身后声名鹊起。他的这幅《艺术和缪斯，真爱的神圣树林》就被认为是"学术主义"而饱受时人批评。他过世后，有人说夏凡纳启迪了象征主义，有人说他是后印象派的创始人，还有人认为纳比派从夏凡纳那里认识了美学，总之当时某些法国艺术界人士认为"没有受过他影响的绘画流派极少"。正因为各家都可以溯源至夏凡纳，因此他的派别归属如今争论不休，但鉴于他的寓意画和象征手法，主流观点目前将他划为象征派。

夏凡纳有与众不同的绘画风格。例如《艺术和缪斯，真爱的神圣树林》，集中反映了夏凡纳来自缪斯——美的绘画灵感。他追求"天上人间"的理想境界，由此产生的如同仙境一般的画境，而后再象征性地用画笔向希腊文化致敬，反映了希腊神话中美的象征——缪斯女神。画中的山是风格化的希腊山区帕纳斯（Parnassus）山，出于太阳神和缪斯的崇拜，那里的泉水和森林都是神圣的。这些树林象征着无穷无尽的生命和神秘的知识（例如医学、占卜和音乐等）；湖泊象征着永久的创造力；广阔的水面则意味着艺术和占卜。除了来自天上的人物，画中的衣物、花环、人物的浅色头发及装饰、演奏的古琴、远处的建筑无一不处在古代希腊的场景里。在希腊神话中,每个缪斯代表一种特殊的艺术:史诗、历史、长笛的游戏、悲剧、合唱、舞蹈以及为他们伴奏的歌曲,等等。夏凡纳画的画,人物形象都目无明显的表情,如同一个个雕塑一样,安静、冰冷和肃穆,甚至让人感觉到神圣、不可触摸。这种人物的造型感染力使观者静心、冥想。此外,在夏凡纳诗意美的观念下,他绘画的内容、表现形式和用色用光上,都体现了平和、中性的特点,展现了追求柔和、平淡的绘画情调。

夏凡纳带有理想色彩的诗境和想象深深地打动并影响了吕斯百,唤起他恬静的充满诗意的乡土情感。夏凡纳为日后吕斯百的油画创作引领了道路,促使吕斯百积极探索中国油画"民族化",并成为中国的"田园画家"。

夏凡纳《艺术和缪斯,真爱的神圣树林》,460 cm×1040 cm,此画是 1884 年法国政府暨里昂新美术馆特邀夏凡纳为馆内阶梯的上方所做三幅画之一

二、吕斯百的"田园"诗风——对夏凡纳风格的再创造

正如我们今日解读吕斯百一样,吕斯百从夏凡纳的画中发现其神话深意。吕斯百从中习得了写实风格的精髓,并运用了写意油画的绘画技巧,将夏凡纳的"诗境"发展成"田园"诗意。

作品是他艺术生命的体现，从他的画中可以看到其渊源。吕斯百1932年在法国所作的油画作品《汲水者》，是对他再创作理念的完美诠释。这幅画采用了西式的构图和人物造型结构，前景与背景的和谐，人物主题的突出，皆显作品之精到，但人物的神情与动态处理却让人感悟到他的与泥土相融的具有东方意念的审美情趣。这幅画所描写人物形象宁静而庄重，既似古希腊"缪斯"女神，又似中国古代娴静的乡村少妇，既有理想层面的仙境，又有充满生活气息的现实生活场景；在用色、用光上，背后左边的石头（或土坡）呈土绿颜色，与人体很相配；而右边呈现出的远景水平面充满了与前景色彩相似的景物颜色，使画面看起来柔和、淡雅，与人物主体的表情和内心世界融为一体，给人以诗意般的审美体验。《汲水者》是吕斯百在汲取西方油画元素基础上与中国画元素融合的再造，这幅画不仅再现了西方神话般的诗意美，而且充满了东方田园气息。

再对比夏凡纳的《野外的玛德莱娜》（又译《冥想》）。从画法的画相比较来看，同样是人体，夏凡纳的"玛德莱娜"却显得冰冷，像雕塑一般，那是对漂浮在天际的"缪斯"类神祇的顶礼膜拜。而吕斯百带着与生俱来的乡村泥土气息的亲昵，使《汲水者》与自然的土地上的生活场景紧密相连。

夏凡纳在塑造形象时的"简笔"风格以及注意整体而不拘细节的造型习惯给吕斯百很深的影响，这在《汲水者》一画中表现得淋漓尽致。吕斯百画人体，一条淡淡隆起的曲线，像中国画的线描，贴身、柔美、不露痕迹，显示了女人的含蓄美。画作主体"汲水者"的站立姿势也与夏凡纳的"玛德莱娜"类似，甚至更西方化一点，体型更小巧、更丰满一点。

吕斯百的作品明显地让人读出他内心的乡愁与诗意。他绘画语言表达得细腻、写实，色彩运用得得心应手，油画的用笔肯定、干净、利落和娴熟。吕斯百的画都显示出他厚重的中国文化底蕴，以及他虽含蓄但果断而热烈的人格。他用的颜色通常只有七八种，其中土色占多数——土黄、土绿、印度红、赭石、土红等，他的画中常常用象牙黑，有时加些群青。中国著名画家常书鸿这样评价吕斯百："雄健、朴素、深厚是他的为人风度，也是他的画风，他的画风像一幅厚重的地毯，没有华丽的辞藻，没有虚伪做作的布置，决不偷工减料，把主要的笔触放在交代不清的偶然中，这是他的功力独到之处。他的用色和用笔一样厚重雅致，没有虚俗浮套，没有显耀的夸张，正如他的为人一样的真实无华、坦荡豁达。"多年以后，我们仍然可以在吕斯百的画中读出与夏凡纳相通的审美语言，那种抒情的诗意、无华的自然图像，不论是真实的再现，还是虚构或想象，一直被试图用于不同的时代建构中,寻求人类的同一,或曰永恒。在造型的深处,是一种无形的观念,凝聚着作者的思想和他汲取的成百上千年的文化积淀。从夏凡纳到吕斯百,艺术家的审美情趣就是这样在流动。

吕斯百《汲水者》(1932)

夏凡纳《野外的玛德莱娜》一画的研究习作(又译《冥想》)

夏凡纳《野外的玛德莱娜》

吕斯百《黄山狮子峰》(1959)

李慕唐《黄山云海》(1959)

吕斯百在法国学习之后,于1934年回到祖国,继续他的事业,也建立了他绘画理念里的中西风格相融的绘画体系,影响了艾中信、韦启美、李慕唐、范保文、许莑华等大批中国当代画家。

作为徐悲鸿的弟子,吕斯百回国后任中央大学(今南京大学前身)教授,后曾代理系主任,并于1940年正式任系主任直至1949年。他又于1950年赴兰州,在西北师范学院筹建艺术系,邀请黄胄、常书鸿等人授课。在兰州,他创作了著名的油画《大理菊》。1958年,吕斯百返回南京师范学院,再次担任美术系主任,直至1966年终止。吕斯百不幸于1973年离世。

三、结语

绘画通过图像语言的表达,通过不同方式传播文化,探寻不同文化背后的理念。夏凡纳《艺术和缪斯,真爱的神圣树林》唯美的艺术风格和带有象征寓意的审美特征感染了吕斯百。在20世纪最为动荡的年代里,深谙中国文化精神的吕斯百,在中西文化的会通和融合上寻求突破点,笔随情走,走出了一条中国油画民族化的道路。作为杰出的油画奠基人之一,执着的美术教育家,吕斯百的一生与20世纪中国美术共沉浮。吕斯百学习"西画"的范例将作为中法文化交流史中美丽的一页,激励后人。

(作者单位:法国阿尔多瓦大学)

下编

一元论抑或二元论：
汉语二语教学本体认识论的根本分歧与障碍

Joël Bellassen

必须从障碍的角度提出科学认识的问题。

——巴什拉

汉语第二语言教学论，即汉语第二语言作为一个学科，历来存在着认识论和本体论的问题。如像哲学方面存在是世界的本体、本原、根源，如像本体是普遍的，也是特殊的，汉语教学的本质从教学论到课堂也在于这一学科的基本属性是什么，学科性质与归属问题如何，以及这一学科的最小单位是一个还是两个。这一点直接支配着中文教材的基本编写原则。自从20世纪中叶汉语教学在中国开始成规模到现在，主流教材（即中国大陆和台湾的绝大多数教科书）归属于我们所说的汉语教学一元论，基本上以词为唯一一语言教学单位，否认字和语素作为语言教学单位之一。我们认为因为这一认识局面，所以汉语二语教学论自从学科建设成形到现在在本质问题上处于危机状态。中文教育是唯一一门面临这种认识障碍的学科。

鉴于学科范式（disciplinary paradigm）存在于学科范围内关于学科核心问题的基本意向，我们认为汉语二语教学的学科范式有待彻底改变。范式是存在于某一科学论域内关于研究对象的基本意向。它可以用来界定该领域范围内问题的提出，如何对问题进行质疑以及在解释我们获得的答案时该遵循什么样的规则。

主干教材或称为教科书（狭义的教材）的本质及其关键性作用在于落实施行一定的教学路子和教学方法，是教学论和课堂教学的结合体。主干教材是教学实践的有效工具，从研究和评估的角度，也是教学法战略性选择的一面镜子。因此，探讨汉语教材路子与中文教学本体之间的关系是十分必要的。

一、汉字门槛概念的重要性

以识字为汉语学习的基础并设定汉字门槛,其实正是中国传统语文教学的古老传统。古代语文启蒙教材《文字蒙求》、《千字文》、《百家姓》和《三字经》都是中国最早的识字教材。其中,中国南朝梁周兴嗣所作的《千字文》这首长韵文,是传统中国启蒙教育的一个主要教材。从汉语二语教学论的视角来看,《千字文》由一千个不重复的汉字组成,是应用经济原则的出色范例,也是一个非常有效的严格议题上的学习策略。从现代教学论的立场观察,学习《千字文》是一个能够有效地促进获得、存储、运用信息的过程。

另一位在中国对汉字门槛设定有贡献的人物是洪深(1894—1955)。他曾就读于法国人在上海创办的教会学校徐汇公学。他是一位戏剧家,也是中国话剧和电影的奠基人、开拓者之一。特别值得一提的是,洪深编著的1100字表是中国扫盲字表历史上最早的。他没有高估最常见汉字的数量:这一扫盲表由1100个基本汉字和500个特别字组成。他所选的1100个基本字,都是汉语中最常用的字,覆盖率可达90%以上,这是他的一大贡献。尽管洪深的观点有待进一步讨论,但是他的出发点正是我们所说的"汉字门槛"("汉字入门级"),也就是经济原则。

第三个值得我们注意的人物是安子介。他是香港著名的实业家和社会活动家。他并非一位语言专家,然而他意识到扫盲与高频字的关系,在汉字量化方面却做出了仍可谓高质量的工作。1991年,他以繁简体出版了《安子介现代千字文》的启蒙篇、书写篇。安子介的尝试源自周兴嗣和他的《千字文》。他的贡献在于将最常用的汉字放在不超过30个句子的语篇中。认识这些汉字就意味着学习者能够理解一般语篇的基本意思。安子介意识到了我们所说的"汉字门槛"这个汉语教学二元论的关键概念。

此外,中国20世纪中叶展开的扫盲运动也非常重视汉字的学习问题。扫盲的标准之一是汉字字数的掌握,一度在农村以1000个汉字作为门槛,城市以1500个汉字作为门槛。要意识到的是,对于汉语作为第二语言的学生来说,进入汉语初级水平的学习以后,在交际能力方面可以比较快地达到一定的水平,但是在认读方面却还一直处在"文盲"阶段。也就是说,不能自主地阅读比较简单的读物,如报纸上的日常内容。我们认为,如果在承认汉语是二元性的基础上,遵守教学的经济原则,依据汉字频率和复现率,设置由那些大致理解一篇有关日常话题的文章或作品所需的高频词所组成的最低汉字门槛,那么我们的教学效果显然会大大提高,也就能早日实现"自主阅读",从而脱离汉语第二语言学习者在初级阶段处于的"文盲"状态。

二、中国对外汉语教学一元论——"词本位"路子

1898 年《马氏文通》的诞生,标志着中国有了第一部系统性的汉语语法著作,在中国语言学界产生了巨大的影响。然而,由于其语法框架是模仿西方语法而建立起来的,词类就理所当然地成为全书的重心,《马氏文通》因此而成为根据西方语法规则建立起来的汉语"词本位"语法体系。

20 世纪初,随着五四运动的爆发,汉字在中国被妖魔化。当时不少学者、思想家,其中包括谭嗣同、鲁迅、瞿秋白、陈独秀等人把中国落后的责任归咎于汉字,对汉字产生了一种强烈的自卑情绪,将之视为一种文化上的负担。鲁迅就曾控诉道:"汉字不灭,中国必亡!""汉字是愚民政策的利器","汉字终将废去,盖人存则文必废,文存则人当亡。在此时代,已无幸运之道","汉字也是中国劳苦大众身上的一个结核,病菌都潜在里面,倘不首先除去它,结果只能自己死。"①瞿秋白也坚决主张废除汉字,提出:"现代普通话的新中国文,必须罗马化,就是改用罗马字母,要根本废除汉字。汉字是十分困难的符号,聪明的人都至少要十年八年的死功夫……要写真正的白话文,就一定要废除汉字,采用罗马字母……,汉字真正是世界上最龌龊最恶劣最混蛋的中世纪的茅坑!"②于是,在这样一股激烈的反抗汉字的浪潮中,人们开始以西方语言以及西方语言教学为模仿对象和参照点,忽视中国语言的固有特征。

这种以西方语言为参照系的、词本位的汉语语法体系也对中国的对外汉语教学界产生了重大的影响。我们发现,大约从 20 世纪中叶开始,在大陆和台湾地区的对外汉语教学中,汉字以及汉字的字形、字意、汉语作为语素凸显语言、汉字的组合规律被完全忽视,在中国出版的大部分教材隐含了汉字并不是语言教学单位这一观念。长期以来,"词"在对外汉语教学中被视为唯一的基本教学单

---

① 鲁迅:《关于新文字》。
② 瞿秋白:《瞿秋白文集》(文学篇 第三卷),北京:人民文学出版社,1985 年,第 247 页。

位,而"字"却被冷落甚至被根本忽视。然而,在我们看来,这一做法抹杀了汉语的特性,忽略了要传递的基本知识,违背了教学法上的经济原则,因而严重影响了汉语二语教学的效率。正如朱德熙先生所言,"把印欧语所有而为汉语所无的东西强加给汉语"①。

印欧语是形合语言,形态变化丰富,另外像拉丁字母书写的语言,两个空格中间就是一个词,词类的划分也主要是依靠形态标志;而汉语缺乏形态变化,词类不好划分,是语素凸显语言,其文字是音节语素的表意文字,音形差距远远低于表音文字,是不分析语音的文字,但是其语义透明度大大超过表音文字语言。在书写中文时,两个空格中间就是字。在汉语第二语言教学实践中,初学者会直观地意识到汉语是"语"和"文"之间有特殊关系的语言。笔者较早提出处理解决"语"和"文"这一汉语内部冲突矛盾是汉语二语教学中不可回避的问题。这个基本问题应该排除掉所谓"难学""好学"这一前科学的角度,而应该从学科教学论的角度冷静而客观地应付解决"语"和"文"之间的关系。

因此,适用于印欧语的规则并不适用于汉语。汉语强调的是对语义的分析。再从语言与文字的关系来看,索绪尔曾提出著名论断:"语言是一个符号系统,而文字是符号的符号。文字存在的唯一价值就是记录语言。"②汉语与汉字的关系却并非如此。柳诒徵在其所著《中国文化史》中认为,在地广人众的国家里,语言难以整齐划一,而中国文字的特点就在于,"虽极东西南朔之异音,仍可按形知义"③。法国的汪德迈先生指出,汉语是独特的语言文字,具有特殊的伟大的文化意义。从汉语文字的发展历程来看,中国古代的图形语言经历了大约五百年左右,只限于占卜者使用。后来,由占卜者所发明的文字体系发展成为官方文书的工具,文字根据"六书"方法得到了系统的改进。它们首先出现在铜祭器上,之后出现在所有用来作档案保存的行政文件上。就这样,"由占卜者所发明的文字体系逐渐演变成了文言文"④。汪德迈先生的这一解释也从汉字的源头上与索绪尔"文字是用来记录语言的,是符号的符号"这一观点保持一点距离。

中国对外汉语教学中的"词本位"理论,即以词为单位的汉语教学一元论实

---

① 朱德熙:《语法答问》,北京:商务印书馆,1985年。
② 费尔迪南·德·索绪尔:《普通语言学教程》,高名凯译,北京:商务印书馆,1980年。
③ 柳诒徵:《中国文化史》,长沙:岳麓书社,2010年,第45页。
④ 汪德迈:《从文字的创造到易经系统的形成:中国原始文化特有的占卜学》,中国文化书院讲演,北京,2010年。

际上是采用英语教学法来教汉语的结果。这种教学法是否适宜，须视教学效果而定。在吕必松先生看来，从 50 年代初直到现在的对外汉语教学的质量和效果都不太令人满意①。尽管今天学汉语的人越来越多，但是汉语依然被视为世界上最难学的语言之一。之所以出现这种情况，我们认为这与缺乏换位思考、语言学视角取代语言教学视角、套用"词本位"教学法有着直接关系。首先，绝大多数遵循"词本位"理论编写的汉语教材往往将一个双音节或多音节词作为一个不可分的整体处理。以 1982 年出版的中国主流教材《简明汉语课本》②里边的一张词汇表中的"工程师"一词为例，该教材对"工"、"程"、"师"这三个表意单位不进行释义，也没有解释为何如此组合。此外，对每个字的笔画、笔顺、部首、偏旁均不提供任何信息。这一路子反映了对汉语的一种认识，会使学习者产生种种认知和记忆障碍。

这种处理方式完全使汉字成为词的附属品，汉语教师不能充分利用汉字的频率进行教学并把识字与阅读相结合，由此导致了学习的集中度分散，实际教学效率低下，严重违背了经济原则。其次，以词为唯一单位的汉语教学一元论或称"词本位"教学法也不利于发展学生扩词猜词的能力，不能通过学习一个词而举一反三、由此及彼。最后，在"词本位"教学法下，学习者不容易以部首对汉字进行归类，把汉字拆分为不同的部件。这样一来，汉字当然会成为"难学难写"的文字。

三、法国及其他国家以二元论为教学路子

19 世纪初中期，法国的高等学院和专门语言学校开始开展汉语教学。我们不难发现，在这一时期里出现的教材里，汉字教学在汉语教学中有着举足轻重的地位。

王若江曾专门研究过 19 世纪初中期法国的汉语教材③。首先是雷慕沙（Abel Rémusat）编写的《汉文启蒙》。该教材反对套用西方语法结构，因此不谈动词变位，也不谈性、数、格，而以一种讲究科学逻辑的方法来总结汉语语法。并

---

① 吕必松：《我为什么赞成"字本位"汉语观——兼论组合汉语教学法》，《汉语与华文教育》2016 年 8 月 12 日。
② 赵贤州等：《简明汉语课本》，上海：上海外语教育出版社，1982 年。
③ 王若江：《法国十九世纪初中期汉语教材分析》，《世界汉语教育史》2004 年第 6 期。

从学术角度讲解汉字,强调中国文字之特性。该书体例是将汉语语言文字知识分成一个一个小条目,排上序号,依次讲解文字知识。以"字"为单位,逐字注音释义,从字义过渡到词义。这部教材还涉及汉字六书、汉字发展、异体字、古今字、214 个部首、659 个声旁。^①

第二本著名的教材是雷慕沙的得意门生儒莲(Stanislas Jullien)编著的《三字经》。这部拉丁文版《三字经》最突出的特点就是对每个汉字进行了解析,区分部首与笔画。正如王若江教授所说,"这是强化汉字概念的做法,使学习者入门伊始就认识到方块字是可以用部首和笔画进行拆分组合的"。

第三本著名的教材则是哥士耆(Klescowski)编写的《中文教科书》。作者在汉字方面也颇下功夫,在书中介绍了楷书的永字八法并附 214 个部首,重视汉字识字规律,坚持循序渐进、由简到繁的识字原则。这些教科书反映了法国汉语教学对汉字教学的重视由来已久。

最后,不得不提的一个重要人物是美国的汉学家、汉语教学专家德范克(De Francis)。虽然他编写的中文教材一直没有法文版,但对法国现代汉语教学及字本位教学却有着一定的影响。20 世纪六七十年代,耶鲁大学出版社出版了一套 12 册包含初、中、高级由德范克编写的汉语教材,被称为"德范克系列"。这套汉语教材中的初级汉字本的每篇课文对生词的解释都是从字到词,即先从解释高频单字字义入手,再解释由这些字组成的相应的词。这套"德范克系列"的课本成为当时美国从事中国研究的学者的主要教材,也是当时美国汉语教室里最广泛使用的教材。

要注意的是,中国以外具有很大反响的汉语教材,无论是"De Francis 德范克系列"、佟秉正主编的 Colloquial Chinese(《汉语口语》,1982)还是本人的教材(《汉语语言文字启蒙》,白乐桑,1989),都是以一元论二元论为主导方向,反而主流教材(大陆和台湾地区)的基本原则为一元论。与其他学科不同,汉语国际教育在学科本体问题上处于彻底分歧状态。

四、汉语教学二元论("法式字本位")之缘起

从语言学的角度来说,汉语"字本位"理论是由中国学者首创,旨在克服汉语

---

① 史亿莎:《试论白乐桑的"法式字本位"教学法》,南京大学硕士学位论文,2012 年。

研究中的"印欧语眼光",解决由此产生的一系列问题的学说。它把"字"作为汉语的基本单位,认为字是汉语中语音、语义、词汇、句法等各平面的交汇点①。"字本位"这个概念最早见于郭绍虞写于 1938 年的《中国语词的弹性作用》一文,以"字本位的书面语"与"词本位的口语"相对。② 赵元任也提出汉字在中文研究中的重要性,他在《汉语词的概念及其结构和节奏》一文(1975:908)指出:"在说英语的人谈到 word 的大多数场合,说汉语的人说到的是'字'。这样说绝不意味着'字'的结构特性与英语的 word 相同,甚至连近于相同也谈不上。"从 20 世纪 90 年代初诞生以来,徐通锵、潘文国等学者致力于这方面的研究,使得其理论著述渐趋丰富,也引起了学界的一定关注,尤其是在对外汉语教学界产生了深远影响。"字本位"的"本位"主要是指语言的基本结构单位。它的对立面是"词本位",即在采用印欧语眼光研究汉语的视野之下,以词作为汉语的基本结构单位。

在法国,"字本位"在汉语作为第二语言教学学科化过程中早已开展。值得注意的是徐通锵创立的"字本位"本体理论与笔者汉语教学论的"字本位",是在互不知情的情况下同时独立发展起来的。但是,2000 年后,随着字本位理论开始在汉语教学界产生一定影响,两者在根本原理、方法论原则上的相对一致性使它们互相促进。③ 尽管如此,两者的基本关注点仍有差异。前者以语言学为参照范围,后者以汉语学科教学论为参照范围。另外,前者可归结于一种语言学一元论(即字为唯一基本单位),后者可归结于汉语第二语言教学二元论(即承认字与词为需要单独处理的语言教学单位)。与语言学视角不同,汉语学科教学论视角注重知识的转化和知识的频率,也注重学习者的习得过程。

我们认为汉语教学的字本位与词本位(更确切的表达形式为二元论和一元论)是本体论问题,是对汉语教学基本认识上的关键性选择,并非汉字教学的问题,也并非一个"先后"的问题("先语后文"、"语文并进"、"语文分流"等)。汉语教学中的"字本位"有"绝对字本位"与"相对字本位"之分。"绝对字本位"的代表人物是巴黎第七大学前中文系教授李先科 Nicolas Lyssenko。该教学法主张以字为主导单位,从字形出发,由独体字产生合体字,以这样的起点生成句子和对话。单字与语法是组词造句的绝对推动力,由此实际的交际功能则被完全忽视。1986 年由李先科主编的初级汉语教材 *Méthode programmée de chinois*

---

① 王俊:《字本位与对外汉语教学》,上海:上海交通大学出版社,2009 年。

② 徐通锵:《汉语字本位语法导论》,济南:山东教育出版社,2008 年,第 1 页。

③ 王俊:《字本位与对外汉语教学》,上海:上海交通大学出版社,2009 年。

moderne(《现代汉语程序式教程》)第一册①采用的就是这一方法。譬如,该教材第一单元的四篇课文完全不涉及任何实际的交际内容。第一课与第二课每课仅介绍 15 个可作为汉字偏旁的独体字,如"人"、"火"、"马"等;第三课与第四课也同样先介绍 15 个独体字,然后用这些字与之前两课所学的字进行组词,例如第三课开始学"力"字,在词汇表中就出现了"人力"、"火力"、"马力"等。这一做法完全忽略了学习语言的实际交际目标,因此学习者先接触"鱼"、"京"、"小"、"少"、"沙"接着接触"鲸鱼"、"鲨鱼"等词,要过很长一段时间才能学到诸如"谢谢"等日常生活中的高频词。因为过分强调由字形来生成新字,在该教材第一册中出现了一些没有任何实际使用价值的字,如第二单元第五课出现了诸如"彳"、"亍"之类的低频字,并把"行彳亍"作为人物的名字,目的是为"行"字的出现做准备。由此可见,"绝对字本位"是一种文字的单向教学,几乎把词汇作为被边缘化的附属品。这一种教学论倾向于以字为单位的一元论。首先要在中文教学有多少最小语言教学单位问题上表示态度。

五、法国现代汉语教学二元论——"相对字本位"教学法

不同于"绝对字本位","相对字本位"②是指笔者于 20 世纪 80 年代在法国提出并逐步系统发展的适合汉语初级学习者的汉语教学论,是法国现代汉语教学中的主流教学理念。"threshold level"("入门阶段"或称"门槛水平")是现代交际教学法体系的核心概念(参看"The Threshold Level",Van Eck,1975;"Un Niveau Seuil",Coste,1976)。汉字门槛是汉语教学二元论重要特征,是"threshold level"("入门阶段")这一现代交际教学法体系的核心概念在汉字身上的应用。像制定词汇最低限、语法点最底线和言语行为最底线一样,先制定高频字最低限是汉语第二语言教学初级阶段的起点。汉语第二语言教学范围内,笔者 1985 年在法国公布了一个 400 字表或称 SMIC("必须掌握的最低限汉字门槛"的法文简称),选字标准是字的频率和构词能力,目的是应付解决法国高考

---

① Lyssenko N& D. Weulersse, *Méthode programmée du chinois moderne 1-A-Cours*. Paris: Lyssenko,1986.

② 为了避免"字本位"引起的"只注重汉字"的误解,从语言教学角度出发,笔者主张"汉语教学二元论"这种提法,即在语言教学中存在两个基本教学单位:口语中以词为单位,书面语中以字为单位,由字带词。

中文笔试的标准。这是法国二元论(所谓"字本位")的开端。

这一教学法既注重字作为单位，也注重交际，在高频字控制词的基础上注重交际，字词兼顾，在初级阶段以高频字带词，并到了中高级阶段逐渐转为词带字。笔者主编了一系列坚持"相对字本位"教学的教材：《汉语语言文字启蒙》第一册(法文版为原版，1989年年底出版，主编白乐桑，合作编者张朋朋)、第二册(1991年，作者白乐桑、张朋朋)、《说字解词》、《滚雪球学汉语》(这两本教材紧跟着《启蒙》的思路，为《启蒙》的组合词提供语境，充分发挥《启蒙》的字词比)、《通用汉语》。这一种教学论是汉语教学二元论的典型方向。

法国现代汉语教学二元论，即"相对字本位"教学法主要针对初级汉语教学，在注重语言交际的同时，尊重汉语的特性，注意将汉语与印欧语言区分开来，承认汉语教学中有"字"与"词"这"两口锅"，两个基本单位。作为教学的一个独特的单位，汉字的核心意思和它的结构、发音一样，都是汉语教学的出发点。对学习者而言，在书面活动中，现成的就是字。将汉字作为基本教学单位，在初级阶段以高频字控制词的出现，给每个字(语素)释义，以便体现出汉语这一语素凸显的特征，从而培养和加强学习者的独立阅读理解能力，而这正是中高级水平学习者的主要目标。在汉字教学中，经济原则意味着在编写教材时选择汉字的首要标准是汉字的频率与构词能力。这就要求我们在汉语教学中规定学习者必须掌握的汉字，即汉字门槛。考虑到汉语作为第二文字语言教学[①]的特殊性，我们需要在汉字频率的基础上量化汉字，并进行分级，同时根据学习者的水平区别主动字和被动字。概括来说，法国的"相对字本位"教学法包括以下几项内容：

第一：它首先强调按照字频和字的构词能力选字，并在此基础上层层构词，选字在先，构词在后。在词的基础上，再组合成句子、语篇。

第二：汉语是表意型语言，因此在讲解汉字时，注重分析汉字的笔画、笔顺、字源、部首以及拆分部件并为部件命名。这一做法符合人的认知和记忆规律，可以帮助学生记忆并增加其学习兴趣；汉字因为与西方字母文字截然不同，因此常常成为一部分汉语学习者学习汉字的一个巨大动力。

第三，以已学过的字组成的词汇编出"滚雪球短文"，以便保证高频字的复现率。

第四，制定了与《欧洲语言共同参考框架》对等的汉字门槛与汉语词汇门槛，

---

① 第二文字语言指的是与母语文字不同的文字体系。

并进一步区分主动汉字与被动汉字、主动词汇与被动词汇.

最后,扩大汉字学习的功能,通过汉字来讲授中国文化;同时,汉字学习也有利于学习者视觉记忆力的开发。

在法国,现代"相对字本位"教学传统的形成可以追溯到 1985 年制定的第一个基础汉字表《四百常用汉字表》。这个汉字表的制定反映了在中国政府实施改革开放的政策之后汉语教学在法国的快速发展。如今,开设汉语课程的法国中学数量已经从 1958 年的 1 所(蒙日龙高中, Lycée de Montgeron)发展到 2016 年的 663 所。《四百常用汉字表》是根据汉字在笔语和口语中的频率、汉字的构词能力以及文化和汉字字形方面的考量而设定的。与此同时,语感也是进行再选择的依据。因为假如我们盲目相信词典,就会导致忽略掉一些重要的汉字。比如"饿",这个字不在 400 个最高频字之内,而在 1000 字之后。而事实上,这个汉字结构简单,学生也喜欢写这个字,所以我们就将这个字纳入《四百常用汉字表》。

我们认为,字与词的区别是汉语教学运用经济原则的前提条件。而汉字门槛是避免分散的汉字学习的捷径,称得上是汉语教学中经济原则运用的最好诠释。教授非字母语言中,汉字的门槛设定是非常有效的。所有选定的汉字都是基于它们本身的,而非基于词。在前述《四百常用汉字表》出版之后,又以法国教育部的名义分别于 2002 年、2008 年相继出版了适用于法国中学汉语教学课程的五个其他的汉字表。同时,我们也给出了这些汉字的相关例词。

在中学汉语课程里,我们从 2002 年开始就明确区分主动知识(要求学生主动输出)和被动知识(只需要领会),包括主动汉字与被动汉字、主动词汇与被动词汇、主动语法与被动语法、主动文化点与被动文化点。这也是第一次在官方正式文件里明确区分主动字(运用)和被动字(理解)。这些区分是和教学中的螺旋式上升过程相适应的。随着电脑的普及、汉语拼音输入法的使用,汉语教学进入了全然一新的时代。区别主动书写字及被动认读字,使汉字学习所需的记忆包袱大大降低,同时也为书面表达能力提供更大的空间。如此一来,学生在低频汉字学习上花费的时间减少,从而可以把更多的时间与精力放在比较重要的基础汉字学习或其他汉语技能(发音、口语表达、语法等)上了。

在法国使用的官方发布的汉字门槛[①](白乐桑主编)如下:

---

① 即高中会考汉字教学目标。

汉语第一外语:805 字门槛,其中包括 505 主动字

汉语第二外语:505 字门槛,其中包括 355 主动字

汉语第三外语:405 字门槛,其中包括 255 主动字

中文国际班:1555 字门槛

104 高频汉字偏旁门槛

我们之所以为汉字偏旁也设定了门槛,是因为偏旁是汉字的一个记忆单位,因此从偏旁入手帮助学生记忆汉字是符合记忆规律的。在必要时,我们还需引用含有学生已知偏旁部首的相关字(字族)来加强其组字之记忆。诚然,汉语教学并非单纯地在黑板上或课本上展示一组合词之形音义,以为学生在作业本上抄下所学汉字便可完成习得目的。事实上,记忆是需要工具辅助的。在进行偏旁教学时,我们还需要用学生的母语对偏旁进行命名。譬如,夕(« crépuscule »)、卜(« divination »)、讠(« parole »)、五(« cinq »)、口(« bouche »)。

在很长一段时间内,中国的对外汉语教学专家都主张最常用的汉字大约为3000 个。而事实上,这是针对汉语母语者而言的。忽略汉字的门槛设定很可能是因为在中国对外汉语教学中,长期以来是以词作为教学单位的,而非以字作为基本的教学单位。这就导致了长期以来的"语""文"分离。然而,在与笔者交谈过的专家中,曾参加过中国扫盲运动的张田若先生则认为最常用的汉字应该是1200 至 1300 字之间,比笔者预估的 1400 至 1500 字要略微少一些。这些汉字都是频率最高的、构词能力最强的字。在此基础上,我们可以实验性地将阅读的汉字门槛设定为 1500 个字。这意味着在法国主修汉语的国际班学生可以在他们毕业之前就达到自主阅读的水平。

六、法国汉语教学二元论——"相对字本位"下的字词关系

随着语言的发展变化,汉字定量在汉语教学中变得越来越重要。2007 年中国教育部和国家语委发布的《中国语言生活状况报告》揭示,在 2005 年、2006年、2007 年,覆盖率达到 80% 的字总数分别是 581、591、595,覆盖率达到 90% 的字总数分别是 943、958、964,覆盖率达到 99% 的字总数分别是 2314、2377、2394。

在对外汉语教学中,将汉字定量并根据不同水平分等级反映了螺旋式上升的教学目标。然而,我们需要进一步澄清的问题是:定量工作是否还需要考虑词频。假如回答是肯定的,经济原则可能会受到威胁,因为构成高频词的字不一定是高频字,譬如"咖啡"。对于这个问题的一个解决办法是在实际教学中,我们进

行"语"、"文"分步走。也就是说,先教"咖啡"的拼音,暂时因为两个字都是低频字,所以没有必要教汉字。另一个解决办法是在注重日常语言行为的同时,也关注字的复现率(recurrence)、字频(frequency)与字的构词能力(combinatory capacity)相结合。在释词中,将字的重复与词的释义结合起来。这是指,运用有限的、已学过的字来解释新词,进一步说,是用不同级别中最有限数量的汉字来解释新词。通过重新利用已经学习过的字与词的知识来理解新词,于是已学的字与词由于被重复而更便于被记忆。由此,学习者的记忆负担大大减轻,可以使学习效率得到很大的提高,在一定程度上帮助学习者培养出自行猜测推导词义的能力。这种练习有利于培养学生用目的语思维的能力,以激发他们的成就感和自信心。

以下是一些解释新词的例子:

作家（writer）

1) 写小说的人。(people who write novels)

2) 从事文学活动，比如写小说等，十分出色的人。(remarkable person who is engaged in literary activities，such as writing fiction)

3) 从事文学创作并有成就的人。(successful person who is engaged in literary creation)

由上可见,我们对同一个词语采用阶梯式分级解释:

第一级别:用最高频的 200 个字说明词语的基本意思;

第二级别:选用频率表中前 400 个汉字(包括前 200 个字)中的字来解释新词更丰富的意义并涉及大部分语法功能。

第三级别:使用频率表中前 900 个汉字中的字来解释新词的扩展意思,表明学习者可以在生活中自由轻松地表达他们的想法。

以上教学方法是笔者主编的《说字解词》的基本编写原则。《启蒙》的字词比其他教材的高很多,可相当一部分是无语境,当时是考虑到不同的教学对象应该区别对待,由老师根据学习者的特征和需求去活用组合词。后出的《滚雪球学汉语》及《说字解词》既保证字的复现率,也给活用尽多的组合词提供场面。

笔者在汉字教学上也尝试利用不同级别的有限的高频字来编写很多段短文,以达到汉字学习上"滚雪球"的效果。具体来说,就是利用回收原则,尽可能使用学生已经学过的字来编写小短文。这也是笔者 1989 年编写的《汉语语言文字启蒙》一书的思路:该教材的所有文字都是四百字表中选出来的;每三篇课文后,都会有一篇"滚雪球"文章。该篇文章会重复使用学生已学的字,加强字的复现率。新的词汇是在已学的高频字的基础上形成的,也就是说,学生可以根据已学的字猜到新词的意义。而这正是真正意义上的阅读理解。

以下是笔者用400个字表中的198个最高频字编写的一篇滚雪球短文(《启蒙》最后一篇滚雪球短文):

亲爱的文平:

你好!好久没有收到你的信了。你最近怎么样?身体好吗?我现在天天在想你。你想我吗?你快把我忘了吧?为什么不给我来信呢?难道是生病了吗?三年以前,我认识你的时候,你很年轻,刚刚出国回来。我在校园门口问了你一些信息学方面的问题,因为我听过你的课。虽然你讲课的时候有点儿黑龙江口音,可是我觉得你讲得很有水平,很认真。那天,你开始跟我说话的时候还有点儿不好意思呢。当然,过了一会儿就自然多了。后来,是你主动找了我几次。一次是给我讲电脑。当时,我觉得你的脑子就跟电脑一样。一次是给我讲成语。你讲的两个成语是"一心一意"和"三心二意"。你说做事要一心一意,不能三心二意。不知怎的,现在我一听到这两个成语,就想起你。一次是讲李白,你说你最喜欢李白。还有一次是你给我唱民歌。你唱的民歌真动人,真好听。看来,你还是一个歌唱家呢。从那以后,我就爱上了你。真的,当时我时刻想跟你在一起,坐在你身旁,听你讲知心话。最让我难忘的是前年秋天。有一天,我们一起去看一个外国动画片。回来的时候,下雨了。我忘了带雨衣,着凉了。你跟我一起去医院看病,去药房买药。我没有带钱包,是你拿钱买的药。我生病的那几天,你天天骑自行车来看我。有时在我这儿吃点儿便饭,很晚才回家。当时,我真有点儿心疼你。去年新年的时候,我收到了你的明信片和一张唱片。明信片上写着:"给我的意中人"。看到这几个字,我高兴得不知怎么好。

亲爱的,我们在机场分手的时候,你说:"我是讲信用的,你一定等着我。我得了学位,就马上回来。"我没忘你的话。我在等你,时刻在等着你,等着你早一天回来。

祝你万事如意!

你的心上人园园
一九八九年九月三日北大

通过这一示例,我们可以更清晰地了解到"滚雪球"的教学策略:在严格控制字数的基础上挑选高频词;坚持经济原则在教学中的运用;尊重汉语的内在逻辑。其目标是,在激发学习者被动理解能力的同时,培养他们的主动表达能力。学习者只需掌握有限的汉字便能理解尽可能多的文章,并用有限的字编写无限多的文章。这对学习者而言,无疑是一个巨大的信心鼓舞。"滚雪球"的学习策略是法式字本位的集中体现。它不仅充分彰显了由字扩词再组句成章的理念,也能够有效地帮助学生将其被动词汇升级为主动词汇。

汉字量化与词频之间的关系可以通过统计学的分析得到科学的说明。以下统计数据可供参考:

第一个统计数据是使用高频字作为人名和没有使用高频字作为人名的一个比较测试。通过笪骏的《现代汉语单字字频列表》,笔者计算了自己的教材中使用的汉字人名的频率以及其他教材中的人名频率,并作了比较。

以下是在不同教材中使用的一些人名:

1)帕兰卡、古波、琼斯、王萍(《实用汉语课本》、《简明汉语课本》)

2)行彳亍、木爿片、皮及叐、甲田曰(李先科《现代汉语程序式教程》 *Méthode programmée de chinois*,Nicolas Lyssenko,1987)

3)王月文、田立阳、关放活[白乐桑(J. Bellassen),*Méthode d'Initiation à la langue et à l'écriture chinoises*《汉语语言文字启蒙》]

下表是计算结果:

表 1

出处	人名例子	汉字频率	汉字覆盖率
赵贤州、黎文琦、李东编著,《简明汉语课本》	琼斯	11870 + 252553 = 264423	0,0456 + 0,0975 = 0,1431
Nicolas Lyssenko,《现代程序汉语教材》(*Méthode programmée de chinois*)	行彳亍	693612 + 0 + 0 = 633612	0,2679 + 0 + 0 = 0,2679
	木爿片	79917 + 0 + 97994 = 177911	0,0308 + 0 + 0,0378 = 0,0686
J. Bellassen(白乐桑),《汉语语言文字启蒙》(*Méthode d'Initiation à la langue et à l'écriture chinoises*)	王月文	379946 + 419841 + 392026 = 1191813	0,1467 + 0,1631 + 0,1518 = 0,4616
	王里重	379946 + 703578 + 336945 = 1420469	0,1467 + 1,2716 + 0,1302 = 1,5485
	关放活	338479 + 181974 + 201464 = 721917	1,2718 + 0,0703 + 0,0778 = 1,4199

第二个统计数据涉及《汉语语言文字启蒙》教材中使用的饮料名称。"可乐"一词用汉字和拼音标出,"咖啡"、"雪碧"用拼音标出。根据笪骏的《汉字单字字频总表》,可乐、咖啡、雪碧的排位如下:"可乐"的"可"字列在 30 位,"乐"字列在 619 位。所以,这两字属于高频字,教师既需要教授拼音,也需要教授汉字。而"咖啡"的"咖"字列在 2379 位、"啡"字列在 2326 位。"雪碧"的"雪"字排在 1003 位,"碧"字排在 2165 位。这几个字除了"雪"字相对常用外,其他几个字的字频都比较靠后,因此对于初学者,我们提倡先只教拼音。

第三个统计数据是北京大学王若江教授的研究成果。她对不同教材中的字词比率做了比较。以下是王若江研究中的一些简要的统计数据以及笔者所了解的《新实用汉语课本》第一册的统计数据。

表 2

教材	字、词数	字词比率
《基础汉语课本》 1、2 册,外文出版社,1980 年	489 个字,534 个词	1:1.09
《汉语初级口语》 北京大学出版社,1997 年	600 个字,733 个词	1:1.22
《汉语语言文字启蒙》 华语教学出版,1998 年	400 个字,1586 个词	1:3.97
《新实用汉语课本》 第一册,北京语言大学出版社,2002 年	364 个字,488 个词	1:1.34

从以上比例数字可以看出,以"词"为教学出发点,"字"则处于从属的地位,汉字的利用率便很低,也就是说为了词的常用性,就不能太考虑学习汉字的数量问题。相反,如果以"字"为教学起点,就会注重字的复现率和积极的构词能力,字词比率自然比较高。当然,不可否认,照顾"字"时,有些常用词语就可能被回避了。以字词作为起点的选择问题,进一步讲就是分散识字与集中识字的选择问题。分散识字紧跟着词带字的原则,字就成为附属品。在此种选择下,学习者不容易以部首、部件、形声部件进行归类。分散识字也不能充分利用汉字的频率进行教学,不能将识字与阅读相结合,从而导致了学习的集中度分散。

七、汉语二语教材的基本类型

如果综合概括汉语二语教材基本类型,我们认为有以下几类:

1. 以词为单位的综合"一元论":词的交际功能——口头或书面——占据绝对重要的地位,且构成唯一的语言单位(词带字)。其后果分散识字,不把字当成单位,所以不注重字的频率、出现率及复现率,就是在一篇关于饮料的初级课文中选用如下两词:"可口可乐"、"咖啡"。这种在近几十年来在中国出版的教材所遵循的教育论基础,必然导致忽视对汉字的释义,只做简单的笔顺指导。

2. 口语"一元论":词的口头交际能力占核心地位。汉字知识未纳入教学中,词语以拼音形式出现,如 kāfēi, kěkǒukělè。这种形式常在以速成、实用为目的的学习材料中使用。

3. 以字为单位的"一元论"(绝对字本位):单字在教学中占主导地位,忽略交际能力和语法知识的习得。在这一教育论指导下,会优先选择简单的独体字和其相关的派生字,如"口"和"品"、"木,林,森,本,末"等等。构字的方法被运用和学习,但在构句中却受到了词汇量的限制,且会导致交际能力薄弱,甚至不具备交际能力。这种方法是由李先科 Nicolas Lyssenko 的教学法发展而来的。

4. "二元论"(笔者主张的相对字本位):承认汉语教学具有两个最小语言教学单位——字和词。充分承认字是表意单位、组合单位、记忆单位,区分主动字和被动字。对词的选择依据汉字的出现频率与交际价值这一双重标准。它不是列出有利于交际的词,而是优先选择由高频字组合而成的词,有些组合性较弱的词汇可能只在语音层面上进行教学。如"Coca-Cola"一词是依据字与音的双重维度来处理的,而"café"在初级阶段则只用拼音进行标注:可口可乐/kāfēi。该理念是我们在初级教学中特别提倡的,也是我们在《汉语语言文字启蒙》一书中所遵循的教学理念。这一理念的运用也会根据特定的学习者做些调整:由此,"可口可乐"一词,同时既要认读也要会写,而"咖啡"则只属于被动词汇,只要求认读。

5. 面向幼儿园、小学的二元论:该理念承认字—词两个语言单位,但其所倡导的教学是完全"分离"的(我们认为因学习者的年龄和认知特征这一教学论方法专门适合幼儿园和小学学习者)。交际汉语就只注重口语(在拼音的辅助下,或是在一些信息交流工具的支持下),汉字的相关知识根据其内在逻辑单独地进行教学。这种两极分化的教学模式,一方面会列出 kāfēi, kěkǒukělè,另一方面则列出木、林、森、口、品等。因为适合低龄学习者的认知特征及他们能承受的学习负担,这一路子适合小学的汉语二语教学。

在当今汉语教学飞速发展的背景下，正视本学科的主要问题是至关重要的。在中国，自50年代开创对外汉语教学以来，一直把"词"作为唯一基本教学单位，坚持汉语教学一元论。诚如吕必松先生所言："汉字教学和汉语教学一直是'两张皮'，口头汉语教学与书面汉语教学一直处在互相制约的状态。"而这一问题的存在，"并不是汉字和汉语的固有特点决定的，而是因为我们弄错了基本教学单位。"①

总之，以问题的形式来概括一元论和二元论的基本冲突：

（1）中国文字作为表意文字的表意性为什么没有在大陆及台湾地区教材体现出来？是否也应该在汉语教材体现出来？有生词表，是否也应该有生字表？

（2）大陆和台湾地区绝大多数教材的汉语教学论方向是以词为唯一单位的一元论，而国外具有一定的反响的教科书（德范克 de Francis 系列、佟秉正的 *Colloquial Chinese*、白乐桑的《汉语语言文字启蒙》）的教学论方向则是二元论。

（3）唯有汉语才有两种"典"，即词典和字典。这反映了什么样的与西文不同的一个语言状况？是否反映了汉语是二元机制？

（4）是词生成字呢，还是字生成词？两者之间是否应该在教材体现出来？

（5）汉字的字形是否需要记住？如果需要记住，是否需要遵守记忆规律并提供最起码的助记办法，即字义和合体字每个偏旁或部件的名称？

（6）注重知识的频率、出现率和复现率是任何科目教学的基本原则，汉语的字与词是否也不能例外？

（7）汉语等级标准以及相关测试是否也应该把汉语的两个单位均视为等级描述的依据？

"不识庐山真面目，只缘身在此山中。"在当今汉语教学在全球发展的关键时期，我们应当认清汉语的独特性，承认汉语教学中有"字"与"词"两个基本单位，并需要在"字"与"词"两个层面上都遵循经济原则。

（作者单位：法国国立东方语言文化学院）

---

① 吕必松：《我为什么赞成"字本位"汉语观——兼论组合汉语教学法》，《汉语与华文教育》2016年8月12日。

是否有重译《论语》之必要？

Philippe Che 撰　黄　婷 译

一、孔子在法国的首次踏足之旅

在我看来,格言书①的特点有三个:简洁性,透彻性,普遍性。最愚笨的人也能够理解其文本,最灵敏的人能够在文字的冥想中发现从前所不了解的真理:每一则格言都与道德的基本原则相关联,这也就使得所有人都对其保持兴趣,无论他们居于何种环境、受到何种统治。

普吕凯神父在 1785 年首个法译本《论语》的引言中如是说道,该译本是根据卫方济神父的拉丁文译本转译而来。众所周知,这本小书(约 12000 字)包含了儒家道德哲学的基本内容,以此道德哲学为基准,不同国家得以建立并实现长治久安,比如在中国、韩国、日本以及越南。时至今日,这一道德哲学在以上提及的四个国家仍然是不容置疑的道德参照标准②,以有意识或无意识的方式支配着青年一代的教育。如此看来,《论文》文本的重要性是针对地球四分之一的人类而言的。如果说当今法国少有人知道孔子所系何人,那么启蒙时期的哲人,以伏尔泰为甚,对孔子及其对国家、社会产生的影响产生了强烈兴趣。伏尔泰对孔子报以无限钦佩之情,这在他很多的文本中都有所表达。试举《哲学辞典》③(*Dic-*

---

① 此处,格言书指的是《论语》,法语翻译为"*Lunyun*",更有名的译法是"*Les Entretiens de Confucius*"(直译为《与孔子的对谈》)。

② 有悖常理的是,儒家传统在中国受到的质疑最多,时间从 19 世纪末一直持续到"文化大革命"时期,其原因主要来自国家政治。当今中国在国家体制和人民层面上同时用力,协助恢复儒家道德,甚至是儒家礼仪。

③ 首个版本来自日内瓦和伦敦出版社。最新的版本是:伏尔泰:《哲学辞典》(*Dictionnaire philosophique*),巴黎:伽利玛出版社,经典丛书,1994 年。

tionnaire philosophique，1764)中的两段话为例：

> 是受何种命运的必然性驱使，或许也令西方人感到可耻的是，他们必须
> 到东方的尽头找寻这位简单朴素、毫无伪饰的智者，他教导人们如何幸福地
> 生活，在公元前 600 年，当整个北方都不知道字母的使用，当希腊人才刚开
> 始显现出智慧的时候。这位智者就是孔子，他是唯一的立法者，他从不愿意
> 对人行骗。(《哲学辞典》，"哲学")

通过这一段文字，伏尔泰表达了一种看似有些简单的想法，即中国之所以能够
拥有一种幸福、和平的文明，与欧洲截然不同的文明，乃是得益于孔子这位智者的
教导。他也并不否认希腊、拉丁以及阿拉伯哲学的价值，他在别处如此说道：

> 关于人之职责与义务的书写，不论执笔者是谁，在全世界各个国家都是
> 成功的，因为写作的出发点只是作者个人的理性。他们都讲述着同样的东
> 西：苏格拉底与伊壁鸠鲁，孔夫子与西塞罗，马克·安多南与阿穆拉斯二世
> 拥有同样的道德情操。他们每天对着每个人说：道德只有一个，它来自上
> 帝；信条不同，它来自我们。(《哲学辞典》，"正义与非正义")

在此，伏尔泰恰当地使用了两个基本词汇："义务"与"正义"。虽不识中国之
语言①，我们的哲学家却能很准确地预感到，孔子教导的基本内容就包含在这两
个词语之中。

---

① 伏尔泰所掌握的关于孔子和中国的信息主要来自耶稣传教士所撰写的文本，自 17 世纪起，
耶稣传教士开始了孔子和中国这两个主题的书写，主要涉及两个文集：《耶稣会士中国书信集》
(*Lettres édifiantes et curieuses des missions étrangères*，共 34 卷，出版于 1702—1776 年)；《描述中国》
(*Description de la Chine*，1735)，作者杜赫德。但是，在这两部文集中并没有明确提及《论语》文本，
伏尔泰很可能是通过拉丁文译本了解到《论语》的。在他的时代主要有两个拉丁文译本：第一个译
本是耶稣教会团队工作的成果，该团队由柏应理领导，名为《中国哲学家孔子，或以拉丁语表述中国
人的智慧》(*Confucius Sinarum Philosophus, sive Scientia Sinensis latine exposita*)，巴黎：丹尼尔·
霍特梅尔斯出版社，1687 年；第二个译本更为有名，耶稣会士卫方济在其《中华帝国经书六种》
(*Sinensis Imperii libri classici sex*)中录入了论语文本，该书于 1711 年在布拉格出版。关于伏尔泰和
孔子的研究，可参加学者宋顺钦(Song Shun-Ching)力作《伏尔泰与中国》(*Voltaire et la Chine*)，普
罗旺斯地区艾克斯：普罗旺斯大学出版社，1989 年。

二、义：正义？正义感？公义？公平？义务？

在《论语》中，"义"这个词的出现频率并不及其他诸如"仁"、"礼"这些概念：它在文本中仅出现了 24 次。但这并不能否定它在孔子哲学思想体系中的核心地位。从古至今，那些援引儒学思想的作家们经常会提及"仁义"这一组词语，好像这两个在《论语》中从未以组合形式出现的概念是密不可分的。同时，在《道德经》（第 19 章）中也有出现"仁义"这一组词语，在《庄子》中，"仁义"出现了 50 多次，在《孟子》以及其他战国时期的文本中，"仁义"皆有出现。对于那些古代文人来说，这个词的含义应该是清楚无误的，因为鲜有发现对这个词组的注解。两位重量级的作者为我们理解这两个词语提供了宝贵的启示。孟子通过告子所说之话对"仁义"进行了解释："仁，内也，非外也；义，外也，非内也。"①告子在随后的文本中解释说，"义"取决于具体情况，这就是为什么说"义"是外在于我们的。这一主张与夏尔勒·布朗（Charles Le Blanc）提出的"义"的概念相矛盾，后者认为，"义"这个概念对应的是一种天生的正义感（见下文）。随后，唐朝著名诗人、哲学家韩愈（768—824）在其名篇《原道》的开篇处写道："博爱之谓仁，行而宜之之谓义。"②在此，我们了解到，"仁"是君子所应当培养的品质，法语通常把"仁"翻译为"humanité"（人性）、"vertu d'humanité"（人之美德）、"bonté"（仁慈）、"bienveillance"（善心），以合宜的行动表达"仁"就叫作"义"。这样一种阐释，如此清晰透彻，丝毫不给后世的注解者留有质疑的余地。几个世纪以后，这种阐释又再次出现，在 20 世纪伟大的儒学专家沈知方的著作中，我们找到了对韩愈上述论断的现代话翻译版本："'义'指的是我们当行之事；韩愈说的好：'以合适的行动表达（仁爱）就是义'。"③

根据此定义，"justice"（公义）、"équité"（公平）这些词似乎就偏离了"义"这个在《论语》中最常见概念的含义。这种混淆或许部分地出自一词多义现象，该现象在法语和中文中同时存在。在法语中，"justice"（公义）这个词涉及两个领

---

① 仁，内也，非外也；义，外也，非内也。参见《孟子》，6，A4。

② "博爱之谓仁，行而宜之之谓义。"《原道》的最新版本可参见《韩昌黎全集》，北京：中华书局，1991 年。

③ "义"是应该做的事情，即韩文'行而宜之之谓义'也。沈知方：《四书读本》，台北：启明书局，1965 年。

域:一是道德判断领域①——作为四大基本美德之一;二是法律、法规领域。用
"justice"(公义)来翻译"义",法语译者选取的是这个词的第一个词义。最新的
一位论语译者夏尔勒·布朗明确指出②:

> 义:"公义,公正,义务感"。第一个含义是严肃、庄严并且得体适宜;例
> 如,在宗教典礼中保持举止严肃庄重。《论语》中的派生含义:天生的正义
> 感、正直感、责任感和道德感。正义感与个人私利、地方主义、偏袒行为相对
> 立。孔子说:"君子义以为质。"③

夏尔勒·布朗在谈及义务和道德的时候或许是正确的,然而当他提及"天生
的正义感"的时候,他可能犯了错误。的确,随着时间的推移,"义"这个词被赋予
了相当多的含义,根据它与其他词的联合使用,这个词的词义也变得多样化。中
文现代词语中"正义"对应的就是法语中"juste"(正义)的意思,试举短语"正义事
业"(cause juste)以及"正义斗争"(combat juste)为例。但是,在儒家道德的语境
中,"义"这个词既不涉及某项事业或斗争的性质,也不涉及一种"天生的正义
感"。更确切地说,"义"是指在某个既定情况中采取行动的义务,同时,这种行动
还必须是正确的、忠诚的、合乎道德的。这里,"义"的含义与词语"道义"④以及
现代中文中常用的短语"讲义气"相同,后者的意思是"忠诚的,有责任感的"。所
以,相较于"justice"(公义)和"équité"(公平)这两个词,选取"devoir"(义务)或
"sens du devoir"(义务感)来翻译"义"似乎更为恰当。

在最近的《论语》法译本中,"équité"(公平)这个词常常被用来翻译"义",笔
者认为,这个词比"juste"(正义)、"justice"(公义)更偏离"义"的概念。"équité"
(公平)这个词源自拉丁词 æquitas,表示"平等"的意思:"公平的内涵在于让每个

---

① 蒲鲁东对此给出了定义:"正义[…]是对人之尊严的尊重,在人与人之间,这种尊重经受了
自发的考验,得到了相互的保证,在某些人以及在某种状况中,人的尊严受到了损害,对尊严的维护
使人遭受危险。"见蒲鲁东《革命中的正义》,转引自塔敏、拉皮《道德阅读》(*Lectures morales*),巴黎:
阿谢特出版社,1903 年,第 417 页。

② 参见夏尔勒·布朗、马蒂厄《儒家哲学家》(*Philosophes confucianistes*),巴黎:伽利玛出版
社,七星文库版,2009 年,"引言"第 18 页。

③ 子曰:君子义以为质(《论语》,15.18)。

④ 在日本文献资料中,这个术语最常见到被用来定义"义"这个儒家概念(例如,百科全书《大
辞线》)。

人享有平等的地位"[《小罗贝尔字典》(*Petit Robert*)]。如果我们采纳《小罗贝尔字典》中"équité"(公平)这个词的第一个定义,那么孔子所说的"义"指的就是"每个人天然应得的公平",但是,在孔子关于社会的展望中,他从未涉及"平等"问题。孔子所有的思想都建立在"孝"这个概念上,法语用"piété filiale"(直译为孝敬父母)来翻译"孝"这个词,算是一种聊胜于无的译法了。正是"孝"这个概念规范了整个社会等级,从最低层到最高层。在中国、韩国、日本以及越南,"孝"的理念众所周知并且深深扎根于社会生活之中。根据这一理念,一个小孩必须绝对尊重他的长辈(哥哥、姐姐、叔叔、阿姨等),对父亲应当尤其尊重,臣子应当绝对尊重君王——即使孟子曾严肃地质疑后面这种君臣义务。另外,在孔子所设想的中国是显然没有性别平等的。对孔子而言,正如对他的大多数同代人而言,他还不懂得提出平等问题(也就是"équité"这个词本身的含义),无论是家庭还是国家内部的平等。此外,公义(justice)与忠诚(loyauté)这两个概念可能是相互排斥的:一个讲求公义的人可能是不忠诚的,一个忠诚的人也可能是不讲公义的。

下面,笔者将对《论语》中两句经典格言的法语翻译展开分析,译者皆为法国著名汉学家,按照出版的时间顺序排列:

> 子曰。君子喻於义。小人喻於利。(4.16)
>
> ● 颇节(Guillaume Pauthier,1841):"高尚的人受到**公**义(justice)的影响;粗鄙的人则受到个人利益的影响。"
>
> ● 顾赛芬(Séraphin Couvreur,1895):"智者的门徒凡在涉及**义务**(devoir)的地方皆表现得明智,粗鄙的人则是在个人私利方面表现得明智。"
>
> ● 程艾蓝(Anne Cheng,1981):"高尚的人眼中识得**正义**(Juste),卑微的人眼中只识得利益。"
>
> ● 李克曼(Pierre Ryckmans,1987):"诚实的人以**公**义(justice)的视角看待事物,粗鄙的人则以个人利益的视角看待事物。"
>
> ● 雷威安(André Lévy,1994):"有素质的人把一切归诸于**公义**(justice)问题,卑微的人则把一切归诸于利益问题。"
>
> ● 雷米·马修(Rémi Mathieu,2006):"高尚的人受到**公平**主义的教导(l'équitable),卑微的人则受到个人私利的教导。"
>
> ● 夏尔勒·布朗(Charles Le Blanc,2009):"高尚的人从**公**义(justice)

的角度理解一切。卑微的人从私利的角度理解一切。"

● 夏尔·德劳奈(Charles Delaunay,2011):"有素质的人凡在涉及**正义**(juste)的问题上皆表现得谨慎,卑微的人则在个人利益方面表现得谨慎。"

● 乐维(Jean Levi,2016):"崇高的人精熟于**公义**(justice),粗俗的人则精熟于利益。"

在笔者看来,最早的翻译似乎是最恰当的,比如在顾赛芬的翻译中就使用了我们在前文所主张的"devoir"(义务)一词。当然,我们可以指责该译本过分累赘:原文非常简洁明了,这种简洁赋予话语以中肯性,是孔子的一大鲜明特征。译者的担忧可能来自两个方面:既要保持对文字的忠实,也要尽可能忠实于原文的韵律。遗憾的是,在《论语》的译者群体中,鲜有能同时达到这两个目标的。对于这句格言的翻译,笔者的建议如下:

高尚的人知道他的职责在何处,卑微的人知道他的利益在何处。

我们选取的第二个片段来自子路的话语,作为孔子的弟子,子路常在《论语》中出现:

不仕无义。(……)君子之仕也,行其义也。(18.7)

● 颇节(Guillaume Pauthier,1841):"不接受公职是与**公义**(justice)相违背的。[……]高尚的人接受那些能履行其**义务**(devoir)的公职。"

● 顾赛芬(Séraphin Couvreur,1895):"拒绝职务是缺乏**义务感**(devoir)的表现。[……]智者接受职务是为了履行他对君王的**义务**(devoir)。"

● 程艾蓝(Anne Cheng,1981):"拒绝一切职务就是否认**道德关系**(rapport moral)(这种道德关系存在于年长者与年幼者之间,君王与臣子之间)。[……]如果高尚的人从事某一职务,那一定是为了维持这种道德**关系**(rapport)。"

● 李克曼(Pierre Ryckmans,1987):"我们无**权**(le droit)退出公共生活。[……]对于诚实的人来说,服务国家乃是一项**义务**(devoir)。"

● 雷威安(André Lévy,1994):"拒绝为国家服务是不**正义**(juste)的。[……]有素质的人通过服务国家的方式来履行自己的**义务**(devoir)。"

● 夏尔勒·布朗(Charles Le Blanc,2009):"拒绝服务国家是缺乏**义务感**(sens du devooir)的表现。[……]对于高尚的人来说,接受公职是为了履行**义务**(devoir)。"

● 夏尔·德劳奈(Charles Delaunay,2011):"拒绝接受职务是缺乏**美德**(vertu morale)的表现。[……]有素质的人在遵循**正义**(ce qui estjuste)原则的前提下行使职责。"

● 乐维(Jean Levi,2016):"拒绝服务国家是与**道德礼仪**(convenances)相违背的。[……]高尚的人对主人尽职,因为这是他的**义务**(devoir)。"

诚然,在《论语》中,根据语境的不同,"义"这个词所包含的意思可能有细微的差别。但是,在本文所举例子中,前后出现的两个"义"是严格指向同一个概念的。然而,法语译者们却踌躇于两次都使用同样的词语来翻译。"行其义"这个短语的意思很明显,因此,除程艾蓝和夏尔·德劳奈两位译者以外,几乎所有的译者都选择了"devoir"(义务)这个词。但是,由于某种至今仍显神秘的原因,大多数译者在"义"字第一次出现的地方,即在"不仕无义"中,并未做出同样的选择:我们又回到"justice"(公义)、"rapport moral"(道德关系)、"juste"(正义)、"vertu morale"(美德)这些词,在乐维的译本中甚至使用了"convenance"(道德礼仪)这个词。这里似乎存在着一种翻译训练现象,这种训练认为,两次使用同样的词语来翻译前后出现的同一词语是不寻常的译法,译者应当拒绝这种翻译。但是,在文本意思清楚无误的情况下,如本文范例所显示的,这种训练现象的效果会受到极大限制。孔子是具有格言意识的,译者有责任对这种意识予以彰显。

(作者单位:Philippe Che,法国艾克斯–马赛大学

译者:黄婷,南京大学)

中国古代艳情小说在法国的翻译和接受

Pierre Kaser 撰　　童雁超 译

　　很长时间里,作为领域内唯一可获取的权威法语文献,著名荷兰汉学家高罗佩(Robert Van Gulik,1910—1967)所著《中国古代房内考》[①],为该汉语文学体裁研究奉为圭臬。在汉语文化风景中,情色文学虽为重要一隅,法国学界的后续努力却也没能极大拓宽研究视野。2008 年,刘达临著作《中国性史图鉴》在法国的译介,也终未尽达原旨[②]。不过,在同样拥有悠久情色文学传统的法国,译家们为读者提供了足可以自傲的丰富品类,这些在明清两代广为传阅的风流故事,不单远播异国(其中日本尤著),也在中国的屡次禁毁中幸存。诚然,从 20 世纪60 年代初至 21 世纪初,不下 20 部相关著作相继在法国面世,个中虽偶有欠奉之作,但大体上确实臻于完备。

　　至于每言及艳情小说必先想到的那部奇书,笔者无意在本文讨论,因为,《金瓶梅》显然远不限于绮文而已,尽管《金瓶梅》并不完整的译本往往过分强调了这一面。关于这部杰作,本文所涉及的一众作品,则难免或着意效仿,或尽力要别开生面,而我们接下来将讨论的作品,正是其续作之一。

---

　　① 系 *Sexual Life in Ancient China. A Preliminary Survey of Chinese Sex and Society from ca. 1500 B.C. till 1644 A.D.*(1961),法文版由路易·埃弗拉尔(Louis Évrard)译,雅克·勒克吕(Jacques Reclus)校,1971 年伽利玛出版社出版,收入《历史丛书》(Bibliothèque des histoires)。中文版见李零译《中国古代房内考·中国古代的性与社会》(上海人民出版社,1990 年)。另可以参考合著作品 *Jeux des nuages et de la pluie. L'Art d'aimer en Chine*(《云雨·爱的艺术在中国》,Bibliothèque des arts,1969),该书从图像艺术角度切入,立论严谨,插图精美。

　　② 请见 *L'Empire du désir. Une histoire de la sexualité chinoise*(《爱欲国度,中国性事史》,Robert Laffont,2008),译者让-克洛德·巴斯托尔(Jean-Claude Pastor)对《中国性史图鉴》(长春:时代文艺出版社,2000 年,第 345 页)作了大量删减和严重曲解。

面纱初启

《隔帘花影》(约 1735 年)是丁耀亢(1599—1699)所著《续金瓶梅》的删减本，后者是已知首部《金瓶梅》续书，也在清朝首批禁毁书籍之列，其中对女真侵宋的描述，自然也影射了更晚近的历史事件。

《隔帘花影》法译本 1962 年在巴黎卡尔曼-李维出版社(Calmann-Lévy)付梓，题为 *Femmes derrière un voile*(帘内女)，译者未署名。这一译本以孔舫(Franz Kuhn，1884—1961)的 1956 年德语改编版[①]为基础，进行了稍嫌乏味的再现。书中简短且同样未署名的卷首语提请读者应将该书看作一部政治小说，一部"因果报应的小说"，尽管该书"与情色题材紧密关联"，但与其流连于中国房中术，不如将它视为哲学与道德教化的载体。这一译本既无注解，似乎也无意勾起那些追捧《金瓶梅》让-彼埃尔·伯雷(Jean-Pierre Porret)译本的读者的兴趣，后者系伯雷于 1949 年根据孔舫的删减本转译而来[②]。

多亏了戴文琛(Vincent Durand-Dastès)近期发表的一篇探讨丁耀亢作品，并附有丰富选译的文章[③]，关于《金瓶梅》诸续篇的风格及刊行，我们都有了更深认识。如今"孔舫式"翻译已不再风行，但在他漫长多产的翻译生涯晚期，孔舫于 1959 年翻译出版了《肉蒲团》。除了遵循一贯风格，对这部杰作大加改动之外，他更是把第一章挪到了全书最后。对当时的法国读者而言，该书的法文转译版几乎是满足初生的中国情色文学趣味的唯一来源。

中国古代艳情小说代表作

肉作蒲团

巧合的是，在反响平平的《金瓶梅》续篇出版同年，第一版《肉蒲团》法译，*La*

---

① 请见 *Blumenschatten hinter demVorhang*，Freiburg：VerlagsanstaltHermann Klemm，1956。

② 关于孔舫，请见陈友冰文章：http://www.guoxue.com/? p=13734。

③ 请见 *Les petit carrés blancs et le roman en langue vulgaire：un youxi pin* 游戏品，*Impressions d'Extrême-Orient* [Enligne]，6 |2016，misenligne le 02 décembre 2016，Consulté le 22janvier 2017. URL：http://ideo.revues.org/481。

chair comme tapis de prière（肉作蒲团）在法国问世。这多亏了编辑让-雅克·伯维尔（Jean-Jaques Pauvert，1926—2016）的主动邀约，以他本人名字命名的出版社自 1947 年创立时起，就因为大量出版敏感而色情的作品而闻名，这当中也包括当时仍被视为不良趣味的萨德侯爵（1740—1814）的作品。此外，伯维尔还是皇皇五卷本 *Anthologie historique des lectures érotiques*（情色读物选集）的作者，他毕生致力于让那些难得入手的杰作重见天日。正因如此，有着相近旨趣的《肉蒲团》会引起他的注意并不奇怪。

在他的邀请下，安田朴（René Étiemble）为新作撰写了一篇出彩的前言。众所周知，安氏在中国古典文学尤其是《金瓶梅》的传播中影响颇大[①]。身为博览中国课题的细心读者，安田朴批判总结当时法国对中国古代小说的认识水平，鉴于这一体裁在法较低的认知度，有翻译能力专家的缺乏，以及完成翻译所需成本，在安氏看来，这一事业需要"一中一法两人协力完成，并且两人都需要精通这两门语言"。在文中，他还庆幸有伯维尔这样一位编辑，甘愿承担"筹备出版《肉蒲团》之风险"。由此我们还得知这一版译作诞生始末，"本作已有孔舫的德译版。译本的法文版持笔者，彼埃尔·克罗索斯基（Pierre Klossowski，1905—2001），向一位年轻的法国汉学家求教。后者碰巧拥有一部《肉蒲团》原版，对比之下，他发现孔舫的译本虽较好传达了文意，但额外的藻饰也曲解了原文语气。于是伯维尔决定先委托我们的汉学家逐字对译，而后克罗索斯基再据此施展文采。正如此前安德烈·纪德（André Gide）协同雅克·西弗林（Jacques Schiffrin）为我们还原普希金那样"。

这位青年汉学家的真实身份曾长期不为人知，但如今基本可以确定，其人正是班文干[②]（Jacques Pimpaneau，1934—   ）。我们之所以确信有汉学家参与其中，是因为卷首语宣称："译本乃是根据孙楷第（1898—1989）《中国通俗小说书目》提及的中文原版，即醉月轩刻本检校而成。"该译本还宣称是"全本翻译"，"仅对每回开篇诗文作删减。这种开场诗见于所有中国小说，这一传统可以追溯至

---

①　参见谭霞客（Jacques Dars）《安田朴与中国文学》（Étiemble et la littératurechinoise），载保尔·马汀（Paul Martin）编《致意安田朴》（*Pour Étiemble*），阿尔勒·菲利普·毕基埃出版社，1993 年，第 65—74 页。

②　2015 年 8 月 2 日在杂志 *Causeur* 出版并于线上刊载：http://www.causeur.fr/rene-vienet-debord-chine-mao-34005♯，班文干过去在 INALCO 的门生魏延年（René Vienet）在采访中确认了这一猜测："（授课）同时，班文干翻译了李渔所著，伯维尔出版的情色杰作——《肉蒲团》。"

说书人在开讲时为引起听众注意而吟诵的诗歌。这些诗歌并无诗性价值,单纯是这类传奇的惯用体裁。"这一规制多少损害了整体效果,并且有别于所有过往译著的翻译策略。

此外,某些词汇如男女性器官,偶尔直接用汉字"阳物"和"阴户"来表示。班文干迟来的解释见于 *Anthologie de la littérature chinoise classique*(中国古典文学选)①:"在译本初问世的年代,有些较露骨的词汇如 bite(鸡巴)会导致书本被禁止向未成年人出售和展示,必须上锁保管,并只许应明确需求出售。为回避审查,应编辑要求,男女性器官名直接出现时都用相应汉字替代。"对这一雷威安(André Lévy)称作"翻译的零度②"的手法,各人自有其见解,但也决不应抹消译者语言表现力的重要性。例如"本钱"一词即可便利地译为 capital,不但意思明了,且于文意无伤。

书末有十页左右译注,未署名但很可能为班文干所著,仅限对作品的分析,以及根据当时可得资料作的李渔小传,至于《肉蒲团》是否确为李渔所作的问题则并未涉及。

尽管如今我们可能会对该译本的某些点持保留意见,但整体而言译文格调颇高,克罗索斯基成功保存了原文的语言活力。《肉蒲团》自此备受追捧,多次再版,其中既有插图精装本,也有较低廉的口袋书③。

如果说译文迟早会衰老甚至"死去",并终将被后来者取代,那么后来者就该有能力在记忆层面都彻底抹消前作。然而《肉蒲团》的重译还未全然做到这点,尽管在公众层面,它的确成功取代了之前那部犹可改进的合译本。

从皮肉到神迷

1990 年,《肉蒲团》重译本 *De la Chair à l'extase*(从皮肉到神迷)付梓,其发行商菲利普·毕基埃出版社(Éditions Philippe Picquier)于 1986 年创立,后从巴

---

① 他在书中重现了第三章(第 47—49 页)和第二十章(第 289—291 页)翻译节选,请见 *Anthologie de la littérature chinoise classique*(中国古典文学选),阿尔勒:菲利普·毕基埃出版社,1993 年,第 906—911 页。

② 请见雷威安 *La Passion de traduire*(《翻译的激情》),载艾乐桐(VivianneAlleton)、朗宓榭(Michael Lackner)编 *De l'un au multiple. Traductions du chinois vers les langueseuropéennes*(《从一到多,汉语欧译》),巴黎:人文之家出版社,1999 年,第 161—172 页。

③ 克里斯蒂安·布尔谷瓦出版社(Christian Bourgois),《10/18》丛书,1995 年出版。

黎迁至阿尔勒,始终专注于亚洲文学。我们很难不对以上两部相隔近三十年的作品做比较,更何况,它们皆应编辑邀约而成书。但遗憾的是,在复现原旨方面,重译本元可以做得更好,这一点在其评注和翻译风格上均有体现。

译者克里斯汀·戈尔纽(Christine Corniot)所作的引言暴露了她对艳情小说体裁,尤其是李渔的写作缺乏了解。当时已有不少相关著作可得,其中就包括派屈克·韩南(Patrick Hanan)1988 年出版的名作①。译者若查阅上述文献,至少能避免严重的阐释性错误,并选用更妥当的源文本。和孔舫一样,译者选择采信与侜翠楼主人(陶山南涛,?—1766)相同的版本,该版虽未对情色描写删节,但另有节略。为忠实于宝永刻本分为春夏秋冬四册的安排,译者还专门对内容顺序作了调整。

若要从"读者期待视野(horizon d'attente)"角度来论,此番译者与编辑的合作确实大获成功。即便我们可以对译本百般指摘,但它确实迎合了读者趣味,并屡次再版重印:其中既有附黑白插画的大开本,也有自 1994 年始发行的口袋书版。尽管如此,我们始终期待能有一部堪与原作精湛文思媲美的译作,附有严谨的评注,最好还能配上原著每回末的点评,这部分已经有彼埃·卡赛(Pierre Kaser)翻译解读,收录于合著文集 *Comment lire un roman chinois*(《中国小说阅读指津》)②,仍由菲利普·毕基埃出版社于 2001 年刊行。但截至目前,还如若泽·弗雷什(José Frèches)在其《中国情事辞典》(*Dictionnaire amoureux de la Chine*)中所呈现的那样③,法国读者所读到的仍是对李渔及其作品的各类奇情异想,对此,稔孰中式欲爱如安田朴者,自 1964 年起便予以批判④。

中国艳情小说风潮肇始

De la Chair à l'extase(从皮肉到神迷)这一标题显然有悖原意,"神迷"(ex-

---

① 请见 *The Invention of Li Yu*(《创造李渔》),剑桥-伦敦:哈佛大学出版社,1988 年。

② 陈庆浩、谭霞客编:*Comment lire un roman chinois*(《中国小说阅读指津》),阿尔勒:菲利普·毕基埃出版社,2001 年,第 179—198 页。

③ 请见 *Li Yu*,*écrivain prolixe et pornographe caché*(《李渔,多产作家和隐秘的淫书作者》),巴黎:普隆出版社(Plon),第 544—549 页,该文颇多错误信息和观点。

④ 请见安田朴"*Le Tapis de prière en chair*(*Note sur l'érotique*)"(肉质蒲团,情色笔记),载安田朴 *Connaissons-nous la Chine*?(《我们了解中国吗?》),巴黎:伽利玛出版社,想法文库(Idées),1964 年,第 113—127 页。

tase）一词几乎仅令人联想到性高潮，《肉蒲团》重译本面世时，适逢中国艳情小说开始风靡法国。三部小说相继付梓，仍是由菲利普·毕基埃出版社发行，分别是《株林野史》、《昭阳趣史》和《玉闺红》，前两种由克里斯汀·孔特勒（Christine Kontler）翻译，后一种由马汀·莫雷（Martin Maurey）翻译，和众多情色文学译者一样，后一个名字可能只是化名。

于 1987 年、1990 年先后出版的 *Belle de candeur*（《朴质佳人》）和 *Nuages et pluie au Palais des Han*（《汉宫云雨》），分别译自《株林野史》和《昭阳趣史》。克里斯汀·孔特勒专精古代中国艺术与宗教，以上两种均是她严肃细致的工作成果。除了勉力要完整还原原文，她更不辞辛苦附上高质量的说明，介绍起源于道家长生修行的房中术。在术语汇编和引言里，译者不忘解释故事背后的政治背景，在两部小说末尾处更分别有长达 10 页和 18 页的翔实注解。

借由以上种种相当细密的努力，译者想必旨在强调情色文学并非全然消遣之作，尽管，消遣本身便足以为这类作品正名。众所周知，虽然此种体裁自有其翻译难点，但其通俗风格往往不难把握，不过，克里斯汀·孔特勒的译本看来稍稍偏离了这种风格。以上两部译作，至少在第一版印刷时，是配有古代插画的。

《玉闺红》法译 *Rouge au gynécée*（闺里红）的情形就比较微妙了，这份 1990 年的出版物可说是集数种缺陷一身。不仅法语水准欠奉，对源文本和读者的态度也可谓轻慢。且撇开编辑责任不谈，对这位自称"在东南亚某大学拥有社会学教席的加拿大籍亚洲专家"，我们很难不严词挞伐。

其实，《玉闺红》原文本身就已经很棘手，现存版本相当晚近，而且仅是几卷残本，堪堪凑成十回，尤其末尾数章，许多段落都不完整。而译者却信誓旦旦宣称他持有的版本不但使他能完整还原原著，更在结尾处另添两章。此外，译者关于《金瓶梅》与《玉闺红》作者为同一人的推论堪称奇思妙想，其翻译手法也很值得商榷。经过一番随性的增改和删减，作者把原作的辛辣粗野变成了纯粹的低俗。在接下来将谈及的丛书序言中，陈庆浩直言其"非严肃之翻译也"，这一评价不可谓不中肯。

1990 年，三册书结集为 *Trois romans érotiques de la dynastie des Ming*（明代艳情小说三种）成套出售，后来又分别以口袋书形式再版，并采用过数种不同封面，这不免又造成了读者的困惑。到此，对中国情色文学的初识阶段算是告一段落。

值得庆幸的是，接下来的翻译工作获得了更有力的支持，仍要归功于菲利普·毕基埃出版社,而持笔者则更加严谨也更加专业。除几部由雷威安翻译的作品外(详见后文),其他所有新译都将受益于领域内一项大贡献——在台湾地区出版的一套内容丰富严谨,囊括四十余部白话小说和数篇文言文篇章的丛书。

这套《思无邪汇宝》须归功于王秋桂(台湾"清华大学"历史所)和陈庆浩(法国国家科学研究中心),尤其是陈庆浩从世界各地的图书馆,不遗余力地搜罗各现存珍本。有赖于此,这套 1994 年至 1997 年在台湾地区出版的 36 卷本,如今已成为涉猎此类文献时的必读材料[①]。在法国的同仁们,自然也对这套巨著善加利用,其中居首的是联署了不少于六部译著的 Huang San,他的合作者同样只留下几个笔名,分别是 Lionel Epstein、Oreste Rosenthal 和 Boorish Awadew。

Huang San 的译者组合

Huang San 与合译者分工明确:Huang San 只从他熟悉的《思无邪汇宝》丛书选取原本,并为合译者提供协助,后者则负责译文与评注的最终定稿。成品不单文笔晓畅,对文本颇有见地,原作的副文本(序跋,行列间、章回末的批注等)、插画旁的注释庶无遗漏,外加渊博却平易的前言,并佐以注解(有时因考据翔实而颇繁长),我们还能苛求什么呢?

尽管风格严谨,但合译者们,尤其是定稿的一方,不免也有借题发挥处。虽然纯熟的译笔较容易让各种创意被接受,但偶也有值得商榷的时候。例如《痴婆子传》1991 年译本 *Vie d'une amoureuse*(痴女子生平)中,译者复现了类似 *La chair comme tapis de prière*(肉作蒲团,Pauvert,1962)的操作:在开篇部分,尤其是第 26 页与第 35 页之间,多次出现了相当象形的汉字"凸"与"凹",此外,译文中也能见到"阴""阳"二字。不过此种别出心裁倒无碍于女主人公性史的呈现,这一部艳情小说的绮思,在法文中亦不失为如实还原。

巧的是,早在该译本问世 42 年前,有一本名为 *La folle d'amour. Confession d'une Chinoise du XVIII* siècle(《痴情女,一个 18 世纪中国女人的忏悔录》)的书,让一个中国女人进入人们视野。1949 年在萧出版社(Édition du Siao)付梓,随附十幅木版画插图,出自一位名叫王绍吉的川籍画家之手。吕西·保尔·玛格丽特(Lucie Paul Margueritte,1886 年生)为该书改编并作序,并宣称译者名

为 Lo-Mengli①。不过,根据其译笔,我们还是能辨识出它与另一些中文译著的联系。玛格丽特声称得到某位"大学者"的协助,至于这位"大学者",我们几乎能认定他就是陈箓(1877—1939),其人曾在巴黎研习法律,并在 1920 年至 1928 年间出任驻法全权公使。在《致读者》中,吕西·保尔·玛格丽特首先表示该书"在中国遭禁,偶有中国文人以极小尺寸私下刊印,以便藏匿。多亏我们的一位代表,现得以入手其中一本,只烟盒大小而已,据说系风化警察从某位士人袖子夹层中搜获。本作作者仅署化名,文风典雅,该是名家手笔"。她也承认"翻译工作并不轻松:女主人公娓娓道来,沉湎于往昔的炽烈回忆,于己身之失却无悔意,淫猥秘事间饰以古诗文,引文的妙用诗化了对愚行的详细描述。为回归教化,痴女子最终幡然悔悟,在隐居中老去。但本书终究不是一部劝世之作,我曾为是否出版此书犹疑再三,即便有人认同本书的出版价值,我仍判定它该被存放在图书馆的禁书库里"。尽管节制而高雅的文风钝化了原文笔势,但它仍是首部译介到法语的中国艳情小说!若说这篇轶闻小说仅能引起翻译史家的兴趣,那么当代读者势必偏好与另一艳情小说《如意君传》一并付梓的新版本。

以 *Biographie du Prince Idoine*(合意君传)为题,合译的两人以相当露骨的风格再现人们对女皇帝武则天荒淫逸事的想象。鉴于《疯婆子传》和《如意君传》篇幅均不长,所以合作一部书出版,题为 *Vie d'une amoureuse. Récits érotique traduits du chinois*(痴女子生平,中国情色故事译文)。这一命名方式来自汉学和比较文学的研究传统,同样也常见于英法等欧洲同类文献命名中。针对华文读者,Huang San/陈庆浩在推广西方情色文学方面也有相当可观的贡献②。

此后,本着相同的见地和严谨,《僧尼孽海》(1992 年)、《海陵佚史》(1995 年)、吕天成(1580—1618)的《绣榻野史》(1997 年)以及《桃花影》(2005 年)四部小说译文相继问世,它们既同属情色文学体裁,也各有千秋。

因为原文均撷选自《思无邪汇宝》,文本严肃性便有保障,但 Huang San 的翻译组合也有过一次脱套的情况。在《僧尼孽海》,译名 *Moines et nonnes dans l'océan des péchés*(罪海僧尼)中,原书比丘尼的淫行被挪到了放荡和尚的名下。我们不知道这是否是共同决策的结果,但负责法文定稿的 Jean Blasse(笔名)肯

---

① 该书在 2005 年由友丰出版社(Éditions You-Feng)于巴黎再版。
② 请见陈庆浩主编《世界性文学名著大系》,自 1995 年起在台北金枫出版社出版。

定是知情的。虽然该书译文不失其一贯高标，但较之 Huang San 组合的过往成果仍稍显逊色。

在 1995 年《海陵佚史》首次定稿出版，并收入《思无邪汇宝》同时，Huang San 的翻译二人组也率先将其译出，以 *Les Écarts du Prince Hailing*（海陵王逸事）为标题出版。

法国出版方在前言中还对译文极力夸耀了一番，对此各人可以见仁见智。就算说译笔不曾比原文更添晓畅，退一步讲也无伤其品读乐趣。法国读者应当感恩有这两位开拓者，他们大大增进了我们对该作的认知。下面要谈及的另一位参与者，他的贡献也不遑多让。

《奇裔楼阁》

自 1988 年至 1996 年，雅克·科坦（Jacques Cotin）在伽利玛出版社担任七星文库文学总编，1996 年，他向菲利普·毕基埃出版社提议并主持发行一套世界情色文学丛书，名为 *Le Pavillon des corps curieux*（奇裔楼阁），其中即收录了许多中国帝制时代的此类文本，其中尤其是明清两代最丰。

三文一译

丛书中三册由彼埃·卡赛于 1998 年到 2005 年间译出，署名阿洛伊·塔苣（Aloïs Tatu），分别为《灯草和尚传》，译名 *Le Moine mèche de lampe*（灯草和尚，1998），《碧玉楼》，译名 *Le Pavillon des jades*（玉楼，2003），以及《妖狐艳史》，译名 *Galantes chroniques de renardes enjôleuses*（妖狐风流史，2005）。与菲利普·毕基埃出版社往期出版物[①]相比，这三本小书并不那么闻名和受到期待。纵然此番是译者独力工作，丛书编辑的审校标准也没有分毫降低，更是规定成文须参照《思无邪汇宝》中的原文与副文本（序言、注释等），新的编排方式将人名、词条等以百科全书形式收录，统一作为尾注附在全书最末。这一手法的好处在于，除非特别必要，鲜用脚注。以上三部作品，尤其是《灯草和尚传》，探究的正是《肉蒲

---

① Huang San 署名的译作当时被收入一套历史类文丛——《东亚书丛》（Bibliothèqueasiatique），不过这套书并不主要以它的政治内容为人所知。

团》所开文路,它们引入的是排除一切情感(pathos),全然"体育"的性行为。诚然,书中还暗含了作者对女性平等追求性满足的主张,以及对官僚压迫的辛辣挞伐。

为了进一步丰富毕基埃出版社的丛书目录,雅克·科坦还请到最顶尖译者完成《聊斋志异》全书翻译,雷威安此前已经出色地译出了部分,时隔多年,他又重拾聊斋译笔。针对《奇窗楼阁》丛书,雷威安则译出了《欢喜冤家》和《一片情》两篇话本小说,但未参考蓝碁(Rainier Lanselle)的译本,后者的译文收录在1987年伽利玛出版社出版的选集中。

佩鱼和钗凤

由明清通俗文学翻译家蓝碁译出,《佩鱼钗凤》(*Le Poisson de jade et l'épingle au phénix*)在问世当时可算是开拓性的,因而不可不提它付梓前所受的冷遇。起初,译者希望该书能跻身首批收入伽利玛出版社"认识东方"(*Connaissance de l'Orient*)丛书的作品,但时任主编安田朴彼时正全心投入《金瓶梅》和《肉蒲团》法译版的发行,对小说集收录的十二则故事毫不买账,在1987年出版的散文集中,安田朴直言:"色情读物极令我反感,不论'认识东方'丛书经济回报多么微薄,我也绝不会考虑出版话本的下流故事,毋庸提其中之糟粕——《佩鱼钗凤》。"[①]这段语气强烈的斥责很令人意外,因为无论我们如何定义色情读物(Pornographie)一词,书中的十二则故事,没有一则该受这样的贬低。终于在1987年,在无所属丛书的情况下,伽利玛出版社出版了这部话本故事集,雷威安还为它作了一篇热情洋溢的序言。直到谭霞客接手"认识东方"丛书主编工作,《佩鱼钗凤》总算在1991年被收入丛书编目。自此,冠以全名《佩鱼钗凤,十七世纪中国故事十二则》,该书作为第57号编入"认识东方"中国系列的口袋书系。

《佩鱼钗凤》1984年完稿,开篇是长长的引言,介绍中国艳情小说体裁历史以及各则故事所属,在正文中,每则故事的行间批注和回末评注也都被完整翻译,并附有翔实且数量众多的译注。

《佩鱼钗凤》十二则故事中,两则选自《初刻拍案惊奇》(卷二十六及卷三十

---

① 请见安田朴《色与爱》(*L'Érotisme et l'amour*),巴黎:阿雷阿出版社(Arléa),1987年,第17—18页。

四),四则出自《欢喜冤家》(第四、八、十、十五回),两则来自李渔的《无声戏》(上编第六、十回),两则属《一片情》(第九、第十二回),剩下两则分别是《风流悟》第二回和《醉醒石》第九回。后来《佩鱼钗凤》还受到了特别推广——收入《两欧元书系》(Folio 2 € ①),借助低廉的价格,这本文选收获了更广泛的受众,事实证明,这些当初被视为有伤风化的故事并无任何不妥。

楼阁主人

1996 年,雷威安完成了他为《奇裔楼阁》文丛所作首部译书——*Tout pour l'amour. Récits érotiques traduits du chinois*(总因情,中国情色故事译文)十二回,算上蓝碁十年前译出的《一片情》两回,至此全书十四回全数面世。蓝碁当年译出四回的《欢喜冤家》随后也由雷威安译出余下全本,由于原书篇幅达二十四回,雅克·科坦决定分上下册发售,标题 *Amour et rancune*(爱与怨),上册 1997 年付梓,副标题 *Les Spectacles curieux du plaisir*(欢喜奇景),下册两年后问世,副标题 *Les Miroirs du désir*(欲之鉴)。全书将第 1—3 回、第 5—7 回、第 9 回、第 11—14 回、第 16—24 回重组成五章,每章须由译者自制简短标题,这一改动不但考验译者文思,还要求其熟稔各回目细节,结果是各章标题妥帖、文笔雅致。

除了以上三册书,在此还应提及两部不同文学体裁的译作:*Cents poèmes d'Amour de la Chine ancienne*(古代中国情诗百首,1997)和《素女妙论》(1566 年)译作 *Le Sublime discours de la Fille Candide. Manuel d'érotologie chinoise*(2000,朴女妙论,中国性学手册)。由此可见,对于古代中国的情爱表达方式,雅克·科坦的兴趣不可谓不广,而雷威安亦不惮于走出他的专精领域——中国古代小说。

男风之爱

出于对情爱主题不分体裁和性别的爱好,那些盛于明末、歌颂男风的小说集,自然而然引起了雷威安的兴趣。他从中捡出小故事一篇,以 *Épingle de*

---

① 3961 号,2003 年,共 106 页。

*femme sous le bonnet viril. Chronique d'un loyal amour*①(弁下钗,一段真爱故事)为题,在《法兰西水星》(*Mercure de France*)发表。该文译自《弁而钗》故事四则其一,由于当时无从参考《思无邪汇宝》检校版,而且译者所持刊本结尾处破损严重,因而雷威安选择对尾声处作概要处理。

有关男风叙事文学,近年来还有一本小书,译自在中国出版的《石点头》,托马·伯谷(Thomas Pogu)选译其中第十四回即最末一回故事,题为 *Le Tombeau des amants. Conte chinois de la fin des Ming*②(情人墓,中国明末故事)。彼埃·卡赛为该书作序,称赞这位往届学生的出色译笔。

以《思无邪汇宝》皇皇十卷本的《姑妄言》为基础,Huang San 和 Lionel Epstein 撷选并翻译其中四则短故事,并集在一处,命名 *Quatre amours du temps des Han, des Tang, des Yuan et des Qing*③(汉唐元清情史四种)。

当然,中国古代艳情小说的译介尚有很多未竟之业,有的还亟待推倒重来(其中《肉蒲团》尤甚)。然而,当今出版商(特别是菲利普·毕基埃出版社)赖以维持的那种阅读品位似乎正渐消退,读者趣味日后将如何演化,还有待观察。

(作者单位:Pierre Kaser,法国艾克斯-马赛大学

译者:童雁超,法国艾克斯-马赛大学)

---

① 巴黎:法兰西水星,1997 年,共 87 页。
② 巴黎:卡尔杜什出版社(Cartouche),2003 年,共 63 页。
③ 巴黎:友丰出版社,2012 年:第 165—182 页。

论中国古典文学名著外译的生成性接受

刘云虹　胡陈尧

引　言

2017年3月,瑞士译者林小发(Eva Luedi Kong)凭借其翻译的《西游记》首个德文全译本摘得"莱比锡书展图书奖"的翻译类大奖。从1914年德国汉学家最初的片段翻译至此,《西游记》在德语世界的译介与接受已走过了一百多年历程。这部耗时十七年的译著一经出版便在德国掀起了一波"西游热",也引发了国内学界和媒体对中国古典名著外译的进一步关注与思考。作为跨文化交际的重要媒介,翻译活动使中国的经典文学和传统文化得以走出国门,在世界文学之林延续其生命历程。然而,中国文化"走出去"战略背景下的文学译介绝非一味的单向输出,正如不少学者所关注并探讨的,在中国文学的译介与中华文化的传播中,重要的不仅在于如何"走出去",更在于如何能更好地"走进去",真正实现中外文化的交流与互鉴。在目前针对中国文学外译问题的诸多探讨、争议甚或质疑中,学界普遍认为中国文学在海外的传播与接受不力在某种程度上是中国文学整体"出海不畅"的重要原因之一,因而也是中国文学外译研究中一个迫切需要重视并解决的关键问题。

我们知道,译本的诞生并不意味着翻译的完结,而恰恰是在"异"的考验中、在不同文化相互碰撞与理解中翻译成长历程的开始。在《试论文学翻译的生成性》一文中,刘云虹曾就文学翻译的生成性本质进行了探讨,提出"无论就文本新生命的诞生、文本意义的理解与生成,还是就译本生命的传承与翻译的成长而言,翻译是一个由生成性贯穿始终的复杂系统,不断在自我与他者关系的维度内寻求并拓展可为的空间,同时,翻译也是一个具有生成性本质特征的动态发展过程,以自身生命在时间上的延续、在空间上的拓展为根本诉求"①。文学翻译是文本生命的生成过程,文学接受则是文本生命生成中的重要一环。同时,正如作品总是为读者而创作,翻译也始终面向读者,无论译介模式的确立,抑或翻译策略与方法的选择,总是与读者的接受息息相关。基于这样的认识,本文拟从文学翻译的生成性本质出发,通过考察四大名著外译历程中具有代表性的案例,对中国古典文学名著在海外的译介与接受所呈现出的主要特征做一探讨。

一、从节译到全译:文学接受的阶段性

翻译远远不是单纯的语言转换行为,而是涉及两种语言与文化的再度语境化过程,必然遭遇来自语言差异性的考验,同时深受语言与文本之外多重因素的影响和制约。这就意味着翻译过程具有相当复杂的内涵,无论译者的"可为"空间,抑或读者的接受空间,都并非完全取决于主体层面,而是从根本上被限定在一个由时代因素所决定的"有限可能性"范围内。法国当代著名翻译家和翻译理论家贝尔曼(Antoine Berman)在其翻译研究中特别关注文学移植的不同形式和阶段,强调应在"文学移植"的总体理论下探讨文学翻译及其接受问题。在贝尔曼看来,文学移植是一个动态发展的过程,它不可避免地居于既定时代的社会主流意识形态、集体规范以及读者的审美情趣、文化素养和期待视野等诸多因素的共同作用下,而这些因素无一例外具有深刻的时代烙印。因此,他认为"异域文学作品首先有一个被发现、被本土读者关注的过程,此时它还没有被翻译,但文学移植已经开始;接着,如果它与本土文学规范之间的冲突过于激烈,它很可能以'改写'的形式出现;随后,便会产生一种引导性的介绍,主要用于对这部作品所进行的研究;然后就是以文学本身为目的、通常不太完善的部分翻译;最终必定出现多种重译,并迎来真正的、经典的翻译"②。可以说,这一观点揭示的正是文学译介与接受所具有的阶段性特征。

纵观我国古典文学名著在海外的译介历程,它们在不同的语言和文化语境中都大致经历了从节译、转译到全译的不同阶段。就《西游记》在德语世界的译介与接受而言,林小发的全译本诞生之前,《西游记》在德国曾先后经历了一个世

---

① 刘云虹:《试论文学翻译的生成性》,《外语教学与研究》2017 年第 4 期。

② Berman, A, *Pour une critique des traductions:John Donne*. Editions Gallimard, 1995, pp.56 - 57.

纪漫长的节译、编译和转译过程。早在 1914 年，德国汉学家卫礼贤（Richard Wilhelm）就将《杨二郎》（*Yang Oerlang*）、《哪吒》（*Notscha*）、《江流和尚》（*Der Mönch am Yangtsekiang*）和《心猿孙悟空》（*Der Affe Sun Wu Kung*）四篇译文收录进其编的德文本《中国通俗小说》（*Chinesische Volksmärchen*）中，这是德国汉学界对《西游记》最早的片段翻译。不可避免，卫礼贤的初次尝试中存在不少错漏，如他将原著中具有重要文学价值的诗词部分略去不译等，正如有学者在分析《三国演义》的英译时所指出的，外籍译者在客观上"会因为对相关中国古典文字、文学、文化领域知识的缺乏，在译介中与原著产生偏差"①。无论从翻译的完整性抑或译本的文学性来看，卫礼贤的翻译无疑距离理想的文学译介还有很长一段距离，但我们应该看到，在 20 世纪初期，囿于汉语人才的短缺和相关研究的滞后，以及中外文化间的隔阂，德国汉学界对《西游记》这样一部八十余万字的鸿篇巨制存在整体把握上的难度；普通德国读者对于中国传统文化更是十分陌生，尚未形成有利的接受心态和开放的接受空间。在这样的历史语境下，译者选取可读性强并具有代表性的故事情节进行编译，可以说既是译者作为翻译主体的能动选择，也是既定时代语境下的一种必然。这样的译介模式有利于吸引读者的阅读兴趣，从而拉近读者与中国文化之间的距离，为往后趋于完整与忠实的译介奠定了基础。

1947 年，乔吉特·博纳（Georgette Boner）和玛丽亚·尼尔斯（Maria Nils）合译出版了《猴子取经记》（*Monkeys Pilgerfahrt*），该译本转译自 1942 年出版的英译本《猴子》（*Monkey*），而英译本译者阿瑟·韦理（Arthur Waley）只选取了原著中的三十回进行翻译，其篇幅之和不到整本著作的三分之一。1962 年，原联邦德国译者约翰娜·赫茨费尔德（Johana Herzfeldt）的节译本《西方朝圣》（*Die Pilgerfahrtnachdem Westen*）问世，该译本依据的是《西游记》的中文原版与俄文译本，并附有译者序以及对原作者和小说历史背景的介绍。总的来说，这一时期的《西游记》译文在质与量两方面较之 20 世纪初卫礼贤的译本已有显著进步，但删改和误译现象依旧存在，转译带来的翻译忠实性问题也不容忽视，如赫茨费尔德就在译序中指出了原著的文言诗词给译者在理解和阐释上带来的困难，并明确表示自己在译作中对原著的诗词部分进行了删减。

---

① 许多：《译者身份、文本选择与传播路径——关于〈三国演义〉英译的思考》，《中国翻译》2017 年第 5 期。

　　以上提及的节译和转译本应都算作贝尔曼所言的"引导性"翻译或"部分翻译",其在德国的接受主要局限在少数中国文学研究者和爱好者当中,并未真正步入广大普通读者的文学阅读视野,也因而未能产生实质性的传播影响。2016年,由瑞士译者林小发翻译的《西游记》(*Die Reise in den Westen*)全译本由德国雷克拉姆出版社出版,该译本以中华书局出版的《西游记》原版为依据,后者则以清代的《西游证道书》为底本。林小发完整翻译了原著的所有章回,并最大限度保留了原著中的文言诗词及传达中国传统哲学与宗教思想的相关内容。此外,林小发还在译后记中附上长达十八页的神仙介绍列表,并对小说中可能给读者造成理解困难的中国传统文化要素进行了细致的分析和解读。林小发的全译本无疑是成功的:初印的 2000 册在短期内售罄,"过了短短五个月就准备印第四版"①;德国《法兰克福邮报》将其列为最适宜作为圣诞礼物馈赠的书籍之一推荐给读者②;此外,"德国主流媒体《明镜》在线、《世界报》等亦对其进行了报道"③。2017 年 3 月,林小发凭借《西游记》的全译本一举摘得德国"莱比锡书展图书奖"翻译类的桂冠。从一部"被注视"的东方古典著作到成为畅销译著并荣获重要图书奖,《西游记》在德国的接受呈现出显著的阶段性特征。

　　从《西游记》德译这一具有代表性的文学译介与接受个案中不难看出,具有丰富内涵和复杂过程的文学译介活动必然经历一个迂回曲折的历程,需经由不同的历史阶段才能在不断接近翻译之"真"的路途中最终迎来"经典的翻译"。究其原因,中西方文化接受上的严重不平衡是一个不可忽视的重要方面,其结果就是"中国与西方国家在文化接受语境和读者接受心态两方面存在显著差距",具体而言,"当中国读者易于也乐于接受异域文学,并对阅读原汁原味的翻译作品有所追求甚至有所要求时,西方国家无论在整体接受环境还是读者的审美期待与接受心态上,对中国文学作品的关注和熟悉程度可以说仍然处于较低的水平"④。不同文化间消除隔阂、相互沟通的历程是漫长的,西方读者对中国文学的接受同样将经历从陌生、排斥到了解、接纳的过程。翻译是一种历史性活动,

---

　　① 宋宇:《在花果山的"应许之地":林小发和她的德语版〈西游记〉》,《南方周末》2017 年 3 月 30 日。

　　② 孙玫:《〈西游记〉入选德国最适合做圣诞礼物的书》,2016 年。http://cul.qq.com/a/20161224/013517.htm(2018 年 1 月 8 日读取)。

　　③ 彭大伟:《〈西游记〉德文版译者:一个瑞士人的十七载"取经路"》,2017 年。http://www.chinanews.com/cul/2017/03-14/8173388.shtml(2018 年 1 月 8 日读取)。

　　④ 刘云虹:《中国文学对外译介与翻译历史观》,《外语教学理论与实践》2015 年第 4 期。

文学接受同样不可能一劳永逸地完成,因此,我们应从翻译历史观出发,充分把握文学译介与接受的阶段性特征,深入考察并理性认识中国古典文学名著外译中客观存在的从删节、改译到全译的不同历史形式与阶段。

二、"变形"与"新生":文学接受的时代性

翻译活动的本质特征之一在于其符号转换性。许钧曾就翻译的符号转换性进行了深入思考,认为"一切翻译活动都是以符号的转换为手段的",而"经由转换的符号性创造,人类的思想疆界才得以拓展,人类各民族、各文化之间才得以交流与发展"。① 符号转换既指语言符号之间的转换,也包括语言符号与音乐、绘画、图像等其他符号之间的转换。雅各布森从符号学观点出发对翻译进行分类,提出翻译可以在三个层面得到理论的界定,即语内翻译、语际翻译和符际翻译,其中"符际翻译"的概念即指"非语言符号系统对语言符号系统做出的阐释"②。相较于以单纯的语言符号为媒介的"语内翻译"和"语际翻译",符际翻译将语言符号与各种非语言符号之间的转换和阐释纳入翻译范畴内,拓展了翻译活动的形式与内涵。在当下的新时代,科学技术和新媒体高速发展,文学译介的手段与途径进一步丰富,同时新的翻译观念与新的审美需求也不断出现,如有学者提出,在当前"读图的时代"中,"图像的翻译与转换"已成为"当代翻译的一种形式"③,也有论者认为,"重视经典、长篇、大部头的对外译介,忽视不完整、不系统、跨界、短平快、消费性极强的文化信息的传播,'严谨的输出导向'和'活泼的需求期待'之间存在缝隙,导致中国文化的国际形象常常过于死板紧张,缺少灵活变通"④,等等。这一切都促使翻译的"新生",文学作品的传播已不再囿于传统的纸质文本媒介,各种以"变形"为表征的符际翻译不断涌现,成为文学译介,尤其是中国古典文学的传播与接受中不容忽视的重要现象。

《三国演义》在日本的译介、传播与接受便是一个颇具代表性的个案。自江

---

① 刘云虹、许钧:《如何把握翻译的丰富性、复杂性与创造性?——关于翻译本质的对谈》,《中国外语》2016 年第 1 期。

② Jakobson R., *Essais de linguistiquegénérale*. Traduit par Nicolas Ruwet. Editions de Minuit, 1963, p.79.

③ 王宁:《重新界定翻译:跨学科和视觉文化的视角》,《中国翻译》2015 年第 3 期。

④ 蒋好书:《新媒体时代,什么值得翻译》,《人民日报》2014 年 7 月 29 日。

户时代传入日本以来,《三国演义》在日本先后经历了节译、改编和全译等译介过程,掀起了持续至今的"三国热",成为一部真正走入日本大众视野并产生广泛影响的中国古典文学名著。新的时代背景下,借助日新月异的高科技与新媒体,《三国演义》在日本的传播途径更加多元,传播形式也更加丰富,在相对传统的连环画、电视连续剧、歌舞伎等改编形式之外,动漫和电子游戏等更为新颖也更具时代特色的传播途径为作品生命在日本的进一步传承与延续发挥了重要的推动作用。在众多由《三国演义》衍生出的动漫作品中,《最强武将传——三国演义》是耗资最多、影响最大的作品之一。这部 52 集的动画片由中日合作拍摄,2009年亮相东京国际动漫展,2010 年登陆东京电视台并占据每周日上午 9 点至 10点的黄金时段。除了动漫领域,电子游戏在《三国演义》传播与接受中所起到的作用也不容小觑。自 1985 年日本著名游戏软件公司光荣株式会社发行《三国志》系列游戏的首部资料片以来,该游戏截至目前(2018 年 1 月)已有 13 部本传和多部外传。这一系列的历史模拟类游戏以《三国演义》《三国志》中的人物和故事为依据,并竭力"还原历史本源":"为了人物头像等细节,制作人大量参考了中国明清的三国人物白描绣像、民国时期香烟盒等文献资料,在人名地理等方面也力求精确,加上卫星扫描的地图,严谨的各种历史资料的考据"①。总的来说,新兴的大众传播文化与多元化的传播形式使《三国演义》这一中国古典文学名著的译介突破了传统的"从文本到文本"的限制,从而使其在日本传播与接受的广度和深度都得以进一步拓展。

如此的"变形"在中国古典文学名著外译中并不鲜见,《西游记》在英国的歌剧改编、《水浒传》在法国的连环画改编等都是颇为成功的文学译介与接受模式。2007 年 6 月,华裔导演陈士争执导的现代歌剧《猴:西游记》(*Monkey:Journey to the West*)"登上英国曼彻斯特国际艺术节的舞台,连演 12 场,常常爆满"②。该剧选取了《西游记》的九个回合,由中、英、法三国联合制作,融合了动画、灯光特效、武术、杂技等多重演绎方式,剧中音乐不仅有中国的传统乐器,还融入了电子音乐、打击乐等西方流行音乐元素,"为古老的中国传统神话故事吹来一股现

---

① 舒小坚:《〈三国志〉系列游戏传播启示》,《当代传播》2011 年第 4 期。
② 马桂花:《歌剧版西游记好评如潮 英国人掀起"大圣"热》,2007 年。http://www.hinews.cn/news/system/ 2007/07/16/010128088.shtml(2018 年 1 月 20 日读取)。

代风潮"①。演员的表演也颇具特色,"通过歌唱、武打和杂技,将《西游记》步步惊心的情节和气势磅礴的场面还原给现场观众"②。《西游记》歌剧首映获得巨大成功,英国主要媒体纷纷给予高度评价,例如《观察家报》认为"无论是中国导演、英国作曲和造型设计、法国的指挥,都打破了常规,在一个陌生地区进行大胆尝试"③。在英国首映取得成功后,该剧"又在法国巴黎的查特莱剧院、美国斯波莱托艺术节及英国伦敦皇家剧院上演,并在巴黎查特莱剧院创造了连演 16 场并加演 3 场的历史纪录"④;2013 年 7 月,该剧"作为美国林肯中心艺术节的开幕大戏,亮相大卫·寇克剧院"⑤。据央视网报道,"美国观众对这部改编自中国经典神话故事的摇滚歌剧表现出了相当浓厚的兴趣,很多观众散场后都争相在海报前留影纪念,不少人还模仿起剧中'孙悟空'的经典形象,陶醉其中"⑥。

2012 年 10 月法文版《水浒》连环画在法国的出版同样是中国古典文学名著译介与传播中颇具代表性的成功案例。据中国驻法国大使馆官网报道,法文版《水浒》连环画全套共 30 本,制作精良,面世后引发法国主流媒体的热切关注,"《费加罗报》称,对于西方读者来说,水浒连环画是一个动人心弦的新发现。《世界报》表示,'连环画'是一种既富有创意又具启发性的形式,让我们在宋江起义故事中欲罢不能。同时,该报道指出,"法文版中国传统连环画《水浒》首次印刷2500 套出版后一个半月售空,是莫言荣获诺贝尔文学奖后法国媒体对中国文学作品的又一次较大规模的关注"⑦。

不难看出,无论是《西游记》的歌剧改编,还是《水浒传》的连环画出版,都是中国古典名著在海外传播历程中创新且颇有成效的尝试,其成功得益于生动多

---

① 杨涛:《现代歌剧〈猴·西游记〉纽约掀起"猴旋风"》,2013 年。http://news.cntv.cn/2013/07/10/ARTI1373451565844299.shtml(2018 年 1 月 20 日读取)。

② 杨涛:《现代歌剧〈猴·西游记〉纽约掀起"猴旋风"》,2013 年。http://news.cntv.cn/2013/07/10/ARTI1373451565844299.shtml(2018 年 1 月 20 日读取)。

③ 马桂花:《歌剧版西游记好评如潮 英国人掀起"大圣"热》,2007 年。http://www.hinews.cn/news/system/ 2007/07/16/010128088.shtml(2018 年 1 月 20 日读取)。

④ 杨涛:《现代歌剧〈猴·西游记〉纽约掀起"猴旋风"》,2013 年。http://news.cntv.cn/2013/07/10/ARTI1373451565844299.shtml(2018 年 1 月 20 日读取)。

⑤ 杨涛:《现代歌剧〈猴·西游记〉纽约掀起"猴旋风"》,2013 年。http://news.cntv.cn/2013/07/10/ARTI1373451565844299.shtml(2018 年 1 月 20 日读取)。

⑥ 杨涛:《现代歌剧〈猴·西游记〉纽约掀起"猴旋风"》,2013 年。http://news.cntv.cn/2013/07/10/ARTI1373451565844299.shtml(2018 年 1 月 20 日读取)。

⑦ 中国驻法国大使馆文化处:《法文版〈水浒〉连环画引发法国媒体关注》,2013 年。http://fr.chineseembassy.org/chn/zfjl/t1012426.htm(2018 年 1 月 20 日读取)。

元的文本阐释与表现形式,同时也深刻展现了文学接受的时代诉求,促使古典名著的生命在当代接受中迎来崭新的绽放、实现最新的展开。这样的"变形"与"新生"无疑具有启发意义,在中国古典文学名著译介与传播中,如何在传统的文本翻译之外,结合时代语境合理采用异域接受者喜闻乐见的鲜活方式引发他们对中国文化的兴趣,进而推动中国文化更好地"走出去"并"走进去",形成中外文化之间真正的交流互鉴,这是一个值得深入思考的问题。正如《猴:西游记》导演陈士争所明确意识到的,"要想让外国人对中国文化产生兴趣,首先要用吸引他们的方式将其引进门。而音乐、动画、服装等视觉形象和国际语言都为来自不同文化的观众提供了较为宽泛的切入点,让他们在欣赏异域文化时没有陌生感和语言障碍,不分男女老幼都能接受这部中国传奇"①。

　　翻译始终与时代共生。总体上看,在新技术与新媒体空前发展、世界各国文化交流日益丰富而多元的今天,文学译介与接受不可避免地体现时代特色、彰显时代诉求。作品总是为读者而创作,从接受美学的角度来看,审美距离是决定文学作品被接受程度的重要因素。姚斯认为"一部文学作品在其出现的历史时刻,对它的第一个读者的期待视野是满足、超越、失望或反驳,这种方法明显地提供了一个决定其审美价值的尺度。期待视野与作品之间的距离,决定着文学作品的艺术特性"②。如果审美距离过大,接受者便难以对作品产生共鸣,作品的传播和接受也将随之受到限制。就中国古典文学名著外译而言,当下的异域读者早已远离古典名著诞生时的社会历史环境,而语言文化隔阂又使期待视野与作品间的距离被再度强化,这必然给文学接受造成巨大的困难。因此,关注审美期待与文学接受的时代诉求,在文学译介与传播中适当融入易于沟通中西文化、拉近审美距离的时代元素,赋予文本在新的历史时得以"新生"的无限可能,以推动中国文学与文化在当前时代语境中更切实有效地走向世界,这在新时期中国文学译介与传播中既是不容忽视的客观事实,也应成为一种理性的共识。

---

① 马桂花:《歌剧版西游记好评如潮　英国人掀起"大圣"热》,2007 年。http://www.hinews.cn/news/system/ 2007/07/16/010128088.shtml(2018 年 1 月 20 日读取)。
② 姚斯、霍拉勃:《接受美学与接受理论》,周宁、金元浦译,长春:辽宁人民出版社,1987 年,第 31 页。

三、"异"的考验：文学接受的发展性

随着世界各国文化交流的日益频繁与中国文化"走出去"战略的推进，越来越多的中国经典文学著作在海外得到译介，翻译的重要性受到各界的空前关注，有关文学译介与文化传播的问题也引发了学界的普遍重视。在这一背景下，翻译方法和翻译忠实性问题成为学界探讨的焦点，其中不乏争论与质疑。有学者认为"连译带改"的翻译方法太不严肃，经"改头换面"而成的"象征性文本"无法展现真正的中国文学，只能导致对中国文学的误读、对中国文化的误解，因而也有悖于中国文化"走出去"的初衷。同时，也有学者和媒体以当下的市场销售和读者接受情况等为依据，对严肃文学与经典文学的译介提出质疑，对以忠实性为原则的翻译方法和翻译观念多有诟病。面对诸如此类质疑的声音和颇有争议的观点，如何立足于文化双向平等交流的立场，理性看待翻译忠实性原则与文学接受、文化传播之间可能存在的矛盾关系，这在推进中国文学译介，尤其是作为中国传统文化重要载体的古典文学名著外译中，显然是一个不容忽视的关键问题。

正如我们在上文所提及的，翻译活动涉及两种语言与文化，受到文本内外多重复杂因素的制约与影响，语言的差异性、文化的多样性以及两种语言文化间无法存在"完全对应的同时代性"①这一事实都决定着面临种种"异"的考验，翻译不可能一蹴而就，也不可能一劳永逸地完成，而必然呈现出阶段性特征。但以历史的目光来看，任何既定历史阶段的要素都不是固化的，只要时代在演变，翻译所赖以进行的各种关系与各种条件就必然处于发展变化之中，而无论是关系的更新还是条件的积累，都将为翻译的发生与成长提供直接可能，促使翻译不断实现自我完善。基于不同的时代背景、接受环境、集体规范、审美期待等，伴随着翻译自身的成长，对文学作品的接受也将面向自我与他者关系范围内的无限可能性，呈现出鲜明的发展性特征。

考察《红楼梦》在法国的译介，我们看到这部中国古典文学名著在法国走过了一条从陌生到熟悉、从误解到认同的曲折发展之路。法国对《红楼梦》的译介最早可以追溯到 1912 年法国汉学家莫朗（Georges Soulié de Morant）在其所著

---

① Meschonnic H., *Pour la poétique II*, *Epistémologie de l'écriture*, *Poétique de la traduction*. Editions Gallimard，1973，p.310.

的《中国文学论集》中选译的小说第一章片段；其后，数位中法学者对《红楼梦》的部分章节进行了摘译；1957年，法国翻译家盖内尔（Armel Guerne）根据德译本转译出版了《红楼梦》节译本；1981年，由华裔翻译家李治华与法国妻子雅歌共同翻译、汉学家铎尔孟（André D'Hormon）校译的首个《红楼梦》法文全译本问世，至此，这部中国文化经典之作终于以完整的样貌进入法国读者视野。

伴随着从摘译、转译到最终实现全译的漫长译介历程，《红楼梦》在法国的接受也经历了一个不断发展与深化的过程。实际上，在首次摘译前，这部中国文学史上的旷世巨著就已得到部分法国作家和学者的关注，但他们对作品的理解明显存在某些片面乃至极端的观点。例如法国作家达利尔（Philippe Daryl）认为"中国文学中有大量色情而淫秽的文学作品，这些叙事作品通常都配有彩色插图，其中最为流行的便是《红楼梦》（Les Rêves de la chambre rouge），其销量达到数百万册"①。将《红楼梦》理解为"色情而淫秽"的文学作品显然有失偏颇，但应该看到，在当时法译本尚未问世的情况下，达利尔之所以得出如此结论，无疑是受到清代中国文人对《红楼梦》的负面评价的影响。此后，多位留法中国学者或撰写文章，或出版专著，对《红楼梦》的故事内容、文学价值以及曹雪芹在中国文学史上的地位等加以详尽介绍，对促进作品在法国的传播与接受发挥了至关重要的作用。与此同时，法国学界对于《红楼梦》的关注与理解也日益深入，例如1937年埃斯卡拉（Jean Escarra）在其著作《中国与中国文化》中将《红楼梦》评价为一部"著名小说"②；1964年，法国出版的《大拉鲁斯百科全书》第三卷认为《红楼梦》这部"极为成功的小说""内容广泛，意趣横生，语言纯洁，充满诗情画意，心理描写也十分深刻"③；20世纪70年代法国《通用百科全书》对《红楼梦》的把握则更为准确："《红楼梦》既不是一部描写真人真事的小说，也不是一部神怪小说或自传体小说，这是一部反映18世纪中国社会各个方面的现实主义古典作品。"④1981年，李治华《红楼梦》全译本的问世无疑对推动这部文学经典在法国的传播与接受具有决定性意义，法国书评专家布罗多（Michel Braudeau）在《快报》上撰写评论文章，认为"全文译出中国五部古典名著中最华美、最动人的这部巨著，无疑是1981年法国文学界的一件大事。现在出版这部巨著的完整译本，

---

① Daryl P., *Le Monde chinois*. Hetzel Librairies-éditeurs，1885，p.190.

② 郭玉梅：《〈红楼梦〉在法国的传播与研究》，《红楼梦学刊》2012年第1期。

③ 陈寒：《〈红楼梦〉在法国的译介》，《红楼梦学刊》2012年第5期。

④ 陈寒：《〈红楼梦〉在法国的译介》，《红楼梦学刊》2012年第5期。

填补了长达两个世纪令人痛心的空白"①。从"色情小说"到填补法国翻译文学史空白的经典巨著,《红楼梦》在法国读者眼中的形象发生了质的转变,这一"华丽转身"及其背后的曲折历程,一方面源自"异"的考验中翻译自身的成长与完善,另一方面也清晰地展现出翻译可能性不断拓展所实现的文学接受的深入与发展。

翻译是一个由一系列选择贯穿其间的过程,这种种选择都是自律与他律相结合的产物,既取决于译者对翻译活动的认识与理解,也与时代对翻译的需求及其为翻译提供的可为空间密切相关。而无论是自律还是他律,都是一种具有历史性的存在,必然在过去与未来、局限与拓展之间的连续发展演变中得以确立。因此,翻译无"定本",文学接受对特定历史语境所带来的有限可能性的突破不是偶然的,而是持续而永久的。正是在这个意义上,可以说,复译应文学译介与文化交流的呼唤而生,其必要性体现在丰富理解、更新表达、增强时代气息以及满足读者不同审美需求等不同层面,但就其根本而言,复译所承载的乃是文本生命生成的一种内在需要。仍以《西游记》的译介为例,林小发的全译本首次将这部中国古典文学名著完整且尽可能忠实地呈现在德国读者面前,无论是就《西游记》本身的译介与传播而言,还是就中德文学与文化交流而言,这无疑都具有里程碑式的重要意义。然而,有学者撰文指出林译所参考的底本《西游证道书》是"一部删节评改本",并非《西游记》的善本,认为"林小发译本采纳《西游证道书》的思想立意,不能全面、准确反映《西游记》的'丰富性、多样性'文化内容"②。这一质疑同样揭示出,翻译不可能有所谓的定本,"译本对于原作的生命'馈赠'不可能一次性完成,而只能在不断延续与更新的过程中趋向原作生命之真"③。文学译介与接受只有处在不断的发展完善中才能推动文学作品本身意义的不断丰富,也才有可能实现文学作品生命的生成与延续。

中西方文化接受上的严重不平衡以及中国与西方国家在文化接受语境和读者接受心态两方面存在的显著差距至今仍是不容忽视的客观事实。基于此,就目前的中国古典文学名著外译而言,我们应认识到,在保留并传达作品中文化异质性与尽可能消除文化隔阂进而促进更为深入有效的文学接受这两者之间,需

① 郭玉梅:《〈红楼梦〉在法国的传播与研究》,《红楼梦学刊》2012 年第 1 期。
② 竺洪波:《林小发德译〈西游记〉的底本不是善本》,《淮海工学院学报》(人文社会科学版)2017 年第 4 期。
③ 刘云虹:《试论文学翻译的生成性》,《外语教学与研究》2017 年第 4 期。

要某种程度的权衡与妥协。正如许钧所指出的,"在目前阶段,为了更好地推进中国文学在西方的接受,译者在翻译中有必要对原著进行适当调整,使之在更大程度上契合读者的阅读习惯与期待视野"①。而另一方面的客观事实在于中外文化间的相对关系并非一成不变,随着中国经济的发展和国际影响力的增强,中西文化交流的不平衡状态正在不断得到改善,西方读者对异质文化的态度更加包容与开放,将不再满足于"改头换面"式的翻译,中国文学也将以更为"本真"的姿态走入西方读者的视野。莫言作品的主要法译者、法国汉学家杜特莱(Noël Dutrait)曾明确表示:"法国读者希望读到的是一部中国文学作品,并不是一个适合他口味的文本。"②因此,我们要充分意识到文学接受的发展性,以历史和开放的目光来看待目前文学译介中面临的挑战、遭遇的困难,避免将任何为"现阶段"需要而采取的翻译方法与策略模式化、绝对化,同时警惕功利主义的翻译观,从而将文学译介真正置于文化双向交流的长期目标和宏观视野下加以把握。

四、结语

文学作品的生命力不在于瞬间的绽放,文学的经典性必然在每一次当下的阅读、阐释与接受中历史性地生成。翻译是作品生命延续与传承的一种根本性方式,为作品开启其"来世的生命",正如本雅明所言,"在译文中,原作的生命获得了最新的、继续更新的和最完整的展开"③。而从本质上看,文学翻译是一个由生成性贯穿始终的动态系统,以自身生命在时间上的延续、在空间上的拓展为根本诉求,永远面向未来的无限可能。因此,在文学作品生命经由翻译而得以展开的生成过程中,文学接受是至关重要的一环,它与文学翻译本身一样,始终处于不断更新与完善、不断丰富与发展的历程之中。通过上文对四大名著外译中代表性案例的考察与分析,我们可以看到,就中国古典文学名著外译而言,无论是译介、传播还是接受,都并非一蹴而就或一劳永逸的,而是随着与翻译活动密切相关的文本内外多重要素的演变,在不断减少与克服"异"的考验所带来种种翻译障碍的过程中,呈现出一种清晰的历史发展趋势:从节译、改写到全译,从不

---

① 许钧:《"忠实于原文"还是"连译带改"》,《人民日报》2014 年 8 月 8 日。

② 刘云虹、杜特莱:《关于中国文学对外译介的对话》,《小说评论》2016 年第 5 期。

③ 本雅明:《译者的任务》,见陈永国主编《翻译与后现代性》,北京:中国人民大学出版社,2005 年,第 5 页。

忠实到相对忠实,从形式单一到形式多元。只有充分认识中国古典文学名著外译的生成性接受及其具有的阶段性、时代性与发展性特征,才能以历史的目光,更加理性地把握翻译永远面向未来、面向其存在之真的生成历程,进而更加切实有效地推动中国文学与文化走向世界。

(作者单位:刘云虹,南京大学

胡陈尧,四川大学)

"良"与"凉",译意还是译音?

——从《茶馆》剧本中一些双关语的翻译问题想到的

张香筠(Florence Xiangyun Zhang)

在法国社会学家卡兹纳夫(Jean Cazeneuve)看来,"在语言幽默机制中,使用最多的就是词汇,或者更准确地说,就是利用词语,句子及其语意之间的密切关系"来制造各种错位;如果你在语音和语意之间找到一定的游戏空间,就可以产生玩笑①。弗洛伊德认为,当你以出乎意料的方式把两个完全没有关系的事物联系在一起,就会引动某种发笑的机制②。在各种语言中都存在着不同类型的文字游戏能够产生幽默效应。当代剧作家老舍在他的话剧创作中惯于使用语言的幽默,通过双关语等手段达到幽默的效果。

《茶馆》是老舍先生为北京人艺创作的剧本,1957年成稿,1958年第一次排演。全剧由三幕组成,分别展示了北京城的一个茶馆在20世纪上半叶三个不同时代所见证的一些颇为现实的场面。该剧作为北京人艺的经典剧目,几十年来不断上演,受到几代观众的喜爱。法国的老舍研究专家巴迪(Paul Bady)认为,老舍至今仍受到中国人喜爱的一个主要因素就是他的幽默(Yi-Tsang)。从讽刺夸张到情景幽默,再加上人物对话中的各种修辞手法,老舍以语言的幽默来表现生命的顽强和对生活的热爱,使得他的作品经久不衰。老舍的剧作植根于他所熟悉的北京城,《茶馆》中的场景与人物无不体现出作者对北京城不同阶层居民的观察与了解,尤其是通过每个人物的语言风格,活生生地刻画出一个个性格突出的戏剧人物,展现出他们在不同时代的遭遇和感受。

---

① Cazeneuve Jean, *Du calembour au mot d'esprit*. Monaco: Éditions du Rocher, 1996, p.13.

② Freud Sigmund, *Le mot d'esprit et ses rapports avec l'inconscient*. Paris: Gallimard, 1988, p.228.

卡兹纳夫认为,双关语是言语幽默中最为简单最为明显的手法①,老舍本人也说"摆弄文字是最容易的幽默技巧":"假若'幽默'也会有等级的话,摆弄文字是初级的,浮浅的;它的确抓到了引人发笑的方法,可是工夫都放在调动文字上,并没有更深的意义,油腔滑调乃必不可免",但他也承认油腔滑调正是一般人所谓的幽默②,因此用在某些戏剧人物的口中,结合情景的需要,可以烘托个性,引人发笑,加强戏剧效果。而从翻译角度来看,如果说情景幽默不需要特殊处理的话,这一类"摆弄文字"式的幽默正处在对话的中心,是翻译无法避开的,也正是最困难的,常常被认为属于不可译的范围。

《茶馆》现存的唯一法文译本1980年由外文出版社翻译出版,未标明译者,于2002年再版。该译本以脚注的方式对文中提及的历史事件以及地名予以说明,也对剧中的一些玩笑话进行了文字方面的阐释。英文版则有两种译本:一种是与法文版同时由外文出版社出版的,不同的是标明了译者的名字 Howard-Gibbon③,另一种是1999年出版的英若诚译本④。本文将着重就老舍剧本中人物对话的语言幽默元素进行分析,尤其是对其中的文字游戏,即各种形式的双关语的翻译问题予以特别的关注。在以上三种译本中摘取的范例基础上,笔者将试图对翻译此类语言现象的不同策略进行探讨。

一、谐音双关语

谐音双关是利用同音或发音相近的字词使语句产生不同的意义,因而造成理解上的偏差,或者造成偏差的假象,引人发笑。各种语言都有此类的谐音词汇,英文和法文的文学作品或幽默小品也经常利用谐音词制造特殊效果。Lewis

① Cazeneuve, Jean, *Du calembour au mot d'esprit*. Monaco: Éditions du Rocher, 1996, pp.13 - 14.

② 老舍:《"幽默"的危险》,《宇宙风》第41期,1937年5月16日。

③ 据笔者推测,1980年外文出版社的英法文译本是为了伴随北京人艺的《茶馆》剧组(导演夏淳)1980年9月—11月赴欧洲巡回演出而完成的。法文版应为集体翻译的成果。英文译者 John Howard-Gibbon 是加拿大人,曾参与一些中国的英文报刊的编写工作。后文以 H-G 代替全名。本文在使用英文及法文例句时,将对法文进行简单解释,而预设英文为本文读者理解的语言。

④ 英若诚(1929—2003):戏剧电影艺术家,曾扮演《茶馆》(夏淳导演)里的人贩子刘麻子(及第三幕的小刘麻子)。作为翻译家,他也曾把数部莎士比亚剧作以及一些当代英美戏剧作品译成中文。

Carroll 在《爱丽丝漫游奇境》中的对话便使用了 tale 和 tail 的谐音：'Mine is a long and a sad tale!' said the Mouse, turning to Alice, and sighing. 'It is a long tail, certainly', said Alice, looking down with wonder at the Mouse's tail; 'but why do you call it sad?'成为一段经典的文字游戏。汉语以单音节为单位，这一特点致使同音字词的数量很大，使用谐音双关语成为常见的语言现象。

《茶馆》第二幕开始，时间是民国初年，军阀混战时期。裕泰茶馆及时改变了过去的经营方式，还对门面进行了重新装修。当时最时兴的词是"改良"，连茶馆翻新店铺也称作"改良"。但是店里的老伙计李三对新的一切非常排斥，而且依旧留着清朝的辫子，王掌柜的妻子王淑芬对此有些不满。

> 王淑芬：三爷，咱们的茶馆改了良，你的小辫儿也该剪了吧？
> 李三：改良！改良！越改越凉，冰凉！

王淑芬首先使用了"改良"一词，此处李三的回答中先是重复了两次王淑芬所用的"改良"一词，然后把组成这个词的两个字"改"和"良"分开，把"良"变成同音的"凉"，然后以"冰凉"一词来加重"凉"的意思。李三话中的文字游戏有两方面：一方面是把"改良"一词的二字分开，使整体词义的重心发生偏移；另一方面是谐音而异义的"良/凉"二字。显然，这两方面的"摆弄"都是与汉语的特点分不开的，在外文中用同样的技巧是难以想象的。不过，理解这两方面的含义在很大程度上是建立在认字依靠视觉识别的基础上的。而茶馆的伙计李三很有可能是不识字的，他可能并不知道"改良"的"良"与"冰凉"的"凉"完全不同；他只是拆解了一个他并不理解的流行语，在他之前，王淑芬使用"改良"的方式也并不正确，因为改良二字是不能如此分解的。这就说明剧中人物对这个流行词语的词义和用法并没有达成共识，只是按照个人的印象任意地使用。也就是说，李三所看到的"改良"并没有"良"的一面，而只有消极的一面。从整个作品的角度，李三并不是作为一个"油嘴滑舌"的喜剧人物存在的，让他无意说出这样的谐音双关语，更能表现出小人物与时代之间的隔阂，以及他对时代变迁的一种无奈的抵制，为下文的一系列冲突埋下了伏笔。

法文译本满足于把对白的字面意思译出来，在用词方面没有采取特别的技巧，因此这里找不到任何双关语或别的文字游戏：« Rénover! Rénover!

Plusonrénove，plustout devientfroid！»。中文可以解释为:"翻新! 翻新! 越是翻新,一切都变凉了!"尽管"翻新"和"凉"之间的联系并不明显,但是读者还是可以感觉到李三的不满情绪。两种英文译本则把"越改越凉"抛在一边,进行了有趣的尝试:

> H-G 译本:Reform！Everything' staking on a new face，and the newer the face the more facelessitis.

> 英若诚译:Reformedindeed！Soonyou'll have nothing more left to reform！

H-G 译本试图以 face 一词和该词的衍生词 faceless 来形成一种重复和对照,造成某种文字游戏的感觉。同时,face(脸)与 faceless(没脸/丢脸)使这句话在李三这一人物口中显得极为恰当,"脸面越新就越没脸",茶馆的新形象以及掌柜的新式经营对他来说都是对前掌柜的某种背叛,使他觉得"没脸",感到羞愧和愤怒,他的这句话含有明显的风凉话的意味,恰如其分地体现出他对过去的怀念和对新事物的排斥。英若诚译本中则把"凉"的意思引申为热气消失,乃至"一切消失","什么都没有了",通过使用 reform 的过去分词和不定式两种形式,也产生了语音重复的效果。同样,这句译文也能够显示人物李三对正在消逝的旧时代的怀念。

鉴于汉语以单音节词为最基本单位这一特征,每个字都有各自的字义,因而音译外来词便成为某种谐音游戏的源泉。《茶馆》最后一幕中,子承父业的人贩子小刘麻子提到他的计划是成立一个"托拉斯"。他对小唐铁嘴说:

> 一我要组织一个"拖拉撕",这是个美国字,也许你不懂,翻成北京话就是"包圆儿"。

小唐铁嘴的反应是:

> 一"拖拉撕","拖拉撕",不雅! 拖进来,拉进来,不听话就撕成两半儿,倒好像是绑票儿撕票儿,不雅!

　　——对,是不大雅。可那是美国字,吃香啊!

　　这几句话的可笑之处就蕴藏在音译外来词留给听者的想象空间中。老舍在小刘麻子的台词中不用正确的"托拉斯"三个字,而故意使用了意义明显的三个动词,可以看作对表演者的某种提示:也就是说,剧中人物小刘麻子如果记住了这个词,很可能就是因为这几个动词可以带来的粗暴联想。一般来说,汉语用于音译的字多选非日常用字,即避开日常生活中的最经常使用的动词名词,从而避免产生误会。"托拉斯"三个字书写出来并不会产生歧义,但是由于老舍创作的是剧本,这个词便自然成为艺术发挥的起点。英若诚先生曾经扮演小刘麻子这一角色,他发音的方式听起来更像"脱了撕",令观众忍俊不禁。

　　这几个谐音字带来的想象是无法在外语中表现出来的,因此针对小唐铁嘴的这句话("拖拉撕","拖拉撕",不雅! 拖进来,拉进来,不听话就撕成两半儿,倒好像是绑票儿撕票儿,不雅!),法文译本只好依旧停留在字面的意思上:Trust! Trainer, tirer, déchirer... Non, c'est trop vulgaire ! Cela aurait l'air de vouloir dire « tirer et trainer les filles jusqu'ici, et les déchirer en deux, si elles ne sont pas dociles » ! Non, ça ne va pas! ça sentplutôt un enlèvement! tropvulgaire! (可解释为:Trust! 拖着,拽着,撕开……不行,太粗俗了! 好像在说"把姑娘们拉过来,拖到这儿,再撕成两半儿,要是她们不听话"! 不好,不行! 听着像是绑架! 太粗俗了!)并在页下添加脚注,说明 Trust 一词的中文发音与拖、拉、撕三个动词相同。

　　H-G 译本:Trust-tuo la si. In Chinese that's "push-pull-tear", nothingelegant in that. Pushthem in, pull them in, and iftheydon't play ball, tearthemapart. Sounds like we're going to kidnap them and tear them to shreds. Not too refined.

　　英若诚译本:Trust, ... no, that's not classy at all. In Beijing dialect, the word sounds like "pull them in and tear them to pieces". Sound too much like kidnapping to be classy.

　　两种英译本都补充了"in Chinese","in Beijing dialect"这样的说明,强调这是另一种语言,是不可译的内容,解释这个词可能产生的意思,让读者理解"不雅"的原因;而法文版没有添加这一说明,直接从 *trust* 过渡到《trainer》(拖着)、《tirer》(拽着)、《déchirer》(撕开),如果读者不看脚注的话,并不能理解 *trust* 与这几个词之间的关系。Howard-Gibbon 的英译本还特意加上了 Trust-*tuo la si*,标出这个汉语词的发音,把本身来自英语的 Trust 一词放置于汉语的语境之中,以此来点明这里的文字游戏来源于汉语对 Trust 发音的改变。但是无论是否点明了这一点,三种译本都默认了原话无法翻译这一点,而只能解释。英若诚的译文采取了简化的办法,以"Sounds like"开头把句子的大意一带而过,并不讲解每个字。这样的译法体现出英若诚作为戏剧大师对戏剧台词的考虑。在他看来,如果无法以引人发笑的文字游戏来翻译这句话,只能把大意说出即可,不须更多地引起观众的注意;戏剧语言需要以易懂为原则,文字方面的解释在舞台上是无法进行的。而我们看到,法文版与第一版英文译本则没有对戏剧语言的特点予以足够的考量,仅仅立足于读者的角度,力图详尽说明汉语的词义。

二、意义双关语

除了谐音双关语以外,以同一个词在不同语境中的不同词义为基础的文字游戏可以叫作意义双关语。卡兹纳夫认为,与谐音字相比,意义双关的玩笑对认知/理解水平要求更高一些①。《茶馆》中的某些人物善于使用此类双关语,以较为隐蔽的形式来表达自己的意图。

以下的例句来自第二幕中宋恩子和吴祥子两个特务向裕泰茶馆的掌柜王利发进行敲诈时的一段对话:如果王利发不希望他们来扰乱生意,就得给他们钱。

> 宋恩子:我出个不很高明的主意:干脆来个包月,每月一号,按阳历算,你把那点……
> 吴祥子:那点意思!
> 宋恩子:对,那点意思送到,你省事,我们也省事!
> 王利发:那点意思得多少呢?

---

① Cazeneuve, Jean. *Du calembour au mot d'esprit*. Monaco: Éditions du Rocher, 1996, p.30.

　　　吴祥子：多年的交情，你看着办！你聪明，还能把那点意思闹成不好意思吗？

　　这里的文字游戏是建立在"意思"一词的词义双关基础上的。宋恩子的第一句话欲言又止，没有说完，意味着这是不便明说的话，需要找一个既不需要直接说出又不会产生误会的表达方式；他的搭档吴祥子把词补充出来，用了"意思"这个口头常用的多义词：意图，意义，心意，迹象，或者趣味等等。正因为多义，这个词的字面意义不明显，主要取决于语境。当然，此处王利发完全理解了"意思"意味着什么，但是他也不能直接说出"意思"所代表的含义，于是重复使用这个词："那点意思得多少呢？"把"意思"与钱的多少联系在一起，显示出他默认了两个特务的敲诈，这使吴祥子放了心。接着一句话又使用了两个"意思"，前一个与之前的用法相同，而后一个则完全是另一种用法"不好意思"，把两种用法如此连在一起使用，喜剧效果变得非常显著。几句对白没有提一个钱字，"意思"出现了五次，把这两个角色的无耻与狠毒，王利发被压榨却无可奈何，都展现得淋漓尽致。
　　"意思"一词在英法译本中得到了如此处理：

H-G 译本：[...] this little expression of gratitude [...]

How much is this little expression of gratitude?

[...] You wouldn't want to turn an expression of gratitude into in-gratitude, would you?

英若诚译本：[...] A token of friendship.

How much is it?

[...] I'm sure you wouldn't want this token of friendship to seem un-friendly, would you?

法文：[...] cette marque d'amitié [...]（友谊的标志）

Combienvautcette marque d'amitié ?（友谊的标志多少钱）

[...] Jepense que vousêtes trop intelligent pour la transformer eninimitié!（您不会把友谊变成不友谊）

法文译本与英若诚译本基本相似，用了"友谊/友好"（friendship/amitié）及其否定词（unfriendly/inimitié），H-G 英译本选用的是"感激"（gratitude）及其否定形式 ingratitude。这几个词与原文词"意思"相比，词义变得非常清晰，不再有"意思"本身的模糊性质，而原文的"不好意思"也是模糊的，没有肯定或否定的意义，因此"unfriendly/ingratitude/inimitié"加重了否定的口气，不完全符合原作对话的语意，一定程度上抹去了人物的隐蔽姿态，使两个特务的"暗语"显得过于直白；再加上"expression/token/marque"三个词都是书面词，语句也不再有口语的随意性质，也使人物语言显得比较讲究，甚至带有一定的书生气。不过，对话本身的讽刺意味还是能够通过"友谊/友好"这样不符合实际人物关系的用词显示出来。

本文选取的另一个词义双关语的例子来自剧本的最后一幕，接着前文的"托拉斯"一例。当小刘麻子告诉小唐铁嘴成立托拉斯的计划时，小唐铁嘴表示"拖拉撕"不雅，于是小刘麻子请小唐铁嘴帮他取一个好名字。小唐铁嘴说：

　　—看这个怎样——花花联合公司？姑娘是什么？鲜花嘛！要姑娘就得多花钱，花呀花呀，所以花花！

这里由于起名的原因，"花"的两层意思被解释得非常清楚：第一层意思是名词"花"，代表姑娘；第二层意思是动词"花"，即花钱。而无论是英文还是法文，用一个词把"姑娘"和"花钱"两个意思都表达出来是无法实现的。

H-G 译本：United double blossom corporation? aren't the girls like fresh blossoms? and the more they're used, the more our bank accounts blossom. So-double blossom.

英若诚译本：Two blossoms Incorporated? What do pretty girls make you think of? Blossoms! If people want these girls, they'll spend lots of money and your business will-what? blossom! The twoblossoms!

法文本：« Combinat Huahua»? Après tout, qu'est-ce que c'est les filles ? ce sont des fleurs ! Et pour posséder les filles, on doit dépenser

beaucoup   d'argent！   C'estpartantdecedoublesensqu'onemploieundouble
« hua »。直译为中文是："Huahua 联合公司？不管怎么说，姑娘是什么？是
花朵！想要姑娘，就必须用很多钱！从这两个意思考虑，可以使用两个'hua'"。
法文版当页有脚注：中文的 fleur（花朵）与 dépenser（花钱）发音同为 hua。

两种英译本非常相近，都选用了 blossom（开花）来翻译公司名称：以 dou-
bleblossom 或者 twoblossoms 代替"花"。显然 blossom 一词本身并没有多义，
无法构成双关语，但是因为小唐铁嘴的台词下文正要解释双关语，译者便改写了
下文，使解释符合译文的需要：一方面强调"姑娘像花朵（girlslikeblossom/girls-
makeyouthinkofblossoms）"，另一方面说"账上的钱（ourbankaccounts）"或是
"生意（business）"会开花。这一选择从字面上是比较接近原文的，但是失去了双
关语文字游戏的效果，着重了对 blossom 一词的阐释。

法文译本则选取了"hua"的拼音来翻译公司名称 Combinat *Huahua*，然后
直接说"姑娘就是花朵"，"想要姑娘就必须用很多钱"。读到这里，huahua 与"花
朵"，以及"用很多钱"之间的联系没有建立起来；但是接下来的句子却是："从这
两个意思考虑，可以使用两个 hua"，此句与原文（"花呀花呀，所以花花"）相去甚
远，不像是剧中人小唐铁嘴对小刘麻子所说的，更像是为读者特意添加的；但读
者如果不看脚注的话，依旧不可能理解这句话；而没有中文基础的人，即使看了
脚注，也不会真正意识到"中文的 fleur（花朵）与 dépenser（花钱）发音相同"。

当然，西文中用汉语拼音来拼写中文的专有名词（包括人名，地名等）是大多
数翻译的平常做法，尽管专有名词所用的汉字本身包含着各自的意义。也就是
说，当西文中出现 Beijing 一词时，其汉字包含的"北部"及"京城"等词义是无法
显示的。因此，如果词义基础上包含着文字游戏，在用拼音进行转换之后文字游
戏便不可能存在了，这就是以上显示的几种译本都未能找到合适的方式来再现
老舍笔下人物的"俏皮话"的原因。但在老舍的另一部作品的法语译本中，我们
却能看到一些有趣的尝试。老舍的最后一部小说《正红旗下》中有一个人物是一
名来自美国的牧师，名字是牛又生，作者在书中对这一姓名有解释，意味着此人
重新开始生活等①，法文译者巴迪（Paul Bady）只将他的姓译为 Bull，既有牛的意

---

① 《正红旗下》的法文译本。参见 Bady，P. Trans. *L'Enfant du Nouvel An*. Paris：Gallimard，
1986，p.154.

思,看上去又像一个美国人的姓,但忽略了前名。而在注解中,译者特意声明:"鉴于人物是美国人,译者遗憾未能将其姓名译成法文姓名 René Leboeuf。"的确,Leboeuf 作为姓氏,意义为"牛",而 René 作为前名,在字面也有重新(re-)与出生(né)的意思,可以完全符合中文姓名的字面意思,并且产生小说追求的喜剧效果。通过译者的这条注释,我们可以清楚地看到,译者对中文人名的翻译是不可能以汉语拼音的音译为标准的,而需要根据人物与场景的需要选择翻译的策略。此处如果读者看到 NiuYousheng,小说的幽默风格定会大打折扣。

三、字形双关语

正因为汉字的一部分是表形的,从字形出发来进行视觉联想和比喻在汉语里相当常见;但每个字本身的字义往往与字形可能产生的联想意义不同,因而可以造成误会或者成为文字游戏的起点,比如"十字街头"或"十字架"都是典型的例子,"十"本身的字义与此处的含义相去甚远①。在以下的第三幕对白中,当剧中人小二德子向王大栓强调自己念书去了的时候②,王大栓讽刺他不识字:

把"一"字都念成扁担,你念什么书啊?

这里产生笑料的就是"一"字的形状产生的视觉联想,即扁担,而"一"的字义却是数字,这两者之间的距离使人发笑。但是在译成西文的时候,汉字消失了,如何保留字形产生的联想呢?

H-G 译文:you don't know a character from a carrying pole. What are you studying?

英若诚版:But you can't even read the character for "one"? How come you're at the university?

---

① 法文中有时也可以用字母的形状进行比喻,如"T 形路口"或"Y 形路口"。但是由于一个字母 T 或 Y 本身不表意,一般不会产生误会。
② 小二德子说"念书去了"是一句玩笑话,具体情节是他去大学里抓学生了。

法文版：toi qui prendstoujours le chiffre un pour unepalanche，qu'est-ce que tu étudies ? 基本意思为：你总是把数字 1 当成扁担，你学什么？当页添加了注解：中文的 1 写为一横。

H-G 的译文不明确提及"一"字，只说他分不清"a character"和扁担；英若诚译成"连 1 的汉字都不认识"，而不提扁担。也就是说，这两种译本都舍弃了"一"字和"扁担"的关系，只集中于人物几乎不识字这一点。法文版把"一字"译成了"数字 1"，把原文中汉字"一"与扁担的联系改为数字 1 与扁担的联系，读者可以猜出人物的愚蠢，但不一定能意识到小二德子不识字。注解虽然指出了字形，"中文的 1 写为一横"，也没有提到识字的问题。然而原文对话的本意正是王大栓笑话小二德子不识字，所以他接着说"念什么书啊"。因此，当涉及汉字字形的文字在译成西方语言的时候，视觉联想很难建立，在此基础上的文字游戏便难以成立，译者只能舍弃。

四、结语

正如开篇提到的，弗洛伊德认为，文字游戏的出发点常常是两个不相干的表现领域发生了"短路"，因而此类的游戏是表达严谨思想时所摒弃并尽量避开的[1]。根据弗洛伊德的分析，当开玩笑的人把两个不相干的事物连在一起，完成某种思维跳跃的时候，他能够获得愉悦的感受；同时，理解玩笑话的人因为抓住了两个不相干事物之间的关系，也可以获得愉悦的感受[2]。

"良"与"凉"之间的联系就是两个不相干的领域发生的"短路"，是严肃的表述不能接受的，因而构成了玩笑话。前文也提及，老舍的幽默存在于作品的多个层次，在塑造特色鲜明的人物时，他尤其喜欢使用文字游戏，以俏皮话为主的"油腔滑调"式的戏剧语言。老舍作品中的小人物命运多舛，似乎格外珍惜在无关紧要的语言游戏/俏皮话中得到的此类愉悦，正如另一些小人物难以割舍对鸟的热爱。无论是为了发牢骚，为了敲诈勒索，还是为了保护自己，无论善恶，他们的俏

---

① Freud Sigmund, *Le mot d'esprit et ses rapports avec l'inconscient*. Paris：Gallimard，1988，pp.228 - 229.

② Freud Sigmund, *Le mot d'esprit et ses rapports avec l'inconscient*. Paris：Gallimard，1988，p.229.

皮话似乎都是他们生存的一部分,是作者创作人物的重要组成部分。老舍笔下的舞台尽管是现实主义的,但每个人物都充满了戏剧性。剧场里的观众听到剧中人的玩笑话和俏皮话时会心一笑,更感受出玩笑所掩盖的另一种真实。

本文就《茶馆》三个译本如何再现某些以双关语为基础的文字游戏进行了分析,发现无论是语音双关、语义双关还是字形双关,在译文中都找不到相似的游戏效果。恰恰相反,在1980年出版的英文和法文译文中,译者在尽可能地解释词语的意义,甚至添加注解,证明译文目的都是尽量向读者说明作者的意图,不求在译入语内找到其他的对等语言。英若诚的译本则不添加解释,试图还原老舍剧作的舞台活力。但我们认为,三种译本都放弃了原作的文字游戏,以各自的方式译出了剧本对白的语意。

《茶馆》是老舍先生为北京人民艺术剧院创作的,剧中的人物风格和语言特色似乎只有该剧院深谙老北京特点的导演和演员才能表现出来,因此我们可以推测,翻译这一剧本的主要用途不是为了舞台表演,而只是为阅读而准备的。由此是否可以得出这个结论:剧本的原作与翻译的意图是不同的。

巴斯奈特(Susan Bassnett)也认为,翻译外文剧本的"可演性"(performability)是不可能的,这方面需要专业的戏剧创作者对译文进行再创作才可能实现[①]。翻译家董乐山也曾担心自己难以胜任翻译布莱希特名剧《伽利略的一生》的工作,但他得到导演黄佐临的鼓励和安慰,告诉他译者只需提供初稿,而剧组将在译稿基础上加工和修改。鉴于此,我们也可以期待,会有一天,某个戏剧家可能在图书馆里翻找出《茶馆》的译本,重新寻找文字游戏带来的愉悦,然后经过再创作,会重现老舍笔下小人物的"俏皮话"。

（作者单位:法国巴黎大学）

---

① Bassnett Susan, "Translating for the Theatre: The Case Against Performability." *TTR*: *traduction*, *terminologie*, *rédaction*, 1 (1991): 99-111.

小说文化特色词法译翻译策略历史演变考

黎诗薇

本文旨在通过首位法国汉学家至今的多个翻译案例的研究,分析早期汉学家到当代译者在文化词(realia)上翻译策略的异同。从翻译史及翻译批评理论角度,我们可以一窥是何种原因使译者采用了不同的翻译策略。中国小说首次译介到法国至今已逾二百年,对各个历史阶段译者采用不同翻译策略进行分析与思考,于当代翻译实务也有裨益。中国小说法译史可大致分为三个阶段:19世纪早期汉学家时期、19世纪末到20世纪初东方主义者时期及当代译者时期。

中国小说艺术长期不为法国读者所知,直至19世纪初,法国首位汉学家、法兰西公学院(Collège de France)首任汉、鞑靼、满语及文学教授——雷慕沙(Jean-Pierre Abel-Rémusat),他对世情小说的翻译将汉文小说翻译带入一个新的阶段。18世纪中叶至19世纪初,受百科全书派思潮影响,欧洲对外国文学的兴趣方兴未艾,其中自然少不了中国文学,而雷慕沙正处在这一潮流当中。

在其译作《两位表姐妹》[①](*Deux cousines*)序言里,雷慕沙既阐发了他普世主义的观点,同时,通过比较中欧小说异同,他也主张保留原著中的中国文化特色。在雷慕沙看来,翻译《玉娇梨》既要向法国读者展现中国文化之特殊性,也应体现某种世界大同的精神。关于文化词的翻译,雷慕沙常常借助译入语中意思相近的现成词汇,并就两词的异同附上详细的注释。例如"八字"一词,译者当然可以直译为 huit caractères(八字),但雷慕沙却选择了 horoscope(星盘)一词,并在注解中给出"八字"的直译,进而详细解释生辰八字和它在中国传统婚姻习俗中的应用。此外,他在注释里还将中国传统婚姻习俗中需要双方家长以及媒人的共同协议的过程,与法国当时社会交易中双方和公证员共同协商这种约定

---

① Abel-Rémusat, Jean-Pierre (trad.) *Iu-Kiao-Li, ou Les deux cousines: roman chinois; précédé d'une préface où se trouve un parallèle des romans de la Chine et de ceux de l'Europe*, Paris: Librairie Moutardier, 4 tomes, 1826, pp.256,172,196,238.

俗成做比较，认为两者具有共通性。

杨御史道:「学生倒不消劳动,倒是小儿有一八字求教求教罢。」

Il est inutile que vous preniez cette peine, reprit Yang. C'est pour l'horoscope① de mon fils que j'ai à vous consulter.

① Proprement les huit lettres, c'est-à-dire deux caractères pour l'année, deux pour le mois, deux pour le jour et deux pour l'heure de la naissance. On tire des présages divers de la combinaison de ces caractères, et le premier soin des parents qui veulent marier leurs enfants est d'échanger leurs huit lettres et de les comparer pour voir si, d'après les règles de l'astrologie, elles annoncent une parfaite compatibilité d'humeurs et de destinées. Quand on s'est assuré de ce rapport, on est aussi certain de l'heureuse issue d'une alliance, qu'on peut l'être chez nous, quand deux notaires ont de part et d'autre reconnu la validité des contrats de rentes, et le montant des titres de propriété.①

如此,一部世情小说翻译达成了它的双重目标:既向读者呈现一个陌生的文化世界,也通过注释使读者看见两种不同文化的相通之处。②

面对文化词,主张借助文化对等和比较性注释的同时,雷慕沙还批判了音译:"读一本由法语译成的书时,我不晓得这些雌雄同体的词语竟是何物……这徒然在我们的语言中增加数千个此类借词,译者的责任只履行了一半,本该阐明的地方只有转写,仅仅传达发音却忽略了含义。"③

尽管有此批判,雷慕沙的后继者如儒莲(Stanislas Julien,法兰西公学院后任教席教授)、安托万·巴赞(Antoine Bazin,东方语言学院首任中国文学教授)以及 19 世纪其他汉学家们,多数情况下均倾向于音译文化词。于巴赞和儒莲,这

---

① Abel-Rémusat, Jean-Pierre (trad.) *Les Deux cousines*, *op. cit.*, vol. 1, ch. 2, 1826, p.135.

② 关于雷慕沙译著及其背景的详细情况,请参阅 Philippe Postel, « Les traductions des romans de mœurs chinois classiques en français », *Impressions d'Extrême-Orient* [En ligne], 3 | 2013, mis en ligne le 28 décembre 2013, consulté le 28 octobre 2017. URL: ideo.revues.org/241.

③ Abel-Rémusat, Jean-Pierre (trad.) (1826), *Les Deux cousines*, *op. cit.*, préface, 1826, p.61.

主要出于教学考量,鉴于他们的译文读者包括潜在的汉语学习者,翻译于他们也是一种汉语教材。特别是像"才子佳人"一类的世情小说译文既帮助读者了解中国传统文化及社会风俗,而且通俗小说较文言小说更易懂,亦是 19 世纪汉语教材短缺情况下的一种教学素材。

这种教学考量主要针对所谓中国文化和社会特有之物,如头衔职阶、动植物名、特产风物等。在此,文化词转译主要是面向学生的教学资源,旨在帮助学生认识源语言所指之物。以下是几例:

Hong-yu était douée à la fois d'une beauté accomplie et d'une rare intelligence, de sorte qu'à l'âge de quatorze ou quinze ans elle connaissait les caractères et était capable de composer des pièces de **wen-tchang (style élégant)**.①

À l'ouest de Tching-tou-fou, capitale de la province de Ssé-tchouen, il y avait une montagne appelée **Tsing-tching-chan(la montagne de la ville bleue)**.②

[Année 169 de J.-C.] Le quinzième jour du quatrième mois de la seconde année *Kien-Ning* (**de la tranquillité établie**), l'empereur ayant assemblé les grands dans la salle d'audience dite *Ouen-Te* (**de la vertu sincère**), allait s'asseoir sur le trône, lorsqu'à l'angle de l'appartement il s'éleva un grand tourbillon et on vit un serpent bleu...③

考虑到音译无助于缩短文化差距,尤其在译文牵涉风俗和服装时,为便于理解和接受,缩短和填补不同文化间的鸿沟,19 世纪的汉学家们热衷于对文化词

---

① Julien, Stanislas (trad.) *YuKiao Li*, *Les deux cousines*, *roman chinois*, *traduction nouvelle accompagnée d'un commentaire philologique et historique*. Paris: Didier & Co, vol.1, 1864, p.32.

② Julien, Stanislas (trad.) *Blanche et Bleue ou les deux Couleuvres Fées. Roman chinois*. Paris: Librairie de Charles Gosselin, 1834, p.12.

③ Pavie, Théodore (trad.) *SAN-KOUÉ-TCHY*, *Histoire des Trois Royaumes*. Paris: Duprat, 1851, p.65.

加入详细的解释和描述：

> 自把雪来拂了，挂在壁上；解了腰里缠袋，脱了身上**鹦哥绿纻丝衲袄**，入房里搭了。①

> Il délia sa ceinture，à laquelle pendait un sachet，quitta sa **première robe，espèce de casaque en damas vert，dont la forme rappelait le pluvial des bonzes et sur laquelle figurait un perroquet gris**；puis il pénétra dans la chambre.②

例文中"衲袄"一词所指为译出语文化中特有，一种在恶劣天候穿的丝绸面料，棉质内衬的厚实棉衣。巴赞在此用了 casaque（一种丝质开袖外套）一词，并加上 dont la forme rappelait le pluvial des bonzes（其形制类似僧人的雨衣）的解释，这一补充可能与 casaque 一词有关，因为 casaque 让人想到火枪手穿的号衣，语词本身的含糊就可能妨碍读者理解。因此，译者加进另一段描述，引入另一意象——僧人的雨衣，这就足以让人想象一种类似斗篷的防雨僧衣。虽然 19 世纪大多数汉学家从未游访中国，对中国传统文化风俗、服饰等并不熟悉，只能在早期传教士的手稿信件等资料帮助下对中国特有的文化词进行解读。但是，在面临文化语汇的翻译困难时，译者还是通过个人理解加入解释说明，足以看出译者为拆除文化隔阂所作的努力。诚然，这一技法使得句段冗赘，也改变了原著的艺术风格，不过，于这些极大推广汉语言文化的汉学先驱而言，尽量让读者了解汉语文化才是译本成功的关键。

但结果却与早期汉学家的期待相悖，译作并不能引起大众的兴趣，一般读者当然不会把它们当成中文教材来读。因此这些译著长期鲜人问津，受众仅限于专业人士而已。

19 世纪末到 20 世纪初是中国小说翻译的一个新阶段，这一阶段的译者虽然大多曾游访中国，了解中国的风土文情，但是却选择在译文中保持汉语言文化

---

① SHI Nai'an（施耐庵），LUO Guanzhong（罗贯中），JIN Shengtan（金圣叹）(éds.) *Jin Shengtanpiping ben* Shuihuzhuan《金圣叹批评本水浒传》，Jinan：Qiulushushe，vol. 1，2006，p.499.

② BAZIN，Antoine Bazin. *CHINE MODERNE ou Description historique，géographique et littéraire de ce vaste empire，d'après des documents chinois. Seconde partie：Arts，littérature，moeurs，agriculture，histoire naturelle，industrie，etc.*，Paris：Firmin Didot frères，1853，p.548.

的异域面纱,并以此来回应受众的阅读期待,并在译本中改编和增加大量有关中国的刻板印象。这一阶段的代表人物有德莫洪(Georges Soulié de Morant),他的小说译本和以中国为题材而创作的文学作品深受东方主义学者朱迪特·戈蒂耶(Judith Gautier)的影响。从 1920 年到 1940 年,德莫洪译出包括《西游记》、《金瓶梅》等十多部古典小说和诗集,在多篇译文序言中,他表示要将中国地道的风土人情展现在读者眼前,然而他的译本中却充斥着他为迎合法国读者的期待而大肆渲染的东方主义者想象的中国,由他改编过的小说译本充满了异域风情和奇幻色彩。

关于文化词的处理,譬如关于地名或头衔职阶等专有名词的翻译,译者通常采取的翻译策略是直译后再进行改编的手法,但始终不褪异域风格。例如在他的《金瓶梅》改译本中,清河县紫石街译作 Ville des Ondes-Claires,rue des Améthystes(清波城紫晶街),宋徽宗名号译成 Empereur Aïeul-Suprême(至高祖皇帝),景阳冈则是 Colline Splendeur-du-Soleil(太阳之辉岗)。德莫洪还自行杜撰了一些内容,例如西门庆居住的街道命名为 rue des Parfums-Attristés(哀香街),王婆选来给武大办丧事的寺庙叫作 temple de la Rétribution-et-de-la-Pitié(应报慈悲寺)。这些译名的改编清楚表明,德莫洪有意要把译文的异国风情推向极致。

还有别的例子,如翻译科举制度中的秀才、举人、进士时,早期汉学家们倾向于使用法语中对应的语词如 bachelier(业士)、licencié(学士)和 docteur(博士),并附上相当严谨翔实的注释,介绍中国科举制度。而德莫洪则同时用上了音译和直译:Tsiu-jenn « homme élevé »(举人——被提拔之人)和 Tsinn-che « lettréadmis »(进士——被录取的文人),再或者如秀才被单译作 talent-élégant(优雅才子)。由此可见,早期汉学家们极力严谨,偏爱注释说明,而德莫洪则力求最大化奇情效果。

两次世界大战期间,中国文学法译工作暂时中断,多亏了法国比较文学大师安田朴(René Étiemble),这一重要的翻译事业终于在 20 世纪下半叶重回正轨。1956 年,安田朴与米歇尔·伽利玛(Michel Gallimard)一道创立了"认识东方"丛书(Connaissance de l'Orient),其中收录中、日、印、菲等多国经典文学。法国汉学家如谭霞客(Jacques Dars)和雷威安(André Lévy)等译者译出多部重要的中国古典文学,其中就有明代"四大奇书"中的三部:《西游记》、《水浒传》、《金瓶梅》,其译本于 80 年代均被收入以出版经典系列作品著称的伽利玛出版社的《七星文库》当中。这些译著都来自译家夜以继日的精心细密的工作,他们从不吝于提供翔实的注释,例如雷威安的两卷本的《金瓶梅》法译本便附有总计 1500 多条译注,大多为说明文字,旨在为理解中国文化、社会习俗等提供必不可少的信息帮助。以下是译文第三十九回部分注解,该回目多有涉及佛道两教仪轨,因此出现很多与宗教仪式相关的术语和特殊表达。其中包括祭礼、人像、袍服、习俗、佛道典籍等各种内容,雷威安在本章①共留下 97 条注释,下面是其中前 10 条:

1. *Layue*:mot à mot, « le mois du sacrifice d'hiver », célébré chez les bouddhistes le 8 de la douzième lune; c'est à l'origine la fin de la retraite annuelle de la saison des pluies et, en tous cas, le mois de préparation au nouvel an, le plus important des fêtes chinoises.

2. *Yuhuang miao*:l'empereur de Jade est la divinité suprême du panthéon taoïste.

3. *Yinyu*:poisson à la chair délicate qui doit ce nom à sa couleur argentée; exactement, *SalanxmicrodonBleeker*

4. *Tiandishu*:ces suppliques ou « mémoires » au Ciel et à la Terre contiennent généralement des vœux ou souhaits.

5. *Xinchunfu*:ces « charmes » se collaient souvent aux portes.

6. *Xiecaogao*:mot à mot, « déclaration sollicitant pardon auprès du foyer », foyer dont le dieu tient le compte rigoureux des actes domestiques. Chaque famille chinoise avait le sien.

7. *Wu fu*:selon les énumérations les plus courantes, la longévité, la richesse, la santé, l'attrait du bien et une mort paisible.

8. *Qianzhang*:bandes de papier jaune que l'on brûlait en guise de monnaies d'offrande.

9. *Guanzhu*:sans doute faut-il comprendre par là des chandelles de qualité supérieure.

10. *Li*:le li faisait en principe, sous les Ming, quelque 552 mètres.

---

① LANLING, Xiaoxiao sheng 兰陵笑笑生, LÉVY, André (trad.) (2004), Jin Ping Mei-*Fleur en fiole d'or*, Paris:Gallimard, collection Folio, vol. 1, pp.1223 - 1225.

由此可见,为了不影响阅读顺畅,汉学家译者往往试图找到一个语义上部分或完全对等的法语词,而且意识到这一翻译选择将会导致部分语义流失,因此他们在译文中加入注释来补充语义的完整。这样的翻译策略便体现了译者的双重意旨:一方面借助归化法保证阅读顺畅,因为注释留在全书最后部分,因此读者在阅读译文时无须为每一个陌生的文化词来中断阅读去寻找注释来帮助理解;另一方面,为那些对中国风俗文化的充满好奇的法国读者,必要的注解可以满足他们的求知欲,就像百科全书般的给法国读者启蒙和补充必要的文化常识。例如注1,"腊月"一词被译作 le dernier mois de l'année(一年之末月),毫无理解困难,然后译者加入详细的注释,讲解了节日的起源、重要性以及相关习俗,这一附注方法不但能帮助读者理解作品,而且还达到文化交流的目的。

90 年代以来,中国文学在法国的译介进展殊为可观,其中当代文学尤甚。过往的中国文学的法译本多由汉学家完成,但近年来愈来愈多译者是中国文学爱好者出身,他们的译作在瑟伊出版社(Seuil)、菲利普·毕基埃出版社(Philippe Picquier)和伽利玛社旗下的中国蓝出版社(Bleu de Chine)等多家书局付梓。这些译作往往注释寥寥无几,究其个中原因很多,首要一条是,较之古代和近代文学,在现代汉语文学中,词汇背后的文化特异性显著降低了;此外,出版社编辑从受众角度考虑也会限制译者加入过多注释。然而注释的缺失也可能给读者带来困惑,对于缺乏对中国文化背景知识的读者来说就不能像原语读者一样理解译文,而且文化交流的信息度也会减低。

综上所述,我们可以看出早期法国汉学家们由于受百科全书派的影响,同时也为教学考虑,在面临文化词的翻译时,往往采用音译法,再附上比较性注释;至于东方主义译者,为迎合对法国读者对异国情调的期待,他们通常偏爱改编的手法,意在增大译文的异域风情;而当代的小说翻译,音译变得日益罕见,更普遍的是语义上的部分翻译,和借助译入语中相近的文化对等词(这里明显受当代翻译接受美学的影响)。以上种种的翻译策略都无法避免文化范畴的意涵流失,于是译者需要通过注解的方式以期补偿损耗。当然,我们并不能要求当代译者都成为汉学家,本文主旨也并不在于苛求译出语原意能在译本中保持完好无缺,而是主张译者应为读者提供基础但重要的文化背景信息,以期避免译文中的理解障碍,也能更好地达到文化交流的目的。

(作者单位:法国艾克斯-马赛大学)

图书在版编目（CIP）数据

南京大学"文学跨学科国际合作研究"论文集：上、
下卷 / 刘云虹，何宁，吴俊主编. —南京：南京大
学出版社，2021.3
　　ISBN 978 - 7 - 305 - 24055 - 3

　　Ⅰ. ①南… 　Ⅱ. ①刘… ②何… ③吴… 　Ⅲ. ①世界文
学—文学研究—文集 　Ⅳ. ①I106 - 53

中国版本图书馆 CIP 数据核字（2020）第 257578 号

出版发行　南京大学出版社
社　　　址　南京市汉口路 22 号　　　　　邮　编 210093
出 版 人　金鑫荣

书　　　名　**南京大学"文学跨学科国际合作研究"论文集（上、下卷）**
主　　编　刘云虹　何　宁　吴　俊
责任编辑　荣卫红　　　　　　　　编辑热线　025 - 83685720

照　　　排　南京紫藤制版印务中心
印　　　刷　南京爱德印刷有限公司
开　　　本　718×1000　1/16　印张 36.25　字数 631 千
版　　　次　2021 年 3 月第 1 版　2021 年 3 月第 1 次印刷
ISBN　978 - 7 - 305 - 24055 - 3
定　　　价　188.00 元

网　　　址：http://www.njupco.com
官方微博：http://weibo.com/njupco
官方微信：njupress
销售咨询热线：(025)83594756